KÖNIGSBLUT - DIE AKASHA-CHRONIK

Das Buch

Was ist das Leben wert, wenn es ohne Liebe ist?
Was zählt die Liebe ohne die Wahrheit?
Für Selma ist die Entscheidung klar. Selbst als sie erfährt, dass Adam einer höheren Gesellschaftsschicht angehört und eine Liebe zwischen ihnen in der Vereinten Magischen Union verboten ist, kann sie ihre Gefühle nicht unterdrücken.
Sie weiß, dass sie füreinander bestimmt sind. Doch woher kommen ihre starken Gefühle? Gefühle, die Adam nicht zulassen will.
Selma muss die Wahrheit erfahren, doch die entpuppt sich als gefährliches Geheimnis, denn da draußen machen die Morlems Jagd und kein Mädchen ist vor ihnen sicher.

Die Autorin

Karola Löwenstein wurde 1979 in Deutschland geboren, wo sie auch heute noch mit ihrer Familie lebt. Bevor sie mit dem Schreiben von Romanen begann, veröffentlichte sie erfolgreich Kurzgeschichten und Gedichte.
Mehr über Karola Löwenstein und ihre Bücher erfahrt ihr auf ihrer Facebook-Seite:
www.facebook.com/KarolaLoewenstein

KÖNIGSBLUT

DIE AKASHA-CHRONIK

FANTASY ROMAN

KAROLA LÖWENSTEIN

Die Handlung und die handelnden Personen dieses Romans sind frei erfunden. Jede Ähnlichkeit mit toten o-der lebenden Personen ist nicht beabsichtigt und wäre rein zufällig.

Korrektorat: TextCare (www.textcare.de)
Cover: © Coka - Fotolia.com

ISBN-13: 978-1490422541
ISBN-10: 1490422544

INHALT

Diese Kraft steckt in jedem von uns!
Gib sie frei und schenk ihr Platz,
ihren Zauber zu entfalten!
Flügelleicht führt sie dich an Orte,
von denen du nicht zu träumen wagst.
Wenn du den Wind lenkst und
das Wasser deinem Willen gehorcht,
wenn du Feuer entzündest
und der Erde eine Form gibst.
Dann gehörst du zu uns.
Doch gib acht vor denen,
die das fünfte Element beherrschen!
Jene geraten in Versuchung,
die in der Macht nicht
die Last der Verantwortung sehen.

– Alte Weisheit der Vereinten Magischen Union
aus der „Chronik der Unterwelt" –
Verfasser unbekannt, übersetzt aus der alten Sprache
von Konstantin Kronworth, Dichter und Künstler

Der silberne Blick

Der kleine Vogel hüpfte zielstrebig durch das dichte Geäst der Eichen. Die Hitze des Julitages schien ihn nicht im Geringsten zu stören. Er pickte einen Käfer auf und trippelte emsig auf einem breiten Ast hin und her. Dann reckte er aufgeregt sein Köpfchen, als er eine Amsel erspähte. Zwitschernd flog er auf und ließ sich auf dem nächsten Baum nieder, wo er sein Spiel wiederholte. Das feuerrote Gefieder, das seinen winzigen Körper bedeckte, war ein greller Kontrast zu den Grüntönen der Laubbäume.

Ich beobachtete genau seine Bewegungen. Einen exotischen Vogel wie diesen hatte ich hier noch nie gesehen. Vielleicht war er jemandem davongeflogen? Wie eine Flamme glitt er durch das trockene Laub und schien Funken zu sprühen. Fasziniert von seinem leuchtenden Federkleid konnte ich den Blick nicht von ihm wenden, von dem Feuer, das in seinen Federn zu wohnen schien. Es sah aus, als ob eine Flamme in dem dürren Laub züngelte und brannte. Ich meinte schon die Hitze zu spüren, die sie ausstrahlte und die den ohnehin schon heißen Tag noch unerträglicher machte.

„Vorsicht, Selma!" Liana riss mich am Arm zurück und ich landete unsanft auf dem Boden. Erschrocken sah ich, wie direkt vor mir kleine Flammen emporschossen und sich gierig in das trockene Reisig fraßen.

„Wie konnte das passieren?" Sie sah mich erschrocken an.

„Ich habe nichts gemacht!", entgegnete ich panisch. Wieso rechtfertigte ich mich vor ihr? Oder tat ich es womöglich vor mir selbst? Nein, das kam nicht infrage. Wie sollte ich ein Feuer ohne Streichhölzer anzünden können? Ich reckte den Kopf und versuchte, den roten Vogel zu erspähen. Doch die Baumkronen über mir waren leer. Nur der heiße Wind strich durch die Äste und bewegte ein paar trockene Blätter, die leise an ihren Ästen raschelten.

„Paul, es brennt!", rief Liana und wandte energisch den Kopf, sodass ihre blonden Locken wild um sie herumflogen. Für ihre elf Jahre war sie klein. Ich überragte sie schon seit einer Weile.

Paul kam sofort zu uns gelaufen und beugte sich neugierig über den Waldboden. „Ein Feuer?", fragte er erstaunt und inspizierte genau die Flammen, die sich gemächlich ausbreiteten. In unserer Klasse war er derjenige mit dem ausgeprägtesten Verständnis für naturwissenschaftliche Zusammenhänge und seine Erklärung kam prompt: „Vielleicht lag da irgendwo eine Scherbe und deswegen hat sich etwas entzündet", sagte er. „Bei der Hitze ist das ja kein Wunder."

„Egal wie es angegangen ist, jetzt müssen wir es löschen, sonst gibt es einen Waldbrand", erwiderte ich und versuchte, in den knochenharten Boden eine Rinne zu wühlen, um dem Feuer seine Nahrung zu nehmen. Die Hitze in seiner Nähe war mittlerweile schmerzhaft. Meine Haut war gerötet und meine Stirn feucht vom Schweiß. Ich sah mich fieberhaft nach einer Möglichkeit um, das Feuer endlich zu löschen. Auch Paul hatte sich auf die Suche nach einem Hilfsmittel begeben. In diesem Moment sprang die Flamme auf einen trockenen Kiefernzweig über und begann, sich knisternd in ihn hineinzufressen.

„Los Liana, gib mir meine Jacke!", schrie ich ihr zu, und sie rannte sofort zu unseren Fahrrädern. In Windeseile war sie wieder da und drückte mir das Bündel Stoff in die Hand. Dann nahm sie einige Schritte Abstand. Ich warf die Jacke über die Flammen, bevor sie zu einem unbeherrschbaren Brand anschwellen konnten.

„Ist es vorbei?" Liana trat zögernd näher, nachdem ich die Jacke wieder angehoben hatte. Vorsichtig lugte ich unter den hellen Stoff.

„Ja, es ist aus. Ich habe nur keine Ahnung, wie ich das meiner Großmutter erklären soll." Ich stöhnte und hob meine Jacke hoch, die mitten auf dem Rücken einen riesigen Brandfleck hatte.

„Brauchst du nicht, ich lass sie verschwinden und du sagst einfach, du hast sie in der Schule liegen lassen", schlug Paul vor, der mit nacktem Oberkörper vor mir stand. In den Händen hielt er sein T-Shirt, das er wie eine Tasche mit Sand gefüllt hatte.

„Nur zur Sicherheit", sagte er und schüttete den Inhalt über die verkohlten Zweige.

„Cooler Plan!" Ich nickte begeistert. Er schuldete mir ohnehin noch einen Gefallen, nachdem ich ihm die Telefonnummer von Shirley besorgt hatte. Ich spürte Lianas Unruhe hinter mir. Das Feuer hatte sie verängstigt, wieder einmal. Sie schien die Nervosität regelrecht auszudünsten. Sie war und blieb ein Angsthase, da konnte ich mir noch so viel Mühe geben, sie abzuhärten.

„Sollen wir gehen?", schlug ich vor.

„Ja." Liana nahm meinen Vorschlag mit einem dankbaren Lächeln an. „Was haltet ihr davon, an den Wolfsee zu fahren? Ich würde jetzt unglaublich gern baden." Sie sah mich bittend an. Wasser, um Feuer zu löschen, das klang logisch. Mir war mittlerweile so heiß, als ob ich in der Sauna sitzen würde.

Doch so einfach war das nicht.

„Du weißt doch, dass mir meine Großmutter verboten hat, die Stadtgrenze zu verlassen", wiederholte ich brav das moralische Mantra meiner letzten lebenden Verwandten. Aber meine Gegenwehr klang schwach.

„Meine Eltern haben es mir auch verboten, aber das werden sie gar nicht merken." Liana sah mich flehend an. Wieso musste ich immer die Spaßbremse sein? Paul hatte es leicht. Seine Eltern hatten ihm keine Ausgangssperre auferlegt. „Immer nur in dem Eichenhain rumhängen ist langweilig. Da gehen wir schließlich fast jeden Tag hin", bohrte Liana unerbittlich weiter, und schließlich gab ich auf und nickte. Die Aussicht auf ein kühles Bad im Wolfsee war einfach viel zu verlockend. Ich hatte ohnehin nie verstanden, warum ich die wenigen Meter bis zu dem kleinen, glasklaren See in unserer unmittelbaren Nachbarschaft nicht allein gehen durfte.

„Klasse Idee." Paul wischte sich den Schweiß von der Stirn. Selbst sein blondes Haar glänzte feucht. Ohne lange zu zögern, lief er mit Liana zu unseren Fahrrädern und ich folgte ihnen langsam. Beim Fortgehen warf ich einen letzten Blick zurück.

Es war nur ein winziger, unwichtiger Moment gewesen, in dem ich an die Flammen gedacht hatte. Das konnte nicht reichen, um so eine Energie hervorzubringen. Dummerweise wurde ich das untrügliche Gefühl nicht los, dass mir so etwas schon einmal passiert war. Eine ferne Erinnerung waberte in meinem Unterbewusstsein, aber sie kam nicht an die Oberfläche, so sehr ich mich auch bemühte, sie hervorzuholen. Vielleicht hatte auch der seltsame Vogel Schuld? Nachdenklich schob ich mein Rad durch den Wald und hörte nur mit halbem Ohr Liana und Paul zu, die vor mir liefen und in ein Gespräch über den neuen Kinofilm vertieft waren, den alle Schönefelder unbedingt sehen wollten. Ein Kinofilm an sich war keine Sensation. Wenn man allerdings in Schönefelde lebte, war es eine Offenbarung, wenn der Bürgermeister einmal in der Woche die Türen des kleinen Kinosaales öffnete und so etwas wie ein Fenster in die große, weite Welt aufstieß. Dumm nur, dass mich die Liebesromanze, die im Moment gezeigt wurde, nicht im Geringsten interessierte.

Paul hingegen wollte mit Shirley hingehen. Ich rechnete ihm keine großen Chancen aus. Shirley war so atemberaubend schön, dass sie mit allen Jungs ausgehen konnte, und nicht nur mit denen aus unserer Klasse.

Unter meinen nackten Füßen spürte ich die kühle Erde, ein angenehmer Kontrast zu der Hitze der Sonne, die man selbst unter dem dichten Blätterdach spürte. Ich freute mich auf das kühle Wasser. Es würde die verwirrende Erinnerung an das Feuer löschen. Der Weg schlängelte sich an Kiefern und Fichten vorbei, unsere Räder versanken im sandigen Boden und Paul schnaufte laut bei der Anstrengung, die es kostete, vorwärtszukommen.

Bald erreichten wir die einzige Straße, die nach Schönefelde führte, und stiegen auf unsere Fahrräder. Der warme Sommerwind strich sanft über meine Beine, als wir bergab rollten, und kühlte meine überhitzte Haut. Ich atmete tief ein und roch schon das Wasser, das nicht mehr weit war. Das klare, kühle Nass zog mich regelrecht an und ich glaubte, es fast hören zu können. Es klang wie ein sanftes, beruhigendes Summen.

Ungeduldig trat ich in die Pedale und überholte Liana und Paul, bis ich als Erste das Südtor erblickte. Es war die einzige Möglichkeit, die Stadtgrenze zu verlassen. Der steinerne Ring, der Schönefelde und den Schönefelder Stadtwald umschloss, bildete außerdem die Grenze für meine Bewegungsfreiheit. In mir rang die Versuchung des Wassers, das mich anzog wie die Motte das Licht, mit dem Versprechen, das ich meiner Großmutter gegeben hatte, die Stadtgrenze unter keinen Umständen zu verlassen. Ich atmete tief ein und die Sache war entschieden. Ein verbotenes Gefühl von Freiheit machte sich in mir breit, doch irgendetwas störte meinen Glücksfluss. Hatte ich etwa ein schlechtes Gewissen, weil ich mich nicht an die Anordnung meiner Großmutter hielt?

Nein, entschied ich, da war etwas anderes, das nicht stimmte. Ein dunkles Gefühl breitete sich in mir aus und trotz der Julihitze, die mich eben noch gequält hatte, wurde mir plötzlich kalt. Erschrocken bremste ich ab, als ich sie bemerkte.

Jenseits der Stadtgrenze, auf der anderen Seite der Mauer, standen dunkle Gestalten. Auch Liana und Paul hatten sie entdeckt, denn ihre Räder kamen direkt neben mir zum Stillstand. Sie wurden von den Büschen am Straßenrand halb verborgen, doch ich spürte, dass sie mich ansahen. Sie beobachteten nicht Liana oder Paul, nein, sie starrten eindeutig mich an.

Ich betrachtete ihre merkwürdige Kleidung, schwarze Hosen und schwarze Hemden. Sogar ihre Gesichter waren von dunklen Tüchern verborgen, die nur einen Spalt für die Augen frei ließen. Ich war mir sicher, dass Männer unter diesen Stoffen steckten. Sie waren groß und breit. Fasziniert und gleichzeitig verängstigt blieb ich stehen, genauso wie es Paul und Liana taten.

Es kam plötzlich und völlig unerwartet: Der stechende Blick einer der Gestalten bohrte sich regelrecht in meinen Kopf wie ein Pfeil mit einem Widerhaken daran. Wie hypnotisiert ließ ich mein Fahrrad fallen und ging direkt auf ihn zu.

„Komm zu mir!“, hallte seine Stimme, und ich musste ihr folgen. Sein Gesicht konnte ich nicht erkennen. Ich sah nur noch den silbernen Blick seiner Augen. Er zog mich an, ohne dass ich mich dagegen wehren wollte.

„Selma, was ist los mit dir?“ Lianas panische Stimme klang weit entfernt. Ich spürte, wie sie an meinem Arm zog und versuchte mich festzuhalten, aber ich hatte keine Kontrolle mehr über meinen Körper.

„Komm zu mir, Selma!“ Verlockend süß klangen die Worte. Ich wollte zu den schwarzen Männern.

„Hilfe!“ Paul mühte sich erfolglos, meine festen Schritte aufzuhalten. Ich fühlte, wie er an mir zog und zerrte. Die Stimme schien ungewohnte Kräfte in mir zu wecken. Mich trennten nur noch wenige Schritte von den Männern, als sich ein schmaler, dunkelhaariger Junge direkt vor mich stellte. Er unterbrach den Blickkontakt mit dem dunklen Mann. Der silberne Blick verschwand. Ich blieb stehen und erwachte schlagartig aus meiner Trance.

„Selma, halt an! Irgendetwas stimmt nicht mit diesen Typen“, schrie mir Liana ins Ohr, und diesmal hörte ich sie klar und deutlich.

„Hör auf so zu brüllen, ich bin nicht taub“, sagte ich verwirrt und wandte mich dem Jungen zu, der mich unentwegt ansah. Sein vertrautes Gesicht war vor Zorn verzerrt.

„Adam, was machst du hier?“, fragte ich und versuchte zu verstehen, was passiert war. Ich stellte mich auf die Zehenspitzen und sah über seine Schulter hinweg. Die dunklen Männer waren verschwunden.

„Du solltest besser auf dich aufpassen und dich an die Regeln halten!", flüsterte er wütend. Eine ungewohnte Regung, die ich sonst nicht an ihm kannte. Dann drehte er sich um und verschwand eilig zwischen den hohen Kiefern.

„Was wollten die von dir?" Liana war immer noch hysterisch, ihre Stimme bebte. Ich löste meinen verwirrten Blick von der Stelle, an der Adam verschwunden war.

„Ich habe keine Ahnung, aber ich glaube, nichts Gutes", erwiderte ich, und ein Frösteln zog über meinen Rücken. Was war nur mit mir passiert? Wie hatte ich so die Kontrolle über mich verlieren können? Die Sache machte mir Angst.

„Lass uns bloß von hier verschwinden!" Paul sah sich nervös um. Ich nickte heftig und ging zu meinem Fahrrad zurück.

„Was waren das nur für krasse Typen? Total unheimlich." Paul verhaspelte sich beinahe vor Aufregung, als wir uns vom Südtor entfernten. Ich trat fester in die Pedale, die Panik wuchs unkontrolliert in mir und schien meine Brust zu sprengen. Der Schmerz schnürte mir die Kehle zu.

„Und wie die angezogen waren, und das bei dieser Hitze. Das ist doch krank!", schnaufte Liana, während wir uns die Anhöhe hinaufkämpften. Keiner von uns trödelte.

„Hast du gesehen, wie sie Selma angestarrt haben? Warum bist du eigentlich zu ihnen gegangen?", keuchte Paul. Ich zögerte, bevor ich antwortete, und holte tief Luft, um die Klammer der Panik von meiner Kehle zu lösen.

„Er hat mich zu sich gerufen", flüsterte ich heiser. Der erschrockene Gesichtsausdruck von Paul und Liana verstärkte meine Furcht.

„Krass!", keuchte Paul, und ich spürte genau Lianas angsterfüllten Blick auf mir. Ihre Wangen glühten nicht nur vor Anstrengung.

„Habt ihr nichts gehört?", fragte ich zweifelnd. Meine Stimme war nur noch ein Krächzen. Es konnte doch nicht sein, dass nur ich diese Stimmen vernommen hatte. Sie waren doch klar, laut und deutlich gewesen. Doch Liana und Paul schüttelten einvernehmlich den Kopf, bevor sie ihren Blick von mir abwandten. Was war nur heute los, erst ein Waldbrand und dann diese angsteinflößenden Gestalten?

„Wieso war Adam plötzlich da, ich dachte, der ist in den Ferien wieder in Amerika?“, fragte Liana. Sie mied meinen Blick und sah angestrengt geradeaus. Fürchtete sie sich etwa vor mir?

„Das weiß ich doch nicht“, entgegnete ich barscher als beabsichtigt. „Er stand plötzlich vor mir und dann waren diese Typen auch schon weg und Adam war auch verschwunden. Keine Ahnung, was da gerade passiert ist. Es ging alles so schnell.“ Ich zuckte die Schultern und trat noch kräftiger in die Pedale.

Bald erreichten wir die Steingasse, in der wir wohnten, und zu meiner Überraschung erwartete uns meine Großmutter bereits an der Gartentür. Ihr besorgter Blick ließ mir einen neuen Schauer über den Rücken laufen und die Panik umklammerte mich wieder mit ihrem kalten Griff.

„Kommt rein, Kinder!“, sagte sie, während sie sich prüfend umsah und die Tür hinter uns schloss, nachdem wir den kühlen Flur betreten hatten.

„Stellen Sie sich vor, was uns gerade passiert ist“, sprudelte Paul los. Die Sensationslust hatte über seine Angst gesiegt, nur Liana war noch bedenklich blass.

„Da waren Männer in dunkler Kleidung und sie haben Selma angestarrt und, und …“ Liana stolperte und geriet vor Aufregung ins Stocken. Meine Großmutter hielt sie am Arm fest und nickte, während wir in die Küche gingen.

„Ich mache euch erst einmal einen Tee gegen die Aufregung, der beruhigt, und währenddessen erzählt ihr mir noch einmal ganz genau, was passiert ist.“ Ihre feste Stimme beruhigte Liana, die langsam wieder etwas Farbe bekam. Nur mir gab sie nicht im Geringsten das Gefühl, dass wir wieder in Sicherheit waren. Die Männer waren noch irgendwo da draußen und sie warteten auf mich. Meine Hände begannen zu zittern und die Angst übermannte mich ungebremst. Ich überließ Paul und Liana das Erzählen und sah meiner Großmutter dabei zu, wie sie eine Teemischung zubereitete und heißes Wasser aufgoss. Sie musterte mich gelegentlich, ohne etwas zu sagen, während sie der Erzählung von Paul lauschte, der laut und mit ausladenden Gesten berichtete, was heute passiert war.

„Habt ihr sonst noch jemandem davon erzählt?", fragte meine Großmutter ernst, als er seinen Bericht beendet hatte.

„Nein, Sie sind die Einzige bis jetzt, aber meine Eltern werden heute Abend staunen, wenn ich ihnen von den schwarzen Typen erzähle. Die sind bestimmt aus irgendeinem Gefängnis ausgerissen", meinte Paul begeistert. Ich registrierte den erleichterten Ausdruck auf dem Gesicht meiner Großmutter. Diese Geschichte würde für unglaublichen Ärger sorgen und den Bürgermeister zwingen, seine winzige Polizeiwache wieder in Betrieb zu nehmen. Wieso war meine Großmutter darüber erleichtert?

„Das glaube ich dir", lächelte sie und stellte ein Tablett voller Gläser auf den Tisch, aus denen es würzig duftete. Ich bekam jetzt kaum noch Luft und meine Hände waren klamm, selbst meine Füße zitterten unkontrolliert.

„Selma?" Liana sah mich erschrocken an. Ich war vermutlich blass wie ein Leinentuch.

„Trink!", befahl meine Großmutter streng. Ich widersetzte mich nicht, ich hatte keine Kraft. Bebend nahm ich eines der Gläser und atmete tief das blumige Aroma ein. Das Zittern meiner Füße beruhigte sich augenblicklich und ich führte das Glas an die Lippen. Schluck für Schluck trank ich den heißen, würzigen Tee. Die Wärme breitete sich zuerst in meinem Bauch aus und vertrieb augenblicklich die Kälte der Angst. Meine Hände wurden ruhig und sie umfassten das Glas jetzt mit festem Griff. Ich hielt mich an der Wärme fest, die sich mittlerweile in meinem ganzen Körper ausgebreitet hatte und wie ein Sonnenstrahl das Dunkle in mir auslöschte. Ich schloss die Augen und atmete tief ein. Dann trank ich das Glas in einem Zug leer.

Was hatte mir nur solche Angst gemacht?

Ich öffnete die Augen und blickte in den sonnendurchfluteten Garten. Die Bienen summten eifrig über dem riesigen Blumenmeer und die Kirschen hingen dunkel und süß an den Zweigen des alten Baumes.

„Lasst uns in den Garten gehen!“, rief Paul, als er sein Glas geleert hatte. „Das Wetter ist zu schön, um hier drin zu sitzen.“

Ich sah ihn überrascht an. Natürlich würden wir rausgehen. Was suchten wir überhaupt hier drinnen? Ich sprang begeistert auf und zog Liana mit mir, die mir lachend folgte.

„Gute Idee, Kinder. Genießt eure Ferien, der Ernst des Lebens fängt noch früh genug an“, murmelte meine Großmutter und sah uns nachdenklich nach, als wir lachend und uns jagend in den Garten liefen.

Sechs Jahre später

Es war Ende Mai, der Himmel leuchtete azurblau. Keine einzige Wolke trübte die sommerliche Stimmung. Schwalben schossen um die Hausecken und ihre hohen Rufe hallten durch die kleinen Gassen von Schönefelde. Das Wetter war genau richtig für meine blauen Lieblingsshorts, Tanktop und Sonnenbrille. Die Shorts kniffen unangenehm und erinnerten mich bei jedem Schritt daran, dass ich während des Lernens allzu oft in die Schublade mit den Schokoladenriegeln gegriffen hatte, aber heute ignorierte ich das. Nach den Prüfungen war genug Zeit für ein paar zusätzliche Runden.

Ich schlenderte in der Ruhe des Morgens gemütlich durch die alte Kastanienallee auf meine Schule zu und versuchte, die aufkeimende Prüfungsangst zu unterdrücken. Ich wollte noch einmal in Ruhe von dem Weg Abschied nehmen, den ich seit zwölf Jahren fast täglich gegangen war, von dem ich jede Hausecke und jeden Bordstein kannte und den ich heute, wenn ich Glück hatte, das letzte Mal gehen musste. Was wäre ich froh, wenn ich diesen Ort endlich hinter mir lassen könnte. Schönefelde war wie mein Leben: schön, aber sterbenslangweilig. Eine kleine, abgelegene Stadt mitten in Deutschland, die von endlosen, dunklen Wäldern eingeschlossen war. Ich hatte keinen Blick mehr für diese Idylle, denn für mich bedeutete sie nur noch Langeweile. Oft genug hatte ich unter den dichten Baumriesen gestanden und gestaunt, wie das Licht durch das Blättergewirr fiel und gleißende Tupfen auf den Waldboden malte. Ich war satt davon und hatte Angst, dass mir die Monotonie meiner Umgebung die Gedanken einschlafen ließ, bis ich irgendwann aufwachte und mein Leben unbemerkt zu Ende gegangen war. Manchmal fühlte ich mich, als ob ich im

Halbschlaf vor mich hindämmerte und mein Leben nur als langweilige Soap an mir vorbeizog, immer dieselben Menschen, immer dieselben Probleme.

Nachdenklich verließ ich die schattige Kastanienallee. Auf der rechten Seite tauchte ein altes Fachwerkhaus auf, in dessen blank gewienerten Scheiben sich die Morgensonne spiegelte, perfekt wie immer. Eine resolute, grauhaarige Frau sortierte Äpfel in die Auslage vor dem Laden.

„Guten Morgen, Frau Goldmann, ist Liana schon los?", fragte ich, als ich in den Schatten der gestreiften Markisen trat.

„Nein, Selma, sie ist noch da. Geh ruhig rein!", antwortete sie lächelnd. Ich schritt über die ausgetretene Stufe in den kleinen, kühlen Laden hinein, in dem es vertraut nach Obst und staubigen Konserven roch.

„Guten Morgen, Liana, bist du bereit für die letzte Prüfung?", rief ich in das dunkle Lager. Zwischen den Regalen hörte ich ein Rascheln und dann ein Krachen.

„Au!", rief eine empörte Stimme, und ich musste grinsen.

„Noch ein blauer Fleck mehr oder weniger fällt doch nicht auf", sagte ich, denn meine beste Freundin Liana hatte das Chaos eindeutig gepachtet.

„Hör bloß mit deiner guten Laune auf. Heute ist Mathe dran. Ich habe jetzt schon Bauchschmerzen." Lianas lockige, blonde Mähne tauchte zwischen zwei riesigen Kartons auf. Sie war ein zierliches, hübsches Mädchen, das mit ihrer Haarpracht alle Aufmerksamkeit auf sich zog.

„Glaubst du, mir geht es besser? Aber das ist die letzte Prüfung und dann sind Ferien", versuchte ich sie aufzumuntern.

„So weit denke ich noch gar nicht, erst muss ich Mathe überleben." Liana seufzte, schnappte sich ihre Schultasche von einem Stapel Dosenananas und dann traten wir in den gleißenden Sonnenschein hinaus.

„Weißt du schon das Neuste?" Ihre Prüfungsangst schien wie weggeblasen, als sie sich unserem morgendlichen Ritual widmete und die Neuigkeiten des Tages verkündete.

„Nein, woher auch“, antwortete ich wie jeden Morgen.

„Also, die Torrels sind aus Amerika zurückgekommen. Frau Torrel war gestern zum Einkaufen bei meiner Großmutter und ihre Söhne sind natürlich auch wieder da.“ Sie schaute mich gespannt an und erwartete offensichtlich, dass ich in Jubel ausbrechen würde.

„Und?“, fragte ich gespannt.

„Die Torrel-Jungs? Lennox, Ramon, Torin und Adam?“, fügte Liana fragend hinzu. Mein Gesichtsausdruck ließ wohl immer noch die gewünschte Begeisterung vermissen.

„An Adam, den Jüngsten, erinnerst du dich aber noch? Du weißt doch, der Junge aus unserer Klasse, der vor vier Jahren nach Amerika gezogen ist.“

Jetzt klingelte ganz entfernt etwas. Die Familie war in die Staaten gezogen, weil die Torrels eine eigene Firma hatten und ihre Filiale in Amerika weiter ausbauen wollten. Das internationale Flair dieser Familie hatte für reichlich Gesprächsstoff im ländlichen Schönefelde gesorgt. Ich erinnerte mich verschwommen an Adam, einen schlaksigen, hochgeschossenen Jungen mit kurzem, schwarzem Haar, der so ruhig und introvertiert war, dass er mir nie besonders aufgefallen war.

„Ja, jetzt erinnere ich mich“, antwortete ich schließlich und versuchte, meinem Gesicht einen interessierten Ausdruck zu verleihen. Es war nicht so, dass ich mich nicht für Männer interessierte, aber nach einigen peinlichen Dates mit Jungs aus unserem Ort hegte ich keine Hoffnung mehr, die große Liebe in Schönefelde zu finden. „Die vier Jungs werden sicher nur einen kurzen Urlaub bei ihren Eltern einlegen, bevor sie zum Studium oder zum Arbeiten irgendwohin weit weg gehen“, seufzte ich und bemitleidete mich wieder einmal selbst. Ich hatte die Illusion gehabt, in meinem neuen Großstadtleben ein paar nette Jungs kennenzulernen, aber diese Hoffnung hatte ich begraben, da mich auch mein nächster Lebensabschnitt nicht aus diesem Kaff herausführen würde.

„Nein, Ramon, Lennox und Torin werden in der Firma ihrer Eltern arbeiten und Adam wird hier studieren, so wie du und ich. Sie werden also alle vier hier in Schönefelde bleiben", setzte sie mit einem triumphierenden Lächeln hinzu.

„Warum?" Ich sah Liana überrascht an. „Wer will freiwillig hier studieren oder arbeiten, wenn ihm die Welt offensteht und in anderen Städten das Leben tobt. Hier finden doch nur Ornithologen eine tiefere Befriedigung, wenn sie ein paar seltene Vögel beobachten."

Liana stöhnte genervt.

„Das musst du sie schon selber fragen", entgegnete sie mit deutlicher Verärgerung in der Stimme. „Ich werde auch hier studieren, völlig freiwillig natürlich, und ein paar andere aus unserer Klasse auch. Die Universität Tennenbode ist schließlich ausgezeichnet und nimmt nicht jeden an und, wenn ich dich erinnern darf, werden sogar Studenten aus dem ganzen Land herkommen." Liana unterstrich den letzten Satz mit einer energischen Geste.

„Dass wir zusammen hier studieren können, ist auch mein einziger Trost", entgegnete ich in versöhnlichem Ton. „Wenn ich nur daran denke, dass wir bald Verwaltungstechnische Theorie studieren müssen, schlafe ich im Gehen ein. Mir hatte etwas ganz anderes vorgeschwebt, weißt du? Ich wollte nach Paris, nach New York oder wenigstens nach Berlin. Ich wollte Kunstgeschichte studieren, Architektur oder Medizin. Ich wollte die Welt verändern oder zumindest etwas halbwegs Sensationelles erleben."

„Geht's noch pathetischer?" Liana verdrehte genervt die Augen. „Auch wenn du seit Urzeiten meine beste Freundin bist, habe ich ehrlich gesagt dein Gejammer langsam satt. Wenn es dir so sehr gegen den Strich geht, hier in Schönefelde zu studieren, dann rede doch noch einmal mit deiner Großmutter."

„Das bringt nichts, auf dem Ohr ist sie taub. Sie besteht darauf, dass ich Tennenbode besuche, genauso wie meine Eltern, meine Großeltern und deren Großeltern. Abgesehen davon, dass ich es nicht wagen werde, die Familientradition zu brechen, wollte ich meiner Großmutter nicht das Herz herausreißen und ganz aus ihrem Leben verschwinden." Ich stockte bei den letzten Worten und schwieg, auch Liana sah betreten auf den Gehweg. Wir sprachen nie über die Sache mit meinen Eltern und meinen Geschwistern. Es würde nichts ändern, egal wie oft ich darüber redete. Sie waren tot und würden es bleiben und jede Erinnerung riss schmerzhafte Wunden auf. Ich vermied es, an sie zu denken, denn sonst würde ich in dem dunklen Loch meines schlechten Gewissens versinken. Sie waren tot und ich nicht. Wäre die Lungenentzündung nicht gewesen, hätte ich mit meinen beiden Geschwistern und meinen Eltern auch in diesem Flugzeug gesessen und wäre nie wiedergekommen. Obwohl die Sache dreizehn Jahre her war und ich mich im Prinzip kaum an irgendeine Einzelheit erinnerte, wusste ich genau, dass es mich lähmen würde, wenn ich den schmerzhaften Gedanken zuließ.

„Sprich doch trotzdem noch einmal mit ihr. Sie versteht dich doch sonst immer so gut", sagte Liana leise, und ich sah auf.

„Das bringt nichts." Ich seufzte. Meine Großmutter beharrte auf Tennenbode und sie konnte genauso entschlossen sein wie Lianas Großmutter.

„Dann bleibt dir nichts anderes übrig, als dich endlich damit abzufinden. Nach dem Studium kannst du immer noch um die Welt reisen und ein paar neue Leute kommen ja sogar hierher", tröstete mich Liana.

Ein lautes Scheppern unterbrach unsere Unterhaltung. Wir fuhren gleichzeitig mit dem Kopf herum und sahen einen Radfahrer auf dem Gehsteig direkt auf uns zu rasen. Er hatte eine Mülltonne touchiert und konnte sein Gleichgewicht nicht mehr halten. Geistesgegenwärtig zog ich Liana am Arm zur Seite, sodass sie der Lenker des Rades nur knapp verfehlte. Der Radfahrer, ein kräftiger Junge mit blondem Haar, unternahm noch einen letzten, erfolglosen Versuch, durch einen Schlenker den

Aufprall mit der Hausmauer zu vermeiden. Doch es misslang ihm und mit einem Krachen ging er zu Boden.

„Paul, bist du verrückt? Reicht es nicht aus, dass du dein eigenes Leben gefährdest, muss es auch meins sein? Du bist jetzt zwölf Jahre denselben kurzen Weg in die Schule gefahren und schaffst es tatsächlich noch am letzten Tag, einen Unfall zu bauen." Lianas Stimme klang schrill durch den friedlichen Maimorgen und Paul lief knallrot an.

„Tschuldigung!", murmelte er, während er sich den Arm rieb und sein Fahrrad wieder vom Boden aufhob. „Ich hatte die Mülltonne übersehen."

„Sei froh, dass es nur eine Mülltonne war und nicht Herr Hauptmann, sonst hättest du heute bei der Matheprüfung schlechte Karten!" Ich grinste Paul an. Ich wusste, dass er Mathe liebte, aber Hauptmann hasste. Er war froh, diesen Menschen mit dem heutigen Tag aus seinem Leben zu verbannen. Der Gedanke, seinen ungeliebten Mathematiklehrer mit dem Fahrrad zu rammen, zauberte Paul ein unverschämtes Lächeln auf das Gesicht.

„Ja, da habe ich wohl Glück gehabt, sonst hätt ich wahrscheinlich noch ein Jahr wiederholen müssen", sagte er immer noch grinsend.

„Los jetzt, sonst kommen wir zu spät und müssen alle noch ein Jahr dranhängen!" Liana hatte sich wieder gesammelt und schritt zügig los.

Am Ende der Straße empfing uns das Blätterdach der alten Platanen, die dem Schulhof Schatten spendeten. Während Paul sein Fahrrad anschloss, neigte ich mich zu Liana.

„Weißt du, ob Paul in Tennenbode angenommen wurde?", flüsterte ich ihr zu.

„Nein, er hat wieder eine Ablehnung bekommen. Sein Vater war gestern im Laden und hat es Oma erzählt, aber sprich ihn bloß nicht drauf an. Er ist total enttäuscht", gab sie ebenso leise zurück, während wir quer über den Schulhof liefen.

„Seine Hartnäckigkeit ist wirklich erstaunlich. Da steht ihm die ganze Welt offen und Paul will in Schönefelde bleiben und mit uns Verwaltungstechnische Theorie studieren. Es ist mir echt ein Rätsel, wie er sich dafür so demütigen kann", grübelte ich.

„Ich weiß, er hat wieder Bittbriefe geschrieben und Frau Professor Espendorm sogar einen Besuch während ihrer Sprechstunde im Rathaus abgestattet, um sie umzustimmen, diesmal sogar mit Anzug und Krawatte." Liana kicherte bei dieser Vorstellung.

Das Klingeln der Schulglocke unterbrach unsere Unterhaltung und wir stürmten mit den anderen wartenden Schülern zur Tür. Das alte Gebäude empfing uns mit seiner angenehmen Kühle. Ich drängelte mich neben Liana und Paul die Treppen nach oben in unseren Klassenraum und machte dabei einen weiten Bogen um ein Grüppchen Siebtklässler, die stets darauf aus waren, mich wegen meiner roten Haare aufzuziehen. Vor einer Matheprüfung konnte ich keine negativen Schwingungen gebrauchen und deswegen versuchte ich, mich unsichtbar zu machen. Es gelang mir tatsächlich, im Gedränge unterzutauchen. Ich nahm Platz und versuchte mich zu konzentrieren und alle Gedanken, die nicht mit Mathematik zu tun hatten, aus meinem Kopf zu verbannen. Herr Hauptmann betrat den Raum. Er war ein schlanker, hochgeschossener Mann, der mit Vorliebe eine braune Cordhose trug, an der er seine kreideverschmierten Hände abwischte. Es dauerte nicht lang und die unvermeidliche Prüfungsaufregung stieg in mir hoch. Meine Hände zitterten, während ich den Aufgabenzettel, den Herr Hauptmann verteilt hatte, mit feuchten Fingern umdrehte. Ich war nie gern in die Schule gegangen, das Lernen fiel mir schwer. Jede gute Note hatte ich mir durch harte Arbeit erkämpft. Und heute war endlich der Tag gekommen, an dem ich meine letzte Prüfung schreiben musste. Ich überflog die erste Aufgabe, die zu meiner Erleichterung mit einer machbaren Fragestellung begann, atmete tief durch und legte los.

Vier Stunden später stand ich erleichtert auf. Geschafft! Ich hatte die letzte Prüfung mit einem halbwegs guten Gefühl hinter mich gebracht. Langsam ging ich zwischen den leeren Reihen hindurch, legte meine Arbeit ordentlich auf das Pult von Herrn Hauptmann und verließ das Zimmer, ohne mich noch einmal umzusehen. Nachdenklich schloss ich die Tür hinter mir.

Ich hielt mich für einen guten Beobachter. Doch wie der dunkelhaarige Junge, der als Erster seine Arbeit abgegeben hatte, in das Klassenzimmer gekommen war, hatte ich nicht bemerkt. Mit großer Sicherheit hatte mich die unlösbare Aufgabe mit der Wahrscheinlichkeitsrechnung so erschlagen, dass ich nicht gesehen hatte, wie er nach mir den Raum betreten und Platz genommen hatte.

Ich schlenderte langsam den leeren Gang zur Schultür hinaus und versuchte an etwas anderes zu denken. Was ging er mich schon an, vielleicht musste er nur eine Prüfung wiederholen?

Dummerweise ließ mich der Gedanke an ihn nicht los. Er war mir noch nie in der Schule aufgefallen. Ich hatte zwar nur einen kurzen Blick auf ihn geworfen, als er völlig unerwartet in der ersten Reihe aufgestanden war, aber seine große und kräftige Statur, der federnde Gang und die schwarzen Haare, die sich bis in den Nacken auf seiner sonnengebräunten Haut ringelten, hatten für den Bruchteil einer Sekunde ein unerklärliches Interesse in mir geweckt.

Ich verscheuchte den albernen Gedanken und trat in den hellen Sonnenschein hinaus. Nach dem stundenlangen Sitzen in dem dunklen Klassenraum brannte die Sonne in meinen Augen. Ich blinzelte eine Träne weg und atmete tief die sommerlichen Gerüche ein. Das Studium würde erst im Oktober beginnen, also lagen endlos lange Ferien vor mir. Die Abschlussprüfungen waren gut gelaufen und damit war ich frei. Ich genoss das Gefühl, schlenderte über den Schulhof und kickte gedankenverloren gegen einen Stein. Im Schatten der

Platanen beschloss ich, auf Liana zu warten. Sie wusste alles und kannte jeden in der Stadt. Vielleicht wusste sie auch, wer der Unbekannte war. Nicht dass es mich interessierte, aber wann traf man schon mal einen Unbekannten in Schönefelde? Ich wurde jäh von einem aufheulenden Motor aus meinen Gedanken gerissen, der das leise Zwitschern der Vögel übertröhnte. Aus den Augenwinkeln konnte ich gerade noch den Fahrer des kleinen, schwarzen Sportwagens erkennen, der mit quietschenden Reifen den Parkplatz der Schule verließ.

Er war es, der dunkelhaarige Junge. Eine elektrisierende Unruhe überfiel mich. Auch diesmal konnte ich sein Gesicht nicht erkennen, obwohl ich ihm mit zusammengekniffenen Augen hinterherstarrte. Zwischen meinen zusammengepressten Lippen rutschte mir ein Fluch heraus, als ich plötzlich in einer Staubwolke stand, die der Wagen aufgewirbelt hatte.

„Was ist los, lief Mathe schlecht?“ Lianas Stimme ließ mich herumfahren.

„Nein, Mathe lief gut. Ich meine den arroganten Kerl, der mit uns die Prüfung geschrieben hat“, schimpfte ich, während ich mir den Staub aus der Kleidung klopfte.

„Du meinst den äußerst attraktiven Adam?“, antwortete Liana seufzend und sah mich gespannt an.

„Adam?“ Ich zögerte kurz. Der Junge, den ich soeben gesehen hatte, hatte nichts mit dem schmalen Adam aus meiner Erinnerung zu tun, es sei denn, er hatte sich während seines Auslandaufenthaltes einer kompletten Rundumerneuerung unterzogen.

„Warum hat er mit uns die Abschlussprüfung geschrieben? Ich dachte, er hat seinen Abschluss schon in Amerika gemacht“, fragte ich Liana, während wir zum Ausgang des Schulhofes schlenderten.

„Hat er auch, aber Frau Professor Espendorm verlangt, dass er sich auch den örtlichen Prüfungen unterzieht, damit in Tennenbode alle Studenten denselben Stand haben.“

„Er kommt also nach Tennenbode“, sagte ich leise und

blickte Liana an. „Woher weißt du das immer alles? Wirklich erstaunlich!"

Sie grinste stolz. „Danke, meine Großmutter sitzt ja auch an der Quelle aller Informationen. Es ist von Vorteil, wenn man den einzigen Lebensmittelladen in der Stadt betreibt. Genau genommen hat ihr Frau Torrel gestern alles mit stolzgeschwellter Brust erzählt. Vielleicht interessiert es dich auch, dass Adam die übrigen Prüfungen gestern im Büro des Direktors geschrieben hat, alle hintereinander, weil die Familie erst vor zwei Tagen angekommen ist. Er scheint also ein ziemlich kluges Kerlchen zu sein … Ah!" Vertieft in unser Gespräch war Liana über eine Bordsteinkante gestolpert. Routiniert fing ich sie auf, denn über diese Bordsteinkante stolperte sie mindestens einmal in der Woche.

„Danke!", sagte sie.

„Keine Ursache. Übrigens mag es sein, dass er klug ist, aber rücksichtslos ist er trotzdem, und so etwas ist eigentlich überhaupt nicht mein Fall", stellte ich fest und klopfte demonstrativ noch ein bisschen auf meiner Hose herum.

„Du musst aber zugeben, dass er in diesem schicken Auto wirklich unglaublich gut aussieht." Lianas Blick bekam etwas Sehnsuchtsvolles. „Seine Brüder sind nicht annähernd so attraktiv wie er." Ich schüttelte den Kopf über Lianas Schwärmerei und versuchte, das Thema zu wechseln. Weder ihr noch mir selbst wollte ich eingestehen, dass ich zumindest den Bruchteil einer Sekunde genau dasselbe gedacht hatte.

„Lass uns nach Hause gehen!", schlug ich vor.

„Geht klar, und übrigens habe ich was Neues für dich, quasi als Belohnung für die Prüfung." Sie grinste und fing an, umständlich in ihrer braunen Umhängetasche zu kramen. Schließlich beförderte sie einen MP3-Player zutage, den sie mir lächelnd übergab.

„Super, vielen Dank!" Ich nahm das kleine Gerät entgegen. Liana war der Dealer für meine ganz spezielle Droge. Ich wüsste nicht, wie leer mein Leben ohne Musik wäre, denn Musik berauschte mich, tröstete mich oder leerte meinen Kopf, und sie gab mir den absoluten Kick. Jede Stimmung hatte eine Melodie und mein Gehirn hatte eine ganz besondere Beziehung zu jeder. Das war nicht ungewöhnlich, das wusste ich, doch meine Liebe zur Musik ging ein wesentliches Stück weiter als die meiner Klassenkameraden.

Ich ließ mich so sehr darauf ein, dass mein Körper ausgeschaltet wurde. Klick, einfach so. Ich konnte nichts dagegen machen, es war einfach zu stark. Ich versank regelmäßig in diversen Songs. Die Gefühle blubberten in großen, bunten Blasen durch meinen Kopf, stiegen, fielen, kribbelten und schmerzten, je nachdem, welches Gefühl die Noten transportierten.

Da mein Körper quasi schlafend zurückblieb, musste ich diesen ganz besonderen Genuss auf die Privatsphäre meines Zimmers beschränken. Die Entdeckung dieser besonderen Fähigkeit im Musikunterricht war einer der peinlichsten Momente meines Lebens gewesen. Ich war fünfzehn und wir hörten gerade Beethovens Mondscheinsonate. Dieses Stück lief genau auf meiner Wellenlänge. Ich war in die Musik eingetaucht wie in Wasser und sah plötzlich Bilder vor mir, die mich mit ihrer Kraft regelrecht erschlugen. Da war der Schein des Mondes, der in einer wolkenlosen Nacht milchig durch ein Fenster fiel. Ich sah auch den Mann, der seine große Liebe verloren hatte. Und was viel stärker war und mich schließlich in die Knie gezwungen hatte, war, dass ich diesen Schmerz auch fühlen konnte. Es war unendlich peinlich, als mein Kopf auf den Tisch sackte und ich langsam vom Stuhl rutschte. Erst als meine Musiklehrerin den CD-Spieler abgeschaltet hatte und im Begriff war, Erste-Hilfe-Maßnahmen an mir durchzuführen, war ich wieder aufgewacht. Ich hatte geistesgegenwärtig einen Schwächeanfall vorgetäuscht, was für alle eine logische Erklärung gewesen war.

Anfangs hatte ich niemandem davon erzählt, nicht einmal meiner Großmutter. Ich war vermutlich krank, dachte ich. Ich hatte von Autisten gelesen, die Farben fühlen konnten, und genauso eine Störung musste ich auch haben. Seit dem Vorfall hatte ich immer eine Packung Ohrstöpsel dabei, um nicht wieder unter den Tisch zu rutschen. Meine Mitschüler hatten sich jahrelang über meine Ohnmachtsgeschichte lustig gemacht, bis sie sie endlich vergessen hatten. Es dauerte eine ganze Weile, bis ich den Mut fand, Liana in mein Geheimnis einzuweihen. Entgegen meiner Befürchtung, dass sie mich für abartig halten könnte, war sie total begeistert von der Sache gewesen und brachte mir immer wieder neue Musikstücke mit.

In den letzten beiden Jahren hatten wir viel experimentiert und ich hatte die unglaublichsten Erlebnisse gehabt; von der Weite der Räume, von Farben, Landschaften und natürlich von den depressivsten Gedanken bis hin zu den absoluten Hochgefühlen. Liana versorgte mich regelmäßig mit neuer Musik und ich erzählte ihr im Gegenzug von meinen emotionalen Bilderflashs. Mittlerweile war ich regelrecht süchtig nach Musik. Seit einigen Monaten hatte sich diese Fähigkeit allerdings noch weiter verstärkt. Nur die Richtung, in die sie sich entwickelt hatte, fand ich immer noch beängstigend. Deswegen hatte ich Liana noch nichts davon erzählt.

Ich hatte angefangen, Melodien zu hören, wo eigentlich keine sein durften. Es begann mit dem Feuer im Kamin. Das Knacken, Prasseln und Knirschen hatte plötzlich einen Rhythmus und einen Klang. Das Feuer war nicht nur warm, rot und golden, nein, in ihm steckte ein Lied und ich konnte es hören. Es erzählte mir von Flammen, in denen Metall geschmiedet wurde, dunkles und starkes Metall, das große Kräfte hatte.

Dann war da noch die Sache mit dem Wind. Ich kannte schon das Heulen und Stöhnen, wenn der Wind um die Ecken pfiff. Aber neuerdings sang er ein Lied und dieses Lied brachte Bilder und Gefühle mit. Sie waren nicht so stark, dass ich das Bewusstsein verlor, aber sie waren da. Die Nachtwindmelodie war die, die ich am lautesten hören konnte, immer, wenn ich am Abend im Bett lag und der Wind im Dunkeln durch die Bäume rauschte. Er brachte immer denselben Traum von meiner Familie mit. Vielleicht war es auch nur eine Erinnerung, die sich ihren Weg bahnte, weil ich hartnäckig versuchte, sie am Tag auszublenden.

Mein Vater trug mich auf den Schultern durch das Haus und ich jauchzte vor Freude, als wir in den Garten galoppierten. Meine Mutter wartete dort mit den Zwillingen, die auf einer Decke im grünen Gras herumkrabbelten. Mein Vater setzte mich vorsichtig auf den Boden ab und ich lief meiner Mutter in die Arme. Obwohl ich immer gedacht hatte, dass ich bei meiner Großmutter glücklich war, fühlte ich in diesem Moment etwas viel Stärkeres, ein viel tieferes Glück. Vielleicht war es auch nur ein Wunschtraum. Ich wusste es nicht, aber ich wartete jeden Abend fast schon sehnsuchtsvoll auf diesen Moment.

Nachdenklich steckte ich den MP3-Player in meine Tasche und vertrieb den traurigen Gedanken. Plötzlich konnte ich es kaum erwarten, wieder nach Hause zu kommen. Nachdem Liana bei ihrer Großmutter abgebogen war, um die neue Lieferung in die Regale zu räumen, fiel ich in einen leichten Laufschritt. Dabei musste ich mir leider eingestehen, dass das fleißige Lernen der letzten Wochen nicht nur ein paar extra Kilos auf meinen Hüften hinterlassen, sondern auch meine Kondition erschreckend verschlechtert hatte. Ich kam keuchend um die letzte Ecke und schlüpfte durch das eiserne Gartentor, hinter dem sich ein breiter Weg durch unseren Garten schlängelte. Unser Haus lag am westlichen Stadtrand von Schönefelde in einer abgelegenen Seitenstraße, in die sich außer den Anwohnern selten jemand verirrte, da sie direkt am Waldrand endete und in einen Wanderweg überging. Von stämmigen Buchen umringt, lag das alte Anwesen versteckt im hinteren Teil eines weitläufigen Gartens, den meine Großmutter mit großer Hingabe und Liebe zum Detail pflegte. Im Sommer war der Garten voller Farben und Efeuranken webten das Haus in einen grünen Kokon. Im vorderen Teil hatte meine Großmutter riesige Kräuterbeete angelegt, deren Duft der Wind immer bis in das Haus hineinwehte. Ich respektierte ihr Hobby, denn sie kannte sich unglaublich gut mit Pflanzen aus. Es gab keine Krankheit, die sie nicht mit ihren Kräutern heilen konnte. Sie verkaufte die getrockneten Bündel sogar im Laden von Frau Goldmann und behandelte die Schönefelder mit ihren Kräutermixturen. Zur großen Enttäuschung meiner Großmutter konnte ich nicht dieselbe Begeisterung für Pflanzen aufbringen wie sie und schließlich hatte sie es aufgegeben, mir alle Pflanzennamen und Heilkräfte beizubringen.

Ich stieg nicht die Treppen zur Veranda hoch, sondern bog noch vor dem Haus unter den tief hängenden Zweigen einer Rotbuche ab. Versteckt zwischen großen Büschen, deren reich blühende Äste einen blickdichten Vorhang bildeten, stand mein Pavillon an der Grundstücksgrenze. Der kleine, halboffene Raum war gemütlich eingerichtet und an der Decke baumelte neben allerlei gebündelten Kräutern, die meine Großmutter hier zum Trocknen aufgehängt hatte, ein Windspiel, das in der zarten Brise in leisen Tönen vertraut klingelte. Auf dem Tisch stand eine große Vase mit blühendem Flieder, der mich jetzt mit seinem schweren, süßen Duft empfing. Ich zog meine Schuhe aus, ließ die Schultasche unachtsam in eine Ecke gleiten und nahm Lianas MP3-Player heraus. Dann kuschelte ich mich auf meiner Liege in eines der Kissen. Ich kramte meine Kopfhörer hervor, schloss die Augen voller Vorfreude und ließ mich in die ersten Klavierakkorde fallen.

Es war ein herrlich melancholisches Stück. Ich stürzte in einen Ozean aus Tränen, in die Trauer um eine verlorene Liebe. Bilder schossen in meinen Kopf, die nicht von mir waren. Ich hatte schon seufzend Luft geholt, um endgültig abzutauchen, als plötzlich alles weg war, das Gefühl und das Bild gleich mit.

Stattdessen hatte ich das Bild von Adam in meinem Kopf, von seinen breiten Schultern und seinem weichen, schwarzen

Haar, das sich im Nacken auf seiner sonnengebräunten Haut ringelte. Ich saß kerzengrade auf meiner Liege und starrte mit leerem Blick in den Garten. Wie kam Adam in meinen Kopf?

Das war unmöglich. Ich hatte mit Liana eine Möglichkeit gesucht, den Musikflash zu stoppen, aber nichts hatte funktioniert, außer dem Ausschalten des CD-Spielers. Kein Rütteln, kein Rufen, kein kaltes Wasser, und jetzt das. Ich hatte Adam nicht einmal von vorn gesehen, aber von ihm ging eine erschreckend starke Anziehungskraft aus, die ich mir nicht erklären konnte. Ein warmes und tröstendes Gefühl machte sich in mir breit und gleichzeitig war ich wütend auf mich. Warum musste ich an Adam denken, einen verwöhnten, reichen Jungen, der sich garantiert nie mit ernsten Problemen rumschlagen musste? Ich setzte mich auf und packte den MP3-Player weg. Ich würde es einfach morgen noch einmal probieren, beschloss ich frustriert und ging ins Haus.

Am Wolfsee

Ich schlief unruhig in dieser Nacht, wälzte mich im Halbschlaf hin und her und zerwühlte mein Bett, ohne Ruhe zu finden. Am Morgen tauchte ich noch einmal in einen wirren Traum ab. Ich stand vor einem tropfnassen Buch, das mich ganz deutlich an das alte Kräuterbuch meiner Großmutter erinnerte. Ich wollte es unbedingt haben, aber ich kam einfach nicht heran, weil es vor meinen Augen verbrannte. Während die Flammen knisterten, schien das Buch Schreie auszustoßen. Blechern hallte immer wieder ein Wort durch meinen Traum. Hinter mir stand im Schatten eine riesige Gestalt, die mich ergreifen wollte, und als ich um Hilfe schrie, brachte ich keinen Ton heraus, weil mein Mund voller Erde war.

So einen Blödsinn hatte ich schon lange nicht mehr geträumt. Langsam stand ich auf und ging in die Küche. Dort fand ich einen großen Topf frisch gekochter Erdbeermarmelade, der meine Laune schlagartig hob. Meine Großmutter hatte schon die ersten Früchte des Jahres verarbeitet und ich tauchte meinen Finger in das süße Gelee und ließ eine Kostprobe davon in meinem Mund verschwinden, um den Geschmack der Erde zu vertreiben.

Mit einer Tasse Kaffee in der Hand machte ich mich auf die Suche nach meiner Großmutter. Ich fand sie in ihrem Atelier, einem riesigen, lichtdurchfluteten Raum, der sich in der Veranda im Erdgeschoss unseres Hauses befand. Dort mischten sich die Aromen der verschiedensten Kräuter, die sie sammelte und aufbewahrte, zu einem einzigartigen Bouquet, das ich immer mit meiner Großmutter verbinden würde.

Georgette von Nordenach war eine große, schlanke und sehr elegante Erscheinung. Obwohl das Alter graue Strähnen in ihre langen, roten Haare gewebt hatte, war sie immer noch schön. Sie hatte ein freundliches Strahlen, das aus ihrem Inneren zu kommen schien. Als sie jung war, hatte sie sicher allen Männern den Kopf verdreht. Aber was das anging, war sie sehr schweigsam und verriet wenig über ihre Jugend und über die Jahre, bevor sie meinen Großvater Edgar kennenlernte. Ich ging zu ihr hinüber und begrüßte sie mit einem Kuss auf die Wange.

„Guten Morgen, du siehst nicht gut aus, wirst du krank?“, empfing sie mich mit besorgter Stimme.

„Nein, alles okay. Ich habe nur etwas Seltsames geträumt“, antwortete ich beschwichtigend. Meine Großmutter legte die Stirn in Falten und besah mich mit diesem alles durchdringenden Blick. Ich wurde das Gefühl nicht los, dass ich nichts vor ihr verbergen konnte.

„Erzähl mir, was du geträumt hast“, bat sie. Hinter ihr, auf einem hölzernen Pult in der Mitte des Raumes, sah ich das dicke Buch liegen, in dem alle bekannten Pflanzen und ihre Verwendungen beschrieben waren. Ich spülte den erneut aufkeimenden Geschmack von Erde mit einem Schluck Kaffee hinunter.

„Von einem Buch habe ich geträumt, so einem wie deinem hier. Es war nass und brannte und dabei hat es die ganze Zeit ‚Aka‘ oder so ähnlich geschrien. Verrückt, nicht wahr? Es ist wirklich allerhöchste Zeit für die Sommerferien. Die Prüfungen haben mich doch mehr gestresst, als ich gedacht hatte“, sagte ich und trat zum Fenster. Das Sonnenlicht fiel durch die bunten, bleiverglasten Scheiben und zauberte ein farbiges Muster aus fremden Ornamenten auf den Fußboden. Wie oft hatte ich als Kind hier gespielt und die bunten Lichtflecken bewundert, die über den Holzboden huschten? Ich wandte mich ab und sah erschrocken zu meiner Großmutter. Ich hatte gar nicht gemerkt, dass sie mich mit versteinerter Miene betrachtete.

„Alles klar?“, fragte ich vorsichtig. Ihre Gesichtszüge lösten sich sofort und sie lächelte.

„Ja, manchmal träumen wir wirklich seltsame Dinge, aber Träume sollte man nicht überbewerten."

„Ja, das sehe ich auch so", erwiderte ich. Die Nacht hatte ich schon vergessen, denn ein sonniger Ferientag lag vor mir, für den ich schon Pläne hatte. „Ich möchte heute mit Liana zum Baden an den Wolfsee fahren", sagte ich. Da hatte ich frühmorgens gleich ein schwieriges Thema angeschnitten. Obwohl mein achtzehnter Geburtstag im August nicht mehr weit war, durfte ich die Stadtgrenze immer noch nicht allein verlassen. Entgegen meiner Erwartung sah mich meine Großmutter jedoch freundlich an und sagte: „Das solltest du machen, heute wird wirklich ein heißer Tag."

Ich verbarg meine Überraschung mehr oder weniger gut.

„Ich geh dann mal meine Badesachen packen", erwiderte ich schnell, bevor es sich meine Großmutter wieder anders überlegen konnte.

„Mach das, vor Sonnenuntergang bist du aber bitte wieder zurück und geh niemals allein!", ermahnte sie mich routiniert und wandte sich wieder ihrem Kräuterbuch zu.

„Geht klar." Nachdenklich ging ich in die Küche und nahm mein Müsli aus dem Schrank. Seit Lianas achtzehntem Geburtstag im Frühjahr waren viele Dinge anders geworden. Wir waren zusammen aufgewachsen und die besten Freundinnen, seit ich denken konnte. Zwischen uns hatte es nie Geheimnisse gegeben. Wir hatten immer gewusst, was der andere dachte und fühlte. Doch seit ihrem Geburtstag verreiste Liana regelmäßig und obwohl sie mir erzählte, dass sie ihre kranke Cousine Nelly besuchte, wusste ich doch, dass das eine Ausrede war. Irgendetwas verheimlichte sie vor mir, vielleicht einen neuen Freund oder gar eine neue Freundin. Ich hatte manchmal das Gefühl, dass sie mir gern mehr erzählen würde. Vielleicht traute sie sich nicht oder womöglich durfte sie es nicht. Das Klingeln eines kleinen Glöckchens ließ mich aufhorchen. Das war Liana. Zwischen meinem Fenster und Lianas Fenster hatte ihr Vater über Bäume und Rollen eine Verbindung gespannt, an deren Ende an meinem und ihrem Fenster ein kleines Glöckchen hing. Dazu hatten wir uns als zehnjährige Mädchen einen Klingelcode ausgedacht. Ich eilte in mein Zimmer und klingelte einmal zurück, um Liana auf ihre Bitte, zu ihr zu kommen, zu antworten. Dann schnappte ich meine rotgepunktete Badetasche.

„Tschüss!“, rief ich ins Atelier hinein.

„Pass auf dich auf!“, ermahnte mich meine Großmutter beim Hinausgehen.

„Ja, mach ich“, versicherte ich ihr wie immer. Auf was sollte ich bitteschön aufpassen? Das war mir nach wie vor ein Rätsel. Ich wohnte im langweiligsten Ort der Welt. Hier kannte jeder jeden. Das einzige Risiko, das es hier gab, war, sich zu Tode zu langweilen. Mit meinem Fahrrad machte ich mich auf den Weg zu Liana. Die Pfingstrosen blühten und ihr unwiderstehlicher Duft lockte die Bienen herbei. Zwischen ihrem beruhigenden Summen bog ich in den Nachbargarten. Im Vergleich zu unserem war er klein und sparsam bepflanzt. Meine Großmutter würde sich hier langweilen. Liana hüpfte mit einem Apfel in der Hand die letzten Stufen der Eingangstreppe hinab.

„Ich freue mich schon so auf den See. Die ganze Zeit, während ich gelernt habe, habe ich auf diesen Moment gewartet“, begrüßte sie mich kauend. Lianas Lebensfreude sprühte wie immer Funken. Ich grinste. Ihre gute Laune wirkte eindeutig ansteckend.

„Na dann los, genießen wir unsere Freiheit im kühlen Wasser“, trieb ich sie an.

Wir radelten durch Schönefelde und bogen dann in die von Bäumen gesäumte Ausfahrtsstraße ein, die den Wald teilte. In diesem Moment fühlte ich mich wirklich frei. Ich hielt den Kopf in den Wind und einen Moment lang erlaubte ich mir den Gedanken, dass ich jetzt einfach Schönefelde verlassen würde und irgendwohin fahren könnte, um mich in ein Abenteuer zu stürzen. Doch die Realität holte mich allzu schnell wieder ein.

Schon nach kurzer Fahrt erreichten wir die Stadtgrenze, eine vier Meter hohe und zwei Meter breite Natursteinmauer. Wir fuhren durch das Südtor hinaus, hinter dem der Wolfsee direkt an der Zufahrtsstraße lag. Bald bogen wir in einen sandigen Waldweg ein, der in einem Parkplatz mündete. Wir waren nicht die Einzigen, die an diesem warmen Tag zum Baden wollten, der Parkplatz war voll. Wir schlossen unsere Fahrräder an einen jungen Ahornbaum an und gingen die letzten hundert Meter zu Fuß weiter. Das Lärmen fröhlicher Badegäste schlug uns schon von Weitem entgegen. Wahrscheinlich war die halbe Schule hier und ich machte mich auf das Schlimmste gefasst. Kaum waren wir um die letzten Bäume gebogen, öffnete sich der Blick zum See. Der Wolfsee lag malerisch in einer Senke. Die sandigen Ufer ließen genug Platz für einen Volleyballplatz und die vielen Sonnenanbeter der Nachbardörfer, die sich hier mit ihren bunten Decken und Handtüchern niedergelassen hatten. Wir standen noch suchend am Strand, um ein ruhiges Plätzchen zu finden, da war ich schon von den nervigen Siebtklässlern unserer Schule entdeckt worden.

„Hey, da kommt der Karottenkopf“, erschallte es von links.

„Hallo, Feuermelder“, folgte sofort.

Na, klasse! Das Gefühl von Freiheit zerbröselte schlagartig zu schmutzigem Staub. Ich wollte mir nicht die Blöße geben, in aller Öffentlichkeit zurückzuschreien, und zog Liana daher nur am Ärmel hinter mir her zu einer weit entfernten Stelle, wo wir unsere Handtücher ausbreiteten und uns darauf niederließen.

„Du kannst gar nicht glauben, wie froh ich bin, dass ich die bald los sein werde“, schimpfte ich. „Außerdem habe ich schon hundert Mal gesagt, dass meine Haare nicht karottenrot sind.“

„Ja, ich weiß, deine Haare sind wunderschön dunkelrot. Reg dich nicht auf! Dass ihnen das nach den vielen Jahren mit dir nicht langweilig wird, wundert mich schon. Irgendwann müssen sie sich doch daran gewöhnt haben, dass deine Haare rot sind, oder die ärgern dich nur aus Gewohnheit. Auf jeden Fall sind wir sie bald los." Liana hatte gut reden. Mit ihren blonden Locken zog sie immer nur bewundernde Blicke auf sich.

„Hast du Shirley gesehen? Sieh dir die Sonnenbrille an. Unglaublich!", versuchte mich Liana abzulenken. Ich ging gern darauf ein und machte Shirley am anderen Ufer des kleinen Sees aus. Shirley war das It-Girl unseres Jahrgangs. Ihre Eltern waren steinreich und erfüllten ihr jeden noch so sinnlosen Wunsch. Sie räkelte sich gerade in einem knappen Designer-Bikini auf ihrer Liege, die ihr sicher einer ihrer vielen Bewunderer hinterhergeschleppt hatte. Auf ihrer Nase prangte tatsächlich ein monströses Exemplar einer Sonnenbrille.

„Unglaublich hässlich, meinst du", kicherte ich vergnügt. „Und sieh mal, wie die Jungs wieder an ihr kleben. Sie muss aufpassen, dass ihr nicht einer versehentlich auf den Fuß sabbert." Wir lachten und verfolgten weiter gespannt, wie sich zwei Jungs darum stritten, wer Shirley den Rücken eincremen durfte. Man musste ihr neidlos zugestehen, dass sie einen perfekten Körper besaß. Ungerechterweise war sie zudem noch bildschön und sich dessen absolut bewusst. Ihren Intellekt schätzte ich als nicht sehr überragend ein, aber sie hatte es geschafft, alle Lehrer mit ihrem Augenklimpern um den Finger zu wickeln, sodass sie die Schule mit einem guten Zeugnis verließ.

„Das ist doch Paul da drüben", platzte ich entsetzt heraus. „Sieh doch nur, er serviert Shirley und ihrer Hühnerschar kalte Getränke. Ich fasse es nicht. Hat der Junge denn keine Selbstachtung?"

Hatte er nicht. Fassungslos verfolgten wir, wie Paul eine Kiste kalter Limonade heranschleppte, die er vermutlich mit seinem klapprigen Renault extra hergefahren hatte. Jetzt verteilte er die Flaschen an die kichernden Mädchen um Shirley herum und genoss sichtlich ihre Aufmerksamkeit. Er richtete sich gerade mit stolzgeschwellter Brust auf, als er uns entdeckte und sofort knallrot anlief. Aha, wenigstens war es ihm peinlich. Er winkte uns zaghaft zu. Ich dirigierte ihn zu uns, aber er ahnte wohl schon das Schlimmste und gestikulierte wild auf seine Uhr. Dann hob er entschuldigend die Schultern und flitzte zurück zum Parkplatz. Er hatte vor lauter Nervosität ganz vergessen, sich von Shirley zu verabschieden.

„Na, der kann sich heute Abend noch was anhören", murmelte Liana.

„Ja, ich freu mich auch schon drauf", grinste ich vergnügt. In den letzten Wochen war es fast zu einem Ritual geworden, dass wir uns nach dem Lernen am Abend noch einmal zusammensetzten und den Tag ausklingen ließen, und auf heute Abend freute ich mich schon besonders. Paul war, wie vermutlich jeder Junge in unserer Schule, in Shirley verliebt. Dass er sich jedoch öffentlich demütigte und ihren Laufburschen spielte für nichts mehr als ein freundliches Dankeschön aus dem rosa geschminkten Mund, war schon ein starkes Stück. Kopfschüttelnd kramte ich in meiner Tasche nach meinem Buch; endlich andere Lektüre als Schulbücher. Ich hatte mir mit Absicht einen lauen Sommerroman in der kleinen Buchhandlung auf dem Schönefelder Marktplatz gekauft, um mein Gehirn richtig zu entspannen.

Ich schlüpfte aus meinen Shorts und dem Tanktop und legte mich in meinem schwarzen Bikini in die Sonne und genoss das angenehme, warme Gefühl auf meiner Haut. Liana legte sich neben mich und räkelte sich wohlig auf ihrem Handtuch. In den Fingern hielt sie ein dunkel eingeschlagenes Buch.

„Wenn du fertig bist, tauschen wir", schlug ich vor und versuchte einen Blick auf den Titel zu erhaschen. „Gesammelte Werke von Konstantin Kronworth", las ich, bevor Liana das Buch wieder in ihrer Tasche verschwinden ließ und stattdessen einen Sommerroman hervorzog.

„Ist nur so ein langweiliger Gedichtband, aber das hier, das können wir gern tauschen. Wenn wir die durchgelesen haben,

haben wir dann hoffentlich jeglichen Verstand verloren und können endlich mit Shirley auf einer Ebene kommunizieren.“ Ich stimmte in ihr Lachen ein, aber es blieb das schale Gefühl, dass Liana schon wieder etwas vor mir verbarg. Ich nahm mein Buch, schlug die erste Seite auf und vertiefte mich in meine Lektüre.

Ein röhrender Motor riss mich auf Seite zwanzig aus den Zeilen. Das konnte doch nicht wahr sein; nicht der schon wieder. Ich ignorierte das erwartungsvolle Kribbeln in meinem Bauch und vergrub mein Gesicht wieder in meinem Buch. Die großen Gestalten, die sich nach kurzer Zeit nicht weit von uns niederließen, nahm ich nur aus den Augenwinkeln wahr. So wollte ich Adam gewiss nicht begegnen. In meinem Bikini fühlte ich mich irgendwie schutzlos gegen meine seltsame Reaktion auf ihn. Ich kannte ihn nicht, hatte ihn nicht einmal von vorn gesehen, geschweige denn ein Wort mit ihm gewechselt, und dennoch elektrisierte mich allein der Gedanken an ihn. Irgendetwas ging hier nicht mit rechten Dingen zu und solange ich nicht wusste, was hier nicht stimmte, würde ich ihn besser ignorieren.

„Sieh nur, da sind Lennox und Ramon“, flüsterte Liana aufgeregt. „Unglaublich, diese Muskeln.“

Ich entspannte mich schlagartig und sah betont desinteressiert von meinem Buch auf. Ich nickte Liana zu, die es aber nicht bemerkte, da sie ganz in der Betrachtung der äußeren Reize von Lennox und Ramon aufgegangen war, die sich gerade die T-Shirts auszogen. Lennox, der Ältere, war größer als Ramon und hatte genauso wie sein Bruder kurzes, braunes Haar. Seine muskulöse Gestalt zeigte, dass er hart an seinem Körper arbeitete. Natürlich dauerte es nicht lange, bis sich einige Mädchen um Lennox und Ramon scharten. Ich registrierte die Anziehungskraft, die die Torrel-Jungs auf die Schönefelder Mädchen hatten, mit hochgezogenen Augenbrauen. Sicher würde Adam bald dazukommen, schoss es mir heiß in den Kopf, und der Gedanke war auf eine irritierende Weise verlockend. Sein Anblick würde die Mädchentraube dann endgültig in Ekstase versetzen. Ich schüttelte schnell den Kopf, um meine albernen Gedanken zu vertreiben. Adam Torrel und ich lebten in verschiedenen Welten. Zwischen uns würde nie etwas passieren.

Ich vertiefte mich wieder in mein Buch und merkte kaum, wie der Tag verging. Liana und ich hatten den uns umgebenden Trubel am Wolfsee komplett ausgeblendet. Als ich nach einem beendeten Kapitel aufsah, spürte ich, dass sich die Sonne langsam dem Horizont näherte und es merklich kühler wurde.

„Komm, wir springen noch einmal ins Wasser und dann fahren wir nach Hause. Meine Großmutter macht sich sonst Sorgen, wenn ich nicht pünktlich erscheine."

„Geh ruhig, ich lese noch das Kapitel zu Ende und fange dann schon mal an, einzupacken." Liana dehnte ihre Schultern, gähnte und vertiefte sich wieder in ihr Buch.

Ich sprang auf und bemerkte, dass auch ich vom langen Liegen unangenehm träge geworden war. Der feine Sand zwischen meinen Füßen war noch warm von der Sonne des Tages. Ich stieg vorsichtig in das kühle Nass und stürzte mich bald kopfüber hinein. Wasser war mein Element. Schon als Kind hatte ich mich darin pudelwohl gefühlt. Der Wolfsee war für einen See ungewöhnlich klar und frei von Schwebstoffen. Ich hatte reichlich Luft in den Lungen und tauchte tief in die Dunkelheit hinab. Das Gefühl von Schwerelosigkeit und der totalen Stille in der Tiefe empfing mich. Ich öffnete die Augen und betrachtete die schillernde Wasseroberfläche, die über mir leuchtete. Der blaue Himmel schimmerte silbern durch die Fluten. Ich schwamm noch tiefer, bis der Druck der Wassermassen in meinen Ohren schmerzte und der Sauerstoffmangel in der Lunge brannte, dann kehrte ich wieder um. Nach ein paar kräftigen Zügen hatte ich die Wasseroberfläche durchbrochen. Gierig sog ich die frische Luft ein und schwamm nun ruhig quer über den See. In der Mitte des Sees, wo ich allein war, ließ ich mich auf dem Wasser treiben und genoss das kühle Strömen unter mir und den makellos blauen Himmel über mir. Plötzlich fühlte ich mich beobachtet, konnte aber niemanden ausmachen, der nach mir sah. Ich ließ mich wieder ins Wasser sinken und schwamm zum Ufer zurück. Erst jetzt sah ich die große Gestalt, die neben Lennox und Ramon stand. Kurz bevor sich unsere Blicke trafen, wandte er sich ab.

Es war Adam.

Ich erkannte ihn sofort, doch das lag nicht an seinem schwarzen Haar, das sich weich um sein markantes Gesicht wellte, und dieser Mischung aus cooler und geheimnisvoller Aura, die ihn umgab, sondern an meiner Reaktion auf ihn, die heftig war und mir langsam Angst machte. Ein nervöses und zugleich unbeschreiblich schönes Kribbeln machte sich sofort in meiner Magengegend breit und ich verfluchte mich dafür, dass ich dieses Gefühl nicht unter Kontrolle hatte.

Was war nur los mit mir? Ich musste weg von hier und beeilte mich, zu meinem Handtuch zu kommen und mich einzuhüllen. Liana hatte natürlich noch nichts eingepackt, sondern lag bäuchlings auf ihrem Handtuch und beobachtete interessiert die Torrels. Ich ließ ein paar kalte Tropfen auf ihren Rücken fallen, woraufhin sie unterdrückt quiekte.

„Fang mal an zu packen, Liana! Ich muss wieder nach Hause. Die Sonne geht bald unter“, drängelte ich.

„Ja, ja, ich weiß. Du hättest gerade mal Adam sehen müssen“, berichtete sie aufgeregt. „Er wäre beinahe ins Wasser gesprungen. Du solltest nicht so lange tauchen, das ist nicht normal. Es sah aus, als ob er dich retten wollte. Er hat sogar schon mit den Füßen im Wasser gestanden.“

„Ich brauche keinen Retter“, murmelte ich missmutig, weil das Kribbeln in meinem Bauch nicht weniger wurde. „Ich kann hervorragend schwimmen und tauchen.“ Ich sah zu Adam hinüber, der aber völlig in ein Gespräch mit Lennox vertieft war und nicht den Eindruck machte, als ob er soeben nervös am Ufer entlanggelaufen wäre, um die Seerettung für mich zu spielen.

„Bist du dir sicher? Vielleicht wollte er nur die Wassertemperatur prüfen“, wiegelte ich ab.

„Ja, ich bin mir absolut sicher. Ich glaube, Adam ist an dir interessiert, sonst hätte er dich doch nicht retten wollen.“ Liana war von dem Gedanken sichtlich angetan.

„Quatsch, wir kennen uns doch gar nicht und haben auch noch nie ein Wort miteinander gewechselt. Vielleicht ist er ja Rettungsschwimmer und kann nicht aus seiner Haut, wenn er an einem Badesee steht. Was soll ich außerdem mit ihm? Er ist doch nur ein verwöhnter Snob.“ Ich versuchte ihre Begeisterung zu zerstreuen und mein eigenes Interesse an Adam zu ignorieren, während ich meine Badesachen in meine Tasche stopfte und in meine Shorts schlüpfte.

„Komm jetzt, wir müssen los, sonst lässt mich meine Großmutter morgen nicht mehr an den See fahren.“ Ich trieb Liana an, während ich der Versuchung widerstand, noch einmal zu Adam hinüberzusehen. Ein kalter Wind war aufgekommen, der quer über den See fegte und auch die letzten Badegäste vom Ufer vertrieb. Fröstelnd stiegen wir auf unsere Fahrräder und traten den Heimweg an. Während der Fahrt hatte Liana genug damit zu tun, die Anhöhe zum Südtor hinaufzuschnaufen, sodass ich mich in Ruhe in den Gedanken vertiefen konnte, dass sich Adam um mein Wohlergehen sorgte. Zu meiner eigenen Bestürzung stellte ich fest, dass mir dieser Gedanke gefiel und ich mich wohl oder übel damit abfinden musste, dass dieses Kribbeln in meinem Bauch nicht einfach so verschwand.

Der nächste Morgen weckte mich erneut mit Sonnenschein. Ich reckte und streckte mich und genoss noch einmal ausgiebig den Gedanken an endlos lange Sommerferien. Ich lächelte zufrieden und begab mich in die Küche. Mit einer großen Tasse Kaffee in der Hand studierte ich den „Schönefelder Tageskurier

rier". Wie immer gab es keine wesentlichen Neuigkeiten außer der Ankündigung der jährlichen Rassekaninchenschau fürs kommende Wochenende und dem Hinweis, dass die Elftklässler eine Ausstellung ihrer expressionistischen Studien in der Schulaula organisiert hatten, die man auch während der Ferienzeit besuchen konnte.

Ich seufzte genervt. Neben der Lokalzeitung hatte meine Großmutter noch eine Tageszeitung abonniert, die sie allerdings wegräumte, bevor ich aufstand. Der „Korona Chronikle" war eine merkwürdige Zeitung, die meine Großmutter ausgiebig studierte und der ich wenig abgewinnen konnte. Ich warf manchmal einen Blick hinein, wenn die Zeitung, so wie heute, auf dem Tisch lag.

Es gab seltsame Rubriken wie die „Weissagung der Sibyllen" oder die „Ergebnisse der Senatssitzung" oder auch Schlagzeilen, die nicht von dieser Welt zu stammen schienen wie „Neuer Kandidat für die Wahl zum Primus". Die heutige Schlagzeile lautete: „Erneute Entführungen von Patriziertöchtern". Aus welchem Jahrhundert stammte nur diese Zeitung? Vielleicht war meine Großmutter Mitglied in einem Geschichtsverein und ich wusste nur nichts davon oder sie spielte eines dieser seltsamen Rollenspiele mit.

Während ich noch grübelte, kam meine Großmutter herein und räumte als Erstes den „Korona Chronikle" zur Seite. Ich brauchte sie nicht nach dem Sinn dieser Zeitung zu fragen. Sie würde mir höchstens erklären, dass ich alles verstehen würde, sobald ich achtzehn wäre. Ich konnte diesen Satz schon nicht mehr hören. Es machte mich wütend, dass meine Großmutter mich wie ein unmündiges Kind behandelte, das irgendeine geheimnisvolle Wahrheit nicht ertragen konnte. Sie benahm sich wie Liana und leider hielt es keine der beiden für nötig, mich einzuweihen. Es ging mir gar nicht so sehr darum zu erfahren, was sie vor mir verbargen, es ging darum, dass ich wusste, dass sie es taten. Ich folgte meiner Großmutter mit dem Brotkorb in den Garten, wo sie schon das Frühstück vorbereitet hatte.

Doch anstatt sich zu mir zu setzen und mich in Versuchung zu bringen, ihr ein paar Informationen zu entlocken, griff sie zu ihrer Gartenschere und begann einen Buchsbaum zu stutzen. Während ich aß, musterte ich sie neugierig und beschloss, ihr ein wenig zur Hand zu gehen. Vielleicht waren die Ausflüge an den Wolfsee der Auftakt zu einer grundlegenden Verbesserung und da half es sicher, wenn ich mein Entgegenkommen zeigte.

Da Liana heute Vormittag ohnehin im Laden ihrer Großmutter zum Putzen eingeteilt war, widmete ich mich den gesamten Vormittag der Unkrautbekämpfung im Erdbeerbeet. Es war eine mühselige und anstrengende Arbeit und nach dem Mittagessen sank ich erschöpft auf mein Bett. Ich hatte Lust auf Musik, Lust, meinen Kopf auszuschalten. Den MP3-Player hatte ich seit dem letzten missglückten Versuch nicht mehr angefasst. Ich hatte eindeutig Entzugserscheinungen, aber im Moment traute ich mich noch nicht, einen erneuten Anlauf zu starten. Erst einmal musste ich mir meiner Gedanken und Gefühle für Adam klar werden. Vielleicht sollte ich ihn einfach ansprechen und dann würde sich das Durcheinander in meinem Kopf und meinem Bauch einfach in laue Luft auflösen? Aber wenn etwas schiefging und ich mich maßlos blamierte, würden wir uns die nächsten Jahre während des Studiums jeden Tag sehen müssen. Diese Peinlichkeit wäre kaum zu ertragen und das sprach eher dafür, ihn einfach weiter zu ignorieren. Als Liana dreimal klingelte, um unseren Aufbruch zum Badesee anzukündigen, grübelte ich immer noch, ob ich einen ersten Schritt unternehmen sollte. Besser nicht, entschied ich vorerst und versuchte die Angelegenheit aus dem Kopf zu bekommen.

Wie schon am Vortag fuhren wir mit dem Fahrrad zum Wolfsee und ließen uns am Strand nieder. Ich konnte mich kaum auf mein Buch konzentrieren, denn es war gar nicht so einfach, meinen Vorsatz, nicht an Adam zu denken, umzusetzen. Immer wieder schweiften meine Gedanken ab und ich ertappte mich dabei, wie ich die Umgebung beobachtete.

Als am späten Nachmittag das laute Röhren des Sportwagens vom Parkplatz ertönte, rutschte ich unruhig hin und her. Sollte ich ihn ansprechen oder vielleicht doch noch eine Seenot simulieren? Dann könnte er mich retten und wir hätten gleich ein Gesprächsthema. Stöhnend ließ ich den Kopf auf mein Handtuch sinken. Ich wollte doch nicht mehr an ihn denken, aber mein Unterbewusstsein war ein ziemlich mieser Verräter. Ich wurde das Gefühl nicht los, das etwas Unkontrollierbares in mir zum Leben erwacht war, bezaubernd und wunderschön, ein süßes, sehnsuchtsvolles Gefühl, das mir zugleich Angst machte. Vielleicht war eine Konfrontation doch die bessere Entscheidung, denn das Ignorieren funktionierte ja ganz offensichtlich nicht.

Ich beobachtete, wie Lennox und Ramon ihr Lager am Strand aufschlugen, bereit, aufzustehen und ganz lässig hinüberzuschlendern und „Hallo" zu sagen. Doch Adam war nicht bei ihnen, was mir einen enttäuschten Stich versetzte. Nervös vertiefte ich mich in mein Buch und wartete darauf, dass er seinen Brüdern bald folgen würde. Ich las dasselbe Kapitel wieder und wieder, ohne dessen Inhalt zu verstehen. Gelegentlich visierte ich Ramon und Lennox an, aber von Adam entdeckte ich keine Spur.

Als der Sonnenuntergang schließlich nahte, war ich maßlos enttäuscht. Die ganze Anspannung des Nachmittags war umsonst gewesen. Adam war nicht gekommen und ich hatte meine lang ersehnte Freizeit damit verbracht, nervös darauf zu warten, dass er doch noch auftauchte. Ich musste der Sache endlich ein Ende bereiten.

„Sag mal, Selma", unterbrach Liana mein zorniges Grübeln, als wir die Anhöhe nach Schönefelde hinauffuhren. „Kann es sein, dass du heute auf irgendetwas gewartet hast? Du hast den ganzen Nachmittag kaum ein Wort gesprochen und dich ständig umgesehen, als ob du einen Überraschungsgast erwartest." Der Unterton in ihrer Frage verriet, dass ihr der Grund für mein Benehmen völlig klar war.

„Dir bleibt auch nichts verborgen“, murmelte ich unmutig. „Ich hatte gedacht, nun ja, wahrscheinlich eher gehofft, dass Adam noch kommt“, gab ich zähneknirschend zu.

„Wusste ich es doch, du hast dich in ihn verliebt und er sich in dich. Das habe ich mir doch gestern schon gedacht.“ Lianas Stimme bekam eine unangenehm hohe Tonlage.

„Nein. Nein. Nein“, erwiderte ich schnell. „Das ist nicht wahr. Wir haben noch immer kein einziges Wort gewechselt. Ich interessiere mich für ihn, das gebe ich zu, aber ich weiß nicht warum und deswegen ist von Verliebtheit keine Rede. Ich hätte nur gern mit ihm gesprochen, um zu kapieren, was mit mir los ist und warum ich ständig an ihn denken muss.“ Es fiel mir schwer, diese Dinge auszusprechen, doch Liana lächelte vergnügt.

„Das klingt mir eindeutig nach Liebe auf den ersten Blick“, seufzte sie.

„Ich glaube, du hast zu viele von diesen Liebesromanen gelesen“, sagte ich schnell. „Man kann sich nicht einfach so verlieben, dazu braucht es schon etwas mehr.“ Ich tat so, als ob ich Ahnung davon hätte, aber mir war schon klar, dass ich noch nie so richtig verliebt war und eigentlich überhaupt nicht wusste, wie sich das so anfühlte.

„Na sicher, Selma“, sagte Liana schmunzelnd. „Doch bis du Adam wiedertreffen kannst, wirst du leider noch warten müssen. Frau Torrel war heute Morgen im Laden und hat erzählt, dass Adam und Torin für zwei Wochen zu einem Sommerkurs nach England geflogen sind. Irgendetwas mit Sprachen und Geschichte. Du hättest mich auch einfach eher fragen können, dann hättest du nicht den ganzen Nachmittag unnötig warten müssen.“

„Du hättest es mir auch sagen können, wenn du sowieso wusstest, dass ich auf Adam warte“, beschwerte ich mich.

„Ich habe es nicht gewagt, über Adam zu sprechen, da du mir gestern felsenfest versichert hast, dass du kein Interesse an ihm hast. Ich schwöre dir aber von heute an, dir jede noch so kleine Kleinigkeit sofort mitzuteilen. Falls du es noch nicht weißt, am Wochenende ist die Rassekaninchenschau, aber dieses Highlight hast du wahrscheinlich schon in deinen Kalender eingetragen. Favorit für den Preis des schwersten Kaninchens ist übrigens der dicke Leopold von Herrn Gonden, der bringt schon fast zehn Kilo auf die Waage." Liana grinste frech.

„Danke, Liana, diesen Termin darf ich wirklich auf keinen Fall verpassen", erwiderte ich mit gespielter Begeisterung. Wir hatten inzwischen die Steingasse erreicht und sahen Paul schon von Weitem auf der Straße stehen. Er wartete auf uns, während er geduldig versuchte, einen Basketball auf seinem Zeigefinger rotieren zu lassen.

„Hi, Mädels, ich stelle mich heute freiwillig dem Inquisitionskommando", empfing er uns, und dankbar stellte ich fest, dass er mich von meinem Grübeln über Adam ablenkte.

„Na, endlich. Bisher hast du dich ja erfolgreich gedrückt", erwiderte ich lächelnd.

„Ja, ich weiß. Ich habe mich vor Shirley zum Affen gemacht, aber es war für einen höheren Zweck", gestand Paul.

„Welcher höhere Zweck?" Liana sah ihn vorwurfsvoll an.

„Shirleys Vater ist ein guter Freund von Frau Professor Espendorm und sie hat mir versprochen, ihn zu bitten, ein gutes Wort für mich einzulegen, damit sie meine Bewerbung doch noch annimmt." Paul klang sichtlich enttäuscht. „Das war mein letzter Versuch, doch noch nach Tennenbode zu kommen, und es hat nicht geklappt." Paul gab seinem Basketball einen Tritt. „Ich gebe es auf. Meine Bewerbung an der Uni Grünenthal wurde dankend angenommen. Die haben mir sogar einen Platz im Eliteprogramm angeboten, wegen meiner guten Noten, und ich werde ihn annehmen. Grünenthal ist nur hundert Kilometer von Schönefelde entfernt, da kann ich jedes Wochenende nach Hause kommen. Das schafft der Renault schon noch."

„Ach, Paul, das tut mir leid, aber dass du so weit gehst, dich vor Shirley zu demütigen, nur um einen Platz bei Frau Professor Espendorm zu bekommen, ist wirklich hart." Liana strich Paul mitfühlend über den Arm.

„Ich wäre wirklich gern hier bei euch geblieben, aber es soll nicht sein", seufzte Paul.

„Ich hätte es auch toll gefunden, wenn du hiergeblieben wärst, wirklich." Liana streichelte weiter Pauls Arm und ich kam mir immer mehr vor wie das fünfte Rad am Wagen. Ich hüstelte verlegen und verabschiedete mich von den beiden. Das schien ja doch noch ein spannender Sommer zu werden.

Der Angriff

Der blaue Himmel spannte sich makellos über das Postkartenarrangement des Wolfsees. Ich blinzelte träge vom Schwimmen in das helle Blau und sah dann zu Paul hinüber, der nicht weit von mir ebenfalls bäuchlings auf seinem Handtuch lag und angestrengt Liana und die Torrels beobachtete.

Müßiggang war ein Zeiträuber und bei uns hatte er zugeschlagen. Schon morgen war der Tag der Zeugnisausgabe, die letzten zwei Wochen waren wie im Flug vergangen. Auch der heutige Tag, den wir mit derselben angenehmen Monotonie aus Schwimmen, Lesen und Radfahren gefüllt hatten, neigte sich schon bald dem Ende zu. Die Sonne näherte sich schon dem Horizont, aber noch war es angenehm warm. Eigentlich war es höchste Zeit, sich auf den Heimweg zu machen, aber es war einfach zu schön hier. Ich atmete tief eine Brise der Luft ein, die vom Waldesrand herüberwehte und nach Heidelbeeren und Kiefernnadeln roch, und schloss noch einmal die Augen. Obwohl ich wusste, dass Adam nicht in Schönefelde war, hatte ich manchmal erwartet, ihn plötzlich irgendwo auftauchen zu sehen. Mittlerweile hatte ich mich daran gewöhnt, dass ich ihn nicht aus meinen Gedanken vertreiben konnte. Stattdessen hatte ich in den vergangenen zwei Wochen in alten Fotoalben geblättert, um mir ein Bild von ihm zu machen. Doch viel hatte ich nicht gefunden und ich erinnerte mich auch kaum an unsere gemeinsame Schulzeit zurück. Ich seufzte und drehte mich mit geschlossenen Augen auf den Rücken. Zu meinem Verdruss hatte ich feststellen müssen, dass Adams Abwesenheit die Sache nicht besser gemacht hatte. Tag für Tag waren die Gedanken an ihn mehr und die Gefühle stärker geworden. Vor einer Woche hatte die Sache mit den Tagträumen begonnen und so schön sie auch waren, so unheimlich war mir mein Schwärmen für diesen Jungen. Eine Erklärung hatte ich immer noch nicht gefunden, nur Liana war sich absolut sicher gewesen, dass ich mich einfach nur verliebt hätte und sich das eben so anfühlen würde.

Doch so ganz hatte sie mich davon nicht überzeugt, aber eine bessere Erklärung hatte ich im Moment auch nicht parat. Ich atmete ein paar Mal tief ein und aus und versuchte mich noch eine Weile gegen die anstürmenden Bilder zu wehren, doch sie lockten mich auch an, und schließlich ließ ich sie zu. Sein Bild tauchte sofort vor mir auf und der immer gleiche, verführerische Tagtraum spulte sich vor meinem inneren Auge ab.

Er berührte sanft meinen Arm und nur der Gedanke an das Gefühl seiner warmen Finger auf meiner Haut löste dieses verbotene, sehnsuchtsvolle Kribbeln in mir aus, das meinen Atem schneller werden ließ und eine fiebrige Hitze auf meine Haut brachte. Ich unterbrach mein Gedankenkarussell und versuchte mich der Realität zuzuwenden, was Tag für Tag schwerer wurde. Doch ich wagte es nicht, meine Gedanken weiterfliegen zu lassen, so unerträglich schön dieser Moment auch war.

Die Realität machte es auch nicht leichter, da wir am See immer auf Ramon und Lennox trafen, die mich allgegenwärtig an den fehlenden Bruder erinnerten. Ich schlug endlich die Augen wieder auf und beobachtete Paul, der immer noch zu Liana hinüberblickte, die jetzt mit Lennox vertraulich tuschelte.

„Alles in Ordnung?“, fragte ich, als sich auf Pauls Stirn eine gefährlich tiefe Falte bildete.

„Was meinst du?“ Er zuckte ein wenig, fast so, als ob ich ihn bei etwas Verbotenem ertappt hatte, und bestätigte meinen Verdacht.

„Kann es sein, dass du in Liana verliebt bist und dass es dir ganz und gar nicht gefällt, dass sie sich so gut mit Lennox versteht?“, fragte ich vorsichtig, froh, dass er mich von meinen Gedanken ablenkte.

„Ja", seufzte er und schien beinahe froh zu sein, dass ich ihn darauf ansprach. „Aber ich bin mir nicht sicher, ob Liana meine Gefühle erwidert, und ich traue mich nicht so richtig, den Anfang zu machen. Was meinst du? Habe ich eine Chance bei ihr? Ich will unsere Freundschaft nicht zerstören."

Ich runzelte nachdenklich die Stirn. Liana hatte sich nie über ihre Gefühle für Paul geäußert, was vermutlich bedeutete, dass sie über eine Freundschaft nicht hinausgingen. Trotz der Vertrautheit von Paul und Liana hatte sich nichts zwischen ihnen entwickelt oder es war mir zumindest nicht aufgefallen, weil ich in den letzten zwei Wochen mit meinen eigenen Gedanken und Gefühlen gekämpft hatte.

„Und außerdem fahren Liana und ihre Eltern am Sonntag ja eh erst mal ein paar Wochen weg und ich bin dann auch im Urlaub. Wenn wir wieder in Schönefelde sind, fängt auch schon das Studium an. Wir hätten also eigentlich keine Zeit mehr. Du merkst schon, ich bin ziemlich durcheinander deswegen. Jetzt sag doch auch mal was, Selma!"

Was sollte ich da sagen? Liana fuhr schon am Sonntag weg und hatte mir bisher nichts davon erzählt. Wir hatten jeden Tag zusammen verbracht und es hätte mehr als nur eine Gelegenheit gegeben, mit mir darüber zu sprechen. Ich war plötzlich wütend, auf mich, weil ich mich überhaupt nicht wiedererkannte, auf Liana, weil sie mich anlog, genauso wie es meine Großmutter tat. Sie wollte garantiert wieder die kranke Cousine besuchen, die es vermutlich gar nicht gab. Liana hatte sich mit Sicherheit nicht getraut, mir die seltsame Geschichte schon wieder zu erzählen. Sie wusste, dass ich sie durchschaute. Ich blinzelte wütend zu ihr hinüber und als sie mich bemerkte, beendete sie das Gespräch mit Lennox und kam zu mir.

„Alles klar?", fragte sie.

„Nein, es ist gar nichts klar." Meine Stimme bebte. „Wohin fährst du am Sonntag?", fragte ich direkt und sah sie an. Jetzt konnte sie mir die Wahrheit sagen und ehrlich zu mir sein, so wie ich es von meiner besten Freundin erwartete. Ich versuchte mich zu zügeln und meine Gefühle in den Griff zu bekommen, doch ich spürte, dass das nicht einfach war. Im Moment hatte ich keine Kontrolle über mich, weder über meine seltsame Schwärmerei für Adam noch, wie ich bemerkte, über andere starke Gefühle.

„Ach, darum geht es.“ Liana sah zu Boden und ich wusste, dass sie log. „Ich muss mit meinen Eltern nach Frankfurt, meine Cousine besuchen. Es geht ihr immer noch nicht besser. Warum bist du deswegen so sauer?“

„Wenn du nicht da bist, lässt mich meine Großmutter nicht mehr aus Schönefelde raus“, platzte es aus mir heraus. „Außerdem glaube ich dir die Geschichte mit der Cousine nicht. Sag mir doch bitte die Wahrheit!“

Paul verfolgte verständnislos unsere Diskussion. Anstatt einzuknicken, straffte Liana ihren Rücken.

„Ich weiß, dass dir nicht gefallen wird, was ich jetzt sage, aber zu deinem Geburtstag wirst du alles verstehen, und glaube mir, es ist das Beste, wenn du die letzten Wochen bis dahin einfach nur genießt.“ Sie schnaufte und blickte zu Boden, während sie ernst und leise gesprochen hatte. Ich funkelte sie wütend an und beherrschte mich mühsam, sie nicht anzuschreien. Ich konnte es nicht mehr hören. Genieß die Zeit! Entspann dich! Als wenn ich ein dummes Kind wäre, das die Welt noch nicht verstehen konnte.

„Mir reicht‘s! Ich fahre heim“, quetschte ich mühsam hervor und stopfte wahllos meine Badesachen in die Tasche. Ich schäumte vor Wut. Es war die gesammelte Wut der letzten Jahre, die plötzlich in mir hochkochte, ohne dass ich sie noch kontrollieren konnte. Aber genau in diesem Moment war mir das auch völlig egal. Das Gefühl, eingesperrt zu sein, schnürte mir die Kehle zu. Seit Jahren ertrug ich es nun, Schönefelde nur äußerst selten und nur in Begleitung verlassen zu dürfen. Als wenn mir meine Großmutter nicht zutraute, selbstständig auf mich zu achten. Ich wollte mir Luft machen, aber ich war zu nicht mehr fähig, als einfach nur loszurennen.

„Warte, ich komme mit!“ Liana stolperte hinter mir her und beeilte sich, mir schnellstmöglich zu folgen. Ich stürmte los und wollte nur noch allein sein. Dieses ständige Bewachen ertrug ich nicht länger. Ich schwang mich auf mein Fahrrad und trat in die Pedale. Liana hatte keine Chance, mir zu folgen, das wusste ich. Ich ließ die Wut in meine Beine fließen und kämpfte mich den Berg nach Schönefelde hinauf. Die Anstrengung brannte in meinen Oberschenkeln und ich genoss den Schmerz, während ich keuchend versuchte, das Tempo noch weiter zu erhöhen. Die nahende Dämmerung hatte einen Schatten über den Wald gelegt und die von hohen Bäumen eingefasste Straße war bereits düster. Mich überkam auf einmal das untrügliche Gefühl, dass ich nicht mehr allein war, und schlagartig verpuffte meine Wut. Adrenalin schoss in meinen Körper und ich war auf einen Schlag hellwach. Ich drosselte das Tempo und lauschte konzentriert in die mich umgebende Dunkelheit. Mehr als ein ungewöhnliches Rauschen konnte ich nicht feststellen, doch ich blieb wachsam. Es klang, als wenn ein paar riesige Vögel über mir mit den Flügeln schlagen würden. Ein Blick in die Baumwipfel bestätigte meine Vermutung. Da oben schwebte etwas. Wahrscheinlich waren es nur ein paar Störche, die auf der Suche nach Fröschen waren.

Ich versuchte, mich zu beruhigen. Jetzt kam es noch so weit, dass mir ein paar Vögel Angst einjagten. Das Rauschen wurde ein wenig lauter, als wenn die Vögel ihre Flughöhe vermindert hätten. Meine Nackenhaare stellten sich unvermittelt auf und ich zog zischend Luft ein. Etwa zweihundert Meter vor mir öffnete sich das dichte Blätterdach und ich würde einen besseren Blick auf die seltsamen Tiere haben. Das mulmige Gefühl breitete sich immer weiter aus. Ich schüttelte den Kopf und fuhr weiter. Doch meine innere Anspannung stieg unerklärlicherweise weiter an. Nur noch fünfzig Meter trennten mich von dem hellen Streifen Asphalt, der in das schwindende Licht des Tages getaucht war, als ein lautes Röhren die Stille des Waldes zerriss. Der schwarze Sportwagen von Ramon und

Lennox raste heran und bremste so nah neben mir, dass ich das kleine Schild auf der Motorhaube lesen konnte.

PORSCHE!

Ramon und Lennox sprangen heraus und ich starrte sie entgeistert an, während ich vom Fahrrad sprang. Ich hatte schon zu einer Frage ausgeholt, doch es war der Ernst in ihren Gesichtern, der mich augenblicklich verstummen ließ. Ramon eilte im Laufschritt auf mich zu und stellte sich vor mich, während Lennox in einer überraschenden Schnelligkeit die Straße entlanglief. Er sah aus wie ein Flugzeug, das auf der Startbahn losraste, um gleich abzuheben. Ich wollte genauer hinschauen, aber ich konnte ihm nicht weiter mit meinem Blick folgen, da mich just in diesem Moment Ramon an den Schultern packte und zu sich umdrehte. Er blickte mir konzentriert in die Augen und ich kam mir vor wie eine Maus, die von einer Schlange hypnotisiert werden sollte. Seine kräftigen Hände gruben sich unsanft in meine Haut und plötzlich kapierte ich, was er da tat. Ramon wollte meinen Geist ausknipsen wie einen Lichtschalter, stellte ich erschrocken fest. Panisch mobilisierte ich meine Kräfte und versuchte wach zu bleiben, obwohl ich langsam in einen schlafähnlichen Dämmerzustand abrutschte. Auf Ramons Stirn bildeten sich vor Anstrengung kleine Schweißtropfen, während wir unseren stillen Kampf ausfochten, ohne dass einer nachgab. Ich war wie gefesselt und konnte nur mit meinen Ohren die Szene hinter mir verfolgen, die die Torrels vor mir verheimlichen wollten. Ich prägte mir alles genau ein, das laute Rauschen und Flattern, den Klang von aufeinandertreffendem Metall, die Lichtblitze und auch die dumpfen Einschläge. Hinter mir wurde gekämpft, durchschoss es mich heiß, während mir die Absurdität dieses Moments klar wurde. Was war hier los? Ich versuchte mich loszureißen, aber Ramon hatte immer noch die Kontrolle über meinen Körper. Mit einem Mal herrschte Stille, die nur unterbrochen wurde von dem leisen Geräusch sich entfernender Flügel. Lennox stand wieder neben Ramon und legte ihm seine Hand auf die Schulter. Er nickte dankbar und ließ mich mit einem erschöpften Grunzen aus seinem hypnotisierenden Blick frei. Darauf hatte ich gewartet. Ich holte Luft, um die beiden mit Fragen zu bombardieren, als Liana in mein Blickfeld kam.

„Wie konntest du nur einfach abhauen“, schrie sie panisch. Lennox drehte sich um und sah mir ernst in die Augen.

„Sie hat recht, das war unglaublich dumm von dir. Es sind gefährliche Zeiten und das war nicht der richtige Augenblick für einen Egotrip. Du hattest großes Glück, dass wir rechtzeitig da waren.“ Er drehte sich um und stieg grußlos in seinen Porsche. Ramon folgte ihm wie ein gehorsamer Hund und ließ den röhrenden Motor an. Ich kam mir vor, als ob die Welt plötzlich Kopf stand.

„Los, steig auf und fahr, so schnell du kannst!“, rief mir Liana zu, während sie an mir vorbeizog. „Wir reden zu Hause. Jetzt müssen wir erst einmal weg.“ Liana war leichenblass und keuchte. Etwas Schlimmes musste soeben passiert sein. Ich hatte die Gefahr selbst gespürt. Ohne zu zögern, stieg ich auf mein Fahrrad und folgte Liana. Bis wir das Südtor passierten, rollten die Torrels hinter uns her. Nachdem wir die Stadtgrenze hinter uns gelassen hatten, röhrte der Sportmotor laut auf und der Wagen schoss an uns vorbei auf die Stadt zu.

„Was war das?“, presste ich heraus, als wir allein waren.

„Das war das Ende unserer Ausflüge an den See“, entgegnete Liana kalt. „Du hast deiner Großmutter versprochen, dich außerhalb der Stadtgrenze nur in Begleitung zu bewegen, und dann haust du einfach ab. Du weißt genau, dass ich nicht so schnell hinterherkomme. Weißt du überhaupt, in was für Schwierigkeiten du uns gebracht hast?“

„Wie soll ich es wissen, wenn mir niemand etwas darüber erzählt“, rief ich ohnmächtig. „Sind die Torrels so eine Art Babysitter? Ich will wissen, was das für komische Vögel waren, und was haben die beiden da gerade veranstaltet? Haben sie die Tiere verjagt? Und was hat Ramon mit mir gemacht? Diese Geheimniskrämerei geht mir so gegen den Strich, das kannst du dir gar nicht vorstellen.“ Ich ließ meinem angestauten Frust freien Lauf.

„Doch, das kann ich mir vorstellen, aber es ist nicht meine Aufgabe, dir alles zu erklären, und ich werde es auch nicht tun.“ Liana blickte entschlossen geradeaus.

Wir hatten Schönefelde erreicht und fuhren schweigend weiter. Ich hatte tausend Fragen, alle Ungereimtheiten der letzten Jahre sammelten sich in meinem Kopf und hinterließen nur ein heilloses Durcheinander. Liana würde mir keine Antworten geben, das war mir klar. Auch sie war nur Teil eines geheimnisvollen Ganzen, ein kleines Rädchen im Getriebe. Meine Großmutter wusste mehr, da war ich mir sicher. Wir bogen in die Steingasse ein. Die Sonne versank soeben blutrot hinter dem Waldesrand und tauchte den Himmel in ein faszinierendes Farbenspiel. Die Farben erinnerten mich an ein Lied, das ich vor einiger Zeit gehört hatte. Mit der Erinnerung an dieses Lied folgten die Gefühle, die zu jeder Melodie gehörten und die ich alle in mir trug. Ein warmes, sanftes Fünkchen breitete sich in meinem Herz aus und vertrieb die Wut. Ich konnte Liana nicht mehr böse sein.

„Es tut mir leid. Ich hätte nicht abhauen sollen“, begann ich versöhnlich. „Manchmal habe ich einfach das Gefühl, innerlich zu platzen, und dann habe ich mich nicht mehr im Griff.“ Wir standen inzwischen vor meinem Haus und lehnten unsere Fahrräder an den Gartenzaun. Liana nickte verständnisvoll.

„Ich weiß, aber trotzdem musst du mir vertrauen und mich bitte nie wieder in solche Schwierigkeiten bringen!“ Ich nickte betreten. Der Himmel spannte sich jetzt mit einem Farbspiel aus rosa und lila Wölkchen über uns und für einen Juniabend war es noch angenehm warm. Ich winkte meiner Großmutter zu, die aus einem Fenster zu uns hinübersah. An ihrem Blick konnte ich sehen, dass sie schon von meinem Ausbruch erfahren hatte. Wie war das nur möglich? Das war nur eine der vielen Fragen, die ich ihr heute stellen musste. Ich wollte mich nicht mehr länger mit durchsichtigen Ausreden hinhalten lassen.

„Ich muss rein. Sehen wir uns morgen zur Zeugnisausgabe?"

„Na klar, sei nett zu deiner Großmutter!" Sie sah mich mit ihren taubenblauen Augen bittend an und ich nickte mit zusammengepressten Lippen. Dann verschwand sie mit ihrem Fahrrad im Nachbargrundstück. Ich atmete tief durch und durchquerte den blühenden Garten.

Meine Großmutter wartete schon in ihrem Atelier auf mich. Die großen Fenster waren weit geöffnet. In der abendlichen Brise schwang der sich allmählich herabsenkende Tau der Nacht mit, der einen erdigen Ton mitbrachte und mich unangenehm an meinen letzten Traum erinnerte. In ihrem großen Ohrensessel wirkte meine Großmutter schmal und klein. Sie sah müde und erschöpft aus und ich wusste sofort, dass ich der Grund dafür war und nicht die tägliche Gartenarbeit, die sie bewältigen musste. Ich bereute, dass ich heute das Versprechen, das ich ihr gegeben hatte, aus einer spontanen Unbeherrschtheit heraus gebrochen hatte. Lennox hatte schon ganz passend von meinem Egotrip gesprochen. Ich seufzte, setzte mich neben sie und nahm ihre Hand.

„Es tut mir leid." Obwohl tausend Fragen in mir brannten, bekam ich nicht mehr heraus.

„Ich weiß, Selma. Du darfst nicht denken, dass ich nicht sehe, was in dir vorgeht. Deine Wut ist groß, aber du darfst nicht glauben, dass ich dich hier aus reiner Willkür einsperre. Es geschieht allein zu deinem Schutz. Bisher habe ich es vermieden, dir einige Dinge in größerer Deutlichkeit zu sagen, aber nach dem heutigen Tag muss es sein, auch wenn ich gegen die Regeln verstoße." Sie rieb sich müde mit einer Hand über die geschlossenen Augen. Welche Regeln? Ich hielt vor Spannung die Luft an. Sollte es jetzt tatsächlich Antworten geben? Ich wartete gespannt. Meine Großmutter überlegte sehr lange, bis sie die passenden Worte fand.

„Es gibt zwischen Himmel und Erde Gefahren, die du noch nicht kennst. Ich habe versucht, sie von dir fernzuhalten, und zwar, ohne dich mit dem Wissen um ihre Existenz zu ängstigen.“ Sie sprach leise und konzentriert, während sie mich ernst ansah. „Nun muss ich mir aber eingestehen, dass du kein kleines Mädchen mehr bist. Du bist zu einer erwachsenen Frau gereift, in der noch der Übermut der Jugend steckt, und du musst diese Gefahren kennenlernen, da ich dich nicht mehr rund um die Uhr schützen kann.“ Sie nickte mir aufmunternd zu, was ich als Zeichen verstand, dass ich endlich meine Fragen loswerden durfte.

„Was waren das für Vögel, die die Torrels vertrieben haben?“ Ich beeilte mich, das Erste zu fragen, was mir in den Sinn kam.

„Die Geschöpfe, vor denen Ramon und Lennox dich heute gerettet haben, sind von böser Natur. Sie bedrohen seit vielen Jahren unsere Sicherheit und rauben Mädchen und junge Frauen. Wir wissen nicht, in wessen Auftrag sie handeln. Was wir jedoch sicher wissen, ist, dass keines der Mädchen je wieder aufgetaucht ist; weder lebend noch tot. Die Wesen sind stark und kennen kein Erbarmen.“ Die Stille, die den Worten meiner Großmutter folgte, erschlug mich fast.

„Und sie wollen mich?“, flüsterte ich schwach.

„Ja. Das ist der Grund, weswegen ich dich beschütze, weil ich dich liebe und dich nicht verlieren möchte.“

„Wie lange geht das schon so?“, fragte ich, doch mehr als ein Flüstern kam nicht über meine Lippen. Die Gefahr, in der ich heute geschwebt hatte, wurde mir mit erschreckender Klarheit bewusst.

„Seit etwa zwanzig Jahren. Es wurden mittlerweile Tausende entführt und obwohl wir in den letzten Jahren die Sicherheitsmaßnahmen verzehnfacht haben und keine junge Frau mehr allein unterwegs sein darf, geschieht es immer wieder.“

„Was hat Ramon heute mit mir gemacht?“ Meine Großmutter lächelte bei meinen Worten.

„Er hat versucht, dich in eine Art Tagschlaf zu versetzen. Du solltest nach zehn Minuten wieder aufwachen, und zwar ohne dass du dich an die vorhergehenden Geschehnisse erinnern kannst. Das ist eine der Schutzvorschriften für Mädchen unter achtzehn Jahren. Trotz der bestehenden Gefahr wollen wir nicht, dass die Mädchen in dauernder Angst leben. Daher werden sie bei Vorfällen dieser Art in Trance versetzt. Leider hat es bei dir nicht funktioniert, du hast dich zu stark gewehrt.“ Nachdenklich strich sie sich durch die Haare. Eine Flut von Fragen rauschte durch meinen Kopf, doch noch bevor ich die nächste stellen konnte, klingelte das Telefon und meine Großmutter nahm den Hörer ab. Grußlos lauschte sie eine Weile, als wenn sie den Anruf bereits erwartet hätte.

„Ja, ich komme sofort. Natürlich musste ich sie in einiges einweihen zu ihrer eigenen Sicherheit und ja, ich übernehme die Verantwortung gegenüber dem Senator. Nein, in dieser speziellen Situation gab es keine Alternative und wegen der zwei Monate Zeitüberschreitung wird es wohl keine Probleme geben. Ich darf Sie wohl daran erinnern, aus welcher Blutlinie sie stammt. Eigentlich hätte ich eine Sondergenehmigung beantragen können. Ja, ich mache mich jetzt auf den Weg. Auf Wiederhören.“ Mit einem missmutigen Laut legte meine Großmutter den Hörer auf die Gabel. Obwohl es inzwischen tolle schnurlose Geräte gab, hatte sie sich bis heute nicht von ihrem geliebten Telefongerät aus der Steinzeit der technischen Entwicklung trennen können. Ich sah meine Großmutter fragend an.

„Ich muss noch einmal los. Der Bürgermeister hat eine außerordentliche Zusammenkunft der Stadträte einberufen. Einen Angriff so nah an Schönefelde hat es schon seit Langem nicht mehr gegeben. Sehr ungewöhnlich. Wir müssen dringend über eine weitere Verschärfung der Schutzmaßnahmen beraten.“ Ich wusste, dass meine Großmutter ehrenamtlich als

Stadträtin arbeitete, aber bisher hatte ich angenommen, dass die höchste Spannungsstufe dieser Zusammenkünfte erreicht war, wenn sich die Diskussion um die Farbauswahl der Transparente für das jährliche Stadtfest drehte.

Mich durchfuhr es heiß. Wie hatte ich nur so blind sein können? Die ganze Zeit war ich von der Wahrheit umgeben, aber ich hatte sie nicht gesehen. Die Maskerade als harmlose Kleinstadt war immer nur eine Tarnung gewesen. Die Menge meiner unbeantworteten Fragen hatte sich während des Telefongespräches meiner Großmutter sofort verdoppelt. Das war das erste Mal, dass ich Antworten erhielt, und gerade jetzt musste meine Großmutter das Haus verlassen.

„Warte!", versuchte ich sie aufzuhalten. Vor lauter Aufregung hatte ich rote Flecken auf den Wangen. Ich spürte, wie sich die Wärme in meinem Gesicht ausbreitete. Schnell suchte ich die dringendste Frage, die mir einfiel.

„Wer sind wir?" Ich sah meine Großmutter an, die sich inzwischen von ihrem Sessel erhoben hatte und ihr Kleid glättete. Sie blickte mir tief in die Augen und seufzte.

„Es führt jetzt zu weit, diese Frage zu beantworten. Ich habe dir das Nötigste erzählt. Das Wichtigste ist, dass du weißt, dass außerhalb der Stadtgrenze eine ernste Gefahr lauert und dass du dich nur innerhalb dieses Kreises aufhalten darfst. Mehr Fragen kann und darf ich dir im Moment nicht beantworten. Ich weiß, dass es für dich jetzt umso schwerer wird, bis zu deinem Geburtstag zu warten, aber wenn ich noch mehr verrate, handle ich mir ernsten Ärger ein." Sie nahm meine Hand und sah mich an. „Bitte, respektiere das! Ich muss los. Die Stadträte warten. Geh schon ins Bett, bei mir wird es spät werden." Sie gab mir zum Abschied einen Kuss und verließ den Raum, ließ mich zurück mit dem Durcheinander in meinem Kopf und in meinem Herz. Ich setzte mich auf einen der korbbespannten Stühle in der Küche und starrte durch die großen Fenster in den Garten, der mittlerweile in völliger Dunkelheit lag. Nur über den Wipfeln der Apfelbäume schimmerte ein Rest Licht. Ich versuchte mühsam, meine Gedanken zu ordnen. Ich wurde nicht eingesperrt, sondern beschützt. Bei dem Gedanken an diese Gefahr überlief mich erneut eine Gänsehaut. Doch wovor genau musste ich beschützt werden? Was waren das für Wesen?

Die Ereignisse fühlten sich an wie ein verrückter Film. Ein leises Klingeln drängelte sich in mein Bewusstsein. Das war Liana, die die Glocke neben meinem Zimmerfenster geläutet hatte. Sofort sprang ich auf und stürzte in den großen Flur. Noch während ich die letzten Meter zu meinem Zimmer durchmaß, durchzuckte mich die Erkenntnis, dass Liana über alles Bescheid wusste. Immer, wenn wir die Stadtgrenze verlassen hatten, war sie als mein Bewacher abgestellt worden. Die letzten Schritte lief ich sehr langsam. Na klar, Liana hatte die Sache mit den Vogelwesen und wahrscheinlich noch viel mehr zu ihrem achtzehnten Geburtstag erfahren und musste nun mir gegenüber Stillschweigen bewahren, weil ich noch in seliger Unwissenheit vor mich hindämmern durfte. Als wenn die Wahrheit weniger hart wäre, wenn man sie später erfuhr. Ich öffnete mein Fenster und zog viermal an dem Klingelseil. Nachdem Liana meine Frage mit einem Klingeln bejaht hatte, machte ich mich auf den Weg zum Pavillon. Wenn ich mir sicher war, dass Liana noch mehr wusste, war es bestimmt möglich, noch mehr aus ihr herauszubekommen. Von Weitem sah ich sie schon im schwachen Licht einer Öllampe sitzen, auch eines dieser altmodischen Dinge, von denen sich meine Großmutter nicht trennen konnte. Ich ließ mich auf meine Lieblingsliege nieder und schwieg, während Liana mir gegenüber Platz nahm. Ich las ihren besorgten Gesichtsausdruck und sah die Angst, die sie immer noch umgab wie eine dezente Parfümwolke.

„Ich konnte nicht schlafen", begründete Liana unser nächtliches Treffen. „Wie geht es dir?"

„Gut, wenn man mal außer Acht lässt, dass mich bösartige, geflügelte Wesen angreifen wollten und die Torrels mich zwar gerettet haben, aber auch mein Gedächtnis löschen wollten. Da das leider oder glücklicherweise nicht funktioniert hat, kann ich mich noch genau an alles erinnern. Was noch schockierender ist, ist die Erkenntnis, dass meine beste Freundin über alles Bescheid wusste und sogar als mein Bewacher eingeteilt war, und mir nichts davon erzählt hat." Ich blickte Liana vorwurfsvoll an.

„Es tut mir leid. Ich wollte dir ja alles sagen, aber ich durfte nicht." Bedrückt sah sie zu Boden, sodass ihre blonden Locken ihr Gesicht beinahe verhüllten.

„Die Anordnung des Senators, ich weiß schon." Ich versuchte cool auszusehen, während ich mit meinem Halbwissen prahlte. Lianas überraschter Gesichtsausdruck gab mir Hoffnung.

„Du weißt es schon?" Ein hoffnungsvoller Schimmer huschte über ihr Gesicht.

„Ja, meine Großmutter hat mir das Nötigste erzählt." Das war zwar nur die halbe Wahrheit, aber nicht gelogen.

„Das macht es leichter für mich, mit dir darüber zu sprechen. Du weißt gar nicht, wie schlimm das für mich war, dass ich dir nichts erzählen durfte." Ein elektronisches Piepsen unterbrach unsere Unterhaltung; ein ganz normaler Ton in einer abnormalen Situation. Ohne zu überlegen, nahm ich mein Handy aus der Hosentasche und las die Nachricht.

„Gibt es Neuigkeiten?" Liana hob interessiert den Kopf. Dieser Moment der Normalität war wie eine Insel, auf die wir uns retteten, bevor der Sturm erneut über uns hereinbrach.

„Ja, es ist Paul." Ich schmunzelte. Unser Gespräch vom Nachmittag hatte ich ganz vergessen. „Er ist in dich verliebt und jetzt möchte er wissen, ob ich schon etwas bei dir erreicht habe. Nach meinem plötzlichen Aufbruch heute Nachmittag hatte er die Hoffnung wohl schon verloren."

„Paul?" Liana grinste, dann stand sie auf. „Er ist ein guter Freund, nicht mehr und nicht weniger."

„Gut, ich versuche, es ihm schonend beizubringen." Ich

erhob mich ebenfalls und trat zu Liana auf den dunklen Rasen, der vom Tau der Nacht bereits feucht war. Der Himmel war mittlerweile völlig schwarz und man konnte am Firmament die Sterne sehen. Mit den Füßen im feuchten Gras und dem weiten Himmel über mir fühlte ich mich wieder sicher, doch der Sturm brauste wieder auf und erfasste mich.

„Was genau hat mich da angegriffen?“ Ich stellte meine Frage leise, während wir im Dunkeln standen und in die Sterne sahen.

„Man nennt sie die Morlems.“ Lianas Stimme klang kalt. „Es sind Schattenkrieger, bösartige Kreaturen, die kein Erbarmen kennen. Sie töten schnell und wen sie nicht töten, den entführen sie. Es ist selten, dass ihnen jemand entkommt.“

„So wie ich heute?“

„Genau, du hattest unglaubliches Glück“, entgegnete Liana.

„Morlems“, wiederholte ich leise, allein das Wort ließ mich zu Eis erstarren. Mein Gehirn arbeitete auf Hochtouren. Die Wesen kamen mir auf schreckliche Weise bekannt vor, doch in meinem Kopf war nur ein leeres, schwarzes Loch. Bevor ich eine weitere Frage stellen konnte, hörte ich Lianas Vater nach ihr rufen.

„Ich muss rein. Nach der Geschichte heute machen sie sich noch mehr Sorgen um mich als sonst. Schlaf gut, wir sehen uns morgen Nachmittag zur Zeugnisausgabe.“

„Ja, gute Nacht!“, entgegnete ich enttäuscht. Es hatte so gut begonnen und wieder stand ich nur mit einem Stück der Wahrheit da. Ich legte mich ins Gras und schaute frustriert in die Sterne.

Doch was ich dort sah, ließ mir vollends den Atem stocken. Da war ein riesiger Vogel am Himmel. Man konnte ihn nur erkennen, weil sich hin und wieder eine Handvoll Sterne verdunkelte und aus diesem Lichtspiel der Umriss einer geflügelten Gestalt herauszulesen war. Ich sprang auf und rannte in Windeseile ins Haus. Mit zitternden Händen verriegelte ich die Tür hinter mir. Die Angst, die ich heute durchlebt hatte, war wieder da. Meine Großmutter hatte doch gesagt, in Schönefelde wäre ich sicher. Ich hastete in mein Zimmer, wo ich die Fenster fest verschloss und mich in mein Bett verkroch. Dort blieb ich still liegen und wartete.

Die Minuten und Stunden krochen dahin, während ich mit gespitzten Ohren und rasendem Herzen darauf wartete, dass meine Großmutter heimkam und mit ihrer Anwesenheit die Erinnerung an die Morlems vertrieb.

Um Mitternacht hallte das Schlagen der großen Uhr durch die dunklen Räume und ich fühlte mich so allein und verletzlich wie noch nie in meinem Leben. Vielleicht war Unwissenheit doch ein Segen, denn an Schlaf war heute Nacht nicht zu denken. In meinem Kopf hämmerte ein Stakkato aus den Bildern des Tages. Gesichtslose, geflügelte Wesen mischten sich mit dem durchdringenden Blick aus Ramons braunen Augen und einem schwarzen Schatten, der hinter mir herjagte.

Ein verhängnisvoller Sturz

Die Sonne stand schon hoch am Himmel und tauchte den Raum in ein fröhliches Licht, als ich am nächsten Morgen in meinem völlig zerwühlten Bett aufwachte. Ich setzte mich schlaftrunken auf. Dieser sorglose Sonnenschein verhöhnte die Ereignisse des vergangenen Tages. Der Himmel müsste schwarz verhangen sein und die Erde unter dem Donnern und Krachen von zornig zuckenden Blitzen erbeben. Doch nichts von dem geschah. Heute war ein ganz normaler Sommertag. Nachdenklich stand ich auf und ging ins Bad. Vielleicht hatte ich mir die Sache mit dem Vogel am nachtschwarzen Himmel nur eingebildet? Während mir das heiße Wasser über die Schultern lief, grübelte ich weiter. Was war wirklich gestern passiert und was hatte ich geträumt? Gab es tatsächlich Morlems, Senatoren, Blutlinien und Ausnahmegenehmigungen? Bei hellem Tageslicht betrachtet klang das alles ziemlich abwegig. Ich trocknete mich ab, zog mich an und ging in die Küche. Auf dem Küchentisch lag eine Notiz meiner Großmutter:

„Liebe Selma,
Frau Gonden braucht wieder meine Hilfe.
Wir sehen uns heute Nachmittag zur Zeugnisausgabe."

Aha, die nette, alte Frau Gonden plagte wieder einmal die Verdauung und meine Großmutter sollte das Problem mit ihren Kräutermixturen beheben. Wahrscheinlich hatte sie mit ihren Freundinnen eine Kaffeerunde mit Buttercremetorte veranstaltet, obwohl sie genau wusste, dass sie das fette Essen nicht vertrug. Ich schmunzelte und kochte mir einen Kaffee. Während die Maschine so wie jeden Morgen zischend und ratternd ihre Arbeit tat, streifte ich das Unbehagen, das mich seit dem Aufwachen begleitet hatte, immer mehr ab. Der geregelte Alltag meines sterbenslangweiligen Lebens beruhigte mich und als ich mich mit der dampfenden Tasse Kaffee in der Hand auf meinen Lieblingsstuhl sinken ließ, von dem aus man den besten Blick in den Garten hatte, war ich bereit zu akzeptieren, dass der gestrige Tag nur ein dunkler Traum gewesen war.

Weil meine Großmutter nicht da war, legte ich gemütlich die Füße auf den mir gegenüberstehenden Stuhl. Meine nackten Fersen spürten kein weiches Kissen, nein, da war Papier. Als ich nachsah, was auf dem Stuhl lag, fand ich den „Korona Chronikle“. Ich legte die Zeitung auf unseren großen Küchentisch und strich sie glatt. Ich las die Schlagzeile gleich mehrmals und begann, mich in den Artikel zu vertiefen:

Angriff auf Tennenbode

Am gestrigen Abend fand unweit der Universität Tennenbode ein von Augenzeugen bestätigter Angriff der Morlems statt. Nur durch das beherzte Eingreifen der Schwarzen Garde konnte eine Entführung in letzter Minute verhindert werden. Der Angriff auf die Plebejerin war allerdings nur möglich, da von der Betreffenden die geltenden Sicherheitsvorschriften für Jugendliche weiblichen Geschlechts unter 18 Jahren nicht eingehalten wurden. Trotz des offensichtlichen Leichtsinns überrascht das Auftauchen der Morlems die Gemeinschaft, da in der direkten Nähe der optimal gesicherten Hauptstadt bisher keine Angriffe stattgefunden haben. Es gilt nun für die Stadträte der Ortschaft und besonders für Gustav Johnson, den Senator für Kinder- und Jugendangelegenheiten, schnell ein neues Sicherheitskonzept vorzulegen. Vorerst wurde für alle weiblichen Jugendlichen, die den zeremoniellen Eid noch nicht geleistet haben, eine vorübergehende Ausgangssperre verhängt. Die Untersuchung des Falles dauert noch an. Die Schwarze Garde hat die Ermittlungen übernommen und dürfte bald erste Details präsentieren. Die Frage, wer hinter den Angriffen steckt, bleibt allerdings weiter ungelöst, da die Morlems erneut unerkannt flüchten konnten. Nach ersten Untersuchungen hinterließen sie keine Spuren. Eine Einschätzung zur aktuellen Lage gibt Helander Baltasar, Senator für Landessicherheit.

Siehe Seite 5

Während ich die Zeilen überflog, überkam mich ein irres Zittern. Hier ging es um mich. Das war doch offensichtlich. Es war alles wahr gewesen. Die Ereignisse des letzten Tages waren kein böser Traum, sondern bitterernst. Ich war angegriffen worden wegen meines jugendlichen Leichtsinns. Was war hier nur los? Welche Fähigkeiten waren gemeint? Was war die Schwarze Garde? Seit wann war Schönefelde eine Hauptstadt und wie kam der Vorfall in diese merkwürdige Zeitung? Die Fragen hämmerten durch meinen Kopf und ich würde wieder keine Antwort bekommen, wieder einmal, wie schon so oft in den letzten Jahren.

Zorn loderte in mir auf wie eine Stichflamme. Sie verbrannte die Vernunft und ließ nur schwarze Wut zurück. Ich sprang auf und stieß dabei meine Kaffeetasse um, deren Inhalt sich schwarz über die Zeitung ergoss. Ich fluchte laut und versuchte das Papier schnell zu trocknen, aber es war zu spät. Den Artikel konnte ich nicht mehr entziffern. Ich knüllte die Zeitung zusammen und stopfte sie in den Mülleimer. Dann rannte ich wutentbrannt aus dem Haus. Ich musste mich bewegen, um meinen Frust herauszulassen.

Es war ein heißer Tag und die schwülfeuchte Luft kündigte für den Nachmittag ein Gewitter an. Ich rannte die Steingasse entlang und bog dann in die Hauptstraße von Schönefelde ein. Heute hatte ich keinen Blick für die Schönheit der von Kastanien beschatteten Allee. Ich lief unter den Bäumen hindurch, die ihre Blüten bereits abgeworfen hatten. Das tägliche Radfahren und Schwimmen hatten mir gutgetan. Obwohl ich im Laufschritt unterwegs war, folgte ich ohne Anstrengung der Hauptstraße in ihrem halbkreisförmigen Verlauf. Sie war wenig belebt an diesem Samstagvormittag. An der Kreuzung, an der die Zufahrtsstraße die Hauptstraße traf und sich beide zu einem kleinen Platz vereinigten, der von hübschen, zweistöckigen Fachwerkhäusern umgeben war, hielt ich kurz inne, um zu verschnaufen. Ich sah Liana und Frau Goldmann im Laden an der Ecke stehen und mit einem Kunden sprechen. Ich überlegte kurz hinüberzugehen und hatte schon einen Schritt in diese Richtung getan, aber es fühlte sich nicht richtig an. Ich wollte Antworten und von Liana würde ich sie nicht bekommen. Es war falsch, sie in Schwierigkeiten zu bringen, indem ich mehr aus ihr herauspresste, als sie verraten durfte. Wenn mir jemand Rede und Antwort stehen musste, dann war es meine Großmutter. Ich warf einen letzten Blick auf Lianas blonden Wuschelkopf und drehte mich um, um die Hauptstraße weiter entlangzulaufen.

In diesen Teil von Schönefelde kam ich selten. Es gab keine Geschäfte mehr, nur noch Wohnhäuser standen in ihren adretten Gärten. Das monotone Summen der Rasenmäher hing in der Luft. Ich blickte nach oben. Weit über mir, verdeckt von Wolken, lag Tennenbode, die kleine Privatuniversität. An den meisten Tagen des Jahres war sie nicht zu sehen, da sie von Nebel eingehüllt war. Die ursprüngliche Festung Tennenbode war auf einem steil aufragenden Massiv gebaut worden, um das sich die Ortschaft Schönefelde u-förmig herumschlängelte. Man konnte das Massiv nicht komplett umfahren, da die Nordseite nicht besiedelt war. Zu Fuß müsste ich es schaffen, einmal um den Berg herumzulaufen und wieder bis nach Hause zu kommen. Eine Wanderung war die richtige Beschäftigung, um mir Luft zu machen und den Kopf frei zu bekommen. Ich lief weiter, bis die Hauptstraße endete und in einen Waldweg überging. Hier führte der Weg eine Weile am Massiv entlang, das in einer seltsamen, schwarzen Farbe metallisch im Sonnenlicht schimmerte. Während ich den Weg entlangschlenderte, fiel mir auf, dass ich noch nie oben auf dem Massiv gewesen war. Die Bewerbungsgespräche mit Frau Professor Espendorm hatten immer im Rathaus stattgefunden.

Die Bewegung tat mir gut. Ich spürte, wie sich meine Wut endlich legte, mein Zorn verpuffte und die Gedanken wieder geordnet durch meinen Kopf flossen. Der Wald umfing mich mit seinem hellgrünen Farbenspiel und ich fühlte mich geborgen. Ich fiel in einen leichten Laufschritt und folgte dem Weg, der sich immer mehr zu einem Pfad verengte, tiefer in die grüne Höhle aus alten Buchen und Eichen. Das leise Summen von Autos, Menschen und ihren Zivilisationsgeräuschen verklang und nur noch die Geräusche des Waldes umgaben mich. Das leise Summen Tausender Insekten, das Zwitschern der Vögel und das zarte Rauschen des Windes in den Baumkronen beruhigten mich. Je weiter ich ging, umso dunkler wurde es und ich wusste, dass ich auf der Nordseite angekommen sein musste.

Der Schatten des Massivs ließ die Sonne außen vor. Die Vegetation hatte sich an diesen Umstand angepasst. Immer häufiger sah ich dichte Farne und Efeu, der sich an den Baumriesen emporrankte. Jetzt wurde mir doch mulmig zumute. Ohne das Licht des Tages wirkte der Wald dunkel und bedrohlich. Selbst die Vögel, die bisher lautstark in den Baumkronen gelärmt hatten, schienen zusammen mit dem Licht zurückgeblieben zu sein. An einer kleinen Wegkreuzung bog ich links ab und hoffte, bald wieder auf einen breiteren Weg zu treffen. Laut meinem Gefühl musste ich die Nordseite schon überschritten haben und mich wieder auf dem Heimweg befinden.

Ich passierte eine Ruine, die unter wildem Wein und Efeu kaum noch zu erkennen war. Das Blätterdach über mir war so dicht, dass ich nicht erkennen konnte, in welcher Richtung das große Massiv über mir aufragte. Wäre ich mir nicht absolut sicher gewesen, dass die Mitte des Tages bevorstand, hätte ich beinahe geglaubt, der Abend wäre schon hereingebrochen, so dunkel war es geworden. Der Trampelpfad wurde immer schmaler, bis er sich fast zwischen Farnen und Moosen verlor. Ich überlegte schon umzukehren und den Weg zurückzulaufen, als ich hinter einem Gestrüpp aus Himbeerbüschen und Brombeerzweigen eine Mauer aufragen sah. Ich beschloss, einen Blick über die Einfriedung zu riskieren, bevor ich entschied, in welche Richtung ich weiterlaufen sollte. Trotz des Schattens der großen Baumriesen spürte ich die Hitze des Tages immer stärker. Ich hatte nicht mehr viel Zeit, um ordentlich gekleidet in der Schulaula zu erscheinen und mein Zeugnis entgegenzunehmen. Es war allerhöchste Zeit, eine Entscheidung zu treffen. Ich visierte die Steinmauer eine Weile an und kletterte dann an einigen herausstehenden Steinen hinauf. Die Mauer war so breit, dass ich bis an den Rand der anderen Seite rutschen musste, um etwas sehen zu können.

Mir verschlug es den Atem. Vor mir öffnete sich ein weitläufiger Garten. Ein gepflegter Rasen erstreckte sich endlos unter den hohen Buchen und wurde immer wieder von bunten Blumeninseln und Ecken mit asiatischen Gräsern unterbrochen. Kleine Treppen führten in verschiedene Ebenen und unweit von mir hörte ich einen Springbrunnen plätschern. Ich war so vertieft in den Anblick dieses versteckten Paradieses, dass ich den Jungen, der auf einer Holzbank im Schatten einer von wildem Wein überwucherten Mauer saß, vollkommen übersehen hatte. Als ich im Augenwinkel sah, wie seine Hand nach einer Gitarre griff, war es schon zu spät. Bevor ich mich zurückziehen und von der Mauer absteigen konnte, klangen schon die ersten Akkorde eines melancholischen Stückes gefühlvoll durch die märchenhafte Landschaft. Vor meinem inneren Auge drängten sich die Bilder. Ich versuchte sie zu unterdrücken, aber sie waren zu schön. Ungebremst strömten Emotionen in mich.

Ich sah ein Paar am Strand in der untergehenden Sonne Hand in Hand und dann kamen auch die Gefühle zu den Bildern hinzu, die in mich flossen wie in einen leeren Kelch, der nur darauf wartete, gefüllt zu werden. Ich spürte Liebe in mir, eine tiefe, alles umfassende Liebe. Ganz entfernt merkte ich, wie meine eigenen Glieder erschlafften und ich langsam von der Mauer rutschte. Wie ich auf dem Boden aufschlug, nahm ich schon nicht mehr wahr. Ich sah nur noch wechselnde Bilder von lachenden Mädchen, die im Sommerwind über eine blühende Wiese liefen, und spürte ihre unbändige Lebensfreude. Schmerz überkam mich, so unerträglich schön war dieses Gefühl jetzt. Feen umtanzten einen dunklen Mann von berauschender Schönheit. In seinen Armen hielt er eine Frau, deren offenes, dunkles Haar voller Blüten war. Ich weinte vor Glück, so schön war das Gefühl, das beide verband.

Eine sanfte Stimme sprach meinen Namen. Sie schien aus meiner Vision zu stammen. Ich öffnete langsam meine Augen und schaute in das unglaublichste Blau, das ich je gesehen hatte. Es war, als ob ich in die tiefste Stelle des Ozeans schauen würde. Erst als die sanfte Stimme erneut meinen Namen sprach, kam ich wirklich zu mir. Mühsam begann mein Gehirn, die Einzelteile um mich herum wieder zu einem Ganzen zusammenzufügen. Die Stimme gehörte zu den Augen dazu und nach einem kräftigen Blinzeln sah ich das gesamte Gesicht. Der sonnengebräunte Teint erinnerte mich an die Gestalt, die ich eben gesehen hatte. Allerdings war das Gesicht vor mir keine perfekte Schönheit, sondern herb und markant. Der Ansatz eines Dreitage-Bartes bedeckte das kantige Kinn und einen Teil der Wangen. Trotzdem war dieses Gesicht so schön, dass ich den Jungen vor mir einfach nur anstarren konnte. Die schwarzen, leicht gewellten Haare fielen locker bis über die Ohren und kamen mir bekannt vor und mit dem Erkennen kam auch das süße Kribbeln wieder, das ich seit gestern ganz verdrängt hatte. Die Erkenntnis traf mich wie ein Schlag.

Es war Adam, der neben mir kniete und mich besorgt ansah. Ich schluckte nervös und überlegte fieberhaft. Wie sollte ich ihm erklären, warum ich gerade ohnmächtig in seinen Garten gestürzt war? So etwas Peinliches war mir seit meinem letzten Date mit Florian Sommer nicht mehr passiert. Da hatte ich es vor lauter Nervosität geschafft, nicht nur über meine eigenen Füße zu fallen, sondern auch Florian mit zu Boden zu reißen, der unglücklicherweise in der Hinterlassenschaft von Frau Gondens dickem Pudel gelandet war. Ich hatte einfach das unschlagbare Talent, jedes Treffen mit einem Jungen in eine Katastrophe zu verwandeln.

„Geht es dir gut? Hast du dich verletzt?“, fragte Adam. In seiner sanften, dunklen Stimme schwang ernste Sorge mit, während er mich aufmerksam musterte.

„Ja, alles okay. Ich denke, ich bin unverletzt“, hauchte ich hypnotisiert von seinem Blick. Wenn er mich weiter so ansah, würde ich vergessen, dass ich überhaupt einen Körper hatte. In den letzten Wochen hatte ich oft überlegt, wie es sich anfühlen würde, wenn ich ihm gegenübertrat. Würde das Kribbeln verschwinden oder stärker werden? Jetzt hatte ich die Antwort, seine Anwesenheit verstärkte das geheimnisvolle Gefühl, anstatt es in heiße Luft aufzulösen.

„Gut, was machst du hier?“, fragte er lächelnd und zog mir einen Zweig aus dem Haar. Wie es sich wohl anfühlte, wenn er mich berühren würde? Wahrscheinlich würde ich in eine Wolke bunter Sterne explodieren.

„Ich …“, begann ich stotternd und suchte mühsam nach Worten. War ich tatsächlich verliebt und es ging allen so? Das kam mir so unwirklich vor, aber wie sonst sollte ich dieses Chaos in meinem Kopf erklären? Adam hingegen sah nicht so aus, als ob ihm die Worte ausgegangen waren. Er betrachtete mich ruhig und wartete. „Ich habe einen Spaziergang gemacht. Ich musste mal raus, mich ein bisschen bewegen, und da bin ich an der Mauer vorbeigekommen und wollte mal schauen, was dahinter ist. Dann bin ich irgendwie abgerutscht und gefallen. Tut mir wirklich leid, dass ich bei euch in den Garten gestürzt bin.“ Seit wann redete ich solchen Blödsinn? Die Sache mit der Musik behielt ich lieber für mich, sonst hielt mich Adam für völlig durchgeknallt. Erstaunlicherweise sah er mich aber noch immer durchdringend an, als wenn er sich nicht entscheiden konnte, ob er lachen sollte oder nicht.

„Hauptsache, du bist unverletzt. Das nächste Mal lasse ich

dich gern zur Tür herein, wenn du uns besuchen möchtest, Selma." Er sprach wieder mit dieser sanften Stimme, der ich gern den ganzen Tag zugehört hätte. Als ich meinen Namen aus seinem Mund vernahm, spürte ich dieses verräterische, aufgeregte Kribbeln im Bauch, das mich in den letzten Wochen ständig begleitet hatte, nur, dass es sich jetzt verselbstständigt hatte und eine Gänsehaut nach der anderen über meinen Körper jagte. Ich schluckte und verlor mich wieder in seinem Blick. Dabei vergaß ich völlig, was ich Geistreiches antworten wollte.

Völlig unerwartet verschloss sich sein Gesicht. Ich war mir sicher, dass er mir noch etwas hatte sagen wollen. Stattdessen stand er hastig auf.

„Du musst jetzt gehen!" Seine Stimme klang abweisend. Mein Herz verkrampfte sich sofort und in mir wurde es kalt. Er war doch nicht mehr als ein verwöhnter reicher Junge, der sich einen Spaß daraus machte, Mädchen den Kopf zu verdrehen. Ich schluckte tapfer und stand ebenfalls auf.

„Ja, du hast recht. Ich bin schon spät dran", antwortete ich ebenso kühl und wandte mich der Mauer zu.

„Nein, nimm das Gartentor!" Er hatte erkannt, dass ich gerade im Begriff war, den Garten wieder über die Mauer zu verlassen, über die ich hereingekommen war. Adam zeigte in die andere Richtung, wo ich nur fünfzig Meter entfernt ein schmiedeeisernes, kleines Tor in der Mauer erkannte. Ich lief knallrot an. Super, ich hatte es mal wieder geschafft, mich in Gegenwart eines Jungen komplett zu blamieren.

„Oh, ja natürlich. Hatte ich ganz übersehen." Ich versuchte trotz meiner vor Peinlichkeit rot gefärbten Wangen halbwegs cool zum Gartentor zu schlendern, während mir Adam folgte, der eindeutig verstohlen grinste.

Er drängelte hinter mir, sodass ich seinen Atem hören und seinen Körper spüren konnte. Warum hatte er es so eilig, mich loszuwerden? Ich lief schneller, als plötzlich eine hohe Gestalt hinter einer Zypresse vor uns auftauchte. Erschrocken blieb ich stehen und Adam konnte nur mühsam hinter mir bremsen. Mit großen Augen betrachtete ich die Frau, die vor uns stehen geblieben war. Ihre braunen Haare waren zu einer komplizierten Frisur zusammengesteckt, die ihr Gesicht mit der langen Nase hager erscheinen ließ. Um die schmalen Lippen spielte ein spöttisches Lächeln, während sie mich kalt musterte. Sie musste einmal schön gewesen sein, aber sie wirkte ausgezehrt und angespannt. Die Jahre hatten sich mit vielen Fältchen in ihre Haut gezeichnet.

„Selma Caspari in unserem Garten, sieh an, sieh an. Was für eine Überraschung." Ihre Stimme klang hoch, während sie auf mich zukam. „Hast du gestern nicht schon für genug Ärger gesorgt? Was suchst du hier?" Sie war mir noch näher gekommen und berührte mich fast, als sich Adam zwischen uns stellte. Vor lauter Empörung und auch eingeschüchtert von ihrer kühlen Aura fehlten mir die Worte und ich beobachtete sie nur stumm.

„Lass sie, Mutter. Selma hat den falschen Abzweig genommen. Ich bringe sie zurück, damit ihr nichts passiert." Adam sah seiner Mutter ohne Angst ins Gesicht und versprühte dabei eine Dominanz, der sie sich nicht widersetzen konnte.

„Gut, aber sei rechtzeitig zurück. Wir wollen pünktlich aufbrechen. Und du, Selma, solltest besser auf dich achtgeben und diese Aufgabe nicht anderen überlassen." Mit den letzten Worten drehte sich Adams Mutter würdevoll um und schritt fast lautlos den kleinen Gartenweg zum Haus zurück, das man hinter den hohen Bäumen nur erahnen konnte. Ich blickte ihr entgeistert nach, immer noch zu perplex, um das Geschehene geistreich zu kommentieren. Adam riss mich aus meiner Versteinerung, indem er mich, ohne etwas zu sagen, zum Gartentor schob und es vor mir öffnete. Ich ging hindurch und rang dabei um Worte. Zu Hause würden mir wieder die passenden Bemerkungen und die besten Erwiderungen einfallen, nur jetzt war absolute Leere in meinem Kopf. Adam schloss das Gartentor hinter uns, das quietschend zufiel, und bog dann in einen fast unsichtbaren Pfad zwischen dichten Rhododendronbüschen ein. Ich folgte ihm schnell, während er sich geschickt einen Weg durch die Vegetation bahnte. Er bewegte sich weich und fließend und ich musste mich beeilen, um nicht den Anschluss zu verlieren. Ich hatte keine Lust, mich noch einmal in diesem Wald zu verirren.

Wir waren noch keinen Kilometer gelaufen, als wir einen breiten Waldweg erreichten. Die Sonne schien wieder durch das Blätterdach. Wir hatten die Nordseite des Massivs endlich hinter uns gelassen. Bald würden wir wieder auf Häuser treffen. Ich beschleunigte mein Tempo, um neben Adam laufen zu können. Er sah geradeaus und hatte seine schönen Lippen zu einem schmalen Strich zusammengepresst. Sonst verriet nichts seine Anspannung. Es schien ihm unangenehm, den Babysitter für mich zu spielen, und mir war die Situation auch mehr als peinlich.

„Du kannst jetzt zurückgehen, den Rest des Weges finde ich allein nach Hause", schlug ich vor.

„Nein, ich möchte sichergehen, dass du unversehrt zu Hause ankommst. Ich werde dich bis zur Haustür begleiten."

„Okay", erwiderte ich verdrossen. Ich fand es zwar mehr als entwürdigend, wie ein Erstklässler nach Hause gebracht zu werden, aber so entschlossen, wie Adam neben mir herlief, sah er nicht aus, als ob er sich davon abbringen lassen würde. Wenn ich vorher nur ansatzweise geahnt hätte, was mein kleiner Ausbruch am Wolfsee für Folgen nach sich zog, hätte ich mich besser beherrscht. Die kühle Begegnung mit Adams Mutter nagte noch an mir. Ich überlegte, ob ich es wagen durfte, ihn auf seine Mutter anzusprechen.

„Ich muss mich für das Verhalten meiner Mutter entschuldigen", sagte er genau in diesem Moment, als wenn er ahnte, was in meinem Kopf vorging. Er sah mich das erste Mal direkt an, seitdem wir den Garten verlassen hatten. Das Dunkelblau seiner Augen leuchtete geheimnisvoll und sah jetzt aus wie das Blau des Himmels, wenn man auf einem hohen Gipfel stand.

Ich konnte ihn einfach nur anstarren. Glücklicherweise schien Adam nichts davon zu bemerken.

„Meine Mutter sorgt sich genau wie alle anderen um die Sicherheit der jungen Frauen und sie ist sehr verärgert, wenn sich jemand leichtsinnig über die geltenden Vorschriften hinwegsetzt. Es hat immer die Mädchen getroffen, die allein waren, und du hast dich zwar unwissentlich, aber eben doch leichtsinnig in Gefahr gebracht. Das ist alles. Das hat mit dir persönlich nichts zu tun", erklärte er ruhig. Er sah meine zerknirschte Miene und blieb stehen. Ich spürte, dass er seine kühle Maske wieder abgelegt hatte. Seine Stimme war sanft und warm, als er zu mir sprach, und ich liebte ihren dunklen, vollen Klang. Das wurde mir mit jedem weiteren Wort aus seinem Mund bewusst.

„Ich weiß, dass es im Moment eine schwierige Zeit für dich ist." Sein Blick versenkte sich in meinen und ich hatte Mühe, seinen Worten zu folgen. „Du musst Geduld haben." Mühsam kämpfte ich mich aus seinem Blick frei und dann sprudelte es einfach aus mir heraus.

„Sag mir doch einfach, was hier los ist! Was hat das alles zu bedeuten? Geflügelte Wesen, die mich verfolgen, deine Brüder mit dem Hypnose-Blick? Und alle sagen mir immer nur dasselbe. Habe Geduld, warte ab. Ich habe es einfach satt. Verstehst du das?"

„Ja, natürlich verstehe ich das." Er seufzte. „Aber ich darf dir nichts vor deinem achtzehnten Geburtstag sagen und der ist noch ein paar Wochen hin. Es tut mir leid, wirklich." Seine schmeichelnde Stimme beruhigte mich. Woher wusste er eigentlich, wann ich Geburtstag hatte? Seufzend drehte ich mich um und trottete weiter den Waldweg entlang. Es brachte nichts, sich weiter aufzuregen, denn ich erhielt überall dieselbe Antwort. Warten, warten, immer nur warten.

Bald erreichten wir die ersten Häuser, was bedeutete, dass wir uns trennen mussten. Ich versuchte den Abschied hinauszuzögern, indem ich langsamer ging, und hoffte, er würde noch etwas sagen. Doch er schwieg. Der Waldweg verwandelte sich in eine asphaltierte Straße. Wir hatten die Steingasse erreicht und ich konnte schon unser Haus sehen.

„Kommst du mit zur Zeugnisausgabe?“, fragte ich und sah ihn erwartungsvoll an.

„Nein, ich habe noch einen anderen Termin.“ Er schüttelte den Kopf und mein Blick blieb einen Moment zu lang an seinen Lippen hängen. Wie sich ein Kuss von ihm wohl anfühlen würde? Ich war noch nie so richtig geküsst worden, mal abgesehen von ein paar linkischen Küsschen von Florian Sommer.

„Danke, dass du mich hergebracht hast, und noch einmal Entschuldigung, dass ich in deinen Garten eingebrochen bin“, sagte ich, als sich der Moment der Stille zu lange ausdehnte. Bei meinen Worten konnte er sich ein Grinsen nicht verkneifen. Die Luft zwischen uns knisterte, das konnte ihm doch nicht entgehen. Doch anstatt einen Schritt auf mich zu zu machen, wandte er sich ab.

„Bis bald, Selma, und pass gut auf dich auf!“ Er sprach meinen Namen mit einem fast liebevollen Klang, so kam es mir zumindest vor, und als er ging, fühlte ich mich auf einmal allein. Ich wusste, dass es dumm war, aber ich wäre gern noch ein wenig bei ihm geblieben. Es fühlte sich so unglaublich richtig an, wenn Adam in meiner Nähe war, so vertraut. Ich sah ihm nach, bis seine große, dunkle Gestalt zwischen den Bäumen verschwunden war. Ein warmer Lufthauch wehte an mir vorbei und streichelte meine Wange. Bis bald, hatte er gesagt, als wenn er sich freuen würde, mich wiederzusehen. Sicher täuschte ich mich. Was sollte er schon an mir finden? Wir kannten uns kaum.

Ja, er sah verdammt gut aus. Er war nett, fürsorglich und hatte selbst seine Mutter, den alten Drachen, fest im Griff. Doch bisher hatte ich kein Glück mit Jungs gehabt. Warum sollte das mit Adam anders sein? Zumal mir immer noch nicht klar war, woher meine starken Gefühle so plötzlich kamen. Doch zu wissen, dass sie in seiner Gegenwart nicht schwächer, sondern sogar noch viel stärker geworden waren, machte die Sache erst so richtig kompliziert. Ich seufzte wehmütig, ging ins Haus und hoffte, dass wenigstens die Zeit auf meiner Seite war und sich alles wieder beruhigen würde.

Überraschungen

Ich hatte mich getäuscht, und zwar grundlegend. Es wurde nicht besser, und wenn ich ehrlich zu mir war, dann wurde es genau genommen mit jedem Tag schlimmer. Obwohl schlimm nicht das richtige Wort war, denn eigentlich waren diese Gefühle atemberaubend schön. Sie wurden nur immer stärker und das wiederum war mir unheimlich und ich versuchte dagegen anzukommen, indem ich mich ablenkte, sobald ich mich wieder bei einem Tagtraum ertappte, in dessen Mittelpunkt Adam stand. Doch oft genug ließ ich es einfach nur geschehen, auch wenn mir absolut klar war, dass das nicht gut gehen würde.

Das einzig Positive daran, dass sich meine Gedanken permanent um ihn drehten, war, dass mich das hervorragend davon ablenkte, dass mich Morlems angegriffen hatten und ich immer noch nicht wusste, was das alles mit mir zu tun hatte, geschweige denn mit dem großen Geheimnis, das zu meinem achtzehnten Geburtstag gelüftet werden sollte.

Dummerweise gab es auch niemanden, mit dem ich darüber sprechen konnte. Nach der Zeugnisausgabe hatte nicht nur Liana die Stadt verlassen, sondern mindestens die Hälfte der Bewohner von Schönefelde war im Urlaub. Die Zeit war zäh dahingeschlichen und mittlerweile war schon Ende Juli. Eine Hitzewelle brütete seit Wochen über der Stadt und trotz der sperrangelweit geöffneten Fenster hatte auch diese Nacht kaum Abkühlung gebracht. Ich reckte mich und stand auf, um die Fenster zu schließen und die Hitze des Tages auszusperren. Ich sah meine Großmutter im Garten beim Gießen der Blumenbeete und winkte ihr zu. Sie winkte freundlich zurück, doch mehr als oberflächliche Freundlichkeit gab es im Moment nicht zwischen uns. Ich wusste, dass sie mir auch heute aus dem Weg gehen würde. Jedes Mal, wenn ich versuchte, das Gespräch auf die Morlems zu bringen, hatte sie etwas Dringendes zu erledigen, was keinen Aufschub duldete, und mir war klar, dass sie mir auch weiterhin ausweichen würde.

Ich gähnte und streckte mich. Gestern Abend war ich viel zu lange wach gewesen, die Hitze hatte mich nicht zur Ruhe kommen lassen und von meinem Buch hatte ich mich auch nicht losreißen können. Ich hatte die halbe Nacht gelesen. Was blieb mir auch anderes übrig, um mir die Zeit zu vertreiben? Aber nicht allein die Bücher hatten Schuld an meiner Müdigkeit. Denn nicht nur tagsüber drehten sich meine Gedanken um Adam, auch nachts war er allgegenwärtig. Es waren sehr lebendige Träume, die mich immer wieder unerbittlich süß überkamen, und in deren Mittelpunkt allein er stand. Je mehr ich versucht hatte, ihn seit dem Tag der Zeugnisausgabe aus meinem Denken zu verbannen, umso stärker war dieses sehnsüchtige Brennen in mir geworden, das sich in diesen unruhigen Träumen entlud und meinen Schlaf störte. Es glich einem Hunger, einem ungestillten Hunger, der umso stärker wurde, je mehr ich versuchte, ihn zu ignorieren.

Ich wusste genau, dass es absolut albern und kindisch war, mich in diesen Gedanken und Träumen zu verlieren, aber ich stand dem ziemlich machtlos gegenüber. Vielleicht war aber auch die Hitze an meinem Zustand schuld oder die endlose Monotonie der letzten Wochen. Vielleicht flüchtete ich mich einfach nur in unreale, romantische Fantasien, um der allgegenwärtigen Einsamkeit zu entfliehen.

Langsam ging ich in die Küche. Ich spürte noch einen Rest Müdigkeit, gepaart mit einem leichten Kopfschmerz hinter der Stirn, und beschloss, die Symptome mit einer Tasse Kaffee zu vertreiben. Meine Großmutter hatte mir schon einen Teller Obst zum Frühstück vorbereitet und ich ging mit einem Stück Melone in der einen und einer Tasse Kaffee in der anderen Hand in den Garten hinaus zu meinem Lieblingsplatz im schattigen Pavillon. Verdutzt bemerkte ich blonde Locken zwischen den grünen Büschen.

„Liana!“, schrie ich begeistert, als ich sie im Pavillon entdeckte. So schnell es meine volle Tasse erlaubte, lief ich ihr entgegen. Nachdem ich den heißen Kaffee abgestellt hatte, fiel ich ihr um den Hals. „Danke, dass du wieder da bist. Ich war kurz davor, vor Einsamkeit zu sterben.“ Sie erwiderte lachend meine Umarmung.

„Das glaube ich dir. Ich freu mich auch, wieder hier zu sein. Wie waren deine Ferien bis jetzt? Was hast du gemacht?“

„Es war absolut öde ohne euch. Seit Wochen bin ich in Schönefelde eingesperrt. Meine Großmutter geht mir aus dem Weg, damit ich ihr keine schwierigen Fragen stellen kann. Ich habe mehrmals ernsthaft darüber nachgedacht zu fliehen, aber ich habe mich zusammengerissen und bin hier geblieben.“ Genau genommen hatte mich die Angst zurückgehalten. Ich traute mich abends kaum aus dem Haus. Immer wieder hatte ich in der Dämmerung den adlerartigen, riesigen Vogel am Himmel gesehen, der mich jedes Mal erschreckt hatte.

„Das klingt ziemlich langweilig. Warst du wenigstens mal baden?“, fragte Liana mitfühlend.

„Meine Großmutter hat sich nur zweimal erbarmt und ist mit mir zum Wolfsee gefahren. Sonst gab es nichts außer Gartenarbeit, Wandern und Lesen. Tolstoi, Goethe, Schiller und Fontane waren mein Trost in der Einsamkeit.“ Ich schniefte demonstrativ. Ohne meine Freunde hatte ich mich in meinem eigenen Leben fremd gefühlt. Es war, als wenn in einem Haus, in dem man schon immer gewohnt hatte, mit einem Mal die Möbel fehlten und das Vertraute plötzlich unbekannt geworden war.

„Du Arme, jetzt sind wir ja wieder da“, tröstete mich Liana. „Wieso warst du bei der Hitze wandern?“ Sie sah mich an, als ob ich nicht recht bei Sinnen wäre.

„Im Wald ist es angenehm kühl. Ich bin jeden Tag eine Runde um das Massiv gegangen“, erwiderte ich lässig. Eigentlich war ich auf der Suche nach Adam gewesen. Nun ja, nicht direkt auf der Suche, vielleicht hatte ich gehofft, ihn zufällig zu treffen. Mittlerweile hatte ich den richtigen Pfad gefunden, um mich nicht mehr zu verlaufen. Aber Adam hatte ich nie gesehen, so sehr ich auch gehofft hatte, ihm zufällig über den Weg zu laufen.

„Gehst du heute noch wandern oder hast du Zeit?“, fragte Liana erwartungsvoll.

„Mal sehen!“, erwiderte ich grüblerisch. „Ich lese noch „Irrungen und Wirrungen“ zu Ende und morgen kann ich mich vielleicht wieder mit euch treffen.“

„Was du nur an diesen alten Schinken findest, ist mir ein Rätsel.“ Liana verdrehte die Augen.

„Aber es ist doch total faszinierend, die Gedanken der Menschen zu denken, die vor Hunderten von Jahren gelebt haben, ihre Gefühle zu fühlen, ihren Schmerz und ihre Freude. Das ist wie eine Zeitreise, verstehst du?“ Begeistert war ich aufgestanden, doch Liana sah mich nur verständnislos an.

„Nein, verstehe ich nicht“, sagte sie, „aber wenn es dir so viel Spaß macht, kannst du ja den Abend mit Lesen verbringen. Allerdings verpasst du dann etwas Wichtiges.“ Sie lächelte geheimnisvoll.

„Nun sag schon!“ Neugierig sah ich sie an.

„Die Torrels haben sturmfrei und geben wieder eine ihrer dekadenten Partys. Erinnerst du dich noch, die letzte war in dem Sommer, bevor sie in die Staaten gegangen sind.“

„Keine Ahnung.“ Ich schüttelte den Kopf.

„Stimmt, du warst ja gar nicht mit. Das war die Zeit, in der du Florian aus dem Weg gehen wolltest, wegen der Hundehaufengeschichte.“ Sie kicherte und ich lief knallrot an.

„Stimmt, jetzt fällt es mir wieder ein. Wenn ich mich aber recht erinnere, hast du mir damals gesagt, dass die Party ohnehin nichts für mich gewesen wäre.“

„Richtig.“ Liana strich sich nachdenklich eine blonde Locke aus der Stirn. „Aber mittlerweile bist du ja fast achtzehn und aufgeschlossener. Ich habe eine Einladung von Lennox bekommen und wollte dich mitnehmen. Nachdem du den ganzen Sommer hier verbracht hast, tut dir ein wenig Abwechslung sicher gut, aber wenn du lieber lesen willst?"

„Nein, ist schon in Ordnung", beeilte ich mich zu sagen und überhörte ihre Bemerkung. „Ich komme mit, lesen kann ich auch morgen noch." Ich war viel zu froh, dass Liana wieder da war, um mit ihr über meine Aufgeschlossenheit zu streiten. Sie zog eine postkartengroße Karte aus ihrer Hosentasche, die dezent bedruckt war, und hielt sie mir unter die Nase.

„Mit Einladung? Wow! Es ist also eine Ehre, in diesen elitären Kreis aufgenommen zu werden?" Ich begutachtete das edle Papier mit hochgezogenen Augenbrauen.

„Ja, ist es, und glaube mir, so eine Party hast du noch nicht erlebt und genau deswegen werde ich mich noch einmal hinlegen, damit ich heute Abend topfit bin. Ich habe nämlich geplant, nicht vor dem Morgengrauen ins Bett zu gehen." Liana pflückte ein Gänseblümchen und betrachtete die zarten Blütenblätter zwischen ihren Fingern.

„Was ist eigentlich zwischen dir und Lennox? Ihr zwei scheint euch ja ganz gut zu verstehen", mutmaßte ich ins Blaue hinein.

„Ich mag Lennox, aber mehr ist da nicht. Genauso wie Adam gehört er zu den Jungs, von denen man besser die Finger lässt", erwiderte Liana. Als Adams Name fiel, schoss mir das Blut in die Wangen.

„Warum?", fragte ich.

„Glaub mir einfach, die Torrel-Brüder sind tabu. Du machst dich nur unglücklich, wenn du dich in einen verliebst", erwiderte Liana geheimnisvoll. Hatte das etwas mit den Morlems zu tun? Ich stöhnte. Schon wieder eine dieser Du-musst-warten-bis-du-alt-genug-bist-Antworten.

„Hast du Adam wiedergetroffen?", fragte Liana, ohne auf meinen entgeisterten Gesichtsausdruck einzugehen. Sicher wollte sie mir auch keine Gelegenheit geben, weitere Fragen zu stellen. Also hatte sich nichts geändert, seitdem sie in ihren zweifelhaften Urlaub gefahren war. Ich überlegte kurz, ob ich das akzeptieren konnte oder ob ich es darauf ankommen lassen sollte, mich mit ihr darüber zu streiten, wo sie gewesen war und warum sie nicht mit mir über alles sprach.

„Nein, habe ich nicht“, erwiderte ich beiläufig, hin- und hergerissen zwischen Neugier und der Angst, dass Liana einfach gehen würde, wenn ich ihr zu sehr zusetzte. „Ich dachte, er ist nicht in Schönefelde.“ Ich musste ja nicht zugeben, dass ich ihn regelrecht gesucht hatte. Ich sah zu Boden, um meine zuverlässig aufwallende Aufregung zu verbergen.

„Adam war die ganze Zeit in Schönefelde. Das hat mir zumindest meine Großmutter erzählt, weil er hin und wieder bei ihr eingekauft hat.“

„Ach so!“, erwiderte ich gefasst. Die Morlems waren kurz vergessen. Da wanderte ich jeden Tag kilometerweit und dabei hätte ich Adam in Frau Goldmanns Laden treffen können? Warum nur hatte ich die Einkäufe meiner Großmutter überlassen?

„Du musst mir dann unbedingt beim Schminken und Frisieren helfen“, unterbrach Liana meine Gedanken. „Ich will heute Abend sensationell aussehen.“ Sie drehte sich grazil im Kreis.

„Geht klar, aber erst muss ich meine Großmutter davon überzeugen, dass ich zu dieser Party gehen darf“, sagte ich nachdenklich.

„Gut, mach das! Ich erwarte dich heute Abend bei mir zur Kleiderprobe. Ich werde mich jetzt hinlegen. Bis später!“ Liana lächelte und verschwand auf dem Schleichweg hinter dem Pavillon. Sie ließ mich aufgeregt zurück. Eine Party bei den Torrels versprach genau die Abwechslung, die ich nach der Langeweile der letzten Wochen brauchte. Vielleicht war Adam da? Ich erlaubte mir den Gedanken ein paar Sekunden lang und genoss das aufgeregte Gefühl in meinem Bauch. Was sollte daran verboten sein?

Als ich am frühen Abend an der Tür der Goldmanns klingeln wollte, trug ich schon mein schwarzes Kleid und mein einziges Paar Schuhe mit Absatz. Lianas Mutter kam mir entgegen. Sie hatte dieselben blonden Locken und dasselbe fröhliche Lachen wie Liana.

„Hallo, gut, dass du kommst. Liana ist schon ganz verzweifelt. Sie hat nichts Passendes im Kleiderschrank gefunden. Wahrscheinlich kann sie gar nicht mitkommen. Geh ruhig hoch!“ Sie grinste vergnügt und ließ mich in den geräumigen Flur ein. Ich kannte mich gut aus. In den letzten Jahren waren Lianas Eltern fast wie eine Ersatzfamilie für mich geworden. Ich stieg die schöne, alte Holztreppe nach oben und hörte schon von Weitem ein genervtes Stöhnen aus Lianas Zimmer. Schnell und ohne zu klopfen ging ich hinein und blieb sprachlos stehen. Liana hatte den Inhalt ihres Kleiderschrankes im ganzen Zimmer verteilt und mitten in diesem heillosen Durcheinander aus Kleidern, Hosen, Röcken und Schuhen stand Liana nur mit Unterwäsche bekleidet und fluchte unanständig.

„Ähm, hi!“, war das Einzige, was ich angesichts dieses Chaos herausbrachte. Liana drehte sich erschrocken um.

„Gut, dass du kommst. Du musst mir helfen! Ich habe einfach nichts Passendes da. Ob ein Expressdienst noch liefert? Ich habe höchstens noch zwei Stunden Zeit. Hilf mir!“ Sie sah mich verzweifelt an und ich konnte mir ein Lächeln nicht verkneifen.

„Kein Problem!“, begann ich, während ich über ein paar Jeans stieg. „Es sind immer noch 29 Grad draußen, alle langen Hosen, Kleider und Shirts kannst du schon mal wegräumen. Bei der Wärme würde ich dir eher ein Kleid oder einen Rock empfehlen.“

Ich half ihr, die überflüssigen Dinge wieder in den Schrank zu räumen, und übrig blieb eine überschaubare Auswahl an Kleidungsstücken.

„Und jetzt gehst du erst einmal in Ruhe duschen, das entspannt, und danach können wir aus den restlichen Sachen etwas aussuchen."

Liana nickte brav und ging ins benachbarte Bad. Kurz darauf hörte ich Wasser rauschen, das nur gelegentlich von Liana übertönt wurde, die mit schiefer Stimme einen Hit sang, der zurzeit im Radio lief. Ich grinste und ging in ihrem Zimmer auf und ab, um mir die Zeit zu vertreiben. Auf dem Schreibtisch fiel mein Blick auf eine Zeitung, die unter ein paar Skizzen versteckt lag und die mir sehr bekannt vorkam. Ich schob Lianas Malereien beiseite und fand den „Korona Chronikle". Mein Herz hüpfte vor Aufregung. Meine Großmutter hatte seit unserem letzten offenen Gespräch sehr darauf geachtet, die Zeitung immer wegzuräumen, bevor ich aufstand. Ich konnte mein Glück noch gar nicht fassen und schielte um die Zimmerecke. Liana stand noch immer singend unter der Dusche. Das war meine Gelegenheit, an ein paar neue Informationen zu kommen. Die heutige Ausgabe trug das Foto eines Mannes, der etwa sechzig Jahre alt sein musste. Er trug einen altmodischen Schnurrbart und schaute energisch in die Kamera. Seine Augen sprühten eine knallharte Entschlossenheit aus. Das war definitiv ein Typ, der sich in sein Ziel verbiss. Ich begann, mich in den Artikel zu vertiefen:

Überraschungskandidat für das Amt des Primus

Senator Helander Baltasar, der bis jetzt das Amt des Senators für Landessicherheit innehatte, hat gestern im Kreise zahlreicher begeisterter Anhänger seine Kandidatur für das Amt des Primus bekannt gegeben. Die offizielle Wahl um die machtvollste Stelle in der Vereinten Magischen Union findet am 31. Januar nächsten Jahres statt. Der Wahlkampf der Kandidaten läuft bereits jetzt auf Hochtouren. Senator Baltasar startet als Außenseiter, der in den 30 Jahren seiner politischen Karriere regelmäßig durch seine radikalen Ansätze aufgefallen ist, für die er bislang allerdings keine Mehrheit gewinnen konnte. Seine Ideen und Vorschläge zur Umgestaltung der magischen Gesellschaft gelten als umstritten. Die Kandidatur für das Amt des Primus ist ein erneuter Versuch, sein Gesellschaftsbild rechtskräftig in der Gemeinschaft zu verankern. Der amtierende Primus Willibald Werner, der ebenfalls für den Posten kandidieren wird, äußerte sich kritisch zu der Bewerbung von Helander Baltasar: „Senator Baltasar hat das Amt des Senators für Landessicherheit seit Jahren mit Erfolg und Achtung geführt, seine Kandidatur als Primus sehe ich allerdings mit größter Skepsis. Sein Gesellschaftsbild, das er auch in seinem neuen Buch „Zeit des Wandels" beschreibt, steht in totalem Widerspruch zu der demokratischen und liberalen Gesinnung der Vereinten Magischen Union. Ich rechne ihm keine großen Chancen bei der Wahl aus. Unsere aufgeklärten Unionsmitglieder werden einen Rückfall in ein System der Monarchie, bei dem die nichtmagischen Bürger unseres Landes zu Arbeitskräften der magischen Gemeinschaft entrechtet werden sollen, nicht akzeptieren."

Das gesamte Interview mit Primus Willibald Werner lesen Sie auf Seite 3.

Ich konnte gerade noch ein paar Zettel über die Zeitung schieben, als Liana, in ein Badehandtuch gewickelt, wieder in der Tür stand.

„Du hattest recht, eine Dusche war genau das Richtige", sagte sie und sah mich an. Ihr Blick wurde starr, als sie meinen Gesichtsausdruck bemerkte. „Ist alles okay bei dir?"

„Jaja, alles super", versuchte ich ihr schnell zu versichern, doch meine Stimme brach an der entscheidenden Stelle.

„Zieh doch schon mal das erste Outfit an!", flüsterte ich heiser, um Zeit zu gewinnen. Ich brauchte einen Moment, um mich zu sammeln. In meinem Kopf hämmerten die Worte „magische Gemeinschaft", „nichtmagische Bürger", „magisch", „nichtmagisch" und plötzlich dämmerte es mir und eine unglaubliche Erkenntnis nahm in meinem Kopf Gestalt an.

„Ich muss mal kurz raus, mir ist so komisch", rief ich Liana zu, während ich schon losrannte. Raus ins Freie, raus in den Garten und hinein in den Pavillon. Ich musste allein sein. Die vertraute hölzerne Hülle gab mir Sicherheit, während das Unfassbare durch meinen Kopf walzte. Es passte alles zusammen. Die Geheimniskrämerei, Ramons missglückter Versuch, die Wahrheit zu vertuschen, die Verschwiegenheit meiner Großmutter und Lianas offensichtliche Lügen. Ich vergrub mein Gesicht in den Händen und eine völlig abwegige Erklärung manifestierte sich in meinem Kopf. Ich glaubte plötzlich zu verstehen, was alle um mich herum versucht hatten zu verbergen. Doch es war so unwirklich, dass ich an meinem eigenen Verstand zweifelte. Es war kein Rollenspiel oder Geschichtshobby. Es gab keine seltsamen exotischen Vögel. Sollten es tatsächlich Magier sein, die um mich herum lebten und genau das vor mir zu verbergen versuchten? Eine Parallelgesellschaft mit eigener Regierung und eigener Zeitung und wer weiß was noch alles. Mein Kopf drehte sich. Diese Erkenntnis war so fundamental und unglaublich, dass es nur ein Irrtum sein konnte.

Nein, rief ich mich zur Besinnung. Es war unmöglich. Magier gab es in Märchen und alten Mythen, in Geschichten, in denen Menschen den Dingen, die sie nicht verstanden, eine mystische Erklärung gaben.

„Was ist los?" Plötzlich legte Liana ihre Hand auf meine Schulter. Ich schrak zusammen. „Oh mein Gott, du zitterst ja und bist kalkweiß. Was ist passiert? Bist du krank?" Ich sah ihr mit aller Kraft in die Augen und versuchte zu verstehen. Wenn ich Liana jetzt mit meinem Verdacht konfrontierte, würde sie mir antworten, das war mir klar. Meine Knie zitterten. Ich hatte Angst vor ihrer Antwort. Wenn sie Ja sagen würde, wäre nichts mehr wie vorher. Ich wusste nicht, ob ich das wollte. So lange ich denken konnte, hatte ich die Langeweile in meinem Leben verflucht, und jetzt, wo die Möglichkeit bestand, dass alles anders war, machte mir genau das Angst? Ich ballte die Hände entschlossen zu Fäusten und zwang meine Knie, mit dem Zittern aufzuhören. Ein Ruck ging durch meinen Körper. Die Wahrheit wurde nicht einfacher, wenn man sie verdrängte, erinnerte ich mich streng. Ich sah Liana fest in die Augen. Es waren nur wenige Worte, die ich sagen wollte, doch ich musste sie regelrecht aus meinem Mund stoßen.

„Ist es wahr?“, fragte ich abgehackt. Die Stille, die auf meine Worte folgte, der hohle, verzweifelte Blick, den mir Liana zuwarf, bevor sie die Augen schloss und tief Luft holte, sagte alles. Sie musste mir nicht antworten, ich wusste genug. Liana war ein Magier.

Die Party der Torrels

Wir fuhren schweigend durch die warme Nachtluft. Ein fernes Grollen ließ für die Nacht ein Gewitter erwarten. Die asphaltierte Straße schlängelte sich durch den Wald und schon von Weitem konnte man das riesige, hell erleuchtete Gebäude durch die großen Bäume erkennen. Es wirkte elegant und geheimnisvoll, die kleinen hohen Türmchen und Spitzen ragten finster in den sich langsam verdunkelnden Himmel, während die Geräusche der Party durch die Nacht drangen. Ich schluckte nervös und schloss mein Fahrrad an einen Baum an. Meine Hände waren trotz der Wärme der Sommernacht kalt und selbst Liana, die immer einen flotten Spruch auf den Lippen hatte, war still. Wir hatten kein Wort gewechselt, aber trotzdem war die Lage so klar, als ob wir den ganzen Tag darüber gesprochen hätten. Liana durfte nicht mit mir reden, aber sie leugnete die Wahrheit nicht.

Ich schaffte es nicht, etwas Normales zu sagen und den Anschluss an unser bisheriges Leben zu finden. Was war nur mit mir los? Endlich hatte ich eine Antwort auf meine dringendste Frage bekommen, aber diese Antwort befriedigte mich nicht, denn sie war so abwegig, dass ich ernsthaft an meinem Verstand zweifelte.

Adams Gesicht huschte in meine Gedanken. Gehörte er auch zu den Magiern? Zumindest würde das erklären, warum ich mich laut Liana von ihm fernhalten sollte.

Ich sah Liana an, die mir zulächelte. Dieses Lächeln verwirrte mich, denn Liana war so, wie sie immer war, meine beste Freundin. Mir wurde mit einem Mal warm ums Herz und ich erwiderte das Lächeln und plötzlich wusste ich, dass sich zwischen uns nichts ändern würde. Im Gegenteil, ich war mit einem Mal erleichtert, denn das Geheimnis, das sie vor mir verborgen hatte, stand nun nicht mehr zwischen uns. Entschlossen nahm ich ihre Hand und gemeinsam gingen wir zur Eingangstür.

Bevor wir jedoch einen Blick in das Haus erhaschen konnten, trat uns ein Schrank von einem Mann entgegen. Auf seinem glatt geschorenen Schädel ringelte sich ein Drachen, dessen weit aufgerissenes Maul bis zu den Schläfen reichte. Ich schauderte.

„Die Einladung, bitte!“ Seine tiefe Stimme übertönte mühelos den Lautstärkepegel, der uns entgegenschallte. Liana begann, unter dem prüfenden Blick des gigantischen Türstehers hektisch in ihrer Handtasche zu kramen.

„Ich hatte sie doch eingesteckt. Da bin ich mir ganz sicher“, murmelte sie mit zunehmender Panik in der Stimme. „Oh nein, das kann doch nicht wahr sein. Tut mir leid. Ich glaube, ich habe sie zu Hause liegen lassen.“

Der Türsteher sah ihr belustigt zu.

„Da bist du nicht die Erste heute, die ihre Einladung aus Versehen vergessen hat. Ohne Einladung kein Einlass. Da musst du wohl noch einmal nach Hause radeln.“

Liana schnappte bei seinen Worten hörbar nach Luft und ich sah, wie sie um Fassung rang. Meine Lust auf diese Party war schlagartig vergangen.

„Komm, wir gehen.“ Ich versuchte Liana hinter mir herzuziehen. Sollten diese Snobs doch allein feiern. Doch Liana hatte noch nicht aufgegeben.

„Können Sie Lennox Torrel holen, er hat mich eingeladen. Ich stehe bestimmt auf der Gästeliste. Bitte, drücken Sie doch ein Auge zu.“ Bei diesen Worten hatte Liana auffallend mit ihren Augen geklimpert und ihren unglaublichen Charme versprüht, aber der Türsteher blieb unerbittlich.

„Sorry, Anweisung von oben. Ohne Einladung kein Einlass, und jetzt macht Platz, die Nächsten wollen rein.“ Damit schob er uns einfach zur Seite, während sich hinter uns zwei

Pärchen vorbeidrängelten. Sie hatten eine Einladung dabei und der Riese ließ sie ohne Probleme passieren. Mir war die Sache unglaublich peinlich und am liebsten hätte ich mich jetzt mit einem lauten Knall in Luft aufgelöst.

„Oh nein, jetzt muss ich noch einmal nach Hause. Warum muss das immer mir passieren?“ Liana fluchte und wir waren schon dabei zu gehen, als ich hinter uns eine Stimme hörte, die mir sehr bekannt vorkam. Ihr Klang stieß etwas Warmes in mir an. Wirklich erstaunlich, dachte ich, es war, als ob wir genau auf einer Wellenlänge liegen würden.

„Geht in Ordnung, Hektor, die zwei dürfen rein und bitte etwas mehr Respekt vor unseren Gästen!“ Adam trat uns entgegen und Hektor zog sich mit einem demütigen Kopfnicken zurück. Als ich ihn ansah, wie er lässig in der Tür lehnte, elegant, dunkel und verboten gut aussehend, vergaß ich für einen Moment zu atmen. Ich wagte einen Blick in sein Gesicht. Seine Augen leuchteten verheißend und verlockend. Ich würde es nie schaffen, ihn aus meinem Kopf zu verbannen. Niemals.

„Danke!“, flüsterte ich verwirrt, denn mehr fiel mir nicht ein. Dann reichte er mir seine Hand. Ich nahm die ritterliche Geste an, legte meine Hand in die seine und ließ mir beim Überqueren der Stufe helfen. Ich spürte seinen Blick still über meinen Körper wandern bis hinunter zu den schwarzen Riemchensandalen mit den hohen Absätzen. Als er wieder bei meinen Augen angelangt war, versenkte er seinen Blick kurz in meinen. Es durchfuhr mich heiß. Zwischen uns stimmte immer noch alles und in Adams Gegenwart fühlte ich mich, als ob ich soeben nach Hause gekommen wäre. Gefangen in seinem Blick, in seiner Berührung, kam mir mein Grübeln der vergangenen Wochen plötzlich albern vor. Zwischen uns war mehr als nur oberflächliche Verliebtheit, dieses Gefühl in meinem Herz ging tiefer, auch wenn die Stärke mich immer noch verwirrte und ich mir nicht erklären konnte, warum diese Gefühle in mir tobten. Der Moment zwischen uns dauerte nicht lang genug. Weit entfernt hörte ich, wie jemand seinen Namen rief, und dann löste er sich von mir. Sein Weggehen tat mir weh.

„Schön, dass ihr gekommen seid“, sagte er im Gehen mit dieser samtenen Stimme, die mich süchtig machte. „Ich wünsche euch viel Spaß und bleibt nicht zu lang!“

Dann drehte er sich um und ging zu Ramon, den ich auf einer großen Treppe warten sah, die ins Obergeschoss führte. Verwirrt kam ich wieder zu mir. Wieso sollte ich nicht zu lange bleiben? Bat man seine Gäste nicht eigentlich um das Gegenteil? Ich sah den beiden verwundert nach, bis Liana mich wieder in die Realität zurückholte.

„Na, da haben wir ja noch einmal Glück gehabt. Stell dir vor, wir hätten den ganzen Weg zurückfahren müssen. Alles klar bei dir?“

„Alles super“, bekam ich mühsam heraus. Ich spürte immer noch das irritierend schöne Gefühl seiner Hände auf meiner Haut und wusste, dass ich mit ihm sprechen musste. Dieses Gefühl war so stark, dass er es doch auch bemerkt haben musste. Ich musste endlich erfahren, ob er genauso fühlte, wie ich es tat.

„Wenn es dir nicht gut geht, können wir auch wieder gehen“, sagte sie besorgt.

„Nein, es ist alles okay, wahrscheinlich setzt mir die Wärme doch mehr zu, als ich dachte“, versicherte ich ihr schnell. Ich konnte jetzt nicht gehen, ich musste Adam noch einmal sehen und mit ihm sprechen. Liana musterte mich kritisch und zog mich dann am Arm hinter sich her. Ich unterdrückte das Bedürfnis, Adam die Treppe nach oben zu folgen. Vielleicht war er doch nur höflich gewesen, mehr nicht, sagte ich mir. Nur keine allzu hohen Erwartungen, dann war die Enttäuschung nicht so groß. Die Lüge beruhigte mich und ich wandte mich meiner Umgebung zu.

Die Wände des elegant eingerichteten Hauses waren mit asiatischen Seidentapeten bespannt, deren filigrane Muster gut zu den hohen Stuckdecken mit ihren ungewöhnlichen Motiven passten. Die Torrels schienen Drachen zu mögen, denn auch von der Decke schauten sie mich an. Liana stieß mich an und zeigte auf Shirley, die in einem golden glitzernden Hauch von einem Kleid und auf riskant hohen Stilettos im Takt der Musik wippte. Sie hatte ein Sektglas in der Hand und kicherte bereits auffallend laut. Wie immer war sie umringt von ihrer Hühnerschar und ihren Bewunderern. Ich schmunzelte bei ihrem Anblick.

„Magst du tanzen?", fragte ich Liana.

„Nee du, ich brauch erst mal einen Cocktail auf den Schreck", antwortete sie, während sie sich einen Platz an der endlosen Bar erkämpfte und Getränke für uns bestellte. Mit unseren vollen Gläsern in der Hand schoben wir uns durch die Menge bis zu einem der bequemen Sofas am Rande des Raumes. Grinsend stießen wir an und beobachteten das bunte Treiben um uns herum.

„Wie bist du zu der Einladung gekommen?", versuchte ich die Musik zu übertönen.

„Ich versteh mich gut mit Lennox", rief Liana zurück.

„Ich dachte, es ist verboten, Gefühle für einen der Torrel-Brüder zu haben?", bohrte ich weiter, obwohl ich es eigentlich nicht tun sollte.

Liana sah mich aufmerksam an. Wir durften nicht über die Fragen sprechen, die mich wirklich interessierten, doch so wie Liana reagierte, waren die Torrels mit Sicherheit auch Magier. Ich sog zischend Luft ein.

„Nein, Selma, das habe ich nicht gesagt", entgegnete Liana sofort, als ob sie meine Gedankengänge hören konnte. „Du kannst mit ihnen befreundet sein, aber du sollst dich nicht in einen verlieben, denn das wird dir das Herz brechen. Außerdem solltest du von Adam ohnehin die Finger lassen. Lennox hat mir erzählt, dass er ziemlich starrköpfig ist."

„Wie meinst du das?", fragte ich, froh darüber, etwas über ihn zu erfahren.

„Lennox findet es unerträglich, dass sich Adam mit Entscheidungen schwertut und tausendmal jedes Für und Wider gegeneinander abwägt, bevor er sich endlich zu etwas durchringt. Wenn er sich dann aber einmal für etwas entschieden hat, dann hält er knallhart an dieser Entscheidung fest, komme, was da wolle. Er ist weder spontan noch unüberlegt. Für mich wäre das nichts, da verstehe ich mich mit Lennox tausendmal besser, der hat noch richtige Flausen im Kopf, obwohl er schon fünfundzwanzig ist. Adam ist ja erst achtzehn, aber manchmal kommt er mir so vor, als wenn er der Älteste wäre und nicht Lennox."

„Ach so", erwiderte ich gedehnt und saugte jedes von Lianas Worten auf. „Und was ist mit Torin und Ramon?" Ich zeigte mit dem Kopf quer durch den Raum, wo die beiden begeistert auf einem Podest tanzten.

„Ramon ist ein netter Kerl, aber manchmal ist er mir zu einfach gestrickt. Der hat immer nur seine Motorräder im Kopf. Ramon hat am Wolfsee über nichts anderes geredet als PS, den optimalen Reifen auf nasser Fahrbahn und mit welchen Umbaumaßnahmen man die Leistung noch verbessern kann. Ich konnte es nach einer Weile echt nicht mehr hören. Ich habe ja nichts dagegen, wenn man ein Hobby hat, aber es gibt noch andere Dinge im Leben. Na ja, und Torin ist, glaube ich, der Spaßvogel in dieser Familie. Der kann es nicht lassen, die anderen bei jeder Gelegenheit mit irgendwelchen peinlichen Späßen zu quälen, also der ist auch nichts für mich. Vielleicht lerne ich ja beim Studium jemanden kennen, der besser zu mir passt."

„Bestimmt", nickte ich und versuchte mir die vielen Dinge, die mir Liana soeben erzählt hatte, einzuprägen. Dann stand ich auf und zog sie zu einer der Tanzflächen. Die Musik war ausgesprochen gut. Der DJ kam garantiert aus einem angesagten New Yorker Club. Ich gab mich der Musik hin und ließ die Rhythmen durch meinen Körper wandern. Die Musik entfaltete ihre gewohnte Wirkung auf mich. Meine Anspannung lockerte sich und die lauten Beats donnerten durch meinen

Kopf, leerten ihn und wälzten alle meine Zweifel platt. Magier, schoss es mir in den Sinn. Was sie wohl konnten? Bis jetzt hatte ich nicht bemerkt, dass Liana über besondere Kräfte verfügte. Je länger ich darüber nachgrübelte, umso mehr faszinierte mich dieser Gedanke. Musste Liana komplizierte Zaubersprüche lernen oder konnte sie einfach so mit einer lockeren Handbewegung einen Elefanten hervorzaubern?

Ich war noch nicht einmal richtig warm, da verlangte Liana schon eine Pause und zog mich auf die Terrasse.

„Du tanzt schon über eine Stunde und hast nicht mal eine Schweißperle auf der Stirn“, schnaufte sie und sank auf einen Stuhl. „Es ist immer wieder erstaunlich, was Musik mit dir anstellt.“ Liana fächerte sich Luft zu, während ich nur mit den Schultern zuckte. Wir waren nicht die Einzigen auf der Terrasse und bevor ich mich versah, war Liana mit einer Schulfreundin in ein Gespräch über deren Urlaub auf Mallorca vertieft. Ich nickte den beiden zu und verzog mich wieder auf die Tanzfläche. Ich begann meinen Körper rhythmisch zu bewegen und diesmal vergaß ich dabei alles.

Als ich registrierte, dass sich die Tanzfläche zu leeren begann, legte ich eine Pause ein. Wo war nur Liana und wie viel Zeit war vergangen, seitdem wir uns getrennt hatten? In einem kleineren Raum fand ich ein Büfett, aber von Liana keine Spur. Als ich wieder zur Tanzfläche zurückwollte, traf ich ein paar Mädchen aus meiner Klasse. Während ich mich mit ihnen unterhielt, kletterten einige knapp bekleidete Frauen auf kleine Tische und fingen an zu tanzen.

„Zeit zu gehen, Mädels, die Go-Go-Girls kommen.“ Kichernd verabschiedeten sie sich und zogen gemeinsam zur Ausgangstür. Ich fand ihr Verhalten seltsam und sah ihnen eine Weile nach, bis ich mich wieder auf die Suche nach Liana machte. Dabei stieß ich ständig auf Pärchen, die sich eng umschlungen in dunkle Ecken drückten, und kam mir völlig deplatziert vor.

Wo steckte nur Liana?

Ein betrunkener Junge wankte auf mich zu.

„Na, Hübsche, noch ein Tänzchen?“, lallte er und hatte schon die Hände an meinem Oberarm. Mit einer geschickten Drehung wich ich aus und flüchtete auf die Terrasse. Ich lief die Stufen hinab in den Garten und suchte dort weiter nach Liana. In den lauschigen Ecken zwischen Sträuchern und Büschen fand ich nur noch mehr Pärchen, die ich offensichtlich störte.

Was sollte ich nur machen? Konnte Liana nicht einen Lichtblitz senden?

Ohne sie nach Hause zu fahren, kam nicht infrage. Nur unter dieser Bedingung hatte mich meine Großmutter zu dieser Party gehen lassen. Ich lief zurück ins Haus. Das Licht war abgedunkelt worden und Kerzen brannten. Der DJ hatte zu langsamen und eindringlichen Stücken gewechselt, deren Akkorde langsam durch den Raum schwebten, aber mich glücklicherweise nicht berührten. Die Luft war voll von Verlangen und zweideutigen Gefühlen. Eng umschlungen wiegten sich Pärchen auf den Flächen und Hände wanderten über Rücken und Schultern. Ich zog es in Betracht, mich in der Toilette einzuschließen, bis die Party vorbei war, doch dann flüchtete ich noch einmal nach draußen und blickte hinauf in den Himmel. Das Schwarz der Nacht verblasste allmählich, der neue Tag begann heraufzuziehen. Weit entfernt grollten leise Donner und zuckten Blitze über den Horizont. Ich überlegte gerade, wie angenehm sich der kühle Regen auf meiner verschwitzten Haut anfühlen würde, als der betrunkene Junge, der mir schon vorhin zu nah gekommen war, einen neuen Angriff startete.

„Na, Hübsche, so allein? Ich leiste dir gern Gesellschaft.“ Der Typ lallte noch schlimmer als vorher und während er versuchte, einen Arm um mich zu legen, stellte ich fest, dass er doch recht groß war. Ich wand mich erneut aus seinem Griff. Seine Reflexe waren verlangsamt, was mir einen Vorteil verschaffte.

„Bleib hier, du verpasst was." Bei diesen Worten ergriff er mein Handgelenk und hielt mich mit erstaunlicher Kraft fest. Ich war schon bereit, mich auf einen Zweikampf einzulassen, als mich eine Hand aus dem Schraubstockgriff befreite. Adam war da.

„Hektor, der Herr verlässt jetzt die Party", sagte er mit klarer und schneidender Stimme. Das Einzige, was seinen Ärger erahnen ließ, war die Eiseskälte, mit der er sprach, und der Blick, den er dem Jungen zuwarf. Der rieb sich die Stelle, an der Adam ihn am Arm gepackt hatte, während Hektor ihn wortlos hinter sich herzog.

„Danke", sagte ich. Mir war mulmig zumute. Ich rieb mein Handgelenk und sah Adam an. Der bemerkte meine Handbewegung sofort und legte verärgert die Stirn in Falten.

„Hat er dir wehgetan?"

„Nein, es geht schon. Halb so wild", wiegelte ich ab.

„Warum bist du noch hier? Hat dir deine Freundin nicht gesagt, dass es bei Lennox' Partys besser ist, pünktlich zu gehen? Es sei denn, du hattest vor, heute Nacht noch mit einem dieser Jungen loszuziehen?" Er war sauer, das hörte ich deutlich, und bei seinen Worten verstand ich endlich die Besonderheit dieser Party. Die Go-Go-Girls, die Mädchen, die es plötzlich eilig gehabt hatten, zu verschwinden, und die vielen ineinander verschlungenen Paare um mich herum ergaben einen eindeutig anrüchigen Sinn.

„Ich möchte gehen", platzte ich erschrocken heraus. Dann fiel mir Liana wieder ein. „Hast du meine Freundin gesehen?"

„Sie ist bei Lennox und es sah so aus, als ob sie nicht allzu bald gehen wird. Ich bringe dich nach Hause." Seine Stimme klang jetzt sanfter. Ich nickte dankbar und folgte ihm zur Ausgangstür.

Kurz darauf standen wir vor dem Haus und ließen die drängenden Menschen, den Lärm und die aufgeladene Stimmung der Party hinter uns. Mit jedem Schritt, den wir uns vom

Haus entfernten, wuchs die Stille um uns herum. Das Einzige, das immer lauter wurde, war das Grollen der Gewitterwolken und das aufgeregte Schlagen meines Herzens. Wir waren allein.

Über uns zuckten die Blitze und ein böiger Wind kam auf, der endlich kühle Luft mit sich brachte. Ich atmete tief ein und versuchte, den betrunkenen Jungen aus meinem Kopf zu verbannen. Adam entging meine Unruhe nicht.

„Ist wirklich alles in Ordnung?“, fragte er noch einmal.

„Ja, mir geht es gut. Es war nur eine sehr unangenehme Situation“, murmelte ich. Bei meinen Worten verfinsterte sich sein Blick wieder.

„Es tut mir leid, es war mein Fehler. Ich hätte schon viel eher eingreifen müssen.“ Ich sah ihn verwirrt an, hatte er mich etwa beobachtet?

„Der Typ war schuld, du hattest doch nichts damit zu tun“, gab ich energisch zurück.

„Nein, du bist von edlem Blut und so ein Verhalten dir gegenüber ist absolut verboten.“

Ich sah ihn völlig verdutzt an.

„Deswegen bewachst du mich, weil ich von edlem Blut bin?“, fuhr ich ihn wütend an. Was sollte dieser Quatsch mit den Blutlinien überhaupt bedeuten? Und ich hatte angenommen, er würde sich für mich interessieren. Lianas Worte kamen mir in den Sinn. Ich sollte mich nicht in einen der Torrel-Brüder verlieben, hatte sie gesagt. Das würde mir das Herz brechen. Ich spürte, dass es dafür schon zu spät war. Der Schmerz bohrte sich schon widerlich tief in mein Herz. Adam hatte mich längst und unwiderruflich in seinen Bann gezogen und umso mehr verletzten mich seine Worte.

„Nein, nicht nur deswegen“, antwortete er leise. Ein Blitz zuckte auf, der sofort von einem ohrenbetäubenden Donner begleitet wurde. Ich stapfte wütend in die Dunkelheit.

„Warte!“, rief Adam. Ich spürte die ersten Tropfen auf meiner Haut, dann kam ein Regenguss aus den Wolken, wie ich ihn noch nie erlebt hatte. Es blitzte und krachte um uns herum und der Regen fiel so dicht, dass man kaum ein paar Meter weit sehen konnte. Die Straße verwandelte sich innerhalb von Sekunden in einen schwarzen Fluss. Augenblicklich war mein ohnehin dünnes Kleid durchweicht und ich war nass bis auf die Haut. Mein genervtes Stöhnen ging im lauten Rauschen unter.

„Los, wir gehen zurück!“, hörte ich Adams Stimme gedämpft durch das Donnern. Er hatte recht, es war das Vernünftigste, den kurzen Weg zurückzulaufen. Ich sträubte mich zwar gegen den Gedanken, denn auf die Party wollte ich auf keinen Fall zurück, doch im Moment war keine Zeit, zu diskutieren. Wenn wir noch lange hier standen, hatten wir gute Chancen, von einem der dicken Äste erschlagen zu werden, die sich über uns im starken Wind gefährlich bogen. Adam zog mich durch das Tosen hinter sich her, bis wir wieder das Anwesen der Torrels erreichten. Er führte mich nach oben und ich folgte ihm bereitwillig. Von der Treppe aus konnte ich einen Blick auf die vielen Pärchen erhaschen, die auf der Tanzfläche eng umschlungen im Takt der erotisierenden Musik wogten. Die Lust füllte die Luft wie eine rote, pulsierende Wolke. Nur mühsam konnte ich meinen Blick von der Szene lösen, um Adam in die oberen Räume zu folgen.

„Wo gehen wir hin?“, fragte ich.

„Wir gehen in mein Zimmer oder möchtest du wieder zur Party zurück?“, antwortete er mit einem fragenden Blick auf mein nasses Kleid, mit dem ich auf der Treppe eine Spur aus Tropfen hinterlassen hatte. Ich schüttelte energisch den Kopf.

„Normalerweise würde ich dir ein Gästezimmer anbieten, aber meine Brüder haben heute Nacht alle Räume für sich reserviert“, fügte er entschuldigend hinzu. Ich fragte nicht, warum. Wir stiegen weiter hinauf, bis ich die Musik nur noch gedämpft wahrnahm. Immer leiser wurde es um uns herum, selbst das Geräusch unsere Schritte wurde von den dicken Teppichen unter uns verschluckt. Am Ende eines schmalen Ganges öffnete Adam eine große, dunkelbraune Holztür. Als wir sein Zimmer betraten, hielt ich überrascht inne. Der hohe Raum war mit eleganten, dunklen Möbeln eingerichtet. Unter einem blutroten Baldachin versteckt stand ein riesiges Bett. Im Halbdunkel sah ich große Schränke, Truhen und sogar einen offenen Kamin mit einem gemütlichen Sofa davor. Das war nicht das Zimmer eines durchschnittlichen Teenagers. Adam schloss die Tür leise hinter mir.

„Meine Mutter steht auf das ganze alte Zeug", sagte er entschuldigend, als er meinen Blick sah. Dann ging er weiter durch das Zimmer. „Du nimmst am besten eine heiße Dusche, während ich dir etwas Trockenes zum Anziehen besorge." Adam öffnete eine versteckte Tür, die zu seinem Badezimmer führte. Ich nickte und betrat den Raum, der in einem warmen Ton mit kleinen Mosaiksteinchen gekachelt war.

„Handtücher liegen da drüben auf der Kommode." Mit diesen Worten ließ mich Adam stehen und verschwand. Ich zitterte mittlerweile wie Espenlaub vor Kälte und sprang dankbar unter die heiße Dusche. Als ich mich in eines der Badetücher hüllte, klopfte es leise.

„Ja, bitte?", fragte ich verwirrt. Ein Mädchen in meinem Alter mit langen, braunen Haaren erschien in der Tür.

„Ich bin Elsa, der Herr hat mich gebeten, Ihnen Kleidung zu bringen. Ich lege sie hier auf den Stuhl. Darf ich Ihnen sonst noch etwas bringen oder beim Ankleiden zur Hand gehen?" Ich starrte Elsa einfach nur an und fühlte mich ins sechzehnte Jahrhundert versetzt.

„Äh, danke", stotterte ich verwirrt. „Ich zieh mich allein an." Mit einem freundlichen Nicken verschwand Elsa. Wer sich Köche, einen DJ und einen Türsteher leisten konnte, sollte nicht an einem Dienstmädchen sparen. Ich schlüpfte schnell in die bequemen Sachen, die Elsa mir hingelegt hatte, und verließ das Badezimmer. Dann betrat ich Adams Zimmer und schlagartig ergriff der Hunger nach ihm Besitz von mir. Der Raum war dunkel, draußen zuckten immer noch Blitze über den Himmel und erleuchteten den großzügigen Balkon hinter den hohen Fenstern. Der Regen peitschte lautstark gegen das Glas und wurde immer wieder von ohrenbetäubendem Donner begleitet. Adam hatte ein Feuer im Kamin entfacht und stand mit nacktem Oberkörper vor den auflodernden Flammen. Sein nasses Hemd hing über einem Stuhl, unter dem sich bereits eine kleine Pfütze gebildet hatte. Ich betrachtete ihn fasziniert. Er hatte nicht die aufgepumpten Muskeln eines Bodybuilders. Er sah aus wie ein Athlet, zäh und ausdauernd. Beim Näherkommen sah ich Narben auf seiner Haut und schlagartig stand die von den Eindrücken der Party verdrängte Erkenntnis wieder präsent im Zentrum meines Denkens. Adam hatte ein gut gehütetes Geheimnis. Es änderte nichts an meinen Gefühlen für ihn, im Gegenteil. Es machte ihn noch anziehender, noch begehrenswerter, und endlich waren wir allein. Der Moment, auf den ich seit Wochen gewartet hatte, war da. Ich trat langsam hinter ihn, sodass ich ihn hätte berühren können, spürte seinen Körper und wusste, dass er mich ebenso wahrgenommen hatte. Ich wollte ihn so schmerzlich für mich haben, wie ich noch nie etwas gewollt hatte, egal, ob mein Herz dabei zerriss oder nicht.

„Geht es dir besser?“ Adam drehte sich zu mir um.

„Viel besser“, flüsterte ich.

„Möchtest du etwas trinken oder essen?“ Ich schüttelte den Kopf.

„Wenn du müde bist, kannst du dich auch hinlegen. Ich möchte dich nur ungern allein lassen, falls sich einer dieser Liebesdurstigen in der Tür irrt.“

„Danke, ich bin auch nicht müde“, erwiderte ich, denn ich war so munter und aufgekratzt wie noch nie, und das Letzte, was ich jetzt tun wollte, war schlafen.

„Gut, dann warten wir einfach den Regen ab und dann bringe ich dich nach Hause“, schlug Adam vor. Sein Gesicht ließ keinen Rückschluss auf seine Stimmung zu.

„Ja, das ist eine gute Idee“, entgegnete ich, obwohl ich etwas ganz anderes sagen wollte. Doch ich fand nicht so schnell den Mut, meine Gefühle auszusprechen. Ich sah Adam erwartungsvoll an und blickte in seine dunkelblauen Augen, die schimmerten wie ein Ozean bei Nacht. Verführerisch zog mich das Dunkle tief in seinen Bann. Da war wieder dieser Energiestrom zwischen uns, ich spürte es ganz deutlich.

War dies der richtige Moment? Sollte ich ihn einfach küssen?

Ich zögerte. Die Angst, dass er mich ablehnen könnte, lähmte mich, denn aus dem dunklen Loch würde ich nie wieder herauskommen, das war mir klar. Der Moment verstrich ungenutzt und Adam wandte sich wieder den züngelnden Flammen zu. Vielleicht war er nur schüchtern und ich musste einfach den Anfang machen? Nur wie? Was, wenn er mich nicht mochte und nur aus Höflichkeit nett war? Ein donnernder Schlag vor den Fenstern rüttelte mich wach. Jetzt oder nie! Ich nahm all meinen Mut zusammen und trat näher an Adam heran. Vorsichtig berührte ich seine Schulter und strich sanft seinen Arm entlang. Gebannt wartete ich seine Reaktion ab, während ich das Gefühl seiner Haut unter meinen Fingern genoss.

Adam schloss die Augen und seufzend stieß er den Atem aus. Einen unendlichen Moment später legte er seine Hand auf meine und hielt inne. Hinter seinen geschlossenen Lidern zuckte es. Er kämpfte und rang mit sich. Ich konnte nur ahnen, welche Entscheidung er ausfocht, und hoffte, dass sie zu meinen Gunsten ausfiel. Nach einer Ewigkeit, wie es mir schien, spannten sich seine Muskeln stahlhart unter meiner Berührung an. Adam öffnete seine Augen und nahm meine Hand in seine, weg von seinem Körper. Das bedeutete nichts Gutes. Ich musste noch einen Angriff wagen. Noch war ich nicht bereit aufzugeben, doch ich fand keine passenden Worte für die Gefühle, die in mir brannten.

„Adam!", bat ich schließlich, und in diesem einen Wort lag meine ganze Sehnsucht und mein ganzes Begehren nach ihm. Er sah mich an, doch irgendwie sah er durch mich hindurch, in mich hinein.

Es ging so schnell, dass ich es eher fühlte als verstand. Adam zog mich mit einer kraftvollen Bewegung an sich und drückte mich fest an seine Brust.

„Es könnte alles so einfach sein, so schön und unkompliziert“, flüsterte er.

Seufzend versank ich in seiner Umarmung, seine Worte waren eine Erlösung. Meine Haut kribbelte, als er einen zarten Kuss auf meinen Hals drückte und meinen Namen in mein Haar flüsterte. Ich legte meine Arme um seine Mitte, spürte seinen festen, angespannten Körper und die Wärme, die er ausstrahlte. Er seufzte wohlig und seine zarten Küsse wanderten jetzt meinen Hals empor. Alle Nervenzellen auf meiner Haut standen in Flammen. Es knisterte um uns herum, als wenn das Feuer des Kamins auf uns übergesprungen wäre. In meinem Bauch wand sich ein quälend schönes Ziehen. Ich wollte seine Lippen auf meinen spüren, doch bevor ich eine Bewegung in diese Richtung machen konnte, merkte ich, wie sich seine Arme entspannten, wie sie mich aus seiner Umarmung entließen. Er drückte mir einen letzten zärtlichen Kuss auf die Stirn. Dann schob er mich sanft, aber entschlossen von sich fort. Die Luft um mich herum war schlagartig kalt und ich musste keuchen, als die Wärme aus meinen Gliedern wich.

„Nein“, sagte Adam, als ob er sich selbst zur Ordnung rief. Sein Gesicht war glatt und ausdruckslos. Ich wollte nicht wahrhaben, was ich da hörte.

„Es ist längst zu spät“, erwiderte ich. „Ich kann an nichts anderes mehr denken als an dich. Geht es dir nicht auch so?“ Ich pokerte hoch, doch noch sah ich ein Licht am Horizont. Ich verstand nicht, warum er sich mit einem Male von mir abwandte. Ich spürte doch seine Sehnsucht nach mir, sonst hätte er mich nicht so verzweifelt an sich gezogen. Er sah mich nachdenklich an.

Mir blieb nichts anderes übrig, als zu warten. Die Sekunden dehnten sich endlos aus. Adam seufzte, als wenn ihn ein unerträglicher Schmerz quälte. Ich wagte nicht, den Moment der Stille zu durchbrechen, und wartete, bis er mich wieder ansah. Keine Prüfung der Welt hatte mich so durcheinandergebracht wie diese Momente des Schweigens.

„Ich kann nicht, wir können das nicht tun. Du weißt nicht, was ich bin. Wenn du es wüsstest, würdest du gar nicht auf die Idee kommen, etwas für mich zu fühlen.“ Seine Stimme klang fremd, aber meine Frage hatte er nicht beantwortet.

„Ich weiß, was du bist“, erwiderte ich schnell und Wut stieg in mir hoch, weil er mir ausgewichen war. „Ein Magier.“ Ich warf ihm die Worte trotzig entgegen. Sie klangen seltsam. Ich erwartete beinahe, dass Adam in Lachen ausbrechen würde. Doch zu meinem Erstaunen blieb er ernst.

„Ich hatte mir schon gedacht, dass du es vor deinem Geburtstag rauskriegst. Aber das ist nur ein Bruchteil der Wahrheit.“ Ein viel zu kalter Zug lag jetzt um seine Lippen und ein ungutes Gefühl beschlich mich wie dicker Nebel, der von unten aufstieg und mir den Atem nahm.

„Dann sag mir, was ich wissen muss!“, bat ich. Er sah mich nachdenklich an und nickte schließlich.

„Vielleicht ist es das Beste, denn dann wird es dir leichter fallen, zu verstehen, dass es zwischen uns keine Gefühle geben darf.“ Ich hielt erstaunt inne. Er hatte nicht gesagt, dass er mich nicht mochte, und was gerade passiert war, sprach doch für uns.

„Was weißt du von der magischen Welt?“, fragte Adam.

„Noch nicht viel“, gab ich zu. „Ich weiß, dass du ein Magier bist und deine Familie vermutlich auch. Außerdem gibt es Wahlen und eine Regierung und da ist noch die Sache mit den Morlems, die die Mädchen entführen.“ Ich kratzte mühsam mein Halbwissen zusammen und Adam seufzte.

„Du hast recht, du weißt noch nicht viel.“ Er sah mich an und straffte seine Schultern. „Das Wichtigste, das du wissen musst, ist, dass ich ein Krieger bin, ein Mitglied der Schwarzen Garde, der Schutzeinheit der Vereinten Magischen Union.“

„Was hat das mit mir zu tun und mit uns?“, erwiderte ich verwirrt und sah ihn verzweifelt an.

„Ich zeige es dir.“ Er war entschlossen einen Schritt vorgetreten. Ein flaues Gefühl von Angst schlich sich in mein Herz. Doch die Neugier war stärker und ich nickte. Der dunkle Raum schimmerte rötlich im Schein des Feuers, als Adam mit geschlossenen Augen vor mich trat. Mir stockte der Atem, so schön sah er in diesem Moment aus. Er senkte den Kopf, sodass ihm einige Strähnen seines schwarzen Haares ins Gesicht fielen. Ich widerstand dem Impuls, sie aus seinem Gesicht zu streichen und ihn dabei noch einmal zu berühren. Er atmete tief und konzentriert ein und dann passierte es. Ich konnte erst nicht richtig erkennen, was geschah. Über seinen Schultern erschien etwas Schwarzes, das in atemberaubendem Tempo größer wurde. Es war, als wenn ein dunkler Schatten hinter ihm aufzutauchen schien. Ich keuchte laut auf und unterdrückte einen Schrei und dann erkannte ich, was es war. Riesige schwarze Flügel waren aus seinem Rücken gewachsen. Ich stolperte vor Schreck einen Schritt zurück und hielt mir die Hand vor den Mund, um nicht laut aufzuschreien. Adam stand reglos und mit geschlossenen Augen vor mir, ein schwarzer Engel, gefährlich und atemberaubend schön zugleich. Mit seinen angespannten Muskeln strahlte er eine unbändige Kraft und Gefährlichkeit aus. Er war ein Krieger, daran bestand kein Zweifel, stark und unbesiegbar. Er schlug die Augen langsam auf und sah mich durchdringend an.

„Ein Krieger kann ich nur sein, wenn es nichts gibt, was mich schwächt. Eine Frau an meiner Seite würde mich verletzlich machen.“ Schattenkalt drangen die Worte in mein Herz, aber ich riss mich zusammen und brachte meine entgleisten Gesichtszüge wieder in Form. Wie konnte ich ihm nur begreiflich machen, dass ich kein Hindernis an seiner Seite war?

„Unglaublich. Kann ich das auch?“, fragte ich scherzhaft, um den Ernst der Situation zu zerstören. Es funktionierte, die Anspannung wich schlagartig aus Adams Gesicht und er musste grinsen.

„Klar, wenn du viel übst. Die Veranlagung hast du jedenfalls. Deine Mutter war wohl eine begnadete Fliegerin."

Der Boden schien unter meinen Füßen zu wanken, als ich seine Worte begriff.

„Ich …?", keuchte ich und sank auf die Knie. Adam sah mich erschrocken an.

„Du wusstest noch nicht, dass du auch ein Magier bist?", fragte er vorsichtig. Ich schüttelte den Kopf.

„Verdammt! Das bringt uns in ordentliche Schwierigkeiten", rief er zornig.

„Was denn für Schwierigkeiten?" Ich begriff seine Wut nicht.

„Du hast keine Ahnung, in was für eine Gesellschaft du hier reingestolpert bist. Es gibt Gesetze und Regeln, an die sich jeder halten muss. Ich kann dir nicht mal so nebenbei erzählen, dass du magische Kräfte hast, damit verstoße ich gegen den Eid."

„Den Eid?"

„Ja, den Eid, den jeder schwören muss, bevor er der Vereinten Magischen Union beitritt." Adams Augen funkelten noch immer zornig.

„Warum bist du so wütend?", fragte ich. Adams Gesichtszüge entspannten sich etwas, als er meine verzweifelte Miene bemerkte.

„Es tut mir leid. Du kannst nichts dafür. Es ist nicht nur das, was mich wütend macht. Es ist nur so, dass ich genau das befürchtet hatte." Er wandte sich ab und trat an das Fenster.

„Was hast du befürchtet?", fragte ich, erhob mich und ging auf ihn zu.

„Ich habe befürchtet, dass du dich in mich verliebst, wenn ich dir zu nahe komme." Seine Stimme klang leise, aber ich verstand noch immer nicht, wo das Problem lag, und sah ihn fragend an.

„Ich bin ein Krieger und ich kann nur einer sein, wenn

mein Kopf frei ist und ich mich voll auf den Kampf konzentrieren kann. Auch der Schwarzen Garde habe ich einen Eid geschworen."

„Eine Frau macht dich schwach?"

„Verletzbar, und würde dich in unglaubliche Gefahr bringen, weil es mich erpressbar macht. Ich schwöre dir, dich niemals so einer Gefahr auszusetzen." Adam hatte eine Hand gehoben, als wenn er das Gesagte mit dieser Geste verbindlich machen wollte. Er sprach die Worte mit so viel Kraft und Inbrunst, als wenn er mir noch mehr schwören wollte. Es ging nicht nur um die Schwarze Garde, das wurde mir schlagartig klar. Adam hatte noch andere Beweggründe, die ihn von mir fernhielten, und er wollte sie mir nicht verraten. Auch das war klar.

„Nein!" Ich konnte die Verzweiflung in meiner Stimme nicht unterdrücken, als ich die Tragweite seiner Entscheidung begriff. Adam sah mich an und ich wusste, dass es zu spät war. Er hatte sich mir völlig verschlossen, sein Gesicht war endgültig hinter der abweisenden, kalten Maske verschwunden, die ich schon kannte.

„Mehr darf ich dir nicht sagen. Versuch mich zu vergessen." Schmerzhaft schnitten seine Worte in mein Herz, als wenn er ein Messer benutzt hätte. Es brachte nichts, noch weiter auf ihn einzureden, dazu hatte ich ohnehin keine Kraft. In mir war alles schwarz und leer.

„Ich bringe dich jetzt nach Hause, der Regen hat nachgelassen", sagte er, ohne dass ich ein Gefühl in seiner Stimme oder seinem Gesicht erkennen konnte. Ich brachte nicht mehr als ein schwaches Nicken zustande.

Tatsächlich fielen nur noch wenige Tropfen vom Himmel, als wir durch die menschenverlassene Hauptstraße von Schönefelde liefen. Wortlos gingen wir nebeneinander. Adam hatte seine schwarzen Flügel verschwinden lassen. Wir sahen aus wie zwei ganz normale Menschen und in diesem Moment hätte ich alles gegeben, um genau das zu sein.

Als wir die Steingasse erreichten und vor dem Haus meiner Großmutter standen, verabschiedete sich Adam höflich von mir. Er war immer noch reserviert und ich ertrug es tapfer. Sein Blick traf mich und nahm mir den Atem. In seinen tiefblauen Augen sah ich eine Verzweiflung und einen Schmerz, der die ganze Welt ins Dunkle hätte stürzen können. Doch bevor ich etwas sagen oder tun konnte, um ihn doch noch umzustimmen, wandte sich Adam von mir ab.

„Vergiss mich!“ Seine Mahnung hing in der Luft, selbst nachdem er im Halbdunkel der Morgendämmerung verschwunden war. Ich ging mit schweren Schritten die nassen Stufen ins Haus hinein, fiel in mein Bett und weinte.

Geburtstag

Ich schlug erschrocken die Augen auf und blickte in einen verregneten Morgen. Wieder war eine Nacht vergangen, in der ich schlecht geschlafen hatte. Sie hatten sich aneinandergereiht wie pechschwarze Perlen auf einer Kette und ich hatte schließlich aufgehört, die Tage und Nächte zu zählen, die seit meiner letzten Begegnung mit Adam vergangen waren. Der monotone Tagesablauf hatte sich wieder eingeschlichen, nur dass ich darauf verzichtet hatte, um das Massiv herumzuwandern. Denn so eindringlich wie Adam sich entschieden hatte, dass es zwischen uns keine Gefühle geben durfte, rechnete ich mir keine Chancen darauf aus, ihn vom Gegenteil zu überzeugen. Auch Liana war ich aus dem Weg gegangen, denn worüber sollten wir reden, wenn wir über das, was mich am meisten interessierte, nicht reden durften.

Ich setzte mich auf, noch immer hingen die Bilder der Nacht in meinem Kopf fest. Was für ein verrückter Traum. Ich versuchte, die beklemmende Erinnerung abzuschütteln. Es war nur ein Traum, ermahnte ich mich und starrte in den Garten. Selbst von meinem Bett aus konnte ich sehen, wie das Wasser von den großen Blättern rann und es überall rauschte und gluckste, als ob vor meinem Fenster ein Bach entlangfließen würde. Seit dem großen Gewitter war eine düstere Regenperiode angebrochen. Mir war es recht, ich vermisste den Sommer nicht. Das Wetter entsprach genau meiner Stimmung. Ich stand auf und ging ins Bad.

Als das heiße Wasser über meine Schultern floss, begann ich mich zu entspannen. Ich hatte wieder von dem alten Buch geträumt. Es war ein verwirrend realistischer Traum gewesen. Einer von der Sorte, bei der man sich beim Aufwachen dreimal fragte, ob er nicht doch wahr gewesen sein könnte. Der braune, zerschlissene Ledereinband hatte feucht geglänzt, als wenn das Buch von Wasser durchtränkt gewesen wäre, was absolut unmöglich war, da es in einem Feuerring gelegen hatte. Ich war langsam darauf zugegangen und als ich schon fast die Finger nach ihm ausstrecken konnte, hatte es begonnen zu schreien. Der schrille, hohe Ton hatte mich geweckt und er klang mir immer noch in den Ohren. Ich versuchte, mich an das Wort zu erinnern, das ich in dem Schrei gehört hatte. Dieses Mal hatte ich es genauer verstanden. Das Buch hatte „Akasha" gerufen. Ich hatte keine Ahnung, was das bedeuten sollte, aber ich wusste, dass der widerliche Geschmack von Erde erneut auf meiner Zunge lag. Ich drehte das Wasser ab und stieg aus der Dusche.

Zumindest war dieser Traum eine Abwechslung. Ich hatte Adam nichts vorzuwerfen. Er hatte mir keine Versprechen gegeben oder Hoffnungen gemacht. Seine Worte waren klar gewesen und ließen sich in einem einfachen „Nein" zusammenfassen. Dennoch verblassten die Gefühle nicht und die ungestillte Sehnsucht nach Adam raubte mir den Schlaf und wenn ich endlich Ruhe fand, schlich sich sein Gesicht in jeden meiner Träume.

Ich putzte meine Zähne und vertrieb den Geschmack nach Erde, während ich mich im Spiegel genau betrachtete. Ich sah aus wie immer, meine roten Haare flossen an meinem schmalen Gesicht entlang und meine Augen leuchteten grün wie die Zweige der Tannen, unter denen ich gern gesessen hatte, als ich ein Kind gewesen war. Es gab keine Veränderungen und das, obwohl der Tag, auf den ich so lange und so verzweifelt gewartet hatte, endlich da war.

Heute war der 20. August. Heute war mein 18. Geburtstag. Es war der magische Tag, denn heute würde alles anders werden. Es musste so sein, denn bisher hatte mich die Magie, die angeblich in mir stecken sollte, nur frustriert. Keine Gegenstände schwebten, wenn ich sie lange anvisierte. Ich konnte nicht durch Wände gehen und wie man die Flügel, die angeblich in meinem Rücken stecken sollten, herausbekam, wusste ich auch nicht.

Ich kniff die Augen fest zusammen und versuchte es erneut. Heute war mein Geburtstag, irgendetwas musste sich verändert haben. Angestrengt dachte ich an die schwarzen Flügel von Adam und versuchte, sie mir auf meinem Rücken vorzustellen. Als ich die Augen wieder öffnete, hatte sich nichts getan. Sollte ich mich im Datum geirrt haben?

Ich zog mir in Windeseile eine Jeans und ein grünes, eng anliegendes T-Shirt an und lief in die Küche hinunter zum Kalender. Nein, das Datum stimmte. Irgendetwas machte ich falsch. Nachdenklich schaltete ich die Kaffeemaschine an. Ich musste nur noch ein wenig Geduld haben, bis meine Großmutter aufstand.

Ich nahm meine Tasse Kaffee, setzte mich an den Küchentisch und sah in den Garten hinaus, wo ich die ersten reifen Pflaumen entdeckte. Wie jedes Jahr zu meinem Geburtstag würde es Pflaumenkuchen geben, aber bis auf die Pflaumen war eigentlich nichts so wie jedes Jahr. Ich wusste, dass ein neues Kapitel in meinem Leben begonnen hatte und eine Umkehr unmöglich war. In diesem Moment betrat meine Großmutter leise den Raum.

„Alles Gute zum Geburtstag, meine Kleine." Sie drückte mir einen Kuss auf die Wange und nahm mich in den Arm.

„Komm mit ins Atelier. Wir frühstücken dort, ich habe schon alles vorbereitet. Du hast einen anstrengenden Tag vor dir." Sie ging voraus und ich beeilte mich, ihr zu folgen.

Wir setzten uns in die großen Ohrensessel neben dem Kamin, in dem ein kleines Feuer brannte. Der Tisch zwischen uns war liebevoll gedeckt. Eine dunkle Rose stand in einer schmalen Vase auf dem Tisch. Es gab frische Brötchen, Obst und Rührei. Obwohl ich Hunger haben sollte, konnte ich mich nicht auf das Frühstück konzentrieren. Die Aufregung verdarb mir den Appetit, doch ich zügelte meine Ungeduld und überließ es meiner Großmutter, den Anfang zu machen. Doch sie dachte gar nicht daran, sondern langte kräftig zu und ließ sich das Frühstück schmecken.

„Greif zu, Selma! Wir müssen bald los!", sagte sie.

„Wo müssen wir hin?" Ich sah sie erstaunt an.

„Ich bringe dich zum Senatorenhaus. Dort findet deine feierliche Aufnahme in die Vereinte Magische Union statt." Meine Großmutter lächelte mir aufmunternd zu.

„Die Vereinte Magische Union", wiederholte ich und gab mir Mühe, erstaunt zu klingen. Ich würde weder Liana noch Adam in Schwierigkeiten bringen, weil sie mir schon etwas verraten hatten, was ich eigentlich gar nicht hätte wissen dürfen.

„Gib dir keine Mühe", sagte meine Großmutter sofort. „Ich weiß längst, dass du es schon rausgekriegt hast. Du bist ein Magier, genauso wie ich, Liana und die meisten Einwohner von Schönefelde. Du hast Macht über die Elemente, das ist dir vielleicht schon aufgefallen."

„Ja", sagte ich lediglich und wartete, ob meine Großmutter noch etwas zu diesem Thema ergänzen wollte. Doch sie schien mir keinen Vorwurf machen zu wollen und sie schien auch nicht wissen zu wollen, woher ich davon erfahren hatte. Stattdessen fuhr sie unbeirrt fort.

„Ich kann mich noch gut an meine Aufnahme erinnern. Was für ein aufregender Tag." Großmutter lächelte, versunken in Erinnerungen. „Während der Aufnahme wirst du den Eid schwören, dass du dich der magischen Gemeinschaft verpflichtest, aber das ist nur eine Formalität. Dann erhältst du deinen Ausweis und die Unterlagen für Tennenbode", erklärte sie weiter. Ich stutzte. Für Adam war der Eid keine Formalität, im Gegenteil, er nahm diese Sache todernst.

„Was hat Tennenbode damit zu tun?" Erstaunt sah ich sie an, als ich den seltsamen Zusammenhang nicht gleich begriff.

„Du wirst nicht Verwaltungstechnische Theorie studieren. Das ist nur der offizielle Vorwand für die nichtmagischen Bürger. Tennenbode ist die Universität für Angewandte Magische Wissenschaft.“

„Wirklich.“ Lautstark blies ich die Luft aus meinen Lungen. In das Dunkel meiner inneren Ödnis kehrte lichte Hoffnung ein. Es wartete nicht ein langweiliges Studium auf mich, sondern eines, das reichlich Spannung versprach.

„Natürlich nur, wenn du nach Tennenbode willst“, sagte meine Großmutter. „Nicht jeder Magier entscheidet sich für diese Art der Ausbildung, aber sie steht zumindest jedem offen.“

„Du meinst, ich könnte mich auch dagegen entscheiden, ein Magier zu sein?“, fragte ich.

„Das könntest du. Deine magischen Kräfte werden nur dann stärker, wenn du sie ausbildest. Wenn du möchtest, kannst du auch alles wieder vergessen, was du bis jetzt erfahren hast. Manchmal gibt es Magier, denen das alles zu suspekt ist und die sich gegen diesen Weg entscheiden und ein ganz normales menschliches Leben führen. Aber in Anbetracht der Tatsache, dass die Morlems dich auf dem Radar haben, würde ich dir davon abraten.“

„Ja, natürlich“, sagte ich schnell. Es kam nicht infrage, dass ich meine mühsam zusammengesuchten Informationen wieder hergeben sollte.

„Auch das Studium lege ich dir ans Herz, es wird dich auf einen Beruf in der Vereinten Magischen Union vorbereiten, außerdem bestehe ich darauf, dass du eine solide Ausbildung erhältst, und die bekommst du in Tennenbode.“

„Außerdem wird Liana dort sein“, sagte ich. Und nicht nur sie, auch Adam würde nach Tennenbode kommen.

„Ja, das wird sie, du wirst einige deiner Klassenkameraden wiedertreffen.“ Sie sah mich mit einem warmen Blick an. „Es ist schwer, diese Entscheidung jetzt zu treffen, denn du weißt beinahe nichts über die Vereinte Magische Union und du wirst einen unumkehrbaren Eid schwören, dich an die Regeln und Gesetze dieser Gesellschaft zu halten. Sie funktioniert nicht so wie die Gesellschaft der Menschen, das muss dir klar sein."

Ich nickte schnell. Bis jetzt hatte ich von Wahlen gelesen und einer Gesellschaft der liberalen Gesinnung. So groß würden die Unterschiede nicht sein. Sicher erforderten diese magischen Kräfte auch besondere Regeln im Umgang miteinander und auch die Existenz der Morlems war ein Hinweis auf Gefahren, von denen ich bisher keine Ahnung hatte. Doch was war die Alternative? Mein bisheriges Leben wollte ich sicher nicht weiterleben, wenn es die Möglichkeit gab, etwas weitaus Aufregenderes zu erleben. „Ich vertraue deinem Urteil", sagte ich schnell. Etwas anderes kam nicht infrage. Meine Neugier auf das Unbekannte war viel zu stark, als dass ich all das hätte vergessen wollen, egal was für eine Gesellschaft da auf mich wartete.

„Der Eid ist unumkehrbar", erinnerte mich meine Großmutter. „Das muss dir klar sein. Ein Zurück gibt es nicht."

„Ich will auch nicht zurück", sagte ich entschlossen. „Ich bin bereit, der Vereinten Magischen Union beizutreten."

„Gut, dann ist die Sache entschieden. Iss! Wir werden lange unterwegs sein!", ermahnte mich meine Großmutter lächelnd und ich griff schnell zu einem Brötchen.

Eine Stunde später standen wir in festlicher Kleidung vor dem Haus und ich sah meine Großmutter erwartungsvoll an. Ich trug ein cremefarbenes Chiffonkleid, das mir bis zu den Knien reichte, und flache Ballerinas in derselben Farbe. Auch meine Großmutter hatte eines ihrer guten Kleider aus dem Schrank genommen, ein dunkelgrünes Seidenkleid, das elegant an ihrer schmalen Gestalt herunterfloss. Ich sah sie erwartungsvoll an. Würden wir einfach verschwinden oder welche besondere magische Fortbewegung wartete auf uns?

„Wir gehen zu Frau Trudig!", sagte meine Großmutter schließlich und lief los. Verdattert sah ich ihr nach.

„Frau Trudig von Trudigs Reisebüro? Was sollen wir dort? Fahren wir mit dem Bus zum Senatorenhaus?" Entsetzt stolperte ich los, doch meine Großmutter lachte nur laut.

„Nein, nicht mit dem Bus. Lass dich überraschen!“

Ich folgte ihr, bis wir den kleinen Marktplatz in Schönefelde erreichten. Zwei Häuser neben dem Geschäft von Frau Goldmann, die uns freudig zuwinkte und mir „Alles Gute zum Geburtstag“ zurief, war das Reisebüro von Frau Trudig. Obwohl ich sie kannte, weil ihr Sohn in meine Parallelklasse gegangen war, hatte ich ihr Geschäft noch nie betreten. Als wir uns in den kleinen Raum begaben, der mit Prospektständern so vollgestellt war, dass kaum die zwei Stühle und der Schreibtisch darin Platz fanden, beschloss ich, dass ich nichts verpasst hatte. An Katalogständern vorbei, die Reisen nach Frankreich, England oder in die Türkei anpriesen, drängelten wir uns bis zu einem voll beladenen Schreibtisch, hinter dem Frau Trudig saß. Sie war eine sehr füllige Person, die in einem lila Zopfstrickpullover steckte, der sie noch runder erscheinen ließ. Als sie uns bemerkte, sah sie von ihrem Kreuzworträtsel auf und ließ schnell eine Packung Kekse in einer Schublade verschwinden.

„Georgette, meine Liebe, wie schön, dich zu sehen“, flötete sie mit hoher Stimme und wischte sich mit einem Tuch die Krümel vom Mund. Bevor meine Großmutter antworten konnte, fiel ihr Blick auf mich.

„Selma, du hier? Na, das kann ja nur eines bedeuten. Herzlichen Glückwunsch zum Geburtstag. Ach, wie schön, du willst sicherlich zu deiner feierlichen Aufnahme?“ Ich nickte betreten, aber mehr musste ich nicht sagen, denn Frau Trudig hatte sich schon wieder meiner Großmutter zugewandt.

„Weißt du noch, unsere Aufnahme? Ach, das muss doch erst gestern gewesen sein? Was habe ich gestammelt, als ich den Eid schwören musste. Aber die jungen Mädchen heute sind ja ganz anders, alle ganz cool, nicht wahr?“ Sie zwinkerte mir verschwörerisch zu und wartete auf meine Zustimmung. Doch ich verkniff mir eine Erwiderung und nickte nur gequält.

„Ja, Dora“, sagte meine Großmutter in diesem Moment und ersparte mir die peinliche Antwort. „Das waren noch Zeiten, aber die Zeiten ändern sich eben und heute ist Selmas Tag, deswegen wollen wir uns schnell auf den Weg machen. Schließlich wollen wir noch ausgiebig Geburtstag feiern und dazu müssen wir rechtzeitig zurück sein." Meine Großmutter lächelte freundlich und Dora Trudig nickte verständnisvoll.

„Recht hast du. Man sollte seine Gäste nicht warten lassen. Na, dann folgt mir!" Mühsam erhob sich Frau Trudig aus ihrem Bürostuhl, der gefährlich ächzte, als sie mit einem energischen Schwung schließlich auf die Beine kam. Sie wandte sich einem bunt karierten Vorhang zu, der versteckt von einer riesigen Topfpflanze im hinteren Teil des Raumes hing. Das Senatorenhaus war im Hinterzimmer von Frau Trudigs Reisebüro? Kopfschüttelnd folgte ich meiner Großmutter, obwohl mir die Sache komisch vorkam, sehr komisch. Nacheinander traten wir durch den Vorhang und standen in einem langen Korridor, der völlig leer war. Nun ja, nicht völlig leer. An den Wänden reihte sich eine Tür an die andere. Jede der beinahe zwanzig Türen sah anders aus. Manche waren schmucklos und schlicht, andere aus dunklem Holz mit üppigen Schnitzereien. Eines hatten sie jedoch gemein, sie waren alle mit einer Nummer versehen. Geschäftig eilte Frau Trudig zu einer weiß lackierten, schmucklosen Holztür und ich begann zu begreifen, was es mit den Türen auf sich hatte.

„Zum Senatorenhaus nehmt ihr Tür Nummer 75, da kommt ihr direkt am Empfangsschalter raus. Viel Glück, Selma!", sagte Frau Trudig und verschwand wieder hinter dem karierten Vorhang.

„Bist du bereit?", fragte meine Großmutter. Ich nickte erwartungsvoll, obwohl ich mir nicht genau sicher war, ob das wirklich funktionierte oder wir doch im Hinterhof landeten.

Sie nahm einen Ausweis aus ihrer Tasche und hielt ihn an die Tür. Es klickte im Schloss und sie legte die Hand auf die Türklinke. Dann öffnete sie die Tür, aus der helles Licht drang, und schritt hindurch. Ich folgte ihr schnell und geblendet von dem mir entgegenströmenden Licht schloss ich die Augen.

Während ich die Schwelle überschritt, hatte ich ein komisches Gefühl im Bauch wie in einem Fahrstuhl. Als ich die Augen aufschlug, stand ich in einem modernen Büro und war definitiv weit entfernt von Frau Trudigs Reisebüro.

„Willkommen im Senatorenhaus in Berlin, haben Sie einen Termin?", fragte eine ältere Dame geschäftig hinter einem hohen Empfangstresen. Erstaunt sah ich sie an. Sie sah völlig normal aus. Ihr Haar war dunkel gefärbt. Sie war mager, fast schon knochig, und wirkte wie eine typische Sekretärin.

„Mein Name ist Georgette von Nordenach und das ist meine Enkeltochter Selma Caspari. Wir haben beim Senator für Kinder- und Jugendangelegenheiten um 10 Uhr einen Termin zur Aufnahme in die Vereinte Magische Union", erklärte meine Großmutter freundlich. Als die Sekretärin den Namen meiner Großmutter hörte, straffte sie sich, als ob sie plötzlich einen Stock im Rücken hätte, und ich bemerkte erstaunt ihre feierliche Miene.

„Georgette von Nordenach, welche Ehre, bitte nehmen Sie Platz!" Sie zeigte auf eine kleine Sitzgruppe gegenüber dem Tresen. „Ich bringe Ihnen sofort die Unterlagen zum Ausfüllen und benachrichtige den Senator. Darf ich Ihnen während Ihrer Wartezeit einen Tee anbieten?", fragte sie geradezu demütig und verneigte sich, bis ihre Nase beinahe ihre Knie berührte.

„Ein Fangoldtee wäre schön, wenn es Ihnen keine Umstände macht", sagte meine Großmutter, als wenn das alles selbstverständlich wäre und zog mich zu der Sitzgruppe. Ich starrte immer noch der Sekretärin nach, die emsig davoneilte und bald darauf mit zwei Tassen Tee und einem Stapel Formularen zurückkam.

„Gustav Johnson hat in einer halben Stunde Zeit für Sie, Frau von Nordenach. Wenn ich bis dahin noch etwas für Sie tun kann?" Sie neigte wieder den Kopf und schien tatsächlich Freude daran zu haben, den Namen meiner Großmutter immer wieder auszusprechen, als ob er sie adeln würde.

„Nein, es ist alles bestens." Meine Großmutter lächelte

freundlich und die Sekretärin zog sich hinter ihren Tresen zurück, wo sie die Augen schloss und einzuschlafen schien.

„Was ist Fangoldtee?“, fragte ich und roch misstrauisch an meiner Tasse, aus der es blumig duftete.

„Fangoldkraut macht gute Laune, mehr nicht“, beruhigte mich meine Großmutter. Ich beobachtete die Sekretärin, die immer noch reglos dasaß.

„Was macht sie da?“, flüsterte ich.

„Sie tauscht sich mit anderen Magiern aus.“ Meine Großmutter folgte meinem Blick. „Magier verfügen über einen starken Geist. Sie können Nachrichten an andere Magier versenden, ohne dass sie technische Hilfsmittel benutzen müssen.“

„Wirklich!“ Das erklärte natürlich, warum meine Großmutter kein modernes Telefon brauchte. Doch schon drängte sich mir ein weiterer Gedanke auf. „Sag mal, wie berühmt bist du eigentlich in der Vereinten Magischen Union?“

Meine Großmutter griff zu den Formularen und zog einen Stift aus der Tasche.

„Nicht direkt berühmt. Unsere Familie ist sehr alt und Familientraditionen haben einen hohen Wert bei den Magiern. Unsere Abstammungslinie lässt sich fast lückenlos über Jahrtausende zurückverfolgen. Der Name von Nordenach ist in der Vereinten Magischen Union sehr bekannt und außerdem habe ich mir unter den Magiern einen guten Ruf als Heilerin erworben. Ich lege sonst nicht so viel Wert auf meinen Namen, aber hier ist er ganz nützlich, sonst hätten wir den halben Tag warten müssen.“

„Tatsächlich.“ Ich lehnte mich zurück und betrachtete nachdenklich meine Großmutter, die die Papiere in Stapel sortierte. Irgendwie hatte ich das Gefühl, dass es noch viele Geschichten über meine Familie zu erzählen gab. Doch meine Großmutter schien nicht geneigt, jetzt weiter darauf einzugehen, und vielleicht war das Senatorenhaus auch nicht der richtige Platz dafür.

„Lass uns mit den Formularen anfangen! Name, Vorname,

Adresse, Geburtstag und so weiter kannst du schon mal ausfüllen und ich nehme mir die Formulare über deine Abstammung vor.“ Damit drückte mir meine Großmutter einen Stapel Papier in die Hand und begann selbst zu schreiben.

Als die Sekretärin eine halbe Stunde später die ausgefüllten Formulare in Empfang nahm und uns in das Büro des Senators führte, waren wir soeben erst fertig geworden. Die ganze Zeit schon war meine Aufregung immer größer geworden, daran hatte auch das Ausfüllen von Formularen nichts ändern können. Nervös folgte ich meiner Großmutter in das große Büro des Senators. Er wartete schon auf uns und obwohl es sicher nicht sehr höflich war, konnte ich meinen Blick nicht von ihm wenden, schließlich war er in der Vereinten Magischen Union eine wichtige Persönlichkeit, über die sogar in der Zeitung berichtet wurde.

Gustav Johnson war ein nervöser Mann mit einem großen Schnauzbart, dessen Augen unruhig im Raum hin und her huschten, als wir das Zimmer betraten.

„Frau von Nordenach, welche Ehre, Sie hier im Senatorenhaus begrüßen zu dürfen. Bitte nehmen Sie Platz!“ Er zeigte auf zwei lederbespannte Stühle vor dem Schreibtisch, hinter dem er saß.

„Vielen Dank, mein lieber Senator, wie laufen die Geschäfte?“, fragte meine Großmutter in einem leichten, unverfänglichen Ton, während sie Platz nahm. Gustav Johnson indes sprang auf und begann im Raum auf und ab zu laufen.

„Gut, sehr gut, wir können nicht klagen. Die Morlems wurden nicht mehr gesichtet seit dem letzten Angriff im Sommer. Die neuen Sicherheitsbestimmungen scheinen endlich zu wirken. Wir sind stolz auf die Schwarze Garde, tun einen hervorragenden Dienst, unsere Jungs. Wir können ihnen nicht genug danken, aber Sie sind bestimmt nicht hier, um mit mir über langweilige, politische Angelegenheiten zu plaudern, nicht wahr, meine Liebe?“ Gustav Johnson zog die Mundwinkel zu einem breiten Lächeln auseinander, das unecht aussah, und setzte sich wieder. Ich hatte die Ohren gespitzt, als er die Schwarze Garde erwähnte, doch leider sagte er nichts mehr über sie und ich spielte lieber die Ahnungslose, so wie es sein sollte. Der Senator sah sicher nicht so leichthin darüber hinweg, dass mir Liana und Adam schon einiges über die Vereinte Magische Union verraten hatten.

„Sie wissen doch, Herr Johnson, die Politik überlasse ich den Senatoren." Während meine Großmutter sprach, passierte etwas Seltsames. Hinter dem Senator begann sich etwas Grünes zu regen und verdutzt nahm ich wahr, wie eine grüne Ranke sich von hinten an Gustav Johnson heranzutasten begann. Bevor ich etwas sagen konnte, wand sie sich um sein rechtes Ohr. Er zuckte erschrocken zusammen, dann presste er die Lippen fest aufeinander und versuchte sie zu ignorieren. Erst als die Ranke sich zweimal um sein Ohr gelegt hatte, begann sein rechtes Auge nervös zu zucken, dann sein Schnurrbart, und schließlich sprang er hektisch wieder auf und versuchte, sich von den windenden Zweigen seiner Topfpflanze zu befreien, die sich mittlerweile bis in sein Haar geschlängelt hatten. Ich musste das laute Lachen unterdrücken, das in meiner Kehle kitzelte. Mitten in dem Tumult, den Herr Johnson veranstaltete, um sich aus den Fängen des grünen Gewächses zu befreien, bemerkte ich plötzlich etwas äußerst Ungewöhnliches. Direkt an der Wand lief ein kleines Wesen entlang. Ich hielt es erst für eine große Maus, doch dieses Tier lief auf zwei Beinen und hatte dasselbe Muster wie die gold gestreifte Tapete, in der es wieder verschwand, sobald es stehen geblieben war. Ich wandte mich von dem faszinierenden Anblick ab. Neben der angriffslustigen Topfpflanze, die der Senator in seinem Büro hatte, erschien mir die kleine Maus hinter seinem Schreibtisch ziemlich harmlos.

„Eine Asketenliane, mein lieber Herr Johnson, braucht viel Liebe und Zuneigung, das sollten Sie berücksichtigen, bevor Sie sich so eine Pflanze in das Büro stellen", schmunzelte meine Großmutter.

„Das war meine Frau und dieses Monster kann sie wieder mitnehmen.“ Herr Johnson kämpfte immer noch erfolglos mit den Ausläufern der Asketenliane, die sich mittlerweile um seine Füße schlängelten und begannen, ihm die Schuhe auszuziehen.

„Eine Viertelstunde am Tag streicheln und Sie haben die genügsamste Pflanze, die Sie sich vorstellen können. Sie wird sogar singen, passen Sie auf!“ Meine Großmutter stand auf, ging zu der Asketenliane und kraulte sie mit geübtem Griff am Stängel. Es dauerte nicht lange und die Ausläufer zogen sich zurück, bis die Pflanze ganz still stand. Dann begann sie harmonisch zu summen. Leise und betörend verbreitete sie eine friedliche Stimmung um sich. Das Summen ging sofort auf mich über und ich musste lächeln.

„Danke!“, sagte Gustav Johnson kurz angebunden und betrachtete immer noch misstrauisch das friedliche Gewächs.

„Keine Ursache, aber eigentlich bin ich nicht wegen der Pflege Ihrer Topfpflanzen hier, sondern wegen meiner Enkeltochter Selma Caspari, die heute ihren achtzehnten Geburtstag feiert.“

„Selma Caspari.“ Gustav Johnson wiederholte meinen Namen ganz langsam. Ein unerklärliches Unbehagen breitete sich in mir aus, während er mich musterte wie eine unliebsame Bekanntschaft. Die eben noch entspannte Stimmung im Raum war mit einem Mal umgeschlagen. Auch meiner Großmutter war das nicht entgangen, sie ballte die Hände in ihrem Schoß zu Fäusten. Gustav Johnson nickte ernst. Irgendetwas musste er mit meinem Namen verbinden. Doch was sollte das schon sein? Meine Eltern und meine Geschwister waren vor vielen Jahren gestorben. Vielleicht erinnerte er sich an den traurigen Vorfall. Doch wie Mitleid sah das Gefühl, das ich in seinem Gesicht las, nicht aus. Es war ein sichtliches Unbehagen, als wenn er mich nicht zu mögen schien. Ich verwarf den Gedanken, schließlich waren wir uns noch nie im Leben begegnet.

„Bist du bereit, der Vereinten Magischen Union beizutreten?“, fragte er.

„Ja, ich denke schon“, erwiderte ich nervös und Gustav Johnson nickte. Er hatte ein professionelles Gesicht aufgesetzt und lächelte oberflächlich.

„Schön, schön, da wollen wir gar nicht lange zaudern, sondern Feuer mit Rauch machen. Das ist der Eid, den du vor der Aufnahme schwören musst!“ Gustav Johnson reichte mir ein kleines Kärtchen und während ich den Text überflog, sprang er auf und eilte aus dem Raum.

„Muss ich das wirklich schwören?“, fragte ich und hielt das Kärtchen hoch. „Das klingt, als ob ich mein Leben verpfänden muss.“ Bevor meine Großmutter antworten konnte, betrat der Senator wieder den Raum, in den Armen einen sichtlich schweren Karton.

„Fertig? Ich habe hier schon deinen Ausweis und dein Willkommenspaket.“ Schnaufend stellte er den Karton ab und sah misstrauisch zu der Asketenliane hinüber. Doch die Pflanze wiegte sich noch immer leise summend hin und her. Ich sah meine Großmutter an, die lächelnd nickte. Es gab keine Wahl. Die Menschen, die ich liebte, waren Teil dieser Welt und ich konnte es nicht erwarten, ebenso dazuzugehören.

„Ja, ich bin bereit“, sagte ich mit fester Stimme.

„Sehr schön, dann erhebe dich! Selma Caspari, ich bitte dich jetzt, deinen Eid zum Beitritt in die Vereinte Magische Union zu leisten.“

Während ich aufstand, begann Gustav Johnson zu murmeln. Ich verstand nicht, was er sagte. Die Worte waren mir fremd. Die Umgebung um mich herum veränderte sich plötzlich. Das Büro von Gustav Johnson verschwand in einem goldenen Wirbel, der sich um uns herum drehte. Erschrocken sah ich meine Großmutter an, die neben mir saß und mir aufmunternd zunickte. Sie schien plötzlich von innen heraus zu leuchten, wie eine überirdische, alterslose Lichtgestalt. Ich sah an mir herunter und bemerkte, dass ich ebenso leuchtete. Offenbar war dies Teil des Aufnahmerituales. Gustav Johnson forderte mich mit einer Handbewegung auf, zu beginnen. Ich räusperte mich und las den Text auf der Karte vor, die ich noch immer in den Händen hielt: „Ich, Selma Caspari, Plebejer von Geburt, schwöre feierlich, mein Leben und meine Kräfte voller Stolz und Hingabe der Vereinten Magischen Union zu widmen und mein Möglichstes zu ihrem Erhalt und ihrer Verbesserung beizutragen. Ich schwöre, mich an die Regeln, Vorschriften und Gesetze zu halten, die in der Vereinten Magischen Union gelten." Das goldene Wirbeln verstärkte sich noch einmal und verebbte dann allmählich, bis das Büro von Gustav Johnson wieder stillstand.

„Wow!", sagte ich begeistert.

„Ja, ganz schön beeindruckend, wenn man das das erste Mal erlebt, nicht wahr?", pflichtete mir der Senator bei. „Ich mache das ja mehrmals im Monat, da ist es nicht mehr so spektakulär. Herzlichen Glückwunsch. Du bist jetzt ein magischer Bürger der Vereinten Magischen Union mit allen Rechten und Pflichten. Hier sind dein Ausweis und dein Willkommenspaket. Bitte mache dich ausführlich mit unseren Gesetzen und Verhaltensregeln vertraut! Ich wünsche dir noch einen schönen Geburtstag! Bis bald!" Damit erhob sich Gustav Johnson schnell, schüttelte mir und auch meiner Großmutter eifrig die Hände und öffnete dann die Tür zu seinem Büro. Verdattert über die schnelle Abfertigung zögerte ich kurz. Gab es nicht mehr zu sagen oder zu tun? Das war doch ein wichtiger Moment. Doch der Senator schien mit uns fertig zu sein.

Schließlich stand ich auf und schluckte die leichte Enttäuschung hinunter. Sicher waren meine Erwartungen viel zu hoch gewesen. Für den Senator war diese Aufnahme ein oft durchgeführter Verwaltungsakt, dessen Zauber er gar nicht mehr wahrnahm. Ich atmete tief durch, steckte meinen neuen Ausweis ein und nahm den schweren Karton unter den Arm, während meine Großmutter schon vorangegangen war. Als ich an Gustav Johnson vorbeilief, sah er mir noch einmal ernst in die Augen.

„Ach, Selma, bitte tu mir einen Gefallen!" Sein Schnauzer wippte, als er mit den Zähnen knirschte.

„Ja?" Ich sah ihn erwartungsvoll an.

„Tritt nicht das Erbe deiner Mutter an!" Bevor ich etwas antworten konnte, schloss Gustav Johnson die Tür und ließ mich sprachlos stehen. Einen Moment starrte ich die weiße Holztür verdutzt an und versuchte die Worte zu begreifen. Ich hob die Hand und wollte das Büro noch einmal betreten, um den Senator zur Rede zu stellen. Man konnte doch nicht einfach so etwas sagen und dann die Tür zuwerfen. Mitten in der Bewegung stoppte ich, als meine Großmutter mich ungeduldig rief. Sie schien es eilig zu haben, das Senatorenhaus wieder zu verlassen, und plötzlich war ich unsicher. Ich hatte keine Ahnung, welche Rolle meine Eltern in der Vereinten Magischen Union gespielt hatten. Bis vor Kurzem hatte ich ja noch nicht einmal gewusst, dass sie überhaupt Magier gewesen waren. Es gab sicher einen Grund, weswegen meine Großmutter so schnell wieder von hier verschwinden wollte. Ich ließ meine Hand langsam wieder sinken und eilte in den Empfangsraum, wo meine Großmutter schon wartete.

„Alles klar?", fragte sie bei meinem Anblick und runzelte die Stirn.

„Ja", entgegnete ich kurz. Ich wollte nicht hier sprechen, wo die Gänge voller Magier waren, die geschäftig hin und her eilten und durch nummerierte Türen verschwanden. Dieses Gespräch mussten wir auf später verschieben.

Wir traten durch Tür Nummer 75 hindurch und standen kurz darauf wieder in Frau Trudigs Reisebüro.

„Nanu, schon wieder da? Na, das ging ja blitzschnell! Herzlichen Glückwunsch, Selma! Willkommen in der magischen Gemeinschaft. Wenn du mal eine Reise machen möchtest, komm ruhig zu mir. Ich habe hier viele Reiseziele zur Auswahl! Die fliegenden Ginning-Inseln oder die brennenden Hallern-Gletscher solltest du dir unbedingt mal ansehen! Und das Haus der Sybillen lege ich dir ganz besonders ans Herz!" Frau Trudig packte mir noch einen Stapel Prospekte auf meinen Karton.

„Danke Dora, das ist sehr nett!“ Meine Großmutter zog mich zur Ladentür und ehe ich mich versah, standen wir wieder vor dem Reisebüro.

„Das hat ja hervorragend geklappt! Wir sind sogar pünktlich zum Mittagessen wieder zurück.“ Meine Großmutter lächelte zufrieden und lief los.

„Bist du sicher, dass du nicht berühmt bist? Der Senator hat sich dir gegenüber sehr seltsam benommen.“

„Der Senator wollte uns nur schnell wieder loswerden. Er hat Angst, dass ich meine neugierige Nase in seine Angelegenheiten stecke. Sei lieber froh, dass alles so schnell ging. Die Mühlen der magischen Bürokratie mahlen sonst recht langsam. Manche warten den ganzen Tag auf ihr Aufnahmeritual.“

„Ich bin ja froh!“, sagte ich schnell, während wir in die Kastanienallee einbogen. Doch da war noch etwas. Ich überlegte, wie ich meine Frage am besten formulieren konnte. Für meine Großmutter schien der Besuch im Senatorenhaus nicht mehr als eine unangenehme, formale Angelegenheit zu sein, doch als ich mir die wenigen Minuten im Büro des Senators noch einmal durch den Kopf gehen ließ, schien es mir, als ob der Senator sich vor meiner Großmutter und auch mir regelrecht gefürchtet hatte.

„Sag mal“, begann ich schließlich, als wir in die Steingasse einbogen. „Der Senator hat mich beim Hinausgehen um etwas Seltsames gebeten.“

„Um was denn? Du sollst dir vermutlich niemals eine Asketenliane anschaffen?“ Meine Großmutter musterte mich schmunzelnd. „Obwohl das wirklich ganz reizende Pflanzen sind, wenn man sie pfleglich behandelt.“

„Nein, das war es nicht. Er bat mich darum, dass ich nicht das Erbe meiner Mutter antreten soll“, sagte ich und sah meiner Großmutter zu, wie sie langsam die Farbe wechselte.

„Dieser kleine, hinterlistige Schaffan!“, schimpfte sie. „Wie konnte er es wagen?“ Zornesröte stieg meiner sonst so sanftmütigen Großmutter in die Wangen.

„Was ist denn mit meiner Mutter, erklär es mir!“, bat ich und blieb stehen. Meine Großmutter sah mich durchdringend an.

„Das besprechen wir lieber drin“, murmelte sie schließlich und ging ins Haus. Ungeduldig folgte ich ihr in ihr Atelier. Meine Großmutter hatte mir von meiner Mutter erzählt, von ihrer Güte, ihrer Menschlichkeit und ihrem Gerechtigkeitssinn und die Worte des Senators passten nicht zu dem Bild, das ich von ihr im Kopf hatte.

„Ich muss dir einiges über deine Mutter erzählen, was du noch nicht weißt, weil es zu eng mit der magischen Welt verknüpft war.“ Sie nahm in ihrem Ohrensessel Platz und atmete tief ein. „Catherina war ein Rebell, ein Querdenker.“

„Meine Mutter?“, fragte ich erstaunt. War sie wirklich die Frau, von der meine Großmutter immer erzählt hatte?

„Ja, deine Mutter“. Meine Großmutter nickte und plötzlich wusste ich nicht mehr, was ich ihr glauben konnte. All die Jahre hatte ich ein Bild meiner Mutter im Kopf gehabt und plötzlich war es nicht mehr als ein Lügengebilde, ein Schatten, der gerade verflog. Ich hatte keine Ahnung, wer meine Eltern gewesen waren.

„Erzähl mir mehr von ihr!“, bat ich und konnte den vorwurfsvollen Unterton in meiner Stimme nicht ganz unterdrücken. „Davon, wie sie wirklich war.“

„Es tut mir leid, dass ich all das ausklammern musste, aber es gibt Gesetze in der Vereinten Magischen Union, an die auch ich mich halten muss.“ Der unnachgiebige Ton in der Stimme meiner Großmutter erinnerte mich daran, dass diese Gesetze jetzt auch für mich galten.

„Schon gut“, gab ich nach. „Erzähl mir von Catherina.“

Meine Großmutter nickte und fuhr fort: „Also, deine Mutter hatte es sich in den Kopf gesetzt, die magische Gesellschaft zu verändern. Um sie zu verstehen, musst du wissen, wie unsere Gesellschaft funktioniert. Eigentlich solltest du das alles selber lesen", sagte meine Großmutter mit einem Blick auf mein Willkommenspaket, das ich achtlos abgestellt hatte.

„Erzähl du mir davon", bat ich.

„Meinetwegen." Sie seufzte. „Du hast es schon bemerkt, die Magier haben eine starke Gesellschaft aufgebaut, mit eigenen Regeln und Gesetzen, und eine davon ist so grundlegend, dass sie das Leben jedes Magiers betrifft."

„Es ist vermutlich nicht die Geheimhaltungsverpflichtung?", fragte ich mit einem unheilvollen Ziehen im Bauch.

„Die gilt auch, aber das meine ich nicht", erwiderte meine Großmutter ernst.

„Was ist dann so grundlegend anders?"

„Die Vereinte Magische Union unterscheidet ihre Bürger nach ihrer Ahnenlinie in Plebejer und Patrizier", sagte meine Großmutter und sah mich direkt an.

„Unterschicht und Oberschicht?" Ich ließ mich ihr gegenüber auf einen Stuhl nieder. Wo war ich hier nur reingeraten? Doch einen Weg zurück gab es nicht, also musste ich mich jetzt damit arrangieren, egal was ich davon hielt.

„Ja, genau, und Verbindungen zwischen Patriziern und Plebejern sind nicht erlaubt. Deine Mutter war überhaupt nicht damit einverstanden, dass man ihr vorschreiben wollte, wen sie zu lieben hatte. Du erinnerst mich so oft an sie." Sie sah mich lächelnd an.

„Tatsächlich", erwiderte ich.

„Ja, ihr habt beide diese Unruhe in euch und diese unbändige Kraft, euch gegen etwas aufzulehnen, das ihr als ungerecht empfindet. Sicher ist es das auch, aber manchmal muss man das eigene Lebensglück dem Wohl der magischen Gemeinschaft unterordnen."

„Ich nehme an, meine Mutter wollte das nicht?", fragte ich, obwohl ich die Antwort schon erahnte.

„Nein, dazu war deine Mutter nicht bereit. Sie verliebte sich in deinen Vater, einen Plebejer." Die Stimme meiner Großmutter wurde immer matter. Es bereitete ihr sichtlich Mühe weiterzusprechen.

„Was verboten war?"

Sie nickte. „Gegen eine kleine Liebelei an der Uni hätte sicher niemand etwas gesagt, doch Catherina heiratete deinen Vater schließlich und weil ihr das noch nicht weit genug ging, nahm sie sogar seinen Namen an und legte den ehrenvollen Namen der von Nordenachs ab, der von der Mutter an die Tochter weitergegeben wird. Mit ihrem Verhalten hat sie sich keine Freunde gemacht. Niemand wollte sich mit dem System anlegen. Der Zugang zu den lukrativen magischen Berufen war ihr verwehrt und sie wurde aus dem Stand der Patrizier enthoben. Das war eine schwere Zeit für uns. Deine Mutter hatte den Eid gebrochen und stand kurz vor der schwersten Strafe der Gemeinschaft."

„Welcher Strafe?", fragte ich mit schwacher Stimme.

„Magier, die gegen den Eid verstoßen, werden aus der Vereinten Magischen Union ausgeschlossen." Sie stockte und sah mich an, als ob sie überlegte, ob ich die Wahrheit ertrug. Ein Reflex aus alter Gewohnheit.

„Jetzt bin ich achtzehn. Erzähl mir alles!", sagte ich unnachgiebig. Sie wusste, dass es keine Entschuldigung mehr gab, mir etwas zu verschweigen.

„Der Ausschluss ist nicht die eigentliche Strafe. Magier, die den Eid gebrochen haben, kommen in den Haebram." Sie hatte die letzten Worte mit einem eisigen Ton in der Stimme geflüstert.

„Haebram?" Ich wusste nicht, was dieses Wort bedeutete, doch die Reaktion meiner Großmutter ließ mich mit dem Schlimmsten rechnen.

„Der Haebram ist ein unterirdischer Raum. Die Körper der Magier, die gegen den Eid verstoßen haben, werden dort aufbewahrt."

„Die Körper?" Ich verstand kein Wort. „Ist es ein Gefängnis?"

„Es ist kein richtiges Gefängnis, es gibt keine Wächter und

keine Schlösser. Das ist auch nicht nötig, denn die Körper werden ihres Geistes beraubt, nur noch die magische Kraft hält sie am Leben."

„Wie kann man …?" Ich stockte. Seit heute musste ich alle noch so abwegigen Möglichkeiten als Realität akzeptieren. „Wo ist der Geist dieser Magier?", fragte ich stattdessen.

„Der Haebram ist nicht nur ein realer Raum. Er ist die Hölle." Meine Großmutter schwieg und mir gefror das Blut in den Adern. „Für ihre große Liebe riskierte deine Mutter alles. Bevor es jedoch so weit kam, hat sie dieses Unglück aus dem Leben gerissen." Sie versuchte vage zu lächeln, doch das beruhigte mich nicht.

„Du gehörst zur Oberschicht, nicht wahr, und ich gehöre wegen meiner Mutter zur Unterschicht?" Ich wollte nicht noch mehr über den Haebram wissen. Das Wenige, das ich gehört hatte, reichte vorerst, um zu wissen, dass Adams Sorge zu Recht bestand. Der Eid war keine reine Formalität. Ich hatte tatsächlich meine Seele verpfändet. „Was ist mit den Torrels?", fragte ich möglichst beiläufig.

„Die Torrels sind eine der ältesten Familien unserer Gemeinschaft, ebenso wie die unsere. Sie sind Patrizier."

Mit einem Mal offenbarte sich mir mit voller Wucht Adams Konflikt. Wir durften kein Paar sein, weil uns die Regeln der magischen Gesellschaft trennten, und gegen die Regeln zu verstoßen, kam einem Todesurteil gleich. Es ging nicht nur um die Schwarze Garde, nein, unsere Standesunterschiede trennten uns. In meinem Herz wurde es kalt und meine Hände zitterten.

„Du hast dich in einen der Torrel-Jungs verliebt, nicht wahr?", meinte meine Großmutter ernst, als sie meinen Gesichtsausdruck bemerkte.

„Vielleicht ein bisschen in Adam", murmelte ich.

„Er ist nicht der richtige Junge für dich." Ihr Blick wurde unnachgiebig. „Du weißt sicherlich, dass er bereits ein Mitglied der Schwarzen Garde ist. Das ist eine der höchsten Institutionen unserer Gesellschaft. Die Schwarze Garde ist direkt dem

Senator für Landessicherheit unterstellt und ihren Mitgliedern ist es nicht gestattet, sich durch eine Beziehung von ihrer wesentlichen Aufgabe, dem Schutz unserer Gemeinschaft, ablenken zu lassen. Die Torrels sind außerdem eine der ältesten Patrizierfamilien. Eine Beziehung zwischen euch ist unmöglich. Adam ist in einer Position, in der niemand ein Auge zudrückt. Halte dich von ihm fern!" Meine Großmutter sah mich ernst an. Ich war so überrascht von ihrer heftigen Reaktion, dass ich einen Moment schwieg.

„Das weiß ich schon", erwiderte ich schließlich. „Außerdem hat Adam kein Interesse. Du brauchst dir also keine Sorgen machen", sagte ich schnell, um das Thema zu beenden. Ich wollte nicht weiter darüber reden, wie aussichtslos es war, auch nur einen weiteren Gedanken an Adam zu verschwenden. Meine Großmutter schien mit meiner Antwort zufrieden zu sein und nickte.

„Du wirst viele nette Jungen kennenlernen, wenn du dein Studium beginnst", sagte sie in versöhnlichem Ton. Ich nickte wieder und wich ihrem Blick aus. Ich glaubte nicht daran, dass ein anderer Junge dieselben Gefühle in mir auslösen konnte wie Adam. Ich wusste nicht, warum, aber ich war mir sicher, dass wir zusammengehörten. Obwohl ich anderer Meinung war, lächelte ich ihr freundlich zu. Was wusste sie schon von meiner Liebe zu Adam? Nach all dem, was sie mit meiner Mutter erlebt hatte, konnte ich ihr ihre Einstellung nicht einmal übel nehmen. Ich wollte sie auch nicht aufregen, indem ich ihr sagte, dass diese Gefühle sich nicht einfach so ausschalten ließen, egal wie richtig oder falsch sie waren. Aber es spielte ohnehin keine Rolle, denn mir war klar geworden, wie aussichtslos die Sache tatsächlich war. Meine Großmutter schien von meiner Antwort beruhigt zu sein und ging zu einem Schrank, aus dem sie einen Umschlag hervorzog.

„Deine Mutter hat mir einen Brief für dich hinterlassen und mich gebeten, ihn dir zu deinem achtzehnten Geburtstag zu geben. Ich musste ihr hoch und heilig versprechen, ihn unter keinen Umständen zu öffnen."

„Gib ihn mir, bitte!", sagte ich und war sofort an ihrer Seite. Schnell öffnete ich den Umschlag und zog einen eng beschriebenen Brief heraus.

Meine liebste Selma,

wie gern wäre ich heute bei dir und würde diesen besonderen Tag mit dir gemeinsam verbringen. Heute ist dein achtzehnter Geburtstag und du hast erfahren, was du bist. Du weißt nun, dass in dir Kräfte sind, die über das, was du bisher für normal gehalten hast, weit hinausgehen. Es ist nun an dir, deine Kräfte zu erforschen und zu entwickeln, und Tennenbode ist der richtige Platz dafür. Eigentlich wäre es meine Aufgabe gewesen, jetzt bei dir zu sein, aber ich kann es leider nicht. Mein Herz ist bei dir und meine Liebe. Wenn du diesen Brief von deiner Großmutter erhalten hast, bedeutet es aber auch, dass sie es geschafft hat, dir eine friedliche und unbeschwerte Kindheit und Jugend zu schaffen, was mein letzter Wunsch an sie gewesen ist. Die vergangenen Jahre waren sicher schwer für dich, da du auf viele Fragen keine Antwort bekommen hast. Falls du mehr wissen möchtest, als du bis jetzt erfahren hast, dann öffne den zweiten Umschlag, wenn du allein bist. Wenn dir reicht, was du weißt, dann wirf den Umschlag ins Feuer. Es tut mir unendlich leid, dass ich dich verlassen muss, aber es gibt keinen anderen Weg, um dich zu schützen. Meine Liebe wird dich dein ganzes Leben begleiten. Vergiss das nie! Mein Geschenk für dich findest du in diesem Briefumschlag. Trage es immer, bei Tag und bei Nacht!

Ich vermisse dich unendlich.
Deine dich liebende Mutter
Catherina

Ich hielt den Brief in meinem Schoß und Tränen liefen mir über die Wangen. Noch nie hatte ich mich meiner Mutter so nah gefühlt wie in diesem Moment. Nicht während der vielen Abende, an denen meine Großmutter mir von ihr erzählt hatte, noch in den vielen Tausend Momenten, in denen ich mir vorgestellt hatte, wie mein Leben mit ihr gewesen wäre. Ein ganz normales Leben mit Eltern und Geschwistern. Ich spürte die warmen Hände meiner Großmutter tröstend auf meinen Schultern.

„Sie hat dich über alles geliebt."

„Ich weiß", antwortete ich schniefend, während ich versuchte, meine Fassung wiederzuerlangen. Ich griff in den Briefumschlag und zog ein kleines Kettchen heraus, an dem ein goldener, sternförmiger Anhänger baumelte.

„Wie hübsch!", flüsterte ich und legte sie an.

„Ich hatte gedacht, er wäre verschwunden." Meine Großmutter starrte wie gebannt den Anhänger an.

„Du kennst ihn?", fragte ich erstaunt.

„Dein Großvater hat ihn mir geschenkt, bevor er gegangen ist, und ich habe ihn deiner Mutter zu ihrem achtzehnten Geburtstag geschenkt. Es ist ein Familienerbstück und es ist gut, dass er wieder da ist."

Während meine Großmutter aufstand, um neues Feuerholz zu holen, begann es in meinem Kopf zu rumoren. Was war in dem zweiten Umschlag? Wusste ich alles? Natürlich nicht, man wusste nie genug. Ich hatte die Wahl und ich ahnte schon, dass das, was ich in dem zweiten Umschlag finden würde, mich niemals wieder in Ruhe lassen würde. Sollte ich oder sollte ich nicht? Die Flammen im kleinen Kamin züngelten knisternd an den Holzscheiten hoch. Der Brief würde im Nu verbrannt sein. Erschrocken von meinen eigenen Gedanken lehnte ich mich zurück. Niemals!

Ich war einen Moment allein und riss den kleinen Umschlag auf. Ein einfaches Blatt Papier steckte darin und darauf stand nur ein einziges Wort: Parelsus. Ob das ein Name war? Wenn ja, dann war er sehr ungewöhnlich. Ich kannte niemanden, der so hieß. Ich drehte das Blatt um in der Hoffnung, einen weiteren Hinweis zu finden. Da war tatsächlich noch etwas. Meine Mutter hatte drei gepresste Blüten aufgeklebt, die durchsichtig blau schimmerten, Zeugen eines längst vergangenen Sommers in einem längst vergangenen Leben. In diesem Moment betrat meine Großmutter den Raum mit einem Arm voller Holzscheite. Erschrocken von ihrem plötzlichen Erscheinen machte ich eine ruckartige Bewegung und der kleine Zettel rutschte mir aus den Fingern. Er segelte zu Boden wie eine Feder und blieb auf dem Parkett liegen. Meine Großmutter starrte die Buchstaben an und die Holzscheite fielen polternd zu Boden.

„Halt dich fern von ihm“, sagte sie kalt. „Er hat deine Mutter angestachelt, diesen unseligen Kampf gegen die gesellschaftlichen Regeln zu führen. Einen aussichtslosen Kampf, der uns nur Ärger eingebracht hat.“ Erschrocken hob ich den Zettel auf und ließ ihn mitsamt dem Brief in meiner Hosentasche verschwinden.

„Erzähl mir etwas über Tennenbode!“, bat ich schnell. Es hatte keinen Sinn, mit meiner Großmutter zu diskutieren. Meine Mutter hatte genau gewusst, dass Georgette von Nordenach nicht gut auf Parelsus zu sprechen war. Warum sonst hatte sie seinen Namen in einen separaten Umschlag stecken sollen. Zumindest wusste ich jetzt, dass es der Name eines Mannes war, den meine Mutter gekannt hatte. Ich würde meine Suche nach ihm anderenorts fortsetzen. Denn dass ich ihn sprechen wollte, stand außer Frage. Nichts würde mich davon abhalten, mich auf die Spuren meiner Vergangenheit zu machen, auch nicht meine wütende Großmutter. Im Gegenteil, ihre seltsame Reaktion hatte die ganze Sache noch interessanter gemacht. Sie schien froh, dass ich über Tennenbode sprechen wollte und nicht über Parelsus.

Sie nahm wieder Platz und fuhr fort zu erzählen: „Wir Magier haben einen starken Geist. Er ist so stark, dass er über die Beherrschung unseres Körpers hinausgeht. Mit unserem Geist können wir auch unsere Umgebung beeinflussen, und zwar in allererster Linie die fünf Elemente. In den ersten vier Jahren auf Tennenbode wirst du die magische Welt kennenlernen, ihre Regeln und ihre Geschichte. Du wirst ihre Flora, ihre Fauna und die Grundelemente studieren.“ Während dieser Worte war meine Großmutter zum Kamin getreten. Aus ihrer Rocktasche nahm sie ein paar Kräuter und warf sie in die Flammen, die sich sofort grün verfärbten. Auf eine ihrer Handbewegungen hin strömte ein Luftzug durch den Raum und erfasste die grüne Flamme, die sich in die Mitte des Raumes bewegte und die Form eines Drachens annahm. Während ich noch fasziniert nach oben starrte, ließ meine Großmutter den Drachen eine riesige Flamme speien, die die Spitzen meiner Haare versengte. Ihre Stimme klang mächtig und stark, als sie sprach. „Du wirst das Feuer, das Wasser, die Luft und die Erde beherrschen und wenn du dich als würdig erweist, werden dich die Magier in die Weisheit des fünften Elementes einweihen, aber diese Ehre wird nur wenigen zuteil, nur die Begabtesten werden unterwiesen.“ Mit einer Handbewegung ließ meine Großmutter den Drachen verschwinden und das Feuer kehrte brav in den Kamin zurück. Außer dem leichten Züngeln von vereinzelten grünen Flämmchen und dem Geruch von verbranntem Haar deutete nichts mehr auf das soeben Geschehene hin. Ich war zutiefst beeindruckt von den Fähigkeiten meiner Großmutter, aber was mich noch mehr bewegte, war der Brief in meiner Hosentasche, der heiß unter dem Stoff zu brennen schien.

„Du solltest dir Zeit nehmen und deine Unterlagen studieren“, schlug meine Großmutter vor, nachdem sie die Hände, die so viel Macht hatten, im Schoß gefaltet hatte. „Dort wirst du genau erfahren, was dich erwartet.“

Ich nickte und stand bereitwillig auf. Etwas Zeit für mich allein war jetzt genau das, was ich brauchte, um die vielen verwirrenden Eindrücke dieses Tages zu sortieren. Ich nahm den Karton und verschwand mit meinem Willkommenspaket in meinem Zimmer. Doch anstatt es auszupacken, stellte ich es achtlos in einer Ecke ab. Dann ließ ich mich auf mein Bett nieder und begann den Brief meiner Mutter wieder und wieder zu lesen, bis ich jedes Wort auswendig konnte.

Es war schon Nachmittag, als ich ein elektronisches Piepsen aus meiner Umhängetasche hörte. Ich nickte Liana zu und stand von meinem Bett auf. Sie war gerade erst gekommen und ich hatte ihr in kurzen Worten all die Neuigkeiten erzählt, die ich von meiner Großmutter erfahren hatte. Kauend schlenderte ich in den Flur und kramte mein Handy hervor. Es war ein Geburtstagsgruß von Paul, den ich lächelnd las.

„Paul bleibt noch länger im Sommercamp“, rief ich Liana zu, die gerade den Brief meiner Mutter las. „Er macht noch einen Workshop für junge Unternehmer.“ Mit einem neuen Schokoladenkeks in der Hand ließ ich mich wieder auf mein Bett fallen, während ich noch ein paar weitere Geburtstagsgrüße überflog, die angekommen waren.

„Das brauchst du bald nicht mehr“, sagte Liana und ließ den Brief sinken. Ich sah verwirrt von meinem Handy auf. Es war wie ein Teil von mir und ich hatte es eigentlich ständig in meiner Nähe.

„Wieso?“, fragte ich, doch in diesem Moment erinnerte ich mich an die Sekretärin im Senatorenhaus. „Das Übertragen von Nachrichten. Stimmt, wie soll das eigentlich funktionieren?“ Erwartungsvoll sah ich Liana an.

„Es ist nicht einfach“, gab sie zu. „Ehrlich gesagt, ist es mir noch nicht so oft gelungen. Es ist wohl eine Frage der Konzentration und natürlich der Übung, aber es ist verdammt schwer.“

„Die ganze Magie scheint verdammt schwer zu sein“, erwiderte ich und erinnerte mich an meine fruchtlosen Versuche, irgendetwas mit meinen Kräften zu bewirken.

„Ich weiß“, seufzte Liana. „Also, es funktioniert so: Du stellst dir den Empfänger deiner Nachricht vor deinem inneren Auge vor und formulierst deine Botschaft an ihn. Das war es eigentlich schon.“

Ich nickte und schloss die Augen. Das klang nicht schwer.

Ich stellte mir Liana vor und versuchte ihr das Wort „Schokoladenkeks“ zu senden.

„Tut mir leid, ich hab nichts gehört“, erwiderte sie bedauernd, als ich die Augen nach einigen Minuten angestrengter Konzentration wieder öffnete. „Lass mich mal probieren!“ Sie schloss fest die Augen und biss angestrengt die Zähne zusammen. Sie sah ein bisschen aus wie ein Luftballon kurz vor dem Platzen. Doch dann ganz schwach hörte ich ein Wort in meinem Kopf. Es war Lianas Stimme, die ich vernahm, obwohl sie den Mund nicht geöffnet hatte.

„Wow!“, entfuhr es mir. Ich spürte Magie.

„Hat es geklappt?“ Lianas Locken hüpften vor Aufregung.

„Ja, der Käsekuchen ist bei mir angekommen“, bestätigte ich.

„Es wird langsam besser, bald brauche ich mein Handy vielleicht wirklich nicht mehr! Pass auf, man kann sogar Bilder schicken und Erinnerungen!“ Liana kniff wieder angestrengt die Augen zusammen und in meinen Kopf schossen sonnige Bilder aus unserem Eichenhain, in dem wir als Kinder ganze Tage verbracht hatten.

„Ich sehe es“, lächelte ich. „Und wie weit reicht deine Sendeentfernung?“

„Das ist ein Problem.“ Ihr Gesicht wurde ernst. „Im Moment wahrscheinlich nicht weiter als zwei Meter. Bis ich so weit komme wie meine Eltern, wird es wahrscheinlich Jahre dauern.“

„Bis das bei mir zuverlässig klappt, muss mein Handy noch seinen Dienst tun“, erwiderte ich.

„Das wird schon, nur Geduld! Jetzt lass mich den Brief deiner Mutter in Ruhe lesen. Hast du deine Unterlagen schon durchgesehen?“ Liana zeigte auf mein Begrüßungspaket, das noch immer in der Ecke stand.

„Noch nicht!“, erwiderte ich und ging zu dem Karton. Die Abiturprüfungen hatten meine Begeisterung für Fachbücher komplett zerstört und vor der Menge an Gesetzen und Verhaltensrichtlinien, die ich alle noch lesen sollte, hatte ich mich bis jetzt erfolgreich gedrückt. Unmotiviert öffnete ich den Karton. Zuerst nahm ich mir das Begrüßungspaket der Vereinten Magischen Union vor. Es enthielt ein Begrüßungsschreiben des amtierenden Primus Willibald Werner, der sich, obwohl er mich nicht persönlich kannte, sehr über mein Hinzukommen zur magischen Gemeinschaft freute, mir viel Spaß wünschte und mich ermahnte, die magische Ausbildung an der Universität Tennenbode ernst zu nehmen. Außerdem enthielt das Paket einen dicken Wälzer mit dem Titel „Handbuch zum Umgang mit nichtmagischen Bürgern“ und einen weiteren Wälzer mit dem Titel „Regeln und Umgangsformen für den modernen Magier“. Ich blätterte die Bücher mit den vielen Paragraphen kurz durch.

„Hast du die alle gelesen?“, fragte ich Liana stirnrunzelnd.

„Nicht alles, aber so grob habe ich mal durchgeschaut. Solltest du übrigens auch machen, du hast schließlich einen Eid abgelegt, dich an diese Regeln zu halten.“

„Stimmt, der Eid“, sagte ich nachdenklich. „Es gibt kein Zurück mehr?“

„So ist es. Besser, du weißt, worauf du dich da eingelassen hast. Es gibt doch etliche Unterschiede zu unserem bisherigen Leben.“ Liana klang ziemlich ernst und ich ahnte schon, dass ihre Eltern sie seit ihrem Geburtstag sicher ausführlich mit den Gefahren bekannt gemacht hatten, die ihr Betritt in die Vereinte Magische Union so mit sich brachte.

„Ich erwarte reichlich Abwechslung“, sagte ich und lächelte ihr aufmunternd zu. „Sonst bin ich schwer enttäuscht.“

„Schau einfach rein“, sagte Liana.

„Ja, versprochen.“ Ich legte die Wälzer beiseite mit dem guten Vorsatz, heute Abend noch einmal hineinzuschauen, und zog dann die Unterlagen von Tennenbode hervor.

„Es geht schon am 1. September los?“, stellte ich erstaunt fest.

„Ja, der Orientierungskurs für die Erstsemester startet früher.“ Liana sah von dem Brief auf.

„Das heißt, in nicht einmal zwei Wochen sind unsere Sommerferien zu Ende?“

„Sei doch froh, du hast dich eh gelangweilt.“

„Stimmt auch wieder.“ Ich zog einen Zettel heraus, auf dem der Hinweis stand, dass ich außer wetterfester Kleidung nichts mitzubringen brauchte. Gut, das machte die Vorbereitung ziemlich unkompliziert. Ich studierte gerade ein Prospekt der „Umfangreichsten Sammlung magischen Wissens“, als meine Großmutter mit einem Paket in mein Zimmer kam. Geistesgegenwärtig setzte sich Liana auf den Brief meiner Mutter.

„Ich habe dein Geburtstagsgeschenk ganz vergessen“, lächelte sie mich an und reichte mir das Paket. Ungeduldig öffnete ich es und zog eine schwarze, lederne Jacke hervor, die einen ungewöhnlichen Schnitt hatte. Ich drehte sie hin und her und überlegte, ob ich einen wichtigen Trend verpasst hatte und man den oberen Rückenbereich jetzt nackt trug, als ich mich an Adam und seine schwarzen Flügel erinnerte. Mir dämmerte, dass dies eine flügeltaugliche Jacke in genau meiner Größe war.

„Danke, das ist ja unglaublich. Ich darf fliegen“, jubelte ich, während ich mir die Jacke anzog. Sie passte perfekt. Das Leder fühlte sich weich an und schmiegte sich an mich wie eine zweite Haut.

„Was ist das für ein Material?“, fragte ich neugierig, während ich die Oberfläche befühlte.

„Das ist Wingtäubel-Leder“, sagte meine Großmutter.

„Wing Was?“, fragte ich verdutzt.

„Wingtäubel-Leder. Wingtäubel sind ziemlich dumme, schafgroße Landvögel, die nicht fliegen, aber hervorragend schwimmen können. Sie leben in großen Herden als Futter für die Drachen. Das Leder ist unglaublich. Es ist absolut wasserundurchlässig und windfest, temperaturausgleichend und …“

„Drachen?“, unterbrach ich mit hoher Stimme. Bei dem Gedanken an riesige, feuerspeiende Urzeitungeheuer überkam mich Angst.

„Ja“, sagte meine Großmutter ruhig. „Es sind sehr nette und intelligente Geschöpfe. Gut, ein wenig ungehobelt und ungestüm sind sie schon, aber du wirst sie ja schon bald kennenlernen.“

„Wie bitte? Nett? Wie kann ein riesiges, feuerspeiendes Ungetüm nett sein?“, fragte ich mit hochgezogenen Augenbrauen.

„Es sind wunderbare Wesen mit einer unglaublichen Eleganz. Deine Mutter war vernarrt in Drachen“, schwärmte meine Großmutter.

„Na schön.“ Ich beschloss, mich heute über nichts mehr zu wundern. „Wie funktioniert das mit dem Fliegen?“, fragte ich ungeduldig. Doch meine Großmutter lachte.

„Das ist etwas komplizierter.“

Ich seufzte. Gab es irgendetwas, das nicht kompliziert war? Langsam, aber sicher reifte in mir die Erkenntnis, dass die Magie harte Arbeit bedeutete.

„Du wirst in Tennenbode deinen Flugschein machen, aber erst im zweiten Jahr, vorher wird es dir nicht gelingen, deine Flügel hervorzubringen. Das ist ein gewaltiger Kraftakt. Aber die Jacke wirst du schon vorher gut brauchen können. Da oben kann es ganz schön kalt werden.“

„Danke.“ Ich gab meiner Großmutter einen Kuss und zog die Jacke wieder aus.

„Keine Ursache. Ihr könnt jetzt mit in den Garten kommen. Ich glaube, deine ersten Gäste sind da.“ Sie verließ mein Zimmer und ich hielt Liana zurück, die schon aufgesprungen war, um meiner Großmutter zu folgen.

„Und was sagst du zu dem Brief? Irgendetwas stimmt da nicht, oder?“, flüsterte ich, als meine Großmutter gegangen war.

„Es ist ein Abschiedsbrief“, sagte Liana leise. „Und ehrlich gesagt, finde ich ihn todtraurig.“

„Das meine ich nicht“, sagte ich. „Ist dir der Widerspruch nicht aufgefallen? Immer haben alle von einem Unfall erzählt, aber dieser Brief ist ein Beweis dafür, dass es nicht so war.“

„Ja“, sagte Liana gedehnt und überflog den Brief noch einmal. „Du hast recht. Es klingt, als ob sie wusste, dass sie nicht zurückkommt.“

„Genau, das ist eindeutig ein Abschiedsbrief. Und wer schreibt einen Abschiedsbrief, wenn er nur schnell übers Wochenende verreisen möchte. Sie wusste, dass sie nicht zurückkommen wird. Sie schreibt sogar, sie würde mich verlassen, um mich zu beschützen. Aber wovor wollte sie mich beschützen? Ich wette, dieser Parelsus weiß Bescheid.“

„Und wo steckt er?“ Liana sah mich erwartungsvoll an.

„Keine Ahnung, meine Großmutter ist schon an die Decke gegangen, als sie den Namen nur gelesen hat. Frag deine Eltern, vielleicht wissen die mehr!“

„Geht klar, aber jetzt habe ich erst einmal Hunger auf den Kuchen deiner Großmutter, da freu ich mich schon den ganzen Tag drauf.“ Liana drückte mir den Brief in die Hand und wandte sich der Tür zu. „Kommst du?“

„Geh schon mal vor, ich komme gleich nach!“ Ich verstaute den Brief sicher unter meinem Kopfkissen. Warum sollte mir meine Mutter diesen Brief hinterlassen, wenn sie nicht wollte, dass ich herausfand, was passiert war. Es war quasi eine Aufgabe, die sie mir gegeben hatte. Ich lächelte, als dieser Gedanke mich ganz ergriff. Natürlich, sonst hätte sie einfach schreiben können: Alles Gute zum Geburtstag und außerdem noch ein schönes Leben. Aber genau das hatte sie eben nicht getan. Sie wollte, dass ich mir Gedanken über ihre Worte machte. War das das Erbe, von dem Gustav Johnson gesprochen hatte?

Ich folgte Liana nachdenklich in den Garten. Ihre Eltern saßen bereits unter den Apfelbäumen an unserem großen Tisch. Unter den prüfenden Augen meiner Großmutter würde Liana keine Gelegenheit haben, nach Parelsus zu fragen.

„Herzlichen Glückwunsch zum Geburtstag.“ Lianas Mutter umarmte mich und auch ihr Vater drückte mich fest an sich.

„Danke“, erwiderte ich. „Schön, dass ihr gekommen seid.“ Ich freute mich wirklich, dass sie da waren, einer Mutter und einem Vater kamen sie für mich schon ziemlich nahe. Lächelnd ließ ich mich auf meinen Stuhl sinken und verbannte die Fragen in den Hintergrund.

Wir aßen Pflaumenkuchen mit Schlagsahne und ich genoss den glücklichen Moment. Die Sonne hatte sich wieder hinter der dichten Wolkendecke hervorgewagt und tauchte den Garten in ein warmes Licht. Über der Wiese schwirrten Insekten, die im Sonnenschein golden funkelten.

Nach dem Essen saß ich mit Liana im Gras und wir versuchten, uns mit mäßigem Erfolg gegenseitig wortlose Botschaften zu schicken, während sich meine Großmutter mit Lianas Eltern unterhielt. Doch ich konnte mich einfach nicht mehr richtig konzentrieren. Der Tag war zu voll gewesen mit neuen Eindrücken. Tief in mir spürte ich das heiße Brennen meiner unerfüllten Sehnsucht, das ich nicht länger ausblenden konnte. Die Ruhe brachte die Gedanken an Adam wieder zutage, so wie der Nachtwind die Erinnerung an meine Familie. Diese unglaublichen Augen, in denen ich versinken wollte, schienen mich anzusehen, sobald ich die Lider schloss. Ich konnte es kaum erwarten, ihn wiederzutreffen. Jetzt, wo ich genau verstand, was ihn quälte. „Wieso schickst du mir ein Bild von Adam?“, beschwerte sich Liana.

„Entschuldigung“, erwiderte ich.

„Hast du ihn dir noch immer nicht aus dem Kopf geschlagen? Das mit der Schwarzen Garde weißt du doch jetzt, oder?“, flüsterte mir Liana mit ernstem Blick zu.

„Ja, das weiß ich und dass nur Partner aus der eigenen Gesellschaftsschicht erlaubt sind, weiß ich auch schon“, gab ich ebenso ernst zurück. „Was bist du eigentlich?“

„Plebejer, so wie die meisten, aber über ernste Beziehungen mache ich mir jetzt noch keine Gedanken. Vielleicht lerne ich während des Studiums jemanden kennen. Bis dahin vergeht sicher noch viel Zeit und das mit dem Heiraten kommt auch erst in ein paar Jahren“, sagte Liana, während sie ein paar Gänseblümchen pflückte und begann, ihnen die Blütenblätter auszurupfen.

„Das ändert doch nichts an der Tatsache, dass du vielleicht jemanden heiraten musst, den du gar nicht liebst, weil der Mann, den du liebst, aus der falschen Schicht kommt“, bohrte ich weiter.

„Selma, ich lebe in der Gegenwart und was in ein paar Jahren ist, darüber mache ich mir jetzt noch keine Gedanken. Vielleicht ist es dann so weit, dass ich heiraten möchte und eine Familie gründen will. Doch im Moment will ich es nicht. Ich will Erfahrungen sammeln und Neues ausprobieren, denn genau jetzt ist die Zeit dafür. Ich brauche noch nichts für die Ewigkeit.“

„Ich glaube, du warst noch nicht richtig verliebt“, erwiderte ich.

„Mag sein.“ Liana zuckte die Schultern. „Ich habe aber ganz ehrlich keine Lust auf Herzschmerz. Du dafür schon, das merke ich doch. Das mit Adam, das gibt nur Ärger.“ Liana schüttelte energisch die zerpflückten Gänseblümchen von ihrem Schoß und stand auf.

„Wahrscheinlich“, sagte ich traurig. „Adam hat ohnehin kein Interesse an mir.“ Denn wenn es so wäre, hätte er sich längst bei mir gemeldet.

„Du dafür umso mehr. Du bist echt verrückt, vergiss ihn endlich! In Tennenbode wirst du andere Jungs kennenlernen.“ Ich nickte brav, um das Thema zu beenden. Liana verstand mich einfach nicht. Ich wollte keinen anderen Jungen. Ich wollte Adam und ich konnte ihn mir auch nicht so einfach aus dem Kopf schlagen. Ich hatte es ja wirklich ernsthaft versucht, aber anstatt schwächer, wurden die Gefühle für ihn immer stärker. Immer noch löste allein der Klang seines Namens dieses berauschende Kribbeln in meinem Bauch aus. Dafür gab es keinen Schalter. Ich war unsterblich verliebt und dieses Gefühl in mir war so warm und so stark, dass ich es nicht unterdrücken konnte. Egal woher diese verwirrenden Gefühle auch kommen mochten. Ich wusste ja selbst, dass es keine Entschuldigung für mein albernes Verhalten gab. Seufzend stand ich ebenfalls auf und gesellte mich wieder zu den anderen an die Geburtstagstafel.

Am Abend zog kühle Luft auf und wir zündeten ein kleines Feuer an. Meine Großmutter hatte ein fantastisches Abendessen gezaubert. Satt und zufrieden saßen wir rund um die Flammen und meine Großmutter erzählte Geschichten von ihrer Zeit auf Tennenbode. Doch es dauerte nicht lange und die Kälte kroch allen in die Glieder, der nahende Herbst kündigte sich mit kühleren Nächten an.

Liana brach mit ihren Eltern auf und kurz darauf verabschiedete sich auch meine Großmutter ins Bett. Ich blieb noch einen Moment vor dem Feuer sitzen, um den Tag Revue passieren zu lassen.

Es war kurz vor Mitternacht und ich genoss die Ruhe, die mich umgab. Außer dem Zirpen der Grillen, dem leichten Rauschen des Windes in den Apfelbäumen und dem Knistern des Feuers konnte ich nichts mehr hören. Ich ließ mich rücklings auf eine der Decken sinken und starrte in den Nachthimmel, der leicht verhangen war und nur ahnen ließ, dass er Tausende Sterne verbarg. Ich sog tief die nächtlichen Gerüche des Gartens ein und versuchte, die vielen Eindrücke des Tages zu sortieren.

„Schläfst du schon?“, hörte ich plötzlich eine Stimme hinter mir. Bevor ich vor Schreck losschreien konnte, hielt mir jemand den Mund zu.

„Ich bin es.“ Ich erkannte Adams tiefe Stimme ganz nah an meinem rechten Ohr und mein Herz machte vor Aufregung einen Sprung. Als er sicher war, dass ich ihn erkannt hatte, nahm er seine Hand wieder von meinen Lippen.

„Tu das nie wieder, ich hab mich zu Tode erschreckt“, sagte ich lächelnd und hielt ihm zum Beweis meine zitternden Finger hin. Zu meiner Überraschung ergriff er sie und zog sie an seine Lippen, während er sich so nah neben mich sinken ließ, dass sich unsere Arme berührten. Er trug eine schwarze Lederhose und eine passende Jacke. Das musste Wingtäubelleder sein, dachte ich, denn es fühlte sich genauso weich an wie die Jacke, die ich heute bekommen hatte. Seine Berührung hinterließ ein Kribbeln auf meinem Arm, warm und unendlich schön.

„Alles Gute zum Geburtstag, Selma." Ein Schauer lief mir den Rücken hinunter, als er meinen Namen aussprach. Ich starrte seine Lippen an und versuchte noch zu begreifen, ob das hier wirklich passierte oder ob mir der Nachtwind wieder einen Traum zugeflüstert hatte. Doch seine Anwesenheit erfüllte mich augenblicklich mit der Wärme, die ich in den letzten Wochen so schmerzlich vermisst hatte.

„Danke, nett von dir, dass du vorbeikommst", hauchte ich und suchte fieberhaft nach passenden Worten. Wochenlang hatte ich mich nach ihm gesehnt und jetzt, wo er da war, fiel mir nichts ein, was ich sagen konnte.

„Wie war dein Geburtstag?", fragte Adam. War das vielleicht sein Geburtstagsgeschenk für mich? Nein, lieber nicht hoffen! Aber warum war er sonst hier?

„Aufregend", erwiderte ich. „Ich habe mein Leben der Vereinten Magischen Union verpfändet und mich mit den gesellschaftlichen Benimm-Regeln der magischen Gemeinschaft vertraut gemacht. Muss ich eigentlich einen Knicks machen, wenn ich mich dir nähere? Falls ich das ausgelassen habe, dann entschuldige bitte, aber ich habe den magischen Knigge noch nicht vollständig studiert."

Adam grinste. „Ein Knicks ist nicht nötig." Seine Stimme klang dunkel und warm und er war auf einmal noch näher bei mir, zu nah. Ich holte keuchend Luft, während ich genau die Wärme seines Oberschenkels an meinem spürte. „Wie geht es dir? Jetzt, wo du alles erfahren hast?" Er sah mich neugierig an und ich war froh, dass mich heute zum ersten Mal jemand fragte, wie ich damit zurechtkam, dass die Welt für mich nicht mehr dieselbe war.

„Ich bin ziemlich durcheinander“, gestand ich.

„Das ging mir am Anfang auch so.“ Er nickte mir aufmunternd zu.

„Schlimmer war der Moment im Juli, du weißt schon, der Tag der Party.“ Ich sah ihn an. Sein Blick verfinsterte sich.

„Dieser Tag hat meine ganze Welt mehr auf den Kopf gestellt als der heutige“, fuhr ich fort. Und das lag nicht nur daran, dass ich erfahren hatte, dass ich seit meiner Geburt mit Magiern zusammenlebte und selbst einer war. Die Erinnerung an Adams verzweifelte Umarmung gehörte zu den schönsten und zugleich schmerzvollsten Erinnerungen, die ich hatte.

„Mittlerweile“, fuhr ich fort, „habe ich mich an den Gedanken gewöhnt, dass mein Leben einen ganz anderen Lauf nimmt, als ich noch vor wenigen Wochen dachte. Ich freue mich auf die magische Welt.“ Ich lächelte, als ich an die vielen aufregenden Dinge dachte, die in Tennenbode vor mir lagen.

„Das kannst du. Die Macht über die Elemente zu haben, ist eine beeindruckende Fähigkeit.“

„Wann hast du davon erfahren?“

„Ehrlich gesagt viel zu früh.“ Adam runzelte nachdenklich die Stirn, als er sich erinnerte. „Meine Eltern haben mich eingeweiht, als ich etwa zehn Jahre alt war. Da schon immer klar war, dass ich sehr zeitig zur Schwarzen Garde gehören würde, war es nötig, mich mit allen Gefahren zu konfrontieren. Ich bin im Prinzip mit diesem Wissen aufgewachsen, aber an den ersten Tag, an dem mein Weltbild auf den Kopf gestellt wurde, erinnere ich mich noch heute.“ Adam lächelte. „Meine Brüder haben allerdings schon vorher allerlei Unsinn veranstaltet. Ich war irgendwie schon darauf vorbereitet, dass es eine andere Erklärung dafür geben musste, dass es manchmal im Wohnzimmer schneite, außer dass die Klimaanlage kaputt war.“

„Das war Torin, oder?“ Ich lachte.

„Genau.“ Adams Lächeln war so unbeschwert, dass ich ihn einfach nur fasziniert betrachtete. Er erwiderte meinen Blick und war mit einem Mal ernst.

„Du hast mir gefehlt." Er sprach leise und ich musste genau hinhören. Aber ich hatte mich nicht getäuscht. Er hatte mich vermisst, genauso wie ich ihn.

„Ich sollte eigentlich gar nicht hier sein." Er sah zu Boden und einige Strähnen seines dunklen Haares rutschten nach vorn. Es musste sich weich anfühlen, ich sah den sanften Schimmer des Feuers auf den Wellen.

„Doch, es ist gut, dass du hier bist, denn du hast mir auch gefehlt." Schnell holte ich Luft. Sollte ich mehr sagen oder vertrieb ich ihn, wenn ich ihm gestand, wie stark meine Gefühle für ihn waren?

„Du solltest mich doch vergessen!" Er sah mich mit einem gequälten Lächeln an und wandte sich mir mit seinem Oberkörper zu. Er war jetzt so nah, dass ich nur eine kleine Bewegung machen musste, um ihn in meine Arme zu ziehen. Sein Duft stieg mir in die Nase, es war ein Gemisch aus Leder und frischer Luft, eine betörende, männliche Mischung.

„Deswegen bist du hier, um mich daran zu erinnern?", fragte ich und holte tief Luft. Der Geruch kam mir so vertraut vor. Wie konnte das sein?

„Nein, deswegen nicht. Ich weiß auch nicht, weswegen ich hier bin." Adam schloss die Augen. Doch dieses Mal wollte ich nicht, dass er sich wieder zur Ordnung rief und sich verschloss.

„Ich kann dich nicht vergessen", flüsterte ich ernst. „Warum bist du sonst hier, wenn es dir nicht genauso geht?", fragte ich vorsichtig.

„Ich war jeden Abend hier." Er sah mich an. Dabei berührte seine Hand zufällig meine. Ein Schauer lief mir über den Arm. „Ich habe von oben nach dir geschaut, damit ich sicher sein konnte, dass du unversehrt bist." Ich riss die Augen auf. Er war der geheimnisvolle Flieger am nächtlichen Himmel gewesen? Tat er das, weil es seine Aufgabe war oder weil er mich mochte?

„Du weißt jetzt von der Bedeutung der Schwarzen Garde

und auch von den Patriziern und den Plebejern?" Sein Daumen strich über meinen Handrücken. Ich nickte und fragte mich, worauf er hinauswollte. „Du weißt also, dass es völlig aussichtslos ist, wenn wir uns ineinander verlieben."

Verlieben? Mein Herz begann schneller zu schlagen.

„Nein, es ist nicht aussichtslos!", flüsterte ich panisch und mit einem Male wurde mir etwas klar. Meine Mutter und ihr Kampf gegen diese verflixten Gesellschaftsregeln würde auch zu meinem Kampf werden müssen, ob ich wollte oder nicht. So leid es mir tat, was das anging, musste ich Senator Gustav Johnson vor den Kopf stoßen, genauso wie meiner Großmutter. Ich würde mein Erbe antreten.

„Du kennst die Konsequenzen, die einem Magier drohen, wenn er gegen den Eid verstößt." Adams Stimme hatte wieder diesen verzweifelten Klang, der mich verrückt machte. Mit einem Mal drückte er meine Hand ganz fest.

„Ja, aber ich weiß, was ich möchte", erwiderte ich, während ich in seine tiefblauen Augen sah, in denen ich die Sterne zu finden meinte, die ich am Himmel vermisst hatte.

„Gut, es ist besser, wenn wir uns an die Regeln halten", sagte er entschlossen, doch er wandte sich immer noch nicht von mir ab. Ich versuchte, etwas in seinen angestrengten Gesichtszügen zu erkennen, was Hoffnung versprach.

„Nein", sagte ich sanft. „Nicht wir müssen unsere Gefühle ändern, sondern diese Gesellschaft muss sich endlich ändern. Das Einzige, was wichtig ist, ist das, was du spürst, wenn du vergisst, dass es die magische Gemeinschaft mit all ihren Vorschriften gibt." Ich sah ihn fragend an. Adam seufzte schwermütig, doch dieses Mal ließ ich nicht locker.

„Bitte, nur einen Moment. Vergiss alles! Stell dir vor, es würde nur mich und dich geben!" Meine Stimme war nur ein sanftes Klingen. Adam zögerte lange, dann öffnete er die Augen. Dieses Mal hatte ich den Kampf für mich entschieden. Mein Blick verlor sich in dem dunklen Blau. Es war, als wenn ich ihm bis auf den Grund seiner Seele sehen konnte, und ich sah darin mich und das warme Gefühl in meinem Bauch bestätigte mir, was ich schon seit einiger Zeit vermutet hatte.

„Ich liebe dich!“, flüsterte er. „Ich liebe dich schon so lange. Ich hatte gehofft, es vergeht, wenn ich mich mit anderen treffe oder mit meinen Eltern das Land verlasse, aber ich habe dich jeden Tag geliebt, selbst als ich nicht bei dir sein konnte.“ Er hob seine Hand und streichelte meine Wange. Bei seiner Berührung durchzuckte mich ein Begehren, wie ich es noch nie gespürt hatte. „Als ich wieder hier war, wurde es noch schlimmer. Ich wollte nur noch in deiner Nähe sein, obwohl ich genau wusste, dass es nicht richtig ist.“

„Wie soll etwas falsch sein, wenn es sich so richtig anfühlt?“, fragte ich.

„Wir dürfen nicht zusammen sein. Du bist einfach nicht für mich bestimmt und das müssen wir akzeptieren. Wir können nichts an dieser Situation ändern. Du bist Plebejer und ich bin Patrizier, obwohl sich meine Gefühle für dich wahrscheinlich niemals ändern werden. Ich weiß zwar noch nicht, wie ich es schaffen soll, das zu ertragen, aber bisher musste es auch funktionieren, Tag für Tag, Stunde für Stunde.“ Adam sah ernst durch mich hindurch. „Obwohl es immer schwerer wird, je näher du mir kommst.“ Ein zartes Lächeln schlich sich in sein Gesicht und mir wurde warm. Wie ein Sonnenstrahl schien es in mich hinein.

„Was wäre, wenn dies die letzte Stunde wäre, die wir auf dieser Welt hätten?“, flüsterte ich. Adam sah mich überrascht an und überlegte. Seine Augenbrauen zogen sich ein wenig zusammen, dann glättete sich die kleine Falte auf seiner Stirn wieder. Er näherte sich mir, bis seine Lippen federleicht meine berührten. Ganz zart und sanft war sein Kuss. Ich spürte die Energie zwischen uns, warm, stark und richtig, und ich genoss den Augenblick der Schwäche, den sich Adam erlaubt hatte, mit jeder Faser meines Körpers. Er zog mich ganz in seine Arme und ich schlang meine Hände um seinen Nacken. Was gab es Schöneres auf dieser Welt als diesen Moment? Eng umschlungen schien die Zeit für eine Weile stillzustehen. Adams Kuss wurde intensiver, er öffnete seine Lippen und seine Zunge liebkoste meinen Mund. Mir wurde schwindelig, als mich ein berauschendes Glücksgefühl erfasste. Verzweifelt drückte ich mich noch enger an ihn.

Doch dann löste sich Adam von mir. Ich spürte die Wärme seiner Berührung auf meiner Haut brennen.

„Entschuldige!“

„Wofür?“, keuchte ich noch immer benommen.

„Das hier bringt dich in unglaubliche Gefahr.“

„Nein, das ist nicht wahr“, protestierte ich reflexartig.

„Ich will dich nicht ins Verderben stürzen. Es darf nicht meine Schuld sein. Entschuldige“, beeilte sich Adam zu sagen, und ich wusste, dass es endgültig vorbei war. Er sprang auf und brachte Abstand zwischen uns.

„Wie konnte das passieren?“, fragte er verzweifelt. „Vergib mir! Bitte vergiss mich! Ich muss gehen.“ Sein Gesicht hatte sich verschlossen. Eilig und ohne noch einmal zurückzusehen, breiteten sich scheinbar aus dem Nichts seine Flügel aus und er verschwand in der Nacht, noch ehe ich ein Wort sagen konnte. Ich blieb zurück mit Tränen in den Augen und dem Wissen, dass mir das Unglaublichste in meinem Leben passiert war. Ich wusste endlich, dass Adam mich liebte, und dieses Gefühl war durchdringend hell und warm. Aber er wollte unserer Liebe keine Chance geben und alles nur wegen der Schwarzen Garde und diesem verdammten System aus Oberschicht und Unterschicht. Waren das wirklich die einzigen Gründe für seine heftige Reaktion? Ich wusste es nicht, aber eines wusste ich mit Bestimmtheit. Ich würde ihn nicht aufgeben, niemals.

Tennenbode

Meine Geduld wurde auf eine harte Probe gestellt, denn nach meinem Geburtstag sah ich Adam nicht wieder, weder beim Einkaufen noch bei einer anderen Gelegenheit. Dieses Mal war ich mir sicher, dass er die Stadt verlassen hatte, um mir wirklich aus dem Weg zu gehen. Ich hätte gern mit jemandem darüber gesprochen, welche Gefühle in mir tobten und welche Gedanken mir durch den Kopf gingen, doch meine Großmutter wollte davon nichts hören und auch Liana weigerte sich, mit mir darüber zu sprechen. Sie spürte deutlich, was mit mir los war, und sie hieß es nicht gut, dass ich meine Gefühle zu Adam einfach nicht aufgeben wollte. Ich hatte gehofft, dass unser Verhältnis wieder einfacher werden würde, nun, da alle Geheimnisse, die zwischen uns gestanden hatten, endlich gelüftet waren, aber da hatte ich mich getäuscht. Während ich gern darüber spekulierte, welche Abenteuer auf uns warteten und was wir auf Tennenbode wohl über unsere Kräfte erfahren würden, mied Liana diese Themen und brach das Gespräch bald ab, um über etwas Unverfängliches zu sprechen. Mir wurde bald klar, dass sie Angst vor unserem neuen Leben als Magier hatte, allein ihre Eltern nach dem Namen Parelsus zu fragen, brachte sie nicht über die Lippen, egal wie oft ich meine Bitte wiederholte. Ich versuchte ihre Ängste zu zerstreuen und ihr klarzumachen, dass uns die Angst nicht weiterhalf, doch Liana ging mir bald aus dem Weg, und so verbrachte ich den Rest der Sommerferien meist allein.

Da mit Liana nicht viel anzufangen war und ich keine andere Möglichkeit hatte, etwas über die magische Welt zu erfahren, hatte ich begonnen, die Gesetze und Benimmregeln der Vereinten Magischen Union zu lesen und zu verstehen, und so war ein Tag nach dem anderen vergangen, während mir jede Seite, die ich in den staubtrockenen Werken las, immer klarer machte, dass alle Bedenken berechtigt waren. Der Haebram war ein Ort, vor dem man sich zu Recht fürchten sollte, und es gab eine unendliche Zahl an Beschränkungen, die sich alle im Wesen darum drehten, dass Patriziern beinahe alles erlaubt war, während Plebejer Einschränkungen in Hülle und Fülle akzeptieren mussten. Doch es gab keinen Weg zurück, der Eid, den ich geschworen hatte, war verbindlich und das magische Ritual, das Senator Gustav Johnson durchgeführt hatte, band mich, wie ich gelesen hatte, unumkehrbar an meine Worte. Eine Vielzahl der Paragraphen diente dazu, Plebejer und Patrizier zu trennen, auch wenn das nicht immer so direkt formuliert worden war. Doch die Botschaft steckte zwischen den Zeilen, und sie war klar und eindeutig. Mit Erstaunen las ich von Protokollen und antiquierten Vorschriften und begriff immer mehr, dass die Vereinte Magische Union nur nach außen das Bild einer modernen und liberalen Gesellschaft pflegte. Tief in ihrem Inneren war sie eine altmodisch strukturierte Kultur, die eine strikte Trennung ihrer Bevölkerung vollzog. Doch das Lesen reichte mir nicht mehr, ich wollte endlich wissen, wie diese Magier die Gesetze und Regeln lebten, von denen ich gelesen hatte, und ich war froh, als endlich die zähe Wartezeit zu Ende war. Früh am Morgen des ersten Septembers verabschiedete ich mich von meiner Großmutter und machte mich mit meinem Gepäck auf den Weg nach Tennenbode.

Es war erst kurz vor acht und die nächtliche Kälte lag noch über der Stadt. Der hellblaue Himmel über uns versprach einen schönen Tag. Ich gähnte unterdrückt. Seit meinem Geburtstag schlief ich schlecht und die letzte Nacht war besonders schlimm gewesen. Der Morgen war schon angebrochen, als mir meine Grübeleien über Adam und die Unvereinbarkeit meiner Gefühle mit den Gesetzen der Vereinten Magischen Union endlich Ruhe ließen und der Nachtwind mir eine schöne Erinnerung von meiner Familie schenkte. Insgesamt hatte ich kaum zwei Stunden geschlafen und sah dementsprechend müde aus. Selbst meine Haare hatte ich nur lustlos zu einem Zopf zusammengerafft. Fröstelnd saß ich schließlich mit meinem gepackten Koffer auf dem großen Parkplatz, der direkt am Massiv lag, und wartete zusammen mit Liana auf die Dinge, die vor uns lagen. Wir waren die Ersten, aber lange waren wir nicht allein.

Eine Limousine fuhr vor und ich stieß Liana an, die ebenso wie ich in eine warme Jacke gehüllt auf ihrem Koffer vor sich hindöste.

„Shirley ist ein Magier, das hätte ich nicht gedacht", stellte ich mit hochgezogenen Augenbrauen fest.

„Na, hier wird ihr das Augenklimpern und das Geld ihrer Eltern hoffentlich nichts mehr nutzen. Meine Mutter hat gesagt, dass in Tennenbode Leistung zählt, und Frau Professor Espendorm ist bestimmt nicht so empfänglich für ihre Reize, wie es Herr Hauptmann gewesen war." Tatsächlich entstieg der Limousine Shirley Madden in einem kurzen, lila Mantel. Die Tür wurde ihr ganz selbstverständlich von ihrem Chauffeur aufgehalten.

„Gibt's hier eine kostenlose Vorstellung oder was glotzt ihr so?", fuhr sie uns missmutig an, während sie darauf wartete, dass der Chauffeur ihr Gepäck auslud.

„Ich wünsche dir auch einen wunderschönen Guten Morgen." Ich überging ihren Kommentar. „Wir freuen uns nur so unglaublich, dass du hier bist", setzte ich lächelnd hinzu. Shirley gab einen unverständlichen Laut von sich und nahm auf einem ihrer pinken Koffer Platz, während der Chauffeur höflich grüßte und vom Platz fuhr. Eigentlich sah sie ziemlich verloren aus, ganz ohne ihre Hühnerschar.

Auf den Parkplatz bog ein rosa VW Scirocco ein. Als er nicht weit von uns parkte, staunte ich nicht schlecht, als ich am Steuer einen Jungen erkannte. Als er ausstieg, war mir der Zusammenhang schlagartig klar. Jede seiner weich fließenden Bewegungen sprach ganz deutlich aus, dass er andere Interessen hatte als der Durchschnittsjunge aus Schönefelde. Er trug eng geschnittene Jeans und dazu eine helle Lederjacke, deren Kragen er zum Schutz gegen die Kühle des Morgens hochgeschlagen hatte. Darunter blitzte ein Hemd mit Leopardendruck hervor. Bevor er zum Kofferraum ging, um sein Gepäck auszuladen, setzte er sich eine übergroße Sonnenbrille auf. Sein dunkles Haar war gefranst geschnitten und mit reichlich Gel in Form gebracht. Ich stieß Liana an und grinste. Auch sie hatte gebannt zugeschaut. Mit zwei Koffern und einem Rucksack bepackt, alles farblich in beigem Leder aufeinander abgestimmt, kam er direkt auf uns zu. Er stellte sein Gepäck neben unseres und schob die Sonnenbrille in seine Haare hinauf.

„Guten Morgen, Lorenz Silver mein Name." Seine Stimme war weich und angenehm. Er war mir sofort sympathisch.

„Hi, ich bin Selma und das ist Liana, freut mich."

„Süße, du hast tolle Haare. Was dir fehlt, ist ein ordentlicher Schnitt und etwas mehr Pflege. Sorry, ich kann nicht aus meiner Haut, ich bin Friseur", legte er los. Ich grinste ihn an. Lorenz Silver und seine offene, herzensgute Art waren genau das Richtige, um mich von meinen trüben Gedanken abzulenken.

„Was macht ein Friseur in Tennenbode?", fragte Liana interessiert.

„Man sollte sich im Leben nicht allzu zeitig festlegen, Honey. Ich habe viele Talente und weißt du, was erst losgeht, wenn ich meine Talente kombiniere. Wie viele Magier entscheiden sich schon für eine Laufbahn als Friseur. Gib zu, du warst bisher auch nur bei einem nichtmagischen Friseur." Ich nickte und stellte fest, dass ich mir bisher noch keine Gedanken darüber gemacht hatte, welche Laufbahn ein Magier einschlug, der nicht nach Tennenbode kam. Genau genommen hatte ich nicht einmal eine Ahnung, welche Berufe es in der magischen Welt überhaupt gab, denn darüber hatte in den Nachschlagewerken rein gar nichts gestanden.

„Ich plane da eine ganz neue Geschäftsidee", fuhr Lorenz begeistert fort. „Wenn ich die Elemente beherrsche, kann ich Haare noch schneller stylen als bisher. Waschen, Föhnen in Sekundenschnelle, als Herr der Elemente ist das kein Problem, na, und außerdem wollte ich meinem Herrn Vater einen Gefallen tun und noch etwas Ordentliches lernen. Mit meiner Lehre als Friseur war er nämlich nicht wirklich glücklich. Er hat wahrscheinlich die Hoffnung noch nicht aufgegeben, dass aus mir noch einmal ein normaler Mann wird", seufzte er theatralisch. Ich schaute Lorenz Silver an. Sein androgynes Aussehen, seine Art zu reden und zu gestikulieren, sprachen ein deutliches Zeugnis dafür, dass die Hoffnung von Lorenz' Vater definitiv vergebens war.

„Wer ist denn dieses fashion victim da drüben?", fragte er mit einem Kopfnicken zu Shirley, die gerade ihre Beine mit den hohen Absatzstiefeln elegant übereinanderschlug.

„Das ist Shirley Madden, selbst ernannte Modekönigin der Schönefelder High Society." Ich kicherte vergnügt.

„Sie hat wohl den Absatz nicht gelesen, dass das Gepäck auf maximal zwei Koffer und einen Rucksack zu reduzieren ist." Lorenz runzelte missmutig die Stirn. „Ich gebe zu, das war für mich eine radikale Herausforderung und fünf meiner schönsten Outfits musste ich zu Hause im Schrank lassen, aber besser das, als alles allein den Berg bis nach oben zu schleppen", fügte er kopfschüttelnd hinzu, während er mit den Fingern den perfekten Sitz seiner Sonnenbrille kontrollierte. Ich genoss seinen Redeschwall. Er lenkte mich völlig von meinen Problemen ab und das tat in diesem Moment wirklich gut.

„Wie bitte?" Liana schnappte neben mir nach Luft. „Wir müssen alles alleine bis nach oben schleppen?"

„Na, da bin ich aber froh, dass ich alles in einen Koffer gequetscht habe", fügte ich hinzu. Ehrlich gesagt hatte ich gar nicht so viele Kleidungsstücke, um damit mehrere Koffer zu füllen. Die Hälfte des Koffers nahmen allein schon die zwei dicken Wälzer über die magische Gesellschaft ein, die ich eingepackt hatte.

„Süße, mir ist es ein Rätsel, wie du es geschafft hast, mit nur einem Koffer auszukommen, mit deinen Haaren, da kann man doch so viel kombinieren. Na, vielleicht leih ich dir mal was aus. Ich hab da ein moosgrünes Hängerchen, das ist der absolute Brüller zu deinen Haaren“, schwärmte Lorenz laut, während er meine Haare wieder fachmännisch begutachtete.

„Hängerchen? Klingt toll!“, antwortete ich zögernd. Um Mode hatte ich mir bisher nicht allzu viele Gedanken gemacht, doch das würde sich vermutlich bald ändern.

In diesem Moment fuhr hupend ein Linienbus auf den Parkplatz und wendete, bevor er hielt. Unter lautem Gemurmel und Gelächter stieg eine ganze Gruppe von Studenten aus und drängelte sich vor dem Gepäckfach des Busses. Mittlerweile waren auch die restlichen Schönefelder Studenten eingetroffen, die ich noch aus der Schule kannte. Trotz des ganzen Trubels, der jetzt ausbrach, konnte ich doch das mir wohlbekannte Geräusch eines kleinen, schwarzen Sportwagens heraushören, der am anderen Ende des Parkplatzes hielt. Mein Herz raste vor Aufregung und ich vermied es, hinüberzustarren. Adam hatte wirklich sein Wort gehalten. Ich hatte ihn seit meinem Geburtstag nicht mehr gesehen. Selbst am nächtlichen Himmel hatte ich ihn nicht mehr entdeckt, obwohl ich jede Nacht nach ihm gesucht hatte. Sein Entschluss, sich von mir fernzuhalten, schien festzustehen, aber ab heute würde alles anders werden, denn ab heute würden wir uns jeden Tag sehen.

Torin, der mit seinen blonden Haaren einen totalen Gegensatz zu Adams dunkler Erscheinung bildete, saß am Steuer des Porsches und wartete, während ich aus den Augenwinkeln beobachtete, wie Adam ausstieg und seinen Koffer aus dem Kofferraum nahm. Das schmerzhaft süße Beben in meinem Bauch meldete sich sofort. Ich schluckte und versuchte ruhig weiterzuatmen und mich davon abzuhalten, über den Parkplatz zu rennen und Adam in die Arme zu fallen. Als er über den Platz schritt, fuhr Torin mit laut aufbrüllendem Motor und quietschenden Reifen davon. Ich bemühte mich, der Unterhaltung von Liana und Lorenz zu folgen, die gerade über Haarverlängerungen sprachen, aber mein Blick hing an Adams breiten Schultern. Das fiel glücklicherweise nicht auf, weil ihn alle Mädchen anstarrten. Ich hatte keine Ahnung, wie er reagieren würde, wenn er mich sah. Vor allem wusste ich nicht, ob ich es schaffen würde, die Fassung zu wahren und so zu tun, als ob wir uns kaum kannten. In mir brannte alles, vor Wut, Verzweiflung, vor Sehnsucht und Liebe. Doch Adam machte es mir leicht. Er blickte geradeaus und schien weder mich noch irgendein anderes Mädchen wahrzunehmen. Mit eleganten und kraftvollen Bewegungen schritt er zu der wartenden Gruppe hinüber. Das dunkelhaarige Mädchen neben mir, dessen eigentlich recht hübsches Gesicht von einer langen Nase verunziert wurde, tuschelte soeben ihren drei Freundinnen etwas ins Ohr. Obwohl ich es nicht hören wollte, wusste ich nun, dass sie soeben beschlossen hatte, dass der attraktive Unbekannte ihre neueste Errungenschaft werden sollte. Mein Magen fühlte sich plötzlich wie ein Eisklumpen an.

„Alles klar, Süße? Du siehst aus, als hättest du grad ein Gespenst gesehen." Lorenz' Stimme riss mich aus meinem trübsinnigen Starren.

„Ja, ja, geht schon, ich bin nur ein bisschen aufgeregt", versuchte ich schnell zu sagen. Lorenz musterte mich mit dem wissenden Blick eines Menschenkenners und nickte nur, während er versuchte, aus meinem Gesichtsausdruck schlau zu werden. Ich raffte mich zu einem Lächeln auf, doch innerlich stöhnte ich gequält. Dieser Tag würde unendlich lang werden.

Ich wurde erlöst, weil es um uns herum schlagartig ruhig wurde. Ich sah Frau Professor Espendorm vor uns stehen, die aus einem mir bis dahin verborgen gebliebenen Tor herausgetreten war. Sie war eine große, elegante Frau Ende fünfzig. Genau wie Adams Mutter trug sie ihre grau melierten Haare zu einer komplizierten Frisur hochgesteckt. Sie war keine wirkliche Schönheit, dafür waren ihre Gesichtszüge zu grob, aber ihre Augen strahlten weise und freundlich. Das verhaltene Schlagen der Kirchenglocken erinnerte mich daran, dass es acht Uhr war. Ein paar Tauben flogen gurrend von einem Felsvorsprung auf, während sich das Grüppchen von etwa fünfzig Studenten um Frau Professor Espendorm sammelte.

„Guten Morgen, liebe Erstsemester." Ihre Stimme erreichte mit ihrem tiefen Klang auch den letzten Zuhörer, sie musste nicht laut sprechen. „Es ist mir eine besondere Freude, Sie in Schönefelde begrüßen zu können. Darf ich Sie bitten, mir zu folgen."

Alle setzten sich tuschelnd in Bewegung und folgten Frau Professor Espendorm, die wieder in dem dunklen Tor verschwunden war. Ich hielt mich dicht an Liana und Lorenz und mit unseren Koffern beladen verschwanden wir im Massiv. Wir liefen durch einen Tunnel, der sich bald zu einer steinernen Plattform öffnete. Das Tennenboder Massiv war hohl und an dem Raunen um mich herum merkte ich, dass ich nicht die Einzige zu sein schien, für die das eine Neuigkeit war.

Am Rande des Felsens führte eine breite Treppe nach oben und nach unten, die gelegentlich von einer Plattform unterbrochen war, wie die, auf der wir gerade standen. Ich sah nach oben und weit über mir konnte ich den Himmel erkennen, der immer noch hellblau schimmerte. Kichernd drängten sich alle auf der engen Plattform, die genauso wie die Treppe von einem geschwungenen Geländer eingefasst war. Ich lehnte mich daran und sah in das endlose Dunkel hinab, in dem die Treppe verschwand. Frau Professor Espendorm stellte sich einige Stufen über uns.

„Bevor wir Sie feierlich begrüßen können, steht Ihnen eine erste Bewährungsprobe bevor, und zwar der Aufstieg nach Tennenbode. In einer Stunde erwarte ich Sie alle im Ostsaal zum Frühstück. Bitte seien Sie pünktlich!" Mitten im Stöhnen, das aus der Menge drang, die sich angesichts der vor ihr liegenden Schinderei beschwerte, spannte Frau Professor Espendorm lächelnd ihre grauen Flügel auf und hob elegant ab.

In formschönen Kreisen flog sie hinauf, dem Sonnenlicht entgegen, und ließ uns mit unserem Gepäck auf der Plattform stehen. Ich stöhnte, packte meinen Koffer fester und setzte mich mit den anderen in Bewegung.

„Na los!“, rief ich Liana zu, die immer noch wie angewurzelt an derselben Stelle stand. „Ich habe noch nichts gefrühstückt außer einem Kaffee.“ Sie nickte und stapfte los, während uns ein munterer Lorenz unterhielt.

Die Gruppe zog sich immer weiter auseinander. Die Sportler oder die mit dem leichteren Gepäck kamen schneller voran, während andere zurückfielen. Adam lief plötzlich an uns vorbei und grüßte mich höflich, so wie man jemanden grüßte, den man flüchtig kannte. Mein Herz riss schmerzhaft in meiner Brust und ich starrte ihm entgeistert nach. Es gab keine Hoffnung. Warum machte ich mir etwas vor?

„Was für ein Schnuckelchen, den würd ich auch nehmen“, kommentierte Lorenz Adams Anblick von hinten.

Ich war erst sprachlos und prustete dann ungehalten los. „Lorenz, du bist klasse. Ich bin mir nicht ganz sicher, aber ich vermute, dass du bei Adam keine Chancen haben wirst.“

„Das sagst du nur, weil du ihn haben willst“, murrte Lorenz, während er kurz anhielt, um zu verschnaufen. Ich sah betreten nach unten, um seinem prüfenden Blick auszuweichen, und erblickte Shirley.

„Ist das nicht eure Schönheitsqueen da unten?“, fragte Lorenz, der meinem Blick gefolgt war. Sie war erst auf der Hälfte der Strecke und von oben konnte man gut sehen, dass sie sich bereits unterwegs von ein paar pinken Gepäckstücken getrennt hatte. Trotzdem trug sie in jeder Hand noch einen schweren Koffer und auf dem Rücken eine riesige Umhängetasche.

„Sollen wir ihr helfen?“, fragte ich.

„Beim Koffertragen oder in modischen Fragen?“, unkte Lorenz. Ich verdrehte die Augen, setzte meinen Koffer ab und lief die Treppe wieder hinab.

„Kann ich dir helfen?“, fragte ich, als ich bei Shirley angelangt war. Sie war verschwitzt und schnaufte. Ihr sorgsam gestyltes Haar war durcheinandergekommen. Sie sah mich überrascht an und ich spürte, wie sie prüfte, ob sie dem Ernst meiner Frage trauen konnte. Schließlich nickte sie. Plötzlich standen Lorenz und Liana hinter mir und gemeinsam halfen wir, Shirleys Gepäck nach oben zu befördern.

Wir waren die Letzten, die an der oberen Plattform ankamen und an die Oberfläche stiegen, direkt hinein in einen riesigen, parkähnlichen Innenhof, der von einem gigantischen Gebäude umgeben war. Ich drehte mich staunend einmal im Kreis, um das Ausmaß zu begreifen. Soweit ich erkennen konnte, gab es fünf hohe Türme, die durch Gebäude miteinander verbunden waren. Eines davon hatte ein riesiges Eingangstor und war größer als die anderen. Es schien das Hauptgebäude zu sein. Das Ungewöhnlichste an diesem Gebäude war jedoch seine Form und Farbe. Es schien hier keine rechten Winkel zu geben und keine geraden Flächen. Balkone und Erker schmiegten sich wie Schwalbennester an runde Wände. Es gab riesige gebogene Fenster, manchmal wie Bullaugen, dann wieder wie lange Seifenblasen. Das helle Sonnenlicht wurde von den zitronengelben Mauern zurückgeworfen.

„Das ist Tennenbode?" Beeindruckt starrte ich noch immer das surrealistische Bühnenbild an, das mich umgab.

„Extrem schick!" Lorenz war begeistert.

„Na ja, mir ist es etwas zu abgedreht", meinte Liana. „Das war Konstantin Kronworth."

„Wer?", fragte ich.

„Hast du heute Morgen den ‚Korona Chronikle' nicht gelesen?", fragte Liana vorwurfsvoll. Ich schüttelte den Kopf. Heute Morgen war ich viel zu müde gewesen, um Buchstaben entziffern zu können.

„Konstantin Kronworth ist der angesagteste Künstler der Vereinten Magischen Union und Tennenbode ist schon seit Jahren eines seiner berühmtesten Kunstobjekte. Er verändert regelmäßig die Farben und auch die Formen der Fassade. Die letzten Wochen bestand Tennenbode praktisch nur aus regenbogenfarbenen Quadraten."

„Der Mann ist ein Genie, ein Gott, ein wahrer Künstler." Lorenz drehte sich um seine eigene Achse.

Mein Magen knurrte hörbar und Kunst hin oder her, es wurde Zeit fürs Frühstück. Wir folgten den anderen zum Hauptgebäude und traten durch das riesige, steinerne Portal, das aus ineinander gewundenen Drachen bestand, in deren Mäulern eine Art Pinguin steckte. Ich vermutete, dass das Wingtäubel waren. In der imposanten Eingangshalle, die wir nun betraten und die die Maße einer Bahnhofshalle hatte, sah alles normal aus. Offensichtlich durfte Konstantin Kronworth nur die Außenfassade gestalten. Groß, hell und luftig wölbte sich der Raum nach oben. Das einzig Seltsame war die schiere Unmenge an nummerierten Türen, die die Wände säumten. Ich fragte mich, wohin man mit ihnen reisen konnte, während ich meine Koffer neben den bunten Haufen Gepäck stellte. Der pinke Koffer, den ich für Shirley getragen hatte, hatte Blasen in meiner Hand hinterlassen.

„Hast du Ziegelsteine mitgebracht?", fragte ich scherzhaft in Shirleys Richtung, während ich meine Hand ausschüttelte, um den Blutfluss wieder in Gang zu bringen. Als keine Antwort kam, wandte ich mich um und sah sie zusammengesunken auf ihrem Koffer sitzen. Ihr Gesicht hatte sie mit den Händen bedeckt.

„Ist alles in Ordnung? Geht es dir gut?", fragte Liana besorgt und hockte sich neben Shirley auf den steinernen Fußboden.

„Sie hat sich bestimmt überanstrengt bei der Schufterei. Das ist ja auch echt eine Zumutung, bis hier hoch zu Fuß zu gehen. Warte mal, Schätzchen, ich hab eine Flasche Wasser dabei. Trink einen Schluck und dann geht's dir rucki, zucki wieder gut." Lorenz nahm aus seinem Rucksack eine Flasche und reichte sie Shirley. Doch sie reagierte nicht und als ich näher kam, sah ich Tränen zwischen ihren Fingern hervorquellen.

„Kann ich dir helfen?", fragte ich. Shirley nahm langsam die Hände von ihrem Gesicht. Die Tränen hatten ihr Make-up aufgelöst, das sich nun in bunten Flecken über ihr Gesicht verteilte. Wut blitzte aus ihren schwarz umrandeten Augen.

„Ich muss doch nicht jedem mein Seelenleben vor die Füße kotzen, dafür bezahlen mir meine Eltern schließlich einen Therapeuten", zischte sie.

„Hey, ich wollte dir nur helfen", konterte ich. „Aber gut, wenn du keine Hilfe brauchst, gehe ich. Ein Dankeschön für die Schufterei wäre aber das Mindeste. Ohne uns würdest du immer noch da unten stehen."

„Ja, stimmt", schluchzte Shirley wütend. „Hier, nimm! Willst du hundert Euro oder zweihundert?" Unter einem weiteren Schluchzer schmiss sie mir ein paar Scheine vor die Füße.

„Ich glaube, du bist total durchgeknallt", flüsterte ich entsetzt. „Sammle dein Geld wieder ein. Ich will es nicht." Ich drehte mich um und folgte Liana und Lorenz, die schon vorgegangen waren, bis mich wieder mein hinterlistiges Mitleid packte. Auch wenn Shirley total neben der Spur war, konnte ich sie nicht einfach ihrem Schicksal überlassen. Ich ging wieder zurück und sah sie streng an.

„Pass auf, wir haben noch dreieinhalb Minuten, um pünktlich zum Frühstück zu erscheinen, und wegen dir habe ich keine Lust, mir schon am ersten Tag Ärger einzuhandeln. Also, steh jetzt auf und komm mit!", schrie ich sie entschlossen an und zog sie hoch. Zu meinem Erstaunen wehrte sie sich nicht, sondern folgte mir protestlos. An der Türschwelle der breiten Holztüren hielt ich inne und reichte Shirley ein Taschentuch.

„Wisch besser dein Gesicht ab, so kannst du nicht unter Leute gehen", ordnete ich an. Shirley folgte widerspruchslos meinen Anweisungen und entfernte die gröbsten Spuren ihres verwischten Make-ups. Ich stieß die Tür auf und betrat den Ostsaal. Sofort spürte ich die neugierigen Blicke, die uns folgten, während ich mit Shirley im Schlepptau zu den nächstgelegenen freien Stühlen hastete, die an einem runden Tisch standen.

„Wunderbar!“, tönte Frau Professor Espendorms Stimme durch den Raum. „Shirley Madden und Selma Caspari haben den Aufstieg auch endlich geschafft. Da wir jetzt endlich komplett sind, können wir beginnen.“

Super, ich hatte mir schon am ersten Tag den Ruf erworben, unpünktlich zu sein. Wenn mir jetzt noch einer „Rotfuchs“ nachrief, würde ich mich glatt wieder wie in der Schule fühlen.

„Die magische Ausbildung wird Ihnen viel abverlangen. Pünktlichkeit, Zuverlässigkeit, Ordnung und Fleiß sind die Tugenden, die Sie sicher durch das Studium bringen werden. In Tennenbode legen wir viel Wert auf die körperliche Leistungsfähigkeit und die gesunde Ernährung unserer Studenten, denn wie schon die Magier der ersten Stunde wussten: Mens sana in corpore sano – in einem gesunden Körper wohnt ein gesunder Geist. Tägliches Training und ein ausgewogener Speiseplan werden deshalb zur Grundlage Ihres Alltags hier in Tennenbode gehören.“ Ihre Worte wurden von missmutigem Gemurmel begleitet. Ich schüttelte ebenfalls verwundert den Kopf. Ich wollte hier studieren und keine Militärakademie besuchen. „Es wird für einige sicherlich eine Umstellung, aber Sie werden sich schnell an Ihren neuen Tagesablauf gewöhnen“, kommentierte Frau Professor Espendorm den verhaltenen Protest gelassen. „Die magische Kraft hat ihre Grundlage in der Kraft des Geistes und der Konzentrationsfähigkeit, die jeder Einzelne aufbringt. Wenn Sie selber nicht im Gleichgewicht sind, wird es Ihnen schwerfallen, alle Übungen zu absolvieren und gute Ergebnisse zu erreichen. Für die meisten von Ihnen ist der Eintritt in die magische Welt etwas völlig Neues und deswegen nehmen wir uns für die Erstsemester extra einen Monat Zeit, um Sie mit den wichtigsten Grundlagen für Ihr weiteres Studium vertraut zu machen. Ganz besonders freue ich mich, dass wieder ein Student der Familie Torrel bei uns ist.“ Frau Professor Espendorm lächelte wohlwollend zu

Adam hinüber, dem die Aufmerksamkeit sichtlich unangenehm war. Er nickte kurz Frau Professor Espendorm zu, während sich alle nach ihm umdrehten.

Besonders die Augen der Mädchen hingen etliche Sekunde länger an Adam, als es die Höflichkeit des Augenblickes erlaubt hätte. „Nach unserem gemeinsamen Frühstück werden Sie Ihre Unterkünfte beziehen und sich mit der Festungsanlage vertraut machen. Die Festung Tennenbode hat eine jahrtausendealte Tradition. Viele große Magier haben hier ihre Ausbildung absolviert und ihre Spuren hinterlassen. Seien Sie neugierig, seien Sie wissbegierig! Aus der Geschichte von Tennenbode können Sie viel lernen. Nun halte ich Sie nicht länger von Ihrem Frühstück ab und wünsche guten Appetit.“ Damit klatschte sie dreimal in ihre Hände und die seitlichen Flügeltüren öffneten sich. Hinein kamen etwa zehn muskelbepackte Hünen, aus deren dichten, blauschwarzen Haaren jeweils ein Paar elfenbeinfarbene Hörner herausragten. Trotz ihrer Größe und der Massigkeit ihrer Körper trugen sie mit spielerischer Eleganz schwere Platten, von denen sie auf jeden der Tische eine stellten.

„Oh, mein Gott, ein Faun“, flüsterte ein blasses Mädchen mit mausgrauen, kurzen Haaren aufgeregt neben mir. „Es gibt sie wirklich. Oma hat mir erzählt, dass sie hier in Tennenbode arbeiten, aber ich konnte es nicht glauben. Irre!“, teilte sie ihrer Sitznachbarin mit, einem ebenso unscheinbaren Mädchen. Ich lehnte mich zu ihr hinüber und erkannte, dass sich die Mädchen nicht nur ähnlich sahen, sondern sich zum Verwechseln glichen.

„Hallo, ich bin Selma Caspari. Was hast du gerade gesagt? Was sind das für Wesen?“

„Hi, ich bin Dulcia Donna und das ist meine Schwester Cecilia“, sagte das mausgraue Mädchen und zeigte auf ihre Sitznachbarin. „Das sind Faun, sie leben normalerweise in Wäldern, da fühlen sie sich eigentlich am wohlsten“, raunte sie mir zu.

„Woher weißt du das?“, fragte ich erstaunt.

„Na ja, eigentlich dürfte ich das alles noch nicht wissen, aber unsere Großmutter ist schon ziemlich alt und die Sache mit dem Eid nimmt sie nicht mehr so genau. Letztes Weihnachten hat sie mir das hier zugesteckt.“ Dulcia griff in ihre Umhängetasche und holte ein abgegriffenes, kleines Buch heraus. Ich wünschte, meine Großmutter hätte das Thema so locker gesehen wie die von Dulcia.

„Das ist das Lexikon der magischen Begriffe. Daraus haben wir das meiste gelernt, nicht wahr, Cecilia? Weißt du schon von den Drachen?“, fragte sie mit weit aufgerissenen Augen.

„Von denen hab ich schon gehört. Die sollen wohl ganz nett sein“, sagte ich und griff gedankenverloren nach einem grünen Apfel. Gerade als ich hineinbeißen wollte, bewegte sich das Ding in meiner Hand und versuchte sich windend aus meinem Griff zu befreien. Mit einem erschrockenen Laut ließ ich die Frucht auf den Tisch fallen, wo sie reglos liegen blieb. Der Tumult an den Nachbartischen ließ vermuten, dass ich nicht die Einzige war, die sich erschrocken hatte, als ihr Frühstück flüchten wollte. Dulcia lachte fröhlich, als sie meine Miene sah.

„Das sind Quitschen; Früchte mit Fluchtmechanismus in der Schale. Du musst sie nur am Stängel hochnehmen, dann kräftig zupacken und schnell aufbrechen.“ Ich sah ihr zu, wie sie mit geschickten Händen die sich wehrende Frucht überwältigte und in der Mitte mit einem lauten Schmatzen aufbrach.

„So, und jetzt kannst du sie ganz bequem auslöffeln.“ Dulcia griff mit einer Hand nach einem Löffel und mit der anderen schlug sie in ihrem Lexikon nach. „Quitschen sind eine echte Notfallnahrung. Das gelbe Fruchtfleisch ist sehr sättigend, nahrhaft, vitamin- und eiweißreich. Die schwarzen Samen sind besonders wertvoll. Sie enthalten ein hochwertiges Öl. Ein Magier kann sich bei Bedarf bis zu drei Monaten ausschließlich von Quitschen ernähren, ohne nennenswerte Leistungseinbußen befürchten zu müssen. Der Baum wächst in tropischen Gefilden und kann ganzjährig Früchte tragen." Dulcia zitierte mit Begeisterung aus ihrem Lexikon, das sie vor sich aufgestellt hatte. Ich wagte einen weiteren Angriff auf das widerspenstige Obst und tatsächlich gelang es mir diesmal, meine Quitsche zu öffnen.

Nach der vierten honigsüßen Frucht lehnte ich mich mit einem angenehmen Völlegefühl zurück und beobachtete Frau Professor Espendorm, die schweigend das Schauspiel der kichernden und ihren Quitschen hinterherjagenden Studenten betrachtete und sich innerlich Notizen zu machen schien. Schließlich klatschte sie erneut in die Hände und eine winzige, rundliche Dame trat zu ihr, deren glattes, schwarzes Haar in der Morgensonne rötlich schimmerte.

„Unsere Haushälterin Madame Villourie ist die gute Seele von Tennenbode und wird Ihnen alle Räume zeigen und alle für Sie wichtigen Dinge erläutern. Wir sehen uns um zwölf Uhr zum Mittagessen in der Südhalle wieder." Mit diesen Worten nahm Frau Professor Espendorm wieder Platz und alle Blicke richteten sich auf die kleine Madame Villourie.

„Guten Morgen, willkommen auf Tennenbode. Bitte folgen Sie mir!", piepste sie und trippelte los. Während alle aufstanden und den Raum verließen, sah ich mich möglichst unauffällig nach Adam um. Er wollte sich dem Rundgang offenbar nicht anschließen, sondern war zu Frau Professor Espendorm gegangen, die ihn lächelnd begrüßte. Ich warf ihm einen langen Blick zu, doch er sah nicht zu mir hinüber. Ein seltsames Gefühl von Zerrissenheit überkam mich. Ich wandte mich schnell ab, bevor meine Füße mich zu Adam tragen würden, obwohl sie es nicht durften.

Für ihre Größe war Madame Villourie erstaunlich schnell und wir hatten Mühe, ihr zu folgen, als sie uns durch die wichtigsten Räume führte. Ich versuchte mir so viel wie möglich von dem zu merken, was sie darüber erzählte, wo es Mittagessen, den Nachmittagstee und das Abendessen gab. Als

Nächstes betraten wir einen Vorlesungsraum. Er wirkte leer und unbewohnt. Spinnweben hingen an den Fenstern wie graue Gardinen und eine Staubschicht lag auf den Lehnen der hölzernen Stühle.

„Die Vorlesungssäle werden schon seit Langem nicht mehr genutzt. Sie sind für die Studenten in Tennenbode ein Ort der Erinnerung geworden." Eine kalte Stille senkte sich über unser Grüppchen. Betreten sah ich Liana und Lorenz an, die ebenso wie ich die Stühle musterten. „Jeder Stuhl wird für eines der Mädchen freigehalten, die entführt wurden. Auf jedem Stuhl steht ein Name, der uns an die erinnert, die heute nicht bei uns sein können." Madame Villourie schritt durch den Vorlesungssaal und wir folgten ihr schweigend. Unter dem dichten Staub konnte ich Namen erkennen. Jolanda Müller, Karina Loppen, Francis Henning, es ging endlos weiter. Ich konnte sie nicht mehr lesen. Tränen traten mir in die Augen, als ich begriff, welche Schicksale hinter jedem Namen steckten. „Wo einst Vorlesungen stattfanden, sind heute 1437 Stühle für Erinnerungen belegt. Das soll Sie ermahnen, sich der Gefahr, in der wir leben, ständig bewusst zu sein. Ihr Name soll nicht auch noch hier stehen." Schweigend verließen wir den Vorlesungssaal und Madame Villourie führte uns in den nächsten, so lange, bis wir alle leeren Plätze besichtigt hatten. Mein Herz war nur noch ein eisiger Klumpen und ich fühlte mich wie auf einem Friedhof. Endlich kamen wir wieder in der Eingangshalle an und ich atmete auf.

„Da die Vorlesungsräume nicht mehr genutzt werden, finden die Vorlesungen an anderer Stelle statt." Madame Villourie zeigte mit einer ausladenden Geste auf die umliegenden Türen. Jetzt ergab es einen Sinn. Wir reisten für die Vorlesungen einfach an andere Orte. „Mit Ihren Stundenplänen erhalten Sie am 1. Oktober auch ein Verzeichnis der Räume, die Sie benutzen dürfen. Halten Sie dazu bitte immer Ihre Ausweise bereit, nur mit diesen können Sie durch die Türen reisen." Madame Villourie ging weiter zu einer Treppe, die in die oberen

Etagen führte. „Bitte folgen Sie mir zu den Unterkünften!“ Der Tross setzte sich in Bewegung. Mir schmerzten schon die Oberschenkel von den vielen Treppen, die wir zurückgelegt hatten, als Madame Villourie endlich stehen blieb.

„Die Unterkünfte unserer Studenten liegen in den fünf Türmen“, schallte ihre Stimme hoch über unsere Köpfe hinweg. „Sie haben Ihre Zimmer in diesem Turm, der nächste Jahrgang im nebenliegenden Turm und so weiter. Jeder Turm reicht zehn Etagen nach oben und in jeder Etage wohnen fünf Studenten. Hier im Erdgeschoss befindet sich ein Gemeinschaftsraum, in dem Sie sich treffen können.“ Damit öffnete sie eine weite Flügeltür und wir traten in einen großen, gemütlichen Raum ein, der rundherum mit Fenstern verglast war, die viel Licht aus allen Himmelsrichtungen hereinließen und den Blick über das Land freigaben. Außerhalb der Mauern von Tennenbode war die Burganlage von Bäumen umgeben, bis das riesige Massiv steil abfiel. Der Blick nach unten war bestimmt berauschend. „Ihr Gepäck wurde schon von den Faun nach oben gebracht“, sagte Madame Villourie und trat zwischen die bunten Sofas und Sessel, die den Charme eines hippen Clubs verströmten und neben denen unser Gepäck fehl am Platz wirkte. „Die Nachtruhe beginnt um zehn Uhr abends, dann hat jeder in seinem Zimmer zu sein.“ Ärgerliches Murren folgte ihren Worten.

„Um zehn geht der Abend doch erst los“, rief ein großer Junge mit braunem Haar, den ich noch aus der Schule kannte, und der, soweit ich mich erinnern konnte, Thomas Kekule hieß.

„Glauben Sie mir, Sie werden dankbar sein, wenn Sie sich um zehn Uhr ins Bett legen dürfen“, lächelte Madame Villourie vielversprechend. „Nicht vergessen, pünktlich um zwölf Uhr gibt es Mittagessen in der Südhalle“, rief sie uns über die Schulter zu, während sie mit trippelnden Schritten durch die Flügeltür verschwand. Ich schielte auf die große Wanduhr. Wir hatten kaum noch eine Stunde Zeit und dieses Mal wollte ich nicht zu spät kommen.

Ich fand Liana in dem Getümmel, schnappte mir meinen Koffer und stieg mit ihr und Lorenz, der uns schnell folgte, bis in die letzte Etage hinauf. Ich wollte das Zimmer mit dem besten Blick. Als ich die Tür zur Etage öffnete und durch einen schmalen Gang in ein großes, helles Zimmer trat, staunte ich. Es war gemütlich eingerichtet, drei Sessel und ein breites Sofa waren vor einem offenen Kamin gruppiert. Von dem riesigen runden Raum gingen sechs Türen ab.

„Oh, sieh mal, wie schön die Zimmer sind. Hier schlafe ich", hörte ich Lianas Stimme begeistert aus einem der Zimmer.

„Das ist meins!", tönte Lorenz' Stimme von nebenan.

Ich trat ebenfalls in eines der Zimmer und sah mich um. Ich hatte schon mit Etagenbetten in zugigen Gemeinschaftsunterkünften gerechnet, aber ich hatte mein eigenes Zimmer und es war ebenso gemütlich wie das Studierzimmer eingerichtet, das wir gemeinsam benutzen würden. Auf dem steinernen Boden lag dicker, dunkler Teppich und es war behaglich warm im Raum. Ich stellte meinen Koffer neben einem riesigen Schrank ab und ließ mich zufrieden auf das große Bett fallen.

„Hast du das Bad gesehen?", hörte ich Lorenz' Stimme von nebenan.

„Schön groß", antwortete Liana begeistert.

„Das ist doch nicht groß, Honey, das geht grad so. Ich brauche übrigens jeden Morgen mindestens eine Stunde, bis ich fertig bin", sagte Lorenz todernst.

„Da musst du halt zeitig aufstehen", hallte Lianas Stimme durch die offene Tür. Ich schloss einen Moment lang die Augen und döste vor mich hin, während Liana und Lorenz die jedem zustehende Dauer der morgendlichen Badbenutzung ausdiskutierten. Ich musste kurz eingedöst sein, denn Lianas Rufen weckte mich unsanft. Missmutig befreite ich mich aus den Fesseln meines Traumes. Er hätte mich nie küssen dürfen!

Wie konnte er mir das antun? Mich in das Paradies eintreten zu lassen, um mir gleich danach die Tür wieder vor der Nase zuzuschlagen. Mühsam erhob ich mich und trat in das große Studierzimmer.

„Da bist du ja endlich, Selma. Alles in Ordnung bei dir, du hast ja ganz rote Wangen. Wirst du krank?", fragte mich Liana besorgt, während sie mich hinter sich herzog.

„Nein, nein, alles in Ordnung. Ich bin nur kurz eingedöst", beschwichtigte ich sie.

„Ach so, komm mal und sieh dir das an." Sie öffnete eine Tür, die nur angelehnt war, und da saß Shirley in ihrem kurzen, lila Mantel auf dem Bett. Die Absatzschuhe hatte sie ausgezogen und in eine Ecke geworfen. Sie hatte nur einen ihrer vielen Koffer bis in die zehnte Etage geschleppt. Jetzt saß sie versunken auf ihrem Bett und massierte sich ihre Füße.

„Alles klar?", fragte ich vorsichtig.

„Ja", antwortete Shirley, ohne aufzusehen.

„Hast du schon gesehen, wer in das letzte freie Zimmer gezogen ist?", flüsterte Lorenz aufgeregt hinter mir.

„Nein, aber so wie du aussiehst, muss es ein Popstar sein", erwiderte ich.

„Genauso ist es." Lorenz riss die Augen auf. „Es ist Adam Torrel, der Held der Schwarzen Garde, das ist eigentlich fast noch besser als ein Popstar." Während Lorenz begeistert die Arme in die Luft warf, wich mir die Farbe aus dem Gesicht. Nein, das durfte nicht sein. Wollte er mich quälen?

„Freust du dich gar nicht?", fragte Lorenz.

„Ist mir egal", murmelte ich schwach. Ich würde es nicht ertragen, mit Adam zusammenzuwohnen. Wie sollte das funktionieren, ohne dass mein Herz mehrmals am Tag zerbrochen wurde wie eine Haselnuss unter einem Elefantenfuß?

„Jetzt tu nicht so desinteressiert. Ich habe schon gemerkt, dass du ihn magst, da hab ich einen Blick dafür, Süße. Vielleicht ist es aber noch nicht zu spät und ich kann das Herz des dunklen Recken für mich gewinnen. Ich geh mich gleich mal vorstellen." Mit diesen Worten steuerte Lorenz zielstrebig auf das Zimmer neben meinem zu. Bevor ich ihn aufhalten konnte, klopfte er schon gegen die Tür. Es war tatsächlich Adam, der öffnete, und obwohl ich wusste, dass es eine unendliche Qual werden würde, ihn ständig in meiner Nähe zu haben, ohne wirklich bei ihm sein zu dürfen, freute ich mich auf eine unerklärliche Weise. Ich biss die Zähne zusammen, um nicht sehnsuchtsvoll zu seufzen, wie es Lorenz gerade tat. Adam musterte ihn von oben bis unten. Der durchdringende Blick aus seinen Augen bremste sogar Lorenz kurz aus. Er verhaspelte sich, bevor er lossprudelte.

„Hallo, ich bin Lorenz Silver. Es ist mir eine große Freude, dass wir die nächsten Jahre zusammenwohnen." Adam sah aus, als ob er nicht so recht wüsste, ob er Lorenz ernst nehmen sollte, und auch die Ankündigung, Jahre mit ihm verbringen zu dürfen, lockte kein Lächeln auf seine Lippen.

„Ich bin Adam Torrel", erwiderte er kurz.

„Du bist der Torrel-Junge", quietschte Lorenz. Er konnte sich nicht mehr beherrschen. „Oh, mein Gott. Ich hab ja schon so viel von eurer Familie gehört und du bist das jüngste Mitglied der Schwarzen Garde, das es je gab. Es ist irre, dass ich mit dir zusammenwohnen darf. Deine Fähigkeiten sollen unglaublich sein. Das habe ich gelesen in dieser Zeitung, wie hieß sie noch mal? Ach so, die „Welt der Schwarzen Garde". Wenn ich das meiner Familie erzähle." Bei Lorenz' begeisterten Worten verfinsterte sich Adams Miene zusehends.

„Ja, meine Fähigkeiten sind unglaublich und wenn du mich noch einmal vollplapperst wie ein Groupie einen Popstar, werde ich sie an dir ausprobieren." Mit diesen Worten knallte Adam Lorenz die Tür vor der Nase wieder zu. Der ließ sich jedoch nicht von dieser Abfuhr beirren und kam freudig strahlend auf Liana und mich zu.

„Unglaublich, diese Jungs aus der Torrel-Familie, sie sind so wild, so feurig und leidenschaftlich. Leider sind sie etwas ungehobelt im Umgang, aber du solltest die einmal kämpfen sehen.

Da wird einem warm ums Herz.“

„Noch wärmer geht doch gar nicht“, witzelte Liana.

„Sehr lustig.“ Lorenz zog sich beleidigt ins Bad zurück.

„Sag mal, hast du eigentlich eine Steckdose in deinem Zimmer, Selma? Ich find keine bei mir und mein Handy braucht dringend Strom.“ Liana sah sich suchend um, aber auch im Studierzimmer fand ich keine Steckdose, und als ich genau hinsah, auch keine Lampe. Das reichlich durch das große Fenster hereinscheinende Tageslicht erhellte den Raum so sehr, dass mir das Fehlen eines elektrischen Lichtes noch nicht aufgefallen war.

„Es gibt keine Steckdosen und keine Lampen, wie sollen wir dann abends arbeiten oder lesen?“, fragte ich Liana erstaunt. Sie zuckte hilflos mit den Schultern, als durch die Tür ein markerschütternder Schrei ertönte. Ich rannte los und fand Lorenz. Er stand im Badezimmer und wankte völlig panisch mit einem Fön in der Hand durch den Raum. Adam stand schon neben ihm und versuchte ihn zu beruhigen.

„Was ist denn los?“, fragte er verunsichert, während ich die Situation sofort begriff.

„Ich weiß, es ist hart, aber es gibt keine Steckdosen“, sagte ich schmunzelnd zu Lorenz.

„Oh!“, meinte Adam, verstand und verschwand aus dem Bad, ohne mir einen Blick zuzuwerfen. Der Stich in mein Herz traf mich unvermittelt und ließ mich sofort zusammenzucken.

„Wie soll ich nur die Zeit überstehen, bis ich die Elemente ausreichend beherrsche, um sie zum Frisieren einzusetzen?“, fragte Lorenz aufgelöst.

„Da hilft nur Üben, Lorenz“, meinte Liana achselzuckend und verließ ebenfalls das Bad. Die Sorgen von Lorenz bereiteten mir kein Kopfzerbrechen, denn wie sollte ich nur die Zeit überstehen, bis mir Adams Ablehnung nicht mehr das Herz brach?

Am Abend lag ich in meinem Bett und wartete auf den

Schlaf, der nicht kommen wollte. Ich ließ den Tag wieder und wieder Revue passieren. Liana schien sich gefangen zu haben, sie war heute fröhlich und ausgelassen gewesen, was auch an Lorenz liegen mochte, der uns den ganzen Tag mit Späßen und Geschichten unterhalten hatte.

Adam war dem Durcheinander des ersten Tages weitestgehend fern geblieben. Nur beim Abendessen hatte ich ihn noch einmal kurz gesehen. Weit entfernt im Tal hörte ich durch das offene Fenster die Kirchenglocken von Schönefelde. Es war bereits Mitternacht und ich wartete so wie immer auf den Nachtwind, damit er mich in den Schlaf begleitete. Seufzend zog ich die Decke über meinen Kopf, als mich ein Geräusch aufhorchen ließ. Da war jemand. Meine Zimmertür wurde leise geschlossen. Ich riss mir die Decke vom Kopf und starrte ins Dunkle. Eine Gestalt näherte sich mir und Adrenalin schoss mir ins Blut. Bevor ich schreien konnte, lag eine warme Hand auf meinem Mund.

„Ich bin es“, flüsterte Adam und die Kerze auf meinem Nachttisch glomm auf. Jetzt sah ich ihn, ein Lächeln spielte um seine Lippen.

„Was machst du hier?“, flüsterte ich aufgeregt, als er seine Hand wieder sinken ließ.

„Soll ich wieder gehen?“

„Nein, bleib!“ Mein Herz jubilierte, als er nickte. Seine Hand berührte vorsichtig meinen Arm, ganz zart lagen seine Finger auf meiner Haut.

„Ich hab es nicht mehr ausgehalten, so nah bei dir zu sein und doch so tun zu müssen, als ob wir uns kaum kennen. Habe ich dir eigentlich schon gesagt, dass du wunderschöne Augen hast. Dieses Grün erinnert mich immer an den Atlantik, wenn er wild gegen die Felsen brandet“, flüsterte er und sah mich an. Ich bebte.

„Nein, noch nicht, aber es hört sich schön an“, murmelte ich verwirrt.

„Ich wollte nicht neben dir wohnen, Selma. Ich bin nur zu

spät gekommen, es war das letzte Zimmer, das frei war. Nein, das ist falsch. Ich sollte nicht neben dir wohnen, das trifft es wohl eher, denn es macht alles nur noch viel komplizierter, viel schwerer zu ertragen. Aber ich werde ohnehin nicht ständig hier sein. Ich habe heute mit Frau Professor Espendorm gesprochen und ich werde oft mit der Schwarzen Garde unterwegs sein."

„Gut", stammelte ich. „Das macht es leichter." Ich wagte nicht, mehr zu sagen, aus Angst, ihn wie beim letzten Mal in die Flucht zu schlagen.

„Andererseits ist es ganz gut, dass ich hier wohne. Ich könnte es nicht ertragen, wenn du hier oben mit anderen Jungs zusammenlebst, obwohl es mich eigentlich nichts angeht." Adam lächelte und mein Herz begann zu rasen.

Ich warf alle Bedenken über Bord und beschloss, den Augenblick mit allen Sinnen zu genießen, selbst auf die Gefahr hin, dass mich die Erinnerung daran wieder wochenlang quälen würde. Ich sah in seine Augen, dunkel und verführerisch zog mich der Ozean hinab. Ich spürte seine Hand noch immer auf meinem Arm brennen und näherte mich seinem Gesicht ein wenig, bis Adams Atem schwerer wurde. Er wich nicht zurück, aber er zögerte einen Moment. Doch dann zog er mich an sich und seine Lippen berührten meine. Ich vergaß alles um mich herum. Es gab nur noch ihn und mich in diesem Universum und diese irrsinnige Energie, die uns verband.

Adams Kuss war dieses Mal nicht sanft. Mit einer fast schon verzweifelten Sehnsucht drückte er mich an sich und ich spürte ihn überall. Seine Hand lag auf meinem Rücken und ich klammerte mich fest an ihn.

„Selma", keuchte er. Seine Hände umschlossen meine Hüften. Eine heiße Welle durchlief meinen Körper. Es war so intensiv, dass es mir unwirklich vorkam. Ich fühlte seine Erregung und wollte ihn überall spüren. Verdammtes Loch, sollte es mich ruhig verschlingen. Das hier war es wert.

„Selma", seufzte Adam erneut. Sein Atem wurde ruhiger

und sein Kuss sanfter. Er löste sich von mir und streichelte meine Wange. Er hatte sich wieder im Griff, was man von mir nicht behaupten konnte. Ich schloss die Augen und atmete mehrmals ein und aus, während ich krampfhaft an eine kalte Dusche dachte.

„Erzähl mir von dir!", bat ich schließlich. „Ich weiß noch so wenig über dich."

Adam sah mich verwirrt an. „Wir sind zusammen zur Schule gegangen und danach haben wir uns oft getroffen. Eigentlich jeden Tag, erinnerst du dich wirklich nicht?"

„Nein, kaum", stotterte ich verwirrt. „Ich glaube, ich habe ein ziemlich schlechtes Gedächtnis", murmelte ich, denn ich konnte mich beim besten Willen nicht erinnern. Wenn man mit jemandem jeden Tag verbrachte, dann musste das doch Spuren in meiner Erinnerung hinterlassen haben. Warum sonst hätten wir uns jeden Tag treffen sollen, wenn wir nicht gut miteinander befreundet gewesen wären? Nachdenklich sah ich Adam an und versuchte mich so stark wie möglich zu konzentrieren, um die Erinnerung an unsere angebliche Vergangenheit heraufzubeschwören. Doch da war nichts, nur Leere.

„Vielleicht hat jemand nachgeholfen?" Adam sah mich ernst an.

„Wie meinst du das?" Ich setzte mich erschrocken auf, doch seine Hand hielt ich weiter fest umschlossen.

„Du weißt, dass man Erinnerungen verändern oder auch löschen kann?", fragte Adam. „Die Schwarze Garde macht das gelegentlich. Sie dringt in den Geist eines anderen ein und löscht seine Erinnerung."

„Willst du damit etwa sagen, dass jemand mein Gedächtnis manipuliert hat?" Ich sah Adam entsetzt an.

„Das ist die einzige Erklärung. Jemand hat dein Gedächtnis manipuliert, oder erinnerst du dich daran, dass die Morlems dich angegriffen haben?"

„Ja, diesen Sommer. Natürlich erinnere ich mich."

„Das meine ich nicht!" Er sprach langsam, um mir Zeit

zum Begreifen zu geben, aber ich konnte mich beim besten Willen nicht daran erinnern, schon einmal auf die Morlems getroffen zu sein.

„Der Angriff auf dich in diesem Sommer war nicht der erste. Die Morlems haben es offenbar ganz besonders auf dich abgesehen“, sagte Adam. Mir wurde schlagartig kalt. Warum auf mich? Das ergab alles keinen Sinn.

„Ich kann mich aber nicht erinnern, an nichts. Nicht an dich, nicht an die Morlems. Nur an schöne Dinge, an langweilige Dinge erinnere ich mich.“

Jemand hatte mir etwas sehr Wichtiges genommen. Auf die Erinnerung an die Morlems konnte ich gut und gerne verzichten. Die Erinnerungen an Adam waren es, die ich wiederhaben wollte. Wenn sie auch noch so unwichtig waren, für mich waren sie ein Schatz.

„Wie bekomme ich meine Erinnerungen zurück?“, fragte ich entschlossen.

„Ich werde Ramon fragen, wie man da wieder rankommt.“

Ich erinnerte mich an die Kraft von Ramons Versuch, den Angriff der Morlems vor mir zu verbergen. Bis dahin hatte es sicher immer funktioniert, meine Erinnerungen zu löschen. Bis zu diesem Sommer, in dem alles anders wurde, in dem ich endlich stark genug war, mich dagegen zu wehren.

„Dass jemand meine Erinnerungen an die Angriffe löscht, verstehe ich ja noch, dafür gibt es ja sogar ein Gesetz. Aber warum löscht jemand meine Erinnerungen an dich?“ Ich sah Adam an und erstarrte. Sein Gesichtsausdruck hatte sich verändert.

„Vielleicht bin ich nicht der Einzige, der weiß, dass eine Liebe zwischen uns nur ins Verderben führen wird.“ Das warme Lächeln war von seinen Lippen verschwunden und der kühlen Maske gewichen, die ich schon kannte. Mein Blut schien zu stocken und die Grabeskälte kroch wieder in mein Herz. Der zarte Moment war vorbei. Adam ließ meine Hand los und stand auf, bevor ich ihn bitten konnte, bei mir zu bleiben und die Löcher in meinen Erinnerungen zu füllen.

„Schlaf gut, Selma!“, flüsterte er und verschwand so leise, wie er gekommen war.

Akkanka

Als wir am nächsten Morgen beim Frühstück saßen, war Adam längst weg. Noch in der Morgendämmerung musste er verschwunden sein und ich wusste nicht, wohin. Doch ich hatte wenig Zeit, darüber nachzudenken. Frau Professor Espendorm kündigte an, dass wir uns in wenigen Minuten in wetterfester Kleidung im Innenhof an der großen Treppe treffen würden, die wir gestern mit unserem Gepäck emporgestiegen waren. Ich trank schnell meinen Kräutertee aus, Kaffee gab es in Tennenbode nicht, da er gegen die Grundregel der gesunden Ernährung verstieß. Gemächlich machte ich mich auf den Weg in mein Zimmer, um meine Sachen zu holen. In den müden Gesichtern um mich herum las ich, dass ich nicht die Einzige war, der an diesem Morgen ihr Koffeinkick fehlte.

Die Sonne schien schon warm an diesem Morgen und als ich wenig später hinab in den düsteren Schlund blickte, der sich schwarz und endlos in der Tiefe verlor, fragte ich mich, was ich mit Regenjacke und Wanderstiefeln sollte, außer wie verrückt zu schwitzen.

„Weißt du, wohin Adam verschwunden ist?“, flüsterte ich Liana zu, nachdem ich mehrmals die Menschenmenge nach ihm abgesucht hatte. Sie gähnte müde und überflog die Umgebung mit den Augen.

„Nein, aber dafür kommt dahinten Lorenz mit Shirley. Ich glaub es nicht!“ Liana kniff die Augen zusammen. „Sie trägt tatsächlich Absatzschuhe und diesen lila Mantel. Der ist garantiert nicht wasserdicht. Dieses Mal helfe ich ihr nicht, wenn sie sich wieder in Schwierigkeiten manövriert.“ Ich musterte Shirley mit Unbehagen.

Frau Professor Espendorms lautes Pfeifen erklang und sofort herrschte Ruhe.

„Schön, dass Sie alle pünktlich hierhergefunden haben, und wie ich sehe, haben Sie es auch fast alle geschafft, wetterfeste Kleidung anzuziehen.“ Sie blinzelte ärgerlich zu Shirley hinüber. „Glauben Sie mir, die werden Sie bald benötigen. Wir begeben uns nun nach unten, nach Akkanka.“

„Ruhe bitte!“, rief sie, als einige überraschte Stimmen erklangen. „Sie werden bald erfahren, was Akkanka ist. Da Sie Ihre Flugausbildung noch nicht absolviert haben, müssen Sie die Treppen benutzen. Sobald Sie Ihren Flugschein gemacht haben, können Sie die Strecke zeitsparender bewältigen. Bis dahin betrachten Sie das als eine zusätzliche Übung für Ihre körperliche Fitness.“

„Mir tun noch die Beine von gestern weh“, rief Thomas und einige pflichteten ihm bei.

„Umso höher wird Ihre Motivation sein, den Flugschein bald zu machen“, entgegnete Frau Professor Espendorm. Ich blickte zu Shirley hinüber und war mir ganz sicher, dass sie soeben ein paar Nuancen blasser geworden war. Ich drängelte mich zu ihr hinüber und schnappte sie am Arm.

„Shirley, du brauchst ordentliche Schuhe, du hältst das sonst nicht durch“, sagte ich eindringlich. Sie sah mich resigniert an.

„Das sind schon die bequemsten, die ich mithabe.“

„Ich borge dir wenigstens meine Turnschuhe, die habe ich oben in meinem Zimmer. Hast du die 39?“

„Es ist schon zu spät.“ Shirley klang mutlos. „Wird schon irgendwie gehen“, murmelte sie. Frau Professor Espendorm hatte sich elegant in die Luft erhoben und stand nun flügelschlagend über dem Abgrund.

„Auf der obersten Treppenstufe finden Sie für jeden eine Provianttasche mit Wasser und Nahrung. Teilen Sie sich die Vorräte gut ein, wir werden lange unterwegs sein. Noch eine Information für alle, bevor es Vermutungen und Missverständnisse gibt. Wir haben soeben erst erfahren, dass es in der

Nähe von München einen weiteren Angriff gegeben hat. Es wurde ein sechzehnjähriges Mädchen entführt. Adam Torrel wurde zu diesem Einsatz der Schwarzen Garde gerufen. Er hat eine Sondergenehmigung vom Senator für Landessicherheit und ist in der Zeit seiner Einsätze vom Unterricht befreit. Bevor Sie auf falsche Ideen kommen, das wurde nur aufgrund seiner hervorragenden Leistungen genehmigt. Sobald es Neuigkeiten gibt, werden wir Sie informieren. Ich erwarte Sie in einer Stunde am Fuß der Treppe." Damit schlug sie mit den Flügeln und erhob sich über uns, um in eleganten Bögen bis zu einem der hohen Türme zu fliegen, wo sie unserem Blick entschwand. Mit einem kalten Gefühl im Bauch sah ich ihr noch eine Weile nach und setzte mich dann mit den anderen in Bewegung. Ein neuer Platz würde mit einem Namen versehen werden müssen. Adam wurde gebraucht. Diesem Horror musste ein Ende gesetzt werden. Meine eigenen Gefühle waren im Moment nicht so wichtig. Im Vergleich zu dem Unglück dieser Mädchen kamen sie mir albern vor. Ich schnappte mir an der Treppe eine der Provianttaschen und begann den Abstieg.

„Sieh mal, die komischen Hopsedinger gibt's zu essen und dazu einen Liter Wasser", sagte Liana, während sie im Gehen den Inhalt der Tasche durchsuchte.

„Das sind Quitschen", präsentierte ich mein von Dulcia erworbenes Wissen. „Das sind Früchte mit Selbstverteidigungsmechanismus in der Schale." Lorenz und Liana betrachteten mich überrascht.

„Bist du ein Streber?", fragte mich Lorenz mit hochgezogenen Augenbrauen. Ich schmunzelte.

„Das wäre ich gern, Lorenz, da würde ich auch endlich mal gute Noten bekommen, aber das hat mir Dulcia verraten. Die hat nicht nur ein Lexikon in der Tasche, sondern scheint selber eines zu sein."

Nach einer Weile passierten wir die übrig gebliebenen Gepäckstücke von Shirley, die sie nicht mehr von der Stelle bekommen hatte. Ich sah zu ihr zurück. Sie ging am Ende der Gruppe mit zusammengebissenen Zähnen und konzentriertem Blick. Ich hoffte für sie, dass sie den Ausflug heil überstehen würde, und sah wieder nach unten. Nach der Wärme des Tages fröstelte mich umso mehr, je weiter wir in die Tiefe hinabstiegen. Ich zog mir meine Jacke über und war plötzlich froh, sie bei mir zu haben.

„Was ist eigentlich Akkanka?", fragte ich Lorenz.

„Keine Ahnung. Vielleicht gehen wir Gold suchen. Wenn wir noch weiter nach unten steigen, finden wir bestimmt Kohle oder Dinosaurierknochen." Er grinste schelmisch.

„Akkanka ist die Unterwelt, ein von Magiern geschützter Bereich, in dem die magischen Pflanzen und Tiere leben, die vor Jahrtausenden in Sicherheit gebracht wurden", hörte ich Dulcias Stimme von hinten. „Die Magier haben mit dem Volk der Zwerge, denen die Welt unter der Erdoberfläche seit dem Beginn der Zeiten gehört, das Abkommen von Randanistan getroffen. In ihm wurde vereinbart, dass die Magier in der Welt unter der Erde Hohlräume schaffen dürfen, die sie für ihre Zwecke nutzen können. Als Gegenleistung verpflichteten sich die Magier, alle gefundenen Bodenschätze den Zwergen zu übergeben und sie im Falle einer kriegerischen Auseinandersetzung zu schützen."

Ich nutzte die Gelegenheit und machte Liana und Lorenz mit Dulcia und ihrer Schwester Cecilia bekannt, die ihrer Zwillingsschwester wie immer wortlos wie ein Schatten folgte.

„Es gibt Zwerge?", fragte Lorenz begeistert. Dulcia nickte eifrig und blätterte in ihrem Lexikon. Sie konnte sogar vorlesen, während wir die Treppen hinabstiegen.

„Zwerge sind von kleinem Wuchs und leben ausschließlich unter Tage, wo sie ihre schlechte Sehfähigkeit nicht behindert. Sie haben kurze, kräftige Gliedmaßen und sind von vorsichtiger und misstrauischer Natur. Sie sammeln und verwahren in ihren unterirdischen Höhlensystemen Bodenschätze von unermesslichen Werten. Das Volk der Zwerge hat ein eigenes

Königshaus und verteidigt seine Schätze mithilfe einer sehr wehrhaften Armee. Es existieren viele Legenden und Mythen über das Volk der Zwerge, die jedoch nie bestätigt werden konnten, weil die Zwerge bisher keinem Magier den Zutritt zu ihrer Welt gestattet haben. Die einzigen bekannten diplomatischen Beziehungen der Zwerge bestehen zum Volk der Schneegnome, außerdem gibt es wirtschaftliche Beziehungen zu den Magiern."

„Wow, du bist ja krass drauf." Lorenz sah Dulcia halb bewundernd, halb zweifelnd an, während wir immer tiefer stiegen und schließlich fast völlig in der Dunkelheit verschwanden. Dulcia lächelte verlegen, während sie ihr Lexikon wieder in der Tasche verschwinden ließ.

„Hat jemand eine Taschenlampe mit?", rief Thomas Kekule von vorn.

„Nein, aber ich kann euch Licht machen", rief ihm Dulcia entgegen. Ich schaute mich verwundert zu ihr um. Sie war stehen geblieben und hatte konzentriert die Augen geschlossen und aus ihren Händen eine Schale geformt. Cecilia stand direkt hinter ihr und berührte kaum sichtbar die Schultern ihrer Schwester. Es war ein berauschender Moment, als zwischen Dulcias Fingern Flammen züngelten und sie mit ihren Händen eine Kugel formte, in der sich das Licht immer weiter verdichtete, bis sie die Kugel schließlich in die Höhe warf, wo sie nun über uns schwebte und leuchtete. Es folgten noch drei weitere Kugeln, die wie kleine Sonnen über uns hingen und ein warmes Licht verbreiteten. Alle waren stehen geblieben und starrten Dulcia an. Den meisten war das mausgraue Mädchen bisher noch nicht einmal aufgefallen.

„Wow!", hörte ich Thomas Kekule ein paar Treppen tiefer. Dulcia öffnete die Augen und setzte den Abstieg fort, als wenn nichts Ungewöhnliches passiert wäre. Die Sonnen folgten ihr wie Luftballons.

„Wieso bist du schon so gut?", fragte ich und beeilte mich, mit ihr Schritt zu halten.

„Cecilia und ich sind ein magisches Paar. Die alte Alke Baltasar hat es herausgefunden, schon kurz nach unserer Geburt. Wir waren eines der letzten magischen Paare, das sie prophezeit hat.“ Dulcia strich sich gedankenverloren durch ihr Haar, das im Schein der Sonnen plötzlich einen goldenen Schimmer hatte.

„Was ist ein magisches Paar?“, fragte ich.

Dulcia lächelte und verfiel wieder in ihre Vortragsstimme: „Unsere magische Kraft liegt auf einer Wellenlänge. Wir können unsere Kraft bündeln und vervielfachen. Das hätten wir mal eher wissen sollen.“

Ich wollte schon nach dem Grund fragen, aber sie sprach so schnell weiter, dass ich nicht einmal den Mund öffnen konnte.

„Das Ritual war etwas kompliziert. Wir haben es durchgeführt, als wir sechzehn waren. Widerliche Sache, aber es musste sein, nur so konnten wir uns genau auf eine Schwingung bringen. Dafür gelingen uns nun erstaunliche Zauber und das ist nur der Anfang.“

Genau in diesem Moment drängelte sich Thomas Kekule zwischen uns.

„Dulcia, du musst mir das mit den Feuerbällen genau erklären!“, bat er hingebungsvoll und zwinkerte mit den Augen. Dulcias Wangen färbten sich rot und sie lächelte.

„Gerne“, erwiderte sie und begann ihm zu erklären, wie sie den Zauber geschafft hatte.

Ich ließ mich ein Stückchen zurückfallen und hörte nur noch unkonzentriert zu. Vielleicht hatte ich ja auch irgendwo einen magischen Partner und wusste nur nichts davon?

Als wir endlich den Boden der scheinbar endlosen Röhre erreichten, war die Öffnung über uns nur noch ein winziger, heller Punkt im monotonen Schwarz der Wände. Über den Köpfen war ein Rauschen zu hören und kurz darauf kam Frau Professor Espendorm in Begleitung von vier weiteren Magiern sanft auf den Boden herabgeschwebt.

„Lichtbälle, wie schön, wer ist denn schon so weit, dass er auf Level 1 zaubern kann?“, fragte sie interessiert in die Runde. Dulcia hob schüchtern den Arm.

„Das hatte ich schon vermutet, Sie sind Dulcia Donna, nicht wahr? Und wo ist Ihre Schwester? Ah, da, ich habe schon von Ihnen gehört. Es ist mir eine besondere Freude, Sie bei uns zu haben. Ein magisches Paar ist wirklich eine Besonderheit. Alke Baltasar hält sich mit ihren Prophezeiungen in den letzten Jahren sehr zurück, ich hätte gern noch ein paar mehr von Ihnen. So, und nun möchte ich Ihnen meine Begleiter vorstellen. Das ist Professor Theodor Pfaff, Ihr Lehrer für das Element Wasser.“ Frau Professor Espendorm zeigte mit der Hand auf einen rundlichen Herrn mit großem Schnauzer, der einen gemütlichen Eindruck machte und freundlich in die Runde grüßte.

„Zu meiner Linken steht Professor Balu Borgien, Lehrer für das Element Feuer.“ Professor Borgien nickte erhaben in die Runde. Er war ein schlanker, hochgeschossener Mann mit grauem Haar und einem Blick, der einen glatt an die Wand nageln konnte. Ich sah schnell weg und konzentrierte mich auf die gepflegte, blonde Frau, die Frau Professor Espendorm als Frau Professor Elisabetha Schönhuber, Lehrerin für das Element Luft, vorstellte. Sie trug ihr Haar streng gescheitelt, doch was sie noch vornehmer und unnahbarer erscheinen ließ, waren die beigen Handschuhe, die sie trug. Sie wirkten wie das Relikt einer längst vergangenen Zeit.

„Und das ist Professor Manfred Nöll, Lehrer für das Element Erde.“ Ein kleiner Mann, der mir kaum bis an das Kinn reichen mochte, grüßte mit aufgesetztem Ernst in die Runde. Er war so jung, dass ich ihn für einen Studenten gehalten hatte.

„Bevor wir Akkanka betreten, bitte ich Sie, einige wichtige Vorsichtsmaßnahmen zu beherzigen. Trennen Sie sich bitte nie von der Gruppe und leisten Sie den Anweisungen Ihrer Professoren unbedingt Folge. Es geht um Ihre eigene Sicherheit. Wenn Sie sich daran halten, kann Ihnen nichts passieren.

Dulcia, löschen Sie jetzt Ihre Feuerbälle. Bitte treten Sie vom Tor zurück!" Frau Professor Espendorms Stimme klang machtvoll über unsere Köpfe hinweg. Ein Schieben und Schubsen setzte ein, bis genügend Platz war, damit sich das Tor öffnen konnte, dessen Umrisse ich im Dunkeln kaum erkannte.

Frau Professor Espendorm begann in einer mir unbekannten Sprache Worte zu murmeln, während die anderen Professoren respektvoll hinter ihr standen. Obwohl ich ihren Sinn nicht verstand, klangen die Worte weich und angenehm, als wenn ich sie schon ewig kennen würde. Mit einem Knirschen öffneten sich die großen Flügeltüren, aus denen ein mattes, blaues Licht strömte. Wir traten in einen hohen Tunnel, der von Malereien bedeckt war, die einen blassen Schimmer ausstrahlten. Im Vorbeigehen erkannte ich seltsame Tiere und Pflanzen, unbekannte Wesen, die mir eine Gänsehaut über den Rücken jagten. Hinter uns schloss sich quietschend das Tor, als wenn es nur darauf gewartet hatte, dass der Letzte durchgetreten war. Der Tunnel führte uns tiefer in die Erde und als ich beinahe glaubte, dass wir kein Ende mehr erreichen würden, gelangten wir an ein weiteres Tor. Wieder hob Frau Professor Espendorm die Hände und wieder flüsterte sie geheimnisvolle Worte in der fremden Sprache. Knarrend öffneten sich die Tore und gleißend helles Licht drang in den Tunnel. Es dauerte eine Weile, bis ich etwas erkennen konnte, und was ich dann sah, war so unwahrscheinlich, so unerwartet und wunderschön, dass es mir den Atem verschlug. Ich ging wie ferngesteuert einige Schritte vorwärts und trat in das warme Licht einer Sonne, die nicht hierher gehörte. Wir standen hoch oben auf einem Plateau. Ein endloser Wald aus tropischen Gehölzen erstreckte sich unter uns und das muntere Zwitschern fremder Vögel klang durch die Landschaft, die in eine feuchte Wärme getaucht war. Nicht weit entfernt von uns fiel ein rauschender Wasserfall in die Tiefe, der sich unter einer riesigen Wolke aus glitzernden Wassertropfen zu einem See verwandelte und dann als Fluss den Wald teilte. Wären die Felsen nicht gewesen, die das unglaubliche Panorama von der Seite umrandeten, hätte ich geglaubt, ich würde mich auf einer tropischen Insel befinden.

„Akkanka ist eine von Magiern geschaffene Welt. Sie dient dem Schutz der magischen Tier- und Pflanzenarten und uns Magiern als Bereich, in dem wir uns frei bewegen können“, sagte Frau Professor Espendorm und schritt eine breite Treppe hinab, die sich rechter Hand an den Felsen schmiegte und bis zum Boden führte. Alle setzten sich in Bewegung und die übrigen Professoren verteilten sich auf unsere Gruppe.

„Ich hätte nie geahnt, dass es hier unten so etwas gibt“, sagte ich, noch immer erfüllt von kindlichem Staunen zu Liana, die neben mir die Stufen hinabstieg.

„Ich wusste schon davon“, gab sie zögernd zu. „Erinnerst du dich noch an die kranke Cousine?“

„Die gibt es gar nicht, oder?“

„Die gibt es schon, nur dass sie eben hier unten wohnt und nicht in Frankfurt. Sie hat eine Krankheit, mit der sie unter den Nichtmagiern zu sehr auffallen würde.“

„Was hat sie denn?“ Ich sah Liana erstaunt an.

„Sie ist von einem Grüngrütz gebissen worden.“

„Einem was?“ Ich riss die Augen auf.

„Einem Grüngrütz“, entgegnete Liana, als wenn es sich um einen Marienkäfer handeln würde, „ziemlich gefährliche Biester. Die sehen aus wie Chamäleons. Wenn die dich beißen, fängst du an, dich auch in einen Grüngrütz zu verwandeln. Deine Großmutter kam gerade zur rechten Zeit, um die Verwandlung aufzuhalten, sonst wäre meine Cousine Nelly jetzt auch ein Grüngrütz.“

„Dann ist jetzt alles wieder in Ordnung?“, fragte ich verwirrt.

„Nicht ganz, ihr Oberkörper hatte bereits mit der Verwandlung begonnen. Jetzt ist nur noch die Hälfte ihres Körpers von grünen Schuppen bedeckt und die gehen auch langsam wieder zurück. Deine Großmutter sagt, dass sie im Oktober weiter studieren kann, da sind zumindest die Hände wieder so weit zurückverwandelt, dass sie normal greifen kann."

„Was hat meine Großmutter damit zu tun?", fragte ich. Liana sah mich überrascht an.

„Wusstest du das nicht? Deine Großmutter ist eine berühmte Heilerin. Ohne sie hätte so mancher Magier nicht überlebt. Es ist unglaublich, wie viel sie weiß. Die ganzen Heilpflanzen, die sie kennt. Ich könnte mir das alles nicht merken. Jedenfalls besuchen wir meine Cousine regelmäßig, solange sie hier unten leben muss."

„Stimmt", sagte ich nachdenklich. Meine Großmutter hatte erwähnt, dass sie als Heilerin arbeitete, aber erst jetzt wurde mir so langsam bewusst, was das bedeutete. „Wo lebt denn deine Cousine? Etwa im Wald?", fragte ich und sah mich um. Im Moment schien mir alles möglich zu sein.

„Nee du, hier gibt es eine kleine Stadt, in der eine Menge Magier leben. Das sind die, die hier arbeiten und sich um die Tiere und Pflanzen kümmern, und die, die nicht mehr oben leben können oder wollen oder hier runterkommen, um zu forschen." Mittlerweile waren wir am Boden angelangt und folgten einem breiten Weg, der sich durch die dichte Vegetation schlängelte. Obwohl am künstlich blauen Himmel einige Wolken heraufgezogen waren, brannte die Sonne heiß auf meinen Kopf. Ich zog meine Jacke wieder aus und band sie mir um die Hüften.

Nach etwa einem Kilometer stoppten wir und Frau Professor Espendorm trat neben Professor Borgien, der trotz der drückenden Wärme, die mich immer stärker an die Tropen erinnerte, seine Jacke nicht ausgezogen hatte. Er sah auf seine Armbanduhr und dann über die Studentengruppe, die ihn nun umringte.

„Wir haben hier unten eine künstliche Atmosphäre geschaffen, die völlig autonom funktioniert. Die Sonne ist ein hoch konzentrierter Feuerball, der zuverlässig Wärme und Licht spendet. Die Pflanzen produzieren ausreichend Sauerstoff und es gibt einen eigenen Wasserkreislauf, der die Vegetation mit Feuchtigkeit versorgt." Bei diesen Worten griff er in seine Jackentasche und zog einen kleinen Schirm heraus, den er schnell aufspannte und über seinen und den Kopf von Frau Professor Espendorm hielt. Bevor wir uns noch wundern konnten, warum er dies tat, prasselte auch schon von oben ein Regenguss herab, so stark wie der Wasserstrahl einer Dusche.

Unter lautem Quietschen und Schreien rissen alle um mich herum ihre Regenjacken hervor und zogen sie schnell über. Schon nach zehn Minuten war der Spuk vorüber und es fielen nur noch wenige Tropfen von der Höhlendecke. Professor Borgien fuhr mit monotoner Stimme fort, seinen Vortrag zu halten, als wäre er gar nicht unterbrochen worden.

„Es regnet jeden Tag pünktlich um 10:00 Uhr und um 14:30 Uhr, stellen Sie sich darauf ein und Sie dahinten im lila Mantel. Sie sollten sich daran gewöhnen, unseren Anweisungen Folge zu leisten. Heute sind Sie nur nass geworden. Morgen wird Ihnen vielleicht der Kopf von einem Feuerschwanzpython abgebissen." Damit drehte er sich um und setzte die Wanderung auf dem breiten Weg fort. Ich zog meine Regenjacke wieder aus und wartete, bis die anderen an mir vorbeigegangen waren.

„Alles klar, Shirley?", fragte ich vorsichtig, nachdem ich mich neben sie eingereiht hatte. Shirley sah jämmerlich aus. Triefend nass bis auf die Haut lief sie mit gesenktem Kopf neben mir. Das Make-up lief ihr quer über das Gesicht und so, wie sie in ihren Schuhen lief, hatte sie mittlerweile nicht nur eine Blase. Sie sah mich überrascht an und schüttelte den Kopf. Ich wollte ihr irgendwie helfen, aber mir fiel auch nichts ein, um ihre Lage zu verbessern. Ich wandte mich zu Professor Nöll um.

„Haben Sie vielleicht einen Luftzauber, um Shirley wieder zu trocknen?"

Professor Nöll sah mich spöttisch an und schüttelte langsam den Kopf und weil er mir nur bis an mein Kinn reichte, wirkte die Geste nicht ganz so herablassend, wie er sie sicherlich meinte.

„Habe ich schon, aber wer nicht hören will, muss fühlen. Es hatte einen Grund, warum Frau Professor Espendorm von wetterfester Kleidung gesprochen hat, aber so seid ihr halt, ihr jungen Dinger. Immer nur schicke Kleider und Schuhe im Kopf. Koma-Saufen und Partys feiern könnt ihr und wenn es mal ernst wird, wird gleich gejammert. Ich werde euch schon noch Durchhaltevermögen beibringen." Den letzten Satz stieß er mit einem Unterton heraus, der mich anwiderte. Ich sah Professor Nöll nur noch kurz verständnislos an und zog Shirley dann am Arm nach vorne zu Liana und Lorenz.

„Habt ihr noch etwas Trockenes für Shirley mit?", fragte ich, während ich versuchte, die Begegnung mit Professor Nöll zu verdauen. Ich beschloss, dass sie unverdaulich war und ich sie dringend wieder ausspucken musste, um nicht daran zu ersticken. Während Liana ein trockenes T-Shirt herauskramte und es Shirley reichte, erzählte ich von meinem Zusammenstoß mit dem Ekelpaket, und tatsächlich ging es mir augenblicklich besser.

„Die Sache mit dem Nöll ist ja unfassbar", ereiferte sich Lorenz. „Den müssen wir im Auge behalten. Ich hatte mal so einen Lehrer. Der war der personifizierte Teufel." Liana nickte zustimmend.

„Das ist ganz schön frech. Der ist aber auch neu in Tennenbode. Meine Eltern haben mir erzählt, dass er der erste neue Professor seit fast zwanzig Jahren ist. Die anderen sind schon ewig hier. Oh, seht mal da vorne! Gleich sind wir da. Ich kann es gar nicht erwarten, wieder hier zu sein. Es ist unglaublich schön", sagte Liana begeistert und zeigte nach vorn auf die rostroten Dächer, die sich vor uns erhoben. Ich sah schon von Weitem das große Eingangstor der Stadt aus den Bäumen herausragen, als ein grässlicher Schrei ertönte. Ich lief Dulcia direkt in den Rücken, die vor mir stehen geblieben war.

„Sorry!“, murmelte ich, aber Dulcia reagierte nicht. Sie stand wie gelähmt da und starrte gebannt geradeaus.

„Ich glaube, das ist ein Feuerschwanzpython“, wisperte sie. „Bleib still stehen und bewege dich nicht.“ Ich stierte nach vorn und jetzt sah ich es auch. Flavius stand ein paar Meter abseits vom Weg zwischen den Bäumen und vor ihm hatte sich eine riesige Schlange mit drei Köpfen erhoben, deren mittlerer Kopf bedrohlich nah an Flavius herangekommen war. Der stand wie erstarrt vor dem Ungetüm und war leichenblass. Das Monster zischte gefährlich aus dem anderen Maul, während das Schwanzende des riesigen Tieres anfing, sich um Flavius‘ Beine zu winden.

„Warum heißt er Feuerschwanzpython?“, flüsterte Liana von der anderen Seite. Die Schlange war graubraun und sah, bis auf ihre unglaubliche Größe und ihre drei Köpfe, eher unspektakulär aus.

„Der Feuerschwanzpython grillt seine Opfer mit der Schwanzspitze, bevor er sie verspeist“, raunte uns Dulcia zu und ich konnte nur mit Mühe einen Schrei unterdrücken. Bevor wir jedoch Zeuge werden mussten, wie einer unserer Kommilitonen gegrillt wurde, schlug neben der Schlange ein Feuerball ein und gleich danach ein weiterer. Das riesige Tier verschwand wütend zischend im dichten Unterholz, gefolgt von zwei weiteren Feuerbällen, die Frau Professor Espendorm hinter ihm her schoss. Obwohl die Schlange verschwunden war, stand Flavius unbeweglich da, wie zu Stein erstarrt. Seine Haut hatte einen unnatürlich kreidebleichen Ton und als ich genauer hinsah, bemerkte ich seine zitternden Knie.

„Zurück auf den Weg“, fuhr ihn Frau Professor Espendorm unwirsch an und Flavius setzte sich mechanisch in Bewegung.

„Entschuldigung, ich musste nur mal schnell“, stotterte er verwirrt, als er wieder auf dem Weg angekommen war.

„Na, das ist ja gründlich in die Hose gegangen“, spottete Professor Nöll mit einem Blick auf Flavius Kleidung. „Es gab nicht umsonst die Anweisung, auf dem Weg zu bleiben. Wie ich es immer sage, feiern und trinken könnt ihr, aber einfachen Anweisungen Folge zu leisten, schafft ihr nicht."

„Es reicht, Professor Nöll", rief Frau Professor Espendorm mit schneidender Stimme. „Begleiten Sie Flavius ins Gästehaus, damit er sich dort umziehen kann. Wir treffen uns auf dem Marktplatz und Sie, Flavius, ermahne ich hiermit ausdrücklich, unseren Anweisungen Folge zu leisten, wenn Ihnen Ihr Leben lieb ist. Als Strafe werden Sie heute Nachmittag beim Ausmisten der Drachenhöhlen helfen." Flavius schluckte und trottete dann hinter Professor Nöll her, der vorantrippelte und vor dem bulligen Jungen noch kleiner und unscheinbarer wirkte.

„Der Nöll ist ein garstiger Mensch", sagte ich zu Liana.

„Du hast den Kern der Sache erfasst", meinte sie und nickte zustimmend. Ich wusste, dass es nicht klug war, einen Professor zu hassen, mit dem ich die nächsten Jahre verbringen musste, aber schon jetzt, nachdem ich Professor Nöll nur wenige Stunden kannte, war klar, dass wir keine Freunde werden würden.

„Bitte, folgen Sie mir zügig, wir haben nicht mehr viel Zeit", rief Frau Professor Espendorm. Ohne Unterbrechungen erreichten wir die ersten Häuser der kleinen Stadt, die sich eng aneinander schmiegten und mit ihren niedrigen Dächern und kleinen Fenstern einen gepflegten Eindruck machten. Überall standen Töpfe, aus denen Blumen in allen Farben des Regenbogens herausquollen, als wenn sie die Wege überwuchern wollten. Die Häuser waren nicht groß und wurden auch nicht höher, je weiter wir uns dem vermeintlichen Zentrum der Stadt näherten. Wohnhäuser quetschten sich zwischen kleine Läden, in deren Auslagen wunderliche Dinge lagen. Alte Bücher stapelten sich neben allerlei seltsamen kupfernen Gefäßen, Kannen und Töpfen. Vor einem Laden war ein großes Sortiment von mir völlig fremden Früchten ausgebreitet. Nur die Quitschen erkannte ich auf Anhieb, da sie in einem geschlossenen

Käfig aufbewahrt wurden. Daneben stand ein Käfig mit roten Früchten, die den Quitschen sehr ähnlich sahen. Als ich näher an den Käfig trat, um einen Blick darauf zu werfen, fingen sie an zu hopsen und gleichzeitig ein ohrenbetäubendes, schrilles Heulen auszustoßen. Eine rundliche Frau kam aus dem Laden gestürmt und als sie mich so erschrocken vor den heulenden Früchten stehen sah, fing sie an zu lachen. Sie öffnete geschickt den Käfig und schnappte sich eine der zappelnden Dinger und brach sie geschickt auf.

„Das sind Quirxen, nimm ruhig eine", sagte sie freundlich. Hinter der roten Schale verbarg sich weißes Fruchtfleisch und als ich hineinbiss, musste ich zugeben, dass diese Quirxen noch besser schmeckten als die Quitschen. Sie waren enorm süß und erinnerten mich an Weintrauben. Ich spürte, wie mich Energie durchflutete, drehte mich noch einmal um, um mich bei der netten Dame zu bedanken, aber sie war gerade dabei, ihre Auslagen ins Haus zu räumen. Ich sah mich nach Liana und Lorenz um und bemerkte sie weit vor mir in der Gruppe neben Dulcia und Cecilia.

Wo war eigentlich Shirley?

Mich beschlich ein übler Verdacht, dass sie unterwegs auf der Strecke geblieben sein könnte. Ich wartete, bis alle weg waren und flitzte schnell den Weg zurück. Wenn, dann war sie sicher an der Stelle, wo der Feuerschwanzpython Flavius angegriffen hatte. Ich fühlte mich nach der Quirxe so voller Energie, dass ich in Windeseile zurück sein müsste, bevor mich jemand vermisste. Das geschäftige Tschilpen und Pfeifen von Tausenden Vögeln empfing mich, sobald ich die ersten Bäume erreicht hatte. Tatsächlich saß an der Stelle, an der ich sie vermutet hatte, Shirley zusammengesunken auf dem Boden. Sie hatte die Arme um die angezogenen Beine geschlungen und den Kopf auf die Knie gelegt.

„Shirley, steh auf!", rief ich entsetzt und schüttelte sie an den Schultern. „Komm weiter, du bist gleich da."

Shirley reagierte und sah mich verängstigt an.

„Ich kann nicht mehr. Hast du dieses Monster gesehen? Es hatte drei Köpfe. Oh, mein Gott, es hätte beinahe Flavius gefressen", stotterte sie, während sie sich von mir auf die Beine ziehen ließ. Ich reichte ihr meine Wasserflasche, aus der sie mechanisch trank, und dann brach ich eine der sich wehrenden Quitschen entzwei und gab ihr eine Hälfte.

„Ja, und deswegen müssen wir schnellstens von hier verschwinden. Komm, wir gehen!" Die Quitsche schien Shirley zumindest so viel Energie zu geben, dass sie mir folgen konnte. Wir kamen nur mühsam voran, denn Shirley war schon deutlich geschwächt und nicht nur körperlich am Ende. Wir hatten fast das erste Haus erreicht, als ein tiefer und lauter Ton durch die ganze Höhle schallte. Es klang, als wenn jemand ein riesiges Didgeridoo blasen würde. Meine Nackenhaare stellten sich auf. Dieses Geräusch konnte nichts Gutes bedeuten. Neben mir flogen knallend die Fensterläden eines Hauses zu und ich drängte Shirley zu noch größerer Eile. Etwas war im Anmarsch, vor dem sich die Menschen hier versteckten. Der Obststand, an dem ich vor zehn Minuten noch gestanden hatte, war leer und das Haus verschlossen. Ich drängte Shirley weiter, aber ich kam nicht schnell genug mit ihr voran.

Wir hatten einen großen Platz erreicht, doch von den Studenten und Professoren war nichts zu sehen. Ich spürte ganz deutlich Panik in meinem Magen rumoren und sah mich nervös nach einem Unterschlupf um, als hinter mir ein tiefer, langgezogener Schrei die angespannte Stille durchriss. Mein Magen verkrampfte sich endgültig und ich erschauderte. Der Gedanke quetschte sich in mein Gehirn, dass dieses Geräusch von einem großen Tier stammen musste. Ich stockte und wandte mich langsam um und nun sah ich sie zum ersten Mal. Es waren Drachen. Genau zehn. Riesige und furchteinflößende Drachen, die mit archaischen Lauten ungestüm Runden über uns drehten. Meine Hände wurden feucht und ich begann zu zittern. Nun war mir klar, warum alle verschwunden waren. Ich riss mich aus der Starre meines Schocks und wollte losrennen, um mir irgendeine Deckung zu suchen. Selbst wenn ich mich nur an eine Hauswand pressen konnte, war das allemal besser, als hier mitten auf dem kleinen Marktplatz zu stehen, wo wir als Ziel gut auszumachen waren. Als ich nach Shirley sah und sie weiter mit mir ziehen wollte, merkte ich, dass sie noch bleicher war als vorher und ihre Wangen eine grüne Schattierung angenommen hatten.

„Komm, wir müssen weg hier!“, zischte ich panisch, aber sie schien mich nicht mehr zu hören. Sie stand wie festgegossen da und starrte die Drachen an, die uns nun entdeckt hatten, denn sie kamen in kreisenden Flugbewegungen näher und stießen dabei kreischende Laute aus. Sollte ich ohne Shirley flüchten? Nein, das konnte ich nicht machen. Sie ihrem Schicksal zu überlassen, käme, auch wenn sie in der Vergangenheit nicht meine beste Freundin gewesen war, einem Todesurteil gleich. Ich zog und zerrte an ihr, aber sie bewegte sich keinen Zentimeter mehr vorwärts.

„Shirley, lauf! Komm, du schaffst das!“, schrie ich sie panisch an, um sie in Bewegung zu versetzen. Die Drachen hatten uns ohnehin entdeckt, da musste ich nicht mehr leise sein. Sie kamen immer näher und ich konnte jetzt genau ihre schillernden, grünen Leiber sehen, die sich wie riesige Schlangen elegant in der Luft wanden. Ein besonders großer Drache, der die Gruppe anzuführen schien, stieß eine gigantische Feuersalve aus. Mir wurde übel und ich begann ernsthaft, mit meinem Leben abzuschließen, und genau in diesem Moment sackte Shirley neben mir zusammen.

„Verdammt, steh auf, oder willst du gefressen werden?“, schrie ich, aber Shirley hatte sich aus der Realität verabschiedet und in eine Ohnmacht geflüchtet. Ich zerrte die bewusstlose Shirley an die nächste Hauswand und fing panisch an, an der nächstbesten Tür zu klopfen. Da musste jemand drin sein. Irgendjemand musste uns helfen. Ich dachte an Adam und mein Herz verkrampfte sich. Sollte ich ihn niemals wiedersehen, weil ich als Drachenfutter geendet hatte? Der Gedanke schnitt sich schmerzhaft in mein Innerstes. Adams Gesicht rückte in meine Erinnerung und diese starke Energie, die zwischen uns pulsierte, erfüllte mich. Ich spürte Wut, die sich mit Entschlossenheit mischte, und sprang auf die Füße. Nein, ich würde mich nicht wehrlos auffressen lassen. Ich war ein Magier und selbst wenn ich noch nicht viel Ahnung davon hatte, steckte doch wohl genug Magie in mir, um mich gegen ein paar Drachen zu wehren. Ich war noch nicht bereit zu sterben, ich wollte Adam wiedersehen. Ich war ganz ruhig, als ich den Drachen entgegentrat. Shirley ließ ich hinter mir und ging einige Schritte vorwärts. Die Gruppe war vor mir gelandet und der größte Drache hatte wohl das Anrecht auf den ersten Happen. Ich atmete tief ein und konzentrierte meine entschlossene Wut auf meinen Geist. In mir war nur noch Stille, keine Panik.

Die Angst war weg und nur noch meine Liebe loderte hell und erfüllte mich mit einer ungeahnten Stärke. Ich wollte versuchen, einen Feuerball zu formen, um ihn dem riesigen Tier in den Rachen zu werfen. Ich spürte ganz deutlich, dass es mir gelingen würde. Ich hatte die Hände erhoben und lenkte meine Kraft hinein. Die Wärme schoss mir durch die Arme und konzentrierte sich zwischen meinen Handflächen.

Der Anführer blickte mich mit seinen Diamantaugen an. Ich hielt verwundert inne. Das war nicht der Blick eines wilden Tieres. Es waren kluge Augen, die mich ruhig ansahen, forschend und mit deutlicher Neugier. Ich ließ die Hände sinken und schüttelte den Kopf. Das konnte nicht sein. Diese riesigen Tiere waren ungestüm und gefährlich. Wir starrten uns an, der Große und ich. Es war ein prüfender Blick des gegenseitigen Abschätzens. Der Drache öffnete sein Maul und ich war mir sicher, dass er mich nun grillen wollte. Die Magie in meinen Händen war fort, ich hatte mich ablenken lassen. Nun war es vorbei. Ich dachte an Adam und schloss die Augen. Hoffentlich würde es schnell gehen. Dann geschah etwas höchst Seltsames. Anstatt der Flamme kam ein Wort aus dem mit vielen spitzen Zähnen besetzten Maul. Ich öffnete erst ein Auge und dann ganz vorsichtig das andere und sah verwirrt auf. Hatte ich mich geirrt? Es war ein tiefer Ton, den ich hörte. Er wiederholte es lauter, da ich nicht reagiert hatte.

„Waranngar!“, tönte es und ein Strom des Erinnerns traf mich. Es war ein bekannter Laut, den der Drache gesprochen hatte, und ich kannte die Antwort.

„Benenngin!“, flüsterte ich kaum hörbar und mit Erstaunen über mich selbst in der Stimme. Ich wusste nicht, woher ich das Wort kannte, und was es genau bedeutete, aber ich wusste, dass es eine Formel mit zwei Lauten war, die zusammengehörten.

„Benenngin!“, wiederholte ich laut und sah dem Drachen in die Augen. Der blickte mich prüfend an und neigte dann den Kopf. Mir stockte der Atem. Der Drache verneigte sich vor mir? Ihrem Anführer folgend beugten die anderen Drachen ebenfalls ihr Haupt. Wie ferngesteuert ging ich näher an das riesige Tier und legte ihm meine Hand auf die gesenkte Schnauze. Die grün schillernden Schuppen fühlten sich glatt und geschmeidig an. Er gab einen grollenden Laut von sich und ich wusste nun, dass er mir nichts mehr tun würde. Er öffnete die Augen und sprach wieder mit tiefer Stimme: „Entarnaar!“

Ich sah ihn erstaunt an und wieder drang aus meinem tiefsten Erinnern das passende Wort herauf.

„Longinnia!“, sagte ich und auf mein Wort senkte der Drache sein Haupt und legte sich auf den Boden. Es war eine eindeutige Geste. Ich sollte aufsteigen. Mein Herz raste. Was hatte ich getan? Was hatte ich gesagt? Dankend ablehnen konnte ich jetzt schlecht. Neun riesige Drachen beobachteten interessiert jede meiner Bewegungen und würden mich schneller zu Drachenfutter verarbeiten, als ich „Flugangst“ sagen konnte. Ein wirklich unpassender Moment, um dem grünen Ungetüm, das geduldig auf mich wartete, zu erklären, dass ich seit dem Tod meiner Eltern ein gespaltenes Verhältnis zu der Fortbewegung in der Luft hatte. Ein Grollen aus der riesigen Kehle erinnerte mich daran, dass ich nicht zu lange zögern sollte. Ich atmete tief ein und kletterte über den vorderen Fuß des Drachens auf dessen Schultern, wo ich versuchte, mich an dem riesigen Hals festzuhalten. In einer fließend schnellen Bewegung richtete sich mein neuer Freund auf und erhob sich sanft in die Luft. An den begeisterten, quietschenden Lauten hinter mir konnte ich hören, dass ihm die ganze Gruppe fröhlich folgte. Es war gar nicht so schlimm, wie ich vermutet hatte, ganz im Gegenteil. Ich entspannte meine verkrampften Muskeln und setzte mich aufrecht hin. Genau genommen war es nicht nur okay, es war toll, es war irre und unglaublich. Ich hob meine Hände und genoss den Flug, der nun fast im freien Fall nach unten ging. Es war ein Gefühl von Freiheit, das mich ergriff, während mir der Wind ins Gesicht donnerte und mir die Tränen in die Augen trieb.

Ein aufgeregtes Kribbeln durchfuhr mich, als wir in atemberaubender Geschwindigkeit wieder nach oben durch die riesige Höhle glitten. Ich sah unter mir den Fluss, der sich blau schillernd durch den dichten Urwald schlängelte und die Stadt genau in der Mitte teilte, den Wasserfall, der aus einem unterirdischen Fluss kommend in die Tiefe stürzte, und den hellen Feuerball am Himmel, der der Sonne so ähnelte. Die Landschaft glitt unter mir dahin und erst jetzt konnte ich die unglaublichen Ausmaße dieses unterirdischen Paradieses begreifen. Wir glitten in großen Schleifen dahin, als ein lauter Pfiff meinen Ausflug beendete. Der Drache schien förmlich in der Luft stehen zu bleiben, bevor er sich umdrehte und auf ein mir unbekanntes Ziel zuraste. Ich schlang meine Arme wieder fest um den schuppigen Hals und versuchte auszumachen, wo wir hinflogen. Ein weiterer Pfiff ertönte und nun sah ich das Ziel. Wir flogen zurück auf den großen Platz, wo ein Mann stand, der einen erneuten Pfiff ausstieß. Der Drache landete, gefolgt von seinen Artgenossen, genau vor ihm.

„Waranngar!", grollte der Drache unter mir und ich spürte das Vibrieren seiner Stimme.

„Benenngin!“, antwortete der Hüne. Der Drache neigte den Kopf und ich nutzte die Gelegenheit, um abzusteigen. Mit einem kleinen Hopser landete ich auf dem gepflasterten Boden und beim Aufkommen spürte ich, dass mir die Knie von der ungewohnten Anstrengung zitterten. Noch viel schlimmer war die Erkenntnis, dass das, was ich gerade erlebt hatte, unglaublich war und mir wahrscheinlich auch unglaublichen Ärger einbringen würde. Ich streichelte meinem grünen Begleiter zum Abschied über den großen Kopf, der die Geste mit einem wohligen Knurren beantwortete, und ging dann auf den großen Mann zu, der, wie ich nun erkennen konnte, von der gesamten Studentengruppe und den Professoren umringt war. Das fiese Funkeln in Professor Nölls Augen, das ich sogar auf eine Entfernung von zehn Metern erkannte, bestätigte mein mulmiges Gefühl. Ich hatte Mist gebaut. Ich atmete tief durch und stellte mich meinem Schicksal.

„Warte!“, brummte der große Mann, den ich für den Drachenpfleger hielt, als ich mit hängendem Kopf an ihm vorbeitrottete. Ich sah auf. Er sah mich zwar ernst an, doch er schien im Gegensatz zu Professor Nöll nicht wütend zu sein. Sein Gesicht war braungebrannt, er hatte Lachfältchen rund um seine strahlend blauen Augen und sein langes, blondes Haar hatte er zu einem Pferdeschwanz zusammengebunden. Er trug eine braune Lederhose und eine passende Weste dazu.

„Du kennst die Drachensprache“, sagte er leise. Ich nickte schweigend.

„Mmh, du siehst aus wie Catherina von Nordenach. Wenn ich‘s nicht besser wüsste, würde ich sagen, sie ist wieder da.“ Er musterte mich ruhig. Nun starrte ich ihn überrascht an.

„Ich bin ihre Tochter“, sagte ich betont ruhig, obwohl in mir alles tobte.

„Das sieht ihr ähnlich“, lachte er. „Sie war vernarrt in die Drachen. Hat dir bestimmt die Drachensprache als Wiegenlied gesungen.“

„Sie kannten sie?“ Mein Herz schlug bis zum Hals.

„Ja, sie war oft hier unten, hat sich immer heimlich hergeschlichen, um bei den Drachen zu sein. Sie war meistens hinten bei den Ställen und hat mir bei der Arbeit geholfen, damit sie fliegen durfte. Sie war ein nettes Mädchen, anständig und hilfsbereit, und einen Gerechtigkeitssinn hatte sie, unglaublich, wollte immer die Welt von allem Schlechten heilen. Mutig war sie auch, aber das scheint sie dir ja vererbt zu haben."

„Mein Mut wird mir jetzt wenig nützen", meinte ich mit einem Kopfnicken zu den Professoren, die ungeduldig zu uns herüberstarrten. Wären die Drachen nicht gewesen, die direkt hinter mir standen, wären sie schon längst hergekommen. Der blonde Hüne verdrehte die Augen.

„Die immer mit ihrem Gemache von Ordnung und Disziplin. Solltest mal sehen, was davon übrig bleibt, wenn die hier runter in die Schummerbar kommen und sich ein paar Flaschen Wein genehmigen. Na ja, besser, du siehst es nicht. Lass mich mal machen." Damit ging er hinüber zu Frau Professor Espendorm, die ihn umso unruhiger ansah, je näher er kam.

„Friedericke, schön, dass du da bist", begrüßte er Frau Professor Espendorm mit einer herzhaften Umarmung, die rot anlief und sichtbar um Fassung rang.

„Gregor, ähm, Herr König." Sie hüstelte und straffte ihre Schultern. „Selma Caspari, das gibt ernste Probleme, unerlaubtes Entfernen von der Gruppe, und noch dazu zur Drachensperrstunde, ist nicht nur leichtsinnig, sondern auch gefährlich. Die Tiere sind übermütig und wissen nicht, wohin mit ihrer Kraft, und da sollte jeder zu seiner eigenen Sicherheit hinter einer verschlossenen Tür verschwinden. Ich werde mich …"

„Friedericke", unterbrach sie Gregor König mit schmeichelnder Stimme, bevor sich Frau Professor Espendorm weiter in Fahrt reden konnte. Die Röte schoss ihr sofort wieder ins Gesicht. „Wir sollten das nicht überstürzen. Selma ist ein absolutes Naturtalent, so etwas habe ich seit zwei Jahrzehnten nicht mehr gesehen. Wir brauchen ohnehin noch einen Jockey für unser Team, das wissen Sie genauso wie ich. Für dieses Paradedingsda im November, wenn der Baltasar kommt, sind wir sonst aufgeschmissen, oder wollen Sie in einer Viererkombi fliegen? Und die Flugshow ganz weglassen, geht nicht. Die Drachen sind schließlich unser Aushängeschild. Warten Sie nur ab, wenn wieder diese Reporter von der „Drachenwelt" kommen und Tausende Fragen stellen. Was soll ich denen dann sagen? Die ganze Welt soll ruhig wissen, dass wir das schnellste Team haben, nicht wahr?", redete er zügig auf die verdutzte Frau Professor Espendorm ein.

„Ja, natürlich. Wir brauchen zwei Fünferkombis, etwas anderes kommt nicht infrage. Hier geht es um die Ehre von Tennenbode. Es heißt übrigens Senator Baltasar, Herr König."

„Na wunderbar, da sind wir uns ja einig. Willkommen im Team, Selma." Gregor König grinste mich fröhlich an.

„Na, so war das nicht gemeint." Frau Professor Espendorm schnappte nach Luft.

„Sie wollen die Flugshow also weglassen?", schmunzelte Gregor König mit gespieltem Ernst.

„Nein, das geht auf keinen Fall."

„Na, dann gehört Selma jetzt zum Team. So schnell kriegen Sie sonst keinen brauchbaren Ersatz und Sie haben ja gesehen, sie ist wirklich gut. Sitzt auf dem Drachen wie festgeschraubt." Gregor König sprach mit Nachdruck in der Stimme, während er mir zuzwinkerte.

„Meinetwegen, aber zur Strafe geht sie eine Woche Ställe ausmisten", gab Frau Professor Espendorm zähneknirschend nach.

„Einverstanden." Gregor König schüttelte der widerwillig dreinblickenden Frau Professor Espendorm kräftig die Hand, um den Handel zu besiegeln. Ich stand daneben und wusste nicht, wie mir geschah, geschweige denn, was nun auf mich zukam.

Mit Gregor König an ihrer Seite trat Frau Professor Espendorm vor die gespannt wartenden Studenten, froh, dass das

Thema beendet war.

„Darf ich Ihnen Gregor König vorstellen, er ist der Herr der Unterwelt, verantwortlich für unsere Drachen, die Stadt, Akkanka und ihre Bewohner und natürlich für den Erhalt und die Pflege der magischen Fauna und Flora, und nicht zu vergessen, der Trainer unseres Drachenteams. Ihren praktischen Unterricht werden Sie hier unten absolvieren. Unsere zehn Drachen haben Sie ja bereits kennengelernt. Achten Sie immer auf das Warnsignal. Wenn die Drachen ihre Freiflugstunde haben, sollten Sie ihnen nicht in die Quere kommen. Eine Kollision mit diesen Tieren werden Sie verständlicherweise schlecht überstehen", erklärte Frau Professor Espendorm. „Und nicht auszumalen wäre der Schaden, wenn einem der Drachen etwas passieren würde."

„Genau, wenn Ariel etwas passiert, wäre das der Ruin des Drachenrennteams", rief das dunkelhaarige Mädchen hinter mir.

„Wer ist denn Ariel?", fragte ich leise.

„Na, der Drache, auf dem du gerade geflogen bist, er ist der Anführer, und ist er nicht wunderschön?" Sie sah verliebt zu den großen Tieren hinüber und ich folgte ihrem Blick.

„Der Kleine daneben mit dem blauen Schimmer auf dem Rücken ist Pico, dahinter stehen seine Brüder Salus und Pontos und siehst du den hageren, schwarzen Drachen in der letzten Reihe? Das ist Orion, der ist schon uralt. Der große Drache mit dem roten Bauch ist Aurora. Sie ist die Partnerin von Ariel. Die zwei haben schon zwei Eier ausgebrütet, das sind Felicita und Diana, die stehen direkt neben ihrer Mutter, du erkennst sie an der Rotfärbung. Kardea und Selene stehen daneben. Das sind die mit dem Silberglanz. Sie sind Schwestern, aber sie vertragen sich nicht besonders gut, zwischen den beiden gibt es immer wieder Raufereien."

„Woher weißt du das alles?", fragte ich erstaunt und das Mädchen sah mich überrascht an.

„Liest du nicht die „Drachenwelt"?"

„Noch nie gehört. Was ist das denn?" Ich zuckte mit den Schultern.

„Du bist echt neu hier? Die „Drachenwelt" ist DAS Magazin über Drachen. Alle lieben die Drachen und in der „Drachenwelt" erfährst du jeden Monat alles Wichtige über sie. Die Auswertung der letzten Drachenrennen, die Ankündigung der nächsten, wie das Training läuft, welcher Jockey welchen Drachen fliegt und natürlich die Stammbäume und all das."

„Also so eine Art Fanmagazin?", fragte ich stirnrunzelnd und das Mädchen sah mich missbilligend an.

„Im Prinzip schon", knurrte sie.

„Sie haben jetzt eine Stunde Zeit, sich in Akkanka umzusehen, dann beginnen wir wieder den Aufstieg." Frau Professor Espendorms Stimme unterbrach unser Gespräch und ich wandte mich ihr dankbar zu. Ich hatte ja keine Ahnung, wie verrückt die Magier nach den Drachen waren. Auf einen Pfiff von Gregor König erhoben sich die majestätischen Tiere rauschend in die Höhe und entfernten sich schnell. Ich sah ihnen eine Weile nach, wie sie elegant und kraftvoll davonflogen, und erwischte mich bei dem Gedanken, mir eine Ausgabe der „Drachenwelt" zu besorgen.

Parelsus

Es hätte so viel zu tun gegeben, ich sollte mich auf die Suche nach Parelsus machen oder herausfinden, wo meine verlorenen Erinnerungen waren, oder Tennenbode erkunden und die Spuren der Vergangenheit erkunden, wie es Frau Professor Espendorm vorgeschlagen hatte. Doch die Tatsache, dass Adam seit seinem Einsatz in München nicht zurückgekehrt war, hatte mich regelrecht gelähmt. Jeder Tag, den ich mit Warten verbracht hatte, hatte das Unbehagen und die Ungewissheit genährt.

Als Gregor König dann einen Helfer gesucht hatte, hatte ich sofort zugesagt. Außer mir riss sich niemand darum, jeden Tag Unmengen an stinkender Drachenkacke wegzukarren. Nicht umsonst war es eine beliebte Strafarbeit der Professoren. Mich störte es nicht. Die Gesellschaft von Gregor König und den Drachen wog den unangenehmen Gestank bei Weitem auf. Der Drachenhüter strahlte eine positive Stimmung aus und eine so grundsolide Fröhlichkeit, dass ich meine Sorgen, solange ich in Akkanka war, völlig vergaß.

Sanft streichelte ich die grünen Schuppen des Drachen. Sie reflektierten die untergehende Sonne von Akkanka und zauberten regenbogenfarbene Lichtsplitter an die Decke der Drachenhöhle. Das tiefe, harmonische Grollen, das Ariel erklingen ließ, als ich ihm den Hals kraulte, zeugte von allerhöchstem Wohlbefinden. Ich grinste, als er die Schnauze noch weiter emporreckte, damit ich die Stelle unter seinem Kinn erreichen konnte, an der er besonders empfindsam war. Es hatte nur wenige Tage gedauert, bis ich die unglaubliche Begeisterung, die die Magier diesen seltenen und wunderschönen Geschöpfen entgegenbrachten, verstanden hatte, und nicht nur das. Die

Drachen hatten Vertrauen zu mir gefasst und ich hatte sie ebenso tief in mein Herz geschlossen.

„So wie du jetzt vor Ariel stehst, erinnerst du mich an den Tag, an dem deine Mutter ihr erstes Rennen flog.“ Gregor König war hinter mich getreten und brachte einen schweren Geruch mit, eine Mischung aus Drachendung, Erde und Leder. Ein ehrlicher Geruch, der von harter Arbeit zeugte. „Obwohl es sonst nicht so ihre Art war, war sie total aufgeregt, ein Nervenbündel. Der Drache, den sie reiten sollte, hieß Erinn, ein wildes, ungestümes Tier, doch sie hatte ihn fest im Griff.“ Er schmunzelte. „Was Catherina wirklich Sorgen machte, war die Zuschauermenge, sie war nicht der Typ für öffentliche Auftritte.“

„Was ist dann passiert?“, fragte ich, als Gregor König zögerte.

„Erinn hat sie beruhigt. Das Grollen der Drachen hat eine erstaunliche Auswirkung auf das Gemüt der Magier.“

Ich lächelte, als ich mir vorstellte, wie meine Mutter genauso wie ich jetzt in dieser Höhle gestanden hatte. Meine Zuneigung zu den Drachen war nicht der einzige Grund gewesen, warum ich den letzten Monat in Akkanka verbracht hatte, anstatt wie die anderen Tennenbode zu erkunden. Hier fühlte ich mich der Vergangenheit näher als in den alten Mauern von Tennenbode.

Ich belud die letzte Schubkarre mit Drachenmist und begann dann frischen Kohlenstaub in Ariels Höhle auszustreuen.

Die schöne Zeit mit den Drachen würde morgen ein Ende haben.

Das Semester begann und ich sah ihm mit gemischten Gefühlen entgegen. Schon zum Mittagessen waren heute die ersten Studenten der anderen Jahrgänge eingetroffen und zum Abendessen war der Saal voll bis auf den letzten Platz gewesen. Gemurmel und fröhliches Lachen hatten den Raum erfüllt, doch ich fühlte mich in der ungewohnten Menschenansammlung fremd.

Liana hatte mir ihre Cousine Nelly vorgestellt, die jetzt das dritte Jahr begann. An ihren Händen hatten noch Reste der grünen Schuppen geglitzert und ihr Hinterkopf hatte ausgesehen wie der eines Reptils. Ich hatte versucht, sie nicht unhöflich anzustarren, aber es war mir nicht gelungen. Nelly hatte es mit Humor genommen, wahrscheinlich war sie froh, wieder halbwegs normal auszusehen.

Ich beobachtete Ariel, wie er sich in seinem frischen Kohlenstaub wälzte und grunzende Laute ausstieß.

„Mach Schluss für heute!“, sagte Gregor König. Ich sah auf und nickte. Er hatte recht, es war schon spät.

„Bis morgen“, erwiderte ich und nahm meine Jacke.

Gregor König winkte mir noch einmal zu, dann verschwand er mit einer Schubkarre im hinteren Teil der Höhle. Ich lief hinab in die Stadt, überquerte den Marktplatz und machte mich auf den langen Weg nach Tennenbode.

Später am Abend saß ich mit Shirley schweigend auf dem gemütlichen Sofa im Studierzimmer. Der stille Protest gegen die Widrigkeiten des Lebens, die das Los des Schicksals uns beschert hatte, verband uns auf geheimnisvolle Weise. Gemeinsam starrten wir zum Fenster hinaus, wo die Stürme Regen gegen die Scheiben peitschten und das weite Land mit tiefen Wolken verdunkelten. Der Herbst hatte längst Einzug gehalten und die letzten warmen Tage vertrieben. Es regnete oft und die Nächte waren schon empfindlich kalt. Nachdem ich Akkanka verlassen hatte, war auch die entspannte Stimmung von mir abgefallen. Mit jeder Stufe, die ich die Treppe hinaufgestiegen war, hatte das Unbehagen zugenommen. Hier oben erinnerte mich immer alles an Adam und diese Erinnerung war wunderschön, aber sie tat auch unendlich weh.

Die Einzige, die meine schlechte Laune nicht nur ertrug, sondern sie scheinbar sogar als angenehm empfand, war Shirley. So wie ich mich in Akkanka verkrochen hatte, hatte sie sich seit ihrem Zusammenbruch in ihrem Zimmer eingeschlossen und unsere Etage nur zu den absoluten Pflichtveranstaltungen verlassen. Es war für uns zu einem abendlichen Ritual geworden, trübsinnig und ohne Worte darauf zu warten, dass es Zeit wurde, ins Bett zu gehen.

„Süße, du machst mich ganz dusselig mit deiner Lethargie", sagte Lorenz, der hinter mich getreten war. „Komm mit runter, unten steigt die Semesterauftaktparty. Flavius hat sogar ein paar Flaschen Wein reingeschmuggelt. Das lenkt dich ab."

Ich fühlte mich genötigt, wenigstens den Kopf von dem Wetterkino abzuwenden, und riss die Augen auf, als ich Lorenz sah. Er trug ein schillerndes Outfit aus beigem Satin und hatte passendes Make-up aufgelegt.

„Schicke Jacke", sagte ich überrascht und überlegte, welche Ausrede ich vorschieben konnte, um nicht das weiche Sofa verlassen zu müssen, wo ich weiter meinen trübsinnigen Gedanken nachhängen wollte. Selbst beim Abendessen war Adam nicht da gewesen. Irgendwann musste er doch wiederkommen.

„Auf Party habe ich heute keine Lust. Vielleicht morgen", erwiderte ich schließlich.

„Nix da", entgegnete Lorenz entschlossen. „Ich habe noch das moosgrüne Hängerchen. Das wirfst du dir jetzt einfach über und dann kommst du mit. Ich ertrage deine miese Laune nicht länger." Und damit war er schon in seinem Zimmer verschwunden und kam mit einem grün glitzernden Top wieder, das er mir in die Hand drückte, und mich zur Tür hinausschob.

„Was ist mit Shirley, die können wir doch nicht allein lassen", versuchte ich noch zu protestieren, aber Lorenz schob mich zum Ausgang.

„Shirley braucht einen Therapeuten. Bei dir ist noch nicht alles verloren", murmelte er, während er die Tür hinter uns zuzog. Ich folgte ihm die enge Wendeltreppe bis hinunter in den Gemeinschaftsraum, der brechend voll war. Die gemütlichen Sofas, die sonst im ganzen Raum verteilt waren, hatte jemand an die Wände geschoben und so eine Tanzfläche geschaffen. Obwohl ich mich noch dagegen wehrte, steckte mich das fröhliche Lachen an, das mir entgegendrang. Ich gab auf. Die Musik war laut, so laut, dass sie meinen Kopf schlagartig leerblies und die Leere dann selbst einnahm. Ich tanzte und dachte das erste Mal seit Wochen an nichts.

Ein ungewöhnliches Geräusch riss mich am nächsten Morgen aus dem Schlaf. Es klang, als wenn ein Elch neben meinem Bett röhrte. Ich sprang erschrocken auf, aber da war niemand. Ich riss das Fenster auf, aber das Geräusch kam auch nicht von draußen. Die Morgendämmerung überzog den noch nächtlichen Himmel mit einer zarten rosenroten Färbung. Vereinzelt funkelten Sterne im schwindenden Schwarz. Die kühle Luft weckte mich endgültig auf. Das Geräusch schien aus dem Studierzimmer zu kommen. Ich stolperte im Schlafanzug hinüber und traf dort Lorenz, Shirley und Liana, die ebenso wie ich auf der Suche nach der Ursache des seltsamen Lärms waren.

„Das kommt vom Tisch in der Mitte", sagte Lorenz verschlafen, der in einem lila Seidenpyjama steckte.

In diesem Moment stoppte das Röhren und stattdessen erklang Frau Professor Espendorms Stimme aus der Mitte des Raumes: „Guten Morgen, liebe Studenten, es ist sechs Uhr. Ich erwarte Sie in einer halben Stunde in Sportsachen im Innenhof."

Ich starrte die anderen entgeistert an, denn das war neu. Im letzten Monat auf Tennenbode mussten wir zwar pünktlich zu den Mahlzeiten erscheinen und am Nachmittag für eine praktische Stunde nach Akkanka kommen, aber ansonsten durften wir uns frei bewegen und vor allem durften wir bis zum Frühstück ausschlafen.

„Herrjemine, das schaff ich nie und nimmer. Ich geh zuerst ins Bad", sagte Lorenz von einer plötzlichen Nervosität gepackt, während er in sein Zimmer hastete und von dort mit einer großen Tasche ins Bad stürmte. Er kam nicht weit. Mit einem lauten Knall stieß er gegen die Badezimmertür, die verschlossen war. Er landete mit einem dumpfen Geräusch auf dem Fußboden.

„Lorenz, alles okay?“, rief ich erschrocken, während Liana und Shirley kicherten.

„Geht schon“, stöhnte Lorenz von unten und hielt sich die Stirn. „Wer ist da drin, wenn wir alle hier draußen sind?“, fragte er und rappelte sich wieder auf. In diesem Moment öffnete sich die Badezimmertür und Adam erschien. Er war nur mit einem Handtuch bekleidet, das er um die Hüften gewickelt hatte. Mir stockte der Atem bei seinem Anblick. Auf seiner nackten Brust glitzerten noch die Wassertropfen vom Duschen.

Peng! Wie eine Explosion waren alle Gefühle wieder da, die ich versucht hatte zu vergessen. Ich wollte zu ihm gehen und ihn umarmen, irgendetwas tun, das uns verband. Aber Adam sah an mir vorbei. Deswegen blieb ich einfach stehen und starrte ihn nur verunsichert an. Selbst wenn ich gewollt hätte, hätte ich keinen Schritt vorwärts machen können.

„Guten Morgen, die Damen“, sagte er in die Runde und ging an dem verblüfften Lorenz vorbei in sein Zimmer. Der sah ihm begeistert nach.

„Hast du diese Muskeln gesehen. Unglaublich, der Junge“, schnurrte er, als Adam verschwunden war.

„Du hast nur Augen für seine Muskeln und sein schönes Gesicht“, schimpfte Liana. „Hast du seine Verletzung gesehen und die Narben auf seinem Rücken? Es wird wirklich Zeit, dass sie das Monster schnappen.“ Mit diesen Worten verschwand Liana vor dem überraschten Lorenz im Bad und verschloss die Tür.

Mit Müh und Not erreichten wir eine halbe Stunde später den Innenhof, wo Frau Professor Espendorm bereits wartete. Ich sah mich staunend um. Tennenbode sah anders aus. Konstantin Kronworth hatte pünktlich zum Semesterauftakt das riesige Gebäude umgestaltet. Die fünf Türme schillerten in einem kosmischen Schwarz, während die restlichen Hauptgebäude metallisch glänzten. Kühl und gerade war die Architektur, von den surrealistischen Schwüngen war keine Spur mehr zu sehen. In dem riesigen Innenhof liefen bereits die Studenten der anderen Jahrgänge ihre Runden. Ein leichter Nebel lag zwischen den Bäumen und tauchte den Morgen in eine gespenstische Atmosphäre. Mich fröstelte in der Kühle des jungen Tages, während sich mein Jahrgang verschlafen um Frau Professor Espendorm sammelte.

„Guten Morgen", rief sie laut und fröhlich und man sah ihr an, dass sie diesen Moment genoss. „Während des ersten Semesters treffen wir uns hier jeden Morgen zum halbstündigen Lauf, damit Sie fit in den Tag starten können." Durch das missmutige Murren ließ sich Frau Professor Espendorm ihre gute Laune nicht verderben. Munter fuhr sie fort: „ Um 07:30 Uhr erscheinen Sie bitte pünktlich zum Frühstück. Um 08:00 Uhr findet heute Ihre Einführungsveranstaltung in der Mediathek statt und ab morgen beginnen dann Ihre regulären Vorlesungen. Und jetzt los!" Mit diesen Worten trabte Frau Professor Espendorm energiegeladen los und wir folgten ihr durch den Innenhof und dann durch ein großes Tor, dessen Flügel weit geöffnet waren, in den Außenbereich.

Trotz der Anstrengung des Laufens genoss ich die morgendliche Frische. Unser Weg führte uns durch ein lichtes Wäldchen auf weichem Boden entlang. Die bunten Blätter leuchteten und der würzige Duft von Nadelbäumen mischte sich mit dem herbstlichen Geruch von Pilzen und Moosen. Rote Hagebutten strahlten aus dem Bunt und ich musste zugeben, dass mir die Bewegung gut tat. Hinter mir schnauften Liana und Lorenz und ich hörte Shirley leise schimpfen, die neben Dulcia und Cecilia lief. Wenigstens hatte sie sich ordentliche Kleidung und Schuhe besorgt.

Ich sah Adam weit vor mir. Das Laufen schien ihm wie immer keine Anstrengung zu bereiten. Leicht und elegant bewegte er sich zwischen den Bäumen und war mit Frau Professor Espendorm in ein Gespräch vertieft.

Unsere letzte Begegnung kam mir in den Sinn und so weit wie Adam jetzt von mir entfernt war, so unwirklich kam sie mir vor. Warum sprach er nicht mit mir? Ich schüttelte den Kopf. Adam war gerade erst angekommen. Wenn wir einen kleinen Moment nur für uns hätten, würde er anders reagieren, redete ich mir ein und versuchte, daran zu glauben.

Eine heiße Dusche später studierte ich beim Frühstück die Stundenpläne. „Grundlagen der Elementelehre Wasser, Tür Nummer 267. Was das wohl ist, und vor allem, wo?", murmelte Liana, während sie ein Nuss-Müsli löffelte.

„Wenn ich Wasser endlich zum Kochen bringen könnte, würde ich mir zuerst einen Kaffee machen", murrte Lorenz missmutig, während er an seinem Kräutertee roch.

„Morgen haben wir schon Elementelehre Erde beim Nöll. Auf den könnte ich wirklich verzichten und Magische Theorie wird sicherlich auch zum Einschlafen werden", stöhnte Lorenz schlecht gelaunt. „Ach, Mensch, erst muss ich mitten in der Nacht durch den Wald rennen und dann gibt es noch nicht einmal Kaffee. Der einzige Trost war die Magie, die der fantastische Konstantin Kronworth um sich verbreitet hat. Habt ihr die mutige Kühle gesehen, die sein Werk heute verströmt hat?" Lorenz seufzte.

„Na ja, ich weiß nicht", entgegnete Liana.

„Wie macht der das überhaupt?", fragte ich.

„Der Mann ist ein Genie, Selma, ein wahrer Magier", säuselte Lorenz verträumt.

„Quatsch, im „Korona Chronikle" stand, er hätte das fünfte Jahr in Tennenbode nicht mal geschafft, also kann er kein Genie sein. Er ist einfach ziemlich gut in Elementelehre Erde. Er beherrscht den Stein und kann ihm eine neue Form geben und auch seine Farbe verändern, alles mineralische Farben natürlich, sonst würde es nicht funktionieren. Ein richtiges Genie wäre er erst, wenn er das fünfte Element beherrscht." Lianas Locken hüpften entschlossen, während sie in letzter Sekunde ihre Teetasse auffing, die sie mit einer energischen Handbewegung vom Tisch gefegt hatte.

„Was soll das bedeuten, die Sache mit dem fünften Element? Ich kenne nur vier Elemente“, fragte ich.

„Die vier Elemente sind die Grundlagen unserer Magie“, flüsterte Liana und sah sich besorgt um. „Das fünfte Element durchdringt die anderen und erweckt die Dinge zum Leben.“

„Wie bitte?“ Lianas Worte schienen Lorenz geweckt zu haben, denn er setzte sich aufrecht hin und beugte sich zu Liana hinüber, um ihr besser zuhören zu können.

„Habt ihr die „Regeln und Umgangsformen für den modernen Magier“ immer noch nicht gelesen?“

„Doch, ich habe es fast durchgearbeitet“, erwiderte ich. Schließlich war ich auf der Suche nach einem Schlupfloch für Adam und mich gewesen.

„Es ist das letzte Kapitel und darin wird beschrieben, dass der Magier, der das fünfte Element beherrscht, den anderen Elementen Leben einhauchen kann, dem Feuer, dem Wasser und auch der Erde und der Luft. Eine hoch komplizierte Wissenschaft. In einem Jahrgang sind es in der Regel nicht mehr als ein oder zwei Studenten, die so weit kommen, versteht ihr?“ Liana flüsterte immer noch andächtig und ich nahm mir vor, die dicken Wälzer wieder auszupacken, die immer noch in meinem Koffer im Schrank lagen.

„Ist da irgendetwas Geheimnisvolles dran oder warum tust du so?“, fragte Lorenz und ahmte Lianas Gesicht nach, was mich zum Lachen brachte. Doch Liana blieb ernst.

„Nicht geheimnisvoll, Lorenz, gefährlich ist es. Magier, die das fünfte Element beherrschen, werden entweder selbst Senator oder sie stehen unter genauer Beobachtung der Senatoren. Sie haben eine Macht, die weit über das, was ein normaler Magier kann, hinausgeht. Die meisten sind verantwortungsbewusst genug, ihre Kräfte nur zum Wohl der Vereinten Magischen Union einzusetzen, aber in der Geschichte gab es immer wieder Magier, die ihre Kräfte genutzt haben, um an die Macht zu kommen. Wer so etwas tut, nimmt es in Kauf, Dunkelheit und Finsternis über das Land zu bringen." Ich erschrak bei Lianas Worten und sah mich ebenfalls um, ob uns jemand zuhörte. Das Einzige, was ich jedoch sah, war Adam, der sich schnell von mir abwandte, als mein Blick ihn streifte. Seine Reaktion versetzte mir einen schmerzhaften Stich. Ich musste hier raus und zwar sofort. Ich löffelte schnell den Rest meiner Quitsche aus und packte meine Sachen zusammen. Dann rief ich Liana zu, dass ich noch etwas zu erledigen hätte, und ging, ohne noch einmal in Adams Richtung zu sehen. Ich stolperte an einem Faun vorbei, der mit einem Tablett Geschirr beladen zwischen den Tischen entlangbalancierte, und vermied in letzter Sekunde einen Zusammenstoß. Endlich, ich schlug die Tür zum Speisesaal hinter mir zu und atmete erst einmal tief ein und aus.

Plötzlich merkte ich, dass ich nicht allein war. Ich zwang mich zu einem freundlichen Lächeln und schlenderte durch die große Eingangshalle.

„Du hast es aber eilig. Kommst du schon mit zur Mediathek?", fragte mich Dulcia, die mit ihrer Schwester Cecilia auf dem Weg zu einer Treppe war.

„Ja, warum nicht. Wisst ihr, wo es langgeht?", ergriff ich die Gelegenheit. Dulcia nickte und ich folgte ihr, während Cecilia wie ein Geist hinter uns herschwebte. Nach einer Weile achtete ich schon gar nicht mehr auf sie, als wenn sie ein Accessoire von Dulcia wäre. Wir stiegen eine Weile die Stufen hinab, bis Dulcia hüstelte. Mich störte es nicht, schweigend nebeneinanderzugehen, im Gegenteil, so konnte ich in Ruhe meinen Gedanken nachhängen. Hauptsächlich grübelte ich darüber nach, ob Adam mich absichtlich ignorierte oder ob dieser Eindruck nur meiner Einbildung entsprang.

„Hast du die Plakate gesehen?", fragte Dulcia, als sie endlich ein Thema gefunden zu haben schien, über das sie mit mir sprechen konnte. Ich schüttelte den Kopf. Sie lächelte, froh darüber, etwas erzählen zu können. „Senator Baltasar kommt hierher und hält in Akkanka eine Rede", erklärte sie. Ich sah zurück und tatsächlich hingen im Gang hinter mir etliche Plakate, die Senator Helander Baltasar in Siegespose zeigten.

„Die sind mir bisher noch gar nicht aufgefallen", stellte ich fest. „Ich glaube, ich habe den gesamten letzten Monat bei den Drachen verbracht. Ich habe gar nichts mitbekommen."

„Stimmt, du bist ja jetzt im Drachenteam. Du musst unheimlich stolz sein. Bald wird dich das ganze Land kennen. Die Drachenrennen sind absoluter Volkssport. Hast du das Poster von Ariel in der „Drachenwelt" gesehen? Die Ausgabe ist jetzt schon vergriffen, und das, obwohl sie dafür fünf Euro haben wollen, was wirklich ziemlich teuer ist. Aber das ist es mir wert, ich habe gestern in Akkanka auf dem Wochenmarkt mit Müh und Not noch ein Exemplar ergattert." Ich nickte und Dulcia sprach weiter, als wenn ich einen Knopf gedrückt hätte. „Also, nächstes Jahr wird der neue Primus gewählt und Senator Baltasar ist auf Werbetour. Du solltest den „Korona Chronikle" gründlicher lesen." Dulcia bog um eine Ecke. In meiner Erinnerung klingelte etwas.

„Waren seine Thesen nicht umstritten?", versuchte ich mich mühsam an den Artikel zu erinnern, den ich im Sommer überflogen hatte.

„Ja, stimmt. Er will die Macht der Patrizier noch weiter ausbauen als Elite der magischen Gesellschaft und er hat ein neues Buch darüber geschrieben, wie er die nichtmagischen Bürger zum Wohl der magischen Gesellschaft einsetzen will. Wenn es nach dem geht, will er wieder die Monarchie einführen. Dabei war es doch ein riesiger Schritt, als sie die vor knapp fünfzig Jahren endlich abgeschafft haben", erklärte Dulcia.

„Du meinst, er will die Menschen, also die nichtmagischen Bürger, zu Sklaven der Magier machen?", fragte ich.

„So kann man es auch nennen. An seinen Thesen scheiden sich die Geister. Manche finden es toll. Das sind die, die noch halb in der Vergangenheit leben und wieder eine Königin haben wollen."

„Eine Königin?", fragte ich.

„Ja, du weißt doch, dass die Macht von der Mutter an die Tochter weitergegeben wird."

„So wie der Name?" Ich erinnerte mich, dass meine Großmutter davon erzählt hatte.

„Genau, die Blutlinie zählt, und nichts anderes", bestätigte Dulcia, während wir weiter hinab in die Tiefe stiegen. „Und die Blutlinie der Königin ist die stärkste."

„Dieses System will Baltasar zurück?"

„Nicht ganz, ich würde sagen, er sieht sich schon als den nächsten König an, und es gibt einige, die ihn dafür hassen, weil er so rückschrittliche Vorstellungen hat." Dulcia zuckte mit den Schultern. Lichtbälle erhellten jetzt die düsteren Treppengänge. „Noch ist es nicht so weit. Es gibt ja schließlich eine Wahl und die Mehrheit entscheidet, ob sie sein Gesellschaftsbild will oder eben nicht."

„So jemanden sollte man gar nicht zur Wahl zulassen", sagte ich ärgerlich und dachte an Paul, der nach dem Willen von Helander Baltasar als Knecht der Magier arbeiten sollte. Mir wurde übel.

„Das wirst du nicht verhindern können, Selma. Die Familie Baltasar ist eine der alten Familien und keiner wird es wagen, ihnen einfach so die Tür vor der Nase zuzuschlagen." Eine weitere Treppe öffnete sich unter uns.

„Wie weit geht es denn noch runter? Werden die Bücher nicht muffig, wenn man sie im Keller lagert?", fragte ich.

„Mediathek, nicht Bibliothek. Allzu viele Bücher wirst du hier nicht finden, höchstens noch den Altbestand."

Wir bogen in einen langen, hohen Gang ein. Unsere Schritte hallten von dem Steinfußboden wider. An den glatt geschliffenen Wänden hingen Porträts von weißbärtigen Männern, die mir kritisch mit ihren Augen zu folgen schienen und die von einer Reihe von hellblauen Lichtbällen beleuchtet wurden, die an der Decke schwebten.

„Da vorn ist es. Geh schon mal vor! Wir kommen gleich nach", rief Dulcia, während sie in einen Seiteneingang abbog, der zu den Waschräumen führte.

Ich ging weiter, bis ich an eine große Holztür kam, an der ein lateinischer Spruch geschrieben war, den ich nicht entziffern konnte. Ich klopfte leise. Als keine Antwort kam, drückte ich die Tür auf, die knarrend nachgab und den Weg in einen riesigen, hohen Raum öffnete, der die Dimension einer Kirche hatte.

Das Echo meiner Schritte hallte mir blechern von den Wänden entgegen, als ich weiter in den Raum hineinging. Es schien niemand hier zu sein. Ich nutzte die Gelegenheit und sah mich in Ruhe um. In der Mitte des Raumes lag ein riesiger, schwarz schimmernder Stein, der fast fünf Meter hoch sein musste. Um ihn herum standen kleine Tische mit jeweils einem Stuhl kreisförmig um den Fels gruppiert.

Ich ging um den Stein herum, um einen Blick in das Hintere des Raumes werfen zu können. Unvermittelt blieb ich stehen. Etwas stimmte nicht mit diesem Stein. Ich trat näher an ihn heran und da passierte es. Eine Flut von Bildern schoss ungehindert in meinen Kopf. Ich sah Formeln und Gleichungen, Flugtheorien und Zeichnungen. Erschrocken machte ich einen Satz zurück und blieb keuchend stehen. Die Bilder waren verschwunden, doch ich spürte noch immer ein leises Summen in meinem Gehirn.

„Catherina!", hörte ich in diesem Moment ein heiseres Krächzen hinter mir. Erschrocken schrie ich auf und lief zur Tür.

„Warte!", rief die heisere Stimme erneut. Mein Herz raste immer noch, doch die Neugier siegte und ich blieb stehen. Langsam drehte ich mich um und sah einen großen, dürren Mann, dem die weißen Haare wie elektrisiert vom Kopf abstanden. Durch seine dicke Brille sah er mich scharf an.

„Oh, Entschuldigung", sagte er stockend und musterte mich eindringlich. „Einen Moment lang dachte ich, Sie sind Catherina von Nordenach. Doch das ist unmöglich, obwohl Sie ihr wirklich zum Verwechseln ähnlich sehen." Er lächelte.

„Wer sind Sie?“, fragte ich zögernd, da ich mir noch nicht sicher war, ob der alte Mann wirklich klar im Kopf war.

„Mein Name ist Parelsus“, sagte er und strich sich die störrischen Haare glatt. Ich starrte ihn fassungslos an.

„Parelsus?“, wiederholte ich leise und er nickte. Ich hatte ihn gefunden, und zwar in einem Moment, in dem ich absolut nicht damit gerechnet hatte.

„Haben Sie Catherina gekannt?“, fragte ich vorsichtig. Als ich den Namen meiner Mutter erwähnte, lächelte er.

„Natürlich habe ich sie gekannt. Sie war eine Studentin hier in Tennenbode. Sie sehen ihr wirklich erstaunlich ähnlich.“ Parelsus strich sich erneut durch sein Haar und brachte es wieder in Unordnung. Er öffnete den Mund, als wollte er noch etwas sagen, aber dann schloss er ihn wieder. Ich explodierte beinahe vor Neugier. Trotzdem beschloss ich, die Sache langsam angehen zu lassen.

„Catherina von Nordenach war meine Mutter“, sagte ich und beobachtete genau seine Reaktion. Parelsus hielt in seiner Bewegung inne. Genau wie ich schien er die Situation zu prüfen und genau zu überlegen, welche Antwort er mir geben würde.

Hinter uns klapperte die Tür und das Geräusch von vielen herannahenden Schritten erinnerte mich daran, dass fünfzig Studenten gerade auf dem Weg in die Mediathek waren. Ich fluchte innerlich. Parelsus sah ebenfalls zur Tür und wandte sich dann mir zu.

„Wir sprechen ein andermal weiter“, flüsterte er, während schon die ersten Studenten den Raum betraten. Die Antwort war genau das, was ich mir erhofft hatte. Er wusste etwas. Was genau das war, was es mit mir und meiner Mutter und dem Verschwinden meiner Familie zu tun hatte, würde ich hoffentlich bald herausfinden. Parelsus verschwand im hinteren Teil des riesigen Raumes hinter einigen Bücherregalen. Ich sah ihm nachdenklich hinterher, während sich der Raum füllte und die Flügeltüren geschlossen wurden.

Kurz darauf trat Parelsus hinter dem riesigen Stein hervor. Mit einem Male schien er ein anderer Mensch zu sein. Er trug jetzt einen weißen Kittel und wirkte seriös und konzentriert. Das Verwirrte schien komplett von ihm abgefallen zu sein. Vielleicht war es wirklich nur mein Anblick gewesen, der Erinnerungen heraufbeschworen hatte, die er längst vergessen hatte. Ich dachte darüber nach, warum meine Mutter mich zu ihm geschickt haben könnte, doch mir fiel nichts ein, was die beiden miteinander verbunden haben könnte.

„Willkommen. Ich bin Parelsus“, rief er laut. Liana boxte mich mit großen Augen in die Seite. Ich sah sie an und nickte wissend.

„Das Lernen, das Sie bisher kannten, war gut, um sich Wissen anzueignen. Bücher sind ein Schatz. Ich liebe Bücher. Aber es dauert zu lang, um sie nach den Informationen zu durchsuchen, die Sie gerade brauchen. Das Internet ist eine gute Idee, aber es ist erst der Anfang. Die Menschen sind noch lange nicht so weit, alles essenzielle Wissen verfügbar zu machen und das Wichtige von dem Unwichtigen zu trennen. Das hier ist viel besser.“ Er zeigte mit einer ausladenden Geste hinter sich auf den merkwürdigen Stein, von dem daraufhin ein seidiges Schimmern ausstrahlte. Alle Blicke folgten ihm nun gebannt.

„Das ist MUS, unser Magischer Universeller Speicher. Ein Speichermedium umgeben von Graphit. In diesem Speicher sind alle für Ihr Studium wichtigen Informationen eingespeist. Alle notwendigen Bücher wurden von meinen Assistenten eingelesen. MUS macht den Gang in die Bibliothek überflüssig und das ganz ohne Kabelsalat, Stromfresser und futuristische Maschinen, die Unmengen an Müll produzieren, und außerdem ist die Speicherkapazität von MUS endlos.“ Parelsus machte eine Pause, um seine Worte wirken zu lassen.

„Und wie soll das funktionieren?“, rief Thomas Kekule. Parelsus grinste spöttisch und legte eine Hand auf den Stein. Für einen Moment wirkte er abwesend. Dann wurde sein Blick wieder fest und er fixierte Thomas.

„Thomas Kekule, 18 Jahre alt, Eltern Heidemarie Kekule und Franz Kekule, wohnhaft in Schönefelde, Fresiengasse 12. Ich erinnere mich an Ihren Vater, der war genauso vorlaut wie Sie.“ Thomas lief rot an und verstummte.

„Ich habe das ganze Archiv von Tennenbode einlesen lassen, sehr praktisch, sage ich Ihnen. Sie können MUS hier in der Mediathek nutzen oder in Ihren Zimmern. Über Graphitkanäle sind die Schreibtische hier und in Ihren Zimmern mit MUS verbunden. Durch das Berühren der kleinen Kästen an der Oberseite Ihrer Schreibtische stellen Sie die Verbindung her. Bitte nehmen Sie jetzt jeder an einem Tisch Platz und versuchen Sie herauszufinden, wofür die Eier des Blauäugigen Schnupfers verwendet werden, damit Sie sich mit MUS vertraut machen können. Die Medien sind nach Wissensgebieten geordnet. Falls Ihr Geist bereits stark genug ist, probieren Sie, MUS die Frage direkt zu stellen, dann erhalten Sie sofort eine Antwort. Bis zum dritten Studienjahr sollten Sie diese Technik unbedingt beherrschen, bis dahin bleibt Ihnen nur das Suchen. Nun los! Sie haben eine Stunde Zeit. Danach zeige ich Ihnen den Altbestand.“

Lautstark verteilten sich alle auf die freien Plätze. Ich setzte mich zwischen Liana und Lorenz, die mir einen Tisch freigehalten hatten.

„Jetzt weiß ich endlich, warum wir keine Bücher und kein Papier brauchen“, sagte Lorenz und berührte das graue Rechteck am oberen Rand seines kleinen Schreibtisches. Sein Blick wurde sofort leer.

„Hast du schon herausbekommen, warum deine Mutter dich zu ihm geschickt hat?“, fragte Liana aufgeregt.

„Nein“, erwiderte ich. „Ich hatte noch keine Zeit, ihn danach zu fragen. Ich glaube, er kannte meine Mutter sehr gut, und er will sich noch einmal mit mir unterhalten. Weiter bin ich nicht gekommen“, erklärte ich Liana mein Treffen mit Parelsus. Sie nickte und wandte sich MUS zu. Ich legte ebenfalls meine Hand auf den Graphitblock vor mir. Es war ganz einfach. Der hohe Raum, in dem wir uns befanden, verschwand. Doch diesmal flogen nicht unkontrollierte Wissensfragmente durch meinen Kopf. Ich spürte meinen Körper noch, aber mein Geist flog befreit durch eine virtuelle Bibliothek.

Vor mir bauten sich die Wissensgebiete wie große Tafeln auf: Alchemie, Astronomie, Astrologie bis zu Zahnheilkunde und Zirkuswissenschaften sausten an mir vorbei. Ich flog lange an den Wissensgebieten entlang, bis ich endlich zu dem Begriff „Magische Tiere“ gelangte. Ich stöhnte frustriert, als ich sah, dass sich dahinter eine endlose Reihe von weiteren Begriffen verbarg, beginnend mit dem Allabasterpinguin.

„Sie haben noch fünfzehn Minuten Zeit“, rief Parelsus. Das würde ich nie schaffen. Ich musste es riskieren und rief mit meiner inneren Stimme so laut ich konnte in die virtuelle Weite „Blauäugiger Schnupfer“. Nichts passierte. Ich probierte es noch einmal und versuchte alle Energie zu sammeln, die in mir steckte. Dieses Mal flog ein Artikel vor meinem inneren Auge hoch:

Der Blauäugige Schnupfer aus der Gattung der Giftneutralisatoren ist ein seltenes Exemplar der Bodenbrüter, der versteckt im Unterholz lebt. Seine Eier sind ein hoch wirksames Mittel gegen den Biss der gescheckten Teufelsschabe, der einen Verwandlungsprozess in eine Fledermaus auslöst. Nur die Eier des Blauäugigen Schnupfers können den Verwandlungsprozess umkehren, wenn sie dem zu einer Fledermaus verwandelten Magier innerhalb von 24 Stunden nach dem Biss verabreicht werden.

Ich ließ das Graphitkästchen los, das mich mit MUS verband, und sah mich um. Alle saßen noch mit leerem Blick konzentriert auf ihren Stühlen und hatten eine Hand an dem kleinen Kästchen. Nur Adam hatte sich bereits zurückgelehnt und sah angestrengt geradeaus. Täuschte ich mich oder vermied er es tatsächlich, mich überhaupt anzusehen?

„Noch zwei Minuten. Bitte werden Sie fertig", rief Parelsus.

„Ich gebe es auf. Das dauert ja ewig, hier etwas zu finden!", rief Lorenz genervt und ließ das graue Kästchen los.

„Habt ihr die Lösung?", fragte Liana angespannt. „Ich werde noch schlechter sein als in der Schule." Sie stöhnte.

Lorenz schüttelte den Kopf.

„Wer kann mir sagen, wofür die Eier des Blauäugigen Schnupfers verwendet werden?", fragte Parelsus in diesem Moment. Zwei Hände hoben sich langsam in die Luft.

„Adam Torrel, wunderbar. Sie sind ja bereits mit diesem System vertraut, und wer noch?" Sein Blick suchte und fand mich und ein erstauntes Lächeln zog über sein faltiges Gesicht. „Ah, Selma von Nordenach. Bitte!"

„Mein Name ist Selma Caspari und die Eier des Blauäugigen Schnupfers werden gegen Bisse der graugescheckten Teufelsschabe eingesetzt", sagte ich ruhig.

„Sehr schön und genau richtig." Parelsus lächelte zufrieden und wandte sich dann wieder den anderen zu.

„In Ihren Zimmern haben Sie Zugang zu MUS. Bitte üben Sie dort selbstständig weiter. Und nun folgen Sie mir in den Altbestand."

Den restlichen Vormittag verbrachten wir in der Sammlung von Büchern, die ich trotz Dulcias Ankündigung, dass es nicht viele wären, als ziemlich unüberschaubar empfand. Als wir die Mediathek zum Mittagessen endlich verließen, drängte sich Lorenz neben mich.

„Was ist das große Geheimnis, über das ihr gesprochen habt?", fragte er. Liana und ich sahen uns an. Lorenz hatte mitbekommen, dass wir getuschelt hatten.

„Parelsus hat bestimmt ein dunkles Geheimnis und wenn es Nacht wird, verwandelt er sich in eine graugescheckte Taubenschabe", spekulierte Lorenz mit geheimnisvoller Stimme. Ich musste lachen.

„Meine Mutter hat mich zu ihm geschickt, ich weiß noch nicht, warum. Es war übrigens eine Teufelsschabe“, entgegnete ich.

„Ich wusste es doch, du bist ein Streber“, meinte Lorenz, während wir die vielen Stufen zur Sudhalle wieder hinaufstiegen. Bevor ich etwas entgegnen konnte, eilte jemand an uns vorbei. Es war Adam, den Blick angestrengt nach vorn gerichtet. Das Lächeln gefror mir auf den Lippen. Jetzt war ich mir sicher. Er mied mich konsequenter denn je. Anstatt zum Mittagessen einzubiegen, verschwand er in Richtung des Wohnturmes.

„Geht schon mal vor, ich muss noch etwas aus meinem Zimmer holen“, rief ich Liana und Lorenz zu und bog ebenfalls zum Wohnturm ab.

Keuchend kam ich in unserer Etage an und sah Adam gerade in seinem Zimmer verschwinden. Vor seiner Tür zögerte ich kurz, dann trat ich ein. Er stand mit dem Rücken zu mir und bewegte sich nicht. Seine breiten Schultern waren starr. Ich wusste, dass er mich gehört hatte.

„Adam?“, fragte ich vorsichtig. Mein Magen fühlte sich an, als ob ich einen Liter Eiscreme gegessen hätte, mir war kalt und übel zugleich. Er drehte sich langsam um, fast schon widerwillig. Sein Gesicht war verschlossen, eine abweisende, emotionslose Maske. Die Liebe, die ich schon einige wenige Male aus seinem Blick hatte leuchten sehen, war gänzlich verschwunden. Die Kälte breitete sich mit einem Schlag in meinem ganzen Körper aus.

„Du solltest beim Mittagessen sein“, sagte er kühl und verschränkte die Arme vor seinem Körper. Seine Haare fielen weich wie immer um sein Gesicht, doch seine Stimme war hart und kam mir unglaublich fremd vor.

„Was ist los mit dir?“ Es fiel mir schwer, die Worte ruhig auszusprechen. Seine ablehnende Haltung bereitete mir Probleme beim Atmen. Irgendetwas stimmte nicht in meiner Brust.

„Nichts.“ Er sprach langsam und ohne eine Regung zu zeigen. „Es ist alles in Ordnung. Was kann ich für dich tun?“

Mein Herz zersprang und meine Hände zitterten. Er musste gemerkt haben, wie auch mein Blick brach, denn eine Sekunde lang schien er zu zögern. Dann übernahm die Entschlossenheit wieder die Kontrolle.

„Für mich tun?“, stotterte ich verwirrt, doch es gelang mir, meine Gedanken zu ordnen. „Ich wollte wissen, warum du mir aus dem Weg gehst? Was ist passiert, seitdem wir uns das letzte Mal gesehen haben? Reicht ein Monat aus, um alles zu vergessen?“ Entschlossen sah ich Adam an. Sein Blick wurde für einen kurzen Moment weich, doch seine Stimme blieb kalt.

„Nichts habe ich vergessen, nicht eine Sekunde. Aber es darf einfach nicht sein. Versteh es doch endlich!“ Seine Augen blitzten und unterstrichen seine Worte. „Es tut mir leid, dass ich es erst so weit habe kommen lassen. Es ist allein meine Schuld, ich übernehme die Verantwortung dafür. Doch es muss aufhören, bevor es noch schmerzhafter wird. Ich habe mit den Morlems gekämpft. Sie werden immer brutaler. Es wird höchste Zeit, dass wir der Sache ein Ende bereiten. Die Schwarze Garde braucht mich in diesem Kampf, denn hier geht es auch darum, dich zu schützen.“

„Was soll mir denn passieren?“, erwiderte ich wütend.

„Du hast keine Ahnung, welche Gefahren dich umgeben.“ Er wandte sich halb von mir ab.

„Und du schon?“, erwiderte ich trotzig. Adams Gesicht wurde finster, sein Rücken straffte sich.

„Ja, ich kämpfe schon seit vielen Jahren, und glaube mir, die Dinge, die ich erlebt habe, möchtest du nicht sehen.“ Er war laut geworden und ich wusste, dass es keine Möglichkeit gab, jetzt noch an ihn heranzukommen. Adam hatte sich weiter denn je von mir entfernt und das Einzige, was mich jetzt noch auf den Beinen hielt, war der Zorn.

„Ich kann schon auf mich aufpassen!“, schrie ich wütend und verließ das Zimmer, ohne noch einmal zurückzusehen. Tränen schossen mir in die Augen. Er hatte seine Entscheidung getroffen und ich konnte nicht mehr tun, als mich damit abzufinden.

Feengesang

Genauso wenig, wie es mir im Sommer gelungen war, Adam zu vergessen, gelang es mir jetzt, mich mit seiner Entscheidung abzufinden. Ich liebte ihn und dieses Gefühl war so ehrlich und so stark, dass es sich nicht einfach ausschalten ließ. Wie stellte er sich das vor? Meine Gefühle waren doch kein Lichtschalter, den man einfach so ausknipsen konnte. Vielleicht wäre es mir leichter gefallen, wenn ich gewusst hätte, dass er mich nicht mochte. Aber zu wissen, dass er mich liebte und sich trotzdem gegen mich entschieden hatte, war so schmerzhaft wie ein Sprung in ein Glasscherbenbad. Mir war klar, dass es dumm war, immer noch zu hoffen, aber ich bekam das warme Kribbeln nicht aus meinem Bauch, das mich jedes Mal ergriff, wenn Adam in meine Nähe kam.

Es gab keine logische Erklärung dafür, dass ich das Gefühl nicht loswurde, dass wir zusammengehörten. Ich hatte schon begonnen, an mir selbst zu zweifeln, weil ich es einfach nicht in den Griff bekam, loszulassen. Denn darum ging es letztendlich. Ich musste die Hoffnung auf ein glückliches Ende endgültig begraben. Doch jede Zelle meines Körpers sehnte sich nach Adam.

Er machte es uns leichter, so weit das möglich war. Wir sahen uns wenig, denn er ging mir aus dem Weg. Die Abende verbrachte er bei Einsatzbesprechungen, dem Kampftraining oder in seinem Zimmer und bei den wenigen Vorlesungen, die er besuchte, saß er so weit wie möglich entfernt von mir. Ich war froh darüber, denn seine permanente, höfliche Reserviertheit hatte mich anfangs wütend gemacht. Mittlerweile war die Wut einer tiefen Traurigkeit gewichen. Ich balancierte immer am Rande eines Schwarzen Lochs, an manchen Tagen ging es besser, an manchen schlechter. Um nicht abzustürzen, vergrub ich mich in Arbeit. Ich sog alles in mich auf, was ich von der magischen Welt erfahren konnte. Selbst die dicken Wälzer hatte ich endlich wieder ausgepackt und begonnen, sie noch einmal gründlich zu lesen. Jede Ablenkung war mir recht. Tief in meinem Innersten wusste ich, dass ich immer noch nach einem Ausweg suchte, einem Paragraphen, einem Schlupfloch, einer Lösung. Irgendetwas. Ich war morgens die Erste, die mit ihrem Ausweis in der Hand darauf wartete, dass die Türen zu den Vorlesungssälen vom Senatorenhaus pünktlich um 07:30 Uhr geöffnet wurden, und ich war abends die Letzte, die müde vom Training auf den Drachen in ihr Bett wankte. Im Gegensatz zu meiner Schulzeit fiel mir das Lernen hier leicht. Die Übungen für Wasserlehre machten mir keine Probleme und Professor Pfaff mochte mich wegen der erstaunlichen Fortschritte, die ich gemacht hatte. Mir war es schnell gelungen, das Wasser mit nur einem Gedanken in Bewegung zu versetzen. Selbst als ich eines Abends beim Flugtraining von Picos Rücken geworfen wurde und in den Fluss von Akkanka fiel, konnte ich mich schon selbst mit einem Wasserstrudel vor den Seidentauchern retten, einer fliegenden Piranha-Art, die alles fraß, was nur einen Tropfen Blut enthielt.

Die Vorlesungen von Frau Professor Schönhuber dagegen waren nach wie vor enttäuschend. Sie sprach ausschließlich über theoretische Wetterphänomene. Das Einzige, was spektakulär war, war ihr kuppelförmiger Vorlesungssaal, den wir über Tür Nummer 998 erreichten, und der, so wurde gemunkelt, auf einer Insel im Atlantik stehen sollte, die optimale Bedingungen für die Beobachtung von Windströmungen bot. Das Beste waren und blieben aber die täglichen Stunden über magische Fauna und Flora bei Gregor König, der mit Witz und guter Laune geduldig alle Tiere und Pflanzenarten, die es in Akkanka gab, erläuterte.

Während die anderen nach dem Unterricht schnell wieder nach Tennenbode hinaufstiegen, blieb ich gleich in Akkanka, soweit es mein voller Stundenplan und die vielen Übungen, die wir machen mussten, erlaubten. Ich half Gregor König beim Ausmisten der Drachenställe oder bei der Vorbereitung seines Unterrichts. Ariel und seine Partnerin Aurora genossen es, wenn ich ihnen die grünen Schuppen bürstete und ihnen Leckerbissen mitbrachte.

Ich nutzte jede Gelegenheit, um mit den Drachen zu fliegen. Es war noch immer ein berauschendes Gefühl, durch die Lüfte zu schießen wie eine Kanonenkugel. Im Gegenteil, die Geschwindigkeit der Drachen hatte mich süchtig gemacht und ich fieberte meinen ersten eigenen Flugversuchen im nächsten Jahr entgegen.

„Gibt es Neuigkeiten?“, fragte Liana, während wir an einem nebeligen Morgen Ende November beim Frühstück saßen. Sie fing eine Quitsche auf, die gerade von der Tischplatte springen wollte.

„Die Sybillen prophezeien ein wolkenfreies Wochenende mit rosa Sternschnuppen“, erwiderte ich und ließ den „Korona Chronikle“ sinken.

„Dann wird es bestimmt regnen.“ Liana brach die Quitsche auf.

„Quatsch, die Sybillen werden schon Recht behalten, ich freu mich ja so. Rosa Sternschnuppen habe ich noch nie gesehen“, säuselte Lorenz mit verträumtem Blick.

„Gibt es noch ernstzunehmende Neuigkeiten?“, fragte Liana.

„Ja, die Werbeveranstaltung von Senator Baltasar in Tennenbode wird ganz groß aufgezogen. Die berichten schon seit Tagen darüber“, sagte ich kauend.

„Und du wirst das Highlight sein bei der Drachenflugshow.“ Lorenz klatschte begeistert in die Hände. „Ich habe euch gestern beim Training zugesehen. So elegant wie du fliegt keiner und eure Outfits, die hauen mich ja richtig vom Hocker.“ Lorenz gab ein schnurrendes Geräusch von sich. Ich wollte gerade entgegnen, dass mich diese eng anliegenden, knallorangenen Anzüge nicht mal ansatzweise vom Hocker hauten, als Adam den Saal betrat. Lässig schlenderte er durch den Raum, grüßte uns mit einem knappen Kopfnicken und nahm dann neben Joren Platz, einem Jungen aus dem siebten Semester. Er sah atemberaubend gut aus, so wie immer, und so wie immer benahm er sich emotionslos wie ein Roboter. Der Stich in mein Herz folgte sofort und mir blieb einen Moment die Luft weg, bevor ich es schaffte, mich abzuwenden.

„Kommst du mit Parelsus voran?", fragte Liana und schenkte sich Tee ein. Ich sah sie an. Die Sache mit Parelsus hatte ich gar nicht weiterverfolgt. Mich mit der magischen Welt vertraut zu machen, um ein Schlupfloch aus der ausweglosen Situation mit Adam zu finden, war mir weit wichtiger erschienen, als in der Vergangenheit zu forschen. Doch da war noch mehr, was mich abgelenkt hatte.

„Nein, ich habe ihn nicht mehr getroffen", entgegnete ich. „Wenn ich geahnt hätte, dass ich für diese Flugshow jeden Nachmittag trainieren muss, hätte ich vielleicht protestiert."

„Hättest du niemals nicht, Herzchen", lächelte Lorenz. „Du bist nämlich total vernarrt in diese Ungetüme. Ich habe genau gesehen, dass du die „Drachenwelt" abonniert hast."

„Okay!", gab ich lächelnd zu.

„Was willst du nun eigentlich genau von Parelsus?", fragte Lorenz.

„Du weißt von meinen Eltern?", erwiderte ich.

„Klar, das war doch ein großes Ding damals. Patrizierin heiratet Plebejer, bricht den Eid und wird geächtet, weil sie sich öffentlichkeitswirksam gegen ihren Ausschluss aus der Vereinten Magischen Union wehrt, jahrelanger Rechtsstreit folgt und kurz bevor die Höchststrafe verhängt werden kann, kommen sie, ihr Mann und zwei ihrer Kinder bei einem Flugzeugabsturz ums Leben. Großes Drama, ganz großes Drama!"

„Danke für die Zusammenfassung. Du bist doch sonst so feinfühlig", stellte Liana mit einem kritischen Blick auf meine zerknirschte Miene fest.

„Oh, Entschuldigung!“, beeilte sich Lorenz zu sagen, als er es bemerkte.

„Kein Problem, ich denke, ich bin darüber hinweg. Ich kann mich ohnehin kaum an meine Eltern erinnern“, erklärte ich. „Meine Mutter hat mir einen Brief hinterlassen, eine Art Abschiedsbrief, den ich erst an meinem achtzehnten Geburtstag bekommen habe. Darin schreibt sie, dass ich mich, wenn ich Fragen habe, die noch nicht beantwortet wurden, an Parelsus wenden soll.“

„Und was hast du für Fragen?“ Lorenz sah mich erwartungsvoll an.

„Na, das ist doch klar! Warum sollte mir meine Mutter einen Abschiedsbrief schreiben, wenn sie angeblich nur einen Kurzurlaub bei ihren Freunden in London machen wollte. Sie wusste offenbar, dass sie nicht zurückkommt, aber meine Großmutter will nichts davon hören. Im Gegenteil, sie sagt, ich soll mich von Parelsus fernhalten.“

„Wahnsinn!“ Lorenz Miene war vor Spannung eingefroren. „Du meinst, deine Mutter wurde ermordet?“ Aus seinem Mund klangen die Worte, die ich bisher nur gedacht hatte, hart.

Ich zögerte, bis ich langsam antwortete: „Genau, das glaube ich. Aber da sind noch mehr Sachen, die seltsam sind. Jemand hat einen Teil meiner Erinnerungen gelöscht und als ich zur feierlichen Aufnahme im Senatorenhaus war, hat mir der Senator nahegelegt, dass ich nicht das Erbe meiner Mutter antreten soll. Mittlerweile weiß ich, was er meint. Er hat Angst, ich könnte der nächste Rebell der Vereinten Magischen Union werden.“

„Übel!“ Lorenz schnappte nach Luft.

„Genau, das finde ich auch. Ich dachte immer, ich wüsste alles über meine Eltern, aber jetzt stelle ich fest, dass ich eigentlich nur das weiß, was mir meine Großmutter erzählt hat, und das scheint nicht viel zu sein.“

„Ein Mord, den jemand verschleiern will. Das ist ein Verbrechen, das wir unbedingt aufdecken müssen.“ Lorenz klang begeistert.

„Na ja, ich will euch da nicht mit reinziehen. Wo ein Mord ist, gibt es einen Mörder, und selbst wenn es schon ein paar Jahre her ist, ist es sicherlich immer noch gefährlich."

„Papperlapapp, ich liebe die Gefahr." Lorenz reckte sich. „Als Kind habe ich die Romane von Sherlock Holmes verschlungen, du kannst auf mich zählen", sagte er entschlossen. Liana hatte unserer Unterhaltung schweigend zugehört. Lorenz sah sie erwartungsvoll an.

„Ich weiß nicht", sagte sie zögernd. „Das klingt irgendwie unheimlich. Als ich meine Eltern neulich nach Parelsus gefragt habe, haben sie gesagt, ich soll die Vergangenheit ruhen lassen, als wenn sie geahnt hätten, dass du dich irgendwann mal auf die Suche nach ihm machen würdest."

„Ich kombiniere also, dass deine Eltern auch in die Verdeckung eines dunklen Geheimnisses involviert sind." Lorenz zog die Nase kraus und legte die Stirn nachdenklich in Falten.

„Hör auf mit dem Quatsch!", erwiderte Liana ärgerlich und sprang auf. Dabei stieß sie ihre Tasse mit dem Kräutertee um, der dampfend über den Tisch floss.

„Liana, sei kein Spielverderber, ich dachte, du wirst mein Watson", rief ihr Lorenz hinterher, aber sie war schon verschwunden. „Was ist denn mit der heute los?", fragte er erstaunt. „Hat sie Migräne?"

„Nein, Liana hat Angst. Ihre Eltern haben ihr garantiert gesagt, sie soll die Finger von der Geschichte lassen." Ich kannte Lianas Eltern gut genug, um zu wissen, dass sie ihr einziges Kind hüteten wie ein rohes Ei. Sie hatte mir nicht einmal erzählt, dass sie inzwischen mit ihren Eltern über Parelsus gesprochen hatte.

Lorenz nickte verständnisvoll und Shirley, die wie immer, ohne sich weiter am Gespräch zu beteiligen, mit am Tisch saß, nickte ebenfalls.

Ich beschloss, die verbleibende Zeit bis zur nächsten Vorlesung zu nutzen, um noch einmal in der Mediathek vorbeizuschauen und nach Parelsus zu suchen. Lorenz hatte die Sache in meinem Kopf wieder angestoßen, die ich wegen Adam und der vielen Arbeit völlig vernachlässigt hatte.

Langsam schlenderte ich durch die dunklen Gänge und stieg die vielen Treppen hinab in sein Reich. Ich hatte die Mediathek seit der Einführungsveranstaltung nicht mehr betreten. Jetzt, wo ich hier unten stand, bereute ich plötzlich, mich nicht eher um Parelsus gekümmert zu haben. Wie hatte ich mich nur so ablenken lassen können? Ich schnaufte grimmig und ging schneller. Die Tür war offen und ich trat in den hohen Raum hinein. Die Bänke waren fast alle leer, da die meisten Studenten bei den Vorlesungen saßen. Ich schlenderte durch die Reihen und ging um MUS herum in den hinteren Teil. Die hohen Regale erstreckten sich scheinbar endlos in den gewölbeartigen Raum hinein und ich lief immer weiter auf der Suche nach dem weißen Haarschopf von Parelsus. Enttäuscht erreichte ich das Ende der Mediathek. Hier gab es nur noch eine kleine Holztür, die aber verschlossen war.

Ich klopfte einfach dagegen. Irgendwo hier musste Parelsus schließlich stecken. Ich hatte mich schon umgedreht und wollte wieder gehen, als sich langsam quietschend die kleine Tür öffnete. Parelsus‘ Kopf erschien und sein Gesicht fing an zu leuchten, als er mich sah.

„Ah, Selma, komm herein!“, sagte er, als wenn er mich erwartet hätte. Ich folgte ihm überrascht in ein großes Arbeitszimmer, das mit Bücherregalen vollgestopft war und in dessen Mitte neben einem Sessel und zwei Sofas ein völlig überfüllter Schreibtisch stand, der mit Stapeln von Papieren und Büchern überladen war. Hinter dem Arbeitszimmer schloss sich ein weiterer Raum an. Bevor Parelsus die Zimmertür schließen konnte, erhaschte ich einen Blick auf ein hinter weiteren Bücherstapeln verborgenes Bett. Er lebte wie ein Maulwurf im tiefsten Dunkel von Tennenbode. Wie deprimierend. Parelsus zeigte auf einen freien Sessel und nahm selbst am Schreibtisch in einem abgewetzten Ohrensessel Platz. Ich sah ihn erwartungsvoll an, aber er stierte abwesend auf seine Hände, die er unruhig ineinander verknotet hatte.

„Ich wollte mit Ihnen sprechen“, begann ich. Er musterte mich neugierig und ich kam ins Stocken. Was sollte ich ihn fragen, wo anfangen? „Meine Mutter schickt mich zu Ihnen“, sagte ich schließlich. Das war die einzige Sache, die eine Verbindung zwischen uns schuf. Parelsus riss die Augen auf.

„Sie schickt dich?“, wiederholte er ungläubig.

„Ja, das hat sie getan“, bestätigte ich. „Also nicht direkt, in einem Brief. Ich soll mich an Sie wenden, wenn ich Fragen habe“, stotterte ich.

„Ach so.“ Parelsus atmete erleichtert aus. „Und was hast du für Fragen, von denen Catherina annimmt, dass ich sie beantworten kann.“

„Erzählen Sie mir von meiner Mutter!“, bat ich. „Es gibt so viele Dinge, die ich noch nicht von ihr weiß und die ich nicht verstehe.“

Parelsus nickte. Ich wollte ihn nicht gleich mit meinem Verdacht konfrontieren, dass ich den Tod meiner Mutter nicht für einen Unfall hielt.

„Deine Mutter kannte Georgette gut. Mir ist schon klar, warum sie dich zu mir schickt. Weißt du, ich habe deine Mutter nicht nur gekannt, wir waren befreundet. Wie du wahrscheinlich bereits weißt, war deine Mutter schon zu ihren Zeiten in Tennenbode von dem Gedanken besessen, eine bestimmte gesellschaftliche Regel zu ändern. Das ist die Aufgabe, die ihr ganzes Leben und ihr ganzes Tun bestimmt hat.“

„Ja, davon hat mir meine Großmutter erzählt.“ Ich nickte bei seinen Worten und hoffte, dass jetzt etwas zutage kam, das ich noch nicht wusste.

„Georgette wird sich nicht die Mühe gemacht haben, dich in Details einzuweihen.“ Er lächelte. „Vermutlich sitzt du deswegen hier, und was das angeht, stimme ich Catherina zu. Du hast ein Recht darauf, die ganze Geschichte zu erfahren und nicht nur die gekürzte Version.“ Parelsus stützte seine Ellenbogen auf den Tisch und legte die Hände ineinander. Ich nickte eifrig, denn ich wollte, dass er weitersprach.

„Auslöser war, dass sich Catherina unsterblich in deinen Vater verliebt hatte und einfach nicht akzeptieren wollte, dass sie nach dem Studium nicht einfach mit ihm zusammenbleiben konnte. Sie hat mit allen Mitteln dafür gekämpft, etwas zu ändern. Ihr plötzlicher Tod hat mich schwer getroffen." Parelsus senkte betreten den Blick und starrte einen langen Moment auf seine Hände. „Ich konnte es lange nicht akzeptieren. Weißt du, ich habe deine Mutter gesucht, viele Jahre noch. Alle haben mich für verrückt erklärt."

Ich erstarrte. Also war ich nicht die Einzige gewesen, die einen gefährlichen Verdacht hegte. Ich holte tief Luft, doch irgendwie schaffte ich es nicht, das zu fragen, was ich eigentlich wissen wollte. Ich kannte Parelsus nicht gut genug, um sicher zu sein, dass ich ihm trauen konnte.

„Bei was genau haben Sie sie unterstützt?", fragte ich stattdessen. „Ich möchte ihre Ideen besser kennenlernen. Über ihre Zeit in Tennenbode und ihre Pläne, die Gesellschaft zu verändern, weiß ich wirklich nicht viel", erwiderte ich.

„Das dachte ich mir. Georgette will die Vergangenheit ruhen lassen, aber es ist gut, dass du dich dafür interessierst. Catherinas Ideen dürfen nicht verloren gehen."

„Genau genommen möchte ich nicht nur ihre Ideen besser kennenlernen, ich möchte sie weiterführen", teilte ich ihm den Entschluss mit, den ich schon im Sommer getroffen hatte, und der jetzt, wo ich ihn aussprach, die Lösung zu sein schien, die ich gesucht hatte. Hatte meine Mutter geahnt, dass ich in dieselbe Situation kommen würde wie sie? Parelsus sah nicht so begeistert aus, wie ich erwartet hatte. Er stand auf und begann nervös im Zimmer auf und ab zu gehen. Mein Blick folgte ihm durch den Raum, bis er endlich vor einem blassen Landschaftsgemälde stehen blieb.

„Catherina war eine Visionärin, aber genau das hat sie wahrscheinlich das Leben gekostet. Ich wurde zwar immer als

Verschwörungstheoretiker bezeichnet, aber ich bin mir nach wie vor sicher, dass sie jemand umgebracht hat. Das war kein Unfall. Die haben mich alle für verrückt erklärt, als ich Nachforschungen anstellen wollte." Seine krächzende Stimme wurde lauter und Wut färbte seine eingefallenen Wangen. „Das Senatorenhaus und die Schwarze Garde haben die Ermittlungen abgeschlossen und als Unfall zu den Akten gelegt. Als Leichenfledderer haben sie mich bezeichnet und dass ich den Toten nicht ihre Ruhe gönnen wollte. Dabei wurden nicht einmal die Überreste des Flugzeugs gefunden." Erschöpft ließ sich Parelsus wieder in seinen Sessel sinken. Ich starrte ihn an.

„Ich wusste nicht, dass es keine Überreste gab", stammelte ich, um Fassung bemüht.

„Nein, die gab es nicht. Es gab einen Start und keine Landung am Zielort. Was dazwischen passiert ist, weiß bis heute niemand, und es will auch niemand wissen. Die Störenfriede sind verschwunden und daran soll sich auch nichts ändern", schimpfte Parelsus.

„Das heißt, es besteht sogar die Möglichkeit, dass sie noch leben", rief ich. Parelsus sah mich an und schien zu überlegen, wie er klug seine Worte wählen sollte.

„Langsam, Selma, das habe ich nicht gesagt. Ich glaube nicht daran, dass deine Eltern einen Unfall hatten, aber zu behaupten, dass sie noch am Leben sind, wage ich nicht. Deine Mutter hat sich in Gefahr begeben und dabei höchstwahrscheinlich ihr Leben verloren. Wenn du diesen Weg gehen möchtest, musst du dir bewusst sein, dass du dein Leben riskierst." Parelsus hatte seine Stimme zu einem eiskalten Flüstern gesenkt und beinahe hatte er es geschafft, mir Angst einzuflößen. Ich riss mich aus der Umklammerung dieses Gefühls und lächelte diplomatisch.

„Meine Mutter wollte doch keine Revolution anzetteln", sagte ich.

„Das stimmt, aber hätte man ihrem Anliegen stattgegeben, hätte das bedeutet, dass Plebejer und Patrizier gleichwertig sind, und genau das wäre eine Revolution gewesen. Was glaubst du, weswegen ich hier unten in diesem Keller festsitze und der Nöll einen Posten als Professor bekommen hat, obwohl er den Intellekt einer Asketenliane hat.“ Ich lächelte bei seinen Worten. Wenigstens war ich nicht die Einzige, die Professor Nöll nicht mochte. Parelsus knirschte wütend mit den Zähnen. „Das ist nicht lustig, Selma. Das ist tragisch. Ich bin Plebejer und darf mich glücklich schätzen, den Posten in der Mediathek zu besetzen, obwohl ich zu weitaus mehr fähig bin, und der Nöll, der unterbelichtete Versager, darf den Professor mimen, nur weil seine Familie zu den Patriziern gehört und sein Vater ihm diese Stelle beschafft hat. Nicht einmal Frau Professor Espendorm ist mit ihm glücklich, aber was soll sie machen? Gegen dieses System ist selbst sie machtlos. Die Patrizier besetzen alle wichtigen Posten, so wie sie es schon seit Jahrtausenden tun. Sie haben die Macht in der magischen Welt und wollen sie auch behalten. Die Demokratie, in der wir leben, ist nicht mehr als ein Puppentheater; ein Beruhigungsmittel für die Massen. Was zählt, ist das Blut, das in deinen Adern fließt, und sonst nichts. Es war ein Skandal, als deine Mutter, Tochter einer der alten Familien, an der eigenen Macht rütteln wollte und sich nicht brav gefügt hat und einen Sohn aus gutem Hause genommen hat. Patrizier und Plebejer werden in der Magischen Union nicht miteinander verheiratet. Du wirst keinen Senator finden, der diese Zeremonie durchführt. Die Ehe gilt in der Vereinten Magischen Union als unzerstörbare Institution. Es gibt keine wilden Ehen und auch keine Scheidungen. Die Ehe ist unantastbar bis zum Tod. Um das zu umgehen, ist Catherina zu einem Standesamt der nichtmagischen Bürger gegangen und hat Toni Caspari dort geheiratet. Das war ein Affront gegen die Alten. Ein unfassbarer Skandal. Der „Korona Chronikle“ hat tagelang über nichts anderes berichtet. Sie mussten sie zum Plebejer machen, daran führte kein Weg vorbei.“ Parelsus saß in Erinnerungen versunken in seinem braunen Ledersessel.

„Ich verstehe", sagte ich nachdenklich, als sich die Stille ausdehnte. „Wenn ich jetzt wieder an dieser Regel rüttele, hacke ich den Mächtigen ans Knie."

„Genau, und die wollen sich nicht ans Knie hacken lassen. Aber du bist jetzt Plebejer. Auf dich achtet ohnehin keiner mehr. Deine Stimme hat in dieser Gesellschaft kein Gewicht. Keine Zeitung würde das drucken, was du sagst, und keiner der Mächtigen würde dir zuhören. Da hatte deine Mutter damals einen besseren Ausgangspunkt."

„Warum darf ich dann überhaupt hier studieren?", fragte ich überrascht.

„Die Mächtigen brauchen Arbeitskräfte. Dazu bist du herzlich eingeladen. Aber den Primus und die Senatoren darfst du nicht wählen. Die Wahl ist ein Privileg der Patrizier, um ihre eigene Macht zu sichern."

„Warum machen das alle mit?" Ich begann Parelsus Wut zu verstehen.

„Gewohnheit!", seufzte er. „Außerdem sorgen die Patrizier schon dafür, dass sich alle wohlfühlen. Die Plebejer werden großzügig entlohnt und haben freien Zugang zu den Drachenrennen, dem ultimativen Volkssport. Solange alle zufrieden sind, rebelliert keiner. An die Ungerechtigkeit haben sich alle gewöhnt, das fällt einfach keinem mehr auf."

„Mir ist es aufgefallen und ich will es ändern", sagte ich entschlossen.

„Nicht, dass ich etwas dagegen hätte, aber warum solltest du das wollen? Das ist ein Kampf gegen einen hundertköpfigen Drachen, völlig aussichtslos." Parelsus lehnte sich zurück und verschränkte die Arme vor seinem hageren Körper. Ich wusste nicht, ob ich ihm genug trauen konnte, um ihm den Grund für meine Entschlossenheit anzuvertrauen, andererseits wäre er eine echte Unterstützung, und er würde mir vermutlich nur helfen, wenn er sich sicher wäre, dass ich mein Ziel ernsthaft verfolgen wollte. Ich beschloss, einen Teil der Wahrheit preiszugeben.

„Ich will das Verschwinden meiner Eltern aufklären und ich will Catherinas Ideen zu Ende führen. Ich möchte nicht, dass sie umsonst gestorben ist.“ Dass ich damit auch automatisch die Beziehung zwischen Adam und mir legalisieren würde, behielt ich vorerst für mich.

„Du willst den Mörder deiner Mutter finden?“, schrie Parelsus. Entsetzt von seiner heftigen Reaktion, schreckte ich zurück. „Denkst du, dass es so einfach ist? Dann frag doch gleich die Sybillen!“ Er starrte mich wütend an. „Was glaubst du, was ich die letzten Jahre getan habe?“

„Sie haben versucht, den Mörder meiner Mutter zu finden?“, flüsterte ich. Ich fühlte mich Parelsus mit einem Male verbunden. Es gab noch jemanden auf der Welt, dem das Schicksal meiner Mutter nicht egal war und der auch etwas tat, um die Geheimnisse um ihr Verschwinden aufzuklären.

„Natürlich!“, rief Parelsus.

„Vielleicht finden wir ihn zusammen. Ich habe Zeit.“ Mit festem, ruhigem Blick sah ich ihn an.

„Mmh!“ Er musterte mich grimmig. „Ich denke darüber nach.“

„Erzählen Sie mir mehr von meiner Mutter!“, bat ich. „Was hat sie angestellt, damit diese Regel geändert wird?“

„Ich erzähle dir alles, was ich weiß, aber nicht jetzt und nicht heute. Die nächste Vorlesung beginnt in wenigen Minuten und niemand muss erfahren, dass wir in der Vergangenheit rühren.“

„Nicht einmal meine Mitstreiter?“

„Du hast schon Mitstreiter?“ Parelsus runzelte die Stirn. Ich nickte. „Sei vorsichtig, wem du vertraust! Komm nächsten Mittwoch um acht hierher, dann erzähle ich dir alles, was ich weiß, und nun geh!“ Parelsus erhob sich schnell und schob mich aus dem Zimmer, bevor ich protestieren konnte.

Langsam und in Gedanken versunken verließ ich die leere Mediathek. Meine Mutter hatte recht, Parelsus wusste über vieles Bescheid, sicher über viel mehr, als er mir gesagt hatte.

Ich wollte wissen, was er bei seinen Nachforschungen herausgefunden hatte. Gab es wirklich eine Chance, dass meine Eltern noch lebten? Der Gedanke verwirrte mich vollends. Wie in Trance stieg ich die vielen Treppen nach oben.

Die riesige Eingangshalle war leer. Ich war viel zu spät dran, doch das war es wert gewesen. Ich hatte so viele Dinge erfahren, wie schon seit Wochen nicht mehr. Beschwingt und aufgeregt zückte ich meinen Ausweis und passierte Tür Nummer 334. Als ich mich kurz darauf in Frau Professor Hengstenbergs Miniatur-Amphitheater unter einem wolkenfreien Himmel zwischen Lorenz und Liana sinken ließ, hatte die Vorlesung über Magische Theorie bereits begonnen. Erstaunt stellte ich fest, dass die Professorin heute persönlich da war, bisher hatte die Vorlesung einer ihrer Assistenten gehalten. Die Stille, die im Raum lastete, als ich hereinschlich, kam mir ungewöhnlich vor. Als ich nach vorn sah, wurde mir der Grund dafür klar. Vor uns stand eine atemberaubend schöne Frau, die soeben mit einer lockeren Handbewegung ihren Namen an eine steinerne Wand vor uns schrieb.

„Frau Professor Daria Hengstenberg", las ich.

„Und?", flüsterte Lorenz erwartungsvoll, während Frau Professor Hengstenberg an der Tafel notierte, wo wir ihre Vorlesungsunterlagen in MUS finden konnten. „Wurden deine Fragen beantwortet?"

„Und ob", flüsterte ich zurück. „Parelsus ist auch davon überzeugt, dass das Verschwinden meiner Eltern kein Unfall war. Er hat gesagt, die Überreste des Flugzeugs wurden nie gefunden. Vielleicht leben meine Eltern noch."

„Hat er das gesagt?" Lorenz musterte mich abschätzend.

„Nein", gestand ich. „Aber es wäre doch möglich."

„Verrenn dich da nicht in etwas!", bat er ernst und ich nickte. Dass die Chance minimal war, meine Eltern lebend wiederzusehen, wusste ich selbst.

„Was noch?", fragte er weiter. Liana sah uns strafend an.

„Er will mir von dem Kampf meiner Mutter erzählen",

flüsterte ich.

„Welchen Kampf?" Lorenz sah mich mit großen Augen an.

„Meine Mutter wollte erreichen, dass Beziehungen zwischen Plebejern und Patriziern erlaubt werden", flüsterte ich.

„Das wusste ich nicht." Lorenz spitzte grüblerisch die Lippen.

„Ich will nicht, dass sie umsonst gestorben ist. Deswegen werde ich ihren Kampf fortsetzen", entgegnete ich.

„Wow, du bist so eine Art Jeanne d`Arc, oder?" Lorenz sah mich bewundernd an.

„Übertreib nicht, außerdem habe ich nicht vor, so zeitig mein Leben zu lassen", wiegelte ich ab. Oh, wie er sich irrte, ich tat das alles nur für mich selbst, für mein eigenes Glück mit Adam, der weit entfernt von mir saß und unbeteiligt nach vorn sah, als wenn es mich gar nicht geben würde auf dieser Welt. Bevor ich Lorenz' Illusion von meiner Heldenhaftigkeit weiter zerstören konnte, drehte sich Frau Professor Hengstenberg elegant auf ihren langen Beinen zu uns um, ihre hüftlangen, kastanienbraunen Haare schwangen sanft um ihre wohlproportionierten Rundungen. Ihre Gesichtszüge waren fein geschwungen und sie schaute uns aus ihren grauen Augen freundlich an. Die Blicke der Jungs blieben wie hypnotisiert an ihr hängen. Ich hörte Flavius und seine Freunde hinter mir verliebt seufzen, als Frau Professor Hengstenberg ihre roten Lippen öffnete, um die Vorlesung zu beginnen.

„Ich mache Sie in diesem Semester mit den Grundlagen der magischen Welt vertraut, die für die meisten von Ihnen bisher unbekannt war. Besonders mit den gesetzlichen Vorschriften müssen Sie sich intensiv beschäftigen, um Grenzüberschreitungen zu vermeiden. In der Vereinten Magischen Union müssen Sie sich lediglich für die Überschreitung der Gesetze der magischen Gemeinschaft verantworten. Diese werden an einem eigenen Gerichtshof verhandelt, der von Theodor Duss, dem Senator für rechtliche und soziale Angelegenheiten, geleitet wird." Ein Leuchten und Flirren schien sie zu umgeben und ihre Stimme klang wie ein Lied, dessen Akkorde sanft und melancholisch durch den Raum schwangen.

Es war mehr ein Singen als ein Sagen und prompt spürte ich, wie sich Bilder von Feen in weißen Kleidern in meinen Kopf drängten, die über zartgrüne Wiesen schwebten und lieblich mit ihren durchsichtigen Flügeln flatterten. Ich versuchte die Vision zu unterdrücken und konzentrierte mich auf den sachlichen Inhalt von Frau Professor Hengstenbergs Vortrag.

„Für Vergehen gegen die Gesetze der nichtmagischen Gesellschaft müssen Sie sich vor den nichtmagischen Gerichten verantworten. Bis auf die Gerichtsbarkeiten, die auf unterschiedlichen gesetzlichen Grundlagen basieren, sind die magische Gesellschaft und die nichtmagische eng miteinander vernetzt, obwohl die nichtmagischen Bürger davon nichts wissen. Wir liefern Bodenschätze, Waren und Dienstleistungen und auch unsere Finanzmärkte stehen miteinander in Verbindung."

Obwohl ich mir äußerste Mühe gab, schwanden mir zunehmend die Sinne. Ich konnte immer lauter das glockenhelle Trällern der Feen hören, das sich mit dem feinen Singen von Frau Professor Hengstenbergs Vortrag mischte. Was war nur los?

„Da ich in dieser Vorlesungsreihe nur die Grundlagen umreißen kann, empfehle ich Ihnen, Ihr Wissen um die wirtschaftlichen Abläufe in der magischen Union noch weiter zu …" Ich kämpfte gegen das Abgleiten an und versuchte wachzubleiben, aber es war aussichtslos. Die Vision empfing mich süß wie immer und die Flut der Bilder schoss ungehindert in meinen Kopf. Hundert Feen flogen mit ihren zarten Flügeln in den purpurnen Himmel und drehten zwischen kleinen, durchsichtigen Wölkchen Runde um Runde. Sehnsucht schoss schmerzhaft in mein Herz. Es war eine süße Sehnsucht, die mich brennend verzehrte und mein Bewusstsein in kleinen Tropfen als Regen zur Erde hinabperlen ließ, die vom Blut Tausender Mädchen rot gefärbt war. Übelkeit stieg in mir hoch und ich hörte mein eigenes Würgen. Als ich mühsam die Augen öffnete, saß ich in der Eingangshalle auf dem Boden. Liana stand vor mir und neben mir kniete Adam, der mich entsetzt anstarrte. Ich konzentrierte mich auf die kleine Falte auf seiner Stirn und holte tief Luft.

„Selma, was ist los? Geht es dir gut?“, fragte er panisch. Oh gut, er redete wieder mit mir. Ich nickte benommen und sah zu Liana hinauf, die mich nüchtern anblickte. Jetzt war mir natürlich klar, was passiert war. Frau Professor Hengstenberg sendete genau auf meiner Wellenlänge.

„Sag es ihm!“, forderte mich Liana auf. „Bevor er völlig durchdreht!“

Adams Gesicht rötete sich, die kühle Maske der letzten Wochen, die distanzierte Zurückhaltung, mit der er mich gequält hatte, waren verschwunden. Mit einem Mal schien sein gesammelter Ärger aus ihm herauszuplatzen.

„Was sollst du mir sagen? Was ist gerade passiert? Ich bin zu Tode erschrocken. Hast du eine Ahnung, wie viele Sorgen ich mir ohnehin schon um dich mache? Du schwebst ständig in Gefahr, von den Morlems geraubt zu werden, und dann kippst du einfach um. Ich habe gedacht, du bist vergiftet worden.“ Adam war aufgesprungen und lief nervös auf und ab. Wow, ich starrte ihn fassungslos an. Er machte sich Sorgen um mich? Würde das ausreichen, um seine Meinung zu ändern? Wahrscheinlich nicht, gab ich mir selbst die deprimierende Antwort und versuchte mich aufzurappeln.

„Ich bin nicht vergiftet worden. Im Übrigen kann es dir doch egal sein, wenn mir etwas passiert. Dann ist es wenigstens nicht deine Schuld“, sagte ich und sah ihm ernst in die Augen, während ich versuchte, nicht weich zu werden. Verdammt, dieses Blau war so unglaublich. Es lockte mich und ich wollte einfach loslassen, doch Adams angespannte Stimme riss mich sofort wieder aus meinem Wunschtraum.

„Es ist mir aber nicht egal und das eine hat doch mit dem anderen nichts zu tun. Dass wir nicht zusammen sein können, heißt doch nicht, dass du mir nichts bedeutest. Also, was war das eben gerade?“ Er zeigte mit der Hand auf Tür Nummer 334. Ich beschloss nachzugeben.

„Musik hat auf mich eine, nun ja, sagen wir mal, bewusstseinserweiternde Wirkung. Genau genommen gleite ich bei bestimmter Musik ab wie in einen Tiefschlaf. Erinnerst du dich, als ich in deinen Garten gefallen bin?“

„Ja, sehr genau sogar.“ Die Falte auf seiner Stirn glättete sich und ich glaubte, den Ansatz eines Lächelns sehen zu können, als ich ihn an unser Treffen im Sommer erinnerte.

„Es war das Lied, das du auf der Gitarre gespielt hast. Es hat eine Flut von Bildern in meinen Kopf geschossen. Ich habe nicht einmal gemerkt, wie ich von der Mauer gestürzt bin.“

„Oh!“, meinte Adam und kam wieder auf mich zu. Eine leichte, flüssige Bewegung, der ich fasziniert folgte.

„Genau, Frau Professor Hengstenbergs Stimme löst dasselbe aus“, fuhr ich fort.

„Das kann sein. Sie ist eine Fee. Das sind die begabtesten Sänger, die es auf dieser Welt gibt. Hast du ihre Flügel nicht gesehen?“, fragte Adam und hielt mir seine Hand hin. Ich ergriff sie und ließ mich von ihm wieder auf die Füße ziehen, während ich mich dafür schalt, dass mich der feste Griff seiner Hand an unseren letzten Kuss erinnerte.

„Nein, ich habe darauf geachtet, meinen Platz zu finden. Außerdem wusste ich bis jetzt nicht, dass es singende Feen überhaupt gibt, geschweige denn, dass sie Magische Theorie lehren“, erwiderte ich unmutig.

„Wusstest du von ihrem Musikproblem?“, fragte Adam an Liana gewandt. Sie nickte.

„Ich habe das schon immer, Adam. Ich bin schon in der Schule von der Bank gekippt. Ich habe bestimmt noch irgendwo meine Packung mit den Ohrstöpseln. Ich dachte eigentlich, ich brauche sie in Tennenbode nicht, weil ich keinen Musikunterricht mehr habe, aber das war wohl ein Irrtum.“ Ich begann in meiner Tasche zu kramen.

„Selma, das ist nicht normal. Du solltest das unter Kontrolle bringen." Adams dunkler Blick wurde ernst.

„Das probiere ich doch jedes Mal, aber es klappt einfach nicht. Glaubst du, es macht mir Spaß, vor fünfzig Leuten umzukippen oder mich bewusstlos von Gartenmauern zu stürzen?" Er sah mich streng und gleichzeitig besorgt aus seinen nachtblauen Augen an. Nicht schon wieder dieser Blick. Meine Knie wurden weich.

„Ja, ja, ist schon gut", gab ich nach. „Ich werde heute Abend meine Großmutter fragen. Als Heilerin weiß sie bestimmt Bescheid."

Es war Freitag und ich hatte meiner Großmutter ohnehin versprechen müssen, den heutigen Abend und den morgigen Tag bei ihr zu verbringen, bevor ich am Sonntag das Unterhaltungsprogramm für Helander Baltasars Werbetour mitgestalten durfte.

„Ich gehe wieder rein, versprich mir, dich darum zu kümmern!", bat Adam. Ich nickte brav und Adam verschwand wieder im Vorlesungssaal. Hatte er schon immer so breite Schultern gehabt?

„Vergiss ihn!", ermahnte mich Liana. Mein sehnsuchtsvoller Blick, der immer noch an der Tür hing, durch die Adam verschwunden war, war ihr nicht entgangen.

„Wenn das mal so einfach wäre!", seufzte ich.

„Du bist meine beste Freundin. Ich wünsche mir nichts mehr für dich, als dass du glücklich wirst. Aber ich habe wirklich Angst, dass du dich in Dinge verstrickst, die gefährlich sind und die dich das Leben kosten könnten." Liana sah mich traurig an.

Was sollte ich ihr sagen? Dass es dafür schon viel zu spät war? Ich konnte nicht mehr zurück und so tun, als ob ich von allem nichts wusste, von meinen Eltern, die verschwunden waren oder womöglich ermordet worden waren, oder von Adam, dessen Anziehungskraft ich nichts entgegensetzen konnte, selbst wenn sie mich, wie er befürchtete, ins Verderben führte.

„Ich weiß, Liana“, flüsterte ich und nahm sie in den Arm. „Mir passiert schon nichts.“

Flugstunden

Am nächsten Tag saß ich im Haus meiner Großmutter in Schönefelde und der Kaffeeduft zog aromatisch durch den warmen Raum. Ich sog ihn ganz tief ein, bevor ich einen Schluck nahm. Der Blick in den Garten hatte sich verändert, seitdem ich das letzte Mal hier gewesen war. Es war feucht und kühl geworden und der Garten hatte seine Farben verloren. Das satte Grün des Sommers war verschwunden. Nur die Bäume wehrten sich noch mit ein paar letzten bunten Blättern gegen den bevorstehenden Winter. Erinnerungen gingen mir durch den Sinn von der sommerlichen Hitze und dem Zirpen der Grillen. Eine unstillbare, süße Sehnsucht ergriff mich, als ich an meinen Geburtstag dachte, der Tag, an dem Adam in einem schwachen Moment seine Gefühle preisgegeben hatte. Aber deswegen war ich nicht hier in der Steingasse. Ich wollte nicht in Erinnerungen schwelgen. Ich war hier, weil meine Großmutter mich sprechen wollte und weil mir nach dem Gespräch mit Parelsus etliche Fragen durch den Kopf schwirrten, auf die sie vielleicht eine Antwort wusste.

„Entschuldige, dass ich dich so lange habe warten lassen. Da bist du endlich einmal wieder zu Hause und dann muss ich weg." Meine Großmutter trat in die Küche und brachte eine neuerliche Welle kühler, feuchter Luft mit sich. Sie bewegte locker die Hand und sofort fegte eine warme Brise durch den Raum und trocknete ihr nasses Haar.

„Kein Problem, deine Patienten brauchen dich dringender und ich hatte heute Vormittag genug zu tun. Wir haben noch den ganzen Nachmittag Zeit", antwortete ich über meine Tasse hinweg. Den Samstagmorgen hatte ich damit verbracht, Kaffee zu trinken, bis mir die Hände zitterten, und eine lange Liste von Nachrichten und E-Mails zu beantworten, die sich in den letzten Wochen angesammelt hatten, weil mein Handy und mein Computer in Tennenbode ohne Stromzufuhr bald ihren Geist aufgegeben hatten.

„Koffeinentzug?“, fragte sie mich lächelnd und ich nickte. „Das ging uns auch erst einmal so. Ich erinnere mich an Hardy Holler, der versucht hat, in seinem Zimmer ein Feuer zu machen, um Kaffeewasser kochen“, lächelte sie, während sie ihre nasse Jacke über die Stuhllehne hängte.

„Das Feuer hatte er einfach nicht unter Kontrolle. Er hat sein Zimmer in Brand gesteckt. Zu seinem Glück war sein Mitbewohner gut in Wasserlehre und konnte gleich löschen. Die Faun mussten trotzdem alles reparieren.“ Meine Großmutter strich sich eine graue Strähne ihres nun trockenen Haares aus der Stirn und schmunzelte.

„Sind die Faun eigentlich glücklich mit ihrer Arbeit? Dulcia hat erzählt, sie würden normalerweise in Wäldern leben“, fragte ich.

„Sie sind sicherlich nicht glücklich, aber glücklicher als in der Unterwelt sind sie allemal. Sie können die Drachen nicht leiden, und mit ihnen eingesperrt zu sein, war für sie die größere Qual. Die Faun sind freie Geschöpfe, aber unter den Menschen dürfen sie nicht leben. Schon vor vielen Jahrhunderten hat ihnen der damalige Rektor angeboten, in Tennenbode zu arbeiten, und das tun sie noch heute.“ Ich nickte.

„Wenn wir gerade bei glücklich sind, Schatz. Bist du glücklich in Tennenbode? Erzähl, wie es dir in den letzten Wochen ergangen ist!“ Meine Großmutter goss sich eine Tasse Kaffee ein und setzte sich neben mich.

„Wusstest du, dass ich die Drachensprache kann?“, fragte ich. Meine Großmutter sah mich überrascht an.

„Ich habe es vermutet, deine Mutter war vernarrt in diese Tiere. Es wundert mich nicht, dass sie dir ein paar Wörter beigebracht hat, bevor du ihren Sinn überhaupt verstehen konntest.“

„Was ist das eigentlich für eine Sprache, in der die Drachen sprechen?"

„Es ist die alte Sprache, die allen Sprachen der Welt zugrunde liegt. Sie schwingt in jedem mit, deswegen werden dir die Worte bekannt vorkommen. Sie stecken ganz tief in dir drin, als Magier hast du einen besseren Zugang zu ihnen." Sie legte ihre Hand auf ihr Herz. „Obwohl es mittlerweile viele Zauber in modernen Sprachen gibt, sind die wirklich großen und machtvollen Zauber nur in der alten Sprache zu sprechen. Keine Übersetzung ist gut genug, um das Wesen der Dinge so klar einzufangen wie mit der alten Sprache. Deine Mutter hatte eine Vorliebe für die alte Sprache, das ist heutzutage nicht mehr selbstverständlich, genauso wie Gregor König, aber der muss sie ja schon von Berufs wegen beherrschen."

„Wegen der Arbeit mit den Drachen?", fragte ich.

„Ja, genau. Er macht diese Arbeit schon seit vielen Jahren und als Herr der Unterwelt schlägt er sich wirklich wacker und manchmal hat er es wirklich nicht leicht mit den anstrengenden Magiern, die in Akkanka wohnen, und den Professoren in Tennenbode."

„Ja, er ist wirklich gut. Weißt du, ob er meine Mutter bei ihren Heiratsplänen unterstützt hat?", fragte ich vorsichtig. Meine Großmutter zögerte.

„Catherina hat mir zwar erzählt, dass sie in Toni verliebt ist und sich dafür einsetzt, ihn heiraten zu dürfen, aber mit wem sie was genau gemacht hat, weiß ich nicht. Sie hat ein großes Geheimnis aus dieser Sache gemacht und nur wenigen Menschen vertraut. Wie du siehst, war sie noch nicht vorsichtig genug."

„Du denkst also auch, dass sie jemand umbringen wollte?" Bei meinen direkten Worten wich meiner Großmutter die Farbe aus dem Gesicht. Ich bereute schon meine Frage, als sie leise antwortete.

„Ich bin mir ziemlich sicher, dass sie umgebracht wurde, aber es gab keine Möglichkeit, etwas zu beweisen. Wem auch?

Ich habe nicht einmal einen Verdacht, wer von den vielen Magiern, mit denen es sich Catherina verdorben hatte, es sein könnte."

„Ist es möglich, dass sie noch leben?" Die Frage brannte in mir, seitdem ich mit Parelsus gesprochen hatte. Meine Großmutter schüttelte energisch den Kopf.

„Ich habe keine Nachrichten mehr von ihnen empfangen. Noch viele Jahre habe ich ihnen Botschaften gesandt, aber es gab keine Antwort." Meine Großmutter sah nach oben. Ich wusste, was dieser Blick bedeutete. In unserem Haus bewohnten wir nur noch die untere Etage, in der oberen Etage lebten alle unsere Erinnerungen. Dort hatte ich früher mit meinen Eltern und meinen zwei kleinen Geschwistern gelebt, im unteren Geschoss meine Großmutter mit ihrem Mann. Nach dem Verschwinden meiner Familie hatte mich meine Großmutter mit zu sich in die unteren Räume genommen und die obere Etage abgeschlossen. Sie hatte nicht nur die Etage abgeschlossen, sondern auch diesen Teil ihres Lebens. Ich konnte das verstehen. Sie hatte ihre Tochter verloren, ihren Schwiegersohn und zwei ihrer Enkel und das alles, nachdem mein Großvater verschwunden war, als meine Mutter noch ein Baby war. Mit ihren Worten hatte sie die kleine Hoffnung zertreten, die in mir gewachsen war. Wenigstens ihrer eigenen Mutter hätte Catherina doch ein Lebenszeichen geschickt? Ich wechselte schnell das Thema.

„Wer kann eigentlich die Regel über die Patrizierehen abschaffen?", fragte ich. Meine Großmutter zögerte einen Moment, während sie in ihre Kaffeetasse sah. Mit einer kleinen Bewegung ihrer Finger brachte sie deren Inhalt in Schwung und goss ein wenig Milch dazu.

„Diese Entscheidungen trifft der Primus. Er ist unser Präsident und er berät sich mit den zehn Senatoren. Die Senatoren und der Primus wiederum werden von allen gewählt", antwortete sie schließlich.

„Nicht von allen, nur von den Patriziern, und die wählen

natürlich die Senatoren, die dafür sorgen, dass alles so bleibt, wie es ist."

„Es sind alle zufrieden", entgegnete meine Großmutter, ohne jede Spur von Aufregung.

„Ich glaube nicht, dass die Plebejer zufrieden damit sind, nicht alle Berufe ausüben zu dürfen", erwiderte ich ungehalten.

„Selma, wenn du nicht Plebejer wärst, hättest du Politiker werden sollen", meinte sie seufzend. „Du hast recht, das System ist ungerecht. Aber es funktioniert. Ich behandle Patrizier und Plebejer gleichermaßen und ich rede mit den Menschen. Sie lieben Willibald Werner wie einen König. Er ist ein herausragender Politiker. Er setzt sich auch für die Plebejer ein. Sie dürfen kostenlos zu den Drachenrennen und haben Zugang zu Bildung. Es geht keinem Magier schlecht in diesem Land."

„Sie werden bestochen, meinst du? Parelsus geht es schlecht und er ist sicher nicht der Einzige", sagte ich. Als ich Parelsus erwähnte, verzog sich das Gesicht meiner Großmutter augenblicklich zu einer zornigen Maske. Ihre grünen Augen blitzten wütend.

„Der alte Zausel mit seinen Verschwörungstheorien. Der ist nicht mehr klar im Kopf. Ein genialer Erfinder mag er ja sein, aber ansonsten hat er nur wirre Pläne in seinem vertrockneten Gehirn." Ich starrte meine Großmutter erschrocken an. So ausfallend wurde sie nur selten. Ich beschloss, nicht zu erwähnen, was ich mit Parelsus besprochen hatte. Vertraute ich dem Falschen oder irrte sich meine Großmutter?

„Wie kommst du darauf?", hakte ich nach.

„Ich glaube, er hat deine Mutter erst so richtig angestachelt. Wenn er nicht gewesen wäre, hätte sie sich vielleicht doch damit abgefunden, einen Patrizier zu heiraten. Es gab schließlich einige, die um Catherina geworben haben, und dann würde sie vielleicht noch leben. Halt dich von ihm fern, bevor er dasselbe mit dir macht!" Mein Magen verkrampfte sich.

„Ich dachte, du wärst auf meiner Seite", stieß ich hervor.

„Das bin ich auch, aber ich möchte dich nicht auch noch

verlieren, verstehst du das?“ Meine aufwallende Wut fiel in sich zusammen wie ein Kartenhaus im Wind.

„Ja, natürlich verstehe ich das.“ Ich nickte langsam. „Ich passe auf mich auf.“ Das konnte ich getrost versprechen, aber mehr auch nicht. Vielleicht war es besser, meine Großmutter überhaupt nicht mit meinen Nachforschungen zu beunruhigen. Ich glaubte zu verstehen, warum meine Mutter sie nicht ins Vertrauen gezogen hatte. Ich beschloss, das Thema zu wechseln und Adams Bitte zu erfüllen.

„Ich bin in Frau Professor Hengstenbergs Vorlesung umgekippt“, sagte ich.

„Feenmusik?“ Ich sah ihr an, dass sie froh war, über etwas anderes sprechen zu können. „Du hast diese kleine Schwäche von mir geerbt und ich von meiner Großmutter. Deine Mutter hatte es seltsamerweise nicht. Offenbar überspringt es eine Generation.“

„Kann ich etwas dagegen machen?“

„Warum willst du etwas dagegen machen?“ Sie sah mich erstaunt an. „Es ist nur wenigen Magiern vergönnt, so intensiv Musik zu spüren.“

„Das meine ich nicht. Ich möchte gern die Ohnmacht vermeiden, die mich immer trifft. Ist das möglich?“

„Natürlich, oder hast du schon einmal gesehen, dass ich umgefallen bin, wenn ich Musik gehört habe, die mich berührt?“ Ein kleines Lächeln umspielte ihren Mund.

„Nein, es passiert also nur bei Musik, die mich berührt?“

„Genau, aber du bekommst es in den Griff, wenn du lernst, deinen Geist zu kontrollieren und dich nicht davontragen zu lassen. Du musst gegen die Ohnmacht kämpfen und dann kannst du es steuern und selbst entscheiden, ob du es zulässt oder eben nicht.“

„Das probiere ich doch jedes Mal, aber es klappt nicht“, erwiderte ich mutlos.

„Du musst weiter üben. Das ist dem Versenden von Botschaften ähnlich, damit kommst du doch mittlerweile auch gut voran, oder?"

Ich zögerte kurz. „Ehrlich gesagt nicht, ich habe wenig geübt. Wir hatten immer viel zu tun, Hausaufgaben und das Training für die Flugshow morgen." Und Adam, an den ich immer denken musste.

„Ach ja, die Flugshow! Hat dir Gregor König schon beigebracht, selbst zu fliegen?", fragte meine Großmutter besorgt.

„Nein, bis jetzt nicht. Ich dachte, den Flugschein kann ich erst im nächsten Jahr machen?", erwiderte ich erstaunt.

„Richtig, aber falls du einmal von einem Drachen stürzt, solltest du dich selber retten können. Am besten fragst du Gregor König, ob er dir wenigstens ein paar Grundlagen beibringt." Ich nickte begeistert und beschloss, die Sache noch am selben Tag in Angriff zu nehmen. Meine Großmutter hatte recht, bei meinem nächsten Sturz hatte ich vielleicht nicht so viel Glück, dass ich in den Fluss fiel.

Nach dem Abendessen verabschiedete ich mich von meiner Großmutter und machte mich auf den Weg in die Unterwelt zur Generalprobe der Drachenflugshow. Ich hatte mit Pico trainiert, dem Kleinsten der Drachen. Er war ein ruhiger und besonnener Flieger, nicht so wie Ariel. Obwohl ich ihn am meisten von allen mochte und das innigste Verhältnis zu ihm hatte, durfte ich ihn noch längst nicht fliegen. Sogar Bert, der ein brillanter Jockey war, war allein in diesem Monat schon dreimal von seinem Rücken abgestürzt, als Ariel ohne Vorwarnung einen Looping vollführt hatte. Bert hatte die Stürze nur überlebt, weil er selbst ein guter Flieger war und sich hatte auffangen können. Hoffentlich ging morgen alles gut, wenn uns Hunderte von Magiern zuschauen würden. Wir hatten alle Elemente des Drachenformationsfluges geübt und wenn Ariel sich zusammenriss, konnten wir alle Flüge fehlerlos absolvieren. Ich stand auf dem kleinen Plateau vor den Drachenhöhlen und hatte mich soeben von Lilli und Kamilla verabschiedet, die im siebten Semester studierten. Ich sah ihnen eine Weile nach, wie sie elegant und schnell Akkanka überquerten, und wartete auf Gregor König. Es war an der Zeit, selbst die Flügel aufzuspannen und fliegen zu lernen.

Gregor König kam zusammen mit Bert, dem schmalen Jungen aus dem fünften Semester, aus den Höhlen. Als er mich sah, verabschiedete er sich und kam auf mich zu.

„Ich muss fliegen lernen", sagte ich entschlossen. Gregor König sah mich überrascht an.

„Da könnte ich dir weiterhelfen, aber eigentlich musst du bei Herrn Trudig erst einmal einen Kurs absolvieren und die Flugprüfung machen", begann er langsam.

„Herrn Trudig von Trudigs Fahrschule?" Ich erinnerte mich, dass ich im Frühjahr meine Führerscheinprüfung dort gemacht hatte.

„Genau, seine Frau hat das Reisebüro direkt daneben. Herr Trudig betreibt aber nicht nur die Fahrschule, sondern auch eine Flugschule. Den Flugschein darfst du aber erst machen, wenn du die Prüfungen zu Level 1 geschafft hast."

„Also nach dem ersten Jahr, ich weiß, aber eigentlich darf ich auch erst Drachenjockey werden, wenn ich den Flugschein gemacht habe. Außerdem musste ich meiner Großmutter versprechen, fliegen zu lernen. Sie macht sich Sorgen, dass ich von einem Drachen stürzen und zu Boden fallen könnte", erklärte ich.

„Ach so!", erwiderte Gregor König nachdenklich. „Wenn Georgette von Nordenach mich darum bittet, kann ich natürlich nicht Nein sagen. Schließlich ist sie eine Patrizierin der ältesten Familie und ehrwürdige Heilerin unseres Volkes", sagte er lächelnd. „Dann lass uns gleich anfangen. Wenn du das Talent deiner Mutter geerbt hast, werden wir schnell fertig sein. Du musst ja nicht jedem auf die Nase binden, dass ich dir das Fliegen beigebracht habe. Das bleibt einfach unter uns. Aber es ist wirklich gut, wenn du es kannst, nur so für den Notfall." Er lächelte mich an.

„Jetzt gleich?", fragte ich erfreut.

„Ja, oder passt es dir nicht?"

„Doch, es passt mir prima", versicherte ich schnell und versuchte, meine aufwallende Unruhe zu verbergen.

„Gut, zuerst musst du dir ein Flugshirt anziehen. Sieh mal in der Drachenhöhle gleich hinter dem Eingang nach. Da müssten noch ein paar hängen."

Ich flitzte los und zog mir schnell eines der ledernen Hemden über. Die nackte Stelle an meinem Rücken fühlte sich ungewohnt kühl an. Vor Aufregung zitterten mir die Hände.

„Na, das ging ja schnell", begrüßte mich Gregor König zurück und schmunzelte vergnügt, als er meine begeisterte Miene sah. „Du kannst es nicht erwarten, nicht wahr? Du bist wie deine Mutter. Normalerweise lernen die Studenten das Fliegen in einem zweimonatigen Kurs, aber eigentlich geht es auch schneller", sagte er verschwörerisch. „Das ist wie Schwimmen oder Fahrradfahren, wenn man einmal kapiert hat, wie es funktioniert, geht es fast von allein. Alles klar?" Ich nickte erwartungsvoll und spürte, wie meine Wangen vor Aufregung glühten.

„Gut, also, der erste schwierige Schritt ist es, deine Flügel wachsen zu lassen. Bei manchen Magiern geht das sofort und manche brauchen ein paar Tage. Du musst ein Gefühl für dein neues Körperteil entwickeln. Stell dich fest auf beide Beine und schließe die Augen. Du musst den Boden unter dir spüren. Dann atmest du ein paar Minuten lang in Ruhe ein und aus und wenn dein Puls ruhig ist und du konzentriert bist, senkst du den Kopf, bis dein Kinn deinen Brustkorb berührt, und dann versuchst du dir vor deinem inneren Auge vorzustellen, wie zwischen deinen Schulterblättern Flügel wachsen. Du musst die Energie spüren, die fließt. Es ist wie ein heller Lichtstrom. Alles klar?"

Ich nickte schnell und stellte mich fest auf den Boden, so wie es Gregor König vorgemacht hatte. Mit geschlossenen Augen atmete ich eine Weile ein und aus. Ich spürte bald, wie ich ruhiger wurde.

„Jetzt!", flüsterte mir Gregor König zu, als mein Atem offenbar tief genug geworden war. Ich stellte mir die Flügel vor, die mir wachsen sollten, und dann versuchte ich den Energiestrom zu fühlen, der zwischen meinen Schulterblättern pulsierte. Tatsächlich passierte etwas. Ich spürte, wie es wärmer auf meinem Rücken wurde, und lächelte.

„Gut machst du das, und jetzt weiter. Konzentriere dich ganz auf den Energiestrom. Stell dir gleißendes Licht vor, das aus dir herausbricht. Los!", sagte Gregor König mit ruhiger Stimme. Ich nickte, fühlte die Gewissheit in seiner Stimme, dass er mir das zutraute, und atmete noch einmal tief ein. Dann versuchte ich nur noch den Lichtstrom zu spüren. Die Wärme zwischen meinen Schulterblättern wurde stärker und stärker. Es wurde immer heißer und unangenehmer und erschrocken spürte ich einen unerträglichen Schmerz, dem ich nicht mehr ausweichen konnte. Pulsierend brach sich etwas Riesiges seinen Weg aus meinem Rücken. Der Schmerz kam überraschend und war so gewaltig, dass ich anfing zu schreien. Mir wurde rot vor Augen. Meine Beine knickten ein und ich fiel auf den Boden. Ich schrie vor Schmerz, während mein Rücken zerrissen wurde. Die Qual dehnte die Zeit zu einer Unendlichkeit. Als der Schmerz endlich nachließ, kam es mir vor, als wären Stunden vergangen. Keuchend blieb ich auf dem Boden liegen. Mein Blick klarte langsam auf, während ich den glückseligen Moment genoss, dass das Fegefeuer auf meinem Rücken gelöscht war.

„Warum haben Sie mir das verschwiegen?", japste ich schließlich erschöpft. Gregor König fand die Situation offenbar heiter und lachte.

„Weil es nichts geändert hätte, außer dass Angst in dir gewesen wäre. Manchmal ist die Erwartung eines Schmerzes qualvoller als der Schmerz selbst. Also sei so nett und erzähl den anderen nichts davon." Er hielt mir eine Hand hin und ich rappelte mich mühsam von dem staubigen Boden auf. Mein Körpergleichgewicht hatte sich verändert. Ich spürte deutlich das Gewicht der Flügel auf meinem immer noch schmerzenden Rücken. Ungeduldig wandte ich mich um.

„Warum rot? Warum sind meine Flügel rot?“, fragte ich erstaunt.

„Deine Flügel bestehen aus einem sehr leichten Gerüst hohler Knochen, die von Muskeln und Haut überspannt sind, und darauf wachsen Federn, die natürlich dieselbe Farbe haben wie deine Haare auf dem Kopf. Ist dir der Zusammenhang noch nicht aufgefallen?“ Gregor König sah mich an. Ich schüttelte den Kopf, aber es war logisch. Adams Flügel waren schwarz und die von Frau Professor Espendorm grau.

„Tut das jedes Mal so weh?“, fragte ich angstvoll.

„Nein, das erste Mal ist das schlimmste. Die nächsten Male wird es auch noch schmerzen, aber mit jedem Mal wird der Schmerz schwächer, bis er schließlich ganz verschwindet. Dann kannst du höchstens noch Muskelkater bekommen“, grinste er mich an. Ich atmete erleichtert auf.

„Jetzt versuch mal, deine Flügel zu bewegen!“, ermunterte er mich. Richtig, ich musste erst einmal ein Gefühl für mein neues Köperteil bekommen. Vorsichtig versuchte ich ein leichtes Flattern und tatsächlich bewegten sich meine wunderschönen, roten Flügel ohne Probleme. Ich flatterte stärker und wehte Staub auf. Was für ein gigantisches Gefühl. Ich spürte die Kraft meiner Flügel und diese Kraft war enorm. Meine Füße hoben tatsächlich ab und ich jauchzte vor Freude.

„Unglaublich, ich kann fliegen“, rief ich. Genau in diesem Moment erfasste mich eine kleine Windböe. Vor Schreck flatterte ich wild los, verlor das Gleichgewicht und donnerte mit viel Schwung gegen die hinter uns liegende Wand.

„Alles okay, Selma?“, rief Gregor König, als er zu mir eilte und mir wieder auf die Beine half. Mühsam rappelte ich mich auf und kontrollierte alle Köperteile.

„Alles gut, das gibt bloß ein paar blaue Flecken“, stöhnte ich.

„Tut mir leid, da musst du jetzt durch. Es dauert etwas, bis du ein Gefühl für die Bewegung in der Luft bekommst, aber du machst das schon ganz toll. Probiere es gleich noch einmal!", munterte mich Gregor König auf. Sein permanentes Lächeln störte mich zunehmend. Ich biss die Zähne zusammen und begann mich wieder in die Luft zu erheben. Diesmal achtete ich mehr auf mein Gefühl in der Luft und konnte die kleinen Böen leichter ausgleichen. Glücksgefühle schossen mir kribbelnd in den Bauch, als ich weiter und weiter nach oben stieg. Jetzt oder nie! Ich spannte die Flügel weit auf und ließ mich ins Tal gleiten. Mein Jauchzen hallte von den Wänden herab, als ich in weiten Bögen über Akkanka schwebte, vorbei an den Wasserfällen und einmal quer durch die Wolke feiner Wassertröpfchen, die wie ein Nebel über dem klaren, blauen See lag. Auf Drachen zu fliegen war fantastisch, aber das Gefühl, selbst mit eigenen Flügeln zu fliegen, war unbeschreiblich. Eine weitere Dimension erschloss sich meinem Kopf, es war die absolute Freiheit in alle Richtungen. Ich flog ein paar Runden, bis ich Gregor König in der Ferne winken sah. Ich glitt sanft in seine Richtung und versuchte dann neben ihm zu landen. Dabei hatte ich meinen Schwung völlig falsch eingeschätzt und sauste an ihm vorbei. Mit einem dumpfen Ton schlug ich erneut gegen die Felswand.

„Noch mehr blaue Flecken?", fragte er, als er mir auf die Beine half. Ich nickte stöhnend und rieb mir meinen Kopf. „Du hast dich hervorragend geschlagen für deinen ersten Flug. Ich habe dir ja gesagt, du hast das im Blut. Nur beim Start und bei der Landung musst du noch aufpassen. Sieh her! Ich zeige dir, wie man landet."

Gregor König konzentrierte sich einen Moment, bis ihm seine Flügel aus dem Rücken schossen, die denselben blonden Ton hatten wie seine Haare. Dann erhob er sich mit einigen kraftvollen Flügelschlägen vom Boden und drehte eine Runde, bevor er sich langsam neben mir zu Boden sinken ließ.

„Tempo rausnehmen, Füße fest zum Boden, Knie eingeknickt und dann Flügel aus dem Wind nehmen", kommentierte er seine Bewegungen, während er sanft neben mir landete.

„Hätten Sie mir das nicht vorher zeigen können?“, murrte ich.

„Nein, nichts ist einprägsamer als eigene schmerzhafte Erfahrungen“, erwiderte er gelassen. „Und jetzt fliegen wir noch einmal gemeinsam bis zum Ausgang auf die andere Seite. Das reicht dann für heute.“

Wir erhoben uns in die Lüfte, mein Start war zwar holprig, aber akzeptabel, und dann flogen wir quer über Akkanka. Das Gefühl, mich aus eigener Kraft durch die Luft zu bewegen, war noch genauso berauschend und ich konnte ein Jauchzen nicht unterdrücken.

Dieses Mal gelang mir die Landung schon besser. Ich sauste zwar immer noch mit zu viel Schwung gegen die Wand, konnte mich aber gut mit meinen Armen abfangen, bevor ich mir neue blaue Flecken holte.

Als ich mich verabschiedete, ermahnte mich Gregor König, nur zu fliegen, wenn es zur Rettung meines Lebens absolut nötig wäre. Daher machte ich mich zu Fuß auf den mühsamen Weg nach oben.

Die Prophezeiung

Ich klammerte mich fest an Picos Rücken und flog in engen Kreisen eine Spirale nach oben, gefolgt von den neun anderen Jockeys auf ihren Drachen. Die Luft peitschte mir ins Gesicht und trieb mir die Tränen in die Augen, als wir im Sturzflug in einer komplizierten Drehung zu Boden flogen und vor dem Podest hielten, das auf dem kleinen Marktplatz in Akkanka aufgebaut war. Es barst über voll ehrenvoller Würdenträger, in deren Mitte sich Senator Helander Baltasar sichtlich wohlfühlte. Ich kannte sein Gesicht aus den vielen Zeitungsartikeln und auch wenn ich ihn jetzt das erste Mal leibhaftig vor mir sah, konnte ich seinem ernsten Gesicht mit dem altmodischen Schnurrbart noch immer nichts Sympathisches abgewinnen. Vielleicht lag es auch einfach daran, dass ich seine politischen Ziele nicht guthieß. Allein die Angst, dass ich aus dem Drachenrennteam ausgeschlossen werden könnte, war der Grund, warum ich an diesem Auftritt teilnahm.

Tosender Applaus beendete unsere Flugshow und ich schwang mich schnell wieder in die Lüfte, um Pico in seine Wohnhöhle zu bringen. Nachdem die Drachen versorgt waren, gesellte ich mich zu den vielen Magiern, die sich um das Podest geschart hatten und der Wahlrede von Senator Baltasar lauschten. Ich verstand nur Wortfetzen, da die Rede immer wieder von abwechselnden Buhrufen und Begeisterungsstürmen unterbrochen wurde. Die Gegner und Befürworter von Helander Baltasar schienen sich ein eifriges Gefecht zu liefern. Ich quetschte mich durch die Menge, bis ich bei Liana und Lorenz angelangt war, die in der Nähe der Tribüne standen.

„Habe ich etwas verpasst?“, fragte ich und sah mich um.

„Ich glaube, Frau Professor Schönhuber schmeißt dem

Nächsten, der etwas gegen den Baltasar dazwischenruft, einen Feuerball an den Kopf. Sieh mal, wie verliebt sie an seinen Lippen hängt", meinte Lorenz spöttisch.

„Aber es ist doch verboten, Magie zum Kampf und zur Verteidigung einzusetzen", zitierte ich mit hochgezogenen Augenbrauen § 215 aus den „Regeln und Umgangsformen für den modernen Magier".

„Dies ist ein Privileg, das ausschließlich der Schwarzen Garde zusteht, die die Verteidigung der Unversehrtheit jedes Magiers garantiert."

„Du machst mir Angst", murmelte Lorenz.

„Die Schönhuber sollte dir Angst machen", sagte ich, als gerade ein hagerer, rothaariger Student aufsprang und über die Köpfe der anderen „Keine Macht für Baltasar!" rief. Tatsächlich schienen die Augen von Frau Professor Schönhuber beinahe Funken zu sprühen. Baltasar ignorierte die Störung völlig und sprach trotz der gelegentlichen Zwischenrufe einfach weiter. Seine Stimme war tief und markant. Man spürte sofort, dass er es gewohnt war, vor Menschen zu sprechen, und die Aufmerksamkeit, die ihm von allen Seiten zuteilwurde, sichtlich genoss.

„Als Primus werde ich die magische Gemeinschaft in ein neues Zeitalter führen. Ja, ich verspreche Ihnen Wohlstand, denn diesen Wohlstand verdient jeder Magier in unserem Lande." Baltasar bewegte sich wie ein König, der zu seinem Volk sprach. Eine Gruppe von Frauen, die mit Wimpeln und Fähnchen ausgestattet waren, begann bei Baltasars Worten laut zu jubeln.

„Sklaventreiber", tönte es aus einer anderen Ecke und störte den Moment der herrschaftlichen Würde, den Baltasar um sich verbreitet hatte.

„Ich werde den Magiern den Platz in der Gesellschaft einräumen, der ihnen zusteht. Mit mir an ihrer Spitze führe ich unser Land zu neuem Wohlstand, zu geistiger und kultureller Blüte. Wählen Sie Helander Baltasar, wählen Sie die Zukunft!"

Baltasar beendete seine Rede mit einem pathetischen Kopfnicken und tosender Applaus brandete auf. Um uns herum flogen kreischend bunte Chamälionaras aus den umliegenden Bäumen auf, die nervös ihre Farbe wechselten und kleine Flammen spuckten. Musik setzte ein, die von der Tennenboder Studentenband gespielt wurde, und die Wahlveranstaltung ging in ein Volksfest über.

„Kommt, wir gehen!“, sagte Lorenz. Ich drängte mich durch die Menge und folgte Liana und Lorenz. Flammen stiegen über unseren Köpfen auf, aus denen die Gegner Baltasars in einer Ecke des Marktplatzes Schriftzüge formten.

„Keine Macht dem Sklaventreiber!“, las ich und „Wer Baltasar wählt, wählt den Rückschritt!“ oder „Menschen sind keine billigen Arbeitskräfte, sondern unsere Freunde!“.

Als wir an einem Stand vorbeikamen, an dem ein Illusionskünstler Visionen von Baltasar mit einer gigantischen Krone auf dem Kopf zauberte, trafen wir Gregor König, der mit verschränkten Armen auf dem Marktplatz stand und mürrisch das Treiben um sich herum betrachtete.

„Selma, lass dich von all dem nicht täuschen. Ich sage dir, der Baltasar ist ein ganz hinterhältiger Bursche. Den kenn ich noch vom Studium und das Einzige, was den schon immer interessiert hat, ist sein eigenes Wohlergehen. Ich hätte ihm nicht erlaubt, seine Show hier abzuziehen, aber die Espendorm will wieder mit allen lieb Kind machen und hat sich breitschlagen lassen“, schnaufte Gregor König unmutig und beobachtete misstrauisch die Menge.

„Meinen Sie, er hat Chancen, gewählt zu werden?“, fragte ich.

„Er hat etliche treue Anhänger und reichlich Geld, um all den Spaß hier zu finanzieren, aber es wird hoffentlich nicht reichen. Die Entscheidung könnte knapp werden, aber ich hoffe wirklich, dass die Vernunft der Leute siegt und sie nicht diesen leeren Versprechungen glauben, dass Baltasar jedem unglaublichen Reichtum schenkt, der ihn gewählt hat.“ Gregor

König kratzte sich nachdenklich an seinem stacheligen Kinn.

„Woher will er das Geld denn nehmen, das er den Leuten verspricht?", fragte Lorenz.

„Du hast noch nicht näher ins Wahlprogramm geschaut, nicht wahr? Er will die Menschen zu Arbeitssklaven machen, damit sie den Magiern den Reichtum finanzieren, und ich sage dir: Ein Mann, der zu so etwas fähig ist, wird auch den nächsten Schritt machen."

„Das ist ja übel. Welchen nächsten Schritt?", fragte Liana mit entsetztem Blick.

„Ich glaube", begann Gregor König und sah sich kurz um, ob uns auch niemand zuhörte, „er wird die Plebejer dann gänzlich zu rechtlosen Arbeitsknechten degradieren und die Patrizier werden zur allein herrschenden Schicht erklärt."

„Wie kommen Sie darauf?", fragte ich.

„Ein paar von seinen Wahlleitern waren gestern Abend in der Schummerbar und nach ein paar Gläsern Kratzhalmschnaps zuviel haben sie ein bisschen darüber geplaudert, dass der Baltasar noch Großes vorhat. Er will die Drachen einsetzen, um die Menschen in Angst und Schrecken zu versetzen. Die Magier sollen endlich zurück an die Oberfläche. So was dürfen die natürlich nicht direkt sagen im Wahlkampf, aber das ist es, was der meint. Da bin ich mir sicher. Also passt auf euch auf!" Gregor König sah sich noch einmal um und verschwand dann eilig in Richtung der Drachenhöhlen.

„Das klingt nicht gut", sagte ich zu Lorenz und Liana.

„Kommt, wir hauen ab. Als Unterschicht haben wir auf dieser elitären Party ohnehin nichts verloren", meinte Lorenz und wandte sich ab, um Akkanka zu verlassen. Ich tauchte mit den anderen in den Wald ein, der mit seiner Geräuschkulisse bald das bunte Treiben übertönte.

Am Abend lag ich lange wach in meinem Bett und wartete darauf, irgendein Geräusch von Adam zu hören, der von seinem Einsatz zurückkam. Ich hätte gern mit ihm gesprochen, denn ich musste wissen, ob sich seit meinem Musikflash in der Vorlesung von Frau Professor Hengstenberg etwas zwischen uns geändert hatte. Aber ich wartete umsonst, Adam kam nicht. Ich war erschöpft, aber schlafen konnte ich trotzdem nicht. Ich versuchte mit meinem eingeschmuggelten MP3-Player einem Musikflash zu widerstehen, aber ich versagte kläglich. Die Musik zog mich unerbittlich mit sich in die Tiefen, direkt in eine berauschende Bilderflut hinein, die meinen Kopf ausschaltete. Dunkle Schatten umschwirrten mich und rissen mir mein Herz aus dem Leib. Gekreuzte Schwerter, rot von Blut, schlugen tiefe Wunden. Die Visionen mussten in einen Traum übergegangen sein, denn Elchröhren weckte mich am nächsten Morgen. Verstört von den Bildern der Nacht nahm ich eine kalte Dusche und zog meine Laufsachen an. Bei der morgendlichen Runde, die ich stillschweigend neben Liana, Lorenz und Shirley über reifbedecktes Laub drehte, sah ich Adam immer noch nicht. Ich legte an Tempo zu, bis meine Lungen von der kalten Luft brannten.

„Hast du heute Nachmittag wieder Flugtraining?“, fragte Lorenz beim Frühstück, während er ein wirklich gigantisches Ei pellte.

„Ja, habe ich. Nachdem die Flugshow vorbei ist, bereiten wir uns jetzt auf das nächste Drachenrennen vor. Was isst du da eigentlich, sind das Dracheneier?“, fragte ich mit neugierigem Blick. Lorenz sah mich entsetzt an.

„Wenn ich ein Drachenei essen würde, würden mich alle Drachenfans im Raum lynchen, bevor ich nur den Löffel heben könnte. Das ist ein Wingtäubelei. Dulcia hat mir erzählt, dass die Eier der Wingtäubel das Muskelwachstum enorm fördern sollen. Deswegen sind die Drachen so stark, deren Leibspeise sind Wingtäubel.“ Lorenz biss entschlossen in sein Frühstücksei.

„Vielleicht probierst du es doch lieber mit Krafttraining“, sagte Shirley von der anderen Seite des Tisches. Wir sahen alle gleichzeitig zu ihr hinüber. Seit wir in Tennenbode waren, war

Shirley zwar meist an unserer Seite, aber in der Regel sagte sie nichts. Wir hatten uns schon so an ihre stillschweigende Anwesenheit gewöhnt, dass wir sie kaum wahrnahmen und uns in ihrer Gegenwart völlig frei unterhielten.

„Was?“, fragte sie gedehnt, während wir sie erstaunt anblickten. „Muskeln bekommt man sicher nicht von Wingtäubel-Eiern, sondern vom Training.“ Shirley widmete sich wieder ungerührt ihrem Müsli.

„Wie war es bei deiner Großmutter?“, fragte Liana, nachdem sie es geschafft hatte, ihre Augen von Shirley abzuwenden, und schlug den „Korona Chronikle“ auf.

„Gut, ich habe bestimmt einen ganzen Liter Kaffee getrunken, ungesunde Sachen gegessen und sinnlose Sendungen im Fernsehen geschaut und natürlich Nachrichten an alle nichtmagischen Freunde verschickt, und du?“

„Habe ich genauso gemacht. Wir werden heute bei Angewandter Wasserlehre völlig versagen, weil wir unsere magischen Fähigkeiten mit Fast Food reduziert haben“, kicherte sie.

„Ich lasse es drauf ankommen, denn es war toll“, schwärmte ich. „Hat dir Paul auch eine Mail geschickt?“

„Ja, er hat neben dem Studium seine eigene Firma gegründet, erstaunlich. Oje!“ Liana schlug sich entsetzt mit der Hand auf den Mund.

„Was ist los?“ Ich sah erschrocken von meinem Obstteller auf. Liana zeigte auf einen Artikel und begann vorzulesen. „Trotz erhöhter Sicherheitsvorkehrungen wurden in der vergangenen Nacht in Lissabon unabhängig voneinander zwei magische Bürgerinnen im Alter von sechzehn Jahren entführt. Obwohl die Schwarze Garde sofort vor Ort war und die Täter in ein Gefecht verwickelte, konnten die Morlems erneut unerkannt flüchten. Bei dem Gefecht wurde ein Mitglied der Schwarzen Garde getötet und zwei schwer verletzt. Eine ausführliche Stellungnahme von Senator Helander Baltasar, dem die Schwarze Garde unterstellt ist, lesen Sie auf Seite 5.“ Liana sah mich erschrocken an. „Du lieber Himmel, das wird doch nicht Adam gewesen sein?“

Es herrschte absolute Stille am Tisch. Mein Herz war zu Eis gefroren. Während ich selig geschlafen hatte, war Adam vielleicht ums Leben gekommen.

„Selma, geht's dir gut? Du bist ganz weiß“, flüsterte Lorenz nervös. „Selma, antworte mir!“ Lorenz schüttelte an meiner Schulter und ich versuchte mich zusammenzureißen.

„Liana, du kannst doch Botschaften senden, oder?“, fragte ich schließlich mit zittriger Stimme. „Wir müssen herausfinden, ob es Adam ist.“

„Nicht wirklich gut“, murmelte sie.

„Lorenz, wie ist es mit dir?“, fragte ich panisch.

„Sorry, Süße, so weit bin ich noch lange nicht.“

„Mist!“, fluchte ich nervös. Wie sollte ich den Tag überstehen, solange ich nicht wusste, ob Adam noch lebte.

„Ich frage Frau Professor Espendorm, die weiß bestimmt mehr“, sagte Shirley ruhig und stand auf. Ich sah ihr erstaunt nach, während sie entschlossen an den Tisch der Professoren ging. Die Sekunden schienen sich zu Stunden auszudehnen. Ich beobachtete Shirley genau, wie sie zu den Worten von Frau Professor Espendorm ernst nickte. Als sie endlich zurückkam, war mein Rücken von kaltem Angstschweiß überzogen. Meine Hände zitterten und ich musste das Besteck ablegen, das ich noch immer mit starren Fingern umklammerte. Ihr Gesicht war ausdruckslos. Sie setzte sich und beugte dann den Kopf über den Tisch.

„Beruhigt euch! Adam wurde nur leicht verletzt. Er ist noch in Lissabon bei der Spurensuche und kommt heute Abend wieder.“ Mir fielen mindestens fünfzig Tonnen Steine vom Herzen und ich atmete laut aus. Mir war gar nicht aufgefallen, dass ich die Luft angehalten hatte, während Shirley gesprochen hatte.

„Danke!“, sagte ich gelöst und atmete tief ein.

„Kein Problem.“ Shirley lächelte scheu. „Mach ich doch gern.“

Nach dem Frühstück wartete Professor Pfaff bereits in seinem Vorlesungssaal zwischen riesigen Wasserbecken auf uns, zwirbelte seinen dicken Schnauzer und wippte gemütlich auf seinen großen Füßen auf und ab, während er darauf wartete, dass alle Platz nahmen und Ruhe einkehrte.

„Wasser ist das elementarste Element auf der Erde. Wasser ist überall und in jedem. Sie sollen das Wasser fühlen und es bewegen." Auf eine seiner kraftvollen Gesten hin schoss eine riesige Fontäne aus einem der Wasserbecken in die Höhe, vollführte einen hohen Bogen und fiel klatschend in das benachbarte Becken. „Sie sollen lernen, Wasser von einem Aggregatzustand in den anderen zu verwandeln und es nur mit der Kraft Ihres Geistes Ihrem Willen zu unterwerfen." Professor Pfaff führte mit seinen Armen eine kunstvolle Bewegung aus, woraufhin sich eine Wasserfontäne strudelnd in die Höhe erhob. Dann klatschte er in die Hände und sie erstarrte zu Eis. Raunen ging durch den Raum, nur vier Mädchen vor mir tuschelten herablassend. Es waren die Mädchen, die gestylt und geschminkt waren wie Shirley in ihren besten Zeiten an der Schönefelder Schule. Ich war so mit meinen eigenen Problemen beschäftigt gewesen, dass ich ihre Namen immer noch nicht kannte. In meinen Stuhl zurückgelehnt beugte ich mich zu Liana hinüber.

„Weißt du, wer die sind?", flüsterte ich leise und zeigte auf die Reihe vor mir. Liana nickte.

„Die Dunkelhaarige mit der langen, schiefen Nase ist Skara Ende, ihr Vater ist Senator, und ihre drei Freundinnen sind ebenfalls Senatorentöchter und deswegen halten sie sich auch für enorm wichtig. Die große Kräftige mit den kurzen, dunklen Haaren ist Alexa Pfeiffer, die dünne Hellblonde mit den Hautproblemen daneben ist Dorina Duss und das dicke, braunhaarige Mädchen auf der anderen Seite ist Egonie Grützel. Alle vier kommen aus den besten Patrizierfamilien. Am besten gehst du ihnen aus dem Weg, die warten richtig darauf, Streit anzufangen." Ich versuchte, mir die Namen zu merken, die Liana gesagt hatte. Ich erinnerte mich dunkel an Skara Ende. An unserem ersten Tag hatte sie auf dem Parkplatz in Schönefelde beschlossen, dass Adam ihre neueste Errungenschaft werden sollte. Eines war klar, schon allein deswegen mochte ich sie nicht. Skara war nicht verborgen geblieben, dass wir über sie gesprochen hatten. Sie drehte sich mit einem überheblichen Grinsen zu uns um.

„Und das, ihr Lieben, sind die Vertreter aus dem Volk, die uns in ein paar Jahren die Schuhe putzen dürfen", sagte sie zu ihren Freundinnen gewandt, die ihren Kommentar mit eifrigem Gekicher quittierten. Ich hatte schon Luft geholt, um Skara eine Beleidigung an den Kopf zu werfen, als völlig überraschend Shirley das Wort ergriff.

„Baltasar wird die Wahl nicht gewinnen, Skara. Wir werden uns nicht zu Sklaven machen lassen. Bald wirst du uns die Schuhe putzen und zwar mit deiner Zunge."

Es folgte ein Moment der Stille. Ich sah Shirley überrascht an. Sie war nicht wiederzuerkennen. Wo war das oberflächliche, überhebliche Mädchen aus meiner Schulzeit hin? Wo war der stumme Schatten, der uns in den letzten Wochen gefolgt war? Skara lief vor Wut rot an, doch bevor sie zu einer Antwort ausholen konnte, stand Professor Pfaff neben ihr.

„Gibt es ein Problem, Fräulein Ende? Kann ich Ihnen helfen?", fragte er freundlich und musterte uns interessiert.

„Nein, alles in Ordnung, Professor Pfaff", quetschte Skara mühsam heraus und drehte sich wieder nach vorn.

„Wunderbar, darf ich Sie dann zu mir bitten, um mich bei einem Experiment zu unterstützen. Es wäre mir eine große Ehre. In Ihrer Familie gab es schon viele mächtige Magier, ich erinnere mich gern an den Bruder Ihres Vaters. Unfassbar, was Karl mit dem Wasser anstellen konnte, ein wahres Genie." Widerwillig folgte Skara Professor Pfaff. Unterwegs versuchte sie, Shirley mit ihren Blicken zu töten. Die saß gut gelaunt neben uns und lächelte zufrieden.

Am späten Nachmittag saß ich unruhig im Studierzimmer und blätterte in den „Regeln und Umgangsformen für den modernen Magier". Ich wollte Adam sehen und mich mit eigenen Augen vergewissern, dass es ihm gut ging.

„Wusstet ihr, dass man nach § 386 als Plebejer keine Stelle im Senatorenhaus bekommt? Diese sind ausschließlich den Patriziern vorbehalten", sagte ich gähnend.

„Wirklich? Aber ehrlich gesagt, reiße ich mich nicht um eine Stelle im Senatorenhaus. Ich habe ganz andere Pläne, als Akten von rechts nach links zu stapeln." Lorenz hob den Blick von MUS. Er versuchte, noch eine Vorlesung über einfache Entflammungszauber nachzuarbeiten.

„Stimmt auch wieder." Ich blätterte gedankenverloren weiter. Dabei fiel mir eines der Werbeblättchen in die Hand, die mir Frau Trudig im Sommer zugesteckt hatte. Gelangweilt von den Paragraphen las ich es durch.

„Ich muss zu den Sybillen!", rief ich von Entschlossenheit gepackt. „Prophezeiungen in allen Lebenslagen. Wir nehmen Ihnen die Ungewissheit vor der Zukunft", las ich vor.

„Ich komme sofort mit." Lorenz stand entschlossen auf. „Da wollte ich schon immer mal hin."

„Was wollt ihr bei den durchgedrehten Weibern?", fragte Liana stirnrunzelnd. „Meine Eltern waren mal da und die haben ihnen nur irgendwelchen Quatsch erzählt."

„Die sind nicht durchgedreht. Ihre Weissagungen treffen oft genug zu", sagte Lorenz empört.

„Hast du die rosa Sternschnuppen gesehen?"

„Nein!", knurrte Lorenz beleidigt.

„Siehst du. Meine Eltern sind auch nicht von einem Ufo abgeholt worden." Liana lächelte siegesgewiss.

„Aber hin und wieder prophezeien sie wirklich etwas Brauchbares", protestierte Lorenz.

„Mag sein, 0,01 % ihrer Prophezeiungen mögen vielleicht zutreffen, aber der Rest ist nur dummes Geplapper."

„Ich probiere es einfach aus", unterbrach ich ihre Diskussion. Ich hatte nichts zu verlieren.

„Was willst du überhaupt von den Sybillen wissen?", fragte Liana.

„Vielleicht können sie mir helfen, das Rätsel um das Verschwinden meiner Familie zu lösen", erklärte ich siegessicher.

„Und vielleicht wissen sie auch, wie du an Adam rankommst", grinste Lorenz. Ich sah ihn erschrocken an.

„Glaubst du, ich bin blind und taub? Ich weiß doch, dass du total in ihn verschossen bist, auch wenn er dich behandelt wie Luft." Ich atmete lautstark ein.

„Mmh", murmelte ich, erschrocken davon, wie offensichtlich mein Benehmen gewesen sein musste. „Jedenfalls will ich da unbedingt hin."

Ich nahm das Werbeblatt wieder in die Hand und studierte es genauer. „Morgen nach den Vorlesungen gehe ich zu Frau Trudig und besuche die Sybillen, Tür Nummer 27." Ich sah auf die Uhr. „Wieso eigentlich so lange warten? Wir könnten doch heute noch gehen. Die haben bis 18 Uhr geöffnet. Eine Stunde Zeit haben wir also. Wenn wir uns beeilen, schaffen wir das."

Noch ehe ich ein weiteres Wort sagen musste, hatte Lorenz schon seinen schnieken Kunstpelz in Leopardenoptik angezogen und stand an der Tür.

„Los, Süße, beeil dich!", rief er mir zu, während ich schon nach meiner Jacke griff.

Kurz darauf traten wir frierend und zitternd aus dem dichten Schneeregen in Frau Trudigs kleines, überfülltes Reisebüro auf dem Schönefelder Marktplatz.

„Guten Abend!", begrüßte sie uns freudestrahlend und wir pellten uns aus unseren dicken Jacken.

„Guten Abend, Frau Trudig, wir würden gern die Sybillen besuchen", sagte ich.

„Da seid ihr knapp dran." Frau Trudig schwang sich ächzend aus ihrem Bürostuhl, wobei eine kleine Wolke Kekskrümel von ihrem Schoß aufstiebte.

„Bei den Sybillen war ich diese Woche schon. Stellt euch vor, die haben mir prophezeit, dass mein Mann endlich seine romantische Ader entdeckt. Ich bin ja schon so gespannt.“ Ich nickte freundlich und trat unruhig von einem Bein auf das andere. Frau Trudig entging meine Unruhe offenbar, denn sie schnatterte weiter darüber, ob sie einen Blumenstrauß, Schmuck oder ein Abendessen bei Kerzenschein erwarten konnte, während sie sich durch zwei eng beieinander stehende Prospektständer quetschte, um zu dem karierten Vorhang zu gelangen.

„Denkt daran, ihr müsst spätestens eine Minute vor 18 Uhr durch die Tür treten. Seit dem Angriff letzte Nacht in Portugal hat das Senatorenhaus das Reisen durch die Türen wieder stark eingeschränkt. Pünktlich um 18 Uhr werden die Portale geschlossen und dann funktionieren die Türen nicht mehr. Also beeilt euch! Bezahlen könnt ihr später. Hier ist Tür Nummer 27, bitte schön!“ Wir standen vor einer verschnörkelten, gusseisernen Tür. Ich hielt meinen Ausweis an das Schloss und die Tür öffnete sich quietschend.

„Viel Erfolg!“, rief uns Frau Trudig nach, doch ich hatte schon einen entschlossenen Schritt in das Licht getan und ihre Stimme verwehte in der Bewegung, die ich durch das Nichts machte. Ein warmes Lüftchen wehte mir mit einem Mal um die Nase, als ich die Augen wieder öffnete. Wir waren aus einem riesigen Baum herausgetreten, in den die gusseiserne Tür eingelassen war, und zwar direkt in einen märchenhaften Wald hinein.

„Wow!“, hörte ich Lorenz neben mir. Staunend sahen wir uns in dem tiefgrünen Gewölbe um. „Ist das das Haus der Sybillen?“

„Vermutlich ist es das!“, erwiderte ich zögernd, denn wir standen vor dem ungewöhnlichsten Haus, das ich je gesehen hatte. Selbst Konstantin Kronworth hätte es in seiner kreativsten Stunde nicht entwerfen können, es hatte keine Statik, kein System. Es war ein Wunder, dass es überhaupt hielt. Auf einem dicken, hölzernen Stamm erhob sich ein eiförmiges Gewölbe aus Lianen und Ranken, das übersät war mit Blüten und Knospen in allen erdenklichen Farben.

„Wo ist denn hier der Eingang?" Lorenz ging um das Gebilde herum. Bevor wir weiter suchen konnten, öffnete sich vor mir ein türgroßes Loch in dem Gewirr aus Zweigen und Ranken und ein silberhelles Lachen klang heraus.

„Kommt herein, kommt herein,
weise und klug werden wir sein."

Wir folgten der Einladung und traten nacheinander in das Haus der Sybillen. Schummeriges Licht tauchte den großen Raum in ein zwielichtiges Leuchten. Im Halbdunkel erkannte ich fünf Damen, die so dick waren, dass sie einem Gemälde von Rubens alle Ehre gemacht hätten. Sie waren in pastellfarbene Gewänder gehüllt, die über und über mit kleinen Blüten geschmückt waren, und ruhten auf seidenen Sofas und Liegen. Der Raum floss über vor Blumen und der Duft, der in der Luft hing, betäubte mich und benebelte meine Sinne.

„Lorenz Silver und Selma von Nordenach,
wir sind ganz da, unser Ohr ist wach.
Kommt ruhig näher, ihr Lieben,
was hat euch zu uns getrieben?"

Eine dunkelhaarige Rubensdame hatte die Worte freundlich in die schwüle Luft geflüstert. Lorenz nickte siegessicher und ich ahnte schon, dass er Liana heute Abend noch haarklein erklären würde, dass die Sybillen doch hellsehen konnten. Ungeduldig trat Lorenz von einem Bein auf das andere und ich nickte. Sollte er ruhig anfangen, er platzte ja beinahe vor Spannung.

Lorenz sprudelte sofort los: „Ich möchte wissen, ob ich

endlich meine große Liebe finde und ob mein Plan, magischer Frisör zu werden, in Erfüllung geht." Er lächelte gespannt wie ein Kind zu Weihnachten, das es nicht erwarten konnte, alle Päckchen aufzureißen, die vor ihm lagen. Die Sybillen steckten eine Weile die Köpfe zusammen und tuschelten klingend und singend. Währenddessen verteilte sich ein feiner, feuchter Nebel im Raum, der nach Flieder roch. Mir wurde noch schummeriger und ich ließ mich im Schneidersitz auf den Boden sinken, weil ich Angst hatte, plötzlich umzukippen. Auch Lorenz ließ sich neben mich fallen und gemeinsam warteten wir auf die Prophezeiung. Ich hatte das Gefühl, dass die Zeit sich veränderte, sich ausdehnte. Ich fühlte mich plötzlich eins mit mir und der Welt und saß lächelnd zwischen den betörenden Blütendüften. Lorenz begann leise neben mir zu summen und ich merkte kaum, wie das Lachen der Sybillen unsere Eintracht mit uns selbst störte. Ich schüttelte den Kopf, um wieder wach zu werden und spitzte die Ohren.

„Lorenz Silver, wir haben die Sphären durchsucht,
sei froh, du bist nicht verflucht.
Butterblumen blühen gelb,
des Ruhmes Ruf hallt durch die Welt.
Veilchenblau und Ehres Blatt,
im Moose grün, die Lenden matt.
Purpurn scheint der Junimohn,
die Lust, die Freude warten schon."

Die Sybillen lachten wieder und Lorenz starrte sie entgeistert an. Das war die Prophezeiung? Ich wartete darauf, dass noch irgendetwas Sinnvolles folgte, aber die Sybillen waren mit Lorenz fertig. Ich überlegte kurz, ob es wirklich Sinn machte, mit ihnen zu sprechen. Aber da ich nun schon einmal da war, begann ich, auch wenn ich mir nach dem Quatsch, den sie Lorenz erzählt hatten, keine großen Hoffnungen auf eine geistreiche Zukunftsprognose machte.

„Ich möchte den Tod und das Verschwinden meiner Familie aufklären, meiner Eltern und meiner Geschwister." Ich zögerte. „Und dann habe ich mich in einen Jungen verliebt und er sich in mich, aber wir können nicht zusammen sein, und ich ..." Der konzentrierte Blick der dunkelhaarigen Sybille brachte mich ins Stottern, irgendetwas war jetzt anders. Die Stimmung im Raum war mit einem Mal ernst geworden.

„Dein Herz ist rein, Selma, so rein, dass ich tief in dich hineinsehen kann. Dir steht ein langer Weg bevor. Jetzt stehst du an einer Gabelung. Du musst entscheiden, denn ich sehe, dass mein Wort die Waage zu einer Seite verändern wird. Deine Liebe ist ein Weg, sein Ziel ist die Wahrheit. Dein Glück macht dich stark und wird dir den Weg weisen, wenn es dunkel wird um dich herum. Alles ist miteinander verwoben und große Gefahren stehen dir bevor. Eure Liebe bringt den Tod. Noch ist es nicht zu spät, Selma, noch kannst du gehen und friedlich leben. Du musst entscheiden, wohin du willst!" Die dunkelhaarige Sybille sah mich ernst und prüfend an.

Ich versuchte noch, das eben Gehörte zu begreifen und zu sortieren. Hatte ich das richtig verstanden? Ich konnte wählen zwischen der Wahrheit und meiner Liebe zu Adam, die einen steinigen Weg versprach, an dessen Ende mich dann vermutlich mein Tod erwartete, oder einem friedlichen, aber einsamem Leben in Unwissenheit. Da gab es nichts zu wählen und zu überlegen. Ein friedliches Leben hatte ich jahrelang in Schönefelde gehabt und diese unwissende Friedlichkeit hatte mich beinahe an den Rand des Wahnsinns gebracht. Adam, wenn ich nur an ihn dachte, prickelte das Glück durch meine Adern. Selbst wenn der Tod auf mich wartete, war das Leben, das ich dafür bekam, tausendmal mehr wert. Es gab keine Wahl, es gab nur eine Antwort. Entschlossen sah ich auf.

„Du hast dich entschieden, Selma. Rüste dich gut für den Weg, der vor dir liegt, du wirst alle Kraft brauchen. Mache dich auf die Suche nach dem Buch der Bücher! Es wartet in deinen Träumen auf dich, das Eine, das alles Wissen in sich vereint. Es wird dir helfen, die Rätsel der Vergangenheit zu lüften, und dir den Weg in die Zukunft weisen. Wenn du in dem Buch gelesen hast, komme wieder, dann werden wir deinen weiteren Weg klarer sehen! Nun geht!“ Die Sybille schloss die Augen.

Lorenz nutzte die Gelegenheit und trat noch einmal vor.

„Ich wollte es noch ein wenig genauer wissen?“, bat er.

Die Sybille öffnete die Augen und lachte silberhell.

„Veilchenblau, Vergissmeinnicht,
die Sonne scheint im Rosenlicht.“

Dann wandte sie sich den anderen zu und hinter uns zog ein kühler Lufthauch durch die Öffnung, die sich zwischen den Blumenranken aufgetan hatte. Das Gespräch war zu Ende. Wir rappelten uns benommen auf und stolperten durch den Spalt, der sich sofort wieder hinter uns verschloss, ins Freie hinaus.

„Wow, wie schräg war das denn?“, keuchte Lorenz benommen und gierig sogen wir die frische Luft ein.

„War das jetzt ernst gemeint?“, fragte ich verwirrt. Jetzt, da wir der betäubenden Atmosphäre entflohen waren, kam mir das eben Gehörte unwirklich vor, fantastisch, einem Traum gleich.

„Keine Ahnung. Lass uns das in Ruhe mit den anderen bequatschen. Ich glaube, jetzt müssen wir erst einmal schnellstens zurück.“ Lorenz trat zu dem schmiedeeisernen Tor und öffnete es mit seinem Ausweis. Licht strahlte uns entgegen und Lorenz schritt hinein. Ich meinte ein lautes Zwitschern zu hören und wandte mich noch einmal zu dem Haus der Sybillen um, das im schwindenden Licht des Tages unwirklich wirkte. Nachdenklich trat ich auf die Tür Nummer 27 zu, deren helles Licht tröstlich schimmerte. Sollte ich den Worten der Sybillen glauben oder nicht? Ich trat durch die Tür und ein stechender Schmerz schoss mir in den Kopf. Ich taumelte zurück und begriff erst jetzt, was passiert war. Oh nein! Das Licht war verschwunden und das Portal war geschlossen. In dem gusseisernen Rahmen war nur noch harte Baumrinde, egal, wie oft ich das Tor öffnete und schloss und gegen den Baum hämmerte. Was sollte ich jetzt nur tun? Ich sah ängstlich nach oben. Hatten mich die Morlems schon entdeckt? Ich konnte nichts erkennen. Schnell eilte ich zum Haus der Sybillen zurück.

„Hallo! Ist da jemand? Können Sie mir helfen? Hallo!", rief ich. Doch nichts rührte sich. Die Sybillen hatten offenbar Feierabend und gedachten nicht, wegen mir Überstunden einzulegen. Vielleicht war die Sache mit dem Tod doch ernst gemeint, aber dass es so schnell ging, hätte ich nicht vermutet. Panik stieg in mir hoch, als just in diesem Moment Frau Trudigs Stimme in meinem Kopf ertönte:

„Selma, bleib, wo du bist, ich schicke dir Hilfe! Rühr dich nicht vom Fleck!"

Erleichtert atmete ich aus. Vielleicht kam mich meine Großmutter mit dem Wagen abholen. Bestimmt waren wir nicht weit weg von Schönefelde. Ich suchte mir einen gemütlichen Platz auf dem blumenübersäten Rasen und lehnte mich an einen Baum, der sich weit über mir in den abendlichen Himmel streckte.

Ich starrte in die anbrechende Dunkelheit und ließ mir die Worte der Sybillen wieder und wieder durch den Kopf gehen, bis mich völlige Dunkelheit umgab. Ich wagte nicht, einen Feuerball zu formen, aus Angst, die Morlems könnten durch die Lichtquelle auf mich aufmerksam werden. Die Worte der Sybillen waren schwer zu verstehen. Meine Liebe würde mir den Weg zeigen und sie würde den Tod bringen, aber wer müsste sterben und wann und wo sollte der Weg mich hinführen? War das ernst gemeint oder alles totaler Quatsch? Ein Geräusch ließ mich aufhorchen. Ich sah das Licht von Scheinwerfern, die mich anstrahlten. Bevor ich erschrocken um Hilfe schreien konnte, stand eine große, dunkle Gestalt vor mir und eine mir wohlbekannte, dunkle Stimme erklang.

„Ich hätte es mir denken können! Wer sonst als du bringt

sich in einen solchen Schlamassel?" Mein Herz hüpfte vor Aufregung, als ich Adam erkannte.

„Welchen Schlamassel?", fragte ich und stand auf. Obwohl es dunkel war, sah ich, wie seine Augen blitzten.

„Du hast keine Ahnung, oder?", seufzte er.

„Von was soll ich eine Ahnung haben? Ich habe nur um eine Sekunde verpasst, durch das Tor zu gehen. Notfalls hätte ich hier übernachtet und wäre morgen früh wieder zurückgekommen, wenn das Senatorenhaus die Türen freigibt. Warum also die ganze Aufregung?" Jetzt konnte ich ja so tun, als ob mir der Gedanke an die Morlems keine Furcht eingeflößt hatte, denn Adam war ja da und mir konnte nichts mehr passieren, selbst wenn er ziemlich verärgert schien.

„Das Senatorenhaus steht Kopf, Selma. Gestern der Angriff mit einem Toten und zwei entführten Mädchen und heute verpasst du die Schließzeiten der Portale und bringst dich damit in höchste Gefahr. Gerade du, Enkelin von Georgette von Nordenach. Jetzt ist mir natürlich klar, warum gerade ich dich retten sollte."

„Sie haben den Held der Schwarzen Garde ausgesandt, um mich zu retten?" Belustigt grinste ich.

„Sie können es sich nicht leisten, dass dir etwas passiert. Das gibt ganz schlechte Presse." Adam lehnte sich gegen den Baumstamm. Er sah müde aus, unter seinen Augen waren dunkle Ringe.

„Du sollst also wieder einmal den Babysitter spielen und mich nach Hause bringen?" Ich konnte den Ärger in meiner Stimme nicht unterdrücken. Adam lächelte.

„Nicht nach Hause, da wir in Südfrankreich sind, schaffen wir das heute Nacht nicht mehr, aber ich soll bei dir bleiben, bis du wieder sicher in Schönefelde angekommen bist!" Bei seinen Worten loderte ein mir schon gut bekanntes Wutgefühl auf und ergriff Besitz von mir, ohne dass ich viel dagegen machen konnte. Wieso wurde ich schon wieder wie ein unmündiges Kleinkind behandelt? Ich war achtzehn Jahre alt und konnte tun, was ich wollte, und gehen, wohin ich wollte.

„Weißt du, was!“, begann ich und Adam verengte bei meinem schnippischen Tonfall die Augen. „Sag den Herren und Damen vom Senatorenhaus vielen Dank für ihre Bemühungen, aber ich komme schon klar. Ich reise morgen früh wieder durch das Portal zurück.“ Ich ließ mich auf die Wiese sinken, die mittlerweile vom Tau der Nacht feucht geworden war. Der Rest der Nacht würde ungemütlich werden, aber das war mir egal. Adam presste die Lippen fest aufeinander und aus seinen Augen schienen plötzlich Funken zu stieben.

„Selma, ich bin todmüde, ich bin eben erst aus Portugal zurückgekommen. Ich habe eine schmerzhafte Verletzung am Bein und ich will jetzt nichts mehr, als endlich zu schlafen. Ich habe wirklich keine Lust, mit dir zu diskutieren. Solange ich hier bin, werde ich dafür sorgen, dass du in Sicherheit bist, ob du willst oder nicht. Nicht weit von hier ist ein geschütztes Haus, in dem wir die Nacht verbringen können, und morgen früh kannst du dann meinetwegen durch das Portal zurückreisen.“

„Nein“, erwiderte ich störrisch.

„Komm mit!“ Adams Stimme klang gefährlich. Unwillkürlich schoss mir eine Gänsehaut über den Rücken. Er trat einen Schritt auf mich zu. Er war wirklich erstaunlich groß und überraschend kräftig. Ich spürte seine Wut wie eine purpurne Aura um ihn herumschweben. Mit einer schnellen Bewegung griff er nach meinen Arm und zog mich ohne Mühe hoch. Dann machte er sich auf den Weg zum Auto und zog mich hinter sich her, als ob ich nichts wiegen würde. Ich hatte keine Chance gegen ihn. Das wurde mir schlagartig klar.

„Ist ja schon gut. Ich komme mit“, gab ich nach. Er blieb stehen und musterte mich prüfend. Dann ließ er meinen Arm los und ging vor mir auf die Scheinwerfer zu, die immer noch die uns umgebende Dunkelheit erleuchteten. Ich folgte ihm widerwillig. Was blieb mir anderes übrig?

Bald konnte ich die Umrisse seines Wagens auf einem kleinen Platz zwischen den Bäumen erkennen. Es lagen nur noch wenige Meter zwischen uns und dem Wagen, als Adam plötzlich innehielt. Mit seiner ausgestreckten Hand bedeutete er mir stehenzubleiben. Angestrengt lauschte ich in die Dunkelheit und dann konnte auch ich es hören. Das Rauschen schlagender Flügel drang an mein Ohr und die Panik kroch mir in Wellen den Rücken hoch. Dann ging alles ganz schnell. Adam zog mich zu einem kleinen Sportwagen, der dem Porsche von Ramon ähnelte, und öffnete die Beifahrertür. Er stieß mich hinein und löschte die Scheinwerfer. Aus dem Kofferraum nahm er klirrend etwas heraus, vermutlich Waffen.

„Bleibe hier drinnen und rühr dich nicht vom Fleck!“, zischte er mir zu, bevor er den Wagen verriegelte und in der Dunkelheit verschwand. Mit vor Angst geweiteten Augen starrte ich in das Schwarz der mich umgebenden Nacht. Der Tod und die Gefahr warteten auf mich, hatten die Sybillen gesagt. Dass sich die Prophezeiung so schnell erfüllen würde, hätte ich nicht vermutet, aber sie hatten recht. Hätte ich mich anders entschieden, wäre ich eher gegangen, dann würde ich jetzt gemütlich in Tennenbode mit meinen Freunden am Kamin sitzen, Tee trinken und über die wirren Weissagungen der Sybillen lachen. Aber ich hatte mich für Adam, für die Wahrheit und die Gefahr entschieden. Er war bei mir und der Tod wartete draußen auf mich. In diesem Moment fielen drei dunkle Schatten vom Himmel. Dunkle Hände griffen nach der Autotür, rüttelten an den Griffen und verhüllte Gesichter starrten in das Wageninnere. Ich konnte ihre Augen erkennen, die über dem dunklen Stoff hungrig blitzten, als sie mich entdeckten. Ich hörte einen Schrei, meinen eigenen panischen Schrei. Ich wollte weglaufen, rennen, flüchten, irgendetwas tun, um mich zu retten, aber ich war gefangen, und jetzt würde mein Leben zu Ende gehen, bevor es richtig angefangen hatte. Eine der Gestalten hob einen klobigen Gegenstand, um die Scheibe einzuschlagen. Ich musste etwas tun, um mich zu retten. Ich griff neben mich und ertastete einen langen, kühlen Gegenstand.

Ein Messer! Genau das, was ich brauchte. In diesem Moment schlug der Morlem gegen die Scheibe. Ich erwartete schon, das Klirren zersplitternden Glases zu hören, aber die Scheibe hielt dem Schlag stand. Die Gestalt verschwand kurz aus meinem Blickfeld. Jetzt musste ich handeln. Ich kurbelte das Fenster schnell hinunter. Als sich der Morlem mit einem großen Gegenstand in der Hand wieder erhob, stach ich zu. Er hielt in seiner Bewegung inne, den gierigen Blick noch siegessicher auf mich gerichtet. Dann fiel er mit dem Messer in der Brust zu Boden. Ich starrte erschrocken in die Dunkelheit. Zwei weitere Gestalten kamen auf mich zu und ich hatte keine Waffe mehr. Schnell versuchte ich die Scheibe wieder nach oben zu kurbeln, aber sie waren schneller. In diesem Moment tauchte Adam aus der Dunkelheit auf. Er hieb in einer atemberaubenden Geschwindigkeit um sich, beinahe einem Tanze gleich, kraftvoll, elegant, und noch ehe ich es fassen konnte, lagen die Morlems allesamt tot am Boden. Erschrocken sah ich zu, wie sie augenblicklich zu Staub zerfielen und nicht mehr als die leeren, dunklen Stoffe am Boden liegen blieben. Jetzt war mir klar, warum nie eines dieser Monster gefasst werden konnte. Entweder flüchteten sie oder es blieb nicht mehr von ihnen übrig als ein Häufchen Staub, das der Wind schnell verwehen würde.

Während ich noch die Reste der Morlems fassungslos anstarrte, öffnete Adam den Wagen, sprang hinein und ließ ihn an. Mit quietschenden Reifen rasten wir los. Er beschleunigte und wir verließen innerhalb von wenigen Minuten den holprigen Waldweg. Auf einer von Bäumen gesäumten Straße rasten wir in einem irren Tempo weiter. Adam starrte angestrengt in die Dunkelheit. Ich wagte nicht, auch nur ein Wort zu sagen. Die Stimmung im Auto war zum Zerreißen gespannt und natürlich war es meine Schuld. Ich hätte mich entschuldigen können, weil ich mich wieder einmal durch meinen Leichtsinn in Gefahr gebracht hatte, aber seltsamerweise fühlte ich keine Reue.

Nach etwa zehn Minuten erreichten wir ein Tor. Adam hielt

den Wagen und murmelte einen Zauber. Das Tor öffnete sich und knirschend rollte der Wagen einen Kiesweg entlang, direkt auf ein hübsches Landhaus zu. Adam atmete aus, scheinbar waren wir in Sicherheit. Er parkte den Wagen vor dem Haus, schaltete den Motor aus und ließ seinen Kopf auf das Lenkrad sinken.

„Danke!“, flüsterte ich. „Danke, dass du mich gerettet hast.“

„Das nächste Mal, falls wir in eine solche Situation kommen, obwohl ich hoffe, dass es niemals passieren wird, bitte ich dich, gleich auf mich zu hören.“

„Warum? Hat doch alles geklappt.“ Ein euphorisches Rauschen hatte mich ergriffen. Ich fühlte mich stark und unbesiegbar. Heute hatte ich mich gegen diese Monster selbst zur Wehr gesetzt. Ich war stolz auf mich.

„Du hattest Glück, mehr nicht. Genauso gut hättest du jetzt tot sein können.“ Seine Stimme klang kalt und mein Hochgefühl verebbte etwas.

„Vielleicht sollten wir uns das nächste Mal besser absprechen, wer wen erledigt, und vielleicht solltest du mir gleich ein paar Waffen geben, damit ich mich verteidigen kann“, schlug ich vor.

„Es wird kein nächstes Mal geben.“ Adam stöhnte genervt. „Lass uns reingehen! Ich bin zu müde, um noch über solche Sachen zu diskutieren.“ Er stieg aus und ich öffnete ebenfalls meine Tür. Beim Aussteigen bemerkte ich meine weichen Knie. Die Angst steckte mir noch in den Gliedern. Schwankend erhob ich mich. Adam bemerkte meine wackeligen Gehversuche und reichte mir seine Hand, die ich dankbar ergriff. Wir betraten das Haus, das eindeutig nicht einfach nur ein Haus war, sondern eine großzügige Villa.

„Wo sind wir?“, fragte ich und musterte die luxuriöse Einrichtung, die mich sehr an das Haus der Torrels in Schönefelde erinnerte.

„Wir sind in der Provence, in der Nähe von Marseille. Meinen Eltern gehört dieses Haus, deswegen konnte ich relativ schnell da sein."

„Und hier sind wir sicher?", fragte ich und starrte durch die hohen Fenster in den dunklen Garten hinaus.

„Das Haus ist durch einen Zauber geschützt. Nur wer ihn kennt, kann das Grundstück betreten. Hier sind wir definitiv sicher." Adam ging in die offene Küche und nahm sich etwas zu trinken. Erleichtert ließ ich mich auf eines der Sofas fallen. Die Anspannung fiel langsam von mir ab. Ich hatte wieder einen Angriff der Morlems überlebt und ich würde die Nacht allein mit Adam in einem Landhaus in der Provence verbringen. Ganz allein!

„Was wolltest du überhaupt hier?", fragte Adam und ließ sich auf ein Sofa mir gegenüber nieder. Obwohl er so weit weg von mir saß, spürte ich seine körperliche Anwesenheit ganz genau. Mit einem flauen Gefühl im Magen stellte ich fest, dass er die höfliche Distanziertheit der letzten Wochen nicht abgelegt hatte.

„Ich war bei den Sybillen, um mir die Zukunft vorhersagen zu lassen", sagte ich und versuchte, seinen Blick zu meiden. Sicher fand er es albern, genauso wie Liana. Doch Adam lachte nicht. Er sah mich einfach nur an. Ich wurde nervös.

„Deswegen die ganze Aufregung", sagte er schließlich. „Hat es sich wenigstens gelohnt? Was haben sie dir erzählt? Fliederduft und Sonnenschein oder Rosenschaum und Primelglück?" Er versuchte zu lachen, aber dieses Lachen wirkte nicht ehrlich, denn er sah mich unvermindert ernst an.

„Weder noch!", erwiderte ich zögernd und versuchte, aus seiner Haltung schlau zu werden.

„Also, was haben dir die Sybillen prophezeit?", fragte er jetzt ungeduldiger. Er wollte es wirklich wissen.

„Sie haben mich auf die Suche nach einem Buch geschickt." Ich begann stockend zu erzählen, während ich genau Adams Reaktion auf meine Worte beobachtete. „Dem Buch der Bücher und mit seiner Hilfe werde ich die Geheimnisse um den

Tod meiner Familie lüften können."

„Und was noch?", fragte Adam, als ich innehielt. Ich konnte seinen Blick nicht deuten. Sollte ich wirklich alles erzählen? Davon, dass es ein steiniger Weg werden würde, an dessen Ende vermutlich unser Tod stand, und dass mich aber nur dieser Weg zu ihm und zur Wahrheit über meine Vergangenheit führen würde? Dann würde er mich vollends für verrückt erklären.

„Den Rest habe ich nicht genau verstanden", murmelte ich. „Irgendetwas mit Liebe und Tod." Ich sah nach unten, als wenn mich das Muster der teuren Teppiche interessieren würde. Adam atmete hörbar ein. Er nahm meine Worte völlig ernst.

„Die Macht der Sybillen ist stark", sagte er schließlich langsam und nachdenklich. „Man sollte sie nicht unterschätzen, auch wenn viele glauben, dass sie nur Unsinn erzählen. Sie haben schon sehr machtvolle Prophezeiungen gemacht."

Er schwieg und wartete. Irgendetwas wollte er noch sagen. Ich sah einfach weiter nach unten. Das schien mir das Beste zu sein, um ihm Gelegenheit zum Nachdenken zu geben. Ich spürte seinen Blick immer noch auf mir und hörte, wie er sich schließlich nach vorn beugte, näher zu mir.

„Ich weiß, was du sie gefragt hast!", flüsterte er. Jetzt sah ich ihn wieder an. Sein scharfer, brennender Blick traf mich unverhofft.

„Du warst auch bei den Sybillen?" Meine Stimme hatte plötzlich keinen Klang mehr. Er nickte.

„Vor einigen Jahren schon", gestand er.

„Warum?", fragte ich atemlos. Adam zögerte, als ob er ein großes Geheimnis preisgeben müsste.

„Ich war dort, um zu erfahren, ob die Liebe, die ich in meinem Herzen trage, eine Chance hatte zu wachsen oder ob ich mir die Sache so schnell wie möglich aus dem Kopf schlagen musste." Er hielt kurz inne. „Ich habe mit allem Möglichen gerechnet, aber nicht damit, dass sie mir eine ernstzunehmende

Prophezeiung machen würden.“ Sein Blick irrte wieder durch den Raum. Er suchte die richtigen Worte. Ich sah ihn unvermindert an und wartete darauf, dass er das Geheimnis, das er schon seit Jahren mit sich herumtrug, lüftete. Endlich fand sein Blick wieder meinen und er sprach weiter: „Die Sybillen haben mir prophezeit, dass dein Tod schon besiegelt ist, wenn wir uns füreinander entscheiden. Eure Liebe…“

„… bringt den Tod“, vollendete ich seinen Satz. „Die Sybillen haben uns dieselbe Zukunft prophezeit.“ Stumm sah ich durch Adam hindurch und begriff, dass es nicht die Schwarze Garde gewesen war, die ihn allein von mir ferngehalten hatte, und auch nicht die alberne Regelung über Patrizier und Plebejer; nein, das hatte ihn vielleicht nur darin bestätigt, dass unsere Beziehung nicht richtig sein konnte. Der wahre Grund für seine Entscheidung war die Prophezeiung der Sybillen gewesen. Mein Atem stockte und ich spürte, wie mir das Blut aus dem Gesicht wich.

„Dein Leben ist mir zu kostbar.“ Adam stand auf und trat an die großen Fenster. „Ich kann dich nicht für mein Glück opfern, Selma. Wie soll ich weiterleben, wenn dir durch meine Schuld etwas zustößt?“

Ich seufzte, denn wir waren wieder bei derselben Diskussion angelangt, die wir schon vor einigen Wochen geführt hatten. Doch eines war dieses Mal anders. Ich wusste jetzt, wo mein Weg mich hinführen musste. Die Sybillen hatten mich vor eine Entscheidung gestellt und ich hatte sie getroffen und diese Entscheidung stand felsenfest. Ich würde nicht daran rütteln. Entschlossenheit kehrte in mein Gesicht und in meine Stimme zurück.

„Ich werde diesen Weg gehen und das Verschwinden meiner Familie aufklären. Ich muss wissen, was passiert ist. Mein Tod ist mit dieser Entscheidung ohnehin schon besiegelt, denn ich habe vor, mich mit den Mächtigsten in der Vereinten Magischen Union anzulegen, aber das ist meine Sache; etwas, was du nicht beeinflussen kannst.“ Ich war neben ihn getreten.

„Du weißt, dass unser Leben morgen schon vorbei sein könnte. Es hätte auch vor einer halben Stunde zu Ende sein können. Was ist unser Leben denn wert, wenn wir es nicht gelebt haben?“

Adam wandte sich mir zu und in seinen Augen sah ich die Sterne funkeln.

„Du bist so jung und du sprichst so oft vom Tod. Ich wünsche mir ein friedliches und glückliches Leben für dich, dafür habe ich gekämpft.“ Er sah mich an und ich wusste, dass er auch den Kampf meinte, den er mit sich selbst ausgefochten hatte, den Kampf gegen seine eigenen Gefühle. Ich nahm vorsichtig seine Hand und er zog sie nicht zurück.

„Ich habe mich entschieden. Ein friedliches und glückliches Leben wird es für mich nicht geben. Ich kann nur eines davon haben. Du kannst mir mein Schicksal nicht ersparen, genauso wenig, wie es meine Großmutter kann. Versteh das doch endlich!“, bat ich. Wir sahen uns an und ich spürte, wie ihn meine Worte trafen, wie seine Entscheidung ins Wanken kam. Die Wärme seiner Berührung durchströmte mich und es fühlte sich so richtig und so rein an, dass es alle Zweifel Lügen strafte.

„Na, hallo, ihr Turteltäubchen!“ Eine fröhliche Stimme riss uns auseinander.

„Torin!“ Adam fluchte unterdrückt. „Was willst du hier?“

„Wollt nur mal schauen, ob ihr in Sicherheit seid, Auftrag unserer Mutter, aber wenn ich geahnt hätte, dass ihr hier so eine kleine Privatparty feiern wollt, wäre ich natürlich nicht extra vorbeigekommen. Es sei denn, du brauchst meine Hilfe?“

„Torin, verschwinde!“, knurrte Adam, doch der grinste nur frech unter seinem blonden Haarschopf hervor.

„Wie bist du hierhergekommen?“, fragte ich verdutzt. „Die Portale sind doch geschlossen worden?“

„Nur die offiziellen Portale, Schätzchen! Aber wir haben hier ein illegales, für unseren Privatgebrauch. Es ist mit unserem Haus in Schönefelde verbunden“, erklärte Torin. Deswegen war Adam also so schnell nach Südfrankreich gekommen.

„Behalte das aber für dich, denn sonst gibt es Ärger mit den knickerigen Beamten aus dem Senatorenhaus."

„Bist du jetzt fertig, Torin?", unterbrach Adam unsere Unterhaltung.

„Bleib mal ganz ruhig, Brüderlein. Ich verschwinde gleich wieder, dann hast du die Schönheit ganz für dich allein." Adam ignorierte Torins Kommentar.

„Sag Mutter, dass es mir gut geht. Ich komme morgen Vormittag, nachdem ich Selma wieder offiziell in Tennenbode abgeliefert habe, und behalte für dich, was du eben gesehen hast."

„Geht klar!" Torin nickte, lächelte verschmitzt und verschwand wieder.

„Komm, ich zeige dir das Zimmer, in dem du heute Nacht schlafen kannst!", sagte Adam und ging zu einer Treppe, die in das Obergeschoss führte. Der vertraute Moment zwischen uns war vorbei. Torin hatte ganze Arbeit geleistet. Ich folgte Adam bis zu einem großzügigen Schlafzimmer in cremefarbenen Tönen. Er verabschiedete sich höflich, wünschte mir eine gute Nacht und mir blieb nichts anderes übrig, als mich in meine Träume zu flüchten. Wäre ich doch wach geblieben! Mein Traum führte mich in die tiefsten und dunkelsten Ecken meines Herzens und ließ alle meine Begierden zu, die ich tagsüber ohne große Probleme in mein Unterbewusstsein verbannen konnte.

Freundschaft

Adam brachte mich am nächsten Morgen nach Schönefelde. Er begleitete mich höflich und galant bis zum Büro von Frau Professor Espendorm und hielt dabei immer einen gebührenden Abstand zu mir. Doch seine Reaktion brachte mich nicht aus der Fassung. Er musste so distanziert bleiben, das war mir klar, und auch wenn es mir nicht gefiel, so verstand ich ihn doch mehr denn je. Ich wusste, dass er Zeit brauchte, um den gestrigen Abend zu verdauen, genauso wie ich. Ich sah ihm kurz nach, als er das Büro verließ, und lächelte still.

Denn auch wenn er versuchte so zu tun, als ob sich nichts geändert hatte, hatte sich für mich doch alles geändert und eine fröhliche Heiterkeit hatte mich ergriffen. Doch nicht nur das. Dass mir die Sybillen mein nahendes Ende prophezeit hatten, hatte in mir noch ein anderes Gefühl ausgelöst. Es war nicht Angst, so wie ich es erwartet hatte, sondern das dringende Bedürfnis, endlich zu leben, rasant und intensiv. Wer wusste schon, wann meine Zeit zu Ende war.

Ich wusste nun, was zu tun war. Die Sybillen hatten mir die Augen geöffnet und mir einen Hinweis gegeben und ich konnte es kaum erwarten, mich damit zu beschäftigen. Geduldig ließ ich die Befragung von Frau Professor Espendorm und noch ein paar anderen von der Schwarzen Garde über mich ergehen. Glücklicherweise konnten Lorenz und auch Frau Trudig bestätigen, dass es sich um ein unglückliches Versehen gehandelt hatte. Trotzdem hatte ich die Auflage bekommen, zu meiner eigenen Sicherheit Schönefelde vorerst nicht zu verlassen. Doch das war mir egal, ich hatte ohnehin nicht vor zu verschwinden. Die Morlems schienen tatsächlich sofort auf der Bildfläche aufzutauchen, sobald ich einen Schritt aus gesicherten Mauern tat, und das war selbst mir unheimlich. Außerdem hatte ich etwas Dringenderes zu tun, als mich in einen aussichtslosen Kampf mit den Morlems zu stürzen. Sofort nachdem mich Frau Professor Espendorm entlassen hatte, machte ich mich entschlossen auf die Suche nach dem Buch der Bücher. Liana ging mir aus dem Weg. Für sie bestätigte der gestrige Abend nur allzu deutlich, dass ihre Ängste absolut berechtigt waren. Nur Lorenz stand mir treu zur Seite, er hatte die Prophezeiung der Sybillen selbst gehört und auch den Ernst ihrer Worte gespürt. Gemeinsam begannen wir neben den Vorlesungen und Seminaren, MUS nach einem Hinweis zu dem Buch der Bücher zu durchsuchen, und so gingen die Tage ins Land.

„Selma, was machst du noch so spät hier?“, fragte mich Parelsus mit verwirrtem Blick, als ich einige Tage später an die Tür der Mediathek klopfte. Ich sah ihn einen Moment an und überlegte, ob wirklich alles mit ihm stimmte.

„Es ist Mittwoch. Wir waren heute Abend verabredet, Sie wollten mir etwas über meine Mutter erzählen“, sagte ich langsam und hoffte, dass er sich erinnerte.

„Richtig“, murmelte er. „Komm rein! Entschuldige, das hatte ich fast vergessen. Weißt du, ich arbeite gerade an einer ganz neuen Sache, das nimmt mich völlig in Anspruch. Nicht alles, was neu ist, ist auch gut. Aber diese Sache wird gut. Das habe ich im Blut. Ich versuche gerade, alles miteinander zu vernetzen, verstehst du? Jeder Magier kann jederzeit auf alles bestehende Wissen zugreifen. Erst einmal auf das gemeinsam gesammelte Wissen und dann natürlich noch auf das Wissen jedes Einzelnen. Das würde die Akasha Chronik völlig überflüssig machen. Genial, nicht wahr? Jedem steht dann das gesamte magische Wissen zur Verfügung. Ich arbeite im Moment noch an den Übertragungswegen und dem Speichermedium. Ist gar nicht so einfach, aber ich habe da ein ganz neues Element im Visier“, sprudelte Parelsus los, sobald sich die Tür hinter uns geschlossen hatte.

„Ich versteh nicht ganz“, erwiderte ich verunsichert und bemühte mich, aus seinen Worten schlau zu werden.

„Nie wieder Unwissen, Selma. Begreifst du die Dimension? Ich arbeite daran, das universelle Wissen der Magier zu erschaffen und es allen jederzeit und immer zugänglich zu machen, ohne Kabel, ohne Verbindungen, ohne Behinderungen.“ Parelsus Blick schweifte in die Ferne und sah etwas, das mir noch verborgen blieb.

„Ich verstehe es immer noch nicht“, gab ich stirnrunzelnd zu. „Wie soll das funktionieren?“

Parelsus sah mich an, als ob ich extrem schwer von Begriff wäre.

„Stell dir einfach vor, du könntest jederzeit auf das Wissen aus allen Büchern und allen Köpfen zugreifen“, sagte er langsam und mit verschwörerischem Blick. Nun wurde mir klarer, worauf er hinauswollte.

„Sie wollen alle Köpfe miteinander vernetzen? Und was ist mit der Privatsphäre? Ich will keine fremden Leute in meinem Kopf und ich will auch nicht alles von jedem wissen“, sagte ich stirnrunzelnd.

„Das ist zugegebenermaßen noch ein Problem.“ Parelsus kratzte sich nachdenklich am Kopf.

„Und was für eine Chronik wird überflüssig?“ Irgendwo hatte ich das Wort schon einmal gehört.

„Vergiss die Chronik, das ist nicht so wichtig“, sagte er schnell und ging eilig durch die Mediathek in Richtung seines Arbeitszimmers. Ich hatte Mühe, ihm zu folgen.

„Ich wollte dir von deiner Mutter erzählen“, begann er und ließ sich in seinen Ohrensessel fallen. „Sie hatte verschiedene Wege eingeschlagen. Eine Veränderung in der Bevölkerung beginnt entweder von oben oder von unten. Am Anfang hat sie versucht, von unten zu beginnen und so viele Magier wie möglich von ihrer Idee zu überzeugen. Sie hat Flugblätter verteilt und dem „Korona Chronikle“ Interviews gegeben, um jedem klarzumachen, dass es völlig in Ordnung ist, wenn ein Patrizier einen Plebejer heiratet."

„Und hat es funktioniert?", fragte ich gespannt.

„Nein, die Plebejer haben deiner Mutter nicht vertraut, weil sie ein Patrizier war. Und die Patrizier haben eine Weile höflich zugehört und dann hat es keinen mehr interessiert. Das Buschfeuer, das deine Mutter auslösen wollte, war nicht mehr geworden als ein schales Flämmchen, das im Alltagseinerlei niedergetrampelt wurde. Sie hatte fast drei Jahre Zeit investiert und immer wieder neue Aktionen geplant, um Anhänger für ihr Vorhaben zu finden. Sie hat sogar jeden Monat vor dem Senatorenhaus demonstriert."

„Wirklich?", fragte ich ungläubig.

„Ja, sie war hartnäckig und konnte die Magier wirklich in Grund und Boden reden. Am Anfang kamen viele zu den Demonstrationen und dann wurden es Monat für Monat immer weniger, bis sie schließlich nur mit ihren engsten Freunden auf der Straße stand." Parelsus sah mich mit seinen grauen Augen durchdringend an, die trotz der dicken Brille in ihrer Schärfe nicht getrübt waren.

„Ich zeige dir noch ein paar Bilder." Parelsus stand auf und kramte in einem vollgestopften Regal, bis er mit einem alten Fotoalbum wiederkam. „Deine Mutter hat ihre Aktionen alle dokumentiert. Hier ist sie kurz vor den Weihnachtsferien beim Flugblätterverteilen."

Ich sah meine Mutter auf einem der Bilder eingehüllt in einen dicken, roten Schal. Sie hatte einen Stapel Papier in die Luft geworfen und stand nun mit ausgebreiten Armen und einem Lächeln in dem Wirbel aus Papier. Parelsus holte ein Foto nach dem anderen aus dem Album und ich tauchte ganz und gar in diese andere Zeit ein.

Zwei Stunden später zog er das letzte Foto aus dem Album. Auf diesem Bild trug meine Mutter ein Plakat, das aus brennenden Buchstaben den Schriftzug „Ich heirate, wen ich will!" zeigte.

„Meine Mutter wollte provozieren, nicht wahr?“, fragte ich lächelnd und betrachtete das Foto.

„Richtig, sie hatte gehofft, sich damit die meiste Aufmerksamkeit zu sichern.“

„Mit den Protesten ist sie gescheitert, aber das hat ja noch niemanden gegen sie aufgebracht“, meinte ich nachdenklich.

„Richtig, das kam erst später, aber das erzähle ich dir das nächste Mal. Beeile dich jetzt, in dein Zimmer zu kommen, bevor dich Madame Villourie erwischt. Wir dürfen es nicht riskieren, Aufmerksamkeit auf uns zu ziehen. Ich melde mich bei dir, wenn ich wieder Zeit habe.“

Ich nickte und erhob mich. Parelsus verabschiedete sich und ich ging nachdenklich an MUS vorbei zurück in mein Zimmer. Es gelang mir, unbemerkt in die oberste Etage des Wohnturms zu kommen. Die Festung war wie ausgestorben. Im Studierzimmer traf ich Liana und aus dem Badezimmer hörte ich Lorenz und Shirley tuscheln.

„Gibt's heut eine Party?“, fragte ich und ließ mich in das große Sofa fallen.

„Party?“, fragte Lorenz und steckte seinen Kopf aus dem Badezimmer heraus. „Keine Chance, solange Madame Villourie weiter so ein strenges Regiment führt. Wir könnten höchstens nach Schönefelde runtergehen und dort noch etwas unternehmen!“, schlug Lorenz vor.

„In Schönefelde sind jetzt schon die Bürgersteige hochgeklappt. Da werdet ihr nichts mehr erleben und nach dem Wirbel, den Selma ausgelöst hat, ist es besser, wenn sie erst einmal hierbleibt“, sagte Liana streng und ich nickte brav. Das war einfacher, als einen neuen Streit vom Zaun zu brechen.

„Wie war es bei Parelsus?“, fragte Lorenz.

„Sehr interessant. Er hat mir von der Protestbewegung meiner Mutter erzählt. Sie war ziemlich hartnäckig, hat Demonstrationen organisiert und Flugblätter verteilt.“

„Du hast deinen Plan noch nicht aufgegeben?“ Liana setzte sich neben mich und gemeinsam sahen wir in den Flockenwirbel hinaus.

„Nein, wieso denn?“ Ich schüttelte den Kopf. „Ganz im Gegenteil. Die Sybillen haben mich doch erst auf eine ganz neue Spur gebracht. Wenn ich das Geheimnis um das Verschwinden meiner Familie lösen will, muss ich das Buch der Bücher finden.“

„Und ich kann dir sagen, dass es gut versteckt ist“, sagte Lorenz und ließ sich neben mich sinken. Unsere Suche war in den letzten Tagen absolut erfolglos verlaufen und das hatte meiner ersten Begeisterung mittlerweile einen Dämpfer verpasst.

„Das Buch der Bücher, was soll das denn sein? Die Bibel vielleicht?“ Liana zog missmutig die Stirn in Falten. Doch wenigstens hörte sie mir dieses Mal zu.

„Ich glaube nicht, dass es die Bibel ist, denn die Sybillen haben mir gesagt, mir wäre dieses Buch schon einmal in einem Traum begegnet. Aber ich kann mich nicht erinnern, jemals von der Bibel geträumt zu haben.“ Plötzlich fiel es mir wie Schuppen von den Augen. Letzten Sommer hatte ich zwar nicht von der Bibel geträumt, aber dafür von einem Buch. Der Geschmack von Erde, der mir damals auf der Zunge gelegen hatte, war abscheulich gewesen. „Akasha“ hatte es geschrien, während es verbrannte. Mich durchfuhr es heiß. Was hatte Parelsus heute erwähnt?

„Akasha-Chronik!“, rief ich. „Ich muss die Akasha-Chronik finden!“ Begeistert sprang ich auf. Liana und Lorenz sahen mich an, als ob ich beschlossen hätte, Eier auszubrüten.

„Das Buch der Bücher ist die Akasha-Chronik!“, erklärte ich.

„Bist du dir sicher?“, fragte Liana. „Davon habe ich noch nie etwas gehört.“

„Ja, von diesem Buch habe ich geträumt und heute hat Parelsus gesagt, dass es eine Akasha-Chronik gibt, die er durch MUS irgendwann überflüssig machen will. Das heißt, die Akasha-Chronik weiß im Moment noch mehr als MUS und das bedeutet, dass sie mir Antworten auf meine Fragen geben kann." Endlich hatte ich einen Anhaltspunkt, an dem ich meine Suche beginnen konnte.

„Lass es mal langsam angehen!" Liana sah mich besorgt an.

„Warum freust du dich nicht? Endlich weiß ich, wonach ich suchen soll." Ich wartete darauf, dass sich Lianas besorgter Gesichtsausdruck auflösen würde und das freundliche Lächeln wieder hervorkam. Doch nichts passierte.

„Tu es nicht! Ich habe einfach Angst, dass dir etwas passiert, Selma, dass du dich mit den Falschen anlegst", meinte sie ernst.

„Wir müssen es eben geschickt anstellen", sagte Shirley plötzlich und trat neben uns. Ich hatte sie gar nicht bemerkt, doch ich war erleichtert, dass jemand auf meiner Seite war. „Wir dürfen niemandem davon erzählen, dann kommt auch keiner in Gefahr. Es wird Zeit, etwas Schwung in die Sache zu bringen."

„Genau", entgegnete ich und hoffte, Liana noch umstimmen zu können. „Parelsus hat gesagt, meine Mutter sah nur zwei Wege, die Gesellschaft zu ändern. Von oben oder unten. Als sie es von unten versucht hat, ist sie gescheitert."

„Und als sie es von oben probiert hat, ist sie gestorben", meinte Liana trocken. Ich ignorierte ihren Kommentar. Ich erwartete ja nicht von ihr, dass sie sich in einen Kampf auf Leben und Tod stürzte. Sie sollte einfach nicht gegen mich sein, denn das tat mir weh. Liana war noch nie gegen mich gewesen und ich wusste nicht, wie ich damit umgehen sollte.

„Dass sie gestorben ist, ist nicht bewiesen. Wir sollten herausfinden, warum und wie sie verschwunden ist", sagte Lorenz nachdenklich. „Wenn wir das wissen, wird uns das dann sicher automatisch zu der Lösung eines ganz dringlichen Problems führen, das, an dem Selmas Mutter letztlich gescheitert ist: der Abschaffung der reinen Patrizierehen. Ich habe doch gesagt, dass es sich lohnt, bei den Sybillen vorbeizuschauen. Wer hätte gedacht, dass sie dir solch eine große Prophezeiung machen."

„Das Buch weiß vielleicht auch, wer die Mädchen entführt hat und wie wir dieses Ungeheuer dingfest machen können." Lorenz stand auf und lief nachdenklich im Zimmer umher, während er geziert die Hand an die Stirn legte. „Wenn der Unbekannte gefasst ist, meine Lieben, dann muss Adam nicht mehr bei der Schwarzen Garde arbeiten, denn die wird dann nur noch für Paraden gebraucht. Was wiederum bedeutet, dass, ohne die Einschränkungen der Schwarzen Garde und die Vorschriften über die Patrizierehen, einem Happy End mit einem riesigen, pinken Herz nichts mehr im Wege steht. Voilà!" Er streckte beide Arme aus wie ein Model auf dem Laufsteg und ich fühlte mich beinahe genötigt, seiner Präsentation zu applaudieren. Ich unterdrückte das Zucken in meinen Armen und stand ebenfalls auf. Doch eigentlich war ich nur unglaublich beeindruckt davon, wie Lorenz sich gerade für meine Probleme ins Zeug legte.

„Sherlock Holmes, wo gedenken Sie die Suche nach der Akasha-Chronik zu beginnen?", fragte ich und ging auf sein Spiel ein.

„Selma, du solltest das wirklich sein lassen!" Liana verdrehte die Augen. „Und du auch, Lorenz."

„Ich kann nicht anders", sagte Lorenz ernst. „Es geht hier nicht nur um Selma. Ich muss dir, glaube ich, nicht erklären, dass es hier auch um mich geht und darum, dass es für mich auch kein Happy End in dieser Gesellschaft geben wird, wenn alles so bleibt, wie es ist, oder denkst du wirklich, dass das Senatorenhaus begeistert ist, wenn ich meinen Märchenprinz heiraten möchte. Das glaubst du doch nicht im Ernst?"

Liana sah zu Boden, doch sie antwortete nicht.

„Wenn ich es lasse, Liana, dann werde ich nie erfahren, wer meine Familie umgebracht hat", sagte ich ernst. „Denn davon muss ich jetzt ausgehen und ich werde niemals mit Adam zusammen sein können. Ob du es glaubst oder nicht, mein Tod ist mir allemal lieber, als so ein Leben zu führen. Du musst dich nicht mit mir in Gefahr begeben, niemand muss das. Das ist mein Weg. Wenn es auch deiner ist, können wir ihn gern gemeinsam gehen, denn ich glaube, dass wir gemeinsam viel mehr ausrichten können. Aber versuche nicht mich aufzuhalten, denn das ist sinnlos.“ Ich sah Liana an und flehte still, dass meine Bitte zu ihr durchdrang.

Doch sie presste nur die Lippen verärgert zusammen und stand auf. Ohne noch etwas zu sagen, ging sie in ihr Zimmer.

Erinnerungen

Ich klopfte energisch an Parelsus' Tür. Stille antwortete mir, höhnische Stille.

„Verdammt", rutschte mir mein Ärger zwischen den Lippen heraus. Wo steckte der alte Zausel nur? Ich starrte das alte Holz an und wartete auf eine Antwort.

„Du schon wieder", sagte Konrad hinter mir. Ich erschrak zu Tode und wandte mich blitzschnell um. Der Assistent von Parelsus war wie immer in einen weißen Kittel gekleidet und grinste mich fröhlich an.

„Ja, ich schon wieder", entgegnete ich schlecht gelaunt. „Ist er wieder da?"

„Nein, ist er nicht. Genauso wie er gestern nicht da war und die letzten vier Wochen und drei Tage ebenfalls. Parelsus ist auf der Suche nach einem neuen Leitelement, mit dem er MUS verbessern will, und du kennst ihn gut genug, um zu wissen, dass er erst wiederkommt, wenn er etwas erreicht hat."

„Ja, ich weiß", entgegnete ich. Konrad war in den letzten Wochen sehr geduldig gewesen, während meine Ungeduld ins Grenzenlose gewachsen war. Ich wusste endlich, wonach ich suchen sollte, doch das hatte mich nicht einen Schritt weitergebracht. Selbst in den Vorlesungen fiel es mir schwer, bei der Sache zu bleiben, weil meine Gedanken immer wieder abschweiften. Anstatt mich damit zu beschäftigen, verschiedene Werkstoffe zu entzünden, Feuer- und Lichtbälle zu entflammen und das Versenden von Botschaften zu trainieren, grübelte ich immer wieder darüber nach, wem die Akasha-Chronik gehörte und wo sie versteckt sein könnte. Sicher hatte sie eine der machtvollen Patrizierfamilien in ihrem Besitz, doch an die war schwer ranzukommen. Ich beobachtete Dorina Duss regelmäßig, denn ihr Vater war der Senator für Justizangelegenheiten und ihm würde die Akasha-Chronik viel nutzen. Es lag also nah, dass er sie in seinem Haus verwahrte. Aber ich war mir nicht sicher, sie könnte auch im Senatorenhaus aufbewahrt werden. Es kam mir auch seltsam vor, dass über einen so mächtigen Gegenstand wie die Akasha-Chronik nichts vermerkt worden sein sollte, und deswegen hatte ich begonnen, den Altbestand zu durchsuchen, während Lorenz und Shirley sich ganz unauffällig mit den Professoren unterhielten, um etwas Neues herauszubekommen.

„Hier, ich habe dir noch zwei Bücher rausgesucht, die Parelsus hinten im Lager aufbewahrt hat", sagte Konrad. „Vielleicht helfen die dir weiter."

„Danke." Ich nahm die in Leder gebundenen Antiquitäten entgegen.

„Die muss ich aber zurückbekommen. Parelsus kennt jedes Buch. Ich weiß zwar nicht, wie er das schafft, aber er weiß über alles Bescheid, was hier vor sich geht." Konrad sah sich um, als wenn Parelsus gleich hinter einem der hohen Regale hervortreten würde.

„Versprochen, du bekommst sie zurück", sagte ich.

„Es würde auch helfen, wenn du mir endlich verrätst, nach was du genau suchst." Konrad sah mich erwartungsvoll an, seine rote Lockenmähne leuchtete im Schein der Feuerbälle, die die Mediathek erhellten.

„Kann ich nicht", erwiderte ich. Es ging hier um ein delikates Thema. Die Akasha-Chronik war definitiv ein großes Geheimnis. Parelsus hatte mich gewarnt, nicht jedem zu vertrauen. Ich kannte Konrad nicht lange genug und obwohl wir dieselbe Haarfarbe hatten und er immer ausgesprochen höflich war, wagte ich es nicht, ihn einzuweihen.

„Wie du willst", sagte er. „Viel Erfolg!" Er wandte sich ab und ging zu einem Wagen, der mit Büchern beladen war. Mit einer kleinen Handbewegung brachte er ihn dazu, hinter ihm herzuschweben, während er die zurückgebrachten Bücher wieder in die Regale einsortierte. Ich klemmte mir die beiden Wälzer unter den Arm und verließ die Mediathek.

Der Gemeinschaftsraum unseres Wohnturmes war leer, dunkel und wenig einladend. Trotzdem ließ ich mich in eines der weichen Sofas sinken und entzündete einen Feuerball. Ich schlug das erste Buch auf und begann zu lesen. Ich wäre viel lieber oben in unserer Etage gewesen. Doch ich wollte nicht allzu viel Zeit mit Liana verbringen. Sie hatte es nicht geschafft, über ihren Schatten zu springen, und dieser Zustand hielt jetzt schon seit einigen Wochen an. Sie war unerträglich, denn neuerdings verbrachte sie die Abende damit, das Studierzimmer unserer Etage penibel und lautstark zu putzen, damit Lorenz und Shirley keine Gelegenheit bekamen, mit mir über den Verbleib der Akasha-Chronik zu sprechen. Sie wollte mir helfen, indem sie unsere Bemühungen sabotierte, wo sie nur konnte. Das Einzige, was sie damit allerdings erreicht hatte, war, dass ich mich einsam fühlte. Liana war immer an meiner Seite gewesen, seitdem ich denken konnte. Selbst wenn wir uns einmal gestritten hatten, war unsere Freundschaft davon unberührt geblieben. Nicht so wie jetzt, dieser Schnitt ging tiefer.

Seufzend blätterte ich eine Seite in meinem Buch um. Das Licht meines Feuerballs war nicht sehr hell, doch einen besseren bekam ich immer noch nicht zustande. Meine Augen schmerzten und ich lehnte mich zurück. Dieses Buch war ein Reinfall, es handelte nur von ausgestorbenen Drachenarten. Ich schlug es zu. Vielleicht hatten Lorenz und Shirley mehr erreicht? Die beiden hatten sich mit Feuereifer auf die Suche nach der Akasha-Chronik gemacht, ohne sie hätte ich schon längst aufgegeben. Es war wie verhext und langsam glaubte ich, dass es so sein musste, denn anders konnte ich mir nicht mehr erklären, warum wir nicht weiterkamen.

Es war einfach nur deprimierend. Ich schloss meine müden Augen und versuchte mich aufzuraffen, den Gemeinschaftsraum zu verlassen und ins Bett zu gehen. Eigentlich sollte ich noch eine Hausaufgabe für Professor Nöll erledigen, doch ich war viel zu müde, um die Übersicht mit den verschiedenen Mineralgesteinen auswendig zu lernen. Die Wärme im Raum, die der große Kamin ausstrahlte, war behaglich und machte meine schon vom Drachentraining erschöpften Glieder noch schwerer.

Es dauerte nicht lange und Adams Bild erschien vor meinem inneren Auge, ein beruhigendes Ritual. Ich versank in Erinnerungen an den Sommer, an unseren ersten Kuss und unseren letzten gemeinsamen Abend in der Provence, der so vielversprechend begonnen hatte. Doch seitdem war Adam nicht mehr nach Tennenbode zurückgekehrt. Meine Worte hatten nichts bewirkt, rein gar nichts. Obwohl unsere Situation aussichtsloser denn je war, glommen in mir immer noch die Hoffnung und die Gewissheit, dass er der Einzige war, der je zu mir gehören würde. Mit Vernunft war das nicht zu erklären. Ich riss die Augen auf, um die Erinnerungen zu vertreiben. Es gab genug zu tun, um mich abzulenken. Das Drachenrennen im Frühjahr rückte immer näher, die Professoren geizten nicht mit Hausaufgaben und die Akasha-Chronik beschäftigte mich so sehr, dass ich nicht einmal mehr Zeit hatte, auf den Nachtwind zu lauschen, wenn ich ins Bett ging. In der Regel fielen mir die Augen zu, sobald mein Kopf das Kissen berührte. Überhaupt war es an der Zeit, endlich nach oben zu gehen, bevor ich die Nacht auf diesem Sofa verbringen würde.

Gerade in dem Moment, in dem ich aufstehen wollte, entdeckte ich an der gegenüberliegenden Wand etwas, das nicht hier sein durfte. Eine kleine, winzige Gestalt schlich auf zwei Beinen an der Wand entlang. Ich blinzelte mit halb geschlossenen Augen, um das Wesen besser erkennen zu können. Es hatte ein braunes Fell, so braun wie die Wand, an der es vorbeischlich. Die spitze Nase in die Luft gestreckt, schnupperte es bald rechts, bald links. Die langen Nasenhaare bebten, als es die Ohren spitzte. Es hielt kurz inne, als ob es prüfte, ob ich wirklich schlief. Ich atmete ruhig ein und aus und wartete. Als das Wesen überzeugt war, dass ich nicht wach zu sein schien, lief es schnell weiter und blieb vor einem sonnengelben Sofa stehen. In dem Moment, in dem es schlagartig seine Farbe wechselte und in den strahlenden Ton des Sofas eintauchte, wusste ich auch, woher ich es kannte. Im Büro von Senator Gustav Johnson war genau dasselbe Tier umhergeschlichen. Entweder litten das Senatorenhaus und Tennenbode am selben Schädlingsbefall oder die nächtliche Anwesenheit der kleinen Nager hatte eine ganz andere Bedeutung. Meine Neugier war plötzlich geweckt. Wie schnell diese Tiere wohl waren?

In den Augenwinkeln sah ich, wie sich der Nager mir näherte, während er die braun-graue Musterung des Bodens annahm. Ich atmete weiter ruhig ein und aus und wartete, bis das Tier an meinem Fuß zu schnuppern schien. Es dauerte einen Moment, bis ich begriff, was es tat. Das war kein einfältiges Tier. Es schnupperte nicht an meinen Schuhen auf der Suche nach Käseresten oder Brotkrumen. Es stand aufrecht neben meinen Füßen und las den Titel des Buches, das mir Konrad gegeben hatte. Mir wurde kalt. Waren diese Tiere Spitzel des Senatorenhauses?

Im Bruchteil einer Sekunde hatte ich mich nach vorn geworfen und nach dem Tier gegriffen. Quiekend raste es los, doch ich erwischte es gerade noch am letzten Zipfel seines Schwanzes. Während ich versuchte, auf die Beine zu kommen und es festzuhalten, schrie es ununterbrochen in einem hohen, heiseren Ton. Doch ich lockerte meinen Griff nicht und warf mich zu Boden.

Gerade als ich mit der anderen Hand zufassen wollte, lief das Tier davon und verschwand in einem Loch in der Wand. Verdutzt sah ich nach unten. Ich hielt nur noch den Schwanz in der Hand. Ich fluchte, warf ihn in eine Ecke, wo er mit einem dumpfen Knall und einem kurzen Lichtblitz explodierte und keine Spuren hinterließ. Ich stand auf. Hoffentlich stand in dem Buch nichts Verbotenes. Ich hatte keine Lust auf Ärger mit dem Senatorenhaus, denn noch hatte ich nichts erreicht, wofür ich Ärger in Kauf nehmen würde.

Ich schnappte mir die Bücher und rannte die Treppe hinauf. Wenn die Tiere hier waren, waren sie vielleicht auch oben in unserer Etage. Die Tür war nur angelehnt und ich hörte Lorenz‘ und Shirleys Stimmen dahinter. Ich trat ein und schloss die Tür sorgfältig hinter mir. Dann begann ich den Raum abzusuchen.

„Was ist mit dir los?“, fragte Lorenz und beäugte mich misstrauisch. „Kriegst du jetzt auch einen Putzfimmel? Ich bin froh, dass Liana heute Abend mal eine Pause macht und bei Dulcia ist.“

„Keine Sorge, Ordnung lag mir noch nie“, entgegnete ich, während ich unter die Sofas sah.

„Suchst du Wollmäuse?“, fragte Shirley. „Das ist aussichtslos. Liana hat sie ausgerottet.“ Sie ließ sich auf eines der Sofas fallen und sah mir zu, wie ich die Wand nach Löchern absuchte.

„Ich suche keine Wollmäuse, sondern so eine Art Spionagemäuse.“

„Wie bitte?“ Lorenz grinste.

„Das ist nicht lustig“, erwiderte ich.

„Doch, ist es. Spionagemäuse.“ Lorenz kicherte, doch ich blieb ernst.

„Im Büro von Senator Johnson habe ich sie das erste Mal gesehen und eben gerade ist mir im Aufenthaltsraum wieder eine begegnet.“

„Das ist ein altes Haus, genauso wie das Senatorenhaus. Gut möglich, dass es hier Mäuse gibt“, sagte Shirley. Ich stand auf und setzte mich zu den beiden. Ich hatte nichts gefunden, was verdächtig schien.

„Dieses Tier hat aber gerade den Titel meines Buches gelesen“, sagte ich triumphierend. Lorenz und Shirley schwiegen nachdenklich, doch ich sah ihren Mienen an, dass sie mir nicht glaubten. Vermutlich hätte ich genauso reagiert, wenn ich dieses Tier nicht eben gerade noch mit eigenen Augen gesehen hätte.

„Meinst du, der Senator spioniert uns aus?" Lorenz sah mich an.

„Möglich wäre es", entgegnete ich vorsichtig.

„Warum sollte er das tun?", fragte Shirley.

„Ich denke, das hat etwas mit meiner Mutter und ihrer Vergangenheit zu tun. Vielleicht lässt mich der Senator beobachten, um sicher zu gehen, dass ich mich an seine Bitte halte."

„Das wäre möglich, aber ich glaube nicht, dass er das darf."

„Vielleicht hören wir erst einmal auf, die Professoren auszuhorchen. Vielleicht ist doch jemand misstrauisch geworden. Wir behalten die Sache aber im Auge", versprach Lorenz. „Hast du etwas Neues in der Mediathek gefunden?"

„Konrad hat mir zwei Bücher zugesteckt", sagte ich. „Eines davon taugt nichts, aber in dem anderen hoffe ich noch etwas zu finden. Es trägt den schönen Titel: Die Geheimnisse der magischen Welt."

Lorenz nickte. „Wir haben nichts gefunden, dabei haben wir uns in MUS durch die Geschichte des sechsten und siebten Jahrhunderts der Vereinten Magischen Union gequält", sagte er. „Jetzt brauche ich ehrlich gesagt eine Pause. Mein Kopf brummt und außerdem muss ich noch eine wichtige Entscheidung treffen." Lorenz erhob sich majestätisch und drehte sich im Kreis. „Die Silvestergarderobe muss ausgewählt werden."

Ich sah ihn überrascht an.

„Morgen ist der letzte Tag vor den Weihnachtsferien, Selma. Du hast dich so in Arbeit vergraben, dass du das vergessen hast?"

„Silvester?" Ich hob die Augenbrauen. Nach Party war mir nicht zumute.

„Shirley kommt mit nach Berlin. Ich will sie meinen Eltern vorstellen. Außerdem sind wir noch zu einer extrem coolen Party eingeladen. Komm doch einfach mit. Meine Eltern sind total locker drauf und freuen sich, wenn ich ein paar Freunde mitbringe."

„Geht ruhig, ich werde mit meiner Großmutter feiern“, entgegnete ich. Lorenz sah mich eine Weile an, sagte aber nichts. Wie sollte ich ihm erklären, dass mir der Sinn nicht nach Feiern stand, außerdem würde das Senatorenhaus sicherlich nicht erlauben, dass ich Schönefelde verließ.

„Silvester ist nicht mein Ding“, sagte ich schließlich und zwang mich zu einem Lächeln, das Lorenz zu beruhigen schien.

Ich zog mich bald darauf in mein Zimmer zurück, denn im Studierzimmer diskutierten Lorenz und Shirley mittlerweile lautstark die besten Outfits für die anstehende Party.

„Wie findest du das?“, fragte Shirley. Ich hörte ihre Stimme immer noch klar und deutlich durch die angelehnte Tür.

„Keine Pastelltöne zu deinen blonden Haaren, Schätzchen, du siehst sonst so tot aus. Du musst ein bisschen mehr Farbe wagen!“, sagte Lorenz entschlossen. Ich ließ mich auf mein Bett fallen und blickte aus dem Fenster. Es schneite schon wieder, so wie es schon den ganzen Dezember geschneit hatte. Ich würde mir morgen den Weg zum Haus meiner Großmutter freigraben müssen. Ich drehte mich auf den Bauch und schlug das alte Buch auf, das nach Leder und Staub roch. Enttäuscht blätterte ich die ersten Seiten durch. Es war ein Buch über magische Pflanzen und enthielt kein einziges Geheimnis der magischen Welt, nur Namen, Standorte und Verwendungen. Ich war sauer, schon wieder ein Fehlschlag. Ärgerlich verpasste ich dem Buch einen Stoß und es fiel mit einem lauten Knall auf den Boden, wo es aufgeschlagen liegen blieb. Ärgerlich vergrub ich meinen Kopf in das Kissen. Es half nichts, ich musste woanders weitersuchen, aber heute war ich zu müde, um noch einmal in die Mediathek hinabzulaufen. Unmotiviert erhob ich mich, um das Buch aufzuheben, als mein Blick auf die aufgeschlagene Seite fiel. Die abgebildeten Blüten kamen mir bekannt vor. Irgendwo hatte ich sie schon einmal gesehen und ich wusste auch ganz genau wo. Schnell eilte ich zu meinem Nachttisch und zog den Brief meiner Mutter hervor. Ich hatte ihn oft genug gelesen, um die drei kleinen, durchscheinenden Blüten wiederzuerkennen, die meine Mutter auf die Rückseite des Zettels geklebt hatte, auf dem der Name von Parelsus stand. Ich verglich die Zeichnung mit den getrockneten Blüten. Tatsächlich, meine Mutter hatte mir drei Rottenglockenblumen aufgeklebt, nur warum? Ich legte den Brief zur Seite und vertiefte mich in die Beschreibung des botanischen Nachschlagewerkes.

„Nein!", rief ich entsetzt. „Das ist unmöglich."

„Was ist passiert? Hast du etwas gefunden?" Lorenz steckte seinen Kopf zur Tür herein. Er sah aus, als ob er soeben aus den Straßen von New York gekommen war, mit lässiger Lederjacke und Kapuzenpulli über den verwaschenen Jeans.

„Gehst du Drogen verkaufen?", fragte ich. Lorenz verzog beleidigt das Gesicht.

„Süße, du hast keine Ahnung von dem perfekten Style. Das ist mein Outfit für Silvester. Chic war gestern, heute trägt man wieder lässig. Hast du endlich etwas gefunden?"

„Ich habe etwas gefunden, zwar nicht das Versteck der Akasha-Chronik, aber dafür etwas anderes. Sieh mal, meine Mutter hat mir mit ihrem Abschiedsbrief drei Rottenglockenblumen geschenkt." Ich hielt den Brief hoch.

„Hübsch! Und was bedeutet das?" Lorenz sah mich besorgt an.

„Keine Sorge, ich werde nicht zum Botaniker. Aber ich habe etwas Interessantes herausgefunden. Rottenglockenblumen heben die Wirkung der Knollenbeeren wieder auf."

„Aha!" Lorenz betrachtete mich wie einen durchgeknallten Streber.

„Verstehst du nicht?" Ich sah Lorenz erwartungsvoll an.

„Nee, Süße!" Er zuckte mit den Schultern.

„Adam hat mir vor einiger Zeit einmal gesagt, dass er glaubt, dass einige von meinen Erinnerungen gelöscht wurden. Wir dachten immer, dass jemand mein Gehirn manipuliert hat, aber das ist nicht der einzige Weg, um zu vergessen. Man erreicht dasselbe, indem man Knollenbeeren verwendet.“ Jetzt verstand Lorenz und ein entsetzter Ausdruck glitt über sein Gesicht.

„Meine Mutter ahnte offenbar, dass jemand meine Erinnerungen löschen würde, und hat vorgesorgt.“

„Los, nimm die Blüten und wecke deine Erinnerungen!“ Lorenz war begeistert von meiner Entdeckung und ich erst recht.

„Das dauert aber. Da steht, ich muss eine Blüte gut zerkaut mit einem Glas Wasser einnehmen und zwölf Stunden später sind alle mit Knollenbeeren gelöschten Erinnerungen wieder da.“

„Na, dann los, vielleicht wusstest du die ganze Zeit schon von der Akasha-Chronik und ihrem Versteck und hast sie deswegen in deinen Träumen gesehen. Probiere es aus!“ Ich nickte, löste eine der Blüten von dem Brief meiner Mutter und steckte sie in den Mund. Ich kaute eine Weile auf der bitteren Pflanze herum und ging dann ins Bad, um sie mit einem Glas Wasser herunterzuspülen. Jetzt musste ich nur noch warten. Ich schob den ungeduldigen Lorenz aus meinem Zimmer, öffnete mein Fenster, um ein wenig von der kalten Nachtluft hereinzulassen, und legte mich in mein Bett.

Es war Mitternacht, als ich frierend erwachte. Der Raum war eiskalt und ich sah, wie mein Atem kleine, weiße Wölkchen formte. Ich war eingeschlafen und hatte vergessen, das Fenster zu schließen. Bibbernd stand ich auf. Die Kirchenglocken schlugen ganz entfernt. Tief unter mir hörte ich ihr vertrautes Schlagen. Ich schloss schnell das Fenster, um den frostigen Wind auszusperren. Als ich mich umdrehte, um wieder ins Bett zu gehen, war ich nicht mehr allein. Adam lehnte an der geschlossenen Tür und musterte mich. Schlagartig war ich wach und nicht nur das. Seine Anwesenheit brachte Wärme in den Raum, so kam es mir zumindest vor.

„Hi!“, sagte ich vorsichtig und musterte ihn. Ich wusste

nicht, in welcher Stimmung er heute Nacht war. Schnell schickte ich einen Gedanken zu der Kerze auf meinem Nachttisch. Sie entzündete sich und die kleine Flamme verströmte eine heimelige Helligkeit im Zimmer. Jetzt sah ich sein Lächeln und entspannte mich.

„Hi!“ Auch wenn er es sicher nicht beabsichtigt hatte, klang seine Stimme in meinen Ohren verführerisch, dunkel und voller Versprechen.

„Wo warst du so lange?“, fragte ich und ließ mich wieder auf mein Bett sinken. Er trat einen Schritt auf mich zu und ich atmete tief ein. Sein Duft löste ein süßes Gefühl in meinem Bauch aus, ein kleines, zartes und glückliches Ziehen, das mich an einen schönen Sommertag erinnerte, an dem man einfach nur froh war, auf dieser Welt zu sein.

„Erst in der Provence, wir haben versucht herauszubekommen, wie es die Morlems schaffen konnten, so schnell herauszufinden, dass du ungeschützt bist, und dann in der Firma meiner Eltern in Amerika. Sie brauchten etwas Unterstützung wegen dem starken Weihnachtsgeschäft.“ Er legte seinen Kopf ein wenig schief und ich beobachtete das Lächeln, das auf seinen Lippen spielte. Diese Lippen, die mich schon so stürmisch geküsst hatten.

„Ach so“, erwiderte ich und versuchte, mich wieder auf den Inhalt unseres Gespräches zu konzentrieren, „und die ganzen Prüfungen schaffst du trotzdem ohne Probleme?“

Adam lachte und ich ließ mich von dem Ton mitnehmen.

„Im ersten Semester kann ich mir das noch erlauben, dann sehen wir mal weiter.“ Er schlenderte ein paar Schritte auf mich zu, bis er neben meinem Bett stand. In einer weichen Bewegung ließ er sich zu Boden sinken. Sein Kopf war jetzt in Höhe meiner Brust und er sah zu mir auf. Ich konnte nicht anders und sah ihn einfach nur fasziniert an.

„Was machst du hier?“, fragte ich schließlich leise und legte meine Hände in den Schoß. „Also nicht, dass du mich störst, aber Mitternacht ist eine ungewöhnliche Zeit für einen Besuch.“ Ich unterdrückte den Wunsch, seine Hand zu nehmen, die ganz nah vor mir lag, um seine warme Haut zu spüren.

„Ich wollte dich sehen.“ Adams Ton war ernst und ich glaubte ihm jedes Wort. „Du hast mir gefehlt. In den letzten Wochen war mein Leben fast ein bisschen zu ruhig, ohne dass du für neues Chaos gesorgt hast.“

Ich sog seine Worte gierig auf und ließ sie als glitzernde Glückskristalle in mein Blut wandern, zumindest fühlte es sich so an. Ich wollte etwas sagen, aber mir fiel einfach nichts ein. Ich saß einfach nur da und lächelte Adam an. Wenn ich eines gelernt hatte, seitdem wir uns getroffen hatten, dann, dass ich jeden Moment mit ihm nutzen musste, den es für uns gab.

Er sah mich nachdenklich an und seine Hand wanderte ganz langsam über das weiße Leinen des Betttuches zu meiner, als wenn er denselben Gedanken gehabt hatte. Seine Finger strichen über meinen Handrücken. Es fühlte sich an, als ob ein Schmetterling auf meiner Haut gelandet war. Ich sah zu, wie seine Hand meinen Arm emporstrich. Die Kerze knisterte und die Flamme wurde heller und größer. Ich schloss die Augen und seufzte wohlig.

Ich vernahm ein weiches Rascheln, Adams Lederjacke war zu Boden geglitten. Doch das war nicht alles. Mit einem Mal war er ganz nah und ich spürte die Wärme seines Atems auf meiner Wange. Er küsste meine Stirn, meinen Nasenrücken und dann lagen seine Lippen auf meinen. Ich stellte keine Fragen. Antworten würde ich keine erhalten. Daran hatte ich mich gewöhnt. Ich zog ihn noch fester an mich, umschlang seinen Körper mit meinen Armen und Beinen. Während ich nichts mehr dachte und nur noch Adams Berührung fühlte, die prickelnde Schauer über meine Haut jagte, wurde das Zimmer um mich herum immer heller. Ganz langsam wuchs in mir der Gedanke, dass das nicht sein konnte. Es war mitten in der Nacht, der Raum sollte dunkel sein.

Ich riss die Augen auf und sah, dass das Licht von der Kerze kam. Die Flamme war größer geworden. Sie reichte bis an die Decke. Erschrocken zuckte ich zurück. Sofort war das Feuer verschwunden und das Zimmer wieder dunkel. Adam hatte meine Bewegung gespürt und lockerte seinen Griff um meinen Körper. Er küsste mich zärtlich und lehnte sich zurück. Dann schlug er die Augen auf. Bevor ich sagen konnte, dass hier irgendetwas nicht stimmte, hatte ich mich schon in seinem Blick verloren. Er blinzelte mich fröhlich an. Was war nur los mit ihm? Seine übliche Reaktion, nachdem er mir so nah gekommen war, war Reue über den Verlust seiner Selbstbeherrschung. Doch dieses Mal sah er nicht so aus, als ob er bereute, was soeben passiert war. Ganz im Gegenteil, er sah aus, als ob er die Situation genoss. Er lächelte entspannt und blieb ganz nah bei mir.

„Ich wollte dich etwas fragen", sagte er und streichelte geistesabwesend mein Bein entlang. Mein Gehirn arbeitete auf Hochtouren. Wollte er etwa? Nein, das war nicht möglich. Bevor ich mich in die wildesten Fantasien hineinsteigern konnte, sagte Adam: „Hast du zu Silvester schon etwas vor?"

„Nichts Besonderes", erwiderte ich möglichst unaufgeregt. Seine Augen waren dunkel und er strahlte eine so tröstliche Wärme aus, dass ich nicht anders konnte, als mich in diese Geborgenheit fallen zu lassen.

„Das ist gut. Möchtest du vielleicht mit mir Silvester verbringen?" Er fragte vorsichtig und sah mich erwartungsvoll an. Dachte er etwa, ich könnte Nein sagen, oder hoffte er, dass ich die Vernünftige sein würde?

„Ja", erwiderte ich entschlossen. Ich wollte noch sagen, dass ich mich über seine Einladung freute, aber mein breites Lächeln sprach wohl Bände. Was war aus seinen Zweifeln geworden?

Doch anstatt sich mit längeren Erklärungen aufzuhalten, lächelte er zufrieden, hauchte mir einen zarten Kuss auf die Wange und verschwand, bevor ich ihm noch eine weitere Frage stellen konnte. Sprachlos ließ ich mich zurück auf mein Kissen fallen, das federleichte Summen seiner Berührung noch auf meiner Haut. Sollte sich die Waage endlich zu meinen Gunsten neigen? Vielleicht hatten meine Worte in der Provence doch eine Wirkung auf Adam gehabt? Ich versuchte wieder zu schlafen, aber es ging einfach nicht. Ich fühlte mich froh und leicht. Obwohl es mitten in der Nacht war, war ich hellwach, und in meinem Kopf überschlugen sich die Gedanken.

Selbst am nächsten Morgen hatte mich die fröhliche Stimmung noch immer fest im Griff.

„Hast du Kichererbsen gefrühstückt oder warum grinst du die ganze Zeit?“, fragte Lorenz. Wir saßen im offenen Amphitheater von Frau Professor Hengstenberg und warteten darauf, dass die Vorlesung begann.

„Nein“, entgegnete ich möglichst ruhig, doch ich bekam dieses selige Lächeln einfach nicht von den Lippen. Mein kompletter Stimmungsumschwung war Lorenz natürlich nicht entgangen und er ließ sich auch nicht einfach damit erklären, dass ich in der letzten Nacht hervorragend geschlafen hatte.

Allerdings wagte ich es nicht, Lorenz über meine veränderten Silvesterpläne zu informieren. Es bestand immerhin noch die Möglichkeit, dass der Abend ein totaler Reinfall wurde. Das wusste natürlich nur meine vernünftige Seite, denn in meinem Bauch überschlug sich die Vorfreude mit einem achtfachen Salto. Das waren keine Schmetterlinge in meinem Bauch. Das war schon ein Drachenformationsflug, der aus dem Ruder gelaufen war. Ich blinzelte zu Liana hinüber, die sich neuerdings immer mit Dulcia auf der anderen Seite zusammensetzte. Eigentlich versetzte mir dieser Anblick immer einen schmerzhaften Stich, doch heute fühlte er sich gut gepolstert an. Adam hatte nicht in Tennenbode übernachtet, sein Zimmer war am Morgen leer gewesen, was bedeutete, dass er heute Nacht allein wegen mir gekommen war.

„Sei doch froh, dass Selma mal gute Laune hat“, sagte Shirley neben mir. Sie trug heute eine einfache Jeans und ein blaues Shirt, belanglose Kleidungsstücke im Vergleich zu den Designerfummeln, die sie noch vor einem Jahr getragen hatte. „Besser als diese Null-Bock-Stimmung ist das auf jeden Fall."

„Da hast du auch wieder recht", pflichtete ihr Lorenz bei. „Ich weiß zwar nicht, warum sie so glücklich ist, aber ich kriege es bestimmt noch raus."

Ich musste mir schnell etwas einfallen lassen, bevor die beiden begannen, mein Seelenleben in allen Details auszubreiten. Wo blieb nur Frau Professor Hengstenberg? Ich sah mich suchend nach ihr um, doch weder von ihrem kastanienbraunen Haar noch von den durchscheinenden Flügeln war auch nur irgendwo eine Spur zu entdecken.

„Was macht ihr eigentlich zu Weihnachten?", fragte ich, weil mir nichts Besseres einfiel, um das Gespräch von mir abzulenken. Lorenz wurde still und sah Shirley an. Hatte ich etwas Falsches gesagt? Was konnte falsch an Weihnachten sein?

„Ich fahre zu Lorenz", sagte Shirley schließlich ruhig und gefasst. Ich ersparte mir und ihr die nächste Frage. Ihre Eltern hatten wieder einmal keine Zeit.

„Weihnachten bei meinen Eltern darf man allerdings auch nicht verpassen", frohlockte Lorenz, der genau den richtigen Ton traf, um die angespannte Stimmung aufzulösen.

„Warum?", fragte ich. Weihnachten war doch Weihnachten.

„Meine Eltern lieben Weihnachten. Sie zelebrieren dieses Fest in all seinen wunderbaren Facetten, rein kommerziell betrachtet natürlich."

„Ihr versinkt im Kitsch?" Ich lachte.

„Ja, genau das tun wir, und wir tun es gern und mit voller Überzeugung." Lorenz riss sich die Hand an seine Brust und Shirley prustete los. Er sah wirklich albern aus. Ich versuchte, ihn mir unter einem glitzernden, blinkenden Tannenbaum vorzustellen, an dem man die letzten grünen Nadeln unter der pompösen Dekoration suchen musste. Ja, das passte.

Frau Professor Hengstenberg betrat den Raum und mit einem Mal herrschte wieder eine hypnotisierende Ruhe. Ich atmete tief ein und aus, nahm meine Ohrstöpsel und platzierte sie an Ort und Stelle. Obwohl ich diese kleine Hilfe in Anspruch nahm, brauchte ich noch meine volle Konzentration, um dem Inhalt von Frau Professor Hengstenbergs Vorlesung folgen zu können. Ihre Stimme war wirklich außergewöhnlich und ich konnte ihr noch immer nicht widerstehen. Auch wenn es sehr verlockend war, in atemberaubende Visionen abzutauchen, blieb ich wach, denn in wenigen Wochen standen die Semesterprüfungen an.

Frau Professor Hengstenberg hatte schon eine Weile über die Geschichte der Vereinten Magischen Union im dritten und vierten Jahrhundert gesprochen, als mir ganz unvermittelt übel wurde. Es kam plötzlich und so heftig, dass ich erschrocken aufsprang. Erst wusste ich nicht, woher die Übelkeit so plötzlich kam. Ich überlegte kurz, was ich zum Frühstück zu mir genommen hatte. Doch ich hatte Quitschen und Nüsse gegessen, wie ich es oft tat. Es dauerte noch einen Moment, während ein schmerzhafter Krampf meine Eingeweide zusammenpresste, doch dann wurde mir mit einem Mal klar, was gerade passierte.

Wegen Adams Einladung hatte ich die Rottenglockenblumen fast völlig vergessen und deswegen war ich auf die heftige Reaktion meines Körpers nicht vorbereitet gewesen. Ein weiterer Krampf fuhr mir in den Magen und ich keuchte gequält. Als der Krampf sich löste, passierte es plötzlich. Ganz unvermittelt brach sich eine Welle von Bildern den Weg frei.

Ich sah meine Mutter, die mir Geschichten erzählte über die Drachen, die ich nur für unschuldige Märchen hielt. Ich sah den Tag, an dem sich meine Familie von mir verabschiedete. Ich hatte keine Lungenentzündung, nein, sie wollten mich nicht mitnehmen. Schreiend lag ich auf dem Boden im Flur und schlug immer wieder mit dem Kopf auf die Steine, aber sie waren weg und würden nie wiederkommen. Nie wieder.

Ich sah Adam, meinen besten Freund, den ich mit kindlicher Liebe so tief in mein Herz geschlossen hatte, dass jede Sekunde ohne ihn purer Schmerz war. Wir waren immer zusammen, denn wir gehörten einander. Er war der Mensch, an den ich mich klammerte, nachdem meine Familie verschwunden war. Er war alles für mich und ich für ihn.

Dann kamen neue Bilder. Ich sah die Morlems, die mich holen wollten. Der silberne Blick, die schwarzen Tücher, riesige Gestalten, die mir Angst machten, so fürchterliche Angst, dass ich aufhörte zu sprechen und nur noch Adam an mich heranließ. Sie kamen nicht nur einmal, nein, immer und immer wieder sah ich sie am Wegesrand stehen und mich mit starrem Blick zu sich locken. Die süße Stimme klang in meinem Kopf:

„Komm zu mir, Selma!“

Meine Augen füllten sich mit Tränen. Ich rannte aus dem Amphitheater hinaus in die Eingangshalle, wo ich zusammenbrach.

Die Wucht der Bilder nahm mir das Bewusstsein.

Weihnachten

Die weihnachtlich geschmückte Küche meiner Großmutter war in warmen Kerzenschein getaucht, in der Luft schwebte der Duft von Orangen und frischen Tannennadeln. Aus dem dunklen Garten leuchteten die dick verschneiten Beete und Wiesen silbern im Mondschein. Es war klirrend kalt, die Temperatur war auf minus 20 Grad gefallen. Doch je kälter es draußen wurde, desto wohler fühlte ich mich hier drinnen am Kamin, in dem ein kleines Feuer flackerte. Von der vollen Teekanne stiegen aromatische Wölkchen auf und verbreiteten den Duft von Pfefferminze im ganzen Raum.

Ich war zu Hause in der Steingasse in meinem Bett aufgewacht, müde, erschöpft und den Kopf voller schmerzhafter Bilder. Selbst jetzt, ein paar Tage später, brummte immer noch ein fieser Kopfschmerz hinter meiner Stirn, als wenn sich die Bilder wie Rasierklingen in meine Gehirnwindungen geschnitten hätten und die Wunden nur langsam verheilten. Meine Großmutter wusste nicht, was mit mir los war. Sie nahm an, ich hätte mich überarbeitet, und ich ließ sie in dem Glauben. Ich hatte noch nicht den Mut gefunden, sie zur Rede zu stellen, denn wer sonst sollte all diese Erinnerungen gelöscht haben.

Sie kannte alle magischen Pflanzen und ihre Wirkungen und nur sie hatte so eng mit mir zusammengelebt, dass es ein Leichtes gewesen sein musste, mir einige der Knollenbeeren ins Essen oder in den Tee zu mischen.

Ich schaffte es einfach nicht, meine verwirrenden Gefühle zu sortieren. Ich liebte Weihnachten bei meiner Großmutter. Es war immer ein gemütliches Fest gewesen mit selbstgebackenen Keksen, Weihnachtsgeschichten, Kerzenschein und Geschenken. Doch die Unschuld dieser Tage war zerstört. Ich hatte Bilder in meinem Kopf, die jedes Glück verhöhnten. Ich musste mit ihr sprechen, doch ich zögerte. Die Angst, den letzten Menschen meiner Familie zu verlieren, war zu stark. Wer blieb mir denn, wenn ich diese Verbindung zerbrach? Auch wenn mich Adam zu sich eingeladen hatte, glaubte ich nicht daran, dass aus uns jemals ein Paar werden könnte und sich zwischen uns wieder die starke Verbindung entwickelte, die einmal gewesen war. Nur eines war mir mittlerweile absolut klar. Die Verbindung, die ich gespürt hatte, als wir im Sommer aufeinandergetroffen waren, hatte tatsächlich einen magischen Ursprung. Wie sonst hätte allein ein Blick von ihm genügt, um diese starken Gefühle in mir zu wecken. Sie waren sogar so stark gewesen, dass sie selbst die Knollenbeeren nicht ganz hatten verschwinden lassen können. Wir waren uns tatsächlich ganz vertraut gewesen, und das schon seit vielen Jahren. Er war mein Rettungsanker gewesen, mein Seelenverwandter, und das war er sicher immer noch, auch wenn jetzt unüberwindbare Hindernisse zwischen uns lagen.

„Träumst du?“, fragte Liana, die in einem dicken Strickpullover neben mir saß und sich die Hände an ihrer Teetasse wärmte. Das einzig Gute an meinem Zusammenbruch war, dass Liana wieder mit mir sprach. Der Schreck, den sie bekommen hatte, als ich leblos in der Eingangshalle gelegen hatte, hatte sie zur Besinnung gebracht.

„Nein!“, sagte ich. „Ich bin nur müde.“ Ich konnte nicht ehrlich zu ihr sein und das zermürbte mich. Ich hatte in meinen Erinnerungen etwas gefunden, von dem Liana nichts mehr wusste, und was ihre Eltern zu der übereifrigen Sorge veranlasste, mit der sie Liana schon angesteckt hatten. Grund für ihre Vorsicht war Mira, Lianas ältere Schwester. Sie verschwand kurz nach ihrem siebzehnten Geburtstag bei einem Spaziergang ins Nachbardorf. Ich erinnerte mich wieder an den Schock und an den Schmerz, den ihr Verschwinden ausgelöst hatte. Sie wollte eine Freundin besuchen und hatte, genauso wie ich im letzten Sommer, keine Ahnung davon, dass jenseits der schützenden Mauern von Schönefelde die Morlems darauf warteten, dass eines der Mädchen einen Fehler machte.

Liana wusste nichts davon. Rein gar nichts. Sie ahnte nicht einmal, dass sie vor vielen Jahren eine Schwester gehabt hatte. Dieses Wissen brachte mich in eine unerträgliche Zwickmühle. Sollte ich ihr eine der Blüten geben, sollte ich ihr den Schmerz zumuten? Jetzt war sie glücklich und halbwegs unbeschwert, wenngleich von einer permanenten Angst und Sorge umgeben, die sie sich vermutlich nicht einmal selbst erklären konnte. Durfte ich ihr das gnädige Vergessen nehmen? Ich seufzte. Jetzt war ich die, die ein Geheimnis verbarg. Im Sommer hatte ich es Liana übel genommen, dass sie dasselbe mit mir getan hatte. Doch ich brachte es nicht über das Herz, ihr die Wahrheit zu sagen, zumindest noch nicht.

„Ich freue mich nur auf ein paar völlig ungestörte Tage zu Hause. Das ist alles", sagte ich schließlich und lächelte. Ich war nicht bereit, den zarten Frieden zu zerstören, der gerade wieder zwischen uns herrschte. Ich öffnete eines der Pakete, die auf dem Küchentisch standen, und packte vorsichtig eine gläserne Kugel aus.

„Nett, oder?" Ich drehte die kunstvoll mit Weihnachtsmotiven bemalte Kugel zwischen den Fingern. Vielleicht sollte ich warten, bis die Weihnachtstage vergangen waren, dann hatte Liana wenigstens noch ein paar schöne Stunden, denn ich wusste genau, dass es ihr keine Ruhe mehr lassen würde, sobald sie etwas über Miras Schicksal erfuhr.

„Ja, sehr hübsch", bestätigte Liana. „Ist das die neue Weihnachtskollektion? Meine Mutter ist auch ganz verrückt nach diesen Dingern. Adams Eltern verdienen sich mit diesen schwebenden Lichtkugeln wahrscheinlich eine goldene Nase."

Ich nickte und entzündete eine Flamme im Inneren der Kugel, um die Unruhe zu verbergen, die mich sofort ergriffen hatte, als Adams Name fiel. Ich konnte den letzten Tag des Jahres nicht erwarten. Doch ich hatte mit mir ausgemacht, nicht weiter darüber zu grübeln, was dieser Abend bringen würde. Ich sah der Kugel nach, die sich mit der kleinen Flamme in ihrer Mitte erhob, als ob sie ein Windhauch erfasst hatte, und im Kreise drehend über unseren Köpfen schwebte. Sie verbreitete eine angenehme Stimmung und ich spürte, wie mich die Vorfreude auf Weihnachten wieder ergriff. Warum hatte meine Großmutter das getan? Ich musste mit ihr sprechen, aber ich wollte diese letzte Zuflucht, die ich hier in der Steingasse hatte, nicht zerstören.

„Wunderschön!“, murmelte Liana verträumt und nahm ihre Tasse wieder in die Hand. Fröstelnd stand sie auf, um näher an den Kamin zu treten. Das Feuer knisterte und sie hielt ihre Hände in Richtung der Flammen.

„Ist dir immer noch nicht warm?“, fragte ich.

„Nein, ich muss nur nach draußen sehen und schon friere ich. Wenn ich den Schnee nur sehe, treibt er mir ein neues Zittern in die Glieder. Du hast ja eine Vorliebe für das Wassergepansche beim Pfaff, aber ich mag lieber das Feuer.“

Liana legte zwei neue Holzscheite in die Flammen, die den neuen Brennstoff sofort gierig umschlossen.

Es klingelte. Sicher war meine Großmutter wieder von ihren Krankenbesuchen zurück. Ich stand auf und ging zur Haustür. Eine Welle eiskalter Luft strömte mir entgegen, als ich öffnete. Eine dick vermummte Gestalt stand im Dunkel des frühen Abends auf der Schwelle.

„Paul!“, rief ich überrascht, als ich ihn unter der dicken Pudelmütze und dem riesigen Schal erkannte. „Komm rein! Das ist ja eine Überraschung!“ Ich trat beiseite, um ihm Platz zu machen.

„Hi, Selma“, grinste er, pellte sich aus seinen Wintersachen und verteilte dabei überall im Flur Schnee. „Wir haben uns ja ewig nicht gesehen. Du siehst gut aus. Ist Liana auch hier?“

„Na klar, komm mit in die Küche, wir haben noch Tee und meine Großmutter hat reichlich Schokoladenkekse gebacken.“

„Wie geht’s euch?“, fragte er, während wir durch den Flur liefen und in die Küche traten. Liana hatte uns nicht bemerkt.

Sie stand am Feuer und hatte uns den Rücken zugewandt. Paul ging einen Schritt auf sie zu und wollte sie begrüßen, als er in seiner Bewegung innehielt. Ich blickte an ihm vorbei und sah, dass Liana soeben versuchte, aus dem brennenden Feuer einen Flammenball zu formen, eine der Übungen, die uns Professor Borgien als Hausaufgabe gegeben hatte. Während Paul noch versteinert im Raum stand und sein Gehirn versuchte, das Gesehene zu begreifen, fiel mir dankenswerter Weise ein, was ich zur Wahrnehmung von Magie durch Nichtmagier gelesen hatte. Entschlossen lief ich zu Liana.

„Vorsicht, eine Stichflamme“, rief ich und zog sie zur Seite. Der halbe Feuerball fiel wieder in die Flammen zurück und Liana sah mich verdattert an. Nun bewegte sich auch Paul. Die logische Erklärung, die ich ihm geliefert hatte, schien er dankbar anzunehmen.

„Ist dir etwas passiert? Hast du dich verbrannt?“, fragte er erschrocken und mir fiel die fliegende Glaskugel ein, die noch immer über unseren Köpfen schwebte.

„Nein, alles in Ordnung“, sagte sie schnell. „Da habe ich wohl das trockene Holz unterschätzt.“ Liana sah mich entschuldigend an.

„Ich bin gerade aus Grünenthal gekommen und habe noch Licht bei euch gesehen. Da musste ich sofort rüberkommen. Mann, habt ihr mir gefehlt.“

„Komm, setz dich!“, sagte ich und holte aus dem Schrank eine weitere Teetasse. Ich hoffte, Paul würde einfach nicht nach oben sehen. „Bei uns läuft es gut“, erklärte ich, während ich seine Tasse füllte.

„Verwaltungstechnische Theorie habt ihr studiert, nicht wahr?“, fragte Paul. Ich nickte. Hoffentlich wollte er keine Details wissen, dachte ich, und im selben Moment störte mich dieser Gedanke. Paul war mein Freund, ich wollte mit ihm offen über alles reden, was ich erlebt hatte. Doch § 1 des „Handbuchs zum Umgang mit nichtmagischen Bürgern“ befahl mir unter Androhung eines lebenslangen Aufenthaltes im

Haebram, dass ich über alle Details, die die Vereinte Magische Union betrafen, zu schweigen hatte.

„Wisst ihr, eigentlich bin ich ganz froh, dass es doch nicht geklappt hat. Ich bin in Grünenthal glücklich. Moderne Medien ist der perfekte Studiengang für mich. Die Professoren sind echt gut drauf bei uns und mit unserer Firma läuft es auch super. Das Einzige, was mich stört, ist, dass ich euch so selten sehe, und mit E-Mails Schreiben habt ihr es ja auch nicht und an anderen Stellen im Web treffe ich euch gar nicht."

„Na ja, unsere Uni ist nicht so wahnsinnig modern eingerichtet und wir müssen ständig Verwaltungsrichtlinien und Gesetze durcharbeiten, da bleibt kaum Zeit", erklärte Liana und zitierte damit beinahe wörtlich aus dem „Handbuch zum Umgang mit nichtmagischen Bürgern".

„Umso mehr freue ich mich, wenn wir uns endlich wiedersehen. Wie geht es Shirley? Ist sie immer noch so eine Zuckerzicke?" Paul lachte.

„Du würdest sie kaum wiedererkennen, kein grelles Make-up mehr, keine Absatzschuhe und keine Minikleider", meinte ich schmunzelnd. „Sie ist richtig normal geworden."

„Den Platz der größten Zuckerzicke hat sie an ein paar andere Mädchen verloren", sagte Liana.

„Erstaunlich. Hätte ich ihr gar nicht zugetraut", meinte Paul.

„Ja, mittlerweile sind wir richtig gute Freunde geworden", grinste ich.

„Genauso wie ich und Freddie." Paul lächelte und ich erkannte dieses Lächeln, denn noch vor wenigen Monaten hatte es Liana und mir gegolten.

„Freddie?", fragte Liana. Ich sah an ihrem Gesichtsausdruck, dass sie es auch bemerkt hatte.

„Ja, Freddie und Lion. Mit den beiden habe ich die Firma gegründet."

„Ach ja, du hast das mal in einer E-Mail erwähnt", erinnerte ich mich.

„Freddie würde dir gefallen. Er ist unglaublich engagiert. Neben ihm komme ich mir immer absolut faul vor. Neulich hatte er seine Semesterarbeit schon zwei Wochen vor Termin abgegeben.“

„Echt“, sagte ich und bemühte mich um einen begeisterten Ausdruck. Liana und ich waren immer Pauls beste Freunde gewesen und nicht dieser Freddie und auch nicht Lion.

„Ja, Lion ist ja genau das Gegenteil. Er ist stinkend faul. In seinem Zimmer sieht es aus wie … ach, das kann man nicht beschreiben. Ich nenn es mal chaotisch, obwohl das nicht ganz rankommt. Aber der Mann ist ein Genie. Der hat immer genau im richtigen Moment die richtige Idee. Letztens hatten wir so ein Seminar über die Grundlagen der Betriebswirtschaftslehre und Freddie hat doch wirklich dem Professor erklärt, wie man die Produktionsfaktoren in der Bilanz bewerten muss, um das Steueraufkommen gering zu halten.“ Paul lachte, doch ich verstand den Witz nicht. Ich sah zu Liana hinüber, die die Lippen zusammengepresst hatte. Ich wollte etwas über meinen Alltag erzählen, über das irre Gefühl, auf einem Drachen durch die Lüfte zu schießen, oder wie berauschend es sich anfühlte, wenn das Wasser einem gehorchte, über den Feuerschwanzpython oder Frau Professor Hengstenbergs Feengesang. Ich lächelte gequält, während Paul eine Geschichte nach der anderen erzählte. Doch je länger wir zusammensaßen, umso mehr verfestigte sich das Gefühl, dass sich unsere Freundschaft verändert hatte. Den gemeinsamen Alltag, der in den vergangenen Jahren die Grundlage unserer Freundschaft gewesen war, gab es nicht mehr. Erlebnisse und Erfahrungen, die nicht unterschiedlicher und gegensätzlicher sein konnten, prägten jetzt unser Leben. Wir hatten uns auseinanderbewegt und diese Erkenntnis versetzte mir einen schmerzhaften Stich.

Als Paul und Liana am Abend gegangen waren, war ich traurig. Die Basis einer Freundschaft waren Ehrlichkeit und Vertrauen. Ich wusste selbst noch genau, wie mich im Sommer die Lügen von Liana geärgert hatten und wie es mich jetzt zermürbte, Liana etwas zu verschweigen, was sie meiner Meinung nach wissen sollte. Doch ich durfte nicht ehrlich zu Paul sein, sonst drohte mir die ewige Verdammnis, und damit wurde mir klar, dass die magische Gesellschaft nicht die Freundschaft zu den nichtmagischen Bürgern verbot, doch sie entzog sie ihrer Grundlage und verurteilte sie damit zum Scheitern.

Der Weihnachtstag brachte noch mehr Schnee. Glitzernd türmte er sich im Garten und auf den Bürgersteigen, verbarg alle Kanten und Ecken unter weichen Hauben. Ich schaufelte den ganzen Tag die Wege durch den Garten frei und zwar ohne einen Feuer- oder Windzauber zu Hilfe zu nehmen, obwohl ich in Anbetracht der Schneemassen mehrmals in Versuchung geriet. Doch ich wollte mich anstrengen. Nicht, weil ich die Bilder in meinem Kopf loswerden wollte. Nein, ich bereute nicht, zu wissen, was ich erfahren hatte. Aber ich spürte den Moment, als meine Eltern gegangen waren, so schmerzhaft, als ob es eben gerade passiert wäre. Ich wollte den Schmerz wieder loswerden und nicht nur ihn, auch die Angst vor den Morlems und den Ärger über die magische Gesellschaft, die mir die Beziehung zu Adam verbot und die Freundschaft zu Paul und nicht nur das. Da war noch ein schlimmerer Schmerz, der mich quälte. Der Moment, als Adam mich vor vier Jahren verlassen hatte, um nach Amerika zu gehen, hatte mich völlig zerstört. Ich erinnerte mich jetzt daran, wie ich nicht mehr hatte weiterleben wollen und wie sehr es mich vor den Kopf gestoßen hatte, dass Adam an seiner Entscheidung festgehalten hatte, obwohl er wusste, wie schlecht ich damit klarkam.

Wie hätte ich auch damit klarkommen sollen? Er hatte mir schließlich keine Erklärung geliefert, sondern war einfach verschwunden. Erst jetzt kannte ich den Grund für seine Entscheidung und ich konnte es ihm nicht einmal übel nehmen. Vermutlich hätte ich das Gleiche getan.

Ich keuchte, während ich den Bürgersteig freischaufelte, doch die Anstrengung nutzte nichts. Der Schmerz blieb und auch das Unbehagen. Ich wusste, dass es an der Zeit war, zu reden. Ich war meiner Großmutter tagelang aus dem Weg gegangen, hatte Müdigkeit und Erschöpfung vorgeschoben, um das Unvermeidliche aufzuschieben. Als sich die Dunkelheit schon über die leeren Gärten legte und die Weihnachtsbeleuchtungen in den Fenstern und Vorgärten ansprangen, räumte ich den Schneeschieber endlich in den Schuppen und ging mit schweren Schritten ins Haus.

In mir sträubte sich alles dagegen. Sie war meine einzige lebende Verwandte. Sie hatte mich mit Liebe aufgezogen. Auch ich liebte sie, doch das Wissen, dass sie mich meiner Erinnerungen beraubt hatte, verdunkelte diese Liebe. Ich ging ins Atelier, wo meine Großmutter schon in ihrem Sessel saß und in das Feuer blickte. Der Weihnachtsbaum leuchtete unter tausend Lichtern und der kleine Tisch war mit dem guten Porzellan gedeckt. Als ich den Raum betrat, wandte sie sich mir zu und musterte eine Weile meine Miene. Nein, schrie es in mir. Ich wollte das nicht kaputt machen.

„Geht es dir gut?“, fragte meine Großmutter. Ich biss die Zähne zusammen, bis mein Kiefer knirschte.

„Nein“, flüsterte ich. Ich schaffte es nicht mehr, zu lügen, obwohl ich es wollte. Wir sahen uns an und ich überlegte fieberhaft, wie ich dieses Gespräch führen konnte, ohne die Wut, die in mir tobte, herauszulassen. Die Wut würde alles kaputt machen.

„Lass uns heute am Weihnachtsabend nicht streiten!“, sagte meine Großmutter, als ob sie wieder einmal ahnte, was in mir vorging. Ach so! Heile Welt unterm Tannenbaum! Der Gedanke tanzte verlockend durch meinen Kopf. Warum eigentlich nicht? Streit war kein gutes Mittel, um ein Problem zu klären. Vielleicht, wenn ich mich endlich beruhigt hätte, könnten wir die Sache vernünftig besprechen. Ich setzte mich ihr gegenüber in den anderen Sessel und meine Großmutter goss uns Kaffee ein.

Als ich am flackernden Feuer in dem warmen Licht der vielen Kerzen saß und umhüllt vom köstlichen Duft der bevorstehenden Mahlzeit meine Geschenke betrachtete, ließ ich den Moment zu. Ich schaffte es, das schmerzhafte Brodeln in meinem Inneren zu unterdrücken, und erlaubte mir diese friedliche Pause.

Ich griff zu einem flachen, blauen Paket, das ich von Paul bekommen hatte, und riss das Papier ab. Es war ein Bilderrahmen, in dem ein dreidimensionales Bild von einer malerischen Küste steckte. Es schien so echt zu sein, dass ich mit dem Finger gegen die Oberfläche tippte, um zu prüfen, ob mein Finger in dem azurblauen Wasser verschwand.

„Beeindruckend, sieh mal!“, sagte ich zu meiner Großmutter und gab ihr den Bilderrahmen.

„Schön!“ Sie strich ebenfalls vorsichtig über das Bild.

„Das ist Pauls Geschäftsidee“, erklärte ich, nachdem ich die kleine Karte gelesen hatte, die am Geschenkband hing. „Man kann damit direkt von der Kamera Bilder zum Bilderrahmen senden.“ Fasziniert betrachtete ich das Bild noch einmal. Wie ein Bergpanorama wohl aussehen würde?

„Weißt du, woran mich das erinnert?“, seufzte meine Großmutter.

„Daran, dass du im Sommer Urlaub am Meer machen solltest?“, schlug ich vor.

„Nein“, lachte sie.

„Es erinnert mich an den Lieblingsplatz von Catherina. Deine Mutter liebte das Meer und sie nahm deinen Vater und dann auch euch Kinder jeden Sommer mit zu einer winzig kleinen Insel im Mittelmeer. Sie heißt Kileandros, ein wunderschönes, unbewohntes Stück Erde vor der griechischen Küste, das durch einen Zauber den Magiern und Nichtmagiern verborgen bleibt. Du kennst ihn wahrscheinlich noch. Versuch dich zu erinnern!“ Ich kramte mühsam in meinem Gedächtnis und tatsächlich dämmerte etwas dunkel in meinem Unterbewusstsein. Ein Wortzauber kam mir in den Sinn.

„Freyu damahra …“, begann ich.

„… hamin lorahra“, beendete ihn meine Großmutter.

„Wo liegt die Insel?“, fragte ich. Meine Großmutter holte aus einem Regal ein altes Buch heraus, das den Titel „Atlas der magischen Welt“ trug, und schlug ihn in der Mitte auf. Ich betrachtete den Küstenabschnitt, auf den sie mit ihrem Finger zeigte.

„Da sind noch mehr Inseln, die ich nicht kenne.“ Laut meinen Erinnerungen aus dem Geografieunterricht durften an dieser Stelle keine Inseln sein, aber in dem Atlas meiner Großmutter waren fünf eingezeichnet, und auf die kleinste zeigte nun ihr Finger.

„Das ist ein Atlas der Magischen Welt, hier drinnen wirst du noch so einige Dinge finden, die du bisher nicht kanntest. Die Magier haben etliche Inseln, Gebirgszüge und vor allem Gebäude vor den Nichtmagiern versteckt.“ Ich nickte und merkte mir die Stelle gut.

Dann nahm ich ein kleines Geschenk in die Hand, das ich von Liana bekommen hatte. Es war in grünes Papier gewickelt, das über und über mit kleinen Gänseblümchen bedruckt war. Vorsichtig löste ich die Schleife und wickelte das Papier ab.

„Was ist das?“, fragte ich verwirrt und drehte eine Flasche in den Händen, die einen roten Nebel enthielt.

„Oh, wenn es echt ist, ist es etwas ganz Seltenes“, meinte meine Großmutter erstaunt, nahm die Flasche in die Hand und drehte sie mehrmals hin und her, während sie das Wogen hinter dem Glas betrachtete. „Es scheint wirklich echt zu sein. Das ist Nurfur-Nebel. Ein seltener Nebel, der über dem Nurfur-Moor schwebte“, murmelte sie.

„Schwebte? Das heißt, es gibt ihn nicht mehr?“

„Genau, der rote Nebel war ein seltenes Phänomen, das nur alle zehn Jahre auftrat, und seitdem das Moor vor etlichen Jahrzehnten ausgetrocknet ist, gibt es den Nebel nicht mehr.“

„Und wofür ist der gut?“, fragte ich und nahm die Flasche wieder in die Hand.

„Der Nurfur-Nebel ermöglicht dir den Zugang zu Vinnla,

der Traumwelt."

„Was ist die Traumwelt?" Davon hatte ich noch nie gehört.

„Vinnla ist das Reich des Geistes. Eine Zwischenebene, man kann sie ganz einfach im Traum erreichen. Aber dann ist man nur ein Schatten, der nicht bewusst existiert. Ein Magier kann die Traumwelt aber auch ganz bewusst betreten, wenn er seinen Geist von seinem Körper löst und in diese höhere Bewusstseinsebene eindringt. Wirklichkeit, Traum und Fantasie verschmelzen dort. Für die Magier ist er ein wichtiger Ort, denn die großen Rituale erlangen erst dort ihre Wirksamkeit."

„Du meinst mein Aufnahmeritual in die magische Gesellschaft?"

„Genau! Die Traumwelt ist allerdings eine Dimension, die den meisten verwehrt bleibt, denn um den Geist vom Körper zu trennen, bedarf es jahrelanger Übung und großer Fähigkeiten. Nur wenige erlangen diesen Zustand. Die ihn erreicht haben, haben von ihren beeindruckenden Erlebnissen erzählt. Das hat die magische Gemeinde neugierig gemacht. Als man durch Zufall entdeckte, was der Nurfur-Nebel bewirkt, war es eine Zeit lang Mode, sich gegenseitig Ausflüge in die Traumwelt zu schenken."

„Traumwelt! Das klingt wie meine Erlebnisse, wenn ich Musik höre", sagte ich.

„Wenn du Musik hörst, gleitest du durch die Traumwelt, als wenn du schlafen würdest. Stell dir jetzt vor, du wärst bewusst in dieser Welt und könntest deine Visionen steuern und dich mit anderen austauschen. In der Traumwelt kannst du alles erschaffen, was dir durch den Kopf geht. Gigantische Schlösser, riesige Tiere, fantastische Welten. Der Nurfur-Nebel katapultiert dich für eine kurze Zeit dort hinein. Liana hat dir einen netten Kurztrip geschenkt, würde ich sagen."

„Und wie funktioniert er?", fragte ich und befühlte die kühle und glatte Oberfläche der Flasche.

„Das geht ganz einfach. Du öffnest die Flasche, atmest tief ein und solange der Nebel in deiner Lunge ist, bist du in der

Traumwelt. So eine Flasche reicht für einen Ausflug von etwa zwei bis drei Minuten, je nachdem, wie lange du es schaffst, die Luft anzuhalten."

Neugierig drehte ich das Fläschchen hin und her. Ich war stark in Versuchung, den Nebel sofort auszuprobieren. Ein Ausflug in die Traumwelt klang unglaublich verlockend. Meine Großmutter ahnte meine Gedanken.

„Heb ihn dir auf, Selma! Ich habe das untrügliche Gefühl, dass du ihn noch brauchen wirst. Manche Dinge, die zu einem kommen, kommen nicht ohne Grund. Auch wenn du im Moment noch nicht sehen kannst, wofür er gut sein wird."

„Arbeitest du heimlich als Prophet?", fragte ich.

„Nein", sagte sie. „Als Prophet tauge ich nur bedingt, aber es liegt etwas in den Sphären, das Veränderungen ankündigt, und da ist es immer gut, wenn man so ein seltenes Geschenk in seinem Besitz hat." Ich sah meine Großmutter an und dann verstand ich ihre Worte, die ich mit ihren Erzählungen über Vinnla verband.

„Du kannst in die Traumwelt gehen?", fragte ich.

„Ja, ich bin ein Geistläufer", gab sie zu.

„Erzähl mir davon!", bat ich.

„Nein. Vinnla gehört zu den Dingen, die man erleben muss, und zwar jeder für sich selbst. Liana hat dir einen Ausflug dorthin geschenkt und wenn du tiefer in die Traumwelt eindringen möchtest, musst du selbst ein Geistläufer werden. Es ist ein langer Weg dorthin, der viel Arbeit bedeutet. Außerdem bist du jede Nacht in der Traumwelt", sagte sie tröstend.

„Ja, aber das ist ja offenbar nicht dasselbe. Was ist mit meinen Träumen? Haben sie also eine größere Bedeutung, als ich immer dachte?" Vielleicht verbarg sich dort ein Hinweis auf die Akasha-Chronik, denn in meinen Erinnerungen hatte ich keinen gefunden.

„Die Traumwelt ist eine empfindliche Welt. Zukünftige Ereignisse senden ihre Strahlen in die Gegenwart und wer ein feines Gespür dafür hat, sie zu lesen, kann einige Vermutungen darüber anstellen, was die Zukunft bringen wird."

„Wie die Sybillen?"

„Die Sybillen haben ab und an einen Glückstreffer. Obwohl ihre Weissagungen meist nur Humbug sind, sind sie erstaunlich heiß begehrt in der Welt der Magier." Man hörte meiner Großmutter an, dass sie nicht viel von den opulenten Damen hielt. „Doch das ist jedem selbst überlassen, ob er daran glauben mag. Es reicht oft schon aus, in sich selbst hineinzuhören. Manchmal dringt das Strahlen zukünftiger Ereignisse auch in die Träume der betreffenden Person ein. Deshalb kann es hin und wieder von Nutzen sein, die eigenen Träume genau nach Hinweisen auf die Zukunft zu untersuchen."

„Oh", sagte ich und legte das Fläschchen, das ich immer noch in den Händen hielt, wieder auf den Tisch vor mir. Die Neugier hatte mich gepackt. Bei all dem, was meine Großmutter über die magische Welt wusste, konnte ich die Frage wagen.

„Was weißt du von der Akasha-Chronik?", sagte ich. Meine Großmutter schien einen Moment lang zu erblassen. Aber ich war mir nicht sicher, ob ich es richtig gesehen hatte.

„Nichts!", sagte sie schnell. Zu schnell.

„Ach so!", erwiderte ich gedehnt. „Ich will sie finden, weißt du? Sie scheint eine wichtige Rolle in meiner Zukunft zu spielen." Ich hatte langsam und nachdenklich gesprochen, um ihr die Gelegenheit zu geben, ihren Entschluss, mich anzulügen, zu überdenken.

„Woher weißt du von ihr?"

„Ich war bei den Sybillen, wie du weißt, und sie haben mir diesen Ratschlag gegeben."

„Ach, die Sybillen." Meine Großmutter atmete erleichtert aus. „Du weißt doch sicher selbst, dass du diesen Prophezeiungen keinen Glauben schenken kannst, aber wenn du möchtest, höre ich mich mal um." Meine Großmutter stand auf. „Jetzt wird es aber Zeit für das Abendessen", sagte sie schnell und ging in die Küche.

Ihre Lügen machten mich wütend. Sie wusste etwas, das war klar, und sie wollte es mir nicht erzählen. Entschlossen stand ich auf und folgte ihr. Als ich die Küche betrat, setzte sie gerade Wasser auf und begann, das Feuer im Kamin wieder anzufachen, das nur noch matt glomm.

„Ich hatte keinen Schwächeanfall“, sagte ich leise. Ich wusste nicht, ob sie mich gehört hatte, denn meine Großmutter nahm die gepunktete Kanne in die Hand, die ich ihr zu Weihnachten geschenkt hatte. „Ich habe eine Rottenglockenblume genommen!“

Klirrend fiel die Kanne zu Boden und zerbarst in tausend Stücke. Es war also tatsächlich so. Meine eigene Großmutter hatte mir meine Erinnerungen an Adam genommen und an meine Eltern.

„Warum hast du das getan?“, fragte ich in die Stille hinein, die nur vom Knistern des wieder aufflammenden Feuers unterbrochen wurde. Es fiel mir immer schwerer, meine aufwallende Wut zu drosseln. Meine Großmutter bewegte sich nicht. Mit eingesunkenen Schultern stand sie bewegungslos vor dem Herd. Nur der Widerschein der flackernden Flammen brachte Leben in ihre Miene.

„Warum hast du mir alle meine Erinnerungen genommen?“, fragte ich lauter. Der Zorn, den ich nicht mehr unterdrücken konnte, klang hindurch. Endlich wandte sich meine Großmutter um. Ich sah ihr schmerzverzerrtes Gesicht, doch ich hatte kein Mitleid, die Wut war stärker.

„Warum?“, schrie ich.

Anstelle einer Antwort bewegte sich meine Großmutter auf mich zu. Ihre Miene war leer.

„Ich habe dir deine Erinnerungen genommen, weil sie dich gequält haben. Weil dich der Schmerz nicht schlafen ließ, weil du Albträume hattest und geschrien hast im Schlaf, und zwar jede Nacht. Von den Augen, die dich lockten, der Stimme, die dich rief, deiner Mutter, die dich verlassen hatte. Du warst völlig verstört, du hast nicht mehr geschlafen, nicht mehr gesprochen und nicht mehr gegessen. Verstehst du nicht, dass ich das nicht mehr ertragen habe? Ich wollte dir helfen und habe dir den schlimmsten Schmerz genommen, damit du überhaupt weiterleben konntest."

„Warum hast du mir die Erinnerungen an Adam genommen?", bohrte ich weiter, noch immer nicht besänftigt.

„Weil du dich zu sehr an ihn gehängt hast und er dir nur den Tod bringt!", schrie sie. „Und ich nicht will, dass du stirbst! Nicht du auch noch!"

„Ich habe nicht vor, zu sterben", entgegnete ich aufgebracht. „Ich will leben, aber ich will glücklich sein, und glücklich werde ich mit Adam und nicht, wenn ich einsam und allein hier im Garten sitze. Ich habe meine Entscheidung getroffen." Entschlossen sah ich meine Großmutter an.

„Du bist wie deine Mutter, genauso waghalsig und egoistisch", warf sie mir entgegen.

„Meine Mutter war nicht egoistisch, sie hat dafür gekämpft, das Leben für alle besser zu machen."

„Was hat es ihr gebracht? Den Tod und nicht nur ihr. Toni, Leandro und Lydia sind ebenfalls tot und du warst völlig verwirrt!" Zornig schleuderte sie mir die Worte entgegen.

„Ich werde jedenfalls kämpfen, um ihren Mörder zu finden und ihr Werk zu Ende zu bringen, damit sie nicht umsonst gestorben sind." Ich hatte nicht vorgehabt, das meiner Großmutter zu sagen. Es war einfach so herausgerutscht, aber es war die Wahrheit. Erschrocken sah sie mich an. Eine Spur Mitleid überkam mich. Was sie getan hatte, war nicht richtig gewesen, aber böse Absichten hatte sie damit nie verfolgt.

„Lass es sein!", bat sie.

„Ich werde mich nicht unnötig in Gefahr bringen", sagte ich jetzt ruhiger. „Glaube mir!" Ich versuchte versöhnlich zu lächeln.

„Ich werde dich nicht abhalten können, Selma. Du bist volljährig und kannst deine Entscheidungen selbst treffen." Sie sah aus, als ob sie innerhalb von Minuten um Jahre gealtert war. „Ich möchte jetzt allein sein. Gute Nacht!“ Wortlos sah ich ihr nach, wie sie davonging.

Es war ein seltsames Gefühl, als sie sich von mir entfernte, und es tat weh. Ich blieb allein in der Küche sitzen, genauso wie ich allein in meinem Leben war. Sie wollte mich vor der Welt bewahren, vor der schlechten, grausamen Welt. Das war eigentlich kein Verbrechen, aber davon verschwand die Welt nicht einfach, und jetzt musste ich mich ihr allein stellen.

Silvester

Am Silvesterabend knirschte der Frost immer noch erbarmungslos und ließ jedes Leben erstarren. Ich stand im Flur und trug bereits meine dicke Winterausstattung, Mantel, Schal und Mütze. Jeden Moment würde Adam hier sein. Ich ging ein wenig im Raum auf und ab, denn ich hatte nichts mehr zu tun, was mich ablenken konnte. So vieles hatte sich verändert, seitdem wir uns das letzte Mal gesehen hatten. Ich wusste endlich, woher diese geheimnisvolle Anziehungskraft kam, die von ihm ausging. Es war jetzt alles so viel klarer. Schon in unserer Kindheit hatten wir den Grundstein für das Vertrauen gelegt, das uns so stark miteinander verband.

In den letzten Stunden war ich meinem Vorsatz untreu geworden und hatte mir immer wieder versucht auszumalen, wie der Abend verlaufen würde. Ich scheiterte kläglich, zu viel war ungewiss. Für mich waren die Erinnerungen an meine Vergangenheit neu, doch Adam wusste die ganze Zeit über jedes Detail Bescheid. Trotzdem war seine Vernunft stärker gewesen. Die logischen Gründe, die gegen unsere Beziehung sprachen, wogen für ihn schwerer. Warum hatte er mich also eingeladen? Unruhig ging ich in mein Zimmer und lief eine Weile vor meinem Bett auf und ab. Ich musterte meinen Schreibtisch, der leer war, seitdem ich die Abi-Prüfungen bestanden hatte. Ich zog die mittlere der drei Schubladen auf. Tatsächlich, da lagen noch zwei Schokoladenriegel; Nervennahrung für anstrengende Zeiten. Ich packte einen der Riegel aus, setzte mich auf den Boden vor mein Bett und biss hinein.

Vor dem Fenster sah ich bereits die ersten Silvesterraketen in den Himmel steigen. Ich wäre gern losgelaufen, um irgendetwas zu tun, doch Adam hatte mir nicht erlaubt, allein bis zum Anwesen der Torrels zu kommen.

Die süße Schokolade schmolz auf meiner Zunge und ich spürte, wie mich der vertraute Geschmack beruhigte. Über meine Figur musste ich mir keine Gedanken mehr machen. Seitdem ich Drachenjockey war, hatte der schweißtreibende Sport alle überflüssigen Pfunde schmelzen lassen. Ich knüllte das Papier zusammen und warf es in den Mülleimer.

Das leere Haus lenkte mich mit keinem Geräusch ab. Meine Großmutter war schon gestern nach Themallin aufgebrochen, dem Zentrum der Druiden, wo sie seit einer Weile den Jahreswechsel verbrachte.

Ich bereute unser Gespräch nicht und trotzdem war genau das eingetreten, was ich befürchtet hatte. Meine Großmutter hatte sich zurückgezogen. Sie war mir aus dem Weg gegangen und ich fühlte mich so unendlich allein. In mir war etwas erfroren, ihr ablehnendes Verhalten verletzte mich. Sie war meine Großmutter. War es falsch zu erwarten, dass sie ehrlich zu mir war? Ich konnte ihr nicht vergeben und trotzdem vermisste ich ihre liebevolle Fürsorge. Letztendlich hatte ich ihr Verhalten schweigend hingenommen und so waren wir schließlich still auseinandergegangen.

Selbst Liana war nicht da, um mich zu trösten. Sie war mit ihren Eltern in Akkanka und froh, der Kälte zu entfliehen. Auch Paul war schon zurück nach Grünenthal gefahren, wo die Monsterparty der Superlative starten sollte, wie er mir ausführlich vorgeschwärmt hatte. Natürlich würde er den Abend mit Lion und Freddie verbringen und nicht mit Liana und mir, so wie es in den vergangenen Jahren gewesen war. Ich seufzte. Die Schwermut hatte mich wieder gepackt wie ein öliger Film, der an meiner Haut klebte und den ich einfach nicht loswurde.

Das Einzige, was etwas Licht in mein Dunkel warf, war die Vorfreude auf den heutigen Abend. Niemand wusste darüber Bescheid, dass ich die Nacht bei Adam verbringen würde, und das war auch gut so. Schließlich verstießen wir gegen die guten Sitten der magischen Gesellschaft.

Das kleine Glöckchen klingelte silberhell an meinem Fenster und machte dem zermürbenden Warten endlich ein Ende. Ich lief in den Garten und da war er. Ein dunkler Schatten im Schutz des Pavillons. Mein Herz schlug schneller.

Er wartete auf mich, ganz so, wie wir es verabredet hatten. Trotz der Kälte trug er weder Handschuhe noch eine Mütze. Er war angespannt, das sah ich sofort.

„Hallo", sagte ich. Das nervöse Beben in meiner Stimme würde ihm sicher nicht entgehen.

„Bist du bereit?", fragte er mich kurz und sah sich prüfend um.

„Ja", erwiderte ich und musterte sein schönes Gesicht mit den markanten Zügen; sein vertrautes Gesicht, das ich jetzt endlich in meinen Erinnerungen wiedererkannte.

„Gut, ich gehe voran bis zum Waldweg und warte dort auf dich unter der großen Tanne. Du kommst in zwei Minuten nach!", ordnete er an.

„Bist du dir sicher, dass diese Umstände wirklich nötig sind?", fragte ich. „Können wir nicht wie ganz normale Leute einfach zu euch hinübergehen?"

„Wir sind aber keine normalen Leute." Er wandte sich um und verschwand im Dunkeln. Ich zählte die Sekunden und folgte ihm kurz darauf durch die Steingasse, bis die Straße in den Waldweg überging. Der Schnee lag hier fast einen Meter hoch und nur noch ein schmaler Pfad führte hindurch. Fröstelnd ließ ich das Licht der letzten Häuser hinter mir und tauchte in die Dunkelheit des Waldes ein. Über dem hellen Schnee zeichneten sich die Konturen der Bäume und Äste dunkel ab. Ich war froh, als ich die alte Tanne erkannte, unter deren weit ausladenden Ästen Adam an den Stamm gelehnt stand. Als er mich sah, kam er zurück auf den Weg und lief wortlos vor mir durch die tief verschneite Dunkelheit. Es schien ihm keine Mühe zu bereiten, durch den hohen Schnee zu stapfen, der unter unseren Schritten in einem monotonen Rhythmus knirschte. Kraftvoll und schnell ging er voran und ich musste mich beeilen, ihm in diesem Tempo zu folgen. Trotz der Anstrengung wurde mir nicht warm, die Kälte kroch unaufhaltsam in meine Glieder.

Ich spürte meine Finger bald nicht mehr und war froh, als wir endlich vor der hohen Gartenmauer standen. Adam hielt mir das kleine Gartentor auf und erleichtert schlüpfte ich hindurch. Nachdem er das Tor geschlossen hatte, warf er einen langen, suchenden Blick in den Wald, dann hob er die Arme. Ein starker Wind brach los und wirbelte Unmengen an Schnee auf. Mitten in dem Getöse um mich herum, das mich beinahe an einen Weltuntergang glauben ließ, erwischte ich mich dabei, dass ich fasziniert betrachtete, wie der Wind durch sein Haar blies und es wie eine schwarze Wolke um sein Gesicht flog. Nicht nur der Wind nahm mir den Atem und ich vergrub mein Gesicht tiefer im Schal. Schließlich legte sich das Schneegestöber.

„Wolltest du Verfolger einschneien?“, fragte ich und schüttelte mir Unmengen von Schnee aus der Mütze, den Haaren und von der Jacke. In Adams Gesicht sah ich immer noch die Anspannung, die ihn seit unserem Aufbruch anhaftete.

„Nein, ich habe nur unsere Spuren verwischt. Man kann nie wissen. Lass uns reingehen, es ist kalt“, drängte er. Der Gedanke, dass uns jemand gefolgt sein könnte, behagte mir nicht. Ich folgte ihm schnell durch den tief verschneiten Garten, in dem die Bäume wie riesige Schneeskulpturen unseren Weg säumten. Ich lächelte still, als ich mich an unser zufälliges Treffen hier im Sommer erinnerte. Es schien Jahre her zu sein, dabei waren nur ein paar Monate vergangen. Adam hielt mir die Tür auf und ich ging an ihm vorbei in das Haus. Ich schaffte es nicht, ihm in die Augen zu sehen, und konzentrierte mich darauf, nicht über die Schwelle zu stolpern.

„Ist alles in Ordnung?“, fragte er leise, als er mir in der opulent eingerichteten Garderobe aus meinen vielen Kleidungsschichten half.

„Ja“, flüsterte ich und legte den letzten Pullover ab. Darunter kam ein elegantes, nachtschwarzes Kleid zum Vorschein, das Lorenz mir zu Weihnachten geschenkt hatte. Ich räusperte mich, während ich Adams Blick spürte, der quälend langsam der Linie meines Körpers folgte.

„Du siehst atemberaubend aus“, sagte er, als er wieder bei meinen Augen angelangt war. „Wenn ich es nicht besser wüsste, würde ich meinen, du wärst eine Fee.“ Er grinste schelmisch.

„Danke.“ Ich lächelte verlegen. Er wirkte auf einmal völlig entspannt. Seine Augen strahlten und sein Lächeln war ansteckend. Er schien verändert, befreit, und ich hoffte, dass es nicht nur daran lag, dass wir die Gefahr, die er draußen vermutete, hinter uns gelassen hatten.

„Komm rein!“, sagte er und hielt mir die Tür zur Eingangshalle auf. Er sah umwerfend aus in dem schwarzen Hemd und der schwarzen Hose und er roch genauso gut, wie er aussah.

„Gern“, erwiderte ich, ging an ihm vorbei und atmete tief den betörenden Geruch ein. War es wirklich eine gute Idee gewesen, mich dieser Versuchung auszusetzen? Der Streit mit meiner Großmutter hatte mir stark zugesetzt und ich fühlte mich heute nicht stark genug, um weitere Niederlagen mit erhobenem Haupt hinzunehmen, egal wie viele Schokoriegel ich verdrücken würde.

„Was für ein Silvesterprogramm hast du eigentlich für uns geplant?“, fragte ich in einem lockeren Ton, als wir durch den großen Raum gingen. Adam hielt vor einer Schwingtür und wandte sich mir zu. Ich bremste einen Moment zu spät und wäre fast in ihn hineingelaufen. Seine plötzliche Nähe überwältigte mich und ich musste all meine Kraft aufwenden, einen Schritt zurück zu gehen. Adam schien nichts bemerkt zu haben, während er die Tür vor uns öffnete.

„Zuerst wollte ich mit dir im Salon speisen“, erklärte er. „Elsa hat heute zwar frei, aber ich habe sie gebeten, mir etwas vorzubereiten. Danach könnten wir einen Kaffee nehmen und dann auf das Dach hinaufsteigen und das Feuerwerk über

Schönefelde ansehen. Die vielen Magier in Schönefelde nutzen diese Gelegenheit immer für die schönsten Feuerzauber. Nachdem ich einige Zeit darauf verzichtet habe, kann ich dir versichern, dass das Silvesterfeuerwerk in Schönefelde wirklich einzigartig ist. Wenn du müde bist, bringe ich dich danach nach Hause. Was hältst du davon?“ Adam sah mich mit einem erwartungsvollen Gesichtsausdruck an. Ich wartete verdutzt einen Moment, ob das alles war.

„Das klingt toll“, sagte ich schließlich und lächelte verwirrt. Deswegen hatte er mich eingeladen? Um einen freundschaftlichen Abend mit seiner Kommilitonin zu verbringen? Die Enttäuschung fraß sich in mein Herz und ich zuckte zusammen.

„Ich möchte heute mit dir reden“, sagte ich schließlich möglichst gefasst. Ich war schließlich die gewesen, die seine Einladung angenommen hatte, ohne näher nachzufragen, wie ich zu dieser Ehre gekommen war. Wenn meine Großmutter nicht mit mir über die Vergangenheit sprechen wollte, dann sollte es wenigstens Adam tun.

„Wir werden reden“, erwiderte er gelassen. „Wir haben den ganzen Abend Zeit, über alles zu reden, worüber du reden möchtest.“ Er ging voran in den nächsten Raum. Ich atmete tief durch, verinnerlichte das Versprechen, das er mir gegeben hatte, und folgte ihm. Er nahm eine Fernbedienung aus einem Regal und kurz darauf klangen leise Rhythmen durch den Raum. Mit einer schnellen Handbewegung zündete er ein Meer roter Kerzen an, die im ganzen Raum und über den Tisch verteilt standen. Ihr Schein spiegelte sich in Gläsern, Karaffen und Schüsseln wider, die den Tisch bedeckten. Vor Überraschung blieb mir beinahe der Mund offen stehen.

„Ich bin beeindruckt“, gab ich zu. Adam hatte viel Zeit in die Vorbereitung dieses Abends investiert. Ich hielt einen Moment inne. Da war ein kleines Flämmchen Hoffnung, das da in mir glühte. Ein ungewöhnliches Gefühl, das ich mir so lange verboten hatte.

„Freut mich, dass es dir gefällt“, lächelte er und zog mir einen Stuhl hervor, damit ich mich setzen konnte. Ihm bereitete mein Erstaunen sichtlich Freude. Als ich Platz nahm, berührte sein Arm zufällig meine Schulter. Ein aufgeregtes Kribbeln entzündete sich in meinem Bauch und wanderte über meine Haut bis in meinen Kopf. Seine Nähe betörte mich. Er schien die Spannung zwischen uns gefühlt zu haben und hielt kurz inne. Ich hoffte, er würde etwas sagen, doch er zögerte nur kurz, und dann, als wenn nichts passiert wäre, ging er zu seinem Stuhl, nahm Platz und schenkte uns Wein ein.

„Auf diesen Abend", sagte er und hob sein Glas. Der Blick, mit dem er mich ansah, war nicht sanft. Ich sah ein Feuer darin lodern und schluckte. Für einen Moment vergaß ich, wo ich war und was ich gerade sagen wollte. Das melancholische Stück im Hintergrund machte es mir auch nicht leichter, mich zu konzentrieren. Einen Moment lang fielen Rosenblüten sanft von der Decke und eine Ranke von Glockenblumen, Veilchen und Ringelblumen säumte meinen Blick. Ich blinzelte, riss mich zusammen und konzentrierte mich.

„Auf diesen Abend", erwiderte ich und hob ebenfalls mein Glas. Der Klang unserer aneinanderstoßenden Gläser schwebte durch den Raum. Adam nahm sich Zeit, den Wein zu kosten. Ich nippte ebenfalls kurz an meinem Glas und trank einen Schluck des dunklen Weins, der nach Brombeeren duftete.

„Ich habe meine Erinnerungen zurückbekommen", sagte ich, denn mein Kopf war so voll, dass ich endlich anfangen musste zu sprechen. Adam sog zischend Luft ein, während er mit einer langsamen Bewegung sein Glas abstellte.

„Also ist es wahr", sagte er und drehte den Stiel des Glases in seinen Fingern. Er betrachtete die Bewegung des Weins, doch ich sah den Schreck in seinem Gesicht. Er machte seine Miene hart, seine Nasenflügel bebten.

„Es war meine Großmutter", erwiderte ich, angesteckt von seiner düsteren Stimmung. Er sah auf, ohne die Finger von seinem Glas zu lösen.

„Sie hat viele meiner Erinnerungen gelöscht."

„Warum?“

„Sie wollte mir helfen und mir mein Leben erträglicher machen, weil sie es nicht ausgehalten hat, mich leiden zu sehen. Offenbar kannte auch sie die Weissagung der Sybillen. Sie wollte nicht, dass ich mich in dich verliebe, deswegen hat sie fast alle meine Erinnerungen an dich gelöscht.“

„Sie wollte dich beschützen, wer kann es ihr verübeln.“ Adam runzelte die Stirn.

„Warum entschuldigst du das?“, fragte ich überrascht. Ganz selbstverständlich hatte ich angenommen, dass Adam auf meiner Seite sein würde, so wie es früher gewesen war. Ich war durcheinander. Mir war es noch nicht gelungen, die Erinnerungen meiner Vergangenheit mit den Erlebnissen der Gegenwart in Einklang zu bringen. Der Adam meiner Kindheit, der mich bedingungslos liebte und beschützte, passte nicht zu dem Adam der Gegenwart, der sich so sehr bemühte, keine Nähe zwischen uns zuzulassen. Es war, als ob ich mit Macht versuchte, zwei vermeintlich identische Schablonen übereinanderzulegen, die einfach nicht zueinander passen wollten.

„Weil auch ich dich beschützen möchte. Ich verstehe sie.“ Adam beugte sich mit ernster Miene zu mir hinüber und legte seine Hand auf den Tisch, ohne mich zu berühren.

„Ich bin keine vier Jahre mehr alt“, sagte ich. „Ich bin achtzehn. Ich habe mich verändert und die Zeit, sich zu verstecken, ist vorbei. Ich muss mich meinem Leben stellen und meiner Vergangenheit.“

Adam gefielen meine Worte nicht. Er sagte nichts dazu, doch ich sah ein zorniges Blitzen in seinen Augen, das mich selbst wütend machte. Er holte tief Luft und atmete betont langsam aus.

„An was kannst du dich noch erinnern?“, fragte er schließlich.

„An viel Negatives“, entgegnete ich. Ich wollte nicht wieder in die schmerzhaften Erinnerungen abtauchen, das letzte Mal hatten sie mir das Bewusstsein geraubt.

„Was genau?“ Sein Blick duldete keine Ausreden. Ich seufzte.

„Ich erinnere mich wieder an meine Eltern, die mich zurückgelassen haben“, sagte ich, ohne weiter auf Details einzugehen. „Und ich erinnere mich an die Morlems. Sie haben mir nicht nur einmal aufgelauert, sondern immer wieder. Ich erinnere mich an die Stimme, mit der sie mich gerufen haben. Warum wollen sie mich?“ Nachdenklich legte ich die Stirn in Falten.

„Nicht nur dich, Selma“, sagte er. Seine Stimme war weich und einfühlsam, wie Balsam linderte sie die schmerzhafte Erinnerung. „Sie haben viele Mädchen entführt. Du gehörst einer alten Familie an, daher scheinen sie es auf dich ganz besonders abgesehen zu haben. Umso wichtiger ist es, dass gerade du dich nicht unnötig in Gefahr begibst.“ Er redete von meinem Ausflug zu den Sybillen, das war mir klar.

„Die Sybillen haben mir meinen Tod nicht fest versprochen, sondern nur erwähnt, dass ich mich in Gefahr begebe. Das ist nicht dasselbe. In großer Gefahr habe ich schon vorher geschwebt. Sie haben gesagt, dass unsere Liebe den Tod bringt, aber nicht wem und warum. Ich habe nicht vor, allzu schnell zu sterben.“

„Das hoffe ich.“ Adam sah mich mit einem undefinierbaren Blick an. „Wie geht es deiner Großmutter?“

Ich sah angestrengt die Stoffserviette vor mir an, die zu einer komplizierten Figur gefaltet war. Elsa schien eine Künstlerin zu sein.

„Wir sind nicht im Guten auseinandergegangen“, begann ich zögernd. Adam nickte mir aufmunternd zu und ich fuhr fort. „Meine Mutter hat mir in ihrem Abschiedsbrief eine Blüte mitgegeben. Ich habe erst jetzt erfahren, dass sie in der Lage war, meine Erinnerungen wieder zurückzuholen.“

„Also wusste deine Mutter, dass deine Großmutter zu diesem Mittel greifen würde.“ Er beugte sich zu mir, konzentriert und ernst.

„Sie kannte Georgette sehr gut."

„Kannst du ihr verzeihen?" Adams Stimme war leise und der Bass, der darin mitschwang, berührte mich.

„Im Moment kann ich es nicht", erwiderte ich stockend. „Ich habe ihr vertraut, ich dachte immer, dass sie diejenige ist, die mir die Wahrheit sagen würde." Die Tränen drückten in meinen Augen, als mich wieder dieses Gefühl überfiel, dass ich plötzlich allein war auf dieser Welt.

„Sie wollte dich beschützen."

„Ich weiß, aber wie kann ich ihr jemals wieder vertrauen, wenn ich mir nicht sicher sein kann, dass sie ehrlich zu mir ist." Ich senkte den Kopf, um meine Augen zu verbergen.

„Gib dir Zeit und ihr auch." Adam legte den Finger unter mein Kinn und hob es an, sodass ich ihm in die Augen sehen musste.

„Meinst du, die Zeit heilt alle Wunden?", fragte ich mit einem halbherzigen Lächeln auf den Lippen. Eine einzige Träne kullerte über meine Wange. Er streichelte sie mit scinem Finger weg und betrachtete mich mit einem versonnenen Ausdruck.

„Nein, die Zeit gibt dir nur Gelegenheit, Abstand zu gewinnen. Manchmal tut es gut, die Dinge aus der Ferne zu betrachten."

Ich nickte, wir sprachen schon längst nicht mehr von meiner Großmutter. In diesem Moment erklangen die ersten Takte eines traurigen Stückes und ich schloss die Augen. Die Musik berührte mich genau in diesem Moment so tief, dass ich erschrocken die Luft anhielt, als mich mit aller Macht die Gefühle überrollten.

„Selma." Adams Stimme war ganz nah. Ich spürte seine Berührung an meiner Wange. Doch ich hatte mich nicht im Griff, ich hatte gar nichts im Griff.

„Die Musik", schaffte ich zu flüstern, bevor ich völlig die Fassung verlor. Adam verstand, nahm die Fernbedienung und ein belangloser Partysong erklang. Ich atmete erleichtert auf und öffnete die Augen. Alles war sofort wieder klar. Ich sah die

Sorge in seinem Blick und lächelte beruhigend.

„Lass uns essen", schlug er vor. Ich nickte und ließ meinen Blick über den reich gedeckten Tisch wandern, Muscheln in Weißweinsoße, Lachs, Spargel und frische Erdbeeren. Er hatte keine Mühen gescheut. Ich füllte meinen Teller und begann zu essen, während Adam mir Wein nachschenkte.

„Erinnerst du dich an unser Versteck?", fragte ich, als mir die Erinnerung unvermittelt in den Sinn kam.

„Die Höhle im Eichenhain." Er lächelte und wirkte plötzlich so sorglos, dass er dem Adam aus meiner Erinnerung wieder glich.

„Genau, dort haben wir uns immer vor Ramon versteckt, wenn er dich nach Hause holen sollte."

„Ja, aber gefunden hat er uns nie", sagte Adam. „Das nimmt er mir heute noch übel. Meine Mutter ist jedes Mal umgekommen vor Sorge und hat es an ihm ausgelassen."

„Er ist aber nachtragend." Die Erinnerung versetzte mich für einen kleinen, dankbaren Moment in sonnige, unbeschwerte Tage. Ohne meine Großmutter wären sie das vermutlich nicht gewesen, durchfuhr es mich.

„Ich mag es, wenn du lachst", sagte Adam plötzlich und schob seinen Teller beiseite. „In den letzten Monaten habe ich dieses Lachen selten gesehen, du warst immer traurig."

„Du weißt, warum", entgegnete ich.

„Ja." Er lehnte sich zurück, doch seine Hände ließ er auf dem Tisch liegen, nah neben meinen.

„Ich erinnere mich auch wieder an den Tag, an dem ihr weggezogen seid", sagte ich und stocherte angestrengt in meinem Essen.

„Dieser Tag hat sich mir für immer eingebrannt." Ich sah aus den Augenwinkeln, dass Adam das Tischtuch musterte, während er sprach. Er fuhr sich mit der Hand angestrengt durch das Haar. „Es war im Sommer, meine Eltern hatten die Entscheidung getroffen, Schönefelde zu verlassen. Ich musste mich entscheiden, ob ich mit ihnen gehe oder hier bleibe. Das war der Auslöser für mich, zu den Sybillen zu gehen. Ich musste wissen, ob es sich lohnt zu kämpfen oder ob es besser ist, zu gehen.“ Er sah jetzt unbeteiligt in die Ferne. Ich musste schlucken, der Schmerz, den ich vergessen wollte, war wieder da.

„Ich habe deine Eltern dafür gehasst, dass sie dich mir wegnehmen wollten. Du warst mein Leben“, gestand ich und daran hatte sich nichts geändert. Der Tag stand wieder vor meinem inneren Auge, als wenn es gestern gewesen wäre. Die Sonne hatte mich mit ihren freundlichen Strahlen verspottet.

„Warum bist du gegangen?“ Meine Stimme bebte.

„Ich wollte nicht deinen Tod“, sagte Adam.

„Du hast mir nicht erklärt, warum du dich so entschieden hast. Ich habe es nicht verstanden und immer deine Eltern dafür verantwortlich gemacht.“ Die Erinnerung trieb mir erneut die Tränen in die Augen und ich kämpfte darum, sie zu unterdrücken.

„Was hätte ich dir sagen sollen, Selma? Du wusstest nichts von den Morlems, den Magiern und der Schwarzen Garde und ich durfte dir nichts davon erzählen.“

„Du hättest es mir sagen müssen.“

„Dann hätte ich den Eid gebrochen, den ich gerade erst geschworen hatte, außerdem war da mit einem Mal so viel, das gegen uns sprach.“ Adams Miene war dunkel, deprimierend düster. Ich schluckte ein Schluchzen hinunter.

„Lass die Vergangenheit ruhen“, bat Adam, dem meine Verfassung nicht entgangen war.

„Wie kann ich die Vergangenheit ruhen lassen, wenn sie so stark mein Leben bestimmt?“, fragte ich. Ich hatte so lange meine dunklen Gefühle unterdrückt, mein sinnloses Verlangen nach Adam. Jetzt schien alles aus mir herauszubrechen. Die Tränen verschleierten endgültig meinen Blick. Warum hatte ich nur angefangen, über all das zu reden? Ich wollte den Schmerz unserer Trennung nicht noch einmal durchleiden. Es hatte doch ohnehin keinen Sinn, weiter mit ihm zu sprechen. Wir würden die unschuldige Liebe unserer Kindheit nicht zurückbekommen und für die Zukunft sah es noch dunkler aus. Es war alles kaputt. Ich hatte meine Großmutter verloren und Adam hatte ich genauso unwiederbringlich verloren, nicht erst jetzt, sondern schon vor langer Zeit. Der Gedanke quälte mich unsäglich. Ich war allein auf dieser Welt, völlig allein. Ich hatte das Gefühl, dass ich innerlich zerriss, und konnte ein Schluchzen nicht mehr unterdrücken.

„Es ist besser, wenn ich gehe. Ich weiß nicht, warum du mich eingeladen hast, aber ich halte es nicht aus, in deiner Nähe zu sein und so zu tun, als ob wir nur alte Freunde wären, denn das ist eine Lüge." Meine Stimme war laut geworden. Ich erhob mich. Etwas musste ich noch sagen. Ich sah ihm in die dunklen Augen, die mich erschrocken beobachteten, nur ein letztes Mal, bevor ich mich abwenden würde, um zu gehen. Und dieses Mal würde ich mich nicht wieder dazu hinreißen lassen, zurückzukommen. „Ich liebe dich mehr als alles auf der Welt und dieses Theater mit dir zu spielen, ertrage ich nicht länger."

Ich drehte mich um und ging langsam zur Tür. Meine Füße fühlten sich an, als ob sie aus Beton wären. Mit jedem Schritt, den ich mich von Adam entfernte, stieß ein brennendes Messer in mein Herz. Zu Hause würde ich wahrscheinlich einfach tot umfallen und nie wieder aufstehen. Doch es gab keine Hoffnung und nachdem ich endlich verstanden hatte, woher die Tiefe meiner Gefühle wirklich kam, musste ich dieser sinnlosen Qual endlich ein Ende bereiten.

Ich schluchzte tonlos, während mir die Tränen die Wangen hinabliefen. Er nahm also meine Entscheidung hin, vielleicht war er auch einfach froh, dass ich endlich zur Besinnung gekommen war. Ich hatte schon die Türklinke in der Hand, als Adam plötzlich hinter mir stand.

„Nein", sagte er entschlossen. Ich hielt inne und holte tief Luft. Ich wischte mir die Tränen von den Wangen und drehte mich um. Unentschlossen blieb ich stehen und suchte etwas in seinem Gesicht, was mich von meinem Entschluss abbringen würde. Doch ich sah nur dieselbe Verzweiflung, die mir vermutlich ebenfalls ins Gesicht geschrieben stand.

„Ich habe lange über das nachgedacht, was du mir von deinem Besuch bei den Sybillen erzählt hast", sagte er. „Du hast völlig recht, das Wort Freundschaft beschreibt nicht annähernd die Größe dessen, was ich fühle. Du hast auch recht, dass es eine abartige Qual ist, in deiner Nähe zu sein und so zu tun, als ob du nichts Besonderes für mich bist. Du bist mein erster Gedanke am Morgen und der letzte am Abend. Ich ertrage diesen Irrsinn jeden Tag, weil ich bisher dachte, dass ich damit dein Leben schütze, denn das ist es, was ich mir für dich wünsche. Ein glückliches und friedliches Leben."

„Ja." Ich nickte. „Dumm nur, dass ich das nicht möchte. Ich habe mich dafür entschieden, die Wahrheit ans Licht zu bringen, und ich hatte mich für dich entschieden. Auf ein friedliches Leben habe ich verzichtet."

„Dieser Weg bedeutet Gefahr." Adams Stirn zog sich in Falten.

„Wenn das der Preis für mein Glück ist, werde ich ihn gern bezahlen", entgegnete ich. Ich würde nicht an meiner Entscheidung rütteln, sie stand felsenfest. Er nickte und ich sah ihn schweigend an. Adam fuhr sich mit der Hand durch das Haar. Sein Blick war plötzlich weich und sanft, so wie er mich immer angesehen hatte, als unser Leben noch nicht von Standesunterschieden bestimmt war.

„Ich liebe dich", sagte er leise und legte einen Arm um mich. Ich wehrte mich nicht.

„Ich weiß, doch ich kann so nicht leben", erwiderte ich.

„Ich habe dich heute nicht eingeladen, um dich zu quälen", sagte er und streichelte beruhigend meinen Rücken.

„Nein? Weswegen dann?"

„Die Weissagung der Sybillen ist nicht eindeutig. Es hing viel von der Entscheidung ab, die du getroffen hast."

„Das ist mir bewusst." Ich lehnte mich in seiner Umarmung zurück, um ihm besser in die Augen schauen zu können.

„Es gibt keinen Grund mehr für mich, gegen eine Beziehung zu sein“, sagte er und sah mich an. „Da du beschlossen hast, dein Leben in größtmögliche Gefahr zu bringen, ist es sogar besser, wenn ich immer in deiner Nähe bin.“

Die Worte tropften langsam in meinen Kopf und nahmen dort Gestalt und Bedeutung an.

„Heißt das?“, stotterte ich.

Er nickte langsam: „Ja, wenn du mich noch möchtest?“

Ich wollte glauben, was ich von ihm hörte, doch nach all der Zeit, die ich mit Hoffen und Verzweifeln verbracht hatte, fiel es mir schwer.

„Was ist mit deinem Eid und der Schwarzen Garde?“ Sollte das alles plötzlich unwichtig sein?

„Das ist mein Risiko, ich bin Patrizier. Für dich besteht kaum Gefahr.“

Ich wusste nicht, was ich sagen sollte.

„Es wird unser Geheimnis bleiben“, sagte er. „Wenn wir die Sache nicht an die große Glocke hängen, wird es niemandem auffallen.“

Ich betrachtete versonnen das glückliche Leuchten in Adams Augen und dann gab ich auf. Mein Widerstand brach und ich fiel Adam um den Hals. Ich klammerte mich verzweifelt an ihn und er hielt mich endlich fest.

Für diese eine Nacht

Eng umschlungen standen wir um Mitternacht auf einer schmalen Terrasse, ganz oben auf dem hohen Dach des riesigen Hauses der Torrels, das weit über die Baumwipfel hinausragte. Grüne Drachen ringelten sich brennend zwischen bunten Fontänen. Immer wieder stiegen Blumen aus Licht auf und zerbarsten mit einem lauten Knall am Himmel.

„Alles Gute zum neuen Jahr", flüsterte ich.

„Ich habe schon das Beste", erwiderte er und zog meinen Kopf zu sich heran. Er küsste mich sanft und zärtlich und der Moment hätte von mir aus ewig dauern können, wenn mir nicht unaufhaltsam die Kälte in die Glieder gekrochen wäre. Er zog mich zur Tür zurück, als er spürte, dass ich zitterte. Das Licht wurde ohnehin schon schwächer und das Knallen seltener.

„Für ein heißes Bad würde ich jetzt einiges geben", bibberte ich, während wir einen dunklen Gang entlangliefen.

„Kein Problem!", erwiderte er und öffnete seine Zimmertür, an der wir angelangt waren. Er ging ins Badezimmer und ließ Wasser in die große Badewanne, die in den Boden eingelassen war. Dann zündete er mit einer Handbewegung etliche Kerzen an, die im Bad verteilt waren. Entgegen meiner Hoffnung verließ er diskret den Raum. Ich zog mich aus und ließ mich in die Wanne sinken. Das heiße Wasser tat gut. Langsam und schmerzhaft kribbelnd tauten meine Finger und Zehen wieder auf. Es tat auch gut, einen Moment lang allein zu sein, meine Gedanken zu sammeln und mich wieder zu konzentrieren. Ich konnte das Glück dieses Momentes noch immer nicht fassen, nicht greifen und kaum verstehen. Adam würde in Zukunft an meiner Seite sein. Für ihn bedeutete es im Moment die größere Gefahr, denn er war Patrizier und ich Plebejer. Wenn die Sache ans Licht kam, riskierte er sein ganzes Leben. Ich war schon ganz unten, aber er stand in der Hierarchie der Vereinten Magischen Union ganz weit oben. War er wirklich bereit, das alles für mich zu riskieren? Und wie sollte das in Tennenbode funktionieren, denn dass niemand davon wissen durfte, war mir klar. Was, wenn er es sich wieder anders überlegte? Diese Möglichkeit bestand und ich durfte sie nicht außer Acht lassen. Was würde er tun, wenn er zu dem Schluss kam, dass unsere Beziehung doch mehr Gefahr als Sicherheit bedeutete? Dieser Gedanke war so zerstörend, dass ich unwillkürlich nach Luft schnappte. Diese einmalige Nacht musste ich nutzen. Was würde ich tun, wenn dies die letzte Nacht meines Lebens wäre, die letzte Nacht mit Adam? Wenn mich schon morgen die Morlems überraschten, weil ich einen winzigen Moment unvorsichtig gewesen war?

Einige Minuten später betrat ich sein Zimmer. Ich hatte keine frische Kleidung, also hatte ich mir das Handtuch einfach um den Körper gewickelt. Er stand vor dem Kamin und betrachtete das Spiel der züngelnden Flammen, dessen Rot sich auf seinem Gesicht und seinen schwarzen Haaren widerspiegelte. Im Sommer hatte er mir genau hier an dieser Stelle das Herz gebrochen. Doch heute Nacht war alles anders. Er drehte sich zu mir um und wunderte sich nicht, dass ich nur ein Handtuch trug.

Er streckte eine Hand aus und ich ging zu ihm.

„Du bist wunderschön", flüsterte er und strich mir eine Strähne meines feuchten Haares aus der Stirn. Er berührte mich vorsichtig, doch der Widerhall dieser Berührung floss durch meinen ganzen Körper. Langsam zog er mich zu sich heran und begann sanft, meine Schulter zu küssen. Seine Lippen waren weich und sein Atem heiß.

Als seine Finger meinen nackten Rücken hinauffuhren, bebte ich unwillkürlich. Mein logisches Denken hatte sich komplett abgeschaltet. Es gab nur noch meinen Körper und meine Haut, die mit jeder Nervenzelle seine Berührungen aufsog. In meinem Kopf explodierte ein Feuerwerk, als er seinen warmen Oberkörper an mich drückte, meinen Kopf zart in seine Hände nahm und mir einen vorsichtigen Kuss auf die Wange hauchte. Ich ließ das Handtuch fallen und schlang meine Arme um Adam. Er seufzte meinen Namen, sein Atem war schwer, genauso wie meiner. Ich öffnete die Knöpfe seines Hemdes und strich es ihm von den Schultern. Ich spürte die Wärme des Feuers auf meiner nackten Haut, doch die Hitze seiner Berührung brannte noch stärker.

„Ich habe so oft von diesem Moment geträumt." Seine Stimme war tief. Mit einem schnellen Ruck nahm er mich in seine Arme und trug mich zu seinem Bett. Lachend ließ ich mich in die Kissen fallen.

Der Baldachin spannte sich blutrot über uns und auf seinem dunklen Hintergrund sah ich deutlich den hellen Schein des Feuers. Ich kümmerte mich nicht darum, Adam war das Einzige, was jetzt wichtig war. Ich hörte, wie seine Hose zu Boden fiel, dann spürte ich seine nackte Haut weich an meiner und trotzdem waren die stahlharten Muskeln unter der zarten Oberfläche zu ertasten. Er lag neben mir und sah mich mit einem erstaunten Lächeln an.

Ich fühlte mich, als ob ich in das Paradies eingebrochen war und kurz davor stand, die verbotenste aller Früchte zu kosten. Ich schlang meine Arme um seinen Oberkörper und drückte mich an ihn. Er küsste sanft meinen Hals.

„Hast du schon einmal …?", fragte er leise in mein Haar hinein. Ich wusste, was er meinte.

„Nein", hauchte ich verlegen. Er seufzte und drückte einen weiteren Kuss auf meinen Hals. Das konnte nur eines bedeuten.

„Wie oft hast du schon?", fragte ich, während meine Hand seinen Rücken hinabstrich und am Bund seiner Unterhosen liegen blieb.

„Nur einmal. Es war eine Katastrophe. Mit dir ist alles so anders, so intensiv. Ich habe so etwas noch nie gespürt." Er sah mich mit dunklen Augen an. „Ich werde vorsichtig sein. Wenn etwas nicht in Ordnung ist, musst du es mir sofort sagen." Ich nickte und küsste ihn erneut. Er war zurückhaltender als eben noch, das spürte ich. Doch wie sollte ich ihm sagen, dass diese Vorsicht sicher nicht nötig war. Meine Zunge erkundete seine Lippen und ich drängte mich fester an ihn. Ich hörte, wie sein Atem schwerer wurde, und hoffte, dass er seine Zurückhaltung bald fallen ließ, ohne dass ich darum bitten musste. Langsam ließ ich mein linkes Bein nach oben gleiten und legte es auf seines.

„Selma." Er flüsterte meinen Namen heiser und ich spürte, wie seine Hand meine Taille fest umschloss.

Mit einer schnellen Bewegung lag er über mir und stützte sich mit den Armen ab, um mich nicht zu erdrücken. Meine Selbstbeherrschung verabschiedete sich in erstaunlichem Tempo. Ich schlang meine Beine um Adams Hüften und schloss die Augen, während ich seinen stürmischen Kuss erwiderte.

Selbst durch meine geschlossenen Lider bemerkte ich, dass das Licht im Raum heller war, und plötzlich konnte ich im Knistern des Feuers einen Rhythmus hören, der sich mit Adams Atem zu einer berauschenden Melodie entwickelte. In einem heftigen Rhythmus gab ich mich den Bildern hin und spürte gleichzeitig Adam ganz nah bei mir.

Rasende rote Wirbel schienen uns plötzlich zu umgeben und Flammen schlugen hoch. Das Bett schien zu brennen, doch mir war es egal. Mein Körper brannte schon längst. In diesem Moment schlug Adam über mir seine Augen auf. Sein tiefer Blick fixierte mich, verband uns und ich fühlte mich ihm näher denn je. War das noch normal? Ein gleißend helles Licht durchströmte mich. Glück, absolutes Glück, reiner und klarer, als ich es jemals gefühlt hatte, war in mir und schoss mir ins Blut.

Ich wachte im Dunkeln auf. Tiefrot glomm das verlöschende Feuer im Kamin. Ich spürte Adams Arm schwer um meine Taille liegen. Er atmete leise neben mir, langsam und regelmäßig. Erst sehr spät hatten wir bemerkt, dass wir den Baldachin in Brand gesteckt hatten. Adam hatte das Feuer schnell gelöscht. Es musste an mir liegen, denn Adam konnte sich nicht erinnern, dass ihm das schon einmal passiert war. War das bei allen so? Ich wusste, dass Liana schon einmal mit einem Jungen geschlafen hatte. Aber sie hatte ihre Erfahrung als öde und peinlich bezeichnet; nicht zu vergleichen mit dem, was ich gerade erlebt hatte, diesem berauschenden und irren Glücksgefühl. Ich fuhr mir mit der Hand über die Stirn. Vielleicht hatte ich Fieber und das war alles nur ein ziemlich lebhafter Traum? Vielleicht war es aber einfach nur so, wie es war, der absolute Wahnsinn. Von meiner Bewegung wachte Adam auf. Sein Blick suchte und fand mich.

„Ich liebe dich", flüsterte er kaum vernehmbar, bevor er mich an sich zog und küsste. Sein Körper war noch warm vom Schlaf. Ich ließ meine Hände über seine Brust gleiten und über seinen Bauch. Adam schloss die Augen und seufzte wohlig. Dann riss er mich herum und zog mich auf sich.

Es war jetzt nicht so wie vorher, keine Flammen schlugen neben mir hoch und wir schienen auch nicht abzuheben. Ich spürte, wie er mich beobachtete, und öffnete die Augen. Dann völlig unerwartet versank ich wieder im tiefen Ozean seines dunklen Blicks und plötzlich konnte ich seine Gedanken hören. Es war nicht so wie die Botschaften, die wir uns zusandten. Nein, wir waren miteinander verbunden, wieder verbunden. Unsere Seelen passten zueinander und hatten immer zueinandergehört. Wie hatte ich das je vergessen können? Als wenn ich das schmerzhafte Vergessen endlich auslöschen wollte, zog ich ihn fester an mich, enger, noch enger, bis kein Raum mehr war, bis nichts mehr war, was uns trennen konnte, wenigstens für diese eine Nacht.

Wahltag

Konnte man Glück in Stunden messen, in Tagen oder in Wochen? Ich wusste es nicht. Ich wusste nur, dass ich seit dem Silvesterabend glücklich war, so glücklich wie noch nie zuvor in meinem Leben. Jede Stunde mit Adam kam mir vor wie ein unermessliches Geschenk und ich kostete jede Gelegenheit, ihn heimlich zu sehen, mit allen Sinnen aus. Ich hatte versucht, mich auch mit anderen Dingen zu beschäftigen und die Suche nach der Akasha-Chronik nicht aus den Augen zu verlieren, aber das Glück, das ich so lang ersehnt hatte, war einfach zu verlockend, und so waren die Tage unbemerkt dahingeflogen, bis schließlich die Wahl des Primus vor der Tür gestanden hatte.

Der Wahltag brachte zwar Abwechslung in den täglichen Rhythmus aus Vorlesungen, Seminaren und Übungen, aber für uns Plebejer brachte er nur Arbeit, und das Ausmisten der Drachenställe zog ich dieser Arbeit eindeutig vor. Die Patrizier behandelten uns wie Dienstboten und ich war nicht nur einmal in Versuchung, ihnen mein Klemmbrett mit der Namensliste an den Kopf zu werfen.

In Tennenbode herrschte der Ausnahmezustand, die Vereinte Magische Union feierte die Wahl ihres Primus mit Pomp und allen Würdenträgern. Zur Feier des Tages hatte Konstantin Kronworth das gesamte Gebäude in den Nationalfarben Lila und Schwarz gestaltet und auf den Türmen wehten Flaggen mit dem Drachen als Wappentier.

„Was glaubt ihr, wer die Wahl gewinnt?", fragte ich über eine Tasse Kräutertee gebeugt. Ich hatte mich am Nachmittag mit Liana, Lorenz und Shirley zu einer kleinen Pause in den Süd-West-Salon verdrückt, um für einen Moment dem Trubel zu entkommen. Das Wahllokal befand sich in Akkanka und den Plebejern, die in Tennenbode studierten, war die ehrenvolle Aufgabe zuteil geworden, die ankommenden Patrizier zu empfangen, zu registrieren und ihnen den Weg zum Wahllokal zu zeigen, das im Festsaal neben der Schummerbar untergebracht worden war.

„Wenn die Prognosen im ‚Korona Chronikle' stimmen, wird es ein Kopf-an-Kopf-Rennen", meinte Liana und nahm einen Schluck Kräutertee.

„Ich hoffe, Willibald Werner macht das Rennen. Dann geht unser Leben ruhiger weiter. Wenn der Fanatiker Baltasar an die Macht kommt, sehe ich dunklen Zeiten entgegen", orakelte Shirley.

„Ich nehme jeden, der in Tennenbode wieder Kaffee einführt. Was würde ich jetzt für einen Cappuccino geben", stöhnte Lorenz lustlos und ließ seinen Kopf auf die Tischplatte sinken.

„Du hast ja immer noch Entzugserscheinungen", staunte Liana. Lorenz gab nur ein unwilliges Grunzen von sich.

„Hey, du Junkie!", zischte sie und sah sich verschwörerisch um, obwohl es unnötig war. Der Raum war bis auf uns leer. Nur ein Faun lief mit einem Tablett voller Tassen durch den Raum, aber er beachtete uns nicht. Lorenz hob kurz den Kopf und sah Liana müde an.

„Du kennst doch meine Cousine Nelly. Die ist im dritten Jahr und sie kennt da jemanden, der jemanden kennt, der weiß, wo es Kaffee gibt."

„Und?" Lorenz Augen leuchteten für einen Moment auf.

„Und sie hat mir gestern gesagt, wo der Raum ist. Absolut geheim natürlich. Das wissen nur eine Handvoll Studenten. Ich komme nicht gleich um, wenn es keinen Kaffee gibt, aber wenn ich dich hier leiden sehe, sollten wir dort mal vorbeigehen", schlug Liana vor.

„Ich komme mit", sagte ich schnell, Liana nickte verschwörerisch. Wir verließen unauffällig den Raum. Als wir gingen, hatte sich uns auch Shirley angeschlossen. Ich sah sie erstaunt an.

„Was ist? Ich hab mal von Kaffee gelebt", sagte sie, als sie meinen fragenden Blick sah.

Liana ging voran und führte uns über verwinkelte Treppen und verstaubte Stiegen bis in das Dachgeschoss hinauf. Unbehelligt erreichten wir einen kleinen Raum. Er war leer, auf dem Boden kräuselten sich die Staubflocken und durch ein kleines Fenster fiel nur wenig Licht hinein. Das Auffälligste waren die fünf Türen, die von ihm abgingen.

„Hinter einer der Türen ist eine Kaffeebar, du weißt aber nie, hinter welcher. Hinter den falschen Türen sollen hungrige Feuerschwanzpythons warten", erklärte Liana. Lorenz wurde blass.

„Wie kriegst du raus, welche Tür die richtige ist?" Ich schluckte nervös. Liana zeichnete in den Staub, der am Boden lag, einen fünfzackigen Stern. Jeder der Zacken zeigte auf eine der Türen. Dann stellte sie sich in die Mitte des Sterns und begann mit ausgebreitenden Armen und beschwörender Stimme zu sprechen:

„Das Wasser tropft in stetem Fließen
und soll die falsche Tür verschließen.
Der Wind weht mit der Sphären Kraft,
und schließt die Tür, die Unglück schafft.
Der Erde dunkle Kraft und Macht,
verschließt die Tür zur Schattennacht.
Das Feuer brennt in hitziger Glut,
die Tür verschwindet in glühender Flut."

Der Stern unter Lianas Füßen begann pulsierend zu leuchten und ebenso die fünf Türen, die uns umgaben. Ich spürte die Magie im Raum und die kleinen Härchen auf meinem Arm stellten sich auf. Es dauerte eine Weile, dann zerfielen vier der Türrahmen leise raschelnd zu Staub und ließen nur die weiße

Wand zurück. Der Stern erlosch bis auf eine Zacke, die weiter glühend auf die verbliebene Tür zeigte.

„Bitte schön, die Tür zur Kaffeebar." Liana trat freundlich lächelnd zur Seite. Sie sah aus wie eine Stewardess auf einem Langstreckenflug.

„Unglaublich beeindruckend", murmelte ich ehrfurchtsvoll.

„Halb so wild. Nelly hat es mir gezeigt. Das ist ein gewebter Wortzauber. Die Tür ist natürlich illegal und nicht vom Senatorenhaus genehmigt, also kein Wort zu niemandem."

„Kannst du schon Wortzauber?", fragte Lorenz beeindruckt.

„Man kann Wortzauber leicht anwenden, das ist keine große Kunst. Nur selber einen zu erschaffen, ist ganz hohe Magie", meinte Liana missmutig. „Das bleibt eigentlich nur Level-5-Magiern vorbehalten. Wir Normal-Magier schaffen so etwas nie im Leben."

„Du gehst voran", sagte Lorenz ängstlich und verbarg sich hinter meinem Rücken. Liana zuckte die Schultern und trat auf die unscheinbare Tür zu. Angespannt hielten wir den Atem an, als sie langsam die Klinke drückte und sich die Tür quietschend öffnete. Als kein Feuerschwanzpython seinen Kopf durch den Türrahmen steckte, atmeten wir wieder aus und traten neugierig einen Schritt auf die Tür zu. Licht strömte aus dem Türrahmen, das helle Licht eines schönen, sonnigen Tages, das ich fast schon wieder vergessen hatte, so lang war der Sommer schon vorbei. Eine leichte Brise schien aus der Tür zu strömen. Wir traten einer nach dem anderen durch den Türrahmen. Während ich die hölzerne Barriere überwand, hatte ich für einen Moment ein seltsames Gefühl. Es war, als wenn ich mich schnell bewegen würde, ohne es sehen zu können, wie in einem Fahrstuhl. Das Reisen durch illegale Türen war holprig. Shirley hinter mir rutschte ein Schreckenslaut heraus, als sie die Tür durchschritt. Wir traten in die Sonne, die uns in den Augen brannte.

„Ciao a tutti!", rief ein vorbeieilender Kellner uns zu. Wir standen in einer echten Kaffeebar, und zwar auf der Terrasse einer malerisch an einer steilen Küste gelegenen Villa. Mit vor Staunen geweiteten Augen trat ich ein paar Schritte vor bis an ein hübsch geschwungenes Geländer aus hellem Stein. Vor mir erstreckte sich das Meer. Es schimmerte endlos blau, bis es sich in der Ferne mit dem Himmel traf.

„Wo sind wir, Liana?", fragte ich begeistert.

„Wir sind in Italien, genau genommen am Mittelmeer in der Villa del Mare", erzählte sie grinsend.

„Wie funktioniert das?" Lorenz schloss genießerisch die Augen und wandte sein Gesicht der warmen Sonne zu.

„Nelly hat erzählt, dass die Verbindung vor vielen Jahrzehnten von ein paar sehr begabten italienischen Studenten eingerichtet wurde, die hier ein Auslandssemester verbrachten, Heimweh hatten und nicht ohne italienischen Kaffee auskommen wollten. Den Zauber mit den fünf Türen gab es wohl schon davor, nur dass die fünfte Tür als Versteck genutzt wurde. Die haben das einfach umfunktioniert."

„Fällt das nicht auf, dass hier so viele Leute sind?", fragte Shirley und tatsächlich waren fast alle Plätze der über mehrere Terrassen verteilten Kaffeebar besetzt und selbst aus der Villa hörten wir munteres Plaudern.

„Die Villa liegt weit entfernt von einem Dorf und ist von Pinienwäldern umgeben. Hier verirrt sich kaum jemand hin", sagte Liana und schüttelte ihre golden schimmernden Locken in der sanften Meeresbrise.

„Und wenn", sagte eine bekannte Stimme neben uns. Wir drehten uns um. Dulcia stand hinter uns, wie immer begleitet von Cecilia. „Dann wird er die Villa nicht finden. Sie ist mit etlichen Illusionszaubern geschützt."

„Was machst du denn hier?", fragte ich verblüfft.

„Wir holen uns hier ab und an einen Nachmittagskaffee. Meine Großmutter hat mir den Trick verraten."

„Deine Großmutter scheint ja ein unerschöpflicher Quell des Wissens zu sein", stellte ich fest.

„Das ist sie. Leider hat sie dazwischen immer wieder Phasen, in denen sie sich nicht einmal an ihren eignen Namen erinnert, aber wenn sie ganz bei sich ist, ist sie eine famose Frau."

„Es wird Zeit, dass ich deine Großmutter kennenlerne", erwiderte ich.

„Das kannst du, sie wohnt in Akkanka. Ich gehe sie jede Woche besuchen. Komm doch einfach mal mit."

„Das werde ich", versprach ich.

„Warum sind hier so viele Leute?", fragte Shirley.

„Die Kaffeebar wird nicht nur von den Tennenboder Studenten genutzt, hier gibt es mehrere Verbindungen", sagte Dulcia und zeigte auf die lange Reihe Türen hinter uns, die sich in die Villa hinein erstreckte.

„Meine Großmutter hat einmal eine Tür ausprobiert und ist in Südafrika gelandet." Dulcia sah uns mit großen Augen an.

„Kommt, da vorn ist ein freier Tisch", drängelte Lorenz und tatsächlich kam uns gerade ein Grüppchen Faun entgegen, die soeben aufgestanden waren. Kaum saßen wir, kam der freundliche Kellner an unseren Tisch, um unsere Bestellung aufzunehmen. Als der dampfende Kaffee vor mir auf dem Tisch stand, lächelte ich zufrieden.

„Das war eine fantastische Idee, Liana. Genau das Richtige an so einem Tag", sagte ich begeistert.

Wir saßen in der warmen Nachmittagssonne und genossen den italienischen Kaffee und den Blick auf das Meer. Der Duft der Pinien mischte sich mit dem salzigen Geruch des Meeres und wenn Adam noch bei mir gewesen wäre, wäre mein Glück perfekt gewesen. Der Gedanke an ihn wärmte mein Herz und erinnerte mich daran, dass wir nach Tennenbode zurück mussten, bevor auffiel, dass wir verschwunden waren.

„Los, zurück an die Arbeit!", ermahnte ich die anderen, nachdem wir unsere Tassen geleert hatten, und stand auf. Wir zahlten und warfen noch einen letzten Blick auf die malerische Kulisse, ehe wir durch unsere Tür wieder zurück nach Tennenbode reisten.

Bevor wir den runden Raum mit den fünf Türen verließen, wirbelte Liana mit einer kleinen Handbewegung den am Boden liegenden Staub auf und als er sich wieder senkte, verwischte er unsere Spuren.

„Wer weiß eigentlich alles von der Tür?“, fragte ich Dulcia, die mit uns zurückgekommen war.

„Die Professoren bestimmt nicht, sonst hätten sie das Portal schon längst geschlossen. Das Wissen wird von einer Studentengeneration an die nächste weitervererbt, es gibt wohl eine geheime Studentenverbindung, die immer wieder Informationen streut, damit die Traditionen nicht in Vergessenheit geraten“, erklärte Dulcia, während wir durch die leeren Korridore und schmalen Stiegen zum Burghof zurückeilten.

„Lass mich raten, das hast du auch von deiner Großmutter erfahren?“, fragte ich erstaunt. Dulcia nickte.

„Gibt es noch mehr Portale?“, fragte Shirley. „Manchmal habe ich auch so richtig Lust auf ein Steak mit reichlich Pommes, und nachher ein Riesenbecher Schokoladeneis wäre echt schön.“

Lorenz kicherte, während wir die Eingangshalle durchquerten.

„Bis jetzt kenn ich nur das eine“, meinte Liana nachdenklich und öffnete die große Eingangstür. Wir schlichen uns möglichst unauffällig in den Burghof und nahmen wieder unsere Positionen ein.

Der Nachmittag zog sich endlos in die Länge. Hätte ich nicht reichlich Koffein im Blut gehabt, hätte ich das Gedränge nicht so gelassen ertragen. Es war Ende Januar und es war eisig kalt im Burghof. Kleine Feuer brannten um uns herum, aber auch sie konnten die Kälte nicht ewig abhalten. Die meisten Magier reisten aus der Luft an.

Frau Professor Espendorm hatte mit Professor Pfaff ein mehrere Quadratkilometer breites Gebiet aus Regenwolken erschaffen, das Schönefelde einhüllte, sodass niemand den starken Flugverkehr bemerkte, der an diesem Tag stattfand.

Ich hatte soeben ein Häkchen hinter Ottilie von Hohenstein-Ernstbach gemacht, als ich erleichtert aufblickte. Sie war die Letzte in der langen Schlange. Ich atmete auf, froh, dass es endlich vorbei war, und sah Lorenz und Liana zu mir kommen.

„Ich geh jetzt zum Abendessen und dann will ich endlich in Ruhe von italienischem Kaffee träumen“, meinte Lorenz, während wir zur Westhalle schlenderten.

„Das wird schwer. Im Gemeinschaftsraum wird es jetzt die ersten Hochrechnungen der Wahl geben und irgendwann heute Nacht gibt es das Ergebnis. Dann steigt bestimmt noch eine Party“, erklärte Liana.

„Eine Wahlparty?“, stöhnte Lorenz. „Ich bin froh, wenn der ganze Trubel endlich vorbei ist und wieder Normalität einzieht.“

„Wie normal deine Normalität noch ist, werden wir wissen, wenn das Ergebnis endlich feststeht“, sagte Shirley trocken.

Nach dem Abendessen ging ich in mein Zimmer. Ich brauchte einen Moment Ruhe, um die vermutlich zweitausend Gesichter loszuwerden, die ich heute gesehen hatte und deren Bilder immer noch in meiner Netzhaut brannten. Ich ließ mich auf mein Bett sinken und schloss die Augen. Das Gemurmel der vielen Stimmen, die mir noch in den Ohren klangen, wurde langsam leiser und ich nahm die Stille um mich herum endlich wieder wahr.

Ich hörte ein leises Klopfen an der Tür und schrak hoch. Mein Herz überschlug sich, als ich Adam erkannte, der in mein Zimmer trat. Er trug warme Kleidung, die Schwarze Garde war für die Flugpatrouille eingeteilt und sicherte den Luftraum über Tennenbode. Obwohl die Morlems in den vergangenen Wochen kein einziges Mal gesichtet worden waren, war die Schwarze Garde in höchster Alarmbereitschaft. Sie vermutete, dass die Morlems Angriffe im Schatten der Wahlen planten, wenn die Aufmerksamkeit der Patrizier von den Ereignissen in

Akkanka abgelenkt war.

Adam schloss die Tür und kam mit schnellen Schritten auf mich zu. Ich vertiefte mich in den Anblick seines Gesichts, das von einem so unglaublich gelösten Lächeln verzückt war, dass ich kaum fassen konnte, dass es mir galt.

„Wie war dein Tag?", fragte er mich, während er sich neben mich auf mein Bett sinken ließ.

„Anstrengend, und er hat mich in meinem Beschluss gestärkt, dass es an der Zeit ist, die Vereinte Magische Union zu verändern." Ich nahm seine Hand.

Er seufzte. „Du hältst nichts von kleinen Zielen, oder?"

„Was wäre denn deiner Ansicht nach ein kleines Ziel?" Ich sah ihn erwartungsvoll an. Sein Vorschlag gefiel mir.

„Versuche doch erst einmal in Tennenbode etwas zu bewirken, bevor du in die ganz große Politik einsteigst."

„Aber Tennenbode ist doch die Brutstätte für die Trennung in Patrizier und Plebejer und Frau Professor Espendorm ist auf diesem Ohr taub. Ich habe erst heute Morgen versucht, sie davon zu überzeugen, dass auch Skara und ihre Freundinnen als Wahlhelfer eingeteilt werden sollten, anstatt den Tag mit ihren Vätern auf der Ehrentribüne in Akkanka zu verbringen."

„Mmh." Adam schwieg. Ich kannte diesen Blick. Er respektierte, was ich tat, aber er hieß es nicht wirklich gut.

„Hast du etwas von Parelsus gehört?", fragte ich. Ich hatte die Suche nach der Akasha-Chronik nicht aufgegeben, aber seit Silvester hatte ich sie etwas vernachlässigt. Doch mir war auch klar geworden, dass in den öffentlich zugänglichen Informationen kein Hinweis auf ihren Verbleib zu finden war. Ich setzte meine letzte Hoffnung auf Parelsus, denn er hatte die Chronik erwähnt und wusste sicher mehr.

„Nein. Ich habe mich vorsichtig in meiner Familie und in der Schwarzen Garde umgehört, aber von einer Akasha-Chronik weiß niemand etwas, und Parelsus soll irgendwo in Russland unterwegs sein, aber Nachrichten hat von ihm keiner erhalten." Adam streckte sich neben mich aus und musterte mich.

„Das deckt sich mit dem, was Frau Professor Espendorm erzählt hat. Parelsus ist wirklich spurlos verschwunden."

„Im Moment mache ich mir allerdings nicht so viele Sorgen um ihn. Der Ausgang der Wahl beschäftigt mich mehr", sagte Adam und legte seinen Arm um meine Taille. Ich ließ mich neben ihn sinken. Ein warmes Ziehen in meinem Bauch ließ mich seufzen. Adam schlang seine Arme um mich und küsste mich ungeduldig. Sein Atem roch verführerisch und ich erwiderte seinen Kuss mit aller Kraft.

Die Tage verbrachten wir mit dem Studium, aber die Nächte gehörten uns. Wir waren süchtig nacheinander, man konnte es fast schon als Besessenheit betrachten. Vielleicht wären wir weniger gierig nach einander gewesen, wenn wir gewusst hätten, dass vor uns ein langes und unbeschwertes Leben liegen würde, aber so war es nicht, und das war uns nur allzu klar. Jeder Tag konnte der letzte sein, entweder bereiteten die Morlems uns ein grausames Ende oder die Vereinte Magische Union fand heraus, dass wir eine Beziehung führten.

Jede Sekunde, die wir miteinander verbringen konnten, war unendlich kostbar und wir versuchten, so viel wie möglich davon zusammenzustehlen.

Als ich versuchte Adam seine Jacke auszuziehen, hielt er meine Handgelenke fest, zog sie über meinen Kopf und beugte sich über mich.

„Leider habe ich heute keine Zeit." Sein Atem war rau, während er meinen Hals küsste. Mir wurde schwindelig.

„Was bedeutet schon Zeit." Ich schlang meine Beine um seine Hüften und drückte ihn fest an mich.

„Selma." Er küsste mich mit einer Leidenschaft, die mir Sorgen machte. Ich musste mich aus seiner Umarmung befreien, um Luft zu holen.

„Du wirst die Nacht nicht bei mir verbringen", begriff ich plötzlich. Er ließ sich neben mich sinken.

„In Akkanka ist die Hölle los. Die Anhänger von Willibald

Werner und Helander Baltasar haben sich da unten versammelt und warten die Ergebnisse der Wahl ab. Kommt auf keinen Fall da runter! Die Stimmung ist angespannt und ich befürchte, dass die Verlierer der Wahl heute Nacht noch Probleme machen werden. Am besten bleibst du hier oben in deinem Zimmer. Ich werde die Nacht in Akkanka verbringen und für Ordnung sorgen."

Ich nickte. Um ihn musste ich mir keine Sorgen machen. Ich hatte Adam kämpfen sehen. Mit ein paar aufgebrachten Magiern würde er leicht fertigwerden.

Mit einem Mal versteifte sich Adam neben mir. Dann setzte er sich ruckartig auf.

„Ich muss los."

„Eine Botschaft vom Admiral?"

Er nickte, küsste mich auf die Stirn und war so schnell verschwunden, wie er gekommen war. Ich musste ein paar Mal tief durchatmen, bevor ich es schaffte, aufzustehen. Adams Anwesenheit umgab mich immer mit einer tröstlichen Wärme, die ich sofort vermisste, wenn er mich verließ. Der Gedanke, die Nacht allein verbringen zu müssen, fühlte sich falsch an. Ich zwang mich, aufzustehen und das Zimmer zu verlassen.

Zu meiner Erleichterung sah ich, dass Lorenz, Liana und Shirley eben das Studierzimmer betraten.

„Ich habe ihn gesehen", sagte Lorenz begeistert.

„Wen hast du gesehen?", fragte ich. Lorenz sah aus, als ob er Konstantin Kronworth höchstpersönlich begegnet wäre.

„Na, den Admiral. Er war eben beim Abendessen und hat seine Jungs zusammengetrommelt. Ein Wort, und die ganze Schwarze Garde steht stramm. Sogar Adam kam angeflitzt. Ein schönes Bild, wirklich ein schönes Bild", seufzte er verzückt.

„Wie ist er so, der Admiral?", fragte ich. Bisher hatte ich ihn noch nie persönlich getroffen. Lorenz sah mich mit weit aufgerissenen Augen an. Da hatte ich genau die richtige Frage gestellt. Er zog mich zum Sofa und setzte sich neben mich. Dann holte er tief Luft und schwieg einen Moment, bis auch

Liana und Shirley Platz genommen hatten.

„Also“, begann er mit tiefer Stimme zu erzählen, „der Admiral ist groß, ein Bild von einem Mann. Quer über sein Gesicht verläuft eine Narbe, aber diese Narbe verunstaltet ihn nicht. Nein, sie unterstreicht seine gefährliche Aura.“

Lorenz schwieg einen Moment, um seine Worte wirken zu lassen. Ich verkniff mir ein Grinsen. „Er ist schon zu Lebzeiten ein Mythos. Das ist ein echter Held, der hat nicht nur einmal die Morlems vertrieben, kurz bevor sie zugreifen konnten, und du solltest erst einmal ein paar von den Geschichten hören, die er auf dem Meer erlebt hat. Der Mann ist unbezwingbar und dafür, dass er schon fast fünfzig ist, sieht er noch phänomenal gut aus.“

„Hast du das aus der „Welt der Schwarzen Garde“?“, fragte Liana spöttisch.

„Das ist ein ernst zu nehmendes Magazin, Liana. Wie sollte man sonst erfahren, was diese Helden für Wundertaten vollbringen?“ Lorenz hatte sich erhoben und seine Brust stolz anschwellen lassen.

„Ich dachte immer, solche Aktionen sollten im Geheimen stattfinden, damit der Feind nicht mit einem Angriff rechnet und nicht die Stärken aller Krieger kennt. Vielleicht ist das der Grund, warum die Schwarze Garde die Morlems nie kriegt?“, meinte Liana spöttisch und Lorenz ließ enttäuscht die Luft aus seinen Lungen.

„Was haltet ihr davon, in den Gemeinschaftsraum runterzugehen?“, fragte Shirley in diesem Moment.

„Viel“, erwiderte ich und ging schon zur Tür. Ich brauchte heute Abend reichlich Abwechslung und lange würde es nicht mehr dauern, bis die Ergebnisse der Wahl verkündet wurden.

Wir gingen die Treppen hinab und als wir das Gemeinschaftszimmer durchqueren wollten, hatten wir Mühe, uns durch die Menge zu quetschen, die dort saß und stand. Die Übertragung der aktuellen Hochrechnungen fand über MUS statt. An eines der quadratischen Kästchen waren Lautsprecher aufgesteckt, die die Stimme eines Reporters übertrugen, der eine spannende Nacht versprach.

Skara Ende saß mit ihren Freundinnen auf der Lehne eines Sofas und rief laut: „Baltasar gewinnt! Baltasar gewinnt!“ Ihre Parolen unterstützte sie mit dem Winken kleiner Fähnchen, von denen mich das Gesicht von Helander Baltasar anstarrte. Aus der anderen Ecke des Raumes antwortete Thomas Kekule mit Begeisterungsrufen, die ein schmaler Junge mit Buh-Rufen quittierte. Die Lager waren klar gespalten und die Spannung, von der Adam gesprochen hatte, lag auch hier spürbar in der Luft. Ich verzog mich mit Liana, Lorenz und Shirley in eine Ecke, wo wir leise miteinander sprachen. Wir warteten auf die Wahlergebnisse, die für Mitternacht angekündigt worden waren, und vertrieben uns die Zeit anfangs mit ein paar Übungen für das Erde-Seminar am morgigen Nachmittag. Als es uns zuverlässig gelang, aus einem Beutelchen Staub einen Stein zu schaffen und diesen wieder zu Staub zerfallen zu lassen, versuchten wir uns Botschaften zu schicken. Es klappte nicht gut, denn zum einen war es spät am Abend und ich war müde und zum anderen war ich unkonzentriert, weil mir die Sorge um Adam doch noch durch den Kopf ging.

„Es ist so weit“, sagte Lorenz, als ich schon überlegte, ins Bett zu gehen. Ich war sofort hellwach und hörte genau der Stimme des Reporters zu. Das war endlich kein Problem mehr, da im Gemeinschaftsraum plötzlich absolute Stille herrschte. Alle hatten den ganzen Abend diesem Moment entgegengefiebert.

„Liebe Bürger der Vereinten Magischen Union, in Kürze werde ich Ihnen die Ergebnisse der Wahl verkünden und Ihnen den gewählten Primus der Vereinten Magischen Union präsentieren dürfen. An meiner rechten Seite steht jetzt Willibald Werner, der amtierende Primus. Möchten Sie den Bürgern der Vereinten Magischen Union noch etwas sagen?“

Eine tiefe Stimme räusperte sich und dann hörten wir Willibald Werner:

„Liebe Bürger, ich vertraue auf Ihre kluge Entscheidung und freue mich, Ihnen auch in der künftigen Legislaturperiode wieder mit aller Kraft zur Verfügung zu stehen. Solange ich lebe, wird mein Herz für die Vereinte Magische Union schlagen. Ich garantiere Ihnen, dass unter meiner Führung Frieden in unserem Land herrschen wird."

„Danke, Willibald Werner, für diese starken Worte. Senator Helander Baltasar steht zu meiner Linken. Was möchten Sie den Wählern noch so kurz vor der Entscheidung sagen?"

„Liebe Bürger", klang eine freundliche Stimme aus den Lautsprechern, „Frieden ist ein schönes Wort, aber Wohlstand ein viel schöneres. Als Primus gebe ich Ihnen das Versprechen, dass sich jeder über Wohlstand freuen darf, aber nicht nur das. Ich werde die Vereinte Magische Union zu neuer Kraft erwecken und danke Ihnen schon jetzt dafür, dass Sie mich zum Primus gewählt haben." Man hörte im Hintergrund Applaus aufbranden und auch im Gemeinschaftsraum applaudierten einige.

„Noch liegen die Ergebnisse nicht vor", warf der Reporter verwirrt ein, „aber das wird sich gleich ändern, denn da sehe ich schon Konstantin Kronworth mit dem goldenen Umschlag auf mich zufliegen."

„Verdammt", stöhnte Lorenz neben mir. „Warum bin ich nicht runter nach Akkanka gegangen? Dann hätte ich ihn endlich gesehen."

„Danke, Konstantin." Ein Rascheln folgte. Die Spannung im Raum war greifbar, als sich der Reporter vor den entscheidenden Worten noch einmal räusperte.

„Mit einem Anteil von 51 Prozent der Stimmen gewinnt die Wahl zum Primus der Vereinten Magischen Union der wunderbare … Willibald Werner."

Tosender Applaus brach los, aus den Lautsprechern und auch im Gemeinschaftsraum. Ich fiel in den Jubel ein, doch als ich Skaras Eisblick auf mir spürte, erinnerte ich mich an Adams Worte. Ich stieß Liana, Lorenz und Shirley an und gemeinsam verließen wir den Raum, in dem die Stimmung hochkochte.

Februar

„Helander Baltasar ist endlich aus dem Urlaub zurück“, verkündete Liana hinter dem „Korona Chronikle“, als wir zwei Wochen später beim Frühstück saßen. Vor den Fenstern ragten die Bäume kahl und gespenstisch in den Nebel, der seit einer Woche Tennenbode einhüllte. Das wenige Licht ließ die ohnehin kurzen Februartage noch düsterer erscheinen, aber meiner momentan guten Laune tat dies keinen Abbruch.

„Sie schreiben, er hätte in einem Interview bestätigt, dass er sich nach der Wahlniederlage eine Erholungspause gegönnt hat und dass er die Aufregung gar nicht versteht, die sein Verschwinden ausgelöst hat. Wer schon einmal einen Wahlkampf absolviert hätte, der wüsste, wie sehr das an die Substanz ginge, bla, bla, bla. Ach, hier sagt er, er stünde jetzt wieder mit voller Kraft als Senator für Landessicherheit zur Verfügung und wolle sich ganz diesen Aufgaben widmen und er gratuliere Willibald Werner ganz herzlich zum Sieg. Unglaublich, nicht wahr? Das ist doch mal ein richtig guter Verlierer.“

„Ich hatte vermutet, dass er alles hingeschmissen und sich auf eine einsame Insel abgesetzt hat“, meinte Lorenz und fing eine Quitsche im freien Fall auf, bevor sie auf dem Boden einschlug. Knackend brach er sie auseinander und gab Shirley eine Hälfte.

„Hast du heute noch einmal Flugtraining bei den Drachen?“, fragte mich Adam und berührte dabei wie zufällig meinen Arm. Ich schlug die Augen nieder und grinste. Die Befürchtung, dass es schwer werden würde, unsere Beziehung zu verbergen, hatte sich als falsch herausgestellt. Es war nicht halb so kompliziert, wie ich vermutet hatte, ganz im Gegenteil, es hatte einen gewissen Reiz bekommen, und ich musste zugeben, dass ich es genoss. Da Adam in unserer Etage wohnte, wunderte sich niemand, dass wir viel Zeit miteinander verbrachten.

„Ja, heute Nachmittag ist Flugtraining und dann muss ich Gregor König noch helfen, die Wingtäubel in ihre nächste Weidehöhle zu treiben. Es kann also spät werden …"

„… *aber du bist ja da*", ergänzte ich in Gedanken und warf ihm einen langen Blick zu. Es war fast so wie früher, als wir jeden Tag miteinander verbrachten, erst in der Schule und dann im Eichenhain. Diese liebevolle Vertrautheit war wieder da, als wenn es nie einen Riss gegeben hätte. Ich konnte mir nicht vorstellen, jemals wieder ohne Adam zu sein.

„Solange du heute keine Ställe ausmisten musst, bin ich mit allem zufrieden. Danach riechst du immer so streng", schmunzelte Adam und strich sich das schwarze Haar zurück. *„Dann könnten wir allerdings in die Badewanne gehen."*

Ich sah ihn mit großen Augen an und schluckte einen Moment, bevor ich unser Spiel weiterspielte.

„Ställe ausmisten ist in der Regel eine Strafarbeit, aber wenn grad niemand bestraft worden ist, braucht Gregor König trotzdem Hilfe", erklärte ich ruhig.

„Und du lässt dich immer breitschlagen", entgegnete Adam.

„Die anderen Jockeys sind schließlich Patrizier und fühlen sich für diese niedere Arbeit nicht zuständig."

„Gregor König kann wirklich froh sein, dass er dich als Arbeitskraft gefunden hat." Adam seufzte.

„Nicht nur als Arbeitskraft; auch wenn ich mich jetzt nicht unnötig loben möchte, bin ich als Jockey auch ganz gut zu gebrauchen. Ende Mai findet endlich das erste offizielle Rennen gegen das portugiesische Universitätsteam statt und ich habe gute Chancen, mit an den Start zu gehen." Ich straffte meinen Rücken, denn auf meine Fortschritte als Drachenjockey war ich wirklich stolz.

„Auch den Ruhm und die Ehre gönne ich dir gern, solange du dich gut festhältst." Adam beugte sich zu mir und sah mich nachdenklich an. *„Obwohl ich nicht weiß, wie gut ich damit klar-*

komme, wenn du demnächst eine männliche Fangemeinde hast", setzte er stirnrunzelnd hinzu.

„Wird schon nicht so schlimm werden." Ich konnte ein Kichern nicht unterdrücken. „Wir müssen übrigens los, Magische Theorie fängt gleich an."

„Ich komme später nach. Wir haben heute eine Einsatzbesprechung", sagte Adam und stand auf. Ich sah ihm nach, wie er schnell davonging, und in meinem Kopf kam seine Botschaft an: *„Ich freue mich schon auf heute Nacht."*

„Das solltest du auch!", entgegnete ich.

Ich lächelte, als er sich überrascht umdrehte und den Raum dann kopfschüttelnd verließ. Ich beherrschte das wortlose Versenden von Botschaften mittlerweile hervorragend. Wie sonst sollte ich Adam alles sagen, was mir im Kopf herumging.

„Wie hat er die Sache mit der Tür verkraftet?", fragte Lorenz, als wir den Raum verließen, und zog die Augenbrauen immer wieder angestrengt in die Höhe. Ich verstand seine Geste, doch über seinen seltsamen Gesichtsausdruck musste ich lachen.

„Gut", antwortete ich grinsend. „Er war sogar ganz begeistert." Ich hatte Adam endlich in das Geheimnis der Villa del Mare eingeweiht, auch um ihm erklären zu können, warum ich manchmal für eine Stunde verschwand, ohne seine Botschaften zu beantworten. Italien war doch ein wenig zu weit entfernt für mein Sendevermögen. Wir waren aus einem grauen, kühlen Tag in die leichte, warme Brise eines sonnigen Nachmittages am Mittelmeer getaucht und dagegen konnte niemand etwas haben. „Du solltest dir übrigens etwas mehr Zeit nehmen und das Versenden von Botschaften üben. Dann ersparst du dir einen Gesichtsmuskelkater", ermahnte ich Lorenz und ahmte seine Gesichtszüge nach. „Wo bist du eigentlich jeden Abend? Ich habe dich in den letzten Wochen kaum noch gesehen. Du hast sicherlich nicht nur für die Prüfungen nächste Woche gelernt, oder?" Lorenz wurde rot, was mir nicht entging.

„Du hast jemanden kennengelernt?“, mutmaßte ich, woraufhin sich Lorenz Wangen noch eine Nuance röter färbten.

„Ja, habe ich. Aber das ist noch nichts Offizielles. Also behalte es für dich“, knurrte er.

„Ich schweige, so wie du schweigst“, antwortete ich leise und ernst.

Wir standen auf und passierten die Tür zu Frau Professor Hengstenbergs Amphitheater. Sie wartete bereits auf uns. Ihr langes Haar fiel weich um ihre schöne Statur und die gerade aufgehende Sonne färbte es golden. Alle Jungen saßen ruhig in den Bänken und betrachteten sie entzückt, obwohl der Unterricht noch nicht begonnen hatte. Ich nutzte die Zeit für ein paar Atemübungen, um meine Konzentration zu erhöhen. Ich hatte keine Lust, heute unter den Tisch zu rutschen.

„Wehe, du kotzt mir in den Ausschnitt“, raunzte mich Skara an, die vor uns saß. Dorina neben ihr kicherte.

„Wenn ich kotze, dann direkt auf deinen Kopf“, antwortete ich und genoss ihre Empörung. Zwischen uns hatte sich offene Abneigung entwickelt, seitdem Baltasar die Wahl verloren hatte und Skara nicht müde wurde, jedem ihre übergeordnete Gesellschaftsposition zu demonstrieren.

„Ich sorge schon noch dafür, dass sie dich hier rausschmeißen. Der Pöbel sollte nicht studieren“, giftete sie mich an.

„Wenn der Pöbel hier nicht studieren würde, hättest du doch niemanden, der dir die Antworten vorsagt. Deine kleinen Freundinnen haben ihre Köpfe doch auch nur voller Stroh.“ Ich erntete empörtes Geschnatter und lächelte zufrieden.

„Das wirst du noch büßen.“ Skaras hasserfüllter Blick traf mich. Doch bevor sie zu einer Erwiderung ausholen konnte, kündigte Frau Professor Hengstenberg den Beginn des Unterrichts an. Ich wandte mich ihr zu, denn nun brauchte ich meine gesamte Konzentration.

„Willkommen.“ Ich schluckte und sah, wie ihre durchscheinenden Flügel sanft ihren eleganten Bewegungen folgten. „Heute beschäftigen wir uns mit den verschiedenen Möglichkeiten, die magischen Kräfte, die jeder in sich trägt, in Zauber zu verwandeln." Ich spürte, wie ich langsam wegglitt und sich in meinen Blick ein Regenbogen und zwitschernde Vögel mischten, die eigentlich nicht hier sein sollten. Heute war kein guter Tag. Schnell kramte ich meine Ohrstöpsel aus der Tasche und drückte sie in meine Ohren. Wahrscheinlich hatte ich meine Konzentrationsfähigkeit beim Versenden von Botschaften schon aufgebraucht.

„Es gibt mehrere Möglichkeiten, die Kraft der Gedanken zu kanalisieren. Wir unterscheiden sie in Worte, Gesten oder die magischen Hilfsmittel." Ich vernahm Frau Professor Hengstenbergs Stimme nun gedämpft durch meinen Hörschutz und konnte mich endlich besser konzentrieren. Wie lange würde es noch dauern, bis ich das endlich in den Griff bekam?

„Bei der Verwendung von Worten wiederum unterscheidet man die kurzen Kraftzauber und die gewobenen Wortzauber, die mehrere Strophen umfassen können und sehr mächtige Magie enthalten. Zu Beginn Ihres Studiums werden Sie sich vorerst nur mit den kurzen Kraftzaubern befassen, die nochmals in gesagte und ungesagte Wortzauber unterschieden werden. Die gewobenen Wortzauber werden erst im fünften Studienjahr gelehrt, da sie ein umfangreiches Vorwissen erfordern und meist in der alten Sprache gesprochen werden." Frau Professor Hengstenberg unterbrach kurz ihren Vortrag, da Skara sich vor uns ungehemmt mit ihren Freundinnen unterhielt.

„Fräulein Ende, ich bitte Sie, nicht den Unterricht zu stören", ermahnte sie mit ihrer schönen Stimme. Skara wandte sich mit einem Funkeln in den Augen um. Ich ahnte schon, dass sie wieder einmal erwähnen wollte, wer ihr Vater war, aber offenbar schaffte es Skara im letzten Moment, sich zu beherrschen, und nickte nur langsam, als wenn ihr diese Bewegung zutiefst zuwider war. Sie sah aus wie ein Wasserkessel kurz vor dem Explodieren.

„Bei den magischen Gesten wird die magische Kraft primär

über die oberen Gliedmaßen ausgesandt. Es gibt hier die kleinen Gesten, bei denen nur die Finger benutzt werden, und auch die großen Gesten, bei denen die Arme komplett zum Einsatz kommen." Frau Professor Hengstenberg unterstrich ihre Worte, indem sie mit den Fingerspitzen schnipste und einen Funkenregen zu Boden fallen ließ. Dann breitete sie die Arme aus und löste einen böigen Wind aus, der uns beinahe die Haare vom Kopf riss.

„Wow", stöhnte Lorenz neben mir. Er hatte sich an seine Bank geklammert, um nicht fortgerissen zu werden.

„Und schließlich gibt es die Möglichkeit der Nutzung magischer Hilfsmittel, von denen der Zauberstab sicherlich die größte Popularität besitzt, da er für den Kampf und die Verteidigung am besten geeignet ist. Hier im Unterricht werde ich Ihnen einige Möglichkeiten der Selbstverteidigung demonstrieren, aber an dieser Stelle weise ich Sie ausdrücklich darauf hin, dass Magie nur von der Schwarzen Garde zum Kampf eingesetzt werden darf. Weiterhin gibt es noch die Möglichkeit, verschiedene Methoden miteinander zu kombinieren, um die magische Kraft weiter zu verstärken. An Ihren Plätzen finden Sie jeder eine Schale Wasser. Ihr heutiges Ziel ist es, dieses Wasser verdampfen zu lassen. Bitte probieren Sie hierzu einen einfachen Wortzauber. Verbinden Sie sich dazu mit MUS und lesen Sie zuerst das entsprechende Kapitel in meiner Vorlesungsreihe noch einmal durch." Alle legten ihre Hände auf das kleine, graue Kästchen und vertieften sich in die Lektüre.

Als Frau Professor Hengstenberg am Ende des Unterrichtes noch einmal durch die Reihen ging, um sich anzusehen, ob wir etwas erreicht hatten, waren Dulcia und Cecilia die Einzigen, die es geschafft hatten, Wasserdampf zu produzieren.

„Sehr schön", lobte Frau Professor Hengstenberg mit klingender Stimme und alle Jungs sahen sich verzückt nach ihr um, bis auf Lorenz, der weiter konzentriert seine Wasserschale anstarrte und unentwegt „nuris" murmelte.

„Allerdings sollten Sie den Zauber auch einzeln üben, denn

in der Prüfung werden Sie als magisches Paar nicht gemeinsam zugelassen“, ergänzte sie freundlich lächelnd. „Nächste Woche erwarte ich, dass Ihnen dieser Zauber gelingt, also üben Sie fleißig!“ Frau Professor Hengstenbergs Stimme wehte sanft durch den Raum und entließ uns in die Mittagspause.

Beim Mittagessen wunderte ich mich, dass Adam noch nicht da war. Die Besprechungen der letzten Wochen hatten nie länger als eine Stunde gedauert. Ich drängte die aufkeimende Sorge zurück und widmete mich mit Appetit dem Mittagessen. Die Gemüsepfanne aus den Gärten Akkankas war köstlich. Ich hörte Lorenz und Shirley zu, die beim Mittagessen darüber stritten, ob Türkis oder Alabaster die Trendfarbe der nächsten Saison werden würde, und versuchte nicht an Adam zu denken.

Als er am Nachmittag immer noch nicht da war, wurde ich langsam unruhig, und als wir schließlich beim Abendessen saßen und er immer noch nicht zurückgekommen war, konnte ich meine Nervosität nicht mehr verbergen.

„Iss etwas!“, ermahnte mich Liana. Erschrocken sah ich auf. Ich hatte die ganze Zeit meinen Teller angestarrt und wieder und wieder neu ausgerichtet, ohne etwas anzurühren.

„Ich kann nicht, hab irgendwie keinen Hunger.“ Ich schob den Teller von mir weg und lehnte mich zurück.

„Süße, es wird schon nichts Ernstes sein. Vielleicht verabschieden sie nur einen Kameraden in den Ruhestand“, meinte Lorenz und schob mir meinen Teller wieder zu.

„Ich kann nicht“, sagte ich und stand auf. Mein Magen schien aus einem Knoten zu bestehen. Ich hatte so eine komische Ahnung. Seit Silvester schien ich mit Adam enger verbunden, als es normal wäre, aber was war schon normal zwischen Adam und mir? Nichts! Unsere Beziehung war extrem und rasant. Wir hatten uns kopfüber hineingestürzt, denn wir wussten beide, dass es nur gestohlene Zeit war, gestohlenes Glück, das wir umso exzessiver genossen, je mehr uns die Sorge um sein baldiges Ende quälte. Vielleicht war es jetzt so weit?

„Ich geh schon mal hoch. Bis später“, murmelte ich mit einem kalten Gefühl im Bauch und verließ schnell den Raum. Ich spürte plötzlich, dass Adam in der Nähe war, und stürmte die Wendeltreppen nach oben. Die Tür riss ich noch im Laufschritt auf. Das Studierzimmer war leer und der Kloß in meinem Hals wurde noch größer.

„Hey, Selma, was ist mit dir los?“ Adams Stimme klang an mein Ohr und beruhigte mich sofort. Vor Erleichterung fiel ich ihm stürmisch um den Hals. Er zog mich an sich und küsste mich. Erst spürte ich sein Zögern, denn meine stürmische Begrüßung hatte ihn sicher verwirrt, doch er gab seine Bedenken schnell auf und erwiderte meinen Kuss. Ich klammerte mich an ihn, während er mich in sein Zimmer zog und mit dem Fuß die Tür zustieß, die krachend ins Schloss fiel.

Zu meinem Bedauern hielt er mit einem Mal meine Handgelenke fest. Ich seufzte und schloss die Augen.

„Was ist los?“, fragte er ernst, während er mich festhielt und sich unser beider Atem beruhigte.

„Ich habe mir Sorgen um dich gemacht“, gestand ich. „Wo warst du den ganzen Tag?“

Er lächelte erleichtert. Was hatte er denn befürchtet?

„Erzähl ich dir gleich!“, sagte er mit dunklem Blick und dieser vielversprechende Blick brachte mich regelmäßig aus dem Konzept. Er reichte aus, um einen Endorphinstoß durch meinen Körper zu schicken, der ein Nilpferd zum Schweben gebracht hätte. Er küsste mich zärtlich und die verzweifelte Sehnsucht nach ihm ergriff sofort Besitz von mir. Seine Lippen waren weich und sein Kuss schmeckte süß. Als seine Zunge in meinen Mund eindrang, seufzte ich und stellte jegliches Denken ein. Ich hatte es nie für möglich gehalten, dass mein Körper zu solchen Empfindungen in der Lage war. Adam hob mich hoch, ohne unseren Kuss zu unterbrechen, und setzte mich sanft auf seinem Bett ab. Mit einem sehnsuchtsvollen Seufzen versank ich in den Kissen und zog ihn an mich.

Als ich wenig später erschöpft neben Adam lag, war es mir immer noch ein Rätsel, wie so etwas funktionierte. Den Stapel Notizen neben mir hatte ich schon gelöscht. Ich steckte immer noch regelmäßig etwas in Brand, wenn wir uns liebten. Nein, liebten war nicht die richtige Beschreibung für das, was wir da taten. Es war viel mehr. Wir versuchten unsere Seelen, die vermutlich bei der Entstehung der Welt getrennt worden waren, mit aller Gewalt wieder zu vereinen.

Adam strich leicht meinen Rücken entlang, während ich wohlig seufzte.

„Ich muss gleich los", sagte er leise und küsste meine Schultern. Seine Haare kitzelten mich.

„Ein Einsatz?", murmelte ich träge.

„Ja", sagte er leise und ich war sofort wach. „Heute Morgen wurden die Morlems gesichtet. Wir vermuten, dass sie einen neuen Angriff planen. Das ist das erste Mal seit Wochen." Mein Herz rutschte eine Etage tiefer, was Adam nicht entging. Mein Gefühl, dass etwas nicht in Ordnung war, hatte mich also nicht getäuscht.

„Ich will diesen Verbrechern endlich das Handwerk legen. Verstehst du das?" Ich nickte in seinen Armen. Natürlich verstand ich es, ich wollte ja genau dasselbe. Das machte die Sache im Moment aber noch lange nicht leichter.

„Pass gut auf dich auf!", sagte Adam und küsste mich, dann stand er auf und zog sich wieder an.

„Wenn, dann solltest du auf dich aufpassen", murmelte ich und erhob mich ebenfalls. „Komm ja heil zurück!", drohte ich schließlich, als wir an der Tür standen. Adam nickte.

„Wenn wir nur einen von ihnen lebend zu fassen kriegen, dann würden wir schon aus ihm herausbekommen, für wen er arbeitet und warum er diese Mädchen entführt." Seine Augen funkelten entschlossen. „Ich komme so schnell zurück, wie es geht." Er hauchte mir einen letzten Kuss auf die Lippen und dann war er weg. Ich war plötzlich allein. Der Schmerz kam plötzlich und lief wie vergiftetes Wasser in mein Herz. Die schwarzen Wellen schlugen über mir zusammen, als wenn jemand in meinem Herzen das warme Feuer gelöscht hätte, das Adam dort entzündet hatte.

Eleonora

„Wenn du in einen Hungerstreik trittst, kommt er auch nicht eher zurück“, sagte Liana einige Tage später beim Frühstück, während ich lustlos in meinem Müsli rührte.

„Du hast die letzte Woche kaum etwas gegessen, Süße. Komm, nimm wenigstens eine halbe Quitsche.“ Lorenz hielt mir ein Stück hin, in dem schon ein Löffel steckte. Ihm zuliebe löffelte ich die Frucht aus, ohne etwas zu schmecken. Ich hatte keinen Appetit und Hunger spürte ich auch keinen. Obwohl ich es nicht wollte, schmerzte das Loch, das Adams Abwesenheit in mein Herz gerissen hatte, Tag für Tag stärker; stärker, als es Hunger jemals konnte.

„Gibt es Neuigkeiten?“, fragte ich Liana, die soeben den „Korona Chronikle“ in die Hand genommen hatte.

„Und ob es die gibt. Die Morlems wurden gesichtet, aber sie sind der Schwarzen Garde wieder vor der Nase entwischt.“ Bei Lianas Worten schoss mir Adrenalin ins Blut.

„Gab es Verletzte oder Tote?“, fragte ich schnell.

„Nein“, versicherte mir Liana, die meine Panik sofort erkannt hatte. Ich atmete aus.

„Wie kann es denn sein, dass die Schwarze Garde jedes Mal eine heiße Spur hat, wenn eine Entführung geplant ist, und jedes Mal sind ihnen die Morlems einen Schritt voraus. Wisst ihr, wie das für mich aussieht?“, fragte Shirley empört in die Runde.

„Nein, wie denn?“ Ich sah sie erstaunt an. Die Sorge um Adam hatte mein Gehirn offenbar so weit umnebelt, dass für andere Gedanken kaum Platz war.

„Es sieht aus, als ob die Morlems wissen, dass ihnen die Schwarze Garde auf den Fersen ist.“

„Na, sicher wissen sie das. Es steht ja sogar in der Zeitung und die „Welt der Schwarzen Garde“ wertet ja auch jeden Einsatz ausgiebig aus“, sagte Liana.

„Nein, das meine ich nicht, das geschieht ja erst, wenn alles vorbei ist. Es sieht aus, als ob es einen Spion bei der Schwarzen Garde gibt, der die Morlems warnt“, flüsterte Shirley über den Tisch.

„Ach so! Das würde zumindest erklären, warum sie ihnen jedes Mal entwischen. Du hast recht, Shirley, es scheint, als ob sie wüssten, dass gleich die Schwarze Garde kommt. Anders kann man kaum erklären, wieso sie seit Jahren niemand schnappen konnte“, meinte ich nachdenklich. Beruhigt stellte ich fest, dass mein Gehirn endlich wieder funktionierte.

„Oder die Morlems sind einfach nur extrem schnell und wachsam“, sagte Liana.

„Es wird schwer, so etwas zu beweisen. Eigentlich wirst du nicht einmal den Verdacht äußern dürfen, dass es einen Spion gibt“, meinte Lorenz.

„Warum?“, fragte ich.

„Die Recken in der Schwarzen Garde sind der Stolz der magischen Gesellschaft, sie sind genauso berühmt wie die Jockeys der Drachenrennen. Du weißt doch, die werden behandelt wie Popstars.“

„Jemand, der berühmt ist, kann doch trotzdem ein dunkles Doppelleben führen“, spekulierte ich.

„Selma, die Schwarze Garde besteht ausschließlich aus Patriziern“, meinte Lorenz mit großen Augen. Ich nickte. Die moralische Integrität der Patrizier wurde niemals infrage gestellt. Sie waren einfach immer im Recht.

„Wie konnte ich das vergessen?“, meinte ich mit hochgezogenen Augenbrauen. „Natürlich gibt es keine Spione in der Schwarzen Garde.“

„Habe ich da gerade Schwarze Garde gehört?“, sagte Dulcia neben mir. Ich schreckte hoch.

„Ja, wir haben gerade über ihren gestrigen Einsatz diskutiert“, sagte Liana schnell.

„Das sind richtige Männer“, schwärmte Dulcia. „Ich habe das Poster vom Admiral aus der Sonderbeilage der „Welt der Schwarzen Garde“ immer noch in meinem Zimmer hängen.“

„Wow“, entfuhr es mir erstaunt.

„Ja, finde ich auch. Wow, mehr braucht man zu den Jungs nicht zu sagen und dass ich mit einem von ihnen studiere, ist unglaublich. Das ist so aufregend. Ich beneide euch, dass ihr sogar mit Adam Torrel zusammen wohnen dürft“, meinte Dulcia begeistert.

„Na ja, eigentlich ist es doch ganz normal. Außer, dass Adam ständig weg muss“, sagte Lorenz.

„Der geht genauso aufs Klo wie wir auch“, sagte Shirley ungerührt und Lorenz verdrehte peinlich berührt die Augen.

„Sie muss noch ihr neues Ich finden“, erklärte er Dulcia entschuldigend, die Shirley entsetzt ansah. Das erste Mal seit Tagen musste ich lächeln.

„Ein Held ist er trotzdem. Er stürzt sich mutig in die Gefahr, um unsere Gesellschaft zu schützen. Gehorsam, Demut und Disziplin. Mein Leben im Dienst der Schwarzen Garde!“, rief Dulcia begeistert.

„Was war denn das?“, fragte Lorenz erstaunt.

„Das war der Leitspruch der Schwarzen Garde. Den kanntet ihr nicht?“ Dulcia sah uns verwirrt an.

„Egal“, meinte sie. „Deswegen war ich auch eigentlich nicht hier. Ich gehe heute Nachmittag meine Großmutter besuchen. Du wolltest doch mal mitkommen, Selma?“

„Ja, wollte ich“, meinte ich langsam. Ich hatte eigentlich keine Lust, aber etwas anderes hatte ich auch nicht vor.

„Ich komme mit“, sagte ich schnell. In meinem Zimmer deprimiert die Wand anstarren, konnte ich auch morgen noch.

„Gut, wir treffen uns um 16 Uhr im Burghof und dann steigen wir runter.“ Dulcia drehte sich lächelnd um und ging zu ihrem Tisch zurück.

„Kommt, wir müssen zur Vorlesung!“, ermahnte uns Liana

und stand auf.

Professor Borgien kam erst in letzter Minute in den Raum gestürmt. Es war die letzte Vorlesung vor den Prüfungen und er wiederholte noch einmal den Stoff und gab uns Tipps für die Vorbereitung. Die Grundlagen beherrschte ich ganz gut, ich konnte Kerzen entzünden und Holz und Papier in Brand stecken. Nur meine Feuerbälle hatten noch nicht die gewünschte Dichte.

Nach dem Mittagessen hatten wir Wasserlehre-Seminar bei Professor Pfaff. Wir standen alle bereit an unseren Tischen mit den kleinen Wasserbecken und warteten auf ihn. Ich übte noch schnell den Zauber, den wir für diese Woche vorbereiten sollten. Wasser war eindeutig mein Lieblingselement. Es gelang mir ohne Schwierigkeiten, das Wasser in dem kleinen Becken in Bewegung zu versetzen und einen Strudel zu formen. Die Prüfung würde ich mit links schaffen.

„Wie machst du das nur?“, meinte Liana neben mir, die ohne Erfolg versuchte, in ihrem Wasserbecken eine Bewegung auszulösen. Außer einem leichten Kräuseln an der Wasseroberfläche war nichts zu sehen.

„Keine Ahnung. Ich konzentriere mich und stelle mir vor, wie das Wasser sich bewegt, und dann kribbelt es in meinen Armen und los geht’s. Wenn ich die Bewegung mit den Händen vorgebe, geht es leichter. Versuch das doch mal“, schlug ich vor.

Liana nahm ihre Hände zu Hilfe und tatsächlich war nun eine kleine, kreisende Strömung zu sehen.

„Super, danke“, sagte Liana begeistert neben mir und betrachtete voller Stolz ihr Wasserbecken.

„Kommt der Pfaff heute noch?“, fragte Thomas Kekule hinter uns ungeduldig.

„Warum? Bist du verabredet?“, fragte Alexa Pfeiffer neugierig und lehnte sich zu ihm hinüber.

„Noch nicht, aber das kann ja noch werden“, gab er grinsend zurück.

„Verschieben Sie Ihre Balzarien auf den Abend, Herr Kekule“, schnarrte Professor Pfaffs Stimme von hinten durch den Raum, woraufhin Thomas und Alexa rot anliefen.

„Bitte führen Sie das Kreisen des Wassers durch, während ich durch den Raum gehe und Ihre Ergebnisse kontrolliere“, ordnete er an. Nachdem er unsere Leistungen kommentiert, gelobt oder verbessert hatte, trat er vor uns.

Er konzentrierte sich auf das vor ihm stehende Becken und ließ eine ein Meter hohe Wassersäule aufsteigen.

„Diese Übung wird in jedem Fall in der Prüfung von Ihnen verlangt. Falls Sie Probleme damit haben, arbeiten Sie meine Vorlesung zum Thema in MUS noch einmal durch.“ Professor Pfaff ging noch weitere Übungen durch und entließ uns schließlich mit Verspätung aus seinem Wasserlabor.

Am Nachmittag wartete ich im Innenhof auf Dulcia, die pünktlich erschien. Erst als wir uns auf den langwierigen Abstieg nach Akkanka machten, fiel mir auf, dass Cecilia nicht dabei war. Ich wollte mich schon wundern, aber Dulcia war schon längst in die Schilderung ihrer Prüfungsvorbereitungen vertieft. Ich wäre gern geflogen, aber ich musste an das Versprechen denken, das ich Gregor König gegeben hatte, nur im Notfall die Flügel aufzuspannen, und das hier war eindeutig keiner, obwohl mir Dulcia mit ihrem enormen Arbeitspensum Angst machte. Vielleicht war es auch nur das schlechte Gewissen, das an mir nagte wie die Maus an einem fetten Käse, denn ich hatte noch längst nicht so viel Zeit in die Prüfungsvorbereitungen investiert wie Dulcia.

Nach einer halben Stunde Abstieg erreichten wir endlich das große Tor, das die Unterwelt verschloss. Wir sprachen den Wortzauber, passierten die beiden Tore und setzten unseren Weg durch den Wald von Akkanka fort. Bald erreichten wir die ersten niedrigen Häuser. Dulcias Großmutter lebte in einem kleinen, gepflegten Häuschen in einer ruhigen Nebenstraße. Im unteren Geschoss befand sich ein Laden für „Magische Hilfsmittel aller Art“ und im Geschoss darüber lebte Eleonora Donna. Als wir den kleinen, engen Raum betraten, der bis unter die Decke mit Bücherregalen vollgestellt war, beschlich mich ein beklemmendes Gefühl. Ich war hier fehl am Platz. Die kranke Großmutter von Dulcia kannte mich nicht und wollte wahrscheinlich ihre Familie sehen und keine Fremden.

„Hallo, ich bin da“, rief Dulcia laut in den Raum hinein.

„Soll ich euch nicht doch lieber allein lassen?“, fragte ich vorsichtig. Noch war es nicht zu spät zu gehen.

„Ach Quatsch, Oma freut sich über Besuch“, versicherte mir Dulcia. In diesem Moment flog schwungvoll eine Tür zu einem Nebenraum auf, die ich hinter den vollen Bücherregalen kaum erkannt hatte. Eine schlanke, fast schon magere, alte Dame kam zügig in den Raum. Trotz ihrer faltigen Haut wirkte sie nicht krank oder gebrechlich. Im Gegenteil, sie sah mich klar und prüfend an und ihre Augen blitzten neugierig, während sie mich musterte. So sah definitiv keine demente Frau aus.

„Hallo Oma, das ist Selma Caspari“, sagte Dulcia.

„Freut mich! Nehmt Platz, wollt ihr einen Tee?“, fragte sie freundlich.

„Ein Kaffee wär mir lieber.“ Der Satz war mir herausgerutscht, bevor ich ihn stoppen konnte. Ich lief rot an, aber Eleonora lachte nur über meine Worte.

„Wenn du es keinem verrätst, koch ich euch einen Kaffee. Der wird hier nicht gern gesehen, genauso wenig wie Alkohol, aber hinter verschlossenen Türen trinken sie alle ihren Kaffee und in der Schummerbar gibt es auch jeden Abend Kratzhalmschnaps. Verlogene Gesellschaft“, schimpfte Eleonora und ging in die Küche. Ich sah ihr überrascht nach.

„Ich dachte, deine Oma ist krank“, meinte ich zu Dulcia, die inzwischen auf einem gemütlichen Sofa in der Mitte des Raumes Platz genommen hatte. Dulcia öffnete gerade den Mund, um mir zu antworten, als Eleonoras Stimme aus dem

Nachbarraum tönte.

„Ich bin nicht krank und auch nicht schwerhörig." Sie kam mit einer dampfenden Kanne Kaffee und drei verschnörkelten Tässchen zurück. „Ich bin einfach nur alt und ich hatte keine Lust mehr, in Schönefelde in der Kälte zu leben." Eleonora kicherte und goss dampfenden Kaffee in die kleinen Tassen. Das Aroma verteilte sich schnell im Raum und ich sog genussvoll den Duft ein.

„Aber jetzt wohnst du ganz allein hier", meinte Dulcia besorgt.

„Besser allein als mit deiner überbesorgten Mutter. Ihre Bevormundung und ihre ständige Depression ertrage ich nicht. Schlimm genug, dass sie Cecilia damit angesteckt hat. Wo steckt sie eigentlich, sie klebt doch sonst immer an dir?" Eleonora sah Dulcia an.

„Sie ist nach Hause gegangen, du weißt schon", sagte Dulcia geheimnisvoll.

„Was? Hast du es Selma nicht gesagt?", fragte sie missbilligend. Dulcia nickte langsam.

„Da brauchst du doch kein Geheimnis draus machen", sagte Eleonora sanfter. Ich fühlte mich unwohl zwischen den beiden.

„Ich muss doch nicht jedem, den ich kennenlerne, gleich meine Familiengeschichte erzählen", erwiderte Dulcia energisch. Eleonora zuckte mit den Schultern.

„Das ist nicht nur deine Familiengeschichte. Cecilia hätte es sicherlich weniger schwer, wenn mehr Leute wüssten, warum sie sich so seltsam benimmt."

„Soll ich lieber gehen?", fragte ich vorsichtig.

„Nein, nicht nötig, aber wenn Dulcia nicht möchte, dass ich darüber rede, werde ich natürlich schweigen", sagte Eleonora versöhnlich. Ich musste zugeben, dass es mich schon interessiert hätte, warum Cecilia nie sprach und nur wie ein Schatten neben Dulcia lebte.

„Dulcia, bist du so gut und besorgst mir schnell unten von

dem Laden an der Ecke ein Dutzend Quirxen", bat Eleonora plötzlich. „Ich bin heute noch nicht aus dem Haus gekommen, mein Kreuz plagt mich wieder." Dulcia sah Eleonora erstaunt an, dann sprang sie widerstrebend auf.

„Bin gleich zurück, dauert nur fünf Minuten", sagte sie und nickte mir zu, dann verschwand sie aus der Tür. Ich kam mir seltsam vor, allein mit Dulcias Großmutter zu sein, die mich immer noch einer genauen Musterung unterzog.

Mit einem Mal veränderte sich ihr Blick und sie sah mich mit trüben Augen an.

„Nett, dass du auf einen Kaffee vorbeigekommen bist, Georgette", sagte sie und lächelte mich selig an. Mir stockte der Atem. Sie hielt mich doch nicht etwa für meine Großmutter? Waren die beiden etwa vor langer Zeit miteinander befreundet gewesen? Es schien so. Was sollte ich nur tun? Ich nickte langsam, während ich fieberhaft überlegte, wie ich mit Eleonora Donna umgehen sollte. Im Gegensatz zu meiner Großmutter eignete ich mich überhaupt nicht für medizinische Berufe. Ich konnte Drachen pflegen, aber keine dementen, älteren Damen.

„Parelsus war gerade bei mir, weißt du? Er hatte Neuigkeiten, die er mit jemandem besprechen wollte."

„Parelsus?", rutschte es mir zwischen den Lippen hervor. War er wieder hier oder entstammte diese Information Eleonoras blühender Fantasie?

„Ja, Georgette." Sie lächelte und goss mir Kaffee nach.

„Was wollte er denn?", fragte ich vorsichtig, denn ich konnte meine Neugier nicht bremsen. Das unangenehme Gefühl, dass ich etwas Verbotenes tat, überkam mich.

„So dies und das. Weiß nicht, ob du es wirklich wissen willst." Eleonora sah auf und schlenkerte beinahe kindlich die Hände hin und her.

„Im Moment will ich nur eines wissen und das ist, wo die Akasha-Chronik steckt", stieß ich hervor. Was tat ich nur? Was sagte ich nur? Erschrocken hielt ich mir die Hand vor den

Mund. Oje, was würde Dulcia sagen, wenn sie bemerkte, mit welchen Fragen ich ihre kranke Großmutter belästigte?

Zu meinem Erstaunen wunderte sich Eleonora nicht über die seltsame Frage, die ich ihr gestellt hatte, was ich interessiert zur Kenntnis nahm. Wenn sie mit meiner Großmutter befreundet gewesen war, wäre es vielleicht möglich, dass sie etwas über die Chronik wusste; etwas, das meine Großmutter wusste, mir aber nicht sagen wollte. Mir schoss das Blut heiß in den Kopf, als ich das Ausmaß dieser Möglichkeit begriff.

Ich lächelte freundlich. „Erzähl mir ruhig davon, Eleonora!“, bat ich laut. Ich musste das schlechte Gewissen übertönen, bevor es mich zur Ordnung rief. Mit einem Mal ging ein Ruck durch Eleonoras Gestalt. Die Worte sprudelten aus ihr heraus, als ob ich einen Schalter gedrückt hatte.

„Die magische Oberschicht hütet einige magische Gegenstände, die dafür sorgen, dass sie ihre Macht behalten. Die Akasha-Chronik ist eine davon. Ein sehr mächtiges Buch, welches alles Wissen der Welt in sich vereint.“ Sie blinzelte mich freundlich an, als ob sie von einem Tortenrezept sprach, doch mir war mit einem Mal klar, dass das, was sie mir hier erzählte, eines der großen Staatsgeheimnisse der Vereinten Magischen Union sein musste. „Ich habe bei Alke Baltasar davon erfahren, bei der ich arbeite.“ Ich nickte, es musste schon ein paar Jahrzehnte her sein, dass sie im Dienst der Mutter des Senators gestanden hatte.

„Aber Alke prophezeit keine magischen Paare mehr, wusstest du das?“

„Nein!“, sagte ich mit künstlichem Erstaunen, als ob ich das erste Mal davon hörte. „Warum denn das?“

Eleonora lächelte verschmitzt. „Alke hat ihre Informationsquelle eingebüßt.“ Ich sah sie erstaunt an. „Alkes Tochter war ihre Informationsquelle“, sagte sie in verschwörerischem Ton. Ich spitzte die Ohren, als sie weitersprach. „Sie war einem heiligen Tempel geweiht und in diesem Tempel liegt die Akasha-Chronik. Die Patrizier benutzen sie, um ihre Macht zu festigen." Ich sah Eleonora zweifelnd an.

„Ach, Georgette, du glaubst wohl immer noch daran, dass die Leute freiwillig in diesem System leben?"

„Ja", erwiderte ich möglichst ruhig.

„Da irrst du dich, denn drei Viertel der magischen Bevölkerung lassen sich nicht freiwillig eine Machtherrschaft der oberen Elite aufzwängen, wenn selbst die Menschen, in deren Land sie leben, mehr freiheitliche Rechte haben als die einfachen Magier." Vor Aufregung hatten Eleonoras Wangen eine rote Färbung angenommen und jetzt sah sie Dulcia und Cecilia plötzlich sehr ähnlich.

„Ja, das dachte ich", erwiderte ich vorsichtig und versuchte die ruhige Art meiner Großmutter nachzuahmen. „Die Plebejer sind doch ruhiggestellt worden mit kostenlosen Drachenrennen und guten Gehältern."

„Nicht alle Plebejer lassen sich durch ein bequemes Leben mundtot machen. Das reicht nicht. Es gibt immer einige, die mehr Freiheit wollen und die das System verstehen und es hinterfragen, und vor denen haben die Herren Senatoren Angst, denn das sind diejenigen, die die anderen aufwiegeln und sie mitreißen."

„Weiß Parelsus mehr davon?", fragte ich.

„Parelsus?" Eleonora sah mich überrascht an und einen Moment glaubte ich, dass sie aus ihrer wirren Phase mit einem Mal aufzuwachen drohte. Ich hielt die Luft vor Schreck an und faltete die Finger in meinem Schoß, wie es meine Großmutter gelegentlich tat. Zu meiner Erleichterung blieb ihr Blick trüb und sie sprach weiter. „Er arbeitet auf seine Weise daran, die Macht der Patrizier auszuhöhlen", sagte sie schmunzelnd. „Wenn du mehr wissen willst, musst du ihn selber fragen."

„Das werde ich tun, Eleonora." Ich tätschelte ihre Hand. „Was hatte es noch einmal mit der Akasha-Chronik auf sich?", fragte ich nun drängender. Dulcia musste jeden Moment zurückkommen und das würde unser delikates Gespräch beenden. Auch mein schlechtes Gewissen kratzte an seiner Gefängnistür und würde mich sofort in Beschlag nehmen, sobald ich die Wohnung von Eleonora verließ.

„Ach ja, das Buch, das alles weiß. Damit könnte man endlich herausfinden, wie man Krankheiten heilt, aber leider nur theoretisch. Denn der Akasha-Chronik darf niemand Fragen stellen."

„Die Patrizier halten die Chronik unter Verschluss?"

„Nicht alle Patrizier, nur ganz wenige wissen überhaupt davon. Wo sie genau ist oder ob sie überhaupt noch existiert, weiß keiner, den ich kenne. Alkes Tochter hat in diesem Tempel gedient und aus der Akasha-Chronik gelesen. Sie war es eigentlich, die herausgefunden hat, welche Magier magische Paare sind, und sie hat es Alke verraten. Alke hat sich als Prophetin feiern lassen, obwohl sie nie eine war."

„Und warum hat sie ihre Informationsquelle verloren? Ist ihre Tochter gestorben oder auch entführt worden?" Meine Ohren glühten vor Aufregung.

„Weder noch. In der Akasha-Chronik können nur die lesen, deren Geist und deren Leib rein sind und die das Ritual beherrschen, um in die Traumwelt zu gehen."

„Geistläufer?"

„Genau! Alkes Tochter hat sich offenbar einen kleinen Fehltritt erlaubt. Als es neulich herauskam, hat man sie des Tempels verwiesen und Alkes Karriere als Prophetin war beendet." Eleonora kicherte, versunken in die Vergangenheit.

„War Alkes Tochter die einzige Jungfrau, die in der Chronik lesen konnte?"

„Nein, es gibt immer fünf. Nachdem Alkes Tochter Sedonie nicht mehr rein war, wurde sie verstoßen. Nicht nur aus dem Tempel, stell dir vor, sondern auch von Alke, ihrer eigenen Mutter. Ihre Wut ist grenzenlos. Im Tempel haben sie schnell Ersatz gefunden. Die Patrizier reißen sich ja um solche ehrenvollen Posten für ihre Kinder." In Eleonoras Gesicht zeigte sich abwertende Entschlossenheit. Wäre sie nicht steinalt und dement, hätte ich in ihr die perfekte Mitstreiterin für meine Sache gefunden.

„Was wurde denn aus Sedonie?“, fragte ich.

„Das weiß ich nicht genau. Ich habe nur Gerüchte gehört. Sie soll bei den Menschen untergetaucht sein, gesehen hat sie niemand mehr.“

„Wie traurig“, seufzte ich.

„Ja, das ist es, Georgette.“ In diesem Moment kam Dulcia mit einem Beutel voll heulender Quirxen zur Tür herein und unterbrach unsere Unterhaltung lautstark. Sie sah mich entschuldigend an, als sie bemerkte, dass mich Eleonora mit dem Namen meiner Großmutter angesprochen hatte.

Obwohl ich mehr als genug erfahren hatte, wollte ich mehr wissen, aber vor Dulcia würde ich nicht mehr darüber sprechen können. Ich wollte sie nicht in diese Dinge hineinziehen. Eleonora wandte sich Dulcia zu und nahm ihr die Quirxen ab. Mit einem Mal wirkte sie wieder wach und klar.

Nachdem sie die sich wehrenden Früchte in einer Schublade verstaut hatte, setzte sie sich wieder und redete über belanglose Dinge, über die Drachen und die bevorstehenden Prüfungen. Es war nichts mehr von der Eleonora zu sehen, mit der ich gerade gesprochen hatte. Ich konnte mich kaum noch an der Unterhaltung beteiligen. Mein Kopf schien zu summen wie ein übervolles Bienennest, so schnell jagten die Gedanken hindurch. Warum wurde die Akasha-Chronik unter Verschluss gehalten, wenn sie so viele Fragen klären und den Magiern helfen konnte? Wer hielt sie unter Verschluss?

Und auch meine dringendste Frage war nicht beantwortet worden. Wo war die Akasha-Chronik? Ich grübelte, während sich Dulcia und Eleonora unterhielten. Nach einer Stunde hatten wir unsere Tassen geleert und verließen das kleine Haus wieder. Die künstliche Sonne über Akkanka stand schon tief und würde bald verlöschen und der Nacht Platz machen. Wir eilten zum Ausgang, bevor er für die Nacht verschlossen wurde. Am Tunnel trafen wir Gregor König, der die letzten Besucher hinausbegleitete und die letzten Bewohner hineinscheuchte.

„Nanu, Selma, was machst du hier?", fragte er überrascht.

„Wir waren Dulcias Großmutter besuchen", erklärte ich.

„Nett von euch, dass ihr die alte Dame besucht. Die meisten machen einen Bogen um sie, aber lasst euch von ihr keinen Bären aufbinden, manchmal erzählt die Eleonora wilde Geschichten. Wir sehen uns morgen zum Training", verabschiedete er uns. Während wir nach oben stiegen, schwieg ich. Dulcia sprach unentwegt über ihre Prüfungsängste. Die Prüfungen waren mir im Moment ziemlich egal. Ich musste zu Parelsus und zwar dringend, morgen früh würde ich die Erste an seiner Tür sein.

Im Studierzimmer hatten es sich Shirley, Lorenz und Liana gemütlich gemacht. Vor dem Fenster trieben Schneeflocken vorbei und drinnen war es angenehm warm. Im Kamin brannte ein kleines Feuer und auf dem Tisch dampfte eine Kanne Tee und strahlte Behaglichkeit aus.

„Kuschelig habt ihr es!", stellte ich fest, als ich zur Tür hereinkam.

„Wie war es bei Dulcias Großmutter?", fragte mich Lorenz. Ich ließ mich auf einen Sessel fallen und schilderte mein verwirrendes Erlebnis.

„Und was sagt ihr zu der Geschichte?", fragte ich ungeduldig.

„Bist du sicher, dass Dulcias Großmutter sich das nicht ausgedacht hat?", fragte Liana.

„Ich habe auch schon gehört, dass sie verwirrt sein soll", fügte Shirley vorsichtig hinzu.

„Ich weiß nicht", sagte Lorenz. „Stell dir mal vor, du hast die Möglichkeit, alle Verbrechen aufzuklären, dir die Heilmittel für alle Krankheiten sagen zu lassen und wer weiß, was die Chronik noch alles weiß, und dann hältst du sie unter Verschluss, um dir nur sagen zu lassen, wie du am besten an der Macht bleiben kannst. Ich halte ja die magische Gesellschaft für verstaubt, aber für so bösartig nun auch wieder nicht." Lorenz schüttelte den Kopf.

„Das werden wir erst wissen, wenn ich darin gelesen habe." Nachdenklich starrte ich in die Flammen des Kamins.

„Selbst wenn du sie gefunden hast, Selma, kannst du vielleicht gar nicht darin lesen. Weißt du, ob dein Geist und dein Leib rein sind?", fragte Liana kritisch und ich lief rot an. Das war zugegebenermaßen ein Problem, aber darüber würde ich mir Gedanken machen, wenn ich die Akasha-Chronik tatsächlich gefunden hatte.

„Ich werde als nächstes Parelsus einen Besuch abstatten, gleich morgen früh", sagte ich. Dann hätte ich einen Hinweis darauf, ob sich Eleonora seinen Besuch nur ausgedacht hatte. Lorenz nickte abwesend. Er hatte mir gar nicht mehr zugehört.

„Du solltest schlafen gehen, du träumst ja schon im Sitzen", sagte ich und stieß ihn an.

„Ich kann nicht schlafen, ich habe noch eine Verabredung." Durch Lorenz' Körper ging ein Ruck und er stand auf. Er konnte nur mühsam ein Lächeln unterdrücken.

„Du hast ein Date", stellte Liana fest.

„Ja, aber behalt es für dich", schnarrte Lorenz.

„Kann ich eigentlich so gehen oder soll ich doch lieber das Satinhemd anziehen?", fragte er und drehte sich vor uns.

„Das blaue Satinhemd ist der Knaller, das solltest du lieber für einen besonderen Anlass aufheben." Ich versuchte ernst zu bleiben.

„Dann ziehe ich mich doch noch einmal um, denn wir haben heute ein Jubiläum, heute ist unser Einmonatiger."

„Glückwunsch!", sagte ich. „Wieso hast du uns das bisher verheimlicht?"

„Na, es war noch nicht so ganz entschieden und Brian will es unter allen Umständen geheim halten. Mit einem Freund darf ich mich hier nirgendwo blicken lassen. Die rasten alle aus, wenn die erfahren, dass es so etwas wie mich wirklich gibt."

„Ach, Brian, der amerikanische Austauschstudent aus dem fünften Semester." Shirley kicherte. „Gut, dass du es sagst, auf den hatte ich auch schon ein Auge geworfen, aber das war wohl umsonst."

„Völlig umsonst!", bestätigte Lorenz.

„Ich geh schlafen", gähnte Shirley und verzog sich. Nachdem ich Lorenz viel Spaß gewünscht hatte, ging auch ich in mein Zimmer und überließ mich meinen wilden Gedankengängen.

Am nächsten Morgen studierte ich beim Frühstück konzentriert den „Korona Chronikle". Es gab keine neuen Artikel über die Morlems. Wo blieb nur Adam?

„Senator Helander Baltasar verlängert Ausgangssperre, um die Lage zu stabilisieren", las ich laut vor, um das Gemurmel in dem vollen Raum zu übertönen.

„Mist, und ich wollte dieses Wochenende endlich mal ins Kino", schnaufte Shirley. Ich ließ die Zeitung sinken, um ihr anzubieten mitzukommen, als ich Parelsus sah, der eben den Raum verließ. Ich ließ die Zeitung fallen und sah ihm überrascht nach. Eleonora hatte also nicht gelogen. Vielleicht waren auch die wilden Geschichten über die Akasha-Chronik wahr. Die Gelegenheit musste ich nutzen.

„Liana, kannst du mich bitte bei Professor Borgien entschuldigen. Ich komme nach, sobald ich kann." Ich stand auf und verließ zügig den Raum. Dabei ignorierte ich ganz geflissentlich das Tuscheln, das mir von dem Tisch entgegendrang, an dem Skara, Dorina, Egonie und Alexa saßen. Schnell lief ich die Treppen hinab und sah mich immer wieder prüfend um, ob mir auch niemand gefolgt war. Als ich die Mediathek betrat, war der Raum leer. Ich lief an MUS vorbei in den hinteren Teil zum Altbestand und ließ die schier endlosen Reihen mit Bücherregalen hinter mir. Als ich an die Tür von Parelsus Arbeitszimmer klopfte, konnte ich meine Ungeduld nur mühsam unterdrücken.

„Jetzt nicht!“, rief eine Stimme von innen. Ich betrat trotzdem den Raum, so kurz vor dem Ziel würde ich mich nicht stoppen lassen. Ich sah mich überrascht um. Das Zimmer von Parelsus war komplett umgeräumt. Die Wände leuchteten in einem kräftigen, dunklen Grün. Parelsus selbst saß auf einigen Kissen, die auf dem Boden ausgebreitet waren. Der Schreibtisch und der Ohrensessel waren verschwunden, nur ein paar Bücherregale säumten die Wände. Er schien mich nicht bemerkt zu haben. Konzentriert saß er vor einem kleinen Käfig, in dem ein paar Nagetiere saßen, die mir irgendwie bekannt vorkamen.

„Sie haben sich neu eingerichtet“, stellte ich fest, während ich zögernd den Raum betrat. Parelsus stieß vor Schreck einen kleinen Schrei aus, als er mich bemerkte. Hastig warf er ein Tuch über den Käfig.

„Es war höchste Zeit, meine Umgebung zu verändern, Selma. Weißt du, Routine ist der Tod der Kreativität. Ich wechsle daher meinen Tagesablauf fast täglich“, erklärte er sichtlich nervös. Vielleicht hatten die anderen doch recht, dachte ich, und Parelsus war ein kauziger, alter Mann, der gemeinsam mit der dementen Eleonora wunderliche Geschichten erdachte. Mit einem Mal kam mir der gestrige Nachmittag albern vor. Eleonora hatte mir vermutlich nur ausgedachte Dinge erzählt. Niemand glaubte daran, dass sie etwas Nützliches wusste.

„Was kann ich für dich tun?“, fragte er mich. Ich ließ mich auf eines der hübsch bestickten Kissen sinken. Wie sollte ich das jetzt geschickt anfangen?

„Sie wollten mir mehr von meiner Mutter erzählen!“, begann ich. Vielleicht konnte ich ein paar meiner Fragen geschickt in das Gespräch einflechten.

„Richtig, richtig. Entschuldige, dass ich dich so lange habe warten lassen, du weißt, mein Projekt nimmt mich stark in Anspruch.“ Ich nickte verständnisvoll. „Wir machen dort weiter, wo ich das letzte Mal aufgehört habe. Also, nachdem deine

Mutter keinen Erfolg mit ihrem Kampf von unten hatte, war sie sehr deprimiert. Zu diesem Zeitpunkt lernten wir uns kennen, damals war ich gerade als Bibliotheksassistent nach Tennenbode gekommen. Ich half ihr bei ihren Recherchen und Vorbereitungen und wir merkten schnell, dass wir dasselbe Ziel verfolgten. Wir versuchten einen Plan auszuhecken, wie wir die Senatoren überzeugen konnten, einen gesellschaftlichen Wandel einzuleiten. Wir haben lange gegrübelt, geplant, verworfen und wieder neu geplant. Zuerst haben wir es natürlich ganz legal versucht. Wir dachten, in einer fortschrittlichen Gesellschaft ist es erlaubt, Vorschläge für Verbesserungen einzubringen."

Parelsus holte ein Fotoalbum heraus, in dem Fotos von Treffen mit Senatoren und Gesprächsrunden dokumentiert waren. Ich machte es mir auf meinem Kissen gemütlich und Parelsus begann ausführlich, jedes Bild zu erklären. Er sprach beinahe zwei Stunden ununterbrochen, doch ich schaffte es nicht, das Gespräch auf Eleonora und die Akasha-Chronik zu bringen.

Als Parelsus das Fotoalbum zugeschlagen und es in einem der Bücherregale verstaut hatte, sah er mich erwartungsvoll an. Es war Zeit zu gehen, das sagte sein Gesichtsausdruck ganz deutlich. Ich zögerte, bis meine Neugier schließlich die Oberhand gewann.

„Da ist noch etwas, was ich unbedingt wissen muss", sagte ich. Parelsus musterte mich gespannt über den Rand seiner Brille hinweg.

„Ich muss die Akasha-Chronik finden!", sagte ich schnell. Ich war mir sicher, dass Parelsus einen Ton bleicher geworden war. „Sie wissen von der Chronik und ich muss dahin."

„Warum?" Parelsus hatte sich wieder gefasst.

„Das ist eine lange Geschichte." Ich wollte nicht von meinen Träumen und der Prophezeiung der Sybillen erzählen. Das waren keine verlässlichen Quellen, auch wenn ich ihnen eine große Bedeutung zumaß.

„Ich muss den Mörder meiner Eltern finden", sagte ich lediglich. Er nickte verständnisvoll.

„Verständlich, Selma, durchaus verständlich, aber ich weiß nichts von der Akasha-Chronik", sagte er schnell. Ich wurde wütend. Er log mich an. Das war doch ganz offensichtlich.

„Ich war bei Eleonora Donna!", bohrte ich weiter.

„Selma, ich kann dir nichts darüber erzählen." Parelsus rutschte unruhig auf seinem Kissen hin und her. Zu meinem Erstaunen leugnete er weder, dass er bei Eleonora zu Besuch gewesen war, noch, dass er über die Akasha-Chronik Bescheid wusste.

„Woher haben Sie davon erfahren?", fragte ich leise und versuchte meinen aufwallenden Zorn zu verbergen. Nach so langer Zeit war ich endlich einen Schritt weitergekommen und dann belog mich Parelsus, der Mann, dem ich laut meiner Mutter vertrauen konnte.

„Selma, das sind alles Dinge, die du nicht wissen solltest. Georgette wird mich vierteilen lassen, wenn sie davon erfährt, worüber wir sprechen. Dass ich dir von deiner Mutter erzähle, mag ja noch angehen, aber weiter werde ich nichts preisgeben." In diesem Moment rutschte durch eine hektische Bewegung von Parelsus' Arm das Tuch wieder von dem Käfig, aus dem ein unterdrücktes Quieken kam.

Jetzt, wo ich die kleinen Tiere genauer betrachtete, die das Streifenmuster ihrer Behausung angenommen hatten, fiel mir auch wieder ein, wo ich sie schon einmal gesehen hatte. Im Büro von Senator Johnson und im Gemeinschaftsraum meines Wohnturmes.

„Sie bespitzeln das Senatorenhaus mit diesen Nagern?", rief ich überrascht. Jetzt wurde Parelsus weiß. „Und Tennenbode horchen Sie auch aus."

„Nein, wie kommst du auf so etwas Abwegiges?" Nervös zerrte Parelsus das Tuch wieder über den Käfig, aus dem das kleine Tier jetzt wütend fauchte.

„Ich habe Ihre Tierchen im Senatorenhaus gesehen, die haben sich dort versteckt, na klar, um die Gespräche zu belauschen.“ Jetzt verstand ich plötzlich, warum Parelsus so gut über alles informiert war.

„Papperlapapp. Vergiss das wieder und die Akasha-Chronik gleich mit.“ Parelsus blickte angestrengt geradeaus.

In diesem Moment hatte ich eine Idee, eine schlechte Idee, eine ganz unanständige sogar, aber ich musste endlich weiterkommen. Mein Zorn trieb mich weiter, dorthin, wohin ich mich normalerweise nicht wagen würde. Ich hatte es satt, belogen und vertröstet zu werden.

„Vergessen ist eine schwere Sache“, seufzte ich. „Ich mache Ihnen einen Vorschlag. Erzählen Sie mir von der Akasha-Chronik, und zwar alles, was Sie wissen. Und dann werde ich vergessen, dass ich diese Tierchen hier jemals in meinem Leben gesehen habe.“ Ich hatte ruhig und entschlossen gesprochen und die Worte taten sofort ihre verheerende Wirkung. Parelsus sah mich entsetzt an.

„Das wagst du nicht!“ Seine Stimme erhob sich kaum, doch er war todernst. Ich wusste, was ich tat. Nein, es war überhaupt nicht richtig, dessen war ich mir durchaus bewusst. Es war das Schlimmste, was ich je getan hatte, aber in diesem Moment war mir jedes Mittel recht. Nicht einmal mein schlechtes Gewissen meldete sich mit einem halbherzigen Einwurf.

„Wie Sie wollen.“ Ich stand auf und schlenderte betont langsam zur Tür. „Dann werde ich Senator Johnson einen Besuch abstatten und danach werde ich in aller Ruhe mit Frau Professor Espendorm sprechen.“ Ich hatte die Hand schon auf der Klinke.

„Warte!“, rief er, seine Stimme klang unnatürlich hoch. „Du bist skrupellos, deine Mutter war nicht so.“

„Meine Mutter ist wahrscheinlich tot, vielleicht habe ich bessere Chancen zu überleben“, erwiderte ich knapp. „Erzählen Sie mir von der Akasha-Chronik, und zwar alles, was Sie wissen!“ Ich setzte mich wieder und sah Parelsus erwartungsvoll an.

„Meinetwegen, aber das bleibt unter uns.“ Er zischte die Worte. „Die Akasha-Chronik befindet sich im Moment im Besitz des Senatorenhauses. Einstmals gehörte sie der Familie Baltasar, aber dort war sie nicht mehr sicher. Was genau in der Vergangenheit passiert war, konnte ich nicht herausfinden. Wir beide scheinen aber nicht die Einzigen zu sein, die sich für die Chronik interessieren. Seit Kurzem sind ihr die Morlems auf der Spur. Der Primus ist der Einzige, der ihr Versteck kennt, und er lässt sie von seinen persönlichen Leibwächtern schützen.“

„Nicht von der Schwarzen Garde?“ Ich dachte an Adam, der uns hätte zu ihrem Versteck führen können.

„Nein, der Primus befürchtet, dass es ein Informationsloch bei der Schwarzen Garde gibt.“ Also hatte Shirley mit ihrer Vermutung recht gehabt.

„Trotzdem ist es jemandem gelungen, in den Tempel einzudringen. Eine der Heiligen Jungfrauen wurde getötet, die Übrigen konnten flüchten, bevor es den Wachkräften gelang, den Einbrecher zu vertreiben. Gefasst haben sie ihn natürlich nicht.“

„Und was hat der Einbrecher von der Akasha-Chronik wissen wollen?“

„Das weiß niemand. Eine der Heiligen Jungfrauen hat für ihn gelesen. Nachdem seine Frage beantwortet war, hat er sie getötet. Viel fragen konnte er nicht, denn die Wachkräfte müssen den Einbruch schnell bemerkt haben. Im Senatorenhaus wird vermutet, dass einer der Morlems eingebrochen ist und wertvolle Informationen über die Vereinte Magische Union oder die Schwarze Garde gesammelt hat. Die anderen Jungfrauen sind so verängstigt, dass sie nicht bereit sind, den Tempel noch einmal zu betreten. Sie sind in einem Versteck untergetaucht, nicht einmal der Primus weiß, wer ihnen Schutz gewährt hat.“

„Was ist so wichtig, dass man dafür eine Unschuldige umbringt?“, fragte ich grüblerisch.

„Das weiß nur die Akasha-Chronik“, meinte Parelsus.

„Und in der kann zurzeit niemand lesen, weil die Heiligen Jungfrauen verschwunden sind und niemand mehr da ist, der in der Akasha-Chronik lesen kann“, setzte ich Parelsus‘ Gedanken fort. „Das ist eine verzwickte Lage. Wissen Sie, wo die Akasha-Chronik versteckt ist?“, stellte ich die Frage, die mich am brennendsten interessierte.

„Wenn ich es wüsste, wäre ich schon längst dort gewesen. Ich gebe zu, ich habe einige Hinweise verfolgt. Sie soll im Süden von Europa sein, aber der ist groß.“ Parelsus war bei seinen letzten Worten aufgestanden und nervös durch den farbigen Raum gegangen.

„Mehr weiß ich nicht“, sagte er ernst. „Es ist besser, wenn du jetzt gehst.“

Ich erhob mich langsam und mit steifen Gliedern. Ein ungutes Gefühl brodelte durch meinen Bauch. Das schlechte Gewissen meldete sich doch noch zu Wort und schrie mich an, wie ich es wagen konnte, diesen Mann zu erpressen.

„Danke“, sagte ich, während ich an Parelsus vorbeiging. Er nickte kurz und schloss die Tür hinter mir. Ich hörte den Riegel, mit dem er abschloss, und hoffte inständig, dass die Informationen, die ich bekommen hatte, so wertvoll waren, dass sie dieses Manöver rechtfertigten.

Tango

Dunkelheit umgab mich, deprimierende, endlose Dunkelheit. Ich stand so kurz vor der Lösung, doch sie war so fern wie nie, sie kam mir vor wie eine Fata Morgana. Immer, wenn ich nach ihr greifen wollte, fasste ich ins Leere. Parelsus hatte recht behalten, der Süden Europas war groß, und seine Informationen reichten nicht aus, um den Tempel ausfindig zu machen. So sehr ich mich auch bemühte, das Rätsel endgültig zu lösen, es gab einfach zu viele Möglichkeiten, einen Tempel mithilfe magischer Kräfte zu verstecken. Es war aussichtslos. Ich hatte aufgegeben, denn ich war müde. Ich quälte mich durch die Tage wie durch zähen Schlamm. Die Prüfungen ließ ich über mich ergehen, denn noch lenkten sie mich von meinen trüben Gedanken ab. Als die Semesterferien begannen, gab es nur eine Stelle, an der ich sein konnte. Ich flüchtete zu den Drachen und dort blieb ich, bis das Sommersemester anbrach.

„Wenn Adam kommt, dann durch die Tür", kommentierte Liana meinen erneuten Rundgang durch das Studierzimmer. Sie saß mit Lorenz über ein Brettspiel gebeugt. Ihre blonden Locken verhüllten beinahe ihr Gesicht. Es herrschte eine wohlige Stimmung im Raum, doch ich konnte sie nicht an mich heranlassen. Im Kamin brannte ein kleines Feuer und draußen prasselte der Aprilregen gegen die großen Fenster. Wie ich die letzten Wochen ohne Adam überstanden hatte, war mir immer noch ein Rätsel. Sie kamen mir vor wie ein langer, schwarzer Albtraum, der nur gelegentlich von seinen eintreffenden Nachrichten erhellt worden war. Eigentlich verdankte ich es Ariel, dass ich einen Tag nach dem anderen überstanden hatte. Seine beruhigende Nähe hatte den Schmerz von Adams Abwesenheit etwas gelindert. Doch trotzdem war in mir alles kalt. Ich fand keine Ruhe mehr und musste mich ständig mit irgendetwas ablenken.

„Was spielt ihr da eigentlich?“ Ich trat näher an den Tisch und staunte nicht schlecht, als ich das Spielfeld betrachtete. Auf dem viereckigen Brett wogte blaues Wasser, als ob es gleich über den Tisch fließen wollte. Aber es blieb brav innerhalb seiner Spielfläche. Aus den kleinen Wellen erhoben sich fünf Inseln, die verblüffend echt aussahen. Ich konnte sogar die Palmen erkennen, die sich sanft im Wind bewegten, und die winzigen Wellen, die sich an dem feinen Sandstrand brachen. In der Mitte jeder Insel erhob sich ein Vulkankegel.

„Du kennst das nicht?“, fragte Lorenz erstaunt.

„Nein.“ Ich beugte mich über das Spielfeld.

„Stimmt, du bist ja so abgelenkt von deinem Herzschmerz“, kicherte Lorenz. Dann senkte er seine Stimme zu einem dunklen Raunen und riss die Augen auf. „Das ist Drabellum!“

„Hör auf mit dem Quatsch!“, schalt ihn Liana. „Selma, das ist Drachenkrieg oder auch Drabellum, das absolute Lieblingsspiel der Magier. Ich bin schon total süchtig danach und muss mir ständig neue Drachen kaufen.“ Sie packte aus einem ledernen Säckchen etliche faustgroße Miniaturdrachen aus, die perfekte Nachbildungen der echten Drachen der Unterwelt waren.

„Das ist doch Ariel!“, rief ich überrascht und nahm einen der Drachen in die Hand. Bevor ich reagieren konnte, hatte er eine Feuersalve ausgestoßen und meine Hand verbrannt.

„Verdammt!“, schrie ich und ließ das kleine Ungetüm fallen, das mit einem leisen Zischen in den blauen Wellen verschwand.

„Selma, das sind magische Figuren“, stöhnte Liana und fischte den angriffslustigen Mini-Ariel wieder aus dem Wasser, um ihn behutsam auf einem Spielfeld ihrer Insel aufzustellen.

„Sie sind Nachbildungen von echten Drachen. Sieh mal den! Das ist Abakus aus Kanada, mein ganzer Stolz, der hat mich 20 Euro gekostet, aber damit werde ich Liana endlich bezwingen.“ Lorenz stellte entschlossen den kleinen Abakus auf seine Insel, der die ganze Zeit versuchte, nach seinen Fingern zu schnappen. Nachdem die beiden jeweils fünf Drachen auf ihrer Insel platziert hatten, begann das Spiel. Ich sah gespannt zu, wie Liana einen Pfeil in der Mitte des Spielfeldes drehte, um den die Inseln ringförmig gruppiert waren. Erwartungsvoll sah sie nach unten und auch ich folgte dem Kreisen des Zeigers, um zu erfahren, auf welchem Feld die Pfeilspitze zum Stillstand gekommen war.

„Angriff! Das geht ja gut los“, jubelte sie, als der Zeiger auf einem verschlungenen Schriftzeichen stehen blieb.

„Ich greife mit Vladimir Selene an, die ist noch vom letzten Mal geschwächt!“ Auf ihre Worte hin erhob sich einer ihrer Drachen und flog zu Lorenz‘ Insel, wo er einen von Lorenz‘ Drachen mit einer Feuersalve in Asche verwandelte.

„Mist!“, fluchte Lorenz und drehte selber an dem Pfeil.

„Nein, nicht noch einen Vulkanausbruch!“, jammerte er, doch schon blubberte sein kleiner Vulkan gefährlich und einer seiner Drachen verbrannte qualmend in einem schmalen Lavastrom. Ich sah Lorenz und Liana noch eine Weile zu und ging dann wieder zu einem der Fenster, um weiter in die schwarze Nacht hinauszustarren.

„Nicht schon wieder“, stöhnte Lorenz nach einer Weile genervt. „Wieso gewinnst du immer?“

„Drachenkrieg ist ein Strategiespiel, bei dem man etwas Glück braucht, und ich hatte heute eben die beste Strategie oder das meiste Glück“, kicherte Liana vergnügt.

„Jetzt muss ich mir schon wieder neue Figuren kaufen. Selbst Abakus hast du mir genommen.“ Mit einem dramatischen Seufzer wandte sich Lorenz ab, um nicht sehen zu müssen, wie Liana den Drachen, den sie erbeutet hatte, stolz auf ihrer Insel aufstellte. „Ich glaube, ich höre mit diesem Spiel auf, sonst werde ich noch arm“, sagte Lorenz.

„Pech im Spiel, Glück in der Liebe. Vielleicht kommt ja

gleich noch dein Märchenprinz herein", tröstete ihn Liana.

„Der Einzige, der heute noch kommt, ist Adam und der ist ja leider schon vergeben. Außerdem werde ich den Eindruck nicht los, dass er sich nicht für mich interessiert. Wirklich schade, aber ich glaube, dass ich meinen Märchenprinz eh schon gefunden habe", sagte Lorenz lächelnd, während er die übrig gebliebenen Drachen auf den Tisch stellte.

„Das heißt, es läuft gut mit Brian?", fragte ich.

„Es läuft super! Ach, was soll ich sagen? Es läuft perfekt. Ich bin total happy, verliebt, glücklich. Das Einzige, was mich stört, ist diese andauernde Geheimniskrämerei. Aber was soll man machen?" Ich nickte verständnisvoll. Als Lorenz das Spiel wieder zusammenklappte und es in seine Verpackung stecken wollte, stieß Abakus eine Feuersalve aus und erwischte Lorenz am Finger.

„Undankbares Mistviech", fluchte er und flitzte ins Bad, um seinen Finger zu kühlen. Liana hob die Spielfigur auf.

„Du musst sie erst in die feuerfeste Tasche stecken, bevor du sie einräumst", rief sie Lorenz hinterher. In diesem Moment klopfte es an der Tür. Lorenz steckte erwartungsvoll den Kopf aus dem Badezimmer und verschwand wieder enttäuscht hinter der Tür, als er sah, dass Dulcia und Cecilia hereingekommen waren. Ich konnte mir ein Lachen nicht verkneifen.

„Na, bei euch herrscht ja gute Laune", begrüßte uns Dulcia.

„Immer", beteuerte ich ernsthaft.

„Habt ihr schon alle Übungen gemacht?"

„Ja, ich kann Feuerbälle entzünden und wieder löschen." Ich zeigte stolz auf die vier Feuerbälle, die im Raum in kleinen Schalen lagen und das Zimmer beleuchteten. Ich war endlich mit der Leuchtkraft zufrieden. „Ich bin daher bestens für das nächste Semester vorbereitet. Na, euch brauche ich nicht fragen, ihr habt keine Probleme mehr, oder?"

„Zusammen schaffen wir viel, aber hier im Unterricht müssen wir einzeln zaubern, da mussten wir auch noch mal üben, nicht wahr, Cecilia?" Dulcia warf ihrer Zwillingsschwester einen Blick zu, die wie immer desinteressiert vor sich hinstarrte. „Aber ich bin eigentlich nicht gekommen, um eure Hausaufgaben zu kontrollieren. Ich wollte euch Bescheid sagen, dass unser Mitbewohner Mike im Gemeinschaftsraum eine Geburtstagsparty schmeißt und den Semesterauftakt gleich mitfeiert. Wollt ihr mit runterkommen?"

„Das ist genau das Richtige. Auf Drachenkrieg habe ich nämlich keine Lust mehr", meinte Lorenz.

„Ich liebe Drachenkrieg", rief Dulcia begeistert. „Ich habe alle Drachen aus dem afrikanischen Team, die sind die Allerbesten, das könnt ihr mir glauben."

„Dann bist du genau richtig bei mir", meinte Liana erfreut. „Kommt doch morgen Abend auf eine Runde vorbei. Ich glaube, Lorenz will nicht mehr mit mir spielen", fügte sie lächelnd hinzu.

„Du kannst ja auch mitspielen, Selma", schlug Dulcia vor.

„Klar, ich bin dabei. Können wir jetzt los?" Ich wollte schon zur Tür gehen. Mir war die Abwechslung mehr als recht, um diese Unruhe zu bekämpfen, die das Warten auf Adam in mir ausgelöst hatte. Ich spürte, dass er näher kam. Es konnte nicht mehr lange dauern, bis er hier war.

„Stopp!", rief Lorenz hinter mir. „Du willst doch nicht etwa so auf eine Party gehen, Süße?", fragte er mit entsetztem Blick. Schuldbewusst sah ich an meiner Jeans und dem Pullover hinunter.

„Es ist doch eine spontane Studentenparty, kein offizieller Empfang", protestierte ich kurz, denn ich kannte schon den Blick, mit dem mich Lorenz ansah.

„Nein, komm mal mit! Ich hab dir etwas mitgebracht. Das wollte ich dir eigentlich erst zum nächsten Geburtstag schenken, aber da finde ich bestimmt noch etwas Neues."

In einem kurzen, dunkelgrünen Kleid und mit offenem Haar betrat ich kurz darauf die Party und die verstohlenen Blicke der Jungs, die mir durch den Raum folgten, gaben Lorenz recht, der mir versichert hatte, dass mir das Kleid ganz hervorragend stand. Laute Musik empfing mich und der Aufenthaltsraum war brechend voll. Selbst auf der Tanzfläche in der Mitte des Raumes war kaum Platz. Mein Blick flog suchend über die Menge, aber ich konnte Adam nirgendwo erkennen. Dafür sah ich viele Studenten aus anderen Jahrgängen. Jemand musste Madame Villourie bestochen haben. Es war bestimmt schon nach zehn Uhr und sie war noch immer nicht erschienen, um ihren Kontrollgang zu absolvieren. Ich fragte ein blondes Mädchen neben mir nach der Uhrzeit.

„Es ist schon nach elf, aber wegen Madam Villourie brauchst du dir keine Sorgen machen“, erzählte sie begeistert. „Die Professoren sind heute Abend alle in Akkanka in der Schummerbar und feiern den Geburtstag von Frau Professor Espendorm. Die kommen nicht vor fünf zurück. Heute ist in allen Gemeinschaftsräumen Party.“

Ich nickte beruhigt und gesellte mich zu Liana und Lorenz auf die Tanzfläche. Wir tanzten ewig und es musste schon weit nach Mitternacht gewesen sein, als die Party immer voller wurde. Immer mehr Studenten von anderen Jahrgängen drängten herein und brachten Weinflaschen mit. Ich sah mich nach einer ruhigen Ecke um und quetschte mich durch den überfüllten Raum. Erleichtert erreichte ich ein Sofa, das an den Rand geschoben worden war, und setzte mich auf die Lehne. So hatte ich einen guten Blick und Adams Eintreffen würde mir nicht entgehen.

„Selma, schön, dass du da bist“, lallte es plötzlich hinter mir. Ich sah mich erschrocken um. Auf dem Boden neben dem Sofa saß Shirley. Sie hatte eine Flasche in der Hand und kicherte betrunken. Erschrocken ließ ich mich neben sie sinken.

„Shirley, was hältst du davon, wenn ich dich in dein Bett bringe? Du siehst aus, als hättest du anstrengende Ferien gehabt“, schlug ich vor. Ihr Zustand machte mir Angst.

„Anstrengend? Nö, du, die waren total langweilig. Meine doofe Mutter hat sogar meinen Geburtstag vergessen. Hihi, da habe ich beschlossen, ihn heute nachzufeiern." Shirley kicherte noch einmal hysterisch und setzte die Flasche wieder an. Verdammt! Was sollte ich jetzt machen? Ich schloss die Augen und rief Liana, die sich kurz darauf zu mir durchdrängte.

„Hilf mir mal, Shirley nach oben zu bringen!", bat ich sie. Unter dem Versprechen, dass in ihrem Zimmer noch Prosecco übrig war, schleppten wir Shirley gemeinsam nach oben. In dem Moment, in dem ihr Kopf das Kissen berührte, war sie auch schon schnarchend eingeschlafen.

„Krass, ich dachte, sie hätte es geschafft!", murmelte ich und stieg, gefolgt von Liana, die Treppen wieder hinab.

„Na, hoffentlich war das nur ein einmaliger Ausrutscher und sie kriegt nicht wieder eine Dauerkrise." Liana zog die Stirn kraus. Wir tauchten wieder in die Menge ein. In Gedanken war ich noch bei Shirley, als ich Adams Nähe spürte. Erwartungsvoll wandte ich mich um.

Da war er. Endlich.

Er stand mitten in der Menge, aber ich sah die vielen Menschen um uns herum nicht. Ich sah nur ihn und sofort war die Dunkelheit aus meinem Herz verschwunden. Durch meinen Kopf flutete es warm.

„Hi!" Er grinste. Seine schwarzen Haare glänzten feucht vom Regen. Er trug eine schwarze Lederjacke und blaue Jeans und ich konnte meinen faszinierten Blick nicht von ihm wenden.

„Hi!", entgegnete ich seinen Gedanken. Ich wollte zu ihm gehen, ihn fühlen und spüren und den Klang seiner Stimme aus seinem Mund hören. Ich bremste mich mühsam. Widerwillig zog ich mich hinter einen Mauervorsprung zurück. Ich wollte kein Aufsehen erregen, ich durfte kein Aufsehen erregen, denn noch gehörten wir zwei grundverschiedenen Gesellschaftsschichten an und genauso wie Lorenz mussten wir unsere Beziehung geheim halten.

„Wir treffen uns oben, so schnell wie möglich." Selbst seine Gedanken klangen ungeduldig.

„Ja.“ Ich spürte seine starke Anziehungskraft wie einen Magnet auf mich wirken. Ich begann mich wieder um die Ecke zu schieben, um mich auf den Weg in unsere Etage zu machen. Doch Adam war noch nicht gegangen. Er stand an derselben Stelle, umringt von einigen Mädchen aus der Patrizier-Clique, die versuchten, ihn auf die Tanzfläche zu ziehen. Obwohl er nicht begeistert aussah, ließ er sich darauf ein. Die Mädchen bewegten sich im Takt der Musik gefährlich nah an ihm. Ich musste mich stark zügeln, um nicht zu ihnen zu gehen und ihnen zu sagen, dass der Platz an Adams Seite schon besetzt war.

Da erschien plötzlich Skara Ende, als wenn sie, genauso wie ich, schon auf Adams Ankunft gewartet hätte. Sie trug ein kurzes, schwarzes Kleid mit langen Ärmeln und einem gewagt tiefen Rückenausschnitt. Zielstrebig ging sie auf Adam zu und tippte ihm von hinten auf die Schulter. Er drehte sich um und zu meiner Überraschung begrüßte er Skara wie eine gute Freundin. Es schien, als ob die beiden sich schon eine Weile kennen würden.

„Wenn du den Kopf noch weiter um die Ecke drehst, gehst du als Giraffe durch“, sagte Lorenz neben mir und schlürfte lautstark einen bunten Cocktail durch einen schillernden Strohhalm.

„Siehst du nicht, was Skara da treibt? Sie klebt an Adam. Oh nein! Sie hat ihm die Hand um die Taille gelegt. Ich kann gar nicht hinschauen“, zischte ich leise. Mir fiel wieder ein, dass sie vor vielen Monaten einmal beschlossen hatte, Adam zu ihrem neuen Freund zu machen, und ganz offenbar hatte sie diesen Vorsatz noch nicht aufgegeben.

„Skara ist ein Biest, das sieht man gleich. Die geht über Leichen, wenn sie ihr Ziel erreichen will. Vertraust du Adam nicht?“, fragte er achselzuckend.

„Doch, natürlich vertraue ich Adam“, erwiderte ich unmutig. Lorenz stöhnte theatralisch.

„Ich kann dich nicht leiden sehen, Süße. Es ist Zeit für ein

Ablenkungsmanöver. Du weißt es vielleicht noch nicht, aber ich bin ein hervorragender Tänzer. Warte kurz!“ Lorenz verschwand für einen Moment. Ich sah ihm nach, wie er zu dem blonden Jungen ging, der den Job als DJ übernommen hatte, und ihm etwas ins Ohr flüsterte. Als er zu mir zurückkam, lächelte er verschwörerisch.

„Wie ich an deinem Hüftschwung gesehen habe, kannst du ebenfalls tanzen?“, fragte er.

„Ja, ich denke schon“, antwortete ich abgelenkt, denn ich musste mit ansehen, wie Skara versuchte, sich im Gedränge der vielen Menschen noch enger an Adam zu schmiegen. Die harten Rhythmen der Tanzmusik stoppten unvermittelt und die ersten Takte eines Tangos erklangen. Ich sah Lorenz überrascht an und begriff erst jetzt, was er vorhatte. Bevor ich protestieren konnte, hatte er bereits nach meiner Hand gegriffen und zog mich in die Mitte der Tanzfläche. Er machte einen so entschlossenen Eindruck, dass ihm alle sofort Platz machten. Zufrieden nahm ich wahr, wie Skara von den zurückdrängenden Studenten von Adam getrennt wurde. Tosender Beifall erhob sich um uns herum, als Lorenz begann, mich professionell durch den Raum zu wirbeln. Immer weiter drängte die Menge zur Seite und aus den Augenwinkeln konnte ich sehen, wie mich Skara hasserfüllt anstarrte. Adam hatte sie ganz vergessen. Der hatte die Gelegenheit genutzt und war verschwunden.

Der Tango hatte mich nun völlig im Griff und jetzt, wo Adam in Sicherheit war, konnte ich mich diesem seltenen Vergnügen hingeben. Auch wenn Lorenz sonst eher der softe Typ war, war er als Tangotänzer eine Führungsnatur. Ich ließ mich von ihm elegant durch den Raum führen. Ich musste nicht nachdenken, meine Füße folgten wie von selbst dem südländischen Feuer. Die letzten Töne verklangen und Lorenz hielt mich fest in seinen Armen, während begeisterter Applaus ertönte. Lorenz drehte mich noch einmal geschickt um meine eigene Achse. Dann verbeugte er sich kurz. Sobald ein neuer

Titel einsetzte, füllte sich die Mitte des Raumes wieder und ich verschwand in der Menge. Ich flüsterte Lorenz ein Dankeschön ins Ohr und schlängelte mich hinüber zur Wendeltreppe. Ich wusste, wo Adam steckte. Ich nahm zwei Stufen auf einmal, um möglichst schnell in mein Zimmer zu gelangen. Das Studierzimmer war dunkel und leer, nur der Schein des Kamins, in dem noch ein wenig Glut glomm, beleuchtete schwach den Raum. Der einzige Ton, den ich vernahm, war Shirleys Schnarchen, das man sogar durch die geschlossene Tür hören konnte. Auf Zehenspitzen schlich ich zu meiner Zimmertür und drückte behutsam die Klinke nach unten.

Er war da und wartete auf mich. Genauso, wie ich ihn spürte, spürte er mich. Entspannt stand er im Halbdunkel und verschmolz mit den Schatten des Zimmers. Ein wohliger Schauer rieselte meinen Rücken hinab, als ich die Tür leise hinter mir schloss. Adam kam wortlos auf mich zu und zog mich in seine Arme. Warm, fest und schmerzhaft schön war das Gefühl seiner Berührung. Ich seufzte erleichtert. Seine Wärme vertrieb die Dunkelheit endgültig aus meinem Herz.

„War die Tanzeinlage für mich bestimmt?", fragte er leise, sein Atem kitzelte an meinem Ohr und seine Stimme klang nach so langer Zeit, in der ich darauf verzichten musste, wie Musik in meinen Ohren.

„Ich wollte dich nur vor Skara retten, sie war für meinen Geschmack ein wenig zu aufdringlich", entgegnete ich und schmiegte meine Wange an seine Brust, sein Herz klopfte stark und laut und mit jedem Schlag kehrte eine belebende Energie in meine Adern zurück.

„Das war sie. Vielen Dank!", murmelte Adam. Seine Hand strich meinen Rücken entlang. Ich hörte das Knistern, als sich eine Spannung entlud. „Allerdings ist ihr Vater Senator und ich muss allein schon aus beruflichen Gründen ihr gegenüber eine gewisse Höflichkeit wahren. Ich hätte dich übrigens auch gern selbst zur Tanzfläche geführt, obwohl ich zugeben muss, dass ich Lorenz' Hüftschwung keine Konkurrenz machen kann.

Außerdem ist es egal, wenn Skara aufdringlich ist. Sie bedeutet mir nichts. Im Vergleich zu dir bedeutet mir niemand etwas. Ich habe nie gedacht, dass meine Liebe für dich noch stärker werden kann, aber da habe ich mich getäuscht." Seine nachtblauen Augen fesselten meinen Blick. Heftig pulsierte die Verbindung zwischen uns. Wie sehr hatte ich dieses Gefühl vermisst. Wie hatte ich überhaupt leben können ohne seine Anwesenheit?

„Ohne dich war alles dunkel", sprach er meinen Gedanken aus und zog mich fester an sich. Gab es etwas Schöneres auf der Welt als dieses Gefühl? Ich meinte, vor Glück zu vergehen. Seine Lippen berührten ganz vorsichtig meine und hinter uns blitzte es verräterisch, aber noch roch ich nichts Verbranntes. Adam grinste und schob mich ein wenig von sich weg.

„Es ist erstaunlich, was ich für Reaktionen bei dir auslöse." Er grinste schelmisch.

„Vielleicht kriege ich das auch irgendwann in den Griff", seufzte ich.

„Wie waren deine Ferien?"

„Das weißt du doch schon. Ohne dich waren sie öde! Ich habe die ganze Zeit in Akkanka verbracht und Gregor König geholfen" ... und dabei versucht, die gähnende Dunkelheit zu vergessen, die in meinem Herz gelungert hatte.

Adam lachte. „Es ist mir lieber, du langweilst dich, als wenn du dich in Gefahr begibst. Außerdem hat dir Gregor König bestimmt ein paar Extra-Flugstunden erlaubt."

„Ja, schon. Trotzdem war es schwer ohne dich." Ich sah ihn mit einem durchdringenden Blick an. Die Verzweiflung der letzten Wochen umgab mich noch wie ein schwarzer Nebel. Ich räusperte mich. „Meine Großmutter hält sich von mir fern und Lorenz und Liana waren in Berlin bei Lorenz' Eltern. Hast du gewusst, dass sie eine Galerie betreiben?"

Adam schüttelte den Kopf. „Ist deine Großmutter immer noch in Themallin?"

„Ja, schon seit Silvester, und sie antwortet nicht auf meine

Nachrichten", murmelte ich traurig. Der dumpfe Schmerz, den ihre Abreise hinterlassen hatte, erinnerte mich wieder einmal daran, dass ich jetzt auf mich gestellt war. Vielleicht tat sie das nur, um sich selbst zu schützen? Ich wusste es nicht.

„Ein Magier kann seinen Geist auch leicht verschließen, sodass ihn keine Nachrichten mehr erreichen", sagte Adam tröstend und strich über mein Haar. „Sie muss es nicht böse meinen, vielleicht will sie nur konzentriert an etwas arbeiten."

„Mmh, vielleicht." Ich schloss meine Augen und genoss, wie seine Finger an meiner Wange entlang strichen, bis sie meinen Hals erreichten. Er zog mich näher an sich und seine Lippen berührten meine. Ich erwiderte Adams sanften Kuss. Das einzige Geräusch im Raum war unser schneller werdender Atem.

„Du hast mir gefehlt", flüsterte er.

„Nicht so sehr wie du mir", erwiderte ich. „Wie war dein Einsatz?"

„Schlecht!", knurrte Adam, ohne die Hand von meiner Hüfte zu nehmen. Trotz seiner Berührung musste ich schlucken. „Wir haben nichts erreicht. Wir haben halb Griechenland durchsucht, aber nichts gefunden."

„Griechenland?", fragte ich nachdenklich. In seinen Nachrichten hatte er immer nur wissen wollen, wie es mir ging. Wir hatten uns nie darüber ausgetauscht, wo er genau war. Jetzt, wo er es laut aussprach, klingelte es plötzlich bei mir. Mein Körper versteifte sich augenblicklich.

„Ich habe mit Parelsus gesprochen. Die Akasha-Chronik ist in Südeuropa", sagte ich leise, noch immer geblendet von meinem Gedankenblitz.

„Und?" Er schob mich ein wenig von sich fort. Die dunklen Schatten im Zimmer ließen sein Gesicht mit einem Mal düster und unnahbar erscheinen.

„Es muss Griechenland sein, natürlich. Ihr habt die Morlems gejagt, weil sie dort gesichtet worden sind. Jetzt ergibt es einen Sinn. Sie wurden gesehen, als sie in den Tempel eingebrochen sind."

„Bist du dir sicher?" Es war ihm anzusehen, dass er mir nicht glaubte.

„Natürlich", beharrte ich. „Hast du einen Verdacht, wer der Spion in der Schwarzen Garde ist?" Ich löste mich endgültig von ihm und setzte mich im Schneidersitz auf mein Bett.

Während ich auf eine Reaktion von ihm wartete, versuchte ich ein Gähnen zu unterdrücken. Es musste schon weit nach Mitternacht sein.

„Ich habe alle beobachtet, nachdem du mir von eurem Verdacht erzählt hast. Zutrauen würde ich es niemandem. Ich kann nicht so recht daran glauben, dass einer dieser Männer ein falsches Spiel spielt."

„Wenn der Primus Vertrauen in die Schwarze Garde hätte, wären sie diejenigen, die die Akasha-Chronik schützen dürften, und nicht seine persönliche Schutztruppe."

Adam sah mich lange an.

„Ich kann es mir nicht vorstellen. Diesen Männern vertraue ich mein Leben an. Keiner von ihnen würde die Schwarze Garde je verraten." Entschlossen kniff Adam die Lippen zusammen, sodass sie nur noch ein schmaler Strich waren. „Da halte ich es eher für wahrscheinlich, dass du falsche Informationen bekommen hast."

Ich erstarrte und senkte den Blick. Was sollte ich auch sagen? Eine demente Frau und ein erpresstes Geständnis waren wahrlich keine exklusiven Quellen. Das konnte auch ich nicht verleugnen. Aber ich hatte dieses Gefühl im Bauch, dass genau diese Geschichte die Wahrheit sein musste, woher auch immer ich diese Gewissheit nahm.

„Du solltest schlafen gehen. Morgen ist auch noch ein Tag." Er legte seinen rechten Arm versöhnlich um meine Schulter und lächelte mich an.

„Schlafen? Ja, vielleicht ist das das Beste", gab ich zu. Heute Nacht würde ich nicht weiterkommen, außerdem wollte ich nicht mit Adam streiten, und genau das würde passieren, wenn wir dieses Gespräch weiterführen würden. Er war endlich wieder da und ich hatte keine Ahnung, wie lange er bei mir bleiben würde. Meine Müdigkeit war mir mit einem Mal völlig gleichgültig. Ich spürte die Wärme seines Körpers neben mir. Mit einer leichten Bewegung seines Fingers drehte er mein Gesicht zu sich.

Er küsste mich erst zärtlich, dann wurde sein Kuss drängender. Seine Zunge erkundete meine Lippen und mir wurde schwindelig, als ich seinen intensiven Kuss erwiderte. Das Kribbeln in meinem Bauch verstärkte sich, bis ich das Gefühl hatte, meine Haut müsste glühen und strahlen. Ungeduldig zog er mich mit einer schnellen Bewegung an sich, seine Hand wanderte von meinem Knie zum Oberschenkel und weiter nach oben. Ich sog zischend Luft ein. Wie hatte mir dieses Gefühl gefehlt, das Gefühl, lebendig zu sein.

Die Luft brannte plötzlich zwischen uns. Ich wollte mit einem Mal, dass uns nichts mehr trennte, nie wieder. Es war ein unsinniger und verzweifelter Wunsch, doch ich spürte, dass Adam genau dasselbe dachte. Wir waren viel zu lange getrennt gewesen. Ich wollte ihm so nah sein wie nur möglich. Im Augenwinkel sah ich, wie die Flamme der Kerze größer wurde, so lange, bis mein Zimmer blutrot leuchtete. Ich schloss die Augen und klammerte mich an ihn, so fest, dass das gleißend helle Glück wieder zwischen uns strömte.

Zauberstäbe

„Ich finde Lorenz ziemlich mutig“, erklärte ich Liana, während ich mich zurücklehnte, um den strahlenden Sonnenaufgang zu betrachten, der diesen wolkenlosen Morgen begrüßte. Wir waren die Ersten im Vorlesungsraum von Frau Professor Hengstenberg.

„Wenn ich einen Freund hätte, in den ich schwer verliebt wäre, würde ich auch gerne einen Tag frei nehmen und einen Kurzurlaub in Berlin machen. Vor allem bei seiner Neigung fällt er doch dort am wenigsten auf“, grinste sie und zog ihre Tasche auf den Schoß. Liana kramte eine Weile darin herum, bis sie zwei schwarze Zauberstäbe hervorholte, von denen sie mir einen reichte.

„Bitteschön, nagelneu und allerbeste Qualität. Die sollen sehr wirkungsvoll sein. Habe ich gestern auf dem Wochenmarkt in Akkanka gekauft. Den Alten mit dem Nurfur-Nebel habe ich übrigens nicht mehr getroffen. Der kommt wohl nur einmal im Jahr vorbei. Wenn ich geahnt hätte, dass ich dir damit so eine große Freude mache, hätte ich gleich ein paar Fläschchen mehr mitgebracht.“ Ich drehte den Zauberstab in meinen Händen und spürte ein leichtes Beben, als ich ihn auf den großen Holzklotz richtete, den Frau Professor Hengstenberg für die Demonstration von Selbstverteidigungszaubern aufgestellt hatte. Er fühlte sich leichter an als er aussah, fast, als wenn er hohl wäre. Ohne Zauberstab brachte ich nur ein paar ärmliche Lichtkugeln zustande. Laut Frau Professor Hengstenberg sollte der Zauberstab die Kräfte besser zentrieren. Er fühlte sich zwar komisch an, aber ich wollte ihm eine Chance geben. Obwohl ich meine Gedanken bündelte, passierte jedoch nichts.

„Bist du sicher, dass dich keiner übers Ohr gehauen hat?“, fragte ich vorsichtig und schüttelte den Stab, aus dem ein paar müde Funken stiebten.

„Ganz sicher, die Dame sah seriös aus“, meinte Liana und begann selbst mit ihrem Zauberstab auf den Holzklotz zu zielen. Es passierte nichts. Enttäuscht steckte ich meinen Zauberstab in die Tasche.

„Mmh, seltsam. Die waren wirklich teuer, ich habe fünfzig Euro bezahlt.“ Sie legte den schwarzen Stab auf den Tisch. „Gibt es eigentlich Neuigkeiten von Parelsus oder der Akasha-Chronik? Du hast gar nichts mehr erzählt.“

„Ich habe nichts mehr erzählt, weil ich nichts Neues erfahren habe. Ich habe immer noch keine Ahnung, wo in Griechenland dieser verdammte Tempel steht. Parelsus hatte auch keine Zeit mehr für mich. Er ist mit seinem Projekt so beschäftigt, dass er es nicht einmal mehr schafft, zu den Mahlzeiten zu kommen. Wenn Madame Villourie nicht Mitleid mit ihm hätte und ihm etwas zu essen vorbeibringen würde, wäre er schon längst verhungert. Ich werde auch das ungute Gefühl nicht los, dass er mir nicht verziehen hat, dass ich ihn erpresst habe.“

„Verständlicherweise. Was wollte er noch einmal erfinden?“, fragte Liana und begann wieder in ihrer Tasche zu suchen.

„Er wollte MUS weiterentwickeln, sodass man jederzeit und überall darauf zugreifen kann, und sobald das klappt, wollte er alle Gedächtnisse miteinander verbinden, um das universelle Weltwissen zu erschaffen.“ Liana hob ihren Kopf und sah mich erstaunt an.

„Der spinnt, das klappt niemals. Außerdem will ich gar nicht wissen, was in dem Kopf von manchen Leuten vorgeht.“

„Das habe ich ihm auch versucht zu erklären, aber er hat sich total in diese Idee verrannt.“ Ich zuckte mit den Schultern.

„Ist deine Großmutter wieder zurück?“

„Ja, gestern Abend ist sie endlich wiedergekommen, Frau

Gonden geht es nicht gut, und sie hat sich überzeugen lassen, endlich herzukommen und ihr zu helfen."

„Mit Botschaften? Ich dachte, du hattest erzählt, dass sie keine Botschaften empfängt", meinte Liana.

„Tut sie auch nicht, der Mann von Frau Gonden ist die fünf Stunden bis nach Themallin geflogen."

„Wirklich?"

„Ja, nach Themallin führen keine Türen und Straßen, und Wege erst recht nicht", sagte ich nachdenklich.

„Klingt nach der totalen Einöde! Habe ich dir eigentlich schon erzählt, dass ich gestern Lennox auf dem Markt in Akkanka getroffen habe?", fragte Liana begeistert. Ich kannte ihren Blick. Er erinnerte mich an unsere Schulzeit, denn mit diesem Blick hatte mir Liana jeden Morgen die Neuigkeiten aus Schönefelde präsentiert.

„Nein, aber ich bin gespannt", antwortete ich erwartungsvoll. Liana sah sich um, aber wir saßen immer noch allein in dem großen Amphitheater. Obwohl uns das Zwitschern der Vögel übertönte, flüsterte Liana.

„Wir haben über Adam geredet. Lennox meint, dass sich seine Familie Sorgen um ihn macht. Er kommt kaum noch nach Hause und ist so verschlossen gegenüber seinen Brüdern. Früher waren sie sein Ein und Alles und er hätte keine Geheimnisse vor ihnen gehabt."

„Ja, weil sie ihn lynchen würden, wenn sie wüssten, dass er mit mir zusammen ist, einem Plebejer." Ein Schreck durchfuhr mich. Sollte seine Familie Verdacht schöpfen, wäre das fatal.

„Ich habe versucht abzuwiegeln, dass wir viel zu tun haben und so und er ja noch die Belastung mit der Schwarzen Garde hat, aber Lennox hat sich nicht beruhigen lassen. Er will ihn bald zur Rede stellen, weil er wissen will, was mit ihm los ist. Besonders seine Mutter macht sich Sorgen um ihn, weil er sich ihr so entfremdet hat." Ich musste an die strenge Frau zurückdenken, die ich im letzten Sommer getroffen hatte. Dass sie solche Gefühle hegte, war schwer vorzustellen.

„Hast du das Adam schon erzählt?", fragte ich. Ich hätte das auch gern selbst übernommen, aber für den heutigen Tag hatte sich Adam zu einer Lagebesprechung der Schwarzen Garde abgemeldet.

„Ich habe es gestern Abend erwähnt. Aber er hat nur gelacht und gesagt, dass er das schon wüsste und dass er mit dir so glücklich wäre wie noch nie in seinem Leben." Ein Lächeln huschte über mein Gesicht. Bevor ich Liana weiter ausfragen konnte, füllte sich der Raum mit Studenten. Frau Professor Hengstenberg schwebte durch die Reihen und verteilte Zauberstäbe an alle. Neben Liana blieb sie stehen.

„Haben Sie sich ein billiges Imitat verkaufen lassen, Liana?" Sie nahm den schwarzen Zauberstab in die Hand, zielte auf das Holz neben ihrem Tisch, aber auch bei ihr geschah nichts. „Ich habe Gregor König schon des Öfteren davor gewarnt, solche Scharlatane auf den Wochenmarkt zu lassen. Er ist einfach zu gutmütig und lässt sich immer wieder beschwatzen. Tut mir leid, diesen Zauberstab können Sie höchstens als Brennholz für ein schönes Lagerfeuer benutzen. Sehen Sie den Unterschied?" Frau Professor Hengstenberg schwang nun einen der dunkelbraunen Zauberstäbe, die sie in den zarten Händen hielt, und sofort schoss aus dem dunklen Stab eine große Feuerkugel heraus, die krachend und rauchend in das Holz einschlug. Mit mitleidiger Miene reichte sie Liana ebenfalls einen dunkelbraunen Zauberstab. Dann wandte sie sich an alle.

„Einen guten Zauberstab erhalten Sie nicht überall. Sie gehen sicher, ein gutes Produkt zu kaufen, wenn Sie ihn sofort ausprobieren. Es gibt gute und schlechte Zauberstäbe, so wie es gute und schlechte elektrische Leiter gibt. Sie brauchen einen Stab, der Ihre magische Kraft gut leiten und zentrieren kann. Zauberstäbe aus Schwarzer Sumpfeiche gibt es überall zu kaufen und sie genügen den meisten Ansprüchen. Die braunen Zauberstäbe aus Drachenahorn, die wir auch hier in Tennenbode benutzen, sind schon weitaus machtvoller. Sollten Sie allerdings die Gelegenheit haben, einen weißen Grophotomzauberstab zu erwerben, dann schlagen Sie zu. Es sind die besten Leiter für magische Energie, die bislang bekannt sind. Grophotome sind seltene Lebewesen, die unter dem persönlichen Schutz des Senators für magische Fauna stehen. Nur nach ihrem natürlichen Tod dürfen die Knochen für die Produktion von Zauberstäben verwendet werden. Dementsprechend selten und begehrt sind solche Zauberstäbe. Grophotome sind besondere Wesen. Sie können ganz ohne die Verwendung von magischen Kräutern ihre Größe verändern. Das erschwert natürlich ihre Haltung, wenn Sie in einem Moment eine Mücke und im nächsten Moment einen Elefanten in Schach halten sollen." Flankiert von einigen Lachern schwebte Frau Professor Hengstenberg zu ihrem Pult hinunter und begann den Unterricht. Ich lauschte kurz ihrer trällernden Stimme, doch bald drängten sich andere Worte in meinen Kopf. So glücklich wie noch nie in meinem Leben! Still lächelte ich in mich hinein.

Tornado

„Bitte, die Damen!“, sagte Adam, als wir am nächsten Tag zum Mittagessen gingen und er mit einer weit ausladenden Geste die Tür zur Südhalle öffnete. Er war glänzender Laune, genauso wie ich. Während Liana lächelte, gab Lorenz ein unmutiges Grunzen von sich. Ich musterte Shirley und stellte fest, dass sie sich von ihrem Rückfall am Semesteranfang immer noch nicht erholt hatte. Sie war wieder unscheinbarer geworden, stiller und blasser.

„Was ist das eigentlich?“, fragte Lorenz mit hochgezogenen Augenbrauen, während er sich eine Kelle Suppe aus der Terrine nahm, die in der Mitte des Tisches stand, und auf seinen Teller goss.

„Keine Ahnung“, sagte Liana und stocherte mit dem Löffel in ihrem Essen herum. „Sieht aus wie Bohnen, schmeckt aber anders, eher wie Hühnchen, aber es ist nicht schlecht“, fügte sie kauend hinzu.

„Das sind Fächerwaldwürmer“, sagte Adam langsam und betrachtete neugierig Lorenz. Der würgte und Liana hielt mit dem vollen Löffel inne, den sie gerade in den Mund schieben wollte. „Das beste Essen für müde Magier, leicht verdaulich und außerdem erhöhen sie die magische Kraft um ein gutes Viertel.“ Adam grinste. Liana schob sich den Löffel in den Mund und kaute eifrig.

„Das werde ich nie im Leben essen.“ Lorenz schob angewidert seinen Teller von sich und nahm sich eine zappelnde Quitsche aus einem Obstkorb, den ein Faun soeben auf den Tisch gestellt hatte.

„Wenn du zwei Wochen in der Wüste von Tabernas unterwegs gewesen bist und nur von Stumpfeichelbrot und Wasser

fühl in mir auslöste, begann meine Freude über Adams ständige Anwesenheit ganz langsam zu überlagern. Mit seiner Hilfe hatte ich intensiv versucht, die Akasha-Chronik ausfindig zu machen, aber ich kam einfach nicht weiter. Ich blinzelte müde in die Sonne. Ich hatte den gestrigen Abend am Schreibtisch verbracht und noch einmal MUS durchsucht, um einen Hinweis auf den griechischen Tempel zu finden. Wieder einmal war ich erfolglos geblieben. Ich gähnte herzhaft, als Dulcias Hand in die Höhe schoss.

„Als Wahrheitsmedizin", rief sie.

„Sehr schön und genau richtig. Um eine optimale Wirkung dieser Wahrheitsmedizin zu erzielen, muss man das Pulver aus den getrockneten Blüten in Wasser lösen und einnehmen. Das Pulver einer Blüte reicht, um einen Magier dazu zu bringen, zehn Minuten lang auf jede Frage mit der Wahrheit zu antworten, ob er will oder nicht. Zur Not kann man auch eine frische Blüte zerkauen, aber dann hält die Wirkung nicht so lange an. Das fliegende Veilchen wurde früher gern und reichlich verwendet, sodass es in der freien Wildbahn nicht mehr vorkommt. 1923 hat der amtierende Senator für magische Flora, Octavius Henner, das fliegende Veilchen unter absoluten Schutz gestellt. In den Gärten von Akkanka hüten wir noch eines der wenigen Exemplare, die es weltweit gibt. Leider gelang es bisher nicht, Ableger zu züchten." Ich überlegte gerade, wie ich meiner Großmutter eine dieser Veilchenblüten unbemerkt unterjubeln konnte, um sie nach der Akasha-Chronik auszufragen, als ein lauter Schrei ertönte. Erschrocken fuhr ich herum und suchte nach der Ursache.

„Penelope, was ist los? Sag doch etwas!", rief Lysann, ein dunkelhaariges Mädchen mit Brille, völlig aufgelöst. Adam lief sofort zu ihr und ich folgte ihm. Als ich ihn erreichte, kniete er neben einem hellblonden Mädchen, welches mit geschlossenen Augen am Boden lag und kaum noch zu atmen schien. Lysann stand aufgelöst daneben. Adam schloss kurz die Augen, ich wusste, dass er meine Großmutter rief.

„Was ist passiert?“, fragte Gregor König, der sich soeben durch die Menge der Studenten gekämpft hatte.

„Keine äußeren Verletzungen sichtbar, die Heilerin ist auf dem Weg hierher“, informierte ihn Adam kurz. Die Routine seiner Einsätze sprach aus diesen Worten.

„Oh nein, ihre Haut verfärbt sich braun“, flüsterte Gregor König erschrocken. Dann sprang er auf und fuhr sich nervös durch seine blonden Haare.

„Alle zurücktreten, fassen Sie auf keinen Fall irgendetwas hier an. Zurücktreten!“, rief er laut. „Adam, Sie bringen die Gruppe auf den Marktplatz! Warten Sie dort, bis ich komme!“ Adam nickte und trieb die schaulustige Gruppe weg von der am Boden liegenden Penelope. Ich wollte mich ihnen anschließen, doch Gregor König winkte mich zu sich.

„Hilf mir mal, Selma, wir tragen Penelope dort rüber zu der Bank.“ Ich nickte und fasste Penelopes schlaffe Füße an. Sie sah friedlich aus, fast so, als ob sie schlafen würde, wenn nicht diese bräunliche Färbung auf ihrer Haut gewesen wäre, die sich schnell ausbreitete und immer dunkler wurde.

Wir hatten Penelope soeben hingelegt, als meine Großmutter neben uns landete und ihre großen, hellgrau schimmernden Flügel einfaltete. In der Hand hatte sie ihre braune Ledertasche mit ihren Tinkturen und Kräutern. Ich kannte diese Tasche, sie hatte immer griffbereit in unserem Flur gestanden. Die Erinnerung beruhigte mich oder vielleicht war es auch die Anwesenheit meiner Großmutter. Es gab keine Krankheit, die sie nicht heilen konnte. Da war ich mir sicher. Sie warf einen Blick auf Penelope und sofort legte sich ein ernster Zug um ihren Mund.

„Dämonischer Schattenefeu“, sagte sie leise. Gregor König nickte ernst. Meine Großmutter öffnete ihre Tasche und nahm eine kleine Flasche mit einer durchsichtigen Flüssigkeit heraus, von der sie einige Tropfen auf Penelopes Lippen fallen ließ.

„Was ist passiert?“, fragte ich ungeduldig. Doch Gregor König legte den Zeigefinger auf seine Lippen. Mit Staunen sah ich zu, wie meine Großmutter leise Beschwörungsformeln in der alten Sprache murmelte. Einige Worte schienen mir mittlerweile bekannt vorzukommen. Als meine Großmutter die Hände sinken ließ und schwieg, wartete ich geduldig.

„Mehr kann ich im Moment nicht tun. Informieren Sie Frau Professor Espendorm und die Schwarze Garde. Der Fall muss genauestens untersucht werden“, sagte sie schließlich. Gregor König nickte ernst.

„Was passiert jetzt mit Penelope?“ Meine Großmutter sah auf, als wenn sie soeben erst bemerkt hätte, dass ich hinter ihr stand.

„Penelope heißt sie?“, fragte sie nachdenklich. Ich nickte.

„Sie muss in die Mitte des Kontinents nach Themallin. Dort hat der Bund der Druiden ein Zentrum für schwere Fälle. Nur dort hat das Mädchen eine Chance zu überleben. Der Dämonische Schattenefeu ist die giftigste magische Pflanze, die wir kennen. Ich konnte die Vergiftung nur aufhalten, heilen kann ich sie nicht.“

„Warum? Was passiert jetzt mit ihr?“, fragte ich. In mir breitete sich eine unnatürliche Kälte aus.

„Sie wird in diesem schlafähnlichen Zustand bleiben, weil es bis jetzt kein Gegenmittel gibt. Die Druiden werden ihre Verfassung vielleicht noch ein wenig verbessern können, aber auch sie haben nicht die Macht, diese schwere Vergiftung zu heilen.“ Ich sah meine Großmutter erschrocken an. Das war das erste Mal in meinem Leben, dass sie eine Krankheit nicht heilen konnte, dass sie nicht irgendeine Pflanze oder eine Tinktur aus ihrer Tasche oder ihren vollen Regalen im Atelier hervorholte, die ein Wunder vollbrachte.

Bevor ich sie noch weiter ausfragen konnte, waren wir plötzlich von Magiern umringt. Ich taumelte zurück, um dem hektischen Gedränge Platz zu machen. Ich sah Frau Professor Espendorm nervös auf meine Großmutter einreden. Ich sah den Admiral, der sofort begann, seine Leute einzuteilen, um mit der Spurensicherung und der Befragung der Zeugen zu beginnen. Wie ferngesteuert lief ich auf den Marktplatz, wo ich Adam erblickte. Er war so unglaublich weit weg von mir. Ich wäre jetzt gern zu ihm gegangen, nur eine kleine Geste, um dem Schock in mir etwas Warmes entgegenzusetzen. Doch ich musste meinen Schmerz allein ertragen. Ich schluckte und blinzelte eine Träne weg. Wer tat so etwas? Penelope hatte niemandem etwas zuleide getan und jetzt lag sie da, mehr tot als lebendig.

Gregor König hob sie auf eine Trage, ihre hellen Haare flossen fremd um ihr schmales, braunes Gesicht. Sie wurde von meiner Großmutter und Gregor König begleitet. Das Gemurmel und Getuschel um mich herum war sofort verstummt und alle Blicke folgten gespannt der kleinen Prozession, die die Stadt verließ. Frau Professor Espendorms Stimme riss mich aus meinem Schock.

„Es ist etwas Schreckliches passiert, Sie haben es selbst gesehen. Eine unserer Studentinnen wurde heimtückisch vergiftet. Laut den Aussagen der Heilerin muss Penelope heute Vormittag in Kontakt mit dem Gift des Dämonischen Schattenefeus gekommen sein. Ein äußerst seltener Fall. Die Schwarze Garde hat die Aufklärung der Angelegenheit übernommen. Bis sicher ist, wie das passieren konnte, bitte ich Sie, äußerste Vorsicht walten zu lassen. Wem etwas Ungewöhnliches aufgefallen ist oder wer einen Verdacht hegt, kann sich jederzeit vertrauensvoll an den Admiral oder mich selbst wenden. Alle übrigen Studenten bitte ich, jetzt nach Tennenbode zurückzukehren. Bleiben Sie vorerst auf Ihren Zimmern. Sobald es Neuigkeiten gibt, werde ich Sie informieren.“ Still und leise löste sich die Ansammlung auf und alle machten sich bedrückt auf den langen Weg zurück nach Tennenbode.

„Wer macht so etwas?“, fragte ich erschüttert Liana, neben der ich mich eingereiht hatte.

„Ich habe keine Ahnung. Setz die Frage auf deine Liste der großen Rätsel und wenn du die Akasha-Chronik tatsächlich findest, kannst du dieses Geheimnis ebenfalls aufdecken“, flüsterte Liana mir zu.

„Die Liste ist mittlerweile ziemlich lang."

„Skara, Alexa, Egonie und Dorina jedenfalls scheint etwas Ungewöhnliches aufgefallen zu sein", meinte Lorenz neben uns und zeigte auf die vier Mädchen, die bei Frau Professor Espendorm standen. Sie hörte ihnen mit hochgezogenen Augenbrauen und angespanntem Gesicht zu.

„Wer weiß, welchen Floh die haben husten hören", sagte Shirley neben mir. Sie hatte die Szene ebenfalls beobachtet. Der Schock schien ihre Lebensgeister geweckt zu haben.

„Vielleicht ist ihnen wirklich etwas aufgefallen", erwiderte ich. „Ich frage mal Penelopes Freundin, vielleicht weiß die etwas."

„So schlau war der Admiral schon lange", sagte Lorenz. Ich folgte seinem Blick und sah zu dem großen Mann hinüber, der versuchte, die noch immer verstört schluchzende Lysann zu beruhigen. Hinter dem Admiral stand Adam und schon wusste ich, von wem ich erfuhr, was die Mädchen zu erzählen hatten.

Ich musste mich sehr lange gedulden, bis Adam kam. Beim Abendessen waren weder er noch Frau Professor Espendorm anwesend. Madame Villourie informierte uns stattdessen über die neuen Sicherheitsregeln.

„Sie dürfen sich in Ihren Wohnetagen aufhalten und diese nur zum Morgenlauf, dem Unterricht und den Mahlzeiten verlassen. Sie sollten alle Wege in Begleitung zurücklegen und niemals allein durch die Burganlage streifen, keine verdächtigen Dinge anfassen, berühren oder in den Mund nehmen", las sie ihre Liste vor. Ich kam mir vor wie im Kindergarten und nicht wie beim Studium. Doch alle nahmen die neuen Sicherheitsregeln ohne Murren zur Kenntnis, selbst Thomas Kekule schwieg und schaute bedrückt zu Alexa hinüber, mit der er seit ein paar Wochen liiert war. Solange nicht geklärt war, wo der Dämonische Schattenefeu hergekommen war, schwebten alle in Gefahr, dasselbe Schicksal zu erleiden wie Penelope.

Der Abend zog sich zäh dahin. Auf Hausaufgaben hatte keiner von uns Lust und schließlich spielten wir unkonzentriert ein paar Runden Drachenkrieg, bis wir es aufgaben, nachdem sich jeder von uns mehrmals die Finger an den Figuren verbrannt hatte.

„Diese Warterei macht mich ganz verrückt." Ich lief nervös vor den dunklen Fenstern auf und ab.

„Geh doch einfach schlafen", schlug Liana vor. Ich sah sie ungläubig an, während sie mit den Fingern gelangweilt durch ihre blonden Locken kämmte.

„Du glaubst doch nicht, dass ich auch nur ein Auge zumachen könnte, bevor ich nicht weiß, was hier los ist. Die Morlems haben seit Wochen keine Angriffe mehr verübt und stattdessen wird in Tennenbode ein Mädchen vergiftet. Das hängt doch irgendwie zusammen", überlegte ich laut.

„Kann schon sein, aber ganz im Ernst. Warum sollte das jemand machen?", sagte Lorenz.

„Warum entführt jemand junge Magierinnen? Wahrscheinlich aus reinem Sadismus", sagte Shirley, die auf dem Boden lag und die Füße auf dem Sofa geparkt hatte.

„Komm, wir machen endlich eine offizielle Liste!", schlug Liana vor.

„Was für eine Liste?" Ich zog die Augenbrauen hoch.

„Für die Akasha-Chronik. Wenn du sie findest, kannst du ja nicht erst dort anfangen, dir zu überlegen, was genau du fragen möchtest." Liana sprang auf, um Papier und einen Stift zu holen.

„Als Erstes willst du wissen, wie du die Patrizierehen abschaffen kannst, nicht wahr?", begann sie emsig. Ich nickte zustimmend und dachte an Adam, während Liana zu schreiben begann.

„Als Zweites wollen wir wissen, wer hinter den Angriffen auf die Mädchen steckt, und warum", notierte Liana.

„Ich möchte wissen, warum und wo genau meine Eltern und meine Geschwister verschwunden sind", fügte ich leise hinzu. Liana sah mich einen Moment lang ernst an und schrieb dann weiter. „Und jetzt wollen wir noch wissen, wer hinter dem Angriff mit dem Dämonischen Schattenefeu steckt."

„Und wie man die Vergiftung heilen kann", ergänzte Shirley von unten. Ich nickte und begann wieder im Zimmer auf und ab zu laufen.

„Süße, du hast bestimmt bald eine Spur in das Holz getreten. Setz dich mal!", sagte Lorenz nüchtern. Ich stoppte und sah verwirrt nach unten. Dann nahm ich auf einem der bequemen Sessel Platz.

„Noch etwas?", fragte Liana in die Runde.

„Die Sache mit der Windhose ist noch ungeklärt", ergänzte ich.

„Wie werden wir den Nöll los?", kam Shirleys Stimme wieder von unten. Liana hatte schon zu schreiben begonnen, als sie innehielt.

„Das darf man bestimmt nicht fragen. Da gibt es sicher einen Ehrenkodex oder einen Leitfaden für anständige Fragen", meinte Liana.

„Aber es ist eine Frage von allgemeinem Interesse, die durch die Mehrheit der Studenten sicherlich positiv befürwortet wird", erklärte Shirley ernst.

„Selma?", fragte Liana.

„Ich denke, die Frage ist erlaubt." Ich lächelte und Liana schrieb sie mit auf die Liste.

„Ich würde mich ja für die Trends der nächsten Wintersaison interessieren. Kann ich die Jacke nochmal tragen oder brauche ich eine neue?", fragte Lorenz.

„Ich denke, das geht zu weit", sagte ich schmunzelnd. „Außerdem kann die Akasha-Chronik nicht in die Zukunft sehen. Du könntest sie also höchstens fragen, was vor 60 Jahren der Trend der Wintersaison gewesen war. Höchstens in der Traumwelt findest du einen Hinweis auf die Modetrends der kommenden Saison."

„Wen interessiert schon die Mode von vor 60 Jahren",

stöhnte Lorenz und gähnte. „Ich geh schlafen, vielleicht habe ich ja wirklich eine Vision."

„Viel Spaß", rief ich ihm hinterher.

„Ich geh auch ins Bett", sagte Shirley und stand auf.

„Gute Nacht!", erwiderte ich und sah Liana erwartungsvoll an.

„Weißt du schon, ob du in der Akasha-Chronik lesen kannst?", fragte sie. Brennend heiß fiel mir wieder ein, was Eleonora Donna über die Heiligen Jungfrauen erzählt hatte und was ich wegen der erfolglosen Suche nach der Akasha-Chronik völlig in den Hintergrund gedrängt hatte. Die Heiligen Jungfrauen waren Geistläuferinnen und ihr Leib und ihr Geist mussten rein sein. Na, halleluja, mein Leib war weit entfernt davon, rein zu sein, was meinen Geist anging, mochte ich noch eine Chance haben. Laut den Sybillen war er rein.

Mithilfe des Nurfur-Nebels würde ich in die Traumwelt kommen und dann half nur noch die Hoffnung, dass es trotzdem irgendwie funktionierte.

„Jetzt, wo alles geklärt ist, kann ich ja endlich schlafen gehen. Es ist schon fast elf und ich bin todmüde. Geh doch auch ins Bett!" Liana stand auf. Ich schüttelte den Kopf.

„Ich warte noch auf Adam. Schlaf gut!" Sie nickte und verschwand in ihrem Zimmer. Ich machte es mir auf dem Sofa bequem und begann wieder und wieder Lianas Liste zu lesen, so lange, bis ich sie endlich auswendig konnte. Es musste mittlerweile Mitternacht sein. Obwohl ich mich zusammenriss und versuchte wach zu bleiben, sank mein Kopf immer wieder nach vorn. Ich musste kurz eingedöst sein, denn ich wachte davon auf, wie ich scheinbar schwerelos in die Höhe gehoben wurde.

„Ich habe auf dich gewartet", murmelte ich verschlafen und sog Adams betörenden Duft ein.

„Schlaf weiter! Wir reden morgen." Er küsste mich zärtlich. Ich mobilisierte meine Kräfte und öffnete die Augen.

„Geht schon", lächelte ich und schlang meine Arme um

seinen Hals. Adam setzte mich auf meinem Bett ab und ließ sich neben mich gleiten. Erst jetzt bemerkte ich den ernsten Zug um seine Lippen, der seinem schönen Gesicht einen traurigen Ausdruck verlieh.

„Ist etwas passiert?“, fragte ich nervös.

„Ja“, antwortete er gepresst. Meine Augen weiteten sich erschrocken.

„Es gibt keine neuen Opfer, wenn du das denkst, aber es ist etwas anderes passiert.“

„Jetzt spann mich nicht auf die Folter. Was ist los?“, fragte ich ungeduldig. Mittlerweile war ich endgültig wach. Adam holte tief Luft und sah mir ernst in die Augen.

„Jemand wurde verdächtigt, Penelope vergiftet zu haben.“

„Wer ist es?“, fragte ich angespannt.

„Skara Ende hat dich verdächtigt.“

Ein schwerer Verdacht

Ich saß im Innenhof der Burganlage zwischen dem zarten Grün der Eichen. So wie jedes Jahr hätte ich den Anblick des Frühsommers um mich herum gern genossen, aber in mir war alles stumpf und schwarz. Alle versuchten mich zu trösten und abzuwiegeln, aber die Dinge waren schon zu sehr in Fahrt gekommen, um sie noch aufhalten zu können.

Skara Ende hatte mich verdächtigt, Penelope vergiftet zu haben. Die Enkelin der Kräuterhexe hatte schließlich Zugang zu den gefährlichen Pflanzen. Damit war Skaras Beweiskette zwar schon am Ende, aber da sie die Tochter des Senators war, wurde ihre Meinung nicht unter den Tisch gekehrt, sondern schwebte ständig im Raum. Die Schwarze Garde behandelte diese Verdächtigungen zwar vertraulich, aber Skara tat dies nicht. Ich dachte an ihr Versprechen, mich aus Tennenbode zu verjagen. Scheinbar nutzte sie diese Gelegenheit jetzt gründlich, um ihr Vorhaben umzusetzen. In der letzten Woche hatte sie immer wieder Gerüchte gestreut, sodass mittlerweile jeder zu wissen glaubte, dass ich die Täterin war. Ich hatte zuerst nicht mitbekommen, wie sie das Netz um mich herum immer fester gewoben hatte. Hier eine Bemerkung, dort ein Kommentar. Am Anfang war ich wütend und rechtfertigte mich ständig. Als ich mich in jeder Vorlesung und bei jeder Mahlzeit mit den anklagenden Blicken und dem unterdrückten Gemurmel meiner Kommilitonen konfrontiert sah, bekam ich Angst. Meine Freunde hielten zu mir und redeten mir gut zu, aber auch sie konnten es nicht aufhalten. Wütend griff ich nach einem Ast, den ich mit aller Kraft gegen den nächstgelegenen Baum schleuderte.

„Vorsicht!“, rief jemand hinter mir. „Lass die Bäume stehen!“ Adam tauchte zwischen den Stämmen auf.

„Hattest du keine Lust auf Mittagessen?“, fragte er.

„Ich hatte keine Lust, die Zielscheibe zu spielen“, erwiderte ich. Adam nickte und zog aus seiner Tasche ein großes Stück Stumpfeichelbrot und eine Quitsche.

„Hier, damit du nicht verhungerst.“ Ich nahm ihm das Brot dankbar aus den Händen und biss hinein. Während ich gierig kaute, sah mich Adam nachdenklich an.

„Das geht so nicht weiter“, sagte er schließlich.

„Das sehe ich auch so. Aber was soll ich machen?“

„Was ist mit der Akasha-Chronik?“

„Die wüsste, wer der Täter ist, aber ich komme nicht weiter, ich habe Dulcias Großmutter noch einmal ausgehorcht, die weiß nicht mehr. Ich habe Parelsus Löcher in den Bauch gefragt, der weiß auch nicht mehr. Ich verbringe jeden Abend entweder in der Mediathek und wälze alte Bücher oder durchsuche MUS nach einem Hinweis. Ich finde einfach nichts, nicht den kleinsten Hinweis auf die Chronik. Nichts! Ich könnte jetzt noch den Primus überfallen, um ihm zu entlocken, wo die Chronik versteckt liegt, aber ich denke, dann nimmt mich die Schwarze Garde endgültig fest.“

„Wahrscheinlich“, seufzte Adam. „Die Schwarze Garde steht unter enormem Druck, einen Täter zu finden, und Skara wird immer dreister mit ihren Behauptungen.“

„Stimmt, dummerweise hat die Schwarze Garde im Moment auch keine anderen Fälle, die sie ablenken könnte, und Skara würde ich am liebsten auf den Mond schießen.“ Ich schleuderte wütend einen weiteren Ast, der mit einem krachenden Geräusch an einem Baumstamm zersplitterte. Ich rieb mir müde die Augen und senkte den Kopf.

„Sei nicht traurig!“, versuchte mich Adam zu trösten. „Die Sache wird sich bald aufklären oder zumindest so weit beruhigen, dass du nicht mehr wie die Hauptverdächtige behandelt wirst.“

„Vielleicht hast du recht“, versuchte ich hoffnungsvoll zu

erwidern. Die Grübelei brachte mich ohnehin nicht weiter.

„Genau, komm, wir müssen los zum Seminar vom Nöll!“ Ich nickte und stand auf. „Außerdem musst du dich ein bisschen um Lorenz kümmern“, fügte Adam hinzu.

„Was hat er denn? Probleme bei der Wahl des richtigen Outfits für den Sommer?“ Adam lachte nicht bei meinen Worten.

„Sein Freund hat ihn verlassen. Liana hat es erzählt. Es hat wohl schon eine Weile gekriselt, deswegen hatte er öfters schlechte Laune. Brian hat gesagt, er erträgt das Versteckspiel nicht mehr. Lorenz ist am Boden zerstört.“

„Oh, nein!“, rutschte es mir heraus. „Wie geht es ihm?“

„Nicht gut, du solltest mit ihm sprechen. Wenn ich das mache, geht es ihm sicher nicht besser.“ Adam wandte sich um. „Komm, die Vorlesung beginnt gleich.“

Ich nickte und folgte ihm in die Burganlage zurück.

Wie immer, wenn ich in der letzten Woche einen Unterrichtsraum betrat, folgten mir still alle Blicke. Ich ignorierte die unangenehme Aufmerksamkeit und setzte mich auf meinen Platz neben Liana und Lorenz, der ernst geradeaus sah.

Jetzt, wo ich wusste, was passiert war, schämte ich mich, dass ich nicht eher mit ihm gesprochen hatte, aber die Sache musste warten, denn hier war nicht der richtige Ort, um Lorenz zu trösten. Während um mich herum wieder das übliche Gemurmel einsetzte, betrachtete ich das friedliche Bild der tanzenden Flecken, die die Sonne auf die gegenüberliegende Wand malte. Als das Gemurmel wieder einen Moment erstarb, wusste ich, dass Skara den Raum betreten hatte. Ich hob ein wenig den Blick und sah, wie sie auf mich zukam. Als sie vor mir stand, hob ich den Kopf und blickte sie erwartungsvoll an. Ich beherrschte mich mühsam, nicht aufzuspringen und sie anzuschreien, warum sie mir das antat.

„Na, willst du nicht endlich zugeben, dass du es warst?“, fragte sie mich schnippisch. Ich sah sie erstaunt an. Auf diese offene Konfrontation war ich nicht gefasst gewesen.

Einen Moment lang hatte ich mich nicht im Griff. Meine seit Langem mühsam unterdrückte Wut brach aus mir heraus. Ich sprang auf und packte Skara am Arm.

„Ich war es nicht, wahrscheinlich warst du es selber und suchst jetzt nur einen Sündenbock, dem du es unterschieben kannst“, schrie ich sie an und schüttelte sie dabei unsanft. Liana und Lorenz neben mir waren geistesgegenwärtig aufgesprungen und versuchten, uns zu trennen. Doch mein Griff war fest um Skaras Arm geschlungen. Die versuchte sich loszureißen und beschimpfte mich dabei wüst. Ich sah Adam auf uns zueilen, doch bevor er uns erreichte, wurde ich unsanft von den Füßen gerissen und flog gegen die Wand. Einen kleinen Moment lang sah ich Sternchen, doch dann rappelte ich mich mit erhobenen Händen wieder auf. Professor Nöll stand mit einem fiesen Lächeln und einem gezückten Zauberstab in der Hand vor mir.

„Na, Selma Caspari, erprobst du den Aufstand? Was anderes war auch nicht von dir zu erwarten. Angriff auf einen Patrizier und das in meinem Unterricht.“ Er grinste genussvoll. „Du wagst so einen Affront, obwohl du ohnehin schon unter Verdacht stehst?“

„Ich stehe nicht unter Verdacht, das ist eines von Skaras Hirngespinsten“, schrie ich wütend.

„Na, wer wird denn hier so unbeherrscht sein? Ich denke, du verbringst das Wochenende besser beim Ställeausmisten. Das ist eine angemessene Strafe für dein Fehlverhalten.“

Ich holte Luft, um ihm noch etwas entgegenzuschleudern, als mich Adams brennender Blick traf.

„Nein!“, rief seine Stimme in meinem Kopf und zwang mich, mich zu beherrschen. Professor Nöll sah mich schon erwartungsvoll an, doch ich schaffte es, mich zu bremsen, um die Sache nicht noch schlimmer zu machen. Ich sah zu Boden und nickte.

„Gut, und jetzt alle an ihre Plätze!“, rief er fröhlich und begann den Unterricht. Offenbar hatte ich ihm mit meinem Ausraster den Tag gerettet. Der Unterricht war eine Qual. Ich hielt mich nur mühsam auf meinem Platz. In mir kochte alles. Adam beobachtete mich die ganze Zeit. Ich spürte seinen Blick, doch ich sah ihn nicht an. Warum hatte er mich nicht gegen den Nöll verteidigt? Seine Familie war viel älter und angesehener als die von Professor Nöll.

„Lasst uns einen Kaffee trinken gehen“, schlug ich leise vor, als wir den Raum endlich verließen. Nach dem Seminar hatten wir noch etwas Zeit, bevor wir uns bei Gregor König zum Unterricht in Akkanka einfinden mussten. Lorenz schüttelte den Kopf.

„Ich leg mich kurz hin“, sagte er und damit war er schon verschwunden. Heute Abend musste ich unbedingt mit ihm sprechen, aber jetzt konnte ich nicht, ich musste erst irgendwo Dampf ablassen.

„Ja, ich komm mit“, flüsterte Shirley. „Übrigens cool, wie du Skara mal die Meinung gesagt hast. Die ist immer noch ganz eingeschüchtert. Der Nöll beruhigt sich schon wieder und bei den Drachen hängst du doch eh ständig rum. Das ist für dich sowieso keine echte Strafe.“ Shirley klopfte mir aufmunternd auf die Schulter und ich nickte dankbar, während ich den Schmerz in meinem Arm ignorierte, der mich an den Aufprall an die Wand erinnerte.

„Du hast recht, wir waren schon ewig keinen Kaffee mehr trinken. Seitdem Ausgangssperre herrscht, haben wir uns nicht mehr hin getraut“, seufzte Liana, während wir einen breiten Gang im vierten Stock entlangliefen.

„Ich komme aber mit“, erwiderte Adam, der sich uns angeschlossen hatte. Weiter sagte er nichts, sondern folgte uns nur nachdenklich und still. Ich bog in einen Nebengang ein, der uns nach etlichen Umwegen und Treppen zu dem staubigen Zugang zur Villa del Mare brachte.

Gefolgt von Shirley, Adam und Liana trat ich kurz darauf in den gleißenden Sonnenschein, der hier um vieles wärmer war als in Tennenbode. Ich zog meinen Pullover aus und wickelte ihn mir um die Hüften. Genussvoll sog ich die salzige Luft ein und ließ meinen Blick über das Meer in die Ferne schweifen. Während sich die anderen einen freien Tisch suchten, blieb ich noch einen Moment an der Brüstung stehen und dachte an die Insel vor der griechischen Küste, von der mir meine Großmutter erzählt hatte. Ich könnte jetzt einfach die Flügel aufspannen und hinüberfliegen, von hier aus war es nicht allzu weit. In zwei Stunden würde ich sie sicher erreichen. Ein perfekter Fluchtort, um diesem ganzen Schlamassel zu entfliehen. Warum tat ich mir das nur an? Adams Blick traf mich. Er lächelte mich an und das warme Gefühl, das in mir aufstieg, gab mir die Antwort. Die Insel lief mir nicht davon. Noch würde ich mich nicht geschlagen geben. Ich setzte mich lächelnd neben ihn und versuchte mich wieder zu beruhigen und meine Zweifel und die hässlichen Erlebnisse des Tages hinter mir zu lassen.

Gestärkt von Sonne und Kaffee betraten wir am späten Nachmittag die großen Gärten von Akkanka. Gregor König zog an einem Strick ein widerwilliges Wingtäubel hinter sich her. Die kleine verbotene Auszeit am Meer hatte mir gut getan. Gut gelaunt half ich Gregor König, das widerspenstige Tier in die Mitte des gepflasterten Kreises zu schieben, in dem er seinen Unterricht abhielt. Er nickte mir dankbar zu und band das Tier, das unmutige, röhrende Geräusche machte, an einem Pflock fest.

„Habe gehört, du kommst am Wochenende zu mir arbeiten“, grinste er. Ich nickte, eigentlich wollte ich den Vorfall erst einmal vergessen. „Gute Entscheidung. Wir können noch einmal den Looping für das Drachenrennen am Sonntag üben.“

„Klingt gut und allemal besser als der Unterricht bei der Schönhuber heute Morgen und dem Nöll heute Nachmittag. Dienstag ist echt mein persönlicher Katastrophentag“, antwortete ich. Gregor König lachte und rief alle Studenten zusammen, um den Unterricht zu beginnen. Er war gerade dabei, die Verwendung von Wingtäubeln als Drachenfutter und Lederlieferanten zu erläutern, als ein dumpfer Schlag ertönte. Ich bekam erst nicht so richtig mit, was passiert war, da ich in Gedanken in der Villa del Mare war. Als einige Mädchen zu kreischen begannen, wachte ich endgültig aus meiner Nachmittagsträumerei auf und wandte mich erschrocken um. Ich hätte besser in der lauen Brise sitzen bleiben sollen, dachte ich, als ich das Unglück sah. Skara Ende lag da, ohnmächtig und flach atmend. Ihr Gesicht begann, sich braun zu verfärben.

„Selma war es. Ich habe genau gesehen, wie sie Skara vorhin angefasst hat“, schrie Alexa panisch, die gemeinsam mit Dorina und Egonie fassungslos neben ihrer leblosen Freundin standen. Alle starrten entsetzt auf die am Boden liegende Skara. Ich war wie gelähmt und mein Gehirn versuchte mühsam, das Geschehene zu sortieren.

„Tut doch was, helft ihr!“, schrie Alexa die gaffende Menge an. Adam und Gregor König setzten sich in Bewegung und hoben Skaras leblosen Körper vom Boden auf.

„Wieso muss das schon wieder mir passieren?“, fluchte Gregor König gepresst.

„Ich hab die Heilerin und die Schwarze Garde gerufen“, sagte Adam und begann, wie schon am vorigen Dienstag, die übrigen Studenten auf den Marktplatz von Akkanka zu führen.

Es dauerte nicht lange, bis meine Großmutter eintraf und mit ihr der Admiral. Beide waren still, zu still für meinen Geschmack. Routiniert führten sie ihre Arbeit durch. Nachdem Skara abtransportiert worden war, begann die Schwarze Garde, jeden einzelnen Studenten zu befragen. Mich natürlich auch. Obwohl sich der Admiral bemühte, mich genauso zu behandeln wie die anderen, spürte ich in unserem Gespräch ganz deutlich, dass er auf der Suche nach irgendwelchen Ungereimtheiten war. Das Schlimmste war, dass ich jetzt ein Motiv hatte. Jeder wusste, dass ich Skara nicht leiden konnte, und nach unserem öffentlichen Streit heute Nachmittag hatte ich das auch allen noch einmal eindrücklich bewiesen.

Der Admiral entließ mich am späten Abend und ich lief so schnell ich konnte nach Tennenbode in mein Zimmer. Ich musste mit Adam sprechen. Ich hatte das ungute Gefühl, dass ich diesmal Probleme bekommen würde. Als ich unsere Etage betrat, warteten schon Liana, Lorenz und Shirley mit ernsten Gesichtern auf mich.

„Was hat der Admiral gesagt?", fragte Liana, bevor ich die Tür hinter mir schließen konnte.

„Nichts hat er gesagt. Er hat mich gefragt, wo ich heute Vormittag war und wie mein Verhältnis zu Penelope und Skara war und ob mir etwas Ungewöhnliches aufgefallen ist. Mehr nicht oder hat er euch etwas anderes gefragt?"

Liana schüttelte den Kopf.

In diesem Moment betrat Adam das Zimmer.

„Was sagt der Admiral?", fragte ich sofort.

„Skaras Freundinnen haben dich verdächtigt, aber es gibt nach wie vor keinen Beweis, dass du mit der Sache etwas zu tun hast. Der Admiral gerät immer stärker unter Druck. Skara ist nicht irgendwer. Er muss bald Ergebnisse präsentieren. Die Espendorm ist außer sich. Die will die ganze Burg evakuieren lassen, weil sie für die Sicherheit der Studenten nicht mehr garantieren kann. Außerdem wurde das Drachenrennen abgesagt. Solange ein Attentäter in Tennenbode ist, kann das portugiesische Team nicht anreisen. Der Admiral hat Frau Professor Espendorm zwar vorerst beruhigt, aber irgendetwas kommt da noch. Er will weiter Spuren suchen und Verhöre durchführen." Adam hatte mit dunklem Blick und nervösem Unterton berichtet. Währenddessen hielt er meine Hand fest in seiner. Ich spürte seine Qual so deutlich, als wenn er laut darüber gesprochen hätte. Sie schwang in jedem Wort mit.

„Gibt es noch jemanden, der verdächtigt wird, oder ist es schon beschlossene Sache, dass ich es war?", fragte ich wütend.

„Nein, du bist natürlich nicht die einzige Verdächtige. Im Prinzip kommen alle infrage, die an dem Tag Kontakt mit Skara und Penelope hatten. Egal ob Professor oder Student, selbst die Faun oder Madame Villourie kommen infrage. Bei beiden Mädchen wurden Kontaktspuren an den Händen gefunden." Adam fuhr sich nachdenklich durch seine schwarzen Haare.

„Was heißt das?", fragte Lorenz.

„Kleine rote Brandmale an den Fingern. An diesen Stellen hatten sie Hautkontakt mit dem Gift und von dort aus hat es sich ausgebreitet. Zwischen Ausbreitung und Kontakt liegen allerdings Stunden. Der Admiral muss daher den Tagesablauf von Skara rekonstruieren. Es gibt einfach tausend Möglichkeiten." Jetzt wandte er sich mir ganz zu und sah mir in die Augen. Trotz des Ernstes der Lage verlor ich mich so wie immer einen Moment lang in seinem tiefen Blick.

„Du solltest dir die wichtigsten Dinge zusammenpacken, sodass du, wenn es einmal nötig ist, schnell verschwinden kannst. Wenn es brenzlig wird und sie dich tatsächlich dafür verantwortlich machen wollen, verschwindest du von hier. Ich werde es nicht zulassen, dass du als Sündenbock benutzt wirst."

„Und was ist mit dir?", fragte ich. Adams Blick verfinsterte sich. Ich sah ein Funkeln in seinen schönen Augen, aber mehr sagte er nicht. Der dunkle Verdacht beschlich mich, dass irgendetwas nicht stimmte. Ich stand auf, um meine Tasche packen zu gehen. Adam erhob sich ebenfalls. Sein Blick machte mir Angst.

„Pass auf dich auf, Selma, und tu nichts Unüberlegtes. Die Morlems sind nicht verschwunden, da bin ich mir ganz sicher. Sie sind noch da. Es ist, als ob sie auf etwas warten."

Drachenweisheit

Ich war froh, als das Wochenende endlich begann. Da das Drachenrennen ausfiel, reisten viele Studenten ab. Mir war es recht. Die Blicke, das Murmeln und das lastende Wissen, dass immer mehr mich für den Täter hielten, machten mich mürbe. Es schien, als ob alle darauf warteten, dass ich festgenommen und abgeführt wurde. Adam war unterwegs, um mit einer Abordnung der Schwarzen Garde herauszufinden, wohin die Morlems verschwunden waren. Niemand traute dem Frieden. Die warme Sonne schien schön wie immer vom künstlichen Himmel, als ich mit einer Schubkarre voller Drachenmist um die Ecke bog. So schön und majestätisch diese Tiere auch waren, der Mist stank widerlich. Ich stellte die Karre kurz ab, um mit der Hand einen kleinen Windzauber zu erzeugen, der die stinkenden Dämpfe von mir wegtrieb. Eigentlich war ich dem Nöll ganz dankbar für die Aufgabe. Ich verpasste zwar das Wochenende in Schönefelde, aber wenn ich den ganzen Tag allein dort wäre, würde ich nur unnötig Trübsal blasen. So hatte ich wenigstens eine Aufgabe, die mich ablenkte.

Die Abende, die ich bei meiner Großmutter in Schönefelde verbrachte, waren noch lang genug für trübsinnige Gedanken. Nach Tennenbode wollte ich nicht zurück. Eine Abordnung der Schwarzen Garde durchsuchte die ganze Burganlage, um einen Hinweis auf den Täter zu finden. Ganz sicher durchwühlten sie auch mein Zimmer. Ich lief weiter und kippte den Inhalt der Schubkarre auf den großen Misthaufen.

„Was machen Sie eigentlich mit dem ganzen Mist?“, fragte ich Gregor König, der mir entgegenkam.

„Der Mist ist wichtig. Einen großen Teil davon benötigen wir, um die Gärten und Quitschenbaumwiesen zu düngen, und der Rest wird als Brennmaterial benutzt, um die Warmwasserheizung in Tennenbode zu betreiben."

„Deswegen ist es da oben immer mollig warm. Na, da hol ich besser noch ein paar Karren, damit Professor Nöll keine kalten Füße kriegt." Ich wollte schon umdrehen, um erneut zu den Drachenhöhlen zu laufen, als mich Gregor Königs Stimme bremste.

„Für heute reicht es, Selma", rief er mir zu. Ich sah auf und wischte mir den Schweiß von der Stirn.

„Okay, wenn Sie mich nicht mehr brauchen, mach ich Schluss für heute."

„Du arbeitest härter als jeder Helfer, den ich je hier hatte. Entspann dich mal, geh noch ein bisschen nach Akkanka, dort ist heute Markttag. Du bist viel zu verbissen."

„Mmh, ich könnte noch ein paar Runden fliegen, das entspannt mich", lächelte ich.

„Du hast heute Morgen schon reichlich geübt. Du bist wirklich gut geworden, und vor allem sicher. Ich würde dich jetzt ohne Bedenken auch längere Strecken fliegen lassen."

„Wirklich, Sie meinen, ich schaffe es, zwei Stunden mit Gegenwind zu fliegen?"

„Ich denk schon", sagte er. Ich dachte an Kileandros. Vielleicht sollte ich das wirklich machen? Ich verabschiedete mich von Gregor König und schlenderte gemütlich durch die bunten Stände des wöchentlichen Marktes, wo es allerlei wunderliche Dinge zu kaufen gab. Ich suchte den alten Mann mit dem Zauselbart, von dem mir Liana berichtet hatte. Ich wollte mir noch ein Fläschchen von dem Nurfur-Nebel kaufen, um meine Fragezeit zu verlängern, für den unwahrscheinlichen Fall, dass ich die Akasha-Chronik doch noch finden sollte. Ich lief mehrmals alle Stände ab, konnte ihn aber nirgendwo entdecken. Stattdessen kam ich an dem Stand einer alten Frau vorbei, die Kräuter verkaufte. Ihr Gesicht war so voller Falten und Runzeln, dass man ihr früheres Selbst kaum noch erahnen konnte. Interessiert betrachtete ich ihr Angebot. Viele Kräuter kannte ich von meiner Großmutter und aus dem Unterricht von Gregor König. Da hatte ich eine spontane Idee.

„Haben Sie auch seltenere Kräuter?“, fragte ich mit einem gekonnten Augenaufschlag.

„Ich komme von weit her und habe alles gesehen. Ich kann dir alles besorgen, was du willst, meine Hübsche.“ Sie lächelte vergnügt. Als sich ihr Mund öffnete, sah ich zu meiner Überraschung eine Reihe schöner weißer Zähne.

„Möchtest du etwas heilen, etwas an dich binden, etwas verfluchen oder vielleicht sogar etwas zerstören? Es gibt Kräuter und Mixturen für alles.“

„Genau genommen möchte ich etwas heilen, eine Vergiftung. Haben Sie ein Gegenmittel gegen den Dämonischen Schattenefeu?“ Sie stockte kurz bei meinen Worten.

„Tut mir leid. Dafür gibt es kein Heilmittel.“

„Verkaufen Sie den Dämonischen Schattenefeu?“, fragte ich weiter. Die alte Frau musterte mich genau, bevor sie langsam antwortete.

„Nicht an jeden. In kleinen Dosierungen ist er eine wirksame Arznei gegen Akne, aber sobald man die richtige Menge überschreitet, ist es ein fatales Gift.“

„Mmh, hat es schon einmal jemand bei Ihnen gekauft?“, fragte ich vorsichtig. Wieder musterte mich die Alte eine Weile, bevor sie antwortete.

„Ich bin nicht oft hier, aber ja, vor ein paar Monaten, als ich das letzte Mal hier war, hat es ein junges Mädchen gekauft. Sie wollte ihren Ausschlag behandeln. So eine schlimme Akne hatte ich mein Lebtag noch nicht gesehen. War kaum zu erkennen, das arme Ding unter ihren vielen Pickeln. Hübsche blonde Haare hatte sie, aber das war schon alles. Selbst an den Händen hatte sie Pickel, musste sogar Handschuhe tragen, damit sie sich nicht ständig die Haut aufschürfte. Aber du hast reine Haut, du brauchst so etwas nicht. Dir würde ich etwas Zitronenrauke empfehlen. Die hilft hervorragend gegen Sommersprossen.“ Ich nutzte die Gelegenheit, das Thema zu wechseln, ohne noch mehr verdächtige Fragen zu stellen, und kaufte für zwei Euro etwas Zitronenrauke. Nachdenklich verließ ich den Markt, um mich noch von den Drachen zu verabschieden. Diese Spur erwies sich sicher als genauso zwecklos wie alle anderen auch. Die Akasha-Chronik würde dieses Rätsel lösen können und mich von dem Verdacht, ein Mörder zu sein, befreien. Doch wo sie versteckt war, würde ich vermutlich niemals erfahren. Mit schweren Schritten lief ich die Stufen zu den Drachenhöhlen hinauf. Es war aussichtslos.

Still streichelte ich Ariels Schnauze, mit der er mich, vermutlich zärtlich, wie er meinte, in die Seite stupste. Wenn man in einer Sache nicht weiterkam, musste man vermutlich irgendwann sein eigenes Scheitern akzeptieren, überlegte ich. Die verräterischen Tränen drückten in meinen Augen und ich seufzte.

„Du weißt auch nicht, wo die Akasha-Chronik versteckt ist?“, murmelte ich abwesend und strich Ariel über den Kopf. Er stupste mich in den Bauch.

„Aua, lass das!“, rief ich und kraulte ihn unter der Schnauze, während ich meinen Blick über Akkanka schweifen ließ. Was würden sie mit mir tun? Würden sie mich in den Haebram bringen? Dann würde ich diesen Ort nie wiedersehen. Ich würde Adam nie wiedersehen. Es wäre alles vorbei, alles, wofür ich gekämpft hatte. Meine Knie zitterten, als mir klar wurde, was mir Skara angetan hatte. Sie wollte mein Leben zerstören, sie wollte mich loswerden und ich wusste selbst, dass nicht mehr viel fehlte. Obwohl sie selbst halb tot in Themallin lag, hatte sie ihr Ziel beinahe erreicht.

Plötzlich dröhnte mir Ariels Stimme in den Ohren. Erschrocken drehte ich mich zu ihm. Ich wusste nicht, dass er auch in Gedanken mit mir sprechen konnte. Es war ein seltsamer Singsang, in dem ich etwas zu hören vermeinte.

„Was hast du gesagt?“, fragte ich verwundert und sah ihn gespannt an. Seine Diamantaugen blitzten lebendig und schienen wie von innen heraus zu leuchten. Besorgt legte ich beide

Hände an seinen Kopf und dann passierte es. Es war so abwegig, dass ich erst gar nicht begriff, was mit mir geschah. Ich sah mit einem Mal Bilder und diese Bilder machten meine Verwirrung komplett. Es war, als ob ich neben MUS stehen würde und der riesige Stein mir ungebetene Bilder in den Kopf pflanzte. Doch ich war nicht in der Mediathek, sondern stand weit entfernt davon in den Drachenställen. Jetzt hörte ich einen Zauber, der etwas verbarg, und plötzlich begriff ich, was Ariel mir zeigte. Ich flog über eine Küste in Griechenland und sah antike Städte unter mir vorbeirasen, bis ich einen Tempel erreichte. Es war der Tempel, den ich so lange gesucht hatte. Erschrocken keuchte ich auf. Dann war es schon vorbei und der Singsang von Ariel erstarb. Ich sprang zurück.

„Du warst schon dort?", rief ich überrascht. Ariel knurrte und seine Augen blitzten.

„Danke", rief ich euphorisch. „Danke!"

Ich durfte keine Sekunde zögern, ich hatte schon viel zu viel Zeit mit der Suche nach der Akasha-Chronik vergeudet. Ich drückte Ariel einen stürmischen Kuss auf die Schnauze und rannte los. Meine Tasche stand im Haus meiner Großmutter und dort musste ich hin.

„Adam, ich weiß, wo die Akasha-Chronik versteckt ist. Ariel hat es mir verraten", schrie ich in Gedanken.

„Bist du sicher?", antwortete mir seine Stimme sofort.

„Ja, absolut sicher", entgegnete ich.

„Bleib in Tennenbode, ich bin morgen Abend zurück. Dann überlegen wir gemeinsam, wie wir weiter vorgehen."

„Nein!", rief ich laut. Ich stand schon in Schönefelde auf dem Marktplatz und einige Passanten sahen mich verwirrt an. Lächelnd ging ich weiter.

„Nein", wiederholte ich in Gedanken.

„Bitte, Selma. Keine unüberlegten Aktionen. Warte, bis ich zurück bin. Wir machen das gemeinsam." Adam klang besorgt.

„Meinetwegen", gab ich nach und ging nun langsamer.

Unter dem frischen Grün der Kastanienbäume bog ich in

die Steingasse ein. Ich klingelte an der Haustür von Lianas Eltern, doch es öffnete mir niemand. Siedend heiß fiel mir ein, dass Liana bei ihrer Großmutter im Laden aushalf und erst am Abend wieder nach Hause kommen würde. Ich würde mich also noch eine Weile gedulden müssen, bevor ich jemandem von meiner Entdeckung erzählen konnte. Jetzt, wo Adam mir die Eile genommen hatte, meine Erkenntnis sofort in eine Tat umzusetzen, beruhigte ich mich. Ich hatte es endlich geschafft. Ich wusste, wo die Akasha-Chronik versteckt war. Ich kannte den gewobenen Wortzauber, um mir Zugang zu dem versteckten Tempel zu verschaffen, und ich hatte den Nurfur-Nebel, um in die Traumwelt zu gelangen. Wenn Adam wieder da war, würden wir die Einzelheiten der Reise besprechen und dann konnte es losgehen. Alles war perfekt, das erste Mal seit Wochen war ich entspannt und zufrieden.

Langsam schlenderte ich nach Hause. Im Atelier fand ich meine Großmutter, die soeben aus einem Büschel getrockneter und klein gehackter Kräuter einen Sud brauen wollte. Ich sog den Duft der vielen Pflanzen ein, der im Raum schwebte. Durch die bunten Fensterscheiben fiel die warme Sonne, die mir nach dem Tag in Akkanka schwach und fahl vorkam. Trotzdem konnte ich den Moment genießen, ich musste meine Großmutter nicht mehr wegen der Akasha-Chronik löchern.

„Was machst du da?“, fragte ich und trat neugierig näher.

„Hallo, Selma!“ Sie sah mich prüfend an, sagte aber nichts zu meinem freundlichen Lächeln. „Schön, dass du schon da bist. Du kannst mir helfen und schon einmal das Gruffkraut in kleine Stücke brechen.“ Sie zeigte auf ein Büschel unscheinbaren, grauen Krautes, das auf der breiten Arbeitsplatte lag. Dann fiel Großmutters Blick auf das Büschel Zitronenrauke, das ich noch in den Händen hielt.

„Nanu, ich dachte, deine Sommersprossen stören dich nicht und du wolltest sie behalten“, stellte sie mit gerunzelter Stirn fest.

„Das ist nach wie vor so. Ich brauchte nur ein Alibi für ein

Gespräch mit der alten Kräuterfrau in Akkanka", erklärte ich und verstaute die Zitronenrauke in meiner Tasche. „Vor vielen Monaten hat ein Mädchen etwas vom Dämonischen Schattenefeu gekauft." Ich begann, die spröden Pflanzen vor mir zu bearbeiten, wobei ein feiner Nebel aufstieg.

„Überlass die Nachforschungen der Schwarzen Garde", sagte meine Großmutter streng. Ich biss die Zähne zusammen und verkniff mir jedes weitere Wort. Das lange Warten auf sie fiel mir wieder ein, die schmerzhafte Trennung. Nein, ich wollte das nicht mehr. Ich würde meine Nachforschungen mit Adam besprechen und nicht mit meiner Großmutter, die bei jedem falschen Wort die Verbindung zu mir sofort abbrach.

„Vorsichtig, Selma, du darfst es nicht einatmen. Sonst wirst du altern", ermahnte sie mich mit einem Blick auf die Pflanzen vor mir.

„Wie bitte?", fragte ich verwirrt. Als ich den Nebel bemerkte, den meine Arbeit aufgeweht hatte, hielt ich die Luft an.

„Die Essenz des Gruffkrautes bewirkt einen beschleunigten Alterungsprozess und die Essenz des Griffkrautes verjüngt", erklärte sie mir geduldig.

„Wofür brauchst du so viel davon?", fragte ich, als sich der graue Nebel gesenkt hatte.

„Madame Villourie hat ein paar Fläschchen bestellt. Bei ihrer jährlichen Inventur hat sie festgestellt, dass ein paar Tinkturen und Anwendungen zu Bruch gegangen sind. Das Gruffkraut darf man eigentlich nur sparsam verwenden, sonst droht ein Nierenversagen. Sie braucht auch noch Calendulatinktur, Johanniskrautpulver, Baldrianwurzel und Lagnusfasern. Es sieht aus, als ob die Dozenten einen hohen Verbrauch an Beruhigungsmitteln haben."

„Bestimmt wegen mir. Wofür braucht man Lagnusfasern?"

„Lagnusfasern oder Spinnenkrautfasern, eine faszinierende Pflanze", murmelte meine Großmutter und schlug ihr dickes Kräuterbuch auf.

„Die Fasern haben feine Nesselkapseln. Wenn du sie dir

vorsichtig um die Fuß- und Handgelenke wickelst, wird die Flüssigkeit der Nesselkapseln in deine Haut injiziert und du kannst für ein paar Stunden wie eine Spinne die Wände hoch- und runterlaufen. Ein sehr seltenes und wertvolles Kraut. Ich bin mir sicher, dass Madame Villourie es gelegentlich verwendet, wenn sie in den hohen Räumen nicht an jede Spinnwebe rankommt. Allerdings hat es beachtliche Nebenwirkungen, man bekommt einen fürchterlichen Ausschlag davon, wenn man es kaut." Ich nickte und wandte mich wieder meiner Arbeit zu. Mit angehaltenem Atem hackte ich das Gruffkraut in kleine Stücke. Mein Kopf war voller seltsamer Dinge, die irgendwie nicht zusammenpassen wollten.

Nach dem Abendessen ging ich in mein Zimmer und wartete auf Liana. Auf mein Klingeln hatte sie noch nicht geantwortet, scheinbar war sie immer noch nicht zu Hause. Ich holte meine kleine Tasche hervor, die ich auf Adams Bitte immer in meiner Nähe hatte und die mit ein paar Kleidungsstücken, einer Notfallration Stumpfeichelbrot und ein paar von meinen Schätzen gefüllt war, die ich nun auf meinem Bett ausbreitete. Selbstverständlich hatte ich den Nurfur-Nebel eingepackt, der unverändert geheimnisvoll rot in seinem Fläschchen wogte, den nutzlosen schwarzen Zauberstab und die Liste von Liana mit den Fragen an die Akasha-Chronik. Dazu legte ich einen kleinen Leinensack, in den ich vier Fasern Lagnuskraut eingewickelt hatte, die ich meiner Großmutter für meine Hilfe abgerungen hatte. Ich kramte meine Spardose hervor und legte noch etwas Geld dazu. Zufrieden packte ich alles wieder ordentlich in die Tasche. Nachdenklich ließ ich mich auf mein Bett fallen und dachte über den Nachmittag nach. Die Worte der Kräuterfrau aus Akkanka mischten sich mit denen meiner Großmutter. Die Handschuhe fielen mir wieder ein. Die hatte ich neulich irgendwo gesehen. Nur wo?

Ruckartig setzte ich mich wieder auf. Schlagartig wurde mir etwas klar. Genau in diesem Moment klingelte das Glöckchen, wie um meinen Geistesblitz zu untermalen. Ich stürmte in den

Garten hinaus.

Es war ein milder Maiabend und obwohl es schon spät war, war es noch nicht völlig dunkel. Der Himmel leuchtete noch hell und erinnerte an die soeben untergegangene Sonne.

„Meine Oma hat den ganzen Laden umgeräumt. Frühlingsfarben hier, Blümchendeko da. Du hast keine Ahnung, wie fertig ich bin. Die hat mich mit ihrem Frühjahrsputz den ganzen Tag hin und her gejagt. Ich hab bestimmt schon Schwielen an den Fingern von der Schrubberei." Liana ließ sich erschöpft in einen der Stühle fallen. Als sie meinen Gesichtsausdruck sah, wurde sie blass.

„Ist etwas passiert?", fragte sie.

„Es ist Frau Professor Schönhuber!", rief ich.

„Was?" Liana starrte mich entsetzt an.

„Frau Professor Schönhuber hat Penelope und Skara vergiftet." Gespannt sah ich Liana an.

„Warum sollte sie das tun?"

„Keine Ahnung, aber sie war es."

„Woher weißt du das?", fragte Liana skeptisch. Ich erzählte von meiner Begegnung mit der Kräuterfrau und von den Kräutern, die meine Großmutter nach Tennenbode liefern sollte.

„Sie ist die Einzige, die Handschuhe trägt, und außerdem fehlen in Tennenbode genau die Kräuter, mit denen man sein Alter verändern kann und von denen man Pickel bekommt."

„Ich weiß nicht", murmelte Liana. „Warum sollte sie das tun? Das mit dem Motiv ist mir noch nicht ganz klar."

„Mir auch nicht", gab ich zu.

„Und einen echten Beweis hast du auch nicht. Es ist eine reine Vermutung." Liana bremste meine Euphorie endgültig.

„Mmh!", knurrte ich.

Liana trat neben den Pavillon und entzündete ein kleines Feuer in der Feuerschale, die in den Boden eingelassen war. Ich trat neben sie und wärmte mir die Hände an den Flammen. Die Nacht war nun endgültig heraufgezogen und hatte den letzten hellen Streifen am Horizont weggewischt. Kühle, feuchte Luft stieg auf, die nach Erde roch. Wir standen schweigend nebeneinander und grübelten.

„Ich habe erfahren, wo die Akasha-Chronik ist“, sagte ich.

„Das sagst du erst jetzt? Wo ist sie?“, rief sie.

„In Griechenland, in einem Tempel an der Küste. Ariel hat mir die Stelle gezeigt.“

„Was hält dich dann noch hier?“

„Ich musste Adam versprechen, hier zu bleiben, bis er wieder da ist“, erklärte ich und Liana nickte. Die Sache mit der Akasha-Chronik war im Moment plötzlich nicht mehr ganz so wichtig.

„Ich muss die Schönhuber dingfest machen, bevor sie noch jemanden vergiftet. Das ist dringender!“, sagte ich entschlossen.

Die Entscheidung

Der Dienstag begann mit schönstem Sonnenschein. Ein warmes Lüftchen wehte mir beim Morgenlauf um die Nase und verhöhnte meine dunklen Gedanken. Die Vögel zwitscherten in den grünen Bäumen und feierten den herannahenden Sommer. Ich war angespannt, denn es war Dienstag. Die letzten Vergiftungsfälle waren immer an einem Dienstag geschehen. Ich versuchte Parallelen zwischen den Tagen herzustellen, um Auffälligkeiten zu finden. Das war meine einzige Chance, denn ohne einen Beweis, mit dem ich Frau Professor Schönhuber überführen konnte, durfte ich es nicht wagen, sie zu verdächtigen, da war ich mir mit Adam einig.

Doch mir fiel nichts auf, das nicht an jedem anderen Dienstag genauso gewesen wäre. Penelope und Skara mussten sich am Vormittag in der Vorlesung von Frau Professor Schönhuber vergiftet haben. Das Gift musste nur die Haut berühren, es könnte an einer Türklinke kleben oder an einem Stuhl. Wir wussten nicht, ob Frau Professor Schönhuber die Mädchen gezielt ausgewählt hatte oder ob Skara und Penelope einfach nur zufällig erwischt worden waren. Ich beschloss, heute noch wachsamer zu sein als sonst und alles um mich herum genau zu beobachten. Mehr konnte ich nicht tun. Ich erhöhte mein Lauftempo, bis ich alle überholt hatte. Ich musste mich auspowern, das löste ein wenig die Anspannung in meinen Muskeln. Beim Frühstück schlang ich schnell und ohne hinzusehen mein Müsli hinunter.

„Ist irgendetwas verdächtig?“, fragte Lorenz neugierig.

„Nein“, sagte ich. „Es scheint alles so zu sein wie immer.“ Die ersten Studenten um mich herum erhoben sich und begannen zu ihren Vorlesungen zu gehen. Auch Lorenz, Shirley,

Liana und Adam setzten sich in Bewegung.

Ich hatte Dorina im Visier, die noch in ein Gespräch mit Alexa und Egonie vertieft war. Mir war aufgefallen, dass auch sie mich betont unauffällig beobachtete. Hatte sie etwas mit der Sache zu tun? Vielleicht war sie Frau Professor Schönhubers Gehilfin?

„Geht schon, ich komme gleich nach", sagte ich und nahm mir eine Quitsche, die mir wegen meiner Unaufmerksamkeit aus der Hand hopste. Adam bückte sich, fing sie wieder ein und reichte sie mir mit skeptischem Blick.

„Gut, bleib ruhig! Je ruhiger du bist, umso weniger fällt es den anderen auf, dass wir sie beobachten", ermahnte er mich und verließ den Tisch. Sah ich heute schon wieder aus wie eine tickende Zeitbombe? Ich war nur ein wenig angespannt, mehr nicht. Als sich Dorina erhob und mit ihren Freundinnen den Raum verließ, stand ich auf und nahm meine Tasche. Die Eingangshalle war schon leer, als ich durch Tür Nummer 55 schlüpfte.

Ich schloss die Tür möglichst geräuschlos hinter mir. Doch bevor ich unauffällig in der Menge verschwinden konnte, hatte mich Frau Professor Schönhuber entdeckt.

„Schön, dass Sie uns doch noch die Ehre erweisen, Selma Caspari. Da wir jetzt komplett sind, sucht sich jeder einen Partner, mit dem er die heutige Übung durchführt. Selma, Sie können gleich mit Dorina zusammengehen, Alexa mit Egonie, Thomas mit Raffael und so weiter." Frau Professor Schönhuber drehte sich um und schritt in den vorderen Teil des Raumes, während sich alle lautstark und kichernd mit einem Partner zusammentaten. Ich spürte Adams Blick auf mir, während ich zu Dorina ging.

Ich war angespannt und ich spürte schon, wie meine Wangen begannen zu glühen. Irgendetwas stimmte nicht. Stocksteif stand ich neben Dorina und zählte meine Atemzüge, um mich wieder zu beruhigen. Als Frau Professor Schönhuber durch den Raum ging und an jeden einen braunen Zauberstab verteilte, wusste ich plötzlich, dass an einem von ihnen das Gift kleben musste.

„Nicht anfassen!“, schrie ich. „Einer der Zauberstäbe ist vergiftet!“

Totenstille herrschte im Raum.

„War das ein Geständnis?“, fragte Frau Professor Schönhuber.

„Nein, Sie haben die Zauberstäbe vergiftet. Geben Sie es zu!“, schrie ich ungehalten, mein Zorn bahnte sich endlich einen Weg.

„Wie können Sie es wagen, einen Patrizier zu verdächtigen?“, erwiderte Frau Professor Schönhuber nicht minder wütend. „Sie nehmen jetzt alle Ihren Zauberstab und fahren mit der Übung fort, sonst lasse ich Sie sofort festnehmen.“

„Nein!“, rief ich verzweifelt, aber ich hatte verloren. Die anderen wandten ihren Blick von mir ab. Sie glaubten mir nicht, sondern folgten weiter brav dem Unterricht.

„Bleib ruhig!“ Adams Augen funkelten.

Ich nickte, denn ich musste weiter mitspielen, um einen Beweis zu finden. Irgendetwas, mit dem sich Frau Professor Schönhuber verriet. Ich sah nicht auf, als sie mir einen braunen Zauberstab in die Hand drückte. Erst als sie vor Dorina stehenblieb, warf ich ihr einen Blick zu.

„Dorina, Sie dürfen heute meinen Grophotomzauberstab benutzen, Frau Professor Hengstenberg hat mich gebeten, den Studenten noch einmal die Qualitätsunterschiede von Zauberstäben zu demonstrieren.“ Frau Professor Schönhuber zog aus ihrer Tasche eine kleine, goldene Schatulle. Sie hatte Mühe, den zierlichen Verschluss mit ihren Handschuhen zu öffnen.

„Nein!“, hauchte ich, doch es war schon zu spät. Dorina nahm ehrfürchtig den bleichen Stab in ihre Hände und lächelte vergnügt, als sie zu mir herüberblickte. Es hätte ohnehin nichts gebracht, sie zu warnen. Ich hatte meine geringe Glaubwürdigkeit vor einer Minute verspielt.

„Da nun alle ein Arbeitsgerät haben, können wir beginnen. Ich bitte Sie, heute besonders auf Dorina und Selma zu achten und die Unterschiede der Zauberstäbe wahrzunehmen, mit denen beide arbeiten. Der Grophotomzauberstab von Dorina wird die magische Kraft seines Benutzers stärker bündeln und vervielfachen, als es der handelsübliche Drachenahornzauberstab kann, mit dem Selma arbeitet. Jedes Übungspärchen nimmt bitte einen der roten Bälle aus dem Korb in der Mitte des Raumes. Stellen Sie sich gegenüber voneinander auf und beginnen Sie damit, den Ball mittels einer leichten Windbewegung aus Ihrem Zauberstab zwischen den Partnern hin- und herschweben zu lassen.“ Frau Professor Schönhuber nahm einen der roten Bälle und ließ ihn geschickt mit einer gezielten Brise in der Luft tanzen. Ich holte einen Ball aus dem großen Korb und ging langsam zu Dorina zurück. Sie empfing mich mit einem breiten Lächeln und schwenkte ungeduldig ihren Zauberstab. Dulcia und Cecilia hatten bereits mit der Übung begonnen. Gelenkt durch die leichten Schwünge ihres Zauberstabes schwebte der Ball sicher zwischen ihren Köpfen hin und her. Trotz der unangenehmen Situation, in der ich mich befand, staunte ich wieder einmal, wie stark die Kraft und die Harmonie waren, die sich bei einem magischen Paar entwickelten. Um mich herum wirbelten Bälle und wehten Lüftchen. Hin und wieder kicherte jemand, dem ein Ball entwischt war. Ich konzentrierte mich, schwang meinen braunen Stab und ließ den Ball mehr oder weniger elegant hinüber zu Dorina tanzen, die nun ihren Zauberstab leicht bewegte, um den Ball zurückzulenken.

Krachend schlug ich auf dem Boden auf. Einen Moment lang presste der Aufprall die Luft aus meinen Lungen und ich sah eine ganze Wolke Sternchen über mir blitzen. Keuchend versuchte ich Luft in meine Lunge zurückzusaugen. Der dumpfe Schmerz auf meinem Brustkorb maß die Stelle aus, an der mich der Ball getroffen und durch den Raum katapultiert hatte. Dorinas erschrockenes Gesicht tauchte über meinem Kopf auf. Ich sah sehr genau zwei Pickel auf ihrer Nase. Nur ihre Stimme drang noch gedämpft wie durch Watte an mein

Ohr.

„Selma, das wollte ich nicht. Bist du verletzt?“, fragte sie aufgelöst. Ich rappelte mich mühsam auf und setzte mich einen Moment, bis die Sternchen wieder verschwanden und meine Atmung normal funktionierte.

„Geht schon!“, beruhigte ich sie und auch Adam, der mit Liana an seiner Seite in meiner Nähe stand. Frau Professor Schönhuber sah mich erwartungsvoll von der anderen Seite des Raumes an. Ihr Gesichtsausdruck machte mich wütend. Ich stand wieder auf.

„Nicht so schlimm. Lass uns weitermachen!“ Ich wusste nicht genau, warum, aber unter dem prüfenden Blick von Frau Professor Schönhuber wollte ich mir keine Blöße geben. Lieber wollte ich hier mit gebrochenen Knochen liegen bleiben, als ihr die Genugtuung zu geben, mich besiegt zu haben. Ich sah ihren Blick und lächelte ihr freundlich zu, als ich den Ball aufhob und die Übung von vorn begann.

Es wurde der längste Vormittag meines Lebens. Obwohl sich Dorina bemühte, nur wenig Kraft in ihre Bewegungen zu legen, riss sie mich noch etliche Male von den Füßen. Sie entschuldigte sich immer nervöser bei mir, bis sie sich schließlich gänzlich weigerte, weiterzumachen. Mit Tränen in den Augen verließ Dorina den Unterricht. Selbst Frau Professor Schönhubers strenger Blick hielt sie nicht davon ab. Ich atmete erleichtert auf und packte ebenfalls meine Tasche.

Mit schmerzenden Gliedern saß ich beim Mittagessen. Stumm beobachteten mich meine Mitbewohner.

„Was ist?“, fragte ich genervt.

„Das geht so nicht, das hat sie mit Absicht getan“, schimpfte Lorenz und sah sich um. Ich folgte seinem Blick, doch Frau Professor Schönhuber saß nicht an ihrem üblichen Platz beim Mittagessen.

„Das musst du Frau Professor Espendorm melden, sie darf keine Studenten foltern.“ Liana schlug energisch mit der Faust auf den Tisch.

„Hat sie ja nicht und deswegen kann ich mich auch nicht beschweren“, erwiderte ich und stand auf. „Was viel schlimmer ist, ist, dass Dorina wahrscheinlich vergiftet wurde und ich nichts dagegen tun konnte.“

„Bist du sicher, dass es Dorina war?“, fragte Lorenz. „Die Schönhuber hatte zu viele Zauberstäbe und Bälle verteilt, um eindeutig zu beweisen, welcher von ihnen vergiftet war.“ Ich schüttelte den Kopf und antwortete nicht. Ich musste dringend raus und verließ den Raum.

Die Wut schnürte mir die Kehle zu und Tränen traten mir in die Augen. Ich fühlte mich mit einem Mal so hilflos. Ich lehnte die Stirn an einen der Bäume, die kalte, glatte Oberfläche fühlte sich gut an. Langsam beruhigte ich mich.

Es gab nur eine Möglichkeit, das alles zu Ende zu bringen. Und dass ich es zu Ende bringen musste, war mir klar. Länger hielt ich diesen Zustand nicht aus. So schnell und unauffällig wie möglich würde ich zur Akasha-Chronik aufbrechen. Am Wochenende würde mich niemand vermissen. Hier konnte ich nichts mehr ausrichten.

Als ich nach einer Runde in der warmen Sommerluft den Unterrichtsraum von Professor Nöll betrat, atmete ich auf. Wir würden das Experiment von vergangener Woche fortsetzen und an unseren großen Steinblöcken weiterarbeiten, die wir allein durch unsere magische Kraft in ihrer Form verändern sollten. Ich begab mich an einen freien Arbeitsplatz und legte meine Hände auf den kühlen Stein.

„Ich wollte das nicht vorhin, tut mir wirklich leid.“ Dorina stand plötzlich neben mir.

„Ich weiß, die Schönhuber hat Schuld. Ist schon gut.“ Dorina sah mich dankbar an und war froh, dass ich ihre Entschuldigung einfach akzeptierte.

„Wie geht es dir?“, fragte ich.

„Gut, hast du das ernst gemeint mit dem Vergiften?“ Die Angst stand ihr deutlich ins Gesicht geschrieben.

„Ja, das habe ich ernst gemeint. Die Schönhuber war es, aber mir glaubt ja keiner", zischte ich. Dorina wurde blass.

„Du spinnst", sagte sie entschlossen und ging an ihren Platz. Deprimiert wandte ich mich ab und hoffte, dass sie recht behielt.

Auf dem Weg zum Unterricht von Gregor König spürte ich meine Blessuren kaum noch.

„Freitagabend fliege ich zur Akasha-Chronik", teilte ich Adam meine Entscheidung mit.

„Gut, ich begleite dich. Vielleicht bringt uns das weiter. Noch einmal erlaube ich Frau Professor Schönhuber so etwas nicht." Ich blinzelte kurz zu Adam hinüber, der zornig zu Boden sah.

„Weißt du, wo der Tempel ist?", fragte er.

Ich sandte ihm die Bilder, die Ariel mir gezeigt hatte. Er nickte.

Langsam löste sich die Anspannung, die mich durch den Tag begleitet hatte. Die Sonne über Akkanka schien zuverlässig warm wie immer. Die riesigen Gärten glänzten noch feucht vom nachmittäglichen Regen, als wir den runden Platz betraten, auf dem Gregor König seinen Unterricht gab. Er wartete bereits neben einem großen Käfig auf uns. Ein Tier lief darin unruhig auf und ab, es ähnelte einem Chamäleon, war aber wesentlich größer und fauchte gefährlich, sobald man sich dem Käfig näherte.

„Nicht anfassen, bitte. Abstand halten! Kommen Sie dem Käfig auf gar keinen Fall zu nahe!", dirigierte Gregor König die Studenten, die auf den Platz strömten. Als endlich Ruhe herrschte, begann er zu sprechen und ich begann zu warten. Ich musterte meine Kommilitonen ganz genau und besonders Dorina verlor ich nicht aus dem Blick.

„Der Grüngrütz ist ein magisches Tier, dessen Gefährlichkeit gern unterschätzt wird. Er vermehrt sich nicht auf herkömmlichem Weg, sondern erschafft neue Artgenossen selbst. Sein Biss löst eine Verwandlung in einen Grüngrütz aus. Dieser

Prozess ist bei rechtzeitiger Behandlung zwar umkehrbar, aber die Genesung dauert mehrere Monate. Bis dahin müssen die Erkrankten in Akkanka bleiben, da sie in der nichtmagischen Welt zu viel Aufmerksamkeit erregen würden. Wir hatten erst im letzten Jahr einen Fall, als eine Studentin gebissen wurde. Sie musste ein halbes Jahr in meiner Obhut bleiben, bis die Rückverwandlung ausreichend weit fortgeschritten war.“ Ich war nur einen Moment lang in meine Erinnerungen an Nelly und den vergangenen Sommer versunken, als ein schriller Schrei ertönte.

Im ersten Moment dachte ich, dass sich jemand dem Käfig zu dicht genähert hatte und von dem angriffslustigen Grüngrütz gebissen worden war. Ich suchte bereits die erste Reihe der vor mir stehenden Studenten ab, als ich blondes Haar im grünen Gras liegen sah. Panik ergriff mich und zwar in solchem Ausmaß, wie ich es noch nie erlebt hatte. Meine Hände zitterten, als ich mir einen Weg durch die erstarrte Menge bahnte. Ich hatte es erwartet, aber dass es tatsächlich passierte, riss mir den Boden unter den Füßen weg. Die Szene konnte sich nicht zum dritten Mal wiederholen. Ich nahm um mich herum nur noch ein Rauschen war, als ich die Stelle erreichte und erkannte, dass tatsächlich Dorina dort am Boden lag. Ihre Haut verfärbte sich bereits braun und sie wirkte mehr tot als lebendig. Hektisch redend lief Gregor König um sie herum, doch ich hörte ihn nicht. Ich sah nur, wie sich sein Mund bewegte. Adam hob die leblose Gestalt vom Boden auf und legte sie auf eine Bank. Das Rauschen in meinen Ohren wurde immer lauter.

Unmöglich! Unmöglich! Unmöglich!

Die Worte hämmerten durch meinen Kopf wie Kampfflugzeuge im Tiefflug. Dann ging alles sehr schnell. Frau Professor Schönhuber kam angerannt, begleitet von Frau Professor Espendorm und Madame Villourie. Adrenalin flutete meinen Körper und ließ das Rauschen in meinen Ohren augenblicklich verstummen.

„Wir sind zu spät, sehen Sie, sie hat es schon wieder getan“, rief Frau Professor Schönhuber schrill. Sie fuchtelte wild mit ihren behandschuhten Händen.

„Wer hat was getan? Ich verstehe gar nichts. Haben Sie die Heilerin gesehen?“, fragte Gregor König aufgelöst.

„Die Heilerin ist unterwegs“, klang Adams Stimme tonlos von hinten.

„Gut, das ist gut“, erwiderte Gregor König zerstreut und wandte sich wieder Frau Professor Espendorm zu.

„Wir haben heute Nachmittag eine Durchsuchung der Studentenzimmer vorgenommen, nachdem ein Verdacht geäußert wurde, und sind fündig geworden.“ Frau Professor Espendorms Stimme klang kalt wie die schwärzeste Nacht. „Wir haben im Zimmer von Selma Caspari Dämonischen Schattenefeu gefunden. Madame Villourie und Frau Professor Schönhuber können es bezeugen. Damit haben wir einen eindeutigen Beweis.“

Der Boden schien unter mir zu beben. Einen Moment lang erstarrte ich in einer fast gnädigen Ohnmacht. Adams brennender Blick riss mich aus meiner panischen Lethargie.

„Ich habe Dorina nicht vergiftet und auch nicht Skara oder Penelope. Den Dämonischen Schattenefeu muss jemand in mein Zimmer geschmuggelt haben“, schrie ich in die Stille hinein.

„Wir haben Beweise, leugne nicht, was du getan hast!“, keifte Frau Professor Schönhuber. Ihr Gesicht war zu einer angsteinflößenden Maske verzerrt.

„Ich habe nichts getan“, entgegnete ich wütend. „Sie waren es. Wo waren Sie denn heute Mittag? Ich habe die Kräuterfrau gefragt, Sie haben das Kraut gekauft und Sie haben es in mein Zimmer gelegt! Und heute Vormittag haben Sie Dorina vergiftet. Ich habe es doch gewusst und jetzt wollen Sie mir die Sache in die Schuhe schieben.“

„Genug. Einen Professor zu verdächtigen, ist eine schwerwiegende Angelegenheit.“ Frau Professor Espendorms Stimme war laut. „Ich muss Sie vorerst in Gewahrsam nehmen, bis die Schwarze Garde die Angelegenheit aufgeklärt hat. Adam, führen Sie Selma ab!“

Ich sah zu Adam und sah, wie sein Blick erstarrte und dann sein ganzer Körper. Jetzt war der Moment der Wahrheit gekommen. Er musste sich entscheiden zwischen Sagen und Tun, zwischen unserer Liebe und seinem Leben in der magischen Gemeinschaft. Er musste mich verraten oder sich öffentlich zu mir bekennen. Ich sah, wie er zögerte und nach irgendeinem Ausweg suchte, um das Unvermeidliche dieser Entscheidung noch aufzuhalten.

In mir gefror alles. Es war, als ob mit einem Mal alle Wärme meinen Körper verlassen hatte. Ich hatte noch nie das Gefühl, dass er so weit weg von mir gewesen war wie in diesem Moment. Jetzt wurde mir erst in aller Klarheit bewusst, was es für ihn bedeutete, mit mir zusammen zu sein. Sein ganzes Leben würde zu Ende sein, wenn er jetzt die falsche Entscheidung traf. Ihm drohte der Haebram, genauso wie es bei meiner Mutter gewesen war. Als ich sah, wie ihm die Farbe aus dem Gesicht wich, durchfuhr es mich, dass er das sehr genau gewusst hatte. Er hatte geahnt, dass dieser Moment kommen würde, und jetzt begriff ich auch seine Zurückhaltung der letzten Tage.

„Adam, nehmen Sie Selma Caspari fest!“, wiederholte Frau Professor Espendorm mit Nachdruck. Doch Adam rührte sich noch immer nicht. Die Zeit schien still zu stehen. In mir zerbrach etwas, die Scherben schnitten in mein Herz. Ich glaubte, dass es aufhören würde zu schlagen, so stark war die Qual, die mein Innerstes zusammenzog. Ich ließ den Blick über meine Freunde schweifen. Lianas Gesicht war kalkweiß. Ich sah, wie sie zitterte. Lorenz hielt sie fest, selbst starr vor Schock. Shirley sah Frau Professor Espendorm an, als ob sie immer noch nicht glauben konnte, dass die Worte aus ihrem Mund ernst gemeint waren. Zuletzt sah ich Adam an. Die Züge seines Gesichtes, die ich so sehr liebte, waren verzerrt vor Zorn, vor Wut. Man sah ihm das Durcheinander seiner Gefühle an. Doch noch hatte er kein Wort gesagt, das mich retten konnte.

Ich musste der Sache ein Ende bereiten. Ich durfte Adam nicht opfern. Er war so viel mehr wert als ich. Ich hatte schon alles verloren, was mir etwas bedeutete: meine Eltern, meine Geschwister, meine Großmutter und nun auch Adam. Doch etwas musste ich noch tun, bevor ich von dem Rand der Klippe fiel, an der ich längst stand. Ich konnte ihn retten und sein Leben vor dem Haebram schützen, selbst wenn er es nicht für mich tun würde.

Ich sah, wie er den Mund öffnete, um etwas zu sagen. Doch bevor auch nur ein Wort seinen Mund verlassen konnte, hatte ich meine Entscheidung schon getroffen.

Ehe auch nur irgendjemand einen Schritt auf mich zu machen konnte, schloss ich kurz die Augen und konzentrierte mich.

Sofort brachen sich meine Flügel durch den Stoff meines T-Shirts ihren Weg. Ich spannte die großen, roten Schwingen auf und erhob mich in die Luft. Ohne zurückzusehen, flog ich, so schnell ich konnte, dem Ausgang zu. Ich hörte den Tumult, der ausbrach, als alle begriffen, dass ich fliegen konnte und auf der Flucht war.

Erst als ich die breiten Türen zur Unterwelt passierte und nach oben ins Licht flog, war es mit einem Mal still. Ich war eine Ausgestoßene, weder in der magischen noch in der nichtmagischen Welt hatte ich einen Platz, zu dem ich fliehen konnte. Das erste Mal in meinem Leben war ich völlig allein. Es gab keine Hoffnung mehr.

Ich fühlte mich so leer, so ohne Kraft, dass ich mich am liebsten aufgegeben hätte. Doch noch war ich nicht weit genug von Adam entfernt. Mit aller Kraft, die ich aufbringen konnte, bewegte ich meine Flügel, obwohl sich alles in mir dagegen sträubte, mich von ihm zu entfernen. Ich kämpfte gegen den Schmerz in meinen Muskeln und gegen die Leere in meinem Herz. Die Flugübungen bei Gregor König machten sich nun bezahlt, denn noch konnte ich unter mir keinen Verfolger entdecken. Unbehelligt erreichte ich die Oberfläche und schoss nach oben aus dem langen Tunnel heraus, hinein in das Licht eines schönen, unschuldigen Tages. Ich wusste, was zu tun war. Zuerst brauchte ich die Notfalltasche aus meinem Zimmer und dann würde ich über die Villa del Mare weiterflüchten. Die registrierten Türen kamen nicht infrage, das Senatorenhaus überwachte sie. Ich musste zur Akasha-Chronik und mir Antworten holen. Hier konnte ich nichts mehr tun. Es war vorbei.

Ich erreichte das Dach unseres Wohnturmes ohne Zwischenfälle und hielt inne.

„Kileandros!" Die Stimme meiner Großmutter klang in meinem Kopf. Offenbar hatte sie die leblose Dorina erreicht und von meiner Flucht erfahren.

Nein, ich würde mich nicht verstecken. Wenn ich hier in Tennenbode nichts mehr erreichen konnte, würde ich mir zumindest die Antworten holen, die ich so lange gesucht hatte.

Ich sah mich noch einmal um, bevor ich meine Flügel verschwinden ließ und durch die Dachluke ins Innere schlüpfte. Es würde niemand damit rechnen, dass ich hier Unterschlupf fand, und wenn, dann war ich hoffentlich schon längst weg.

„Selma Caspari, stellen Sie sich!", hörte ich Frau Professor Espendorms Stimme in meinem Kopf. Ich musste mich beeilen!

„Wir werden dich kriegen", keifte Frau Professor Schönhuber in diesem Moment. Ich stieß einen zornigen Schrei aus und verschloss mit einem Mal meine Gedanken. Es war, als wenn ich eine Mauer um mich herum erschaffen hatte, denn plötzlich herrschte absolute Stille. So lange hatte ich versucht, der Musik und Frau Professor Hengstenbergs Stimme standzuhalten. Doch erst jetzt begriff ich, dass ich es nie mit aller Kraft versucht hatte. Ich hatte keine Zeit, mich über diesen kleinen Erfolg zu freuen.

Schnell stieg ich die steile Leiter hinab, durchquerte das Studierzimmer und erreichte endlich mein eigenes Zimmer.

Erschrocken stieg ich durch das Chaos. Alles war durcheinandergeworfen worden. Mein Bett war zerwühlt, auf dem Boden lagen Bücher und Kleider kreuz und quer durcheinander. Hoffentlich hatte niemand meine Tasche gefunden, die im hintersten Teil des Kleiderschrankes in meinen Stiefeln steckte. Ich öffnete die hölzernen Türen und atmete erleichtert aus. Dahinter lag alles an seinem Platz. Wer den Dämonischen Schattenefeu versteckt hatte, wollte, dass er schnell gefunden wurde. Ich schnappte meine Tasche und warf einen letzten Blick auf mein Heim der letzten Monate. Hier war ich glücklich und traurig gewesen. Erinnerungen an Adam hingen in diesem Zimmer. Ich wandte mich schnell ab, bevor mir die Tränen in die Augen steigen konnten. Noch war ich nicht in Sicherheit. Noch konnte ich mich nicht meinem Selbstmitleid hingeben. Es war eine Frage der Zeit, bis sie mich hier suchen würden. Ich zog meine Jacke aus Wingtäubelleder an und verließ das Zimmer. So schnell ich konnte, rannte ich die Treppen hinunter. Der Turm war wie ausgestorben. Eilig und möglichst lautlos lief ich durch die Gänge, bis ich schließlich in den abgelegenen Teil der Burganlage gelangte. Ich verlangsamte meine Schritte und konzentrierte mich nun darauf, die richtigen Gänge und Treppen zu nehmen. Die staubigen Stiegen ähnelten sich.

Ich flüsterte den gewebten Wortzauber und stand vor der Tür nach Italien, vor der Tür in die Freiheit und die Ungewissheit. Ich durfte keine Zeit verlieren, wenn sie mir auf den Fersen waren. Ich spürte das Gleiten meines Körpers durch den Raum und trat in den Sonnenschein eines sich neigenden Tages am Meer. Die Kaffeebar war fast leer, nur wenige Magier saßen an den kleinen Tischen. Möglichst unauffällig stieg ich die enge Treppe bis zum Meer hinab.

Lange lief ich den einsamen Strand entlang, bis ich mir sicher war, dass mir niemand folgte und mich auch niemand mehr sehen konnte. Ich verbarg mich hinter einem großen Felsen und sank auf die Knie. Ich war allein, ganz allein. Die Szene in Akkanka drängte sich mir auf. Adam hatte mir nicht geholfen. In dem Moment der Entscheidung hatte er zu lange gezögert. Ich nahm es ihm nicht übel. Ich war Plebejer und wir hatten nie wirklich zusammengehört. Der einzige Trost, der mir blieb, war zu wissen, dass ich sein Leben nicht zerstört hatte.

Es gab im Moment nur einen Weg für mich und der führte mich weg von Tennenbode, von meinen Freunden, und weg von Adam. Die verräterischen Tränen konnte ich jetzt nicht mehr zurückhalten. Heiß liefen sie meine Wange hinab. Wie sollte ich weiterleben ohne ihn? Er hatte mich so sehr verändert, dass ich nicht wusste, ob ich ohne ihn noch ich selbst sein konnte.

Ich suchte in mir nach dem Funken wenigstens eines hoffnungsvollen Gedankens, der mich dazu brachte, aufzustehen und weiter zu fliehen. Die aufziehende Kälte der herannahenden Nacht kroch mir in die Glieder und machte mich müde. Ich würde mich einfach hinlegen und einschlafen, vielleicht wäre dann morgen früh alles vorbei.

Nur einen Moment verweilte ich bei diesem friedlichen Gedanken, dann riss mich der Schreck, dass ich meinen eigenen Tod in Betracht zog, wieder zu Bewusstsein. Erschrocken sprang ich auf und begann mich zu bewegen, um die Wärme in meinen Körper zurückzuholen. Noch war die Zeit zu sterben nicht gekommen, ich wollte leben. Eine Sache gab es noch zu tun. Ich musste den Mörder meiner Eltern finden und ich würde mich dafür rächen, dass er mein Leben zerstört hatte. Mir war nie klar gewesen, was für ein starkes Gefühl Rache war. Dieser Gedanke brannte jetzt heiß und glühend in mir und verscheuchte die dunklen Schatten, die sich meiner bemächtigt hatten.

Ich wartete noch eine Stunde, bis sich die Dämmerung herabsenkte, und dann erhob ich mich, so schnell ich konnte, in die Lüfte; so hoch, dass mich die Menschen, die mich sahen, für einen Vogel halten würden. Ich kannte den Weg, den Ariel mir gewiesen hatte. Ich flog in östliche Richtung auf das offene Meer zu und verschwand in der Dunkelheit.

Wahrheit und Gefahr

Meine Finger waren kalt. Ich spürte sie kaum, als ich endlich den Küstenabschnitt erreichte, den ich gesucht hatte. Der Wind riss an meinen Haaren, als ob er mir sagen wollte, dass ich nicht hierher gehörte. Mit zitternder Stimme sprach ich den Wortzauber und erleichtert sah ich, wie unter mir ein weißer Nebel aufstieg, aus dem heraus sich die Konturen eines riesigen Tempels verfestigten, der weit oberhalb der Steilküste aufragte. Im Dunkel der Nacht wäre er eigentlich nicht zu erkennen gewesen. Mein großes Glück war der zunehmende Mond, der milchig verschwommen durch eine dünne Wolkendecke schimmerte und genug Licht spendete, um die Konturen zu umreißen. Ich ließ mich tiefer sinken, um nach einer Stelle Ausschau zu halten, die für eine Landung geeignet war. Der kleine, schmale Landstrich war dicht bewaldet und von einer steilen Küste umgeben. Ich landete auf einem weichen Hügel, der den Tempel verbarg, und fiel einfach um, sobald meine Füße den Boden berührten.

Meine Muskeln brannten und mein Herz raste. Der Schmerz in meinen Fingern und Füßen erinnerte mich daran, dass meine Gliedmaßen nur langsam wieder auftauten. Das Rauschen des Windes hatte ein monotones Summen in meinen Ohren hinterlassen, sodass ich ein paar Minuten brauchte, bis ich die windstille Ruhe um mich herum wahrnahm.

Mein Kopf war leer. Es dauerte eine halbe Ewigkeit, bis es mir gelang, mich wieder aufzurappeln und meine Flügel verschwinden zu lassen. Was sollte ich jetzt tun? Zweifel regten sich in mir. Parelsus hatte gesagt, der Tempel würde von der Leibgarde des Primus bewacht. Ich war restlos erschöpft. Der Flug und die Ereignisse in Tennenbode hatten meine Energiereserven aufgebraucht. Ich war definitiv nicht in der Lage, gegen ein Dutzend kampferprobter Männer anzutreten.

Mühsam robbte ich den Hang bis zur Spitze des Hügels hinauf. Erst einmal wollte ich mir einen Überblick verschaffen, gegen wie viele Krieger ich antreten musste. Dass ich es tun würde, egal wie aussichtslos es schien, war mir in diesem Moment völlig klar. Ich hatte nichts mehr zu verlieren außer mein Leben und ohne Adam schien es mir mit einem Male nicht mehr viel wert zu sein. Ich konnte hoch pokern, denn der Verlust würde mich nur befreien.

Als ich über die Kuppe spähte, sog ich überrascht Luft ein. Der Tempel war leer und verlassen. Von der Schutzeinheit, die Willibald Werner ausgesandt haben sollte, war keine Spur zu sehen. Das war meine Gelegenheit. Sollte das Glück etwa endlich einmal auf meiner Seite sein? Kurzentschlossen stand ich auf und lief los.

Versteckt von Olivenbäumen und Zitronensträuchern schlich ich näher, bis mich nur noch ein kleiner, offener Platz von dem Eingangstor des Tempels trennte. Ich wartete wieder eine Weile, aber noch immer konnte ich niemanden sehen. Sollte die Akasha-Chronik unbewacht sein? Der Gedanke, dass ich mein Leben in diesem Moment doch nicht riskieren musste, sollte mich eigentlich beruhigen. Doch noch traute ich dem Frieden nicht.

Lagen Zauber über dem Tempel, die ich nicht kannte? Ich warf eine Handvoll Erde über den Platz und ließ ein paar Winde um die Ecken heulen. Nichts passierte. Offenbar hielt Willibald Werner den Tempel durch den Zauber, der ihn verbarg, für ausreichend geschützt. Ohne die Jungfrauen konnte ohnehin niemand in der Akasha-Chronik lesen. Ich war kurz vor dem Ziel. Meine Ungeduld gewann. Entschlossen trat ich aus meinem Versteck hervor und lief direkt auf das Eingangstor zu.

Während ich über den Platz eilte, sah ich mich ständig um. Es schien mir so unglaublich, dass niemand hier sein sollte.

Langsam trat ich näher. Das riesige Tor wölbte sich Ehrfurcht gebietend über mir.

Ich rüttelte an der Klinke, doch der Tempel war verschlossen. Fluchend versuchte ich das Tor zu öffnen, aber der Riegel bewegte sich nicht einen Millimeter. So kurz vor dem Ziel zu scheitern, machte mich unglaublich wütend.

Was hatte ich erwartet? Ein freundliches Empfangskomitee und einen roten Teppich?

Zornig schleuderte ich einen meiner halbdurchsichtigen Feuerbälle gegen die Holztür. Die Tür hielt stand, und was noch viel schlimmer war, sie war durch einen Zauber geschützt. Wie in Zeitlupe sah ich, dass der Feuerball von der Tür zurückgeworfen wurde. Es sah aus, als ob ein Lichtstrahl auf einen Spiegel traf und reflektiert wurde. Ich konnte nicht mehr ausweichen. Mit einem dumpfen Geräusch wurde ich von den Füßen gerissen. Ein stechender Schmerz raste durch meinen Arm, als ich auf den Boden aufschlug. Ich tastete ihn ab, doch er schien nicht gebrochen zu sein. Stöhnend erhob ich mich und sah an mir herunter.

Mein ohnehin nicht allzu starker Feuerball hatte meine Tasche getroffen, die rauchend und zerrissen an meiner Seite hing. Ich fluchte, als ich sah, dass meine Habseligkeiten auf dem Boden verstreut lagen. Die Liste mit den Fragen flackerte noch, die Lagnusfasern waren schon restlos verbrannt. Meine Notration Stumpfeichelbrot war ungenießbar. Ich dankte mir für meine Eingebung, das Fläschchen Nurfur-Nebel direkt am Körper zu tragen. Hätte ich es in der Tasche gelassen, wäre es jetzt zerbrochen.

Verzweiflung beschlich mich. Irgendetwas musste mir einfallen, und zwar schnell, oder ich musste unverrichteter Dinge wieder abziehen. Da sah ich etwas Schmales, Helles zwischen meinen brennenden Besitztümern liegen. Überrascht griff ich danach und traute meinen Augen kaum.

Es war ein Grophotomzauberstab, den ich in den Fingern hielt. Das Feuer hatte die schwarze Verpackung des vermeintlich nutzlosen Zauberstabes abgeschält. Ich hatte ihn die ganze Zeit bei mir gehabt. Ich verkniff mir einen unanständigen Fluch auf Frau Professor Hengstenberg und ihr Urteilsvermögen.

Jetzt musste ich mich beeilen. Der Tumult, den ich hier veranstaltete, würde sonst noch jemandem auffallen. Der Gedanke trieb mich an. Ich wandte mich dem Tor des Tempels zu und hielt den Zauberstab auf das Schloss gerichtet. Ich schloss die Augen und stellte mir vor, wie sich der Riegel löste, das Metall sich bewegte. Metall war ein Element der Erde und musste sich meinem Willen fügen. Obwohl diese Dinge erst in das siebte Semester gehörten, hatte ich mit dem Grophotomzauberstaub in der Hand gute Chancen, das Schloss trotzdem zu öffnen.

Ein leises Klacken ließ mich wieder hinsehen. Ich atmete erleichtert aus. Es hatte funktioniert. Ich drückte die Klinke und öffnete die Tür. Schnell schlüpfte ich in den dunklen Raum, der nur schwach von einigen Feuerbällen beleuchtet wurde und nach altem Papier und Staub roch. Er dehnte sich weit nach hinten aus. Meine Schritte hallten blechern aus der Ferne wider. Unscharf nahm ich wahr, dass die Wände bis zur Decke mit Bücherregalen vollgestellt waren. Dicke Bände voller Staub türmten sich neben Stapeln vergilbter Rollen. Suchend irrte mein Blick durch den Raum, bis ich sie endlich sah.

Die Akasha-Chronik lag in der Mitte des Tempels auf einem goldenen Ständer. Es war ganz eindeutig das Buch aus meinen Träumen. Ich erkannte es wieder. Beim Nähertreten spürte ich die Energie, die das Buch ausstrahlte. Ich streckte den Arm aus, um den ledernen Einband zu berühren. Das Kribbeln in meinen Fingern wurde immer stärker, je näher ich der Akasha-Chronik kam. Es war nicht unangenehm. Ehrfurchtsvoll trat ich noch näher und öffnete behutsam den schweren Buchdeckel. Die vergilbten Seiten waren leer. Ich dachte einen Moment an Parelsus und was er jetzt dafür geben würde, in diesem Moment hier zu stehen. Wenn ich heil hier herausgekommen war, würde ich ihm sagen, wo er die Chronik fand. Das war ich ihm schuldig. Schließlich war es seiner Hilfe zu verdanken, dass ich überhaupt so weit gekommen war.

Jetzt brauchte ich den Nurfur-Nebel und dann half nur noch die Hoffnung, dass das Ritual funktionierte, obwohl ich nicht alle Voraussetzungen erfüllte. Ich klopfte meine Taschen ab und zog das Fläschchen aus meiner Hosentasche. Glücklich betrachtete ich es. Meine Großmutter hatte recht gehabt, als sie mir zu Weihnachten sagte, ich würde es noch brauchen können. Die Erinnerung an sie füllte mich mit einem schalen Gefühl von Schwermut. Sie würde nicht gutheißen, was ich hier tat, aber es musste sein.

Ungeduldig öffnete ich das Fläschchen und legte eine Hand auf das grobe, alte Papier. Ich war so aufgeregt, dass meine Finger zitterten.

Ich schluckte, atmete noch einmal tief ein und wieder aus und hielt dann das Fläschchen unter meine Nase. Mit einem langen Atemzug sog ich den Nebel ein und wartete.

Nichts passierte.

Sollte sich meine Großmutter geirrt haben und der Nebel war doch nur eine gute Fälschung? Ich dachte an den Grophotomzauberstaub. Die Händler in Akkanka waren seriös. Daran gab es keinen Zweifel. Oder sollte sich doch einer der Scharlatane eingeschlichen haben, von denen Frau Professor Hengstenberg gesprochen hatte? Die Zweifel wurden immer größer, je länger ich vor der Akasha-Chronik stand, ohne dass sie mich erhörte. Siedend heiß fiel mir mein unreiner Leib ein. Hatte ich mir damit den Zugang zur Wahrheit verschlossen?

Ich dachte eine Sekunde an die Prophezeiung der Sybillen. Nein, sie hatten mir Liebe und Wahrheit versprochen, wenn ich die Gefahr in Kauf nahm.

Es begann plötzlich und fühlte sich an wie Achterbahn fahren, obwohl ich auf der Stelle stehen blieb. Meine Umgebung verschwamm und mir wurde sofort schwindelig. Ich wollte schon vor Erleichterung aufseufzen, doch im letzten Moment beherrschte ich mich und ließ den Nurfur Nebel in meiner Lunge.

Das Innere des Tempels verschwand gänzlich. Es wurde immer heller und heller, bis ich das Gefühl hatte, im grellen Sonnenlicht zu stehen, obwohl ich die Sonne nirgendwo sehen konnte. Wolken aus weißem Nebel flogen um mich herum, während ich noch immer die Hand auf dem Buch hielt, das mit in die Traumwelt gekommen war. Es hatte sich verändert, ein Strahlen schien aus den Seiten zu strömen.

„Was ist dein Begehr, Selma von Nordenach?“, tönte eine geschlechtslose Stimme von überall. Überrascht, dass es tatsächlich funktionierte, versuchte ich schnell meine Gedanken zu ordnen und in der Aufregung nichts Wichtiges zu vergessen.

„Wer hat die Studenten in Tennenbode vergiftet?“ Ich schrie die Worte im Geiste.

„Professor Elisabetha Schönhuber“, tönte es um mich herum und ich jubilierte innerlich. Ich hatte also recht gehabt.

„Warum hat Elisabetha Schönhuber die Studenten vergiftet?“

„Sie wollte dich in eine Falle locken, Selma von Nordenach.“

Warum mich? Egal, jetzt musste ich erst einmal wissen, wie man die vergifteten Mädchen retten konnte.

„Wie kann man die Vergiftung mit Dämonischem Schattenefeu heilen?“

„Ein Löffel von der Asche des Kreuzkrautes unter der Zunge heilt die Vergiftung“, tönte es. Was waren noch für Fragen übrig? Mein Herz raste. Es gab nur diese eine Chance.

„Wie kann ich die Patrizierehen abschaffen?“

„Du musst die Patrizier stürzen“, hörte ich die Stimme und spürte, wie mir langsam der Sauerstoff ausging. Jetzt musste ich mich schnell entscheiden, welche der übrigen Fragen am wichtigsten waren.

„Wo sind meine Eltern, Catherina und Toni Caspari?“

„Sie sind in der Antarktis.“ Mein Herz raste immer schneller, doch ich beherrschte mich und fragte weiter.

„Wie kann ich die Patrizier stürzen?“

„Du musst die Insignien der Macht zerstören.“

„Was sind die Insignien der Macht und wo sind sie versteckt?“, quetschte ich noch aus meinem Kopf, obwohl ich spürte, wie langsam alles vor meinem inneren Auge verschwand. Ich spürte das gierige Brennen in meiner Lunge und unterdrückte den Impuls zu atmen noch einige Sekunden, um die Antwort zu hören.

„Die Akasha-Chronik liegt versteckt im Tempel der Heiligen Jungfrauen in Griechenland. Der Gral der Patrizier ruht im ewigen Eis der …“

Ich fand mich keuchend auf dem Fußboden in der dunklen Halle des Tempels wieder. Scheinbar war ich kurz ohnmächtig geworden und hatte den Nurfur-Nebel ausgeatmet. Ich sog gierig frische Luft in meine Lungen, bis mein Herz ruhiger schlug. Es war unfassbar, was ich soeben gehört hatte. Meine Eltern waren in der Antarktis. Was hatte das zu bedeuten? Lebten sie tatsächlich noch? Außerdem hatte ich die Hälfte vergessen zu fragen. Wer entführte die Mädchen und warum wollte mich Frau Professor Schönhuber in eine Falle locken? Und gab es keinen einfacheren Weg, die Patrizierehen abzuschaffen, als gleich die Patrizier zu stürzen? Ich stöhnte, die Zeit war viel zu kurz gewesen.

Ein lautes Donnern ließ mich aufspringen. Draußen schlugen krachend Feuersalven ein, ihr rotes Leuchten schimmerte durch die angelehnte Tür. Die Wachen waren wieder da und hatten meinen Einbruch bemerkt. Siedend heiß durchfuhr mich die Angst. Aber warum kämpften sie? Egal warum, es war höchste Zeit zu verschwinden. Ich zückte meinen Zauberstab, eilte zur Tür und schob sie auf.

Etwas Dunkles erschien mit einem Mal vor meinen Augen und als ich aufsah, wusste ich, dass schreien umsonst war.

Auch wegzulaufen oder zu kämpfen hatte keinen Sinn. Ich hatte die Morlems schon von Nahem gesehen und ich wusste genau, dass sie es waren. Sie standen bewegungslos vor mir und ich sah sie auch aus den Augenwinkeln vorbeihuschen. In der Ferne kämpften sie, vermutlich mit den Wachen von Willibald Werner.

Es waren diese dunklen, vermummten Gestalten gewesen, die ich so oft gesehen hatte. Ihre Gesichter waren so stark mit schwarzen Tüchern verhüllt, dass man nur ihre Augen erkennen konnte. Kalte Augen, die mich ohne Mitleid betrachteten. Sie wollten mich. Das wurde mir nun klar. Sie hatten mich gesucht und gejagt und das schon seit Jahren. Es musste eine Falle gewesen sein, dachte ich noch, und dann wurde alles dunkel.

Gedämpfte Stimmen weckten mich und die Kälte, die mir in die Glieder kroch. Ich öffnete schwerfällig die Augen und schwebte einen Moment zwischen Schlafen und Wachen, zwischen Traum und Realität. Mein Kopf schmerzte und mühsam ertastete ich eine Beule. Die Erinnerung katapultierte mich schlagartig in den Wachzustand. Angst ergriff mich, als ob eine kalte Hand mein Herz umschloss. Es war nicht die Art von Angst, die ich bisher kannte. Das ungute Gefühl, das mich vor einer Prüfung überkam, hatte nichts mit dem zu tun, was ich in diesem Moment fühlte. Mich erfüllte eine nie gekannte elementare Angst um mein Leben. Meine Hände begannen unkontrollierbar zu zittern, als ich in der Dunkelheit um mich herum versuchte, etwas zu erkennen. Die Morlems hatten nie eines der Mädchen, das sie geraubt hatten, zurückgebracht. Wenn nicht noch ein Wunder geschehen würde, wäre das nun das Ende. Die Prophezeiung der Sybillen würde sich erfüllen. Ich hatte geliebt, ich hatte etwas von der Wahrheit erfahren, die ich gesucht hatte, und jetzt stand mein Tod bevor. Entgegen meiner Erwartung war mir das in diesem Moment nicht egal. Alles in mir schrie auf. Ich wollte leben. Noch gab es etwas zu tun. Der Gedanke, dass meine Eltern noch irgendwo da draußen waren, und sei es in der Antarktis, erfüllte mich mit neuer Energie.

Noch war ich nicht bereit aufzugeben. Ich schluckte und zwang meine Hände, sich zu beruhigen. Dann erhob ich mich von dem harten, feuchten Boden. Ich tastete mich durch den dunklen Raum und erkannte bald, dass er abgeschlossen war. Ich versuchte eine Feuerkugel zu formen, um mir etwas Licht zu verschaffen. In dem kurzen Glimmen, das zwischen meinen Fingern aufglühte, sah ich, dass ich in einem steinernen Verließ war. Ich tastete mich zu der Tür voran. Sie war aus Metall und meine Kräfte reichten noch nicht ansatzweise aus, um Metall in eine andere Form zu bringen. Den Grophotomzauberstab trug ich nicht mehr bei mir, aber vielleicht hatte ich eine Chance, den Stein um mich herum zu bearbeiten. Ich wollte soeben beginnen, mir einen Fluchtweg zu schaffen, als Stimmen näher kamen. Die Tür wurde aufgerissen. Erschrocken und geblendet von dem Licht vieler Feuerbälle sprang ich zurück. Starke Hände packten mich unsanft an den Armen und zogen mich mit sich. Ich wehrte mich mit aller Kraft, aber gegen diese körperliche Überlegenheit konnte ich nichts ausrichten. Ich wurde einfach mitgezerrt. Als sich meine Augen wieder an das Licht gewöhnt hatten, sah ich, dass wir in einem prunkvollen Saal angelangt waren. Wir waren eindeutig nicht mehr im Tempel der Akasha-Chronik.

Mitten im Raum ließen mich die Morlems los und zogen sich an den Rand des weiten Saales zurück, wo sie sich wie eine schwarze Mauer aufbauten, die genauso gut aus Stein hätte sein können. Ich sah mich um, als sich Schritte näherten. Ein Mann betrat den Raum, der mir seltsam bekannt vorkam. Doch es dauerte eine Weile, bis mein Gehirn die Unwahrscheinlichkeit der Wahrheit begriff. Es war der altmodische Schnauzbart und dieser Blick, der mich im letzten Jahr ständig von einer Zeitungsseite angesehen hatte.

„Senator Helander Baltasar“, rief ich erstaunt. Er war der

Auftraggeber der Morlems und der Spion der Schwarzen Garde? Das war unmöglich. Die Sicherheit des Landes lag in den Händen des größten Verbrechers der Vereinten Magischen Union? Ich begann am ganzen Körper zu zittern, als ich meine ausweglose Lage begriff.

„Lassen Sie mich gehen!“ Ich schrie die Worte. Erst jetzt wandte er sich mir zu und sah mich kalt an, als ob ich ein Möbelstück wäre, das nicht in den Raum passte.

„Warum sollte ich das? Es war eine große Anstrengung, dich endlich zu fassen. Seit Jahren warte ich schon darauf.“

„Warum ich?“, fragte ich entsetzt. Was wollte ein Politiker von mir?

„Ich brauche dich.“

„Was wollen Sie von mir? Wo bin ich? Warum haben Sie mich hierher gebracht?“, rief ich aufgebracht.

„So viele Fragen auf einmal. Du schnüffelst genauso herum wie deine Mutter, steckst deine Nase in Angelegenheiten, die dich nichts angehen.“ Er kam einen Schritt auf mich zu und unterstrich seine Worte mit einer energischen Geste.

„Was wissen Sie von meiner Mutter? Lebt sie noch?“ Ich erstarrte, aber Baltasar antwortete nicht auf meine Frage.

„Du bist mir seit Jahren immer wieder knapp entwischt. Ich musste zu Mitteln greifen, die ich sonst nicht nötig habe, und mich Magiern wie Elisabetha bedienen, die ich sonst meide.“ Er trat an eines der hohen Fenster und sah in die Nacht hinaus. Ich folgte seinem Blick und in der Ferne sah ich ein riesiges Feuer, das den Nachthimmel erhellte.

„Die Schönhuber hat die Studenten vergiftet, damit Sie an mich rankommen?“, fragte ich überrascht. Bei all diesen Vergiftungen war es immer nur um mich gegangen?

„Elisabetha hat die Schlinge um deinen Hals immer enger gezogen, bis wir dich fast hätten festnehmen können. Aber ich wusste, dass du hierher kommen würdest. Deine Mutter und Parelsus, dieser Schnüffler, haben auch schon nach der Akasha-Chronik gesucht und du hast deine Nachforschungen nicht sehr geschickt verheimlicht. Ich musste nur noch warten, ob du weiter kommst als sie.“ Er grinste zufrieden.

„Warum dieser ganze Aufwand? Was wollen Sie von mir und was wollten Sie von den anderen Mädchen?“, fragte ich aufgebracht.

„Die Mädchen hatten alle nicht das, was ich gesucht habe, aber du hast es, und jetzt habe ich dich endlich!“ Baltasar sah mich gierig an.

„Was soll das bedeuten? Was habe ich?“

„Du hast jetzt die einmalige Chance, Teil von etwas Großem zu werden. Jetzt, wo du da bist, steht mir endlich der Weg offen, die Gesellschaft zu heilen und neu zu formen.“ Er breitete die Arme aus und sah mit einem Mal wieder wie der redegewandte Politiker aus, der seine Visionen der Öffentlichkeit präsentierte. Ich sah ihn erschrocken an.

„Sie sind bei der Wahl gescheitert. Ihr krankes Gesellschaftsbild will keiner“, entgegnete ich schroff. Ein Schatten huschte über Baltasars Gesicht. Er ließ die Arme sinken.

„Du verstehst es nicht. Die Wahl sagt nichts. Ein Volk will regiert werden. Die einfachen Magier können das nicht selbst entscheiden. Dafür haben sie nicht die geistige Größe. Ein Volk braucht einen Regenten, der ihm den Weg in die Zukunft zeigt, einen König. So wie es früher einmal war.“ Baltasar faltete seine Hände ineinander und sah mich an wie ein dummes Kind, das das Offensichtliche nicht begriff.

„Willibald Werner ist Primus und daran können Sie nichts ändern. Wie auch?“

„Bald kann ich es ändern, denn jetzt bist du ja da. Dann können wir endlich dem Volk einen König zurückgeben.“ Er sah mich gierig an und mir lief es kalt den Rücken herunter, als ob jemand einen Eimer Eiswasser über mich geleert hätte. Vielleicht war der Tod sogar noch besser als das, was Baltasar mit mir vorhatte?

„Wir?“, keuchte ich. Er sah mich siegessicher an und nickte gefällig.

„Ja, wir. Wir sind ein magisches Paar, Selma von Nordenach“, sagte er schließlich und nur langsam begriff ich seine Worte und die Dimension ihrer Bedeutung. Ein magisches Paar, das würde bedeuten, er könnte mit meiner Hilfe seine Kräfte vervielfachen, um sich selbst zum König zu machen. Das durfte nicht wahr sein. Niemals! Meine Verwirrung über das, was ich soeben verstanden hatte, war mir offenbar ins Gesicht geschrieben.

„Du weißt, was das bedeutet?“, fragte er langsam. Ich nickte.

„Woher wissen Sie das? Ihre Mutter prophezeit doch keine magischen Paare mehr. Eigentlich hat sie es ja ohnehin nie getan. Eigentlich war es Ihre Schwester Sedonie.“ Ich beobachtete seine Reaktion auf meine Worte und versuchte ihn einzuschätzen. Sein Blick irrte für einen Moment zornig durch den Raum, doch dann fasste er sich schnell wieder.

„Du kennst dich besser aus, als ich vermutet hatte. Ja, meine nichtsnutzige Schwester. Glücklicherweise ist es mir endlich selbst gelungen, mir die Informationen zu beschaffen, die ich brauchte.“

Die Erkenntnis traf mich wie ein Schlag, aber sie passte in das lückenhafte Bild, das sich vor mir auftat.

„Sie sind in den Tempel eingebrochen und haben die Heilige Jungfrau gezwungen, in der Akasha-Chronik zu lesen, und dann haben Sie sie einfach umgebracht!“, flüsterte ich entsetzt. Er mochte vielleicht in die Traumwelt gelangen, aber sein Geist war mit Sicherheit nicht rein genug für das Buch der Bücher. Baltasar verstand mich. Einen Moment lang ließ er seine gefasste Maske fallen und der wahnsinnige Fanatiker, der in ihm steckte, kam zum Vorschein.

„Ich habe dich unterschätzt, wirklich unterschätzt“, zischte er und kam näher, bis er mich fast berührte. Mir wurde plötzlich so unnatürlich kalt, dass meine Muskeln blockierten. Ich konnte mich für einige Sekunden nicht mehr bewegen.

„Aber das hätte ich mir eigentlich denken müssen, dass in

dir derselbe Drang Unruhe zu stiften steckt wie in deiner Mutter. Sobald du Tennenbode betreten hast, hast du sicherlich gleich damit angefangen, ihr ehrenvolles Werk fortzusetzen." Seine Augen blitzten und die Entschlossenheit, die daraus leuchtete, jagte eine neue Welle kalter Schauer über meinen Rücken.

„Was haben Sie eigentlich für ein Problem mit meiner Mutter?", fragte ich verzweifelt.

„Hat dir deine Großmutter nie von ihr erzählt, von uns erzählt? Habt ihr nie gemeinsam in eurem kleinen Kaff gesessen und in rührseligen Erinnerungen geschwelgt?" Die Worte schnitten mir in die Seele. Ein Messer in meinem Fleisch hätte denselben Schmerz verursacht.

„Natürlich hat sie mir von meiner Mutter erzählt, und meine Mutter war ein anständiger Mensch", schrie ich zornig, die Wut pumpte Wärme in meinen Körper und das tat gut.

„Dann hat sie wohl vergessen zu erwähnen, dass deine Mutter meine erste Partnerin werden sollte, denn auch wir waren ein magisches Paar." Vor Verblüffung verstummte ich.

„Nach deinem Gesichtsausdruck zu urteilen hat sie es nicht erwähnt. Nur hat deine dumme Mutter beschlossen, diesen Caspari-Jungen zu heiraten. Sie hat alles weggeschmissen, alle Möglichkeiten, die uns offen standen, für ein bisschen Gefühlsduselei. Wir wären das perfekte Paar gewesen. Patrizier aus den ältesten Blutlinien. In unseren Adern fließt Königsblut. Wir waren ein magisches Paar, die Macht wäre uns von allein zugeflogen. Es ist mir bis heute ein Rätsel, wie sie all das für einen dahergelaufenen Plebejer wegschmeißen konnte, für einen Bauerntölpel." Er schüttelte angewidert den Kopf und ich brannte innerlich vor Wut.

„Meine Mutter war nicht dumm und mein Vater kein Bauerntölpel", presste ich hervor. Er ignorierte meinen hilflosen Zorn.

„Nachdem ich endlich wusste, dass du meine nächste magische Partnerin werden solltest, konnte ich mich ganz darauf konzentrieren, dich in die Finger zu bekommen." Deswegen wurden keine Mädchen mehr entführt, schlussfolgerte ich, denn er wusste ja nun, wen er brauchte. Er räusperte sich ungeduldig.

„Aber jetzt hast du die Möglichkeit, die Fehler deiner Mutter wieder gutzumachen. Ich habe lange gesucht, bis ich einen neuen magischen Partner ausfindig gemacht habe, aber jetzt ist es endlich so weit." Er klang siegesgewiss.

„Niemals!", schrie ich. „Niemals werde ich mich mit einem Mörder zusammentun."

Baltasars buschige Augenbrauen begannen unkontrolliert zu zucken, trotzdem bewahrte er die Fassung.

„Wir werden das Ritual durchführen, ob du willst oder nicht. Ich habe inzwischen genug Übung darin, auch die Widerspenstigen gefügig zu machen. Genau wie bei den anderen Gänsen werde ich dein Gedächtnis einfach löschen", zischte er und die eisige Kälte kehrte in meine Glieder zurück. Mir drehte sich beinahe der Magen um.

„Bereitet alles vor!", ordnete er an, ohne mich anzublicken. Die Morlems traten lautlos hervor und packten mich an den Armen. Widerstandslos ließ ich mich in einen Umhang zwängen. Tausende Mädchen hatte er entführen lassen, um eine magische Partnerin zu finden, und das alles, weil meine Mutter ihn abgelehnt hatte. Er hatte gemordet und morden lassen, um an die Macht zu gelangen. Was hatte ich einem Monster wie diesem schon entgegenzusetzen? Ich dachte einen Moment an Adam und ein warmer, süßer Schmerz riss in meiner Brust. Selbst wenn er nicht zu mir stehen konnte, ich liebte ihn und dieses Gefühl brannte vermutlich für immer heiß in meiner Brust. Ich konzentrierte mich mühsam. Baltasar wollte mich zwingen, ein Ritual durchzuführen. Sicherlich musste ich irgendetwas tun oder sagen und wenn ich mich weigerte, würde er mich zwingen, so wie Ramon im letzten Sommer versucht hatte, meinen Geist auszuknipsen. Erleichtert erinnerte ich mich, dass es ihm nicht gelungen war, und mittlerweile war ich stärker geworden. Ich hegte die winzige Hoffnung, dass auch Baltasar trotz seiner tausendfachen Übung scheitern würde, bis mich irgendjemand retten kam. Dazu musste ich erst einmal jemanden um Hilfe rufen.

Siedend heiß durchfuhr es mich. Wieso hatte ich das bisher noch nicht getan? Ich öffnete meinen Geist und schickte Botschaften los. Ich rief Adam um Hilfe und auch meine Großmutter und Liana, Lorenz und Shirley. Irgendjemand musste meine Botschaft empfangen und Hilfe schicken. Andererseits war ich weit weg, wahrscheinlich zu weit für meine eingeschränkte Sendekraft, und ich hatte keine Ahnung, wo genau ich mich eigentlich befand.

Von den Morlems geführt schwebte eine goldene Schale in den Raum. In ihr spiegelte sich das Leuchten der Feuerbälle wider, die den Raum erhellten. Die dunklen, gesichtslosen Gestalten stellten sich in respektvoller Entfernung auf. Ich erinnerte mich an meinen Tornado, mit dem ich das Kabinett von Frau Professor Schönhuber zerstört hatte. Ich bereute kurz, dass Frau Professor Schönhuber damals nicht weggeweht wurde, und versuchte mein Glück. Vielleicht konnte ich wieder so eine Kraft heraufbeschwören und mir einen Fluchtweg schaffen. Ich begann möglichst unauffällig eine kreisende Bewegung. Doch bevor auch nur der Ansatz einer Windhose entstehen konnte, war einer der Morlems hervorgesprungen und hielt meine Hände mit eisernem Griff fest. Der Schmerz in meinen Handgelenken kam plötzlich und war so gewaltig, dass ich aufschrie.

Auf sein Nicken sprang ein weiterer hervor und fesselte meine Hände mit einem stählernen Seil. Er visierte das kalte Metall einfach an, das sich mühelos um meine Gelenke schlang und sich nicht mehr bewegen ließ. Ich versuchte selbst meine Kräfte daran, aber das Metall gehorchte nicht meinem Willen. Ich fluchte und überlegte fieberhaft, wie ich mich noch aus dieser misslichen Lage befreien konnte. Bevor ich jedoch einen weiteren Versuch starten konnte, betrat bereits Senator

Baltasar wieder den Raum. Er hatte sich umgezogen und trug nun einen langen, dunkelroten und reich verzierten Umhang, der wie eine riesige Blutlache über den Boden floss. Die Morlems um mich herum senkten ehrfurchtsvoll den Kopf, während Baltasar mit ernster Miene zu dem goldenen Becken in der Mitte des Raumes schritt. Auf eine seiner Handbewegungen hin wurde ich zu ihm geschleift. Ich wehrte mich, so gut das mit gefesselten Händen ging, aber es war zwecklos. Auf der anderen Seite des goldenen Beckens harrte ich der Dinge, die nun kommen würden.

„Es eilt. Wir können keine Verzögerungen mehr gebrauchen. Ich habe schon zu lange gewartet. Meine Geduld ist am Ende. Also füge dich oder ich werde dich zwingen, das Ritual durchzuführen. So oder so, du wirst heute zu meiner magischen Partnerin.“ Er zischte die Worte und begann dann in der alten Sprache zu sprechen, in der die Drachen auf meine Worte hörten und mit der meine Großmutter Wunden heilte. Die Szene um mich herum begann sich zu verändern. Ich blinzelte und sah mich verwirrt um. Lichter schossen um uns herum. So schnell begann sich alles zu drehen, dass ich es mit den Augen nicht mehr erfassen konnte. Die Umgebung verschwamm und begann sich aufzulösen. Ich spürte meinen Körper nicht mehr, während Baltasar weitersprach. Die Worte waren warm und kraftvoll. Die Magie, die ihnen innewohnte, war stark, und nun begann ich zu begreifen. Wir waren auf dem Weg in die Traumwelt, in der das Ritual stattfinden sollte. Während um uns herum ein Tosen und Rauschen herrschte, begannen sich einige Konturen zu verfestigen. Die goldene Schale schwebte noch immer zwischen Baltasar und mir. Ich sah an mir herunter und ein helles Leuchten blendete mich. Das Kleid, das ich trug, schien aus purem Gold zu bestehen. Es war über und über von feinen Stickereien bedeckt. Worte waren eingewebt, die voller Kraft waren und mich als die kennzeichneten, die hier ihren magischen Partner traf. Die Fesseln waren nicht länger da und ich sah von meinen scheinenden Händen zu

Baltasar hinüber, dessen blutroter Umhang mich blendete. Er wirkte riesig und mächtiger als in der realen Welt. Sein Gesicht war verzerrt und seine Augen blitzten silbern und kalt. Es schien, als ob Vinnla sein wahres Ich hervorgebracht hatte. Tosend donnerte seine Stimme und übertönte mühelos den Wind, der mein offenes rotes Haar um mich herumfliegen ließ. Ich wusste, dass das Ritual nun begann, denn plötzlich verstand ich die Worte, die Baltasar sprach.

Die alte Sprache steckte auch in mir, in meinem Blut und meinem Wesen. Baltasar beschwor geheiligte Kräfte und ich schnappte nach Luft, als sich silberne Bande um uns zu weben begannen. Er zog aus seinem langen Umhang einen Dolch aus schwarzem Metall, der kunstvoll mit Diamanten verziert war. Er hob ihn und schnitt sich in den Arm. Sein But tropfte in die goldene Schale und füllte sie schnell.

Baltasar fasste auch nach meinem Arm und setzte das Messer an. Bevor ich ihm meinen Arm entwinden konnte, hatte er mir schon eine tiefe, schmerzhafte Wunde in die Haut geschnitten. Ich wehrte mich, versuchte mich ihm zu entziehen, um die Vereinigung unseres Blutes zu verhindern. Ich musste mich aus der Traumwelt befreien.

Als mein Blut in den Stoff des goldenen Kleides floss und nicht in die Schale vor ihm, schrie er vor Wut laut auf. Er fixierte mich mit seinen silbernen Augen. Kälte schoss mir in den Kopf und ich wankte; so stark war die Energie, die in mich eindrang. Doch noch würde ich nicht aufgeben. Ich hielt dem Blick stand und wehrte mich gegen die dunkle Welle, die gegen mein Bewusstsein brandete. Ich schrie, um noch mehr Kräfte aufzubringen, doch er war zu stark, um ihn lange aufzuhalten. Ich schrie in die Traumwelt hinein um Hilfe, mein Körper schrie, mein Geist schrie. Alles in mir brannte und loderte, als ob ich in Flammen stand. Ich fixierte Baltasars Augen mit letzter Kraft und wusste, dass ich nicht länger standhalten konnte. Die Hoffnung schwand aus mir und schwarze Leere begann durch mich hindurchzufließen. Er zog meinen Arm zu sich heran und ich sah, wie ein Blutstropfen in Zeitlupe fiel und fiel und sich schließlich mit seinem Blut mischte. Erschöpft hielt ich inne. Baltasar sah gespannt auf. Irgendetwas musste nun passieren. Er wartete darauf, aber es geschah nichts, rein gar nichts.

„Warum funktioniert es nicht?", schrie er. Seine Stimme hallte laut wie ein Orkan in meinen Ohren. „Die Akasha-Chronik irrt sich nie!"

Er ging auf mich zu, den Dolch noch immer gezückt, Wut loderte in seinen Augen wie ein flammendes Inferno. Ich stolperte zurück, fiel über den Saum des Kleides und blieb wehrlos am Boden liegen. Er stand über mir, den erhobenen Dolch zum Schlag bereit. Ich schloss die Augen. Jetzt war es so weit.

„Ich liebe dich!" Ich sandte Adam eine letzte, verzweifelte Nachricht und erwartete den Schlag, der mein Leben beenden sollte.

Doch der Schmerz, den ich erwartete, kam nicht. Stattdessen drang ein weißes Glühen durch meine geschlossenen Lider. Überrascht blinzelte ich und sah, wie Baltasar über mir erstarrte. Die silbernen Bande um uns herum fielen herab und der Raum öffnete sich. Eine riesige, lichthelle Gestalt stand dort. Baltasar brüllte erbost und rannte los. Ich blinzelte erneut, um in dem grellen Licht besser sehen zu können. In den weichen Zügen der rettenden Gestalt erkannte ich meine Großmutter wieder. Sie hatte keine Falten oder grauen Haare, sie war zeitlos schön. Ihre weißen Flügel schwangen leicht und schwerelos hinter ihr.

„Georgette, du wirst mir meine Pläne nicht durchkreuzen", heulte Baltasar, während meine Großmutter schon die Hände erhoben hatte, um ihm Salven aus purer Energie entgegenzuschleudern.

„Und du wirst mir nicht meine Enkeltochter nehmen, Helander!" Großmutters Stimme schallte laut und mächtig durch den Raum, reiner und donnernder, als ich sie jemals gehört hatte. Baltasar versuchte, sich hinter einem Schild aus Feuer vor den Salven zu schützen, während er ihre Angriffe mit brennenden Geschossen erwiderte. Mitten in dem Gefecht sah sie zu mir hinüber.

„Verschwinde von hier! Bring dich in Sicherheit!“ Ich verstand erst nicht, was sie mir sagen wollte. Dann begriff ich und versuchte, aus der Traumwelt zu fliehen. Ich schloss die Augen und konzentrierte mich auf meinen Körper. Es ging schneller, als ich dachte. Ich spürte zuerst den Schmerz in meinem Arm und dann die Kälte unter mir. Mühsam öffnete ich die Lider und brauchte einen Moment, um zu begreifen, was ich da sah.

Adam war da. Ich starrte ihn ungläubig an. Mein Herz begann zu rasen. Er war hier und wollte mich retten. Obwohl die Situation so aussichtslos war, dass er nur gekommen sein konnte, um mit mir zu sterben, war ich glücklich.

Ich blinzelte und jetzt sah ich erst, dass er kämpfte. Ich hatte ihn noch nie so wütend gesehen und rappelte mich erschrocken auf. Er bewegte sich schnell und rasant und brachte den Tod. In einer Hand hielt er ein langes Schwert aus dunklem Metall und mit der anderen schoss er Feuerbälle und wehrte Angriffe ab. Sein Gesicht war verzerrt vor Wut und Entschlossenheit. Ein Morlem nach dem anderen fiel. Sie hatten keine Chance gegen Adams Zorn. Sollten wir doch am Leben bleiben können?

Eine unerwartete Bewegung hinter mir ließ mich herumfahren. Baltasar öffnete die Augen und blickte sich schockiert um. Er war meiner Großmutter entkommen. Sein Arm blutete genauso wie der meine und als er sah, dass Adam ein Gemetzel unter seinen Gefolgsleuten angerichtet hatte, wandte er sich wutentbrannt gegen ihn. Ich schrie, als ich begriff, dass sich zwischen Adam und Baltasar ein Zweikampf anbahnte.

Adam hatte soeben mit einer eleganten Bewegung den letzten Morlem hingestreckt, als er meinen Schrei hörte. Er drehte sich um und sah mich gefesselt und verletzt auf dem Boden liegen. Seine Augen schienen vor Zorn Blitze auszusenden.

Dann erst erkannte er Baltasar. Ich sah das Erstaunen in

seinem Blick. Das Begreifen des Unwahrscheinlichen füllte nur einen Moment der Stille. Dann wich sein Erstaunen wütender Entschlossenheit.

„Ich hätte nie geglaubt, dass der Spion der Schwarzen Garde an ihrer obersten Spitze steht“, rief er zornig und sah Baltasar wütend an.

„Genieße den Moment der Erkenntnis, denn gleich wirst du tot sein, du Grünschnabel“, erwiderte Baltasar herablassend und schoss eine Feuersalve auf Adam ab. Der wich im letzten Moment geschickt aus. Ich wollte schreien vor Wut, aber ich presste die Lippen fest aufeinander und überlegte fieberhaft, was ich tun konnte.

Ich versuchte, mich aus meinen Fesseln zu befreien, die sich nun leicht lösen ließen. Adam und Baltasar kämpften über meinem Kopf inzwischen mit aller Kraft gegeneinander. Kurzentschlossen sprang ich auf und griff mir ein Schwert, das auf dem Boden lag inmitten des Staubs gefallener Morlems.

Adam sah erschöpft aus. Der Kampf forderte all seine Kraft und ich spürte, dass er gegen die Macht von Baltasar nicht mehr lange standhalten würde. Er war ein hervorragender Kämpfer, aber Baltasar bei Weitem unterlegen. Bald würde er den donnernden Feuerbällen nicht mehr ausweichen können, die immer schneller neben ihm einschlugen und Steine und Staub herumfliegen ließen. Er kam nicht nah genug an Baltasar heran, um ihn mit seinem Schwert zu verletzen. Ich musste irgendetwas tun, um den Kampf zu beenden. Mit gezücktem Schwert schlich ich mich von hinten an Baltasar heran. Ich hatte schon einmal einen der Morlems getötet, es war ganz leicht gewesen.

Ich schaffte es, nah genug an ihn heranzukommen. Er war so darauf konzentriert, Adam zu töten, dass er nicht mehr auf mich geachtet hatte. Das war meine Gelegenheit und ich musste sie gut nutzen. Schnell machte ich einen Ausfallschritt und stieß Helander Baltasar das Schwert zwischen die Schulterblätter. Adam schrie auf, als er begriff, was ich getan hatte.

Ich lächelte ihm siegesgewiss zu. Was hatte er nur, ich hatte diesen Mörder getötet! Die Gerechtigkeit hatte gesiegt, Baltasar hatte den Tod verdient. Er hatte seit Jahren die Vereinte Magische Union getäuscht, verraten und Tausende Familien ins Unglück gestürzt. Doch mit einem Mal gefror mir mein Lächeln auf den Lippen. Eiskalt durchfuhr es mich. Sollte Baltasar nicht längst zu Boden gefallen sein? Er war doch tot. Ich hatte mit diesem Schwert sein Herz durchbohrt.

Doch er stand immer noch an derselben Stelle, das Schwert steckte in seinem Rücken.

Jetzt bewegte er sich langsam. Doch anstatt zu Boden zu fallen, drehte er sich zu mir um. Ich schrie auf, als ich begriff, dass er immer noch lebte.

Ein kaltes Lächeln lag auf seinen Lippen. Er zog sich das Schwert in einer langsamen Bewegung aus dem Fleisch. Dann kam er auf mich zu, ungeachtet der brennenden Feuerbälle, die Adam weiter auf ihn einprasseln ließ.

„Du hast dir den Tod redlich verdient“, sagte er mit einem zärtlichen Lächeln auf den Lippen. Er schien riesig und seine Augen blitzten plötzlich hasserfüllt. Ein Feuerball glühte blau zwischen seinen Fingern und wurde immer größer.

Das Letzte, an das ich dachte, war, dass wenigstens in diesem letzten Moment meines Lebens Adam bei mir war. Ich sah zu ihm, mein Blick war voller Liebe. Der Liebe, für die ich bereit war, zu sterben.

Dann wurde das Blau immer heller, bis ich darin verschwand.

Schönefelde

Als ich die Augen wieder öffnete, sah ich die vertraute Decke meines Zimmers in der Steingasse. Ich war nicht tot. Ich war am Leben und dieses Leben pulsierte voller Kraft durch meine Adern. Dafür gab es nur eine Erklärung: Adam war da, das spürte ich ganz deutlich.

Ich hob den Kopf und sah in sein Gesicht. Sein Blick fand mich und ich blinzelte. Ich war eindeutig noch am Leben, denn die starke Energie, die in mir pulsierte, war berauschend.

„Ist er tot?", flüsterte ich heiser.

„Nein, Baltasar ist geflohen. Die Schwarze Garde ist angerückt und er musste sich entscheiden, ob er dich mit einem zweiten Schlag tötet oder ob er flüchten soll. Er hat sich für die Flucht entschieden."

„Warum bist du ihm nicht gefolgt und hast ihn getötet?", fragte ich vorwurfsvoll. Sein Blick sagte mir, dass ich nicht in der Position war, ihm Vorwürfe zu machen.

„Selma!" Adam seufzte. „Erinnere dich bitte, weder du noch ich konnten ihn verletzen. Der einzige Grund, weswegen er mit uns gekämpft hat, war, um uns zu töten."

„Richtig", murmelte ich. Ich sah das Bild vor mir, wie er das Schwert, das ich ihm in den Rücken gerammt hatte, einfach wieder herauszog.

„Hast du ihnen gesagt, dass Baltasar der Kopf der Morlems ist?"

„Ja, dem Admiral. Doch er zweifelt an der Geschichte. Sie ist einfach zu unwahrscheinlich. Solange ich keine Beweise habe, kann ich nichts gegen ihn ausrichten." Adam strich sich über die Stirn. Ich setzte mich auf und spürte, dass sich alles um mich herum drehte.

„Was ist mit mir passiert?“ Ich ließ mich schnell wieder in mein Kissen sinken.

„Baltasar hat dich schwer getroffen. Dein Leben hing an einem seidenen Faden. Glücklicherweise ist deine Großmutter gleich eingetroffen und konnte dich retten. Du hast vier Tage nur geschlafen.“

„Was ist mit uns?“, flüsterte ich. Adams Blick wurde weich.

„Was soll mit uns sein?“

Ich schluckte. Wir mussten darüber sprechen, was in Akkanka passiert war.

„Als du mich festnehmen solltest …“ Ich sah zur Decke, mein Herz raste.

„Ich weiß, was du meinst.“ Er nahm meine Hand und ich spürte die Wärme seiner Haut. „Du darfst nie zweifeln.“ Er legte meine Hand auf sein Herz. „Es schlägt nur für dich, in jeder Sekunde meines Lebens.“

„Warum hast du dann gewartet und gezögert?“ Tränen standen in meinen Augen, als sich mir dieser dunkle Moment wieder aufdrängte.

„Ich habe den Admiral gerufen. Wir haben gestritten. Ich habe mich geweigert, den Befehl von Frau Professor Espendorm auszuführen.“

„Und dann?“

„Ich wurde wegen Befehlsverweigerung vorübergehend vom Dienst suspendiert.“ Ich riss meine Augen auf. Was hatte er getan? Ich hatte ihn völlig zu Unrecht verdächtigt, nicht zu mir gestanden zu haben.

„Was ist passiert?“, fragte ich vorsichtig.

„Ich habe Frau Professor Espendorm gesagt, dass du unschuldig bist und ich mich deswegen weigere, dich festzunehmen. Dann habe ich Frau Professor Schönhuber davon abgehalten, dir zu folgen. Sie war sehr …“ Er schmunzelte. „… unkontrolliert. Sie hat angefangen zu schreien und zu kreischen. Wirklich unheimlich. Deine Großmutter hat sie ruhiggestellt und ihr eines von diesen Veilchenblüten in den Mund geschoben und dann kam alles heraus."

„Die Wahrheitsmedizin!", flüsterte ich erstaunt.

„Genau, sie hat gestanden, dass sie die Mädchen vergiftet hat, und sie hat auch gestanden, dass sie dich absichtlich verdachtigt hat."

„Hat sie auch erzählt, warum sie das getan hat?"

Adam schüttelte den Kopf. „Das Geständnis hat dem Admiral gereicht und mehr Blütenblätter hat Gregor König nicht herausgerückt. Jetzt kann sie jedenfalls keinen Schaden mehr anrichten. Sie wurde in den Haebram verbannt."

In diesem Moment betrat meine Großmutter den Raum. Sie wirkte angespannt.

„Wie geht es dir?", fragte sie.

„Ich bin noch ein bisschen wackelig auf den Beinen, aber sonst geht es mir gut", erwiderte ich.

„Morgen kannst du wieder aufstehen", sagte sie. „Aber es wird vermutlich mehrere Monate dauern, bis du dich wirklich von diesem Angriff erholt hast." Ich nickte und dann wartete ich, ob sie noch etwas sagen würde. So viel war passiert, worüber wir reden mussten, aber meine Großmutter schwieg.

„Ich habe in der Akasha-Chronik gelesen", sagte ich. Meine Großmutter und auch Adam sahen mich überrascht an.

„Es gibt sie wirklich. Ich habe erfahren, wie man die Vergiftungen mit dem Dämonischen Schattenefeu heilen kann."

„Das ist unmöglich", entgegnete meine Großmutter entschlossen.

„Nein, ist es nicht. Ein Löffel Asche des Kreuzkrautes unter der Zunge heilt die Vergiftung."

„Kreuzkraut ist kein magisches Kraut. Wie soll das funktionieren?" Meine Großmutter sah mich zweifelnd an.

„Probiere es doch einfach aus, dann wirst du sehen, ob die Akasha-Chronik lügt", schlug ich vor. Sie nickte, obwohl ich sah, dass sie mir nicht glauben wollte.

„Ich habe noch etwas erfahren", sagte ich langsam. „Etwas sehr Seltsames." Ich wartete, aber keiner im Raum sagte ein

Wort. „Ich habe die Akasha-Chronik gefragt, wo meine Mutter und mein Vater sind, und sie hat mir eine Antwort gegeben." Ich wartete wieder. Entgegen meiner Erwartung war meine Großmutter nicht erleichtert. Zornesröte färbte ihre Wangen und ihre Augen blitzten wütend.

„Lass die Vergangenheit endlich ruhen, Selma. Ich will es nicht wissen", schrie sie. „Siehst du nicht, wo das hinführt? Merkst du nicht, dass du dich damit umbringst. Jetzt hast du Glück gehabt, aber beim nächsten Mal wirst du sterben." Wütend verließ meine Großmutter den Raum. Ich sah ihr verblüfft nach.

„Wo sind deine Eltern?", fragte Adam unberührt von ihrer heftigen Reaktion.

„In der Antarktis", erwiderte ich, immer noch durcheinander.

„Leben sie noch?"

„Ich weiß es nicht. Was ist mit ihr?", fragte ich schließlich mit einem fragenden Blick in die Richtung, in der meine Großmutter verschwunden war.

„Deine Großmutter ist eine mächtige Magierin, aber sie lebt schon seit Jahrzehnten zurückgezogen, um ihre Familie zu schützen. Um dich zu retten, musste sie gegen alle ihre Prinzipien verstoßen." Ich nickte und versuchte zu verstehen.

„Was hast du noch erfahren?", fragte Adam.

„Ich habe erfahren, dass ich die Patrizier stürzen muss, um Ehen zwischen Plebejern und Patriziern möglich zu machen, und das wiederum schaffe ich nur, wenn ich die Insignien der Macht zerstöre."

„Was sind die Insignien der Macht?" Adam zog die Augenbrauen hoch und trat an das Fenster, vor dem die Zweige der Buchen sanft im warmen Wind hin und her schwangen. Seine nachdenkliche Miene machte mir Sorgen.

„Ich weiß nur von zwei, der Akasha-Chronik und dem Gral der Patrizier. Es müssen noch mehr sein."

Adam nickte nachdenklich. „Deine Großmutter hat recht"

sagte er schließlich. „Dieses Mal hast du Glück gehabt, aber das nächste Mal stirbst du vielleicht."

„Was willst du damit sagen?"

„So viel Angst um dich wie in den letzten Tagen habe ich noch nie gehabt. Ich weiß nicht, ob es das wert ist." Er seufzte.

„Für mich ist es das wert, verstehst du nicht? Nicht nur wegen mir und wegen uns. Ich muss diesen Weg weitergehen. Wenn es tatsächlich stimmt, dass die Gesellschaft mit magischen Mitteln unterdrückt wird und niemand davon weiß, muss ich etwas dagegen unternehmen. Ich muss meine Eltern finden. Vielleicht sind sie nur untergetaucht und leben noch. Ich muss es wissen. Außerdem muss ich Baltasar aufhalten. Nachdem ich nicht seine magische Partnerin bin, wird er weitersuchen und wieder Mädchen entführen, bis sein verrückter Plan aufgeht."

„Du?" Adam lachte, doch seine Augen waren ernst. „Selma, er hat dich beinahe getötet." Jetzt hatte Adams Gesicht fast dieselbe Rotfärbung wie das meiner Großmutter angenommen.

„Ja, dieses Mal, weil ich nicht kämpfen konnte. Das nächste Mal, wenn wir uns treffen, werde ich vorbereitet sein. Ich muss ihn aufhalten, er will die ganze magische Gesellschaft verändern." Trotzig und empört hatte ich mich aufgerichtet, bis sich in meinem Kopf alles drehte und ich mich kraftlos zurückfallen ließ.

„Ich liebe dich", sagte Adam unvermittelt und nahm mir mit seinen Worten den Wind aus den Segeln. „Wenn du nicht bei mir bist, stürzt meine Welt ins Dunkle. Ich kann nicht mehr ohne dich sein." Seine Stimme klang sanft, er sah mich mit einer Verzweiflung an, die mir das Herz zerriss.

„Mir geht es genauso", flüsterte ich. In mir wurde alles warm und löschte die Wut und den Zorn aus. „Ohne dich funktioniere ich nicht." Meine Stimme war so leise, dass sich Adam zu mir beugte.

„Ja, und deswegen kann ich mich einfach nicht an den Gedanken gewöhnen, dass du dein eigenes Leben so achtlos behandelst.“

„Ich will nicht sterben“, sagte ich müde, denn das wusste ich jetzt mit Sicherheit. Adam lächelte und strich mir über die Stirn. Er spürte meine Erschöpfung.

„Werde erst einmal gesund, bevor du schon wieder in die nächste Schlacht aufbrechen willst.“ Er küsste mich und als ich meine Arme um seinen Hals schlang, um seinen Kuss zu erwidern, drehte sich nicht nur alles um mich herum wegen meiner Erschöpfung.

Als ich am nächsten Morgen die Augen aufschlug, fühlte ich mich wieder fast normal. Ich wand mich aus Adams warmer Umarmung, erhob mich und zog mich an. Er hatte offenbar beschlossen, keinen Zentimeter mehr von meiner Seite zu weichen und sah mir mit halb geöffneten Augen vom Bett aus zu, wie ich in meine Jeans schlüpfte. Es klopfte leise an der Tür.

„Guten Morgen, ihr Turteltäubchen!“ Lorenz steckte seinen Kopf ins Zimmer. „Zeit fürs Frühstück.“

Adam schoss ein Kissen nach ihm und Lorenz verschwand kichernd. Mit einem Mal fiel mir wieder ein, dass ich mir nie Zeit genommen hatte, um mit Lorenz über seine gescheiterte Beziehung zu sprechen.

„Der Junge hat echt kein Gefühl fürs Timing“, knurrte Adam und winkte mich zu sich, doch mein Magen meldete sich mit einem unüberhörbaren Geräusch.

„Hat er doch“, grinste ich. „Ich sterbe gleich vor Hunger.“ Außerdem überrollte mich mein schlechtes Gewissen.

„Nachdem ich dich mit aller Kraft aus den Fängen der Morlems gerettet habe, kann ich es nicht riskieren, dass du verhungerst.“ Er stand ebenfalls auf, zog sich an und öffnete mir galant die Tür. Lächelnd schritt ich hindurch und ging in die Küche. Am Frühstückstisch warteten zu meiner Überraschung Liana, Lorenz und Shirley auf mich.

„Na, endlich bist du wach“, begrüßte mich Liana ungeduldig. „Los, erzähl! Was hast du in der Akasha-Chronik gelesen? Ich halte es kaum noch aus."

„Hast du die Geheimwaffe gegen den Nöll?", fragte Shirley ungeduldig.

„Lasst sie erst mal frühstücken!", mahnte Lorenz, doch ich winkte ab. Er war so fürsorglich und ich war nicht für ihn da gewesen.

„Lorenz, die Sache mit Brian tut mir leid", sagte ich und ließ mich neben ihn sinken. „Und es tut mir auch leid, dass ich keine Zeit für dich hatte. Ich war keine gute Freundin." Er sah mich verwirrt an.

„Süße, du hattest Wichtigeres zu tun. Du brauchst dich nicht zu entschuldigen. Es ist in Ordnung. Du warst mehr für mich da, als du ahnst. Allein schon, dass du dich gegen die alten Regeln auflehnst, bedeutet mir unendlich viel." Er nahm mich in den Arm. „So, und jetzt erzähl, was passiert ist, sonst platzen hier alle noch vor Spannung."

Ich lächelte erleichtert.

„Den Nöll wirst du behalten müssen, Shirley, dafür hat die Zeit nicht mehr gereicht. Aber ein paar der anderen Fragen konnte ich stellen."

„Dass Senator Baltasar der Chef der Morlems und der Spion der Schwarzen Garde ist, wissen wir ja schon von Adam. Aber warum macht er das?" Lorenz sah mich gespannt an.

„Er will die Monarchie wieder einführen mit sich als König und weil er die Macht nicht durch die Wahl erreichen konnte, wollte er sie gewaltsam an sich reißen. Seine eigenen magischen Fähigkeiten sind zwar überdurchschnittlich stark, aber noch nicht stark genug. Deswegen braucht er eine magische Partnerin. Um die zu finden, hat er die Mädchen entführen lassen. Nachdem seine Schwester Sedonie ihm nicht verraten konnte, wer seine nächste passende magische Partnerin ist, hat er einfach durchprobiert, wer zu ihm passt."

„Das ist absolut krank", stotterte Lorenz entsetzt. Ich nickte.

„Sedonie wurde übrigens völlig zu Unrecht aus dem Tempel verstoßen. Es musste einen anderen Grund haben." Meine Unberührtheit hatte schließlich auch keine Rolle gespielt. Nachdenklich nahm ich einen Apfel und biss hinein. „Baltasar war es, der in den Tempel der Akasha-Chronik eingebrochen ist und die Heilige Jungfrau getötet hat. Dort hat er erfahren, dass ich seine nächste magische Partnerin bin", erklärte ich. Ich konnte fast hören, wie allen am Tisch die Kinnlade herunterklappte.

„Krass!", stöhnte Lorenz.

„Wieso die nächste?", fragte Shirley.

„Die erste war meine Mutter, aber die wollte ihn nicht und hat meinen Vater geheiratet."

„Das wird vererbt?", fragte Liana.

„In meinem Fall offenbar schon. Als Baltasar dann wusste, dass er mich brauchte, hat er die Schönhuber angesetzt. Sie hat die Studenten vergiftet und mich verdächtigt, wahrscheinlich war sie auch für die Windhose verantwortlich. Sie wollte, dass ich Probleme kriege, denn dann hätte sie mich nur noch festnehmen und der Schwarzen Garde übergeben müssen, und schon hätte er mich gehabt."

„Guter Plan, das muss man schon zugeben. Es hat nur nicht ganz geklappt, weil Adam sich geweigert hat, dich festzunehmen", nickte Shirley.

„Wenn du einen Moment länger Geduld gehabt hättest, hätte sich alles von allein aufgeklärt." Adam sah mich vorwurfsvoll an und ich wurde vor Scham rot. Dann fiel mir wieder die Prophezeiung der Sybillen ein.

„Doch ohne die Gefahr hätte ich die Wahrheit über Baltasar nie herausgefunden", sagte ich schnell.

„Ja, ich weiß", seufzte Adam. „Aber dass wir heil aus allem herausgekommen sind, war purer Zufall."

„Oder Glück oder der Weg der Wahrheit. Nenn es, wie du willst", sagte ich nachdenklich und fasste mit der Hand an den sternförmigen Anhänger, den ich von meiner Mutter zu meinem achtzehnten Geburtstag bekommen hatte und den ich seitdem Tag und Nacht trug.

Ich dachte an sie. Was würde sie in diesem Moment sagen? Nach allem, was ich bisher von ihr erfahren hatte, glaubte ich zu wissen, dass sie mir zu diesem unglaublichen Erfolg gratuliert hätte.

„Letztlich war Baltasars Mühe ohnehin umsonst, denn das Ritual hat nicht funktioniert. Ich bin nicht seine magische Partnerin. Er muss sich geirrt haben oder die Akasha-Chronik irrt sich. Ich weiß es nicht. Vielleicht hat ihn auch die Heilige Jungfrau angelogen?“ Ich seufzte.

„Und was ist mit den anderen Sachen, die du wissen wolltest?“, fragte Liana. Ich erzählte, was ich von den Insignien der Macht erfahren hatte.

„Wahrscheinlich muss ich noch einmal zurück zur Akasha-Chronik, sobald ich ein neues Fläschchen Nurfur-Nebel aufgetrieben habe“, grübelte ich. Der Händler, von dem Liana das Fläschchen gekauft hatte, würde schon irgendwann wieder in Akkanka auftauchen.

„Das geht nicht, Selma“, begann Adam leise. „Den Tempel und die Akasha-Chronik gibt es nicht mehr. Ich bin dir zum Tempel gefolgt. Als ich eintraf, waren die Morlems schon da. Ich kämpfte mit ihnen und durch unsere Geschosse wurde der Tempel in Brand gesteckt. Ich habe gesehen, wie sie dich davongeschleppt haben.“ Er sah einen Moment zu Boden, seine Stimme war kalt. „Sobald ich mich freigekämpft hatte, bin ich ihnen gefolgt.“

„Die Akasha-Chronik gibt es nicht mehr? Nein!“ Ich konnte den Schrei nicht unterdrücken. Jetzt war mir klar, welches Feuer ich von Baltasars Palast aus hatte brennen sehen.

„Es ist vorbei.“ Adam legte seinen Arm um mich. Der beruhigenden Geste konnte ich mich nicht entziehen. Ich wusste, dass er erleichtert war.

„Ja, die erste Insignie der Macht ist zerstört“, begriff ich mit einem Mal, und das war es doch, was ich gewollt hatte.

Epilog

Ich blinzelte müde in den hellen Sonnenschein, der durch die großen Fenster in das Studierzimmer unserer Etage fiel. Es war ruhig in Tennenbode. Durch die weit geöffneten Fenster drang die warme Luft eines schönen, warmen Julitages herein. Die meisten Studenten waren schon abgereist, nachdem sie die Semesterprüfungen hinter sich gebracht hatten. Sogar Skara, Penelope und Dorina waren nach ihrer überraschenden Genesung in der Lage gewesen, die Prüfungen zu absolvieren. Auch ich hatte die Level-1–Prüfungen bestanden, obwohl es mir erst schwer gefallen war, wieder zur Tagesordnung überzugehen. Das lag sicherlich auch daran, dass ich noch lange nicht körperlich fit war, aber hauptsächlich fiel es mir schwer, nach diesen verstörenden Erlebnissen so weiterzuleben, als ob nichts passiert wäre. Ich war froh, dass die endlosen Semesterferien vor mir lagen und ich Zeit hatte, mich auszuruhen und das Durcheinander in meinem Kopf zu sortieren.

Wir waren mit Sicherheit die Letzten, die hier auf ihren gepackten Taschen saßen und den Abschied hinauszögerten.

„Lorenz, wir müssen los!“, sagte Shirley schließlich und stand auf.

„Genau, sonst ist die Autobahn zu voll, und wir kommen nicht mehr durch. Ich kann es kaum erwarten, mit den Vorbereitungen anzufangen“, pflichtete ihr Lorenz bei und erhob sich ebenfalls. „Hoffentlich springt das Auto an. Ich habe es ewig nicht benutzt und hoffentlich hat es niemand geklaut, sonst müssen wir den Bus nehmen.“ Lorenz kicherte. Ich erinnerte mich an den rosafarbenen VW Scirocco, mit dem Lorenz im

letzten September angereist war.
„Ein Auto in dieser Farbe klaut keiner“, murmelte Adam.
„Neidisch?“ Lorenz grinste und wandte sich Shirley zu.
„Und du willst wirklich mitkommen und mir helfen?“, fragte er zum wahrscheinlich hundertsten Mal.
„Ja, will ich“, stöhnte Shirley genervt. „Zu Hause wartet nur das Personal auf mich, meine Eltern sind schon wieder irgendwo unterwegs. Da verbringe ich die Ferien lieber bei dir und helfe dir beim Haareschneiden und bei der Typberatung. Da kenne ich mich wenigstens aus. Das wird bestimmt lustig.“
Lorenz nickte begeistert. „Tschüss, ihr Süßen, ich werde euch alle vermissen“, sagte er und umarmte uns der Reihe nach. Nur Adam hielt ihm demonstrativ seine ausgestreckte Hand hin, die er murrend schüttelte. Dann zogen die beiden los.
„Viel Spaß!“, rief ich ihnen nach.
„Wir sehen uns am 1. Oktober wieder!“, hörte ich noch Lorenz‘ Stimme, bis die beiden polternd mit ihren Taschen im Treppenhaus verschwanden.
„Ich muss auch los“, sagte Liana und erhob sich. „Meine Großmutter kann es kaum erwarten, dass ich endlich komme und ihr im Laden helfe. Sie will das ganze Lager von oben bis unten putzen. Tschüss, ihr zwei. Falls mich meine Großmutter irgendwann mal frühzeitig entlässt und die Schwielen an meinen Fingern nicht allzu schlimm sind, fahren wir an den Wolfsee und gehen baden, so wie letztes Jahr, versprochen?“ Lianas blonde Locken hüpften, als sie aufstand und ihre große Tasche schulterte.
„Versprochen! Sehen wir uns heute Abend im Pavillon?“, fragte ich. Liana nickte. Wenigstens sie und Adam blieben während der Ferien in meiner Nähe. Meine Großmutter hatte sich nach Themallin zurückgezogen und schwieg. Sie beabsichtigte, nicht allzu bald zurückzukommen, denn für die Gartenarbeit hatte sie den Enkel von Frau Gonden eingestellt.

„Ich klingle, wenn mich meine Großmutter entlassen hat.“ Mit diesen Worten verschwand auch Liana.
„Jetzt sind nur noch wir übrig“, murmelte ich und rückte ein Stück näher an Adam heran. Er lächelte und legte den Arm um mich.
„Nur so lange, bis Madame Villourie uns vor die Tür setzt, weil wir ihr beim Putzen im Weg sind.“
„Da haben wir aber noch ein paar Stunden Zeit, denn wir sind ganz oben, und sicher fängt sie erst einmal im Keller an.“
„Na, wenn das so ist, sollten wir die Zeit gut nutzen“, lächelte Adam und küsste mich. Er hob die Hand und ich hörte, wie sich die Eingangstür verriegelte.
„Was hast du in den Sommerferien vor?“, fragte er mich und strich sanft mit einem Finger über meinen Arm. Seine Berührung verursachte ein unwiderstehliches Kribbeln. „Die Schwarze Garde hat mich während der gesamten Ferien beurlaubt. Ich muss erst im Oktober wieder zur Verfügung stehen.“
„Wirklich?“
„Das Verfahren wegen der Befehlsverweigerung wurde eingestellt, aber der Admiral meinte, ich bräuchte mal eine Auszeit. Außerdem gibt es im Moment nichts zu tun. Da sage ich natürlich nicht Nein. Senator Baltasar ist verschwunden, es gab keine Entführungen mehr. So wie es scheint, haben wir ihn doch ernster verletzt, als es auf den ersten Blick aussah.“
„Ich bin mir sicher“, murmelte ich. „Niemand übersteht einen solchen Angriff ohne Verletzungen. Baltasar ist besiegt. Trotzdem müssen wir weitermachen. Du weißt, ich habe noch viel vor.“
Adam nickte ernst. „Aber noch bist du nicht hundertprozentig fit. Solange deine Gesundheit noch angeschlagen ist, wirst du gar nichts tun, außer dich zu erholen.“ Ich seufzte. Die Diskussion hatten wir schon ein paar Mal geführt und Adam hatte leider recht. Die Level-1-Prüfungen hatte ich nur mit großer

Anstrengung geschafft. Noch war ich nicht stabil genug, um große Taten zu vollbringen.
„Ich glaube, ich habe auch schon eine Idee, was wir machen können. Es gibt da eine kleine, versteckte Insel im Mittelmeer, die wir unbedingt besuchen sollten."
„Wirklich, keine neuen Abenteuer?" Adam sah mich zweifelnd an.
„Erst einmal nicht. Versprochen! Nur Urlaub!" Ich strich ihm sanft eine Strähne seines weichen, schwarzen Haares aus der Stirn. Sein Blick wurde dunkler und er zog mich an sich. Sein Kuss war erst sanft, doch dann wurde er ungeduldiger und stürmischer. Die schmerzhafte Sehnsucht, die mich zu Adam hinzog, war stark wie nie zuvor. Seine Stimme war nur ein Seufzen an meinem Ohr.
„Ich liebe dich, Selma. Nichts wird mich jemals von dir trennen können. Ich werde dich beschützen, für immer."
„Solange noch ein Hauch von Leben in mir ist, werde ich dich lieben", erwiderte ich ernst und küsste ihn. In diesem Kuss lag meine ganze Liebe und sie verband mein Leben untrennbar mit seinem.

Wie geht es weiter?

Die Königsblut-Saga ist eine fünfteilige Fantasy-Saga rund um Selma und ihre magische Liebesgeschichte.

Bereits erschienen:
Band 1: „Königsblut – Die Akasha-Chronik"
Band 2: „Königsblut – Land aus Eis"
Band 3: „Königsblut – Lied der Wüste"

Es erscheinen noch:
Band 4 im Winter 2015/2016
Band 5 im Herbst 2016

Danksagung

Die Königsblut-Saga ist mein absolutes Herzblut-Projekt und ich liebe jede einzelne Figur in dieser Welt. Egal ob Lorenz, Shirley, Liana, der Drache Ariel oder Herr Lilienstein – Sie sind mir alle ans Herz gewachsen. Ich hoffe, dass man diese Liebe spüren kann und es mir gelungen ist, so viel Gefühl in den Zeilen dieser Bücher zu verstecken, wie es die Geschichte verdient hat.

Dass diese Welt so weit wachsen konnte und mittlerweile der dritte Band erschienen ist, verdanke ich ganz allein meinen Lesern.

Euch möchte ich danken, denn ohne euch wäre die Geschichte von Adam und Selma vermutlich in einer Schublade liegengeblieben.

Danke für die Chance, die ihr einer unbekannten Autorin gegeben habt.

Danke für die vielen wunderbaren Rezensionen, die ihr geschrieben habt.

Danke für die begeisterten Nachrichten, die ich immer wieder erhalte und die in den langen und einsamen Monaten des Schreibens ein absoluter Lichtblick für mich sind und mich motivieren, weiterzuarbeiten.

Danke an alle Blogger, die meine Bücher vorstellen und weiterempfehlen.

Danke an alle Leser, die meine Bücher ehrlich kaufen und es so möglich machen, dass die Geschichte weitergeschrieben werden kann.

Ich danke euch von ganzem Herzen und freue mich über jede Nachricht, die ihr mir zukommen lasst, egal ob Rezension, Email oder Facebook-Like.

IMPRESSUM

Hrsg.: Kerstin Schubert
Autorencentrum.de
Ein Projekt der BlueCat Publishing GbR
Gneisenaustr. 64
10961 Berlin
E-Mail: bluecatmedia@web.de
Tel.: 030 / 61671496

Pakete werden nicht angenommen

13272528R00297

Printed in Poland
by Amazon Fulfillment
Poland Sp. z o.o., Wrocław